Beiträge zur Kunde steiermärkischer Geschichtsquellen

Erster Jahrgang

SALZWASSER
VERLAG

Anonym

Beiträge zur Kunde steiermärkischer Geschichtsquellen

Erster Jahrgang

Unveränderter Nachdruck der Originalausgabe von 1864.

1. Auflage 2022 | ISBN: 978-3-75259-616-8

Verlag: Salzwasser Verlag GmbH, Zeilweg 44, 60439 Frankfurt, Deutschland
Vertretungsberechtigt: E. Roepke, Zeilweg 44, 60439 Frankfurt, Deutschland
Druck: Books on Demand GmbH, In de Tarpen 42, 22848 Norderstedt, Deutschland

Beiträge

zur Kunde

steiermärkischer Geschichtsquellen.

Herausgegeben

vom

historischen Vereine für Steiermark.

1. Jahrgang.

Graz, 1864.

Zur Nachricht.

Die „Beiträge zur Kunde steierm. Geschichtsquellen“ erscheinen jährlich in einem Hefte von beiläufig 8 Druckbogen.

Mitglieder des histor. Vereines erhalten dieselben unentgeltlich als Beilage zu den „Mittheilungen,“ — Nichtmitglieder durch die Buchhandlung Damian & Sorge in Gratz gegen den Preis von 1 fl. 50 kr. ö. W. für das Heft.

Entsprechende Beiträge werden mit 16 fl. per Druckbogen honorirt.

Vorwort.

Der histor. Verein für Steiermark hat beschlossen, die Geschichtsquellen des Landes zu sammeln und nach planmäßiger Vorbereitung zu veröffentlichen.

Zu diesem Behufe setzte der Ausschuß desselben ein besonderes Comité ein und betraute es mit der Anordnung und Leitung der Arbeiten.

Der histor. Verein hat das Schwierige des ernsten und weitreichenden Unternehmens in vollem Maße erkannt. Allein sind auch seine Mittel dermalen nur beschränkte, so kann dieser Umstand höchstens seine Arbeit verlängern, ihn jedoch von dem Schritte überhaupt keineswegs zurückschrecken. Er sieht in der umfassenden Vorlage der Quellen die unerläßliche Bedingung, die Forschung auf dem Gebiete der heimatlichen Geschichte und eine durchgreifende Darstellung derselben zu ermöglichen. Darin erkennt er auch eine jener Aufgaben, welche ihm von der Zeit seiner Gründung an innewohnen, und so tritt er denn an ihre Lösung mit dem Vertrauen auf reichere Unterstützung, die nicht ausbleiben kann, wenn die Früchte des Strebens allmälig sich zeigen werden.

Zuvörderst handelt es sich hierbei nicht um den Abdruck von Stoffen, die allerdings jetzt schon in Fülle ihm vorliegen, sondern um Sichtung und Vervollständigung, Vergleichung und Untersuchung derselben. Diese Vorarbeiten sollen in ihren Resultaten, soweit sie der

Oeffentlichkeit dienen können, in den „Beiträgen“ bekannt gegeben werden. Der Inhalt dieser Blätter wird daher im Wesentlichen aus Verzeichnissen und Studien bestehen, wie solche aus der Untersuchung des handschriftlichen Materiales der Bibliotheken und Archive sich bieten, und soll bei den Sammlungen innerhalb des Landes nicht auf dessen Geschichtsquellen allein sich beschränken. Dadurch hofft der Verein den Kreis der Freunde des Unternehmens auch über die Gränzen Steiermarks hinaus zu erweitern und die „Beiträge“ in erhöhtem Grade nutzbringend zu gestalten.

An alle diese Freunde richtet er schließlich die Bitte um entsprechende Nachrichten und Beiträge. Er wird sie stets dankend annehmen und zweckmäßig zu verwenden wissen.

Materialien für steierm. Geschichte

a) aus München

(königl. Hof- und Staatsbibliothek).

Es ließ sich bei dem außerordentlichen Reichthume, welchen die Münchener Hof- und Staatsbibliothek an Handschriften besitzt, nicht anders als bestimmt erwarten, daß darin auch Manches speciell für steir. Geschichte enthalten sein würde.

Gelegentlich meiner heurigen Ferienreise habe ich unter der Führung jener Excerpte aus den dortigen Katalogen, welche weil. Herr Regierungsrath Chmel für Oesterreich im Allgemeinen veröffentlichte [1]), einige Nachsuchungen veranstaltet. War die Ausbeute auch nicht reich, so war sie doch überhaupt lohnend insoferne, als sie Wechselbeziehungen aufdeckte, von denen man bei uns wenig Kenntniß zu haben scheint. Ich meine damit jenen geistigen Verband, der zwischen dem Kloster Vorau und dem ordensverwandten Kloster Polling in Baiern lange vor Aquilinus Jul. Cäsar und noch zu seinen Zeiten aus Handschriften sich ergibt, die jetzt in lobenswerther Ordnung in genannter Bibliothek verwahrt werden. Das Kloster Polling scheint überhaupt für die Chorherrnstifte Oesterreichs und Steiermarks ein Punkt gewesen zu sein, in welchem die Fäden der geistigen Bestrebungen Letzterer zusammenliefen. Und dieß führt denn auch auf die Spur solcher zwischen den österr. Chorherrnstiftern im Allgemeinen und läßt uns das innere Leben derselben bei weitem nicht so kahl erscheinen, als es sich von dem Standpunkte der dermaligen Literatur für die Mitte des vorigen Jahrhunderts und für Steiermark dokumentirt.

Abgesehen davon ergab sich noch ein und das andere für die Zwecke unseres histor. Vereines ersprießliche Material und ich will es hier kurz verzeichnen.

Cod. germ. 1178.

„Relligions Schrifften vnd Handlungen zwischen der Für: Dht: Ertzhertzogen Carln zu Österreich ꝛc. vnnd ainer Ersamen Landschaft in Steyr, wie Dieselben allerseits vnndter gehaltnem Landtag zu

[1]) Sitzungsberichte der kais. Akademie 1850, Oktoberheft.

Graetz vom 20. November 80. biß auf den dritten Februarj des 81. Jars ergangen vnnd fürgeloffen."

Fol. 1—7, Beschwerdeschrift der protest. Landleute.

Fol. 7—13, Antwort der Regierung, 10. Dez. 1580.

Fol. 13, Verzeichniß der Anwesenden beim Vortrage der Antwort.

Fol. 14—36, Entgegnung der protest. Landleute, 15. Dez.

Fol. 37—57, Antwort der Regierung, 18. Dez.

Fol. 57—81, Replik der Ständeherren, 21. Dez.

Fol. 81—83, Antwort der Regierung, 23. Dez.

Fol. 84—94, Entgegnung der Ständeherren, 31. Dez., und Verzeichniß der Theilnehmer.

Fol. 95—103, Ansprache des Freih. Hans Friedr. v. Hofmann bei der Uebergabe der letzteren an den Erzherzog, 31. Dez.

Fol. 104—105, Schreiben der protest. Landleute an den Erzherzog, 3. Jänner 1581.

Fol. 106—113, „Schließliche mainung in negocio religionis" der erzherzogl. Regierung, 4. Jänn.

Fol. 114—127, Entgegnung der Stände, 7. Jänn.

Fol. 128—142, Ansprache des Freih. Hans Friedr. v. Hofmann bei der Uebergabe der Entgegnung, 7. Jänn.

Fol. 143—145, Schreiben der erzherzoglichen Räthe darauf, 11. Jänner.

Fol. 146—157, Antwort der Ständeherren, 13. Jänn.

Fol. 157—159, Rückantwort der Regierung, 16. Jänn.

Fol. 160—165, Erwiderung der Ständeherren, 18. Jänn.

Fol. 166—168, Verzeichniß der Anwesenden.

Fol. 168—169, Antwort der Regierung, 21. Jänn.

Fol. 169—171, Berathungspunkte der Ständeherren den geheimen Räthen vorgelegt, 22. Jänn.

Fol. 172—182, Entgegnung der Stände, 24. Jänn.

Fol. 182—184, Antwort der Regierung, 26. Jänn.

Fol. 184—185, Zuschrift derselben an die Ständeherren, 3. Febr.

Fol. 188, „Nun volgen auch hernach die jhenigen Schrifften so in wehrenden Landtag vnd vorangeczognen Proceß von ainer Ersamen Landtschafft in Steyr absonderlichen hin vnd wider außgangen vnnd was auch widerumb zu Antwort darauff einkhomben."

Fol. 189—193, Schreiben der protest. Landleute „an den von Saltzburg", 24. Dez. 1580.

Fol. 194—201, Antwort desselben, 4. Jänn. 1581.

Fol. 201—203, Zuschrift der erzherzogl. Räthe an die Ständeherren wegen jenes Schreibens, 13. Jänn. 1581.

Fol. 203—213, Antwort dieser, 14. Jänn.

Fol. 214—223, Antwort an den EBisch. v. Salzburg, 1. Febr.

Fol. 223—225, Ersuchen der protest. Ständeherren an die erzbisch. Abgeordneten, 23. Dez. 1580.

Fol. 226, Antwort der Letzteren, 26. Dez.

Fol. 227—228, Schreiben der protest. Ständeherren an die Stände in Oesterreich ob und unter der Enns, 24. Dez.

Fol. 229—237, Antwort seitens der Niederösterreicher 13. Jänn. 1581 mit Nachschrift vom 15. Jänn.

Fol. 238—239, Schreiben der protest. Ständeherren an die Stände in Kärnten und Krain, 24. Dez.

Fol. 239—250, Fürbitte der kärnt. protest. Landleute bei dem Erzherzoge, 10. Jänn. 1581.

Fol. 251—255, Antwort der protest. Ständeherren in Krain 6. Jänn.

Fol. 256—270, Fürbitte derselben beim Erzherzoge, 7. Febr. (ist verbunden).

Fol. 271—272, Bitte der protest. Ständeherren an den Freih. Gg. Khevenhüller, 22. Dez. 1580.

Fol. 273—274, Antwort desselben, 10. Jänn. 1581.

Fol. 274—277, Bitte derselben an Herrn Khobenzl, 22. Dez. 1580.

Fol. 277—279, Bitte derselben an die erzherzogl. geheimen Räthe, 26. Dez. (hier sind etliche Blätter verbunden).

Cod. germ. 1380.

Miscellanband.

P. 1—88. „Viri clarissimi Josephi Heyrenbach piæ memoriæ (Presbiteri saecularis et Bibliothecæ Augustæ Vindobonensis custodis) epistolæ seu dissersationes de Ottocarorum Styriæ marchionum Chronotaxi et uno eodemque fundatore Garstensis domus clericalis et monasticæ Ottocaro IV. ad Authorem annalium ducatus Styriæ hujusque responsoriæ disceptationes erutæ ex Mss. quibusdam eorundem per S. de M. Heyrenbachii veneratorem præcipuum.“ Es ist die Schrift Aq. Jul. Cäsars. Die Abhandlung ist in 6 Briefen, datirt vom März bis Juli 1769 — da Heyrenbach also noch Jesuit war — abgefaßt. Das Censurvidi lautet: „Admittitur, 22. April 1781 à Cauz.“ Von der Zeit stammt denn auch die Redaktion des Titels.

Folgen dann 44 Seiten:

„Briefe zweener katholischer Pfarrern aus Hungarn ueber geweyhte Sachen.“

I. Theil. „Von der Kapuziner Massa od. Agnus Dei, die man auch Breve de Marcha nennet.“

II. Theil. „Von den Conception od. Lucas-Zetteln u. Hexen-Täfelein der PP. Franciskaner.“ (35 Seiten.)

Ferner

„Leben des H. Thomas Bequet, Erzbischofs zu Cantorburi und Martyrers“ u. s. w. (179 Seiten.)

„Jus in et circa sacra. Die Primätial- u. Mayestäts-Rechte.“ (1781, 1. Theil 90, 2. Theil 94 Seiten.) — Alles von Cäsars eigener Hand.

Auf dieses letztere Werk beziehen sich vier Briefe Cäsars an den Propst Franz von Polling, davon der erste deutsch, die übrigen lateinisch. Sie alle sind in Cod. Moll. 69, dessen ich unten erwähnen werde, enthalten. In jenem vom 21. Aug. 1781 sagt er:

„Eines was ich gerne an den Mann brachte ist ein in 2 Theilen gefertigter Tractat von den Primätial oder Päpstl. und von den landesfürstl. Rechten. Ich hatte einen genauen gelehrten Censor, der mir aber rieth, in österr. Landen solches nicht auflegen zu lassen, weil ich nicht säng wie die Landesfürsten gern hörten. Ich habe aber auch die Jura primatus nach Möglichkeit eingeschränket.“

Im zweiten Briefe vom 25. Sept. 1781 sagt er:

„Videbis Rme. Perill. DD. me neutri parti adulatum libere loqui. In terris Austr. censuram vix obtineret ob 5, 12 partis primæ. Prudentia nostri temporis Canonistarum ingenia omnia Monarchis dant, Primati negant. Ego huic jura sua quantum quidem licet et expedit ei conservata volo.“

Mit ersterem Schreiben trägt er dem Propste an, die Abhandlung ihm als Geschenk zu widmen, das zweite ist die Einbegleitung der bereits angenommenen Widmung und abgehender Sendung.

Cod. Moll. 69.

Miscellanband.

Enthält die Korrespondenz des Klosters Vorau mit jenem von Polling in einer Stärke von circa 130 Briefen. Diese beginnen 1727 und setzen nach einer Pause von 6 Jahren und dann von 3, ununterbrochen bis 1781 fort. Vorau ist vertreten durch Joh. Ant. Zunggo, Bibliothekar, Jul. Gusman, Dechant, und A. Julius Cäsar, damals Pfarrer zu Fridberg. Die Briefe sind gerichtet an die Dechante Heinrich, dann Eusebius Amor, den Chorherrn Rupert Grueber und den Propst Franz, sämmtlich von Polling, ferner an den Pfarrer Phil. Saller, gleichfalls Kanonikus daselbst, endlich an den Chorherrn Herculan zu Diessen. Sie betreffen fast durchgehends literar. Bestrebungen und diese berührenden Gedankenaustausch. Ihr Ursprung liegt, wie der erste Brief zeigt, in der Eifersucht und Gereiztheit des Ordens wider die aufstrebenden Benediktiner.

„Editis annos inter 10 vel 12“, schreibt 1727 Pr. J. A. Zunggo an Dechant Heinrich in Polling, „quinque iam a PP. Benedictinis in magnum s. ordinis nostri praejudicium Chryticis aeque ac satyricis libris ijsque in Germania nostra tandem necesse duxeram modo tamen novissime a sacra congregatione facta prohibitione minime praejudicioso ac ea qua par est modestia has gloriae nostrae Canonicae obfusas abstergere maculas, nec non nostrarum Germanorum collegiorum praerogativas ignoranti propemodum orbi proponere.“

Er bittet ihn nun folgende Fragen zu beantworten, die offenbar Kloster Polling angehen:

„1. tempus et modus fundationis nomenque fundatoris.

2. vnde primi hujus collegii canonici postulati sint.

3. nomina praelatorum eorumque merita.

4. fides et merita in s. sedem Romanam praecipue tempore Lutheri vel etiam defectionis alicujus principis a s. Sede.

5. obsequia collata principibus salva religione.

6. gratiae indultae (praeter notas ex Hundii metropoli) a summis pontificibus.

7. Scriptores librorum et professores scholastici.

8. promoti ad dignitates eccl. vel saeculares.

9. praecipui zelatores animorum.

10. si quae sunt ad honorem ordinis Canonicorum conducentia.

Petuntur autem ista cum synoptica enucleata tamen ex documentis authenticis extracta informatione usque ad annum 1727.“

Es handelte sich sonach um eine Verdienstesstatistik des Chorherrnordens, die den Benediktinern entgegengestellt werden sollte. Sie scheint indessen nicht zu Stande gekommen zu sein. Ob sich wohl zu Vorau darauf bezügliche Briefe fänden?

Aber nicht Steiermark und Vorau allein, sondern auch die österr. Chorherrnklöster von St. Dorothe in Wien, von St. Pölten, von Herzogenburg und Reichersberg sind in diesem Briefbande vertreten. Von 1721—82 korrespondirten mit P. Eusebius, Phil. Saller und Propst Franz die Kanoniker Raim. Duellius und Alb. v. Maderna von St. Pölten, Propst Ignaz Müller, Peter de Pauli Dechant und Chorherr Franz Neumann von St. Dorothe, dann Propst Frigidianus von Herzogenburg, endlich Propst Karl und Chorherr Aug. Max Lipowsky von Reichersberg — durchwegs in literarischen Dingen und sind namentlich die Briefe des Duellius bemerkenswerth und lehrreich.

Die Gelehrtengeschichte, wie jene der literarischen Bestrebungen überhaupt dürfte hier für beide Nachbarlande nebst reichem Stoffe auch weiters zu verfolgende Spuren und Anregungen finden.

b) aus Dresden

(königl. Bibliothek).

Ueber eine Handschrift, welche nicht wenig und interessantes Materiale für steirische Geschichte zu bieten scheint, bringt Archivar Herschel zu Dresden eine fast versteckte Notiz im Jahrg. 1853 des Serapeums, Nro. 11, S. 161, unter dem Titel: „Steiermärkische Geschichte — Kapistrauns."

Er leitet dieselbe mit folgenden Worten ein:

„Die mittelalterlichen Formelbücher haben öfters auch geschichtlichen Werth, insofern die in ihnen gesammelten Formulare amtlicher Ausfertigungen nicht etwa fingirte Schemata, sondern Abschriften wirklich erlassener Schreiben und thatsächlich ertheilter Urkunden sind. So darf namentlich einem in der öffentlichen Bibliothek zu Dresden unter M. 63 als formulae juris verzeichneten Codex des fünfzehnten Jahrhunderts so ziemlich die Bedeutung eines obersteiermärkischen Cartulariums oder Copialbuchs beigelegt werden, um so mehr als die darin enthaltenen zahlreichen Abschriften öffentlicher und privater, allgemeiner und örtlicher, gerichtlicher und außergerichtlicher, weltlicher und geistlicher, größtentheils obersteiermärkische Angelegenheiten betreffender Musterschriften von einem Notar, Ulrich Klenegker, zusammengetragen worden sind und nicht selten noch Namen, Ort und Datum ihrer Urschriften haben."

„Dem historischen Apparate, welchen der steierische Geschichtsforscher Muchar in dem Archive österr. Geschichtsquellen (Jahrg. 1849, Abtheil. I., S. 429 u. ff.) zusammengebracht hat, könnte aus diesem Copial vielleicht manche Ergänzung zuwachsen, in welcher Beziehung nur auf einige Stücke des reichen Inhalts aufmerksam gemacht werden mag."

„Bl. 11, Nachricht von der Paumkircherischen Fehde bei Fürstenfeld, 1469.

12, Handveste für Wien.

20 b und 80 b, Podiebradische Schriften, 1456.

36, 40 u. 177 b, Handvesten für Steiermark, 1276—1469.

78 b u. 218 b, Prophezeiungen.

110, Handvesten für Rotenmann, 1320—1360.

174, Ordnung und Verzeichniß der steierm. Pfarren, 1469.

184b u. 227, Ladungen westfälischer Fehmgerichte an Kaiser Fridrich III., 1459.

243, Einige Urkunden über den Salzburger Bauernaufstand, 1462.

272, Ortsstatut für Wiener-Neustadt."

Weiters bringt Herschel von Bl. 106 dieses Codex einen Bericht des Joh. Capistranus über den Sieg bei Belgrad v. 1456 in deutscher Sprache. Bekanntlich steht der Name dieses kühnen Streiters mit Obersteier in enger Beziehung, da derselbe zu Judenburg wirkte und das dortige Minoritenkloster (1451) in ein Franziskanerkloster reformirte.

Der Bericht selbst hat für uns weniger Bedeutung, so wie auch Einzelnes des von Herschel notirten Inhaltes. Jedenfalls aber läßt das, was er für Steiermark speziell vermerkte, mit Grund annehmen, daß der Codex der Untersuchung werth sei.

Da die deutschen Bibliotheken auch Handschriften verleihen, dürfte zu erwarten sein, daß die Bitte um Entlehnung nicht erfolglos sein würde. Z.

Nov. 1863.

Inhalts-Verzeichniß steierischer Stände- und Landtagsakten aus dem 16. u. 17. Jahrhunderte.

A. Archiv des Joanneums.

(Anordnung nach der Reihenfolge der bezüglichen Handschriften).

Nro. 1020. Fasc. v. Abschr. a. d. 19. Jahrh. 25 Bogen Fol. ungeheftet.

1. „Der fünf niederoesterreichischen Lande vnd fürstl. Grafschaft Goerz Vergleichung ao. 1542" (Prag).

(Bezugnahme auf einen gleichartigen Compromiß zwischen den Ständen und der Regierung v. J. 1539).

„Von wegen der Ansagen (Anschläge) Maß, Tax und andern, darjnen ain landt für das ander beschwärt zu sein vermaint."

Anschlag auf: Wein, Purkrecht, Zehend und „Halbpawen" in Wein oder Geld.

(Als „pesste und mittlere Weingebirge" Steiermarks werden aufgeführt: „Luettenberg, Am Khag, Fridaw, Sunntag, Radkerspurg, Pettaw; von Wurmberg gen s. Petter; von s. Petter für

Marchburg auff biß Gämbß; von Gämbß gen Wildthauß; Rässter, Pickherer, Lambacher, Fraunheimer, Zegendorffer" vnd an etlichen gueten gepürgen als: Jännigtall, Witschein, Gamblitz — alles Püchlwein.")

Anschlag auf Teiche, Getreid (schwärs, rings, diennst) (Alles nach Wiener Maß und Gewicht) „Kucheldienst und annders; Schäfferey und gaiss; alle behauste Ueberlendt; — Maß der Besoldungen auf vorbemelt Kriegsräte vnd ander Hauptleut. — Beratschlagung und Außtaillung in den Erblannden von wegen Haltung der geringen Phärdt."

(Bezugnahme auf den Prager Besteuerungs=Compromiß v. 11. Jänner 1542) (s. w. u.)

2. ddo. Gräz. Diesfälliger Bericht der Verordneten e. ehrsamen Landschaft Steier.

3. 1532, 11. Jänner. Prager Besteuerungsvergleich zwischen den 5 niederoe. Erblanden und der Grafschaft Goerz neben den böhmischen Kronländern einerseits — mit der Regierung anderseits.

Als Steuerklassen erscheinen: 1. 4 Kategorien weltlich=geistlicher Grundbesitzer unter der Gesammtbezeichnung „Herrn und Obrigkeit", 2. Burgerschaft, 3. Mitburger, Inwoner, 4. Tagwerker, 5. Juden.

Nro. 1201 Fol. 522 Pgtbd. Aktst. des 16—18. Jahrh.

Fol. 202—227. Spezial=Angelegenheiten zwischen der steir. Landschaft und der Regierung v. 1609.

Fol. 360—67. Vergleich der steir. Landschaft mit der Regierung über gewisse Differenzen die Landessteuer anbelangend v. 15. Sept. 1690.

Nro. 1262 Fol. Pap. 21 Bll. ungeh.

Grazer Landtagsverhandlung v. J. 1567.

Darin behandelte Gegenstände:

1. Beschwerden über die Kriegsnoth und die schlechte Verfassung der Grenzfestungen.

2. Hinblick auf den gemeindeutschen Reichstag und die Nothwendigkeit ausgiebiger Reichshülfe für die Steiermark.

3. „Wiewol nun Einer Ehrs. Landschaft die Rüstung von 100 Pfd. Gelts aus aigenem seckl zu halten hoch beschwärlich thuet fallen, vnd die gehorsamisten vnvermugigen Landleut dardurch auch nit wenig erschöpfft werden. Jedoch zu erzaigunge Ires gehorsambisten vnd wilfärigen Gemüets" .... bewilligen sie den Gesammtanschlag der Türkenhülf auf 210000 Pfund, wovon der 6te Theil auf Städte und Märkte fallen solle — und die Stellung eines

wohlgerüsteten Pferdes (i. e. Reiters) von 100 Pfund Geldes („Item anstad des 36. Manns. In margine ist hiezu bemerkt: „2000 Haggeschütze.")

4. Beschwerde, daß die „windischen Ständ," „deren Wolfart und Verderben noch nähenter als diesem gehorsamisten Landt daran steth" — außer der meist gar nicht geleisteten Roboth — gar nichts contribuirten.

5. Die steirischen Gelder seien durch Verwendung schlechter Baumeister bei den Landesbefestigungen — ohne Ergebniß geblieben.

6. Auch die krainerische Landschaft solle daher ihren Theil beitragen, um somehr als ein k. Mandat die Summe von 50000 Gulden für die kroatisch-windische Gränze anwies.

7. Auf dem Lande Steier laste eine drückende Schuldenmasse.

8. Zur Erleichterung des Verkehres müßten die Landespässe eröffnet werden.

9. In den Vierteln Judenburg und Ennsthal sei der freie Viehverkauf zu gestatten.

10. Ueber Viehaufschlag, 11. Münze, 12. Hofhaltung, 13. „Landsrecht-Reformirung", 14. Waldordnung, 15. Landespolizei, 16. Getreidesatzungen.

Nro. 1338 Fol. 15 Bll. geh.

1544 7. März. Landtagsantwort der steirischen Stände.

An K. Ferdinand und die k. Commissarien: H. Amandus Abt des Gottesh. Admond, H. Christof Roscher kö. Rath und Vizthum in Steier und H. v. Ratmannstorff — Ritter.

1. Reverenz.

2. Bezüglich der Gefahr von Seiten des „grossen und mechtigen auch unersettlichen Veindes, dem tierannischen Turgken" seien die Ausschüße der 5 niederoe. Lande auf Nov. 1543 nach Prag beschieden worden, desgl. zu Preßburg erschienen. („wasmassen auch die Ständt der Cron Behaimb die Sachen auffgezogen vnnd auß Ainem Lanndtage zwen gemacht.")

3. „In Erwegung der geuerlichen obligenden hochen nott" und „weillen sich auff der Cron Behaim zuezug nit zuverlassen" — werden von Seiten der niederoesterreichischen Lande 300000 Gulden sammt dem Zuzuge bewilligt.

Zum geringsten werde von 100 Pf. Geldes 1 gerüstet Pferd gestellt.

4. Ueber Landesbefestigung — Kriegssteuer — Aufgebot — Münze.

Nro. 2108 17. u. 18. Jahrh. Fol. 297 Bll. Ldbd.

I. Fol. 1—281. Universallandtag, so die fürstl. Dchl. Ertzh. Carl zu Oesterreich — mit den Ständen von Steiermark, Kärnten, Krain und Goerz zu Bruck a. d. M. gehalten i. J. 1578.

1. Landtagsproposition auf d. ersten Jänn. 1578 (1—8).

2. Antwort der Ausschüße (8—13) 4. Jänn.

3. Erzherzogl. Erklärung auf derselben Begehren (13—19) 6. Jänn.

4. Duplica der Ausschüße auf die erzherzogl. Replica (19—40) 19. Jänn.

5. Erzherzogl. Hofkriegsraths und Zahlmeisters Instruktion und Bestallung (40—44).

6. Kriegszahlmeisters Instruktion (45—46).

7. Bestellung und Versicherung der kroatischen Gränzen (46—54).

8. Ueberschlag des bezüglichen Kriegsstatus für die Zukunft (55—74).

9. Vergleich, Eid und Instruktion des Gränz-Zahlmeisters (74—79).

10. „Gethreues khurzes Bedenckhen, wie von der Gnaden Gottes die croatisch Gräniczen nit allein hinfüro woll zu erhalten, sondern auch in Bessere und Mehrere Sücherheit zu bringen seyn" (79—83).

11. Ad infra scriptos tres articulos opinio (83—87).

12. Erzherzogl. Antwort auf die ständ. Duplica (87—104).

13. Ständische Religionsbeschwerden (104—111) 29. Jänn.

14. Einschluß (111—120).

15. Anbringen der Stände auf die erzherzogliche Erklärung (120—129) 4. Febr.

16. Einschluß aus der Landtagsverhandlung anno 1569 in einer ehrs. Landsch. in Steier, Duplikschr. (130—132).

17. bis 23. Verhandlungen vom 6. Februar bis 1. März (133—189).

24. Weinaufschlag (189—192).

25. Vorschläge in Hinsicht der Defensionsordnung (193—196).

26. bis 35. Verhandlungen vom 4. bis 11. März.

Schluß am 12. März 1578.

II. Fol. 282—283. Steirischer Aufschlag nach Gegenständen und Orten.

III. Instruktion der steir. Verordneten vom Jahre 1628 Fol. 284—297.

Die gewöhnlichen Landesangelegenheiten betreffend.

Als Verordnete erscheinen:

Herr v. Scherffenberg, Landesverwalter und Landesverweser in Steyer. — Jacob Bi. zu Seggau. — Johann Heinrich, Abt zu St. Lambrecht. — Mathias, Abt zu Reihn. — Carl Graff zu Saurau. — Siffrid Graff zu Trautmanstorff. — Georg Gäller, Freyherr. — Maximilian Breuner. — F. L. v. Dietrichstein. — L. Moritz Frh. zu Herberstein. — F. Balthasar, Abbt zu Neuberg. — D. Antonius, Domprobst und Ertzpriester zu Secau. — Sigmund Frie. v. Gleispach, Freyh. — Gottfr. Frh. v. Falbenhaubt. — Eustachius von Offenheim, Freih. — Hanß Frie., Frh. v. u. z. Tieffenbach. — Georg Philipp, Herr v. Gera. — Sigmund Kugelmann, Lands-Vizedom. — Hans Albr. von u. zu Herberstein. — Hans Sigm. Frh. v. Eibeswalt. — Balth. Gäller, Freiherr. — Hans Ferd. v. Khienburg Frh. — H. Mindorffer. — Chr. Ru. v. Willffersdorff. — Moritz Frh. zu Räckhing. — Maxim. Wagen, Freiherr. — Ferd. Gäller, Freih. — H. M. Frh. zu Herberstein. — H. W. zu Herberstein der Aeltere. — Ehrenreich v. Trautmansdorf der Jüngere.

2194 17. Jahrh. Fol. 337 Bll. Ldbd.

1578. Universallandtag zu Bruck a. d. M.

(Oben mit Bleistift „Erzh. Anton am 10. Jä. 1830.“ Zwischen dem Titel von spät. Hand und verblaßter Tinte geschrieben: Ex libris Wolfgangi domini de Stubenberg).

Schön geschriebenes Exemplar.

(Der Steueranschlag dieses Landtagsabschiedes ist durch den Druck o. O. u. J. veröffentlicht, gleichfalls im Joann. Archiv).

B. Aus den Handschriften der Gratzer Universitäts-Bibliothek.

Nro. 33/45 Fol. Pergamentband.

Universallandtag zu Bruck a. d. M. v. J. 1578.

Nro. 33/71 Fol. Pergamentband 265 Bll.
(compresse, schöne Schrift).

Universallandtag zu Bruck a. d. M. v. J. 1578.

Nro. 33/74 Fol. i. Papend. geb. 53 Bll.

Brucker Ausschußlandtags-Abschied ddo. Bruck a. d. M. 1578. Vgl. dazu oben p. 14.

Diesen 3 Handschriften des Ausschußlandtags-Abschiedes schließt sich an

33/59 Pergamentband 140 Bll. Fol.

1577. Sammlung ständischer (und erzherzoglicher) Anbringen an den Kaiser, die Grenzwehren gegen die Türken betreffend.

1. Ergebnisse der ständischen Ausschußberathung über die Defensionsordnung.

2. Ergebnisse der Wiener Berathung vom 14. August bis 24. Sept.

3. Deklaration der inneröstерr. Stände an den Kaiser vom 20. Juli.

4. Erste kais. Resolution vom 23. Juli. (Ständ. Kriegsbewilligungen, Einnahmen- und Ausgaben-Verzeichnisse.) (1—10).

5. Replik der Abgeordneten 24. Juli (10—17).

6. Erste kais. Resolution darauf und bezügliche Verzeichnisse (23—28).

7. bis 8. Weitere Unterhandlungen (29—34).

9. Bericht der Abgeordneten an den Erzherzog (35—42).

10. Anbringen an Se. Majestät vom 3. Aug. (42—56).

11., 12. Erzherzogliche Replik auf die kais. Resolution vom 8. Aug. (56—62).

13. Kais. Resolution vom 9. Aug (62—64).

14. bis 21. Weitere Aktenstücke von S. des Kaisers, der Ausschüße und des Erzherzogs (10. Aug. bis 19. Aug.) (64—95).

22. Erzherzogl. Denkschrift 19. Aug. (95—98).

23. Erkl. der ständ. Ausschüße an den Erzherzog 21. Aug. (98—101).

24. Verzeichniß der kroatisch-windischen „Kriegsstätten" (Grenzfestungen) (100—111).

25. bis 27. Verhandlungen zwischen dem Erzherzoge und den Ausschüßen (111—113).

28. (114) Verzeichniß der Grenzfestungsgeschütze.

29. bis 37. Schriftwechsel zwischen dem Kaiser, dem Erzh. und den Ausschüßen (7. bis 20. Sept.) (122—138).

38. Verrechnung des kroatischen Deputates (138—E.)

K.

Verzeichniß
der Handschriften der k. k. Universitäts-Bibliothek zu Gratz.

Ueber die Handschriften der k. k. Universitäts-Bibliothek zu Gratz lieferte bereits Dr. W. Wattenbach im „Archive" der „Gesellschaft für ältere deutsche Geschichte" (X. 620—25) einen Auszug. Der Zweck, den er hierbei im Auge hatte, machte sein Verzeichniß im Ganzen recht kurz. Bei dem Umstande, daß auch anderweits schon die Nachweise geliefert sind, daß in seinem Verzeichnisse keineswegs alle nach mannigfachen Seiten hin interessirenden Manuscripte aufgenommen wurden, schien es gerathen, dasselbe in ausführlicherer Form zu geben. Die Grenzen, welche sich der histor. Verein für Steiermark bezüglich seiner Kenntnißnahme handschriftlicher Vorräthe steckte, sind nicht nur betreffs der Stoffe für die heimatliche Geschichte etwas ausgedehnter, als jene für die Wattenbach sammelte, sondern sie erweitern sich noch für die Handschriftensammlungen innerhalb unseres Landes überhaupt, wie dieß bereits im Vorworte dieser Blätter angedeutet ist.

Wenngleich schon die vormalige Jesuitenbibliothek, die den Grund der jetzigen Universitätsbibliothek bildete, etliche nicht uninteressante Handschriften enthielt, datirt doch im eigentlichen Sinne die Manuscriptensammlung erst aus der Zeit Kaiser Josefs II. und der Klosteraufhebungen. Die letzteren lieferten den reichen Fond der aufgelösten Stifte und Klöster aus ganz Inneröſterreich hieher, an den damaligen Sitz des Centrales der norischen Provinzen*). Wären nicht manche Manuscripte verschleppt und noch mehr nach Wien an die Hofbibliothek abgeliefert worden, so würde die Sammlung der hiesigen Universität sicherlich eine der bedeutendsten in Oesterreich sein. Die Handschriften und Bücher der aufzuhebenden Konvente wurden regelmäßig durch die Aufhebungskommissäre an die Domänenadministration abgeliefert; von da wanderten je 2 Verzeichnisse „nach Hof" und fanden die Bibliothekare in Wien Brauchbares darunter, so folgte auch dieses dahin. In manchen Fällen

*) Nach den Akten der Bibliothek kamen Bücher und Manuscripte aus den Klöstern der Karmeliter zu Castagnovizza, der Dominikaner zu Farra und Neukloster, der Klarisserinen im „Paradeis" bei Judenburg, der Minoriten zu Görz und Cilli, der Cistercienser zu Viktring und Neuberg, der Prämonstratenser zu Griffen, der Benediktiner zu St. Paul und Lambrecht, der Augustiner Chorherrn zu Pöllau, Rottenmann und Seckau u. s. w. Manches wurde an restaurirte Klöster zurückgegeben, aber es geht noch Vieles aus Klöstern ab, die ebenfalls aufgehoben wurden, von deren Handschriften sich hier keine Spur finden läßt.

mochte nun das Verzeichniß nicht gerade Versprechendes enthalten und so blieb Einiges (fast möchte man sagen per nefas) hier, statt nach Wien zu gehen; und bei einem und dem anderen Kloster traten die Aufhebungskommissäre aus mir unbekannter Veranlassung mit dem Gratzer Bibliothekar (Priester Augustin Herz) in unmittelbare Verbindung, wodurch der Ablieferung nach Wien gleichfalls aus dem Wege gegangen wurde. So kommt es, daß manches wichtige Stück dem Lande blieb.

Indem ich nun an die Beschreibung des hiesigen Vorrathes gehe, bemerke ich, daß darin die Kirchenschriftsteller und sonstigen Manuscripte ähnlichen Inhaltes bei Seite gelassen sind. Ebenso mußte ich von den wenigen, welche Landtagsverhandlungen betreffen, absehen, da ihrer bereits Dr. Krones in eben diesen Blättern p. 15 u. ff. gedacht hat.

Ich gebe das Verzeichniß unter gewisser Rubrikeneintheilung und meine damit die Bequemlichkeit der Benützung zu fördern. Die römischen Ziffern der einzelnen Signaturen bezeichnen das Jahrhundert der Abfassung.

Gratz, im Jänner 1864. Z.

Klassische Autoren.

37/23, —, Pap., XV., 4°.

In der Mitte Komödien das Terenz: Andria, Eunuchus und Adelphi, zum Theile mit Noten.

42/101, 178 Bll., Pgt., XIII., 4°.

Ovids Metamorphosen mit Rand- und Zwischennoten.

Geschichte a) Alte.

33/2, 50 Bll. Pgt., XI.—XIII., 8°.

„Historia Alexandri Magni imperatoris. et natiuitas eivs." Der Anfang fehlt und ebenso der Einband; beginnt mit „In ipsis denique temporibus quidam princeps Cappadocie .... Duodecima Alexandria. que dicitur Egyptus." Vgl. 33/34, —, Pap., XV., 2°, geschrieben 1435.

33/52, 349 Bll., Pap., XV., 4°.

Geschichte Roms in 24 Büchern; vorne Index.

Fol. 1 „Condita ergo a Romulo ciuitate ...." Fol. 349 „Belisarius .... a Bucelino quidem Franco in Italia superatus est. Tante victorie et nominis gloriosus a Buccellino victus nomen vitamque amisit."

33/34, —, Pap., XV., 2°.

Nach der Mitte „liber. . de Peleo Tessalie inducente Jasonem ut iter arriperet ad aureum vellus" in 30 Büchern. (De destructione Troye.)

42/59, —, Pgt., XII., 2°.

Historia Romanorum; vgl. Wattenbach l. c. p. 623 und oben 33/52, 4°.

b) Mittelalterliche.

33/34, —, Pap., XV., 2°.

In der Mitte Martinus Polonus („Anni quatuor (!) ccccIxxxiiii. Anno post euersionem Troye" u. s. w.), enthält auch die Papstfabel und geht in erster Anlage bis Johann XXI., die Continuatio bis Klemens VI. mit vielen beachtenswerthen chronistischen Notizen.

33/56, 1159 Seit., Pap., XVII, 2°.

J. Paul Windeck „De Principum Habsburgi-Austriacorum vita, moribus, rebus, gestis, coniugiis, liberis et variis Dominiis acquisitis etc. opus . . in duos Tomos diuisum." Ist Umarbeitung des Fr. Guilliman, doch mit besonderer Rücksicht auf die Vorgeschichte der österr. Lande, die mit viel urkundl. Materiale versehen ist; schließt mit Hzg. Sigmund. Vgl. Fortsetzung in Abtheilung „Neuere Geschichte".

37/21, —, Pap., XV., 4°.

Gegen Ende: „Historia Francorum".

42/59, —, Pgt., XII., 2°.

Gesta Francorum & Gesta Theodorici; vgl. Wattenbach l. c. p. 623.

42/63, —, Pgt., XIII., 2°.

Ottonis Frisingensis Chronicon; vgl. Wattenbach l. c. p. 624.

42/27, —, Pap., XV., 2°.

Martinus Polonus; dann wie es scheint continuatio desselben zu vgl. mit der von Böhmer in Font. rer. germ. II. hrsgg. Cont. Mart. Poloni, dann Chronicon Babarorum & Chronicon ducum Austriæ; vgl. Wattenbach l. c. p. 622.

42/64, —, Pgt., XII.

Historia Gothorum (Beginnt: „Claudius Ptolemaeus orbis terre descriptor . . .") — Historia Langobardorum und Historia Saxonum; vgl. Wattenbach l. c. p. 624.

39/23, 227 Bll., Pgt., XI.—XV., 2°.

Fol. 1—117 b, Martinus Polonus mit Continuatio desselben und anderen chronist. Nachrichten vom XIII.—XV. Jahrh.; wie die Untersuchung in diesen Blättern p. 47 u. ff. nachweist eine der Hauptquellen des Petzischen-sogen. Anonymus Leobiensis und zwar der originelle Anonymus selbst.

39/16, —, Pgt., XII., 2°.

Am letzten und vorletzten Blatte ein leider verstümmeltes Klagelied auf die Familie der Grafen von Formbach-Pütten. Beginnt:
„Gloria mundana mundique potentia vana
testantur proceres. qui modo sunt cineres" u. s. w. gegen 100 Verse.

c) Neuere.

33/20, 100 Bl., Pap., 4°. XVI.

„Dialogus. comvnicationvm. habitarum. in conventv. Caletano. de. anno. domini. M. D. XXI." Beginnt: „Communicationes quæ in conuentu Caleti habitæ sunt, medio Serenissimi ac Potentissimi Regis Angliæ et Franciæ . . . . . violationibus consecuti sunt."

33/56, —, Pap., XVII., 2°.

„Variarum ac memorabilium rerum Austriacarum, tomus secundus . . . ad Maximilianum III. Archiducem Austriæ . . . . . cui . . offert . . . Joann. Paul. Windeck". Scheint Fortsetzung von 33/56, 2°, in Rubrik „Mittelalterliche Geschichte" und schließt gegen 1600.

Geographie und Topographie. 1. Allgemeine.

33/34, —, Pap., XV., 2°.

Liber de regnis aliquarum nationum presertim Barbarorum („In regno Tarse sunt tres prouincie . . . . Christianorum et Tartarorum sed quilibet per se"). Geschrieben 1446.

2. Besondere.

33/59, —, Pap., XVIII., 4°.

„Documenta de Styria, eaque potissimum, quæ ad contexendam de hac provincia Topographiam spectant".

Zum Theile sehr brauchbare Beschreibungen von Bruck a. d. M., Judenburg, Leoben, Pettau, Hartberg, Frauenberg bei Admont, Straßengel, Straßgang und andere Schriften (namentlich Briefe) über verschiedene Orte, deren Geschichte und Urkunden.

Dabei auch die Statuten „Articl vnd Ordnung der geselschafft mit dem Adler“ von 1433 (18. Jhrh.).

Urkunden und Formelbücher.

33/7, —, Pap., XV., 4°.

Zuerst Sammlung von Traktaten (Joh. Nider de confessione, — de potestate ligandi atque soluendi, — de interdicto, und ein zweiter desselben Gegenstandes) u. s. w., dann in der zweiten Hälfte eine interessante Predigt „von dem vebell der aigenschafft die man hat jn den chlöstern etc.“ beginnend: „Ewr sidt, ewr gewonhait oder ewr leben, das ir da fürt in dem chloster ist also, Das ain yedew vnder ewch der das geuellt von vrlaub der Abtessin, die nymbt iärleich gullt vnd dy durch iren willenn dem chloster kömen sind oder gegeben werden vnd sie gibt aus oder verczert die selben güllt vmb irer aigen person nucz vnd notdurfft vnd vmb iren aigen gemach“ u. s. w. Gegen Ende:

Ausschreiben des Concils von Basel 1436, 14. Apr. (Vox illa iocunditatis — fides in omnibus adhibeatur.)

Schreiben des Concils an den bzgl. österr. Gesandten bei demselben, Prof. Joh. Hymmel, 1436, 26. Mai (Nostre prouisionis debet — uberius procurare); folgen „Articuli excerpti de Bulla Indulgenciarum per quos informari poterit wlgus“ u. s. w.; folgen noch andere Akten des Konkordates und Bullen.

Zuletzt: Copia litere mgri. Johannis Sybart ad epm. Sagrabiensem (Quum pro sinceritate — indulgentiam pretendentem).

Copia litere ad capitulum Zagrabiense (Scitis — augendum).

Copia (litere) mgri Johannis Husz ad mgrm Joh. Sybart (Salutari non meretur — penitenciam de commissis).

Copia (litere) Rectoris vniuersitatis Pragensis (Jam longis temporibus — petimus de premissis) (Jahr unvollständig 143 . .).

Schreiben der Universität zu Wien an jene zu Prag, 1413 (Fraterne caritatis vinculum — fundacius declarare.)

Andere Schrift: Schreiben Kg. Sigmds. an das Basler Concil, an den Papst, Rede der päpstl. Gesandten an den Kg. vom J. 1432.

Zuletzt „modus visitandi monasteria“.

33/9, —, Pap., XV. & XVI., 4°.

Fol. 1. „Incipit Registrum Statutorum et primo de repcione Nouiciorum u. s. w.“ Index.

Fol. 8 (resp. 1). „Incipit prologus in Statuta Canonicorum regularium,“ wie es scheint von Rotenmann; dann „Statuta canonicorum Regularium Sct. Michaelis in Newnkirchen“.

Gegen Ende Urkunden P. Martins für Spital am Pyhrn, 1419 und 1423 und

zuletzt Statuten dieses Klosters sammt Urk. Bisch. Fridrichs von Bamberg von 1431.

33/61, —, Pap., XIV., 4°.

Konzeptbuch eines Udineser Notars durch das ganze Jahr 1383. Scheint für Rechtswesen sehr bedeutend.

33/25, —, Pap. XIV., 2°.

Vgl. darüber Wattenbach in Pertz: Arch. X. 621. Formelbuch und österr.-kärnt.-ungar. Urkk. von 1297—1348.

34/26, —, Pap., XV., 8°.

Formelbuch. „Lucerna pedibus meis verbum tuum .... Lehren, Regeln und Muster (Formeln) vermischt. Dabei ein zweiter Theil nur mit Mustern (dictamen), darunter etliche mehr auffällige, so

Nro. 3. „Dictamen in quo super questione socii a socio de statu terre sue respondetur.“

Nro. 4. „Dictamen in quo notarius scribit presbitero de statu sui domini episcopi ...“ (B. notarius episcopi Salczpurgensis ... domino B. presbitero ...).

Nro. 8. („P. baro de Silnek ... F. marchioni Misnensi ..“).

Nro. 34. „Dictamen in quo quidam Canonicus Missenensis scribit Canonico Frisingensi bona nova de cede Hussitarum.“

Nro. 35. „Dictamen in quo Canonicus Pragensis scribit Canonico Misinensi conquerendo quod Hussite desolauerunt studium et multa monasteria et ecclesiam cathedralem.“

Nro. 37. „Dictamen in quo patriarcha Anthiocenus scribit regi Romanorum supplicando ut laborat (!) pro exstirpatione heresis.“

Nro. 40. Dictamen in quo episcopus Maguntinensis scribit episcopo Coloniensi quod libenter velit providere, sed quod sit cautus de quodam superbiente ne noceat sibi.“

Nro. 47. „Dictamen in quo Decanus ecclesie Coloniensis scribit episcopo volenti ire contra Hussitas."

Sodann Formeln und am Schlusse wirkliche Briefe, wenn auch nur selten mit Daten. Die Klosternamen, welche da erscheinen, sind: Neuberg, Fornbach, Raitenhaslach, Neustadt, Sittich, — eine Abtheilung bloß mit wirklichen Briefen für Mähren und Schlesien, doch Privatsachen betreffend, gefüllt.

34/47, —, Pap., XV., 4°.

Nach der 1. Abtheilung an 12 Erlässe und Ausschreiben des Rektors und einzelner Dekane der Wiener Universität in verschiedenen Angelegenheiten v. d. J. 1455—56, gesammelt von einem Studenten, der dazu seinen Lektionskatalog sammt den vortragenden Professoren angibt. Er hieß wie es scheint „Johannes de Augusta".

35/80, —, Pap., XIV.—XV., 4°.

Gegen Ende Ordo iudiciarius. „Antequam dicam de processu iudicii notandum est quid sit iudicium . . ." 8 Bll. Lehre ohne Muster.

36/65, —, Pap., XIV.—XV., 2°.

In der Mitte „Summa magistri Johannis de Bononia que vocatur summa Notariorum"; nur Briefe. Weiter hinten „Processus Judicij" und „Regule Juris"; vgl. Rockinger: Formelbücher pp. 131 und 164.

37/4, —, Pap., XV., 4°.

Formelbuch. „Declaracio rhetorice sciencie", beginnt: „Pro facili declaracione rhetorice sciencie tractabo quomodo . . . ."

Von Bl. 16a an wirkliche Briefe mit Namen und Daten in großer Anzahl; die Ortsnamen, welche darin erscheinen, sind: Nuenburg (Naumburg), Leipzig, Speier, Prag, „Muckensturm", Sulzbach, Schweidnitz, „Grotsch", Reichenbach, Münsterberg, Striegau, „Hirczberg", Glaz, „Jeßbach", „Frangenstein" u. s. w. und datiren die Briefe anfänglich wenigstens fast nur aus 1418—19. Auch sind sie großentheils deutsch und von Bürgern oder Städten wieder an solche gerichtet. Später folgen jedoch Briefe höher stehender geistl. und weltl. Persönlichkeiten, die indeß viel Gemachtes zu enthalten scheinen.

Fol. 150. Ordo juris. „Quoniam citacio est fundamentum ordinis iudicii antea de citacione est videndum . . ."

37/23, —, Pap., XV., 4°.

Briefsteller, beginnt: „Rhethorica est sciencia docens de quocunque perswasibili . . . . Nur Muster ohne hist. Belang und

Lehren. Ein zweites Formelbuch ist am Ende dieser Handschrift, ohne Lehren.

37/19, —, Pap., XV. (c. 1437), 4°.

Gegen Ende etliche Urkk. des Basler Concils und darunter eine besonders interessante für Kärnten.

39/8, —, Pgt., XIII.—XIV., 4°.

Gegen die Mitte „Summa Notarie de hiis que in foro Ecclesiastico coram quibuscunque iudicibus occurrunt notabilia (?) conscribenda“. Nur Briefe und Urkunden mit ganz kurzen Lehren gemischt, zum Theile datirt (13. Jahrh.), zum Theile mit Namen und durch diese ganz nach England gewiesen; (ebenfalls Johann v. Bologna, siehe oben).

39/35, —, Pgt., XIII., 4°.

„Summa dictaminum magistri Gwidonis“, beginnt „Qvasimodogeniti infantes lac concupiscite . . .“ Vgl. Rockinger l. c. p. 150—151. (Guido Faba v. Bologna.)

39/71, —, Pgt., XIII.—XIV., 8°.

Zu Ende Briefmuster, doch wie es scheint, aus guten Originalen gezogen; zuletzt Anweisung eines Herzogs von Oesterreich (c. 1208?) an seine Vasallen über ihr Verhalten zu B. M. (Manegold?) von Passau, mit dem er durch dessen Abgesandten Dechant A(lbert?) von Passau über die Lehen sich vertragen; dann am Schluße zwei undatirte Briefe des Patriarchen G. v. Aquileia die Karthäuser in Guiriout (! Girioue, Geirach) und Frauniz (! Freudniz, Freudenthal) betreffend.

42/1, —, Pgt., XIII., 8°.

Fol. 1 a, Balduini liber de dictaminibus („Dilectis in Christo fratribus suis Met. A. tam docentium . . . . .“) Nur Lehre.

Fol. 20 b, „Liber Hvgonis de dictaminibvs.“ („Hvgo Bononiensis ecclesie canonicus et sacerdos humillimus seruus crucis Christi N. Ferariensium ciui sacri palacii imperatoris equissimo iudici . . . .“) Lehre und Beispiele.

Fol. 45 a, Bernhardi liber dictaminum et de versificatione seu metris. Nur Lehre.

41/104, —, Pgt., XIII.—XIV., 8° (4°).

Fol. 21 a, „Summa magistri Petri (der Rest weggeschnitten)“. Beginnt: „Alter est modus litterarum siue epistolarum . . . „Nur Formel, doch sehr gute Grundlagen. Zuletzt vollständige Urkunde Herzog Heinrichs von Schlesien und Breslau für Ritter Bernhard von Wistriz betr. den Tausch des Ortes Bolezeno für Gerhardstorph, vom 21. April 1279.

42/31, —, Pgt. und Pap., XIII.—XIV., 4°.

Fol. 1 a „Summa dictaminis breuiter et artificiose composita per magistrum Laurentium de Ciuitate Austrie . . .". Beginnt: „Nouiciorum studia ianuam sibi concupiscencium aperiri . . . ." Nur Lehre. Eingeheftet ist nach Bl. 12 ein kleines Heftchen mit Mustern. Vgl. auch 41/20, Pgt., 4°.

Fol. 17 a Sammlung von Mustern, hinten mit Index; wirkliche Briefe und Urkunden aus der Kanzlei Karls IV.; vgl. J. W. Hofmann: Sammlung ungedruckter Urkunden, Halle 1737, wegen des darin enthaltenen Formelbuchs Joh. v. Geylnhausen, dann Th. Neumann: Formelbuch Karls IV., Görlitz 1846.

42/3, —, Pgt., XIII., 4°.

„Bonconpangius Rhetorica." Beginnt: „Ego Boncopangius uideo et considero quod homo deriuatus ab humo . . . ." Vgl. Rockinger l. c. Noten 32, 38, 46 u. s. w.

41/20, —, Pgt., XIII.—XIV., 4°.

Nach der Formellehre des Mgr. Lorenz v. Cividale Fol. 10 a eine andere Lehre, eher Grammatik, einst „Heinrici Penick (?) de Lobenstein Rectoris in Lüncz." Ueber Lorenz v. Cividale vgl. Rockinger l. c. Index v. „Laurentius."

42/11, —, Pap., XV., 2°.

„Tractatus pro notarijs" Lehre und Beispiele. — „Tractatus pro procuratoribus causarum judicibusque"; dabei wirkliche Akten als Beispiele, und zwar ein sehr interessanter Prozeßfall für St. Lambrecht. — Zuletzt „ordo iudicij" (beginnend „Rex pacificus").

42/51, —, Pgt., XIV.—XV., 2°.

Breviar; an dem Ende des vorgesetzten Kalendas etliche Ablaßurkunden für Seckau (XV. S.).

42/66, 209 Bll., Pap., XV., 2°.

Formelbuch mit sehr reichen Beispielen (vgl. Wattenbach l. c. p. 624); die Urkunden betreffen fast nur die Salzburger Diözese vorzüglich Steiermark (Pfarre Biber, Kloster St. Lambrecht u. s. w.). „Sehr beachtungswerthe Handschrift."

37/20, 329 Bll., Pap., XV., 2°.

Formelbuch mit kurzen Lehren und desto mehr Mustern; diese Anfangs mit Namen und datirt — doch wahrscheinlich fingirt — dann nur Muster, endlich viele Klosterbriefe und zuletzt vollkommen ausgefertigte Urkunden für Neuberg in ziemlicher Zahl.

Chroniken und ähnliche Aufzeichnungen.

A. Steiermark. a) Allgemeine.

33/33, —, Pap., XV.—XVI., 2°.

„Catal. virorum illustr. s. Hieronymi & a. mehr; auf einem Pgtblatte gegen Ende:

„Anno salutis decimo nono super sesquimillesimum Maximilianus Imperator obiit in vrbe Bels regionis supra Anesum.

Eodem anno Lutheri monachi dogmata fluxerant in Luwm et monachi dominicalis ordinis in vrbe Bern schweitz combusti sunt.

Anno 1522 Ratisponensis peregrinatio pollebat et 1520 Aquisgrani Carolus quintus nomine coronatur.

Anno 1521 Thurcus Kriechischweysenburg in dedicionem recepit et 22 Rodis.

Thesauri ecclesie 1526 obligati sunt vt inde Thurc comeatum vberiorem habeant et triumphos celeberrimos egi aduersus impios Anthiochos. Nulla inde salus sed vbique bella. etc.

Anno 1529 Thurcus dei flagella Viennenses adiit, invitatus vt credo dum autem ..... ecclesie thesauros consumptos recessit. Anno 1532 Graetz peciit Valerie (!) prouincie vrbem ratus calices nonnullos ab ecclesia ablatos offendi frustratus spe sua ira efferuescens Wetschein vineam Seccouiensis ecclesie patrimonium vi cepit vastauit et igne consumpsit die Exaltacionis sce. Crucis anno quo supra et erat dies Sabbathi.

Anno 1639 obiit Joannes comes de (Z)ipss Weyda regio nomine.

Anno 1537 Stirie potentatus in expedicione contra Thurcum confusionem et chaos magnum passi sunt ipsorum culpa" u. s. w.

33/10, 74 Bll., Pap., XV., 2°.

„Fasciculus temporum omnes Antiquorum Cronicas complectens"; geschrieb. 1478—80, wie die letzte Note beim Index und dann bei der Chronik selbst besagt, nämlich „Finita est hec

Cronica Carthusiensis que Fasciculus temporum dicitur per me Erhardum Polinger plebanum in der Pakch Seccouiensis dioc. pro tunc notarii consistorii Stirie Marchie superioris et in opido Prukch super Muram die Cinerum que fuit 16. mensis Februarii 1480 hora quarta post meridiem,"

Am Anfang und Ende interessante histor. Notizen:

Fol. 74 a, „Anno domini 1450 Fridericus huius nominis tercius electus Imperator Romanorum Ytaliam intrauit pro corona Imperij a papa recipienda. Qui vbique cum maximo honore vt decebat tantum principem susceptus est. Tunc per Florenciam transiens totus clerus cum Archiepiscopo processionaliter ad portam ciuitatis obviam processit ac eciam magistratus Florentini. Locatus autem in conuentu (?) sce. Marie Nouelle ad hospitandum permansit in vrbe 4or diebus et presens fuit in officio purificacionis virginis gloriose in missarum sollemniis recipiens deuote a celebrante cereum benedictum vt de more fidelibus in ecclesia exeuntibus dari consueuit. Oblateque ei fuerunt poscenti quedam reliquie sanctorum in vase argenteo ornato a communitate qui aliquos milites ibi fecit. Demum de Florencia Senas de Senis Romam advenit associatus a duobus cardinalibus quos papa premiserat vsque Florenciam. Et ibi coronatus est Imperator a domino Nicolao papa cum debita solennitate. Sponsa autem eius missa est post eum de partibus suis et post coronacionem suam nupcie celebrate sunt Neapolis coram rege Aragonum magnificencia regia de omnibus prouidente. Nil autem Imperialis maiestatis visum est in eo nec libertas nec sapientia (?) cum quasi semper per alium loquebatur sed multa cupiditas cum munera honeste quereret et libenter acciperet. Demum reuersus est in domum suam cum modica opinione virtutis sue. Hec .. Anthonius Archiepiscopus Florentinus . . . .

Vorsteckblatt 1: „Nota quod anno domini 1480 die sci. Dyonisii hora quasi secunda post mediam noctem debitum carnis persoluit venerabilis et egregius pater Mgr. Wolfgangus Siczinger decretorum licentiatus Stirie marchie superioris archidiaconus plebanus ad scm. Vitum in Weyssenkirchen pro tunc vicarius opidi Prukch super Muram cuius anima requiescat in sancta pace. Et fuit magna pestis per totam Stiriam et Thurcij cum magno exercitu fuerunt per totam Stiriam meque Erhardum Poltinger plebanum in der Pakch insecuti sunt decem Thurcij quasi per mediam Lewcam sicque de equo veni in siluas videlicet (?) Freybalt, Risenkogel, Stainzwaldt. Ecclesiamque meam et dotem vnacum villa in der Pakch in vigilia sci. Laurentii combusserunt et quasi omnem populum meum interfecerunt et abduxerunt procuratricemque meam nomine Elizabeth feminam vtique senem et probam vnacum Johanne famulo meo interfecerunt. Juuenalem nomine Katherinam filiam Trapl abduxerunt et quasi totam Stiriam superiorem et inferiorem igne et strage vtique lamentabili deuastauerunt. Locusteque innumerabiles in vigilia beate virginis Marie assumpcionis fuerunt et quasi per decem dies continuo uolauerunt et frumenta ac gramina deuorauerunt in Stiria et Karinthia tempus vtique lamentabile quod rex Hungarie Mathias de Hunyad nomine Petouiam, Rakerspurg Leybencz, Bischofsegk et scm. Georgium prope Wildon, Lansperkch, Windwerg, Frisacum, Altenmarkch et alia obsedit et in manus suas venerunt."

Fol. 74 a, „Anno dni 1486 dominica Invocauit electus est in Francfordia in regem Romanorum serenissimus archidux Austrie Burgundie etc. Maximilianus. Subsequente vero dominica Letare coronatus est in regem Romanorum Aquisgrani et eodem die pro felici suo regimine pacis et prosperitate habita est hic in opido Grecz laudabilis processio omnium clericorum tam spiritualium quam secularium deusque omnipotens det sibi victoriam contra inimicos suos et ecclesie Amen.

Anno dni 1486 vicesima mensis Augusti fuerunt invndaciones aquarum hic in Grecz ita magne quod vix in memoria hominum fuerunt. Nam ab eodem die vsque in sextam diem magnam stragem fecit hic in Grecz et in suburbio edificia destruxit partem eciam in cauerna (?) domus Admontensis magnam deportauit vnacum forti fortalicio ibidem constructo magnaque dampna fecit vt opinor propter peccata nostra etc."

Vorsteckbl. 1: „Nota quod anno domini 1489 magne grandines fuerunt in Stiria et in Grecz quod ceciderunt lapides in pondere vnius libre et amplius. deuastate sunt vinee quod vbi anno communi fuerunt trecenta vasa vix xv vasa fuerunt isto anno. Post festum Michaelis magne .... corruscaciones et grandines prope Leibnicz vise sunt, Deus commutet in melius peccataque nostra causa sunt."

33/43 — Pap., XVIII., 2°.

Steir. Chronik von 3584 v. E. d. W. bis 1679 n. Chr. In vielen neueren Dingen gewiß sehr brauchbar; vgl. Auch 33/75, —, Pap., XVIII., 2°.

42/51 — Pgt., XIV., (1345), 2°.

Breviar mit Kalender; auf Bl. 2 a nebst anderen Notizen auch folgende interessante:

„Nota quatuor fuisse fratres. Walchunum fundatorem ecclesie sancti Andree circa Treismam habentem Comiciam Lengenpach. Hertnidum habentem comiciam Spilwerch fundatorem ecclesie Wilhering. Alramum habentem comiciam Starchenberc. aliaque multa terrarum spacia. fundatorem ecclesie Seccouiensis. Ottonem qui eciam vltimus fuit habentem comiciam Weiten et Rechperch qui multis bonis ditauit ecclesiam sancti Andree eamque liberalitati sedis apostolice cum multis nobilibus sub vno aureo wizancio quem omni anno prepositus seruiet contradidit multisque bonis ecclesias Neunburgensem. Chotwicensem (et) Walthusnensem ditauit. hincque priuilegiato nomine a sede apostolica ab imperio (et) regno tytulum habuerunt liberi et nobiles aduocati Ratisponentes (!) vulgari nomine Tumuogt. quia a mari vsque ad mare fuerunt ut in Cronicis legitur omnium ecclesiarum kathedralium aduocati quique nominantur (aliqui?)bus versibus qui scripti habentur in choro sancti Andree iuxta Traismam.

Hec nostri fossa fundatoris tenent ossa
... quo protector ... pete lector
Qui presens (?) fueris .... nomina queris.
Dictus erat Walther prior Otto nobilis alter
Tercius Alramus ..... venerans iste ramus“ u. s. w.

b) Besondere.

33/37, —, Pap., XVI., 4°.

„Chronica der Gefürsten Grauen von Cilli etc. — aller Ritterlichen thatten. Wesens. Lebens. vnd Abgangs. hierin beschriben ..“

„Der weiss Seneca schreibt in dem Buch von den vier Anngeltugenden ....“ und schließt mit dem Privilege Kfr Sigmunds v. 1436.

Am innern Rückendeckel „Im 1542 Jar ist dise Cronikhen der grauen von Cilli . durch den Görgen Vinkhen geschriben worden.“ Vgl. Hahn. mon.: II. 665.

33/50, —, Pap., XVI., 4°.

Chronik der Stadt und der Grafen von Cilli, der Letzteren von 1359—58. Schließt mit Aufzählung der Cillischen Schlösser und kurzem Sermon; vgl. oben und 33/43, 2°, — 33/76, 107 Bll., Pap., XVIII., 2°. —

33/43, —, Pap., XVIII., 2°.

Im 2. Theile, Cillier Chronik, zu vgl. mit 33/50, 4°, — 33/60, 2°. Eine ähnliche Chronik von Steiermark findet sich, doch nur bis in das 16. Jahrhundert gehend, in 33/75, XVIII., 2°.

33/88, —, Pap., XVII., 2°.

Chronik des Chorherrenstiftes Rotenmann von 1455—1591; ein Theil davon Concept (es ist fast Alles wieder durchstrichen wenngleich noch ganz gut leserlich), ein größerer Reinschrift, beide aber unvollendet; nach guten Vorlagen gearbeitet. Wie es scheint, lokal und provinziell von sehr hohem Werthe.

37/18, —, Pgt., XV., 2°.

Missale mit Kalender der Pfarrkirche von Knittelfeld, oder besser dem einstmaligen Pfarrer Jak. Gerold daselbst 1477. Am Vorsteckblatte von Gerolds Hand historische Notizen für Knittelfeld und im Kalender nekrologische von verschiedener Bedeutung.

33/75, —, Pap., XVIII., 2°.

Bruchstück aus der Geschichte des Stiftes Seckau mit Grabschriften.

B. Oesterreich (Orte).

Bei 33/88, —, Pap., XVIII., 2°.

„Origo Molendini Weismühl dicti et familiaria colloquia nostri fratris Benigni (von Rotenmann?) cum Carolo Imperatore“ — Innen „Bescheibung (!) vnd Kurtzer Nachricht von der Ney- oder Weiß Mill neben Manswirdt.“ Eine ganz komische Geschichte!

C. Kärnten (Orte).

34/24, —, Pap., XVIII., 4°.

Am Ende „Notata von der Stadt Clagenfurth“ von 1511 —1730. Erwähnt und theilweise abgedruckt Carinthia von 1863

Sprachwissenschaft.

a) Deutsche.

Vgl. oben „Urkunden und Formelbücher“ 33/7, —, Pap., XV., 4°; „Legenden“ 33/1 4°; 33/1, 2°; 33/40, 2°.

33/30, 247 Bll., XV., 2°.

„... ich brueder Perchtold briester .. prediger ordens .... hab .. nach meinem vermügen ... auch von lieb vnd pecz wegen hern Hansen von Awer des andächtigen ritters zw Taütscher sprach gemacht ... ain puech nach der ornung des abc ... gezogen aus dem puech der Sumen der püecher die der wyerdig vater lesmaister Johannes von Freyburg auch predigerordens ze latein gemacht.“ Vermuthlich aus dem Dominikanerkloster zu Leoben, weil zuletzt im Besitze des Jesuitencollegs daselbst.

34/8, —, Pap., XV., 8°.

Kochbuch, deutsch — am Schluße eine lange Reihe von Speisen, die von verschiedenen Thieren bereitet werden können, eben so ein ganzer Speiszettel für eine Woche. — Oekonomische Recepte für Kleiderreinigen und Aehnliches. — Diätetische Maßregeln für alle Monate (latein.) und viele ähnliche Vorschriften (deutsch). — In der Mitte deutsches Gedicht „Von der pestilents ain guete lere“, 7 Bll.

„Chumbt ein sterb in das landt
Dy püecher thunt vns das schier bekannt
. . . .
In dem ewigen hymelreich
das geb vns Gott allen ewikleych, Amen.

Auch der Rest des Buches zahlreiche Recepte, deutsch und latein.

34/8, —, Pap., XV., 4°.

„Dialogus de sumptione s. Eucharistiae.“ (Uil menschen vnd Layen vnd priester gelert vnd vngelert .... Daz puechel ist von dem emphachen gotesleichnam vnd von dem enthalten etc.“)

Im 2. Theile „Hie hebt sich an ein epistell oder ein sandung die gemacht hat Samuel ein Jud . . .“

Am Vorsteckblatte Verse zur Erklärung der Farben.

34/11, —, Pap., XV., 4°.

Deutsche Lehren, Predigten und geistliche Zwiegespräche (die Seele und der Mensch).

34/15, —, Pap., XV., 4°.

Lateinisch-deutsches Wörterbuch. Noch schöner angelegt und durchgeführt ist 34/32, —, Pap., schmal 2°, XV. (1476.)

34/72, —, Pap., XV., 4°.

Briefe des h. Paulus — und das Buch des Bruders Jakob von Kassel „das da heisset Schachzabel“, Beide deutsch.

35/17, —, Pap., XV., 2°.

Fol. 61 a „In dem namen der heligen vnd vngetaylten driualtikayt vnd vnser frawen der ewigen magt. Ich han gedacht ich woll mich versuchen ob ich zu deutsch möcht bringen das puchel das da betracht ob Jesus Marie sun das recht hab gehabt das er dye hell vnd den teuffel hab beraubt vnd dauon seczt ein langs vnd kriegigs recht . . . .“ geht bis Fol. 108 b.

36/55, —, Pap., XV., 2°.

Am fünftletzten Blatte eine deutsche Predigt. „Hic notanda est forma predicacionis . qui vult facere sermonem ad populum . . . .“

36/62, —, Pap., XV., 4°.

In der Mitte „. . Cantica Canticorum Salomonis regis pacifici . . .“ in deutscher Interlinearversion.

37/4, —, Pap., XV., 4°.

„Psalterium“ deutsch; in der Mitte des Buches: „Salig ist der man der nicht gegangen ist nach der poesen rat . . . .“. Dann „libellus quem gramatellum appellant sermones facetos complectens ob scolariculorumque hebetatem glosa almanica subductus feliciter incipit“, Interlinearversion; und zuletzt „sermones wlgarisando“ mit der Schlußbemerkung: „Transtulit hec a latino in dewtunicum dominus Thomas plebanus in castro Wyennensi et canonicus ad scm. Stephanum ad preces Elizabeth conthoralis d. Alberti regis Romanorum Vngarie Bohemie, ducis Austrie etc.“

37/10, —, Pap., XV., 4°.

Gegen Ende „Suso de novem rupibus“; beginnt: „Der anfang dicz puech sagt wye ainem menschen ward geczaigt ain gross pirg darauff was ain See . . . .“ und zwei andere (ebenfalls deutsche) geistliche Abhandlungen.

37/23, —, Pap., XV., 4°.

Deutsch-lateinisches Wörterbuch, nach Materien geordnet.

38/5, —, Pap., XV., 4°.

Gegen die Mitte Sprichwörter, lateinisch und deutsch; sehr reiche Zahl.

38/47, —, Pap., XV., 4°.

Gegen Ende: „Soliloquium Marie cum Jesu secundum Gregorium papam et doctorem sanctissimum“; beginnt:

Ein dinck wil ich nvn sagen hye
daz sich vor langer zeit vergye
do gotes son her Jhesus Christ
ein iunger chnab gewesen ist
. . . .
v. 425 Auch geb daz wyr yn sehen an
den nyeman gar volloben chan
Also sprach Andre Churczman. Amen.

Translator huius libri dictus fuit Andreas Churczman monachus monasterii Nouimontis in Styria. cuius anima requiescat in pace. Amen. Scriptor huius libelli dictus est Henricus Schaebel de Vischach prope Nouam ciuitatem in Styria monachus et sacerdos monasterii Nouimontensis etc.“

39/59, —, Pgt., XII., 8°.

Heinrichs Litanei, abgedruckt bei Maßmann Denkmäler des 12. Jahrh. — Ein deutsches Gebet von Heinrich. — Durch den ganzen Codex läuft unten am Rande ein Gedicht des 14. Jahrh., das zuletzt in anderer sehr merkwürdiger Schrift abschließt. Es ist das Leben des h. Alexius; s. Hofmann Fundgruben II. 215.

39/63, —, Pgt., XIV—XV., 8°.

Breviar aus Kloster Mahrenberg, in deutschen Versen. Vorne ein Lied „von der heiligen drivaltikeit“ (15. Jahrh.).

Fol. 1 b „O hoester grosser almachtiger got
mir waer not
das ich dein lob
biss an meinen tod
wol moechte singen
Wan ich moechte
vnd darczu toechte
deine hohe gothait
dy werde guetikeyt
mit massen vmmeringen u. s. w.; endet Fol. 8 b.

Fol. 11 b „Psalmorum sensus morales ac litterales
Petrus ego paro reseruare numine sacro

Latino scripta versabo thetunisata (!)
Si quis es totus intellige sane deuotus,
Deum timebis multumque mercedis habebis.

Fol. 12 a „an alle guete
Ayn samelunge von kunigen vnd fursten der werlt
geschen ist
Dy do stan wider yren herren vnd yrm Crist.“
u. s. w.

39/64, —, Pgt., XIV., 8°.

In der Mitte ein Mittel „wil du daz die vnholden zu dir chomen“, dann die 15 Zeichen des Gerichtes: „Jeronimus sag an der maister puechen got laet die werlt wider zergan dar vmbe wier niht enflvechen.“

39/17, —, Pgt., XII.—XIV., 2°.

Zuerst Kalender, dann auf Fol. 8 b ein althochdeutsches Gebet: „Ave dv vil schoniv maris stella. ceselden aller diet exorta. gotes muter Maria. frouche gotes porta. div verslozzen gebaere die sunne der warheit. mit maidelicher reinecheit. mit menneslicher nature got cedirre werlte braehte“ u. s. w.

39/47, 145 Bll., Pgt., XV., 2°.

Weltchronik (geschrieben von Priester Joh. v. Ezzlingen, 1415); Kaiserchronik von 1190 bis König Wenzel; Epistel Samuels; Chronik Karls des Großen und Beschreibung der siderischen Bewegung. Vgl. Diemers Kaiserchronik, worin die Handschrift benützt ist.

40/26, —, Pgl., XIII., 4°.

Breviar (latein.) für Nonnen mit sehr zahlreichen eingestreuten deutschen Weisungen; z. B. in der Mitte: „So ir iwch denne slafen legent so sult ir besiglen. ur uinf sinne. mit dem heligen cruce. Eir iuch nider leget so sol ain suuestr umbgen. unt daz slafhus mit dem wich prunnen uil flizlichen bespre(n)gen. So ir nider chomet unt niht geslafen muget so denchet widere. waz ir zuubele gefrumet habet. daz claget got. des andren lobet got. Swaz ir ovch gutes habet gefrumet daz sult ir an denchen. Wert ir so uunten. so meget ir destr balder gedingen.“ Aehnliche aber weniger bedeutende, sprachlich verwendbare Aufschriften aus älterer Zeit sind in den Breviarien 40/6, —, Pgt., XII.—XIII., 8°, und 40/12, —, Pgt., XIII., 8°, dann auch 40/31, —, Pgt., XII., 4°. Im letzten auch Interlinearversionen.

40/11, —, Pgt. und Pap., XIII.—XIV., 8°.

Am Ende mehrere deutsche Dichtungen; so am 13. Blatt am Ende:

„Oir alle dye hye fur gen
schawt an dise figur
mein schult ir in gedechtnuezz sten
vnd versmecht dise welt saure u. s. w.

Am fünftletzten Blatte gereimte Beschreibung der Temperamente und Versification der bemerkenswerthesten Heiligentage durch das ganze Jahr:

„Besniten ist das chind. drey chunikch sagten Erhardes gesind . . . . . . Thoman chünden vnz geporen Christ Stephan Jansen chinder gueter freunt ist.“ (Cisiojanus.)

40/80, —, Pgt., XIV.—XV., 2°.

Glossen über die Psalmen Davids.

40/83, —, Pgt., XIII.—XIV., 2°.

Breviar des Nonnenklosters in Seckau; Fol. 6a eine deutsche Paraphrase des englischen Grußes (XV. Saec.):

„Aue (r.) Daz wort hat got gesant.
der vrawn auz der himel lant.
. . . .
Amen (r.) Nv hilf vns daz wir chomen dar.
da sich vrewt der engel schar.
vnd der sunder (!) werden bar.
dez hilf vns di magt chlar. *)

---

*) Am letzten Blatt steht von anderer Hand:
„Dev ditze Puch ertzevget hat
Ier namen. ier ere. in lobe stat.
Uon Pranch genant. vrau Diemut.
Si ist senft vnd gut.
Got geruech ier. nach disem leben.
Die ewigen vreude geben.
Dez wunschet ier der schreibaer.
Got ring im alle seine swaer.
Die er ofte leiden muez.
An alle schulde. von der argen welde gruez.
Hie hat daz puech ain ende.
Got vns sein genade sende.
Daz hat geschriben Dietreich.
Got mach in an der sele reich.
daz er dort ergetzet werde.
waz er hie leidet auf der erde.
A — M — E — N.“

40/111, 175 Bll., Pgt., XIII.—XIV., 2°.

„Spalterium“ (!) Oben auf dem Rande deutsche Gedichte, und zwar:

a) Fol. 1—71 Konrad v. Heimesfurt Gedicht von Mariä Himmelfart.

b) Fol. 71—110 Legende von der h. Margareth.

c) Fol. 110—172 Leben Joachims und Anna's mit Erzählungen aus dem Leben Jesu.

41/104, —, Pgt., XIII.—XIV., 8° (4°).

Fol. 20a Kurzes deutsches Gedicht:
„Man hort aber richyn schal.
von quintin quartin ane czal.
. . . .“

42/34, —, Pgt., XIII., 4°.

Deutsch-lateinisches Wörterbuch.

41/14, —, Pgt., XIII.—XIV., 4°.

Am Vorsteckblatte Gebet zur h. Maria (XIV. S.): „Ich pite dich vrowe sande Mereie durch die heiligen Minne die vnser herregot zv dir hete . . . .“.

41/20, —, Pgt., XIII.—XIV., 4°.

Fol. 154a Sehr reiches lateinisch-deutsches Wörterbuch.

b) Romanisch.

40/65, 282 Bll., Pgt., XIV., 2°.

Fol. 1a „. . . Commesa lo primer libre de Tederich. compilat per frare Tederich de Lorde del pre . . cadors.“ Unten am Rande die Notiz „Presens liber tractans Cirurgiam est Francisci Emrichy Oppauiani quem dono dedit sibi Wielmus prepositus templi s. Bartholomei apostoli in frisaco. Actum anno domini a Natiuitate Christi M.D.XXX. in ferijs s. Bartholomei apostoli missus ad s. Lambertum.“

c) Slavisch.

36/7, —, Pap., XV., 4°.

In der Mitte ein slavisches (slovenisches?) Lied an die h. Maria: „Wnoh wsse mahuci . . . . . wyecznye chwalily.“

Kirchengeschichte.

a) Satzungen (Steiermark u. s. w. betreffend).

35/2, —, Pap., XV., 2°.

Achtes Blatt von hinten: „Incipiunt Statuta accurtata per reuerendum in Christo patrem dominum episcopum Vdalricum episcopum Seccouiensem doctorem egregium de speciali commissione Reuerendissimi in Christo patris domini Eberhardi archiepiscopi Salczburgensis ecclesie apostolice sedis legati ad instanciam tocius cleri ibidem in Synodo congregati anno domini M° quadringentesimo XIX."

35/17, —, Pap., XV., 2°.

Gegen Ende „Institutiones domini Gwidonis cardinalis et cetera" (Wiener Synode von 1274). Letztes Blatt „.. Constitutiones domini Chunradi venerabilis arciepiscopi ecclesie Salczburgensis de contractibus matrimonialibus." Vgl. über beide Dalham: Concil. Salisb.

b) Reformation.

33/6, —, Pap., XVI., 2°.

„Varii tractatus in negocio religionis." Zuerst Erklärung der Grundsätze protestantischen Wesens ddo. Mainz 25. Febr. 1556, an König Ferdinand gerichtet. — Predigt auf den Tod der Elisabeth Gräfin Salm, Gemalin Ad. Hofmann's, Freiherr zum Grüenpüchel und Strechaw, gehalten zu Steyr 1557. — „Ein Khinder Predig ... inn Fragstuckh gestellt." — Ad manus Reverendissimi Archiepi. Coloniensis Joannis Gebhardi — auch etliche Abhandlungen des Bischofs Fridr. Nausea von Wien u. s. w.

33/87, —, Pap., XVI., 2°.

„Hierinen ist beschriben wasmassen Adam Venediger der Rechten Doctor einer Ersamen Landtschafft in Steyr Landtschranschreiber: Adam Khriebeniken auch wolgedachter Landtschafft, damals gewesten Canzleiverwanten vnd Gegenschreibern beim Stattgebew Grätz, so sich aus Gottesheiligen Geistes gnad vom Luterthumb zur wahren Catholischen Apostolischen Römischen bekehrt: so woll in dreien argumenten vnd vrsachen als sonsten zuuor müntlich beschechen von solchen seinen fürnemmen vnd bekerung abczuwenden vnd bei dem Lutherthumb zu erhalten sich vnterstanden hatt...."

Legenden.

33/1, 15 Bll., Pgt., XV„ 8°.

„Hye hebt sich an dye hystori von sand Ludweyg.“ (r.) „Der heylig sand Ludweyg eyn sun des ewigen chunigs ... ...do ward wider ir fues“ unvollständig. Eigentlich nur eine durch eingeschobene Gebete glossirte Erzählung von Wundern; die Ersteren sind öfter in Reimen, die Letzteren beziehen sich namentlich auf Oesterreich und Steiermark, z. B. Fol. 12a „Es was eyn pinter cze Staijn; der fyel in dye Tuenaw“ u. s. w. — ebend. „Eyn mynner pruder der Hertenchas von Fillach“ u. s. w. — ebend. „Eyn closter fraw cze Judenburk sand Clarn orden; genant Anna Goldekarin dye da gegenwuertigs puechel in den eren des lyeben sand Ludoweygen von Lateyn czu der deuchcz hat lassen machen; dye vnweys also das sy sich nichs verwest; nu het sy eyn besundrev mvem genant Garalis Goldekarin u. s. w. — Fol. 12b „Margaretha Goldekarin ir swester dye het das schut und fyeber u. s. w.

33/1, —, Pap., XIV.—XV., 4°.

Sammlung von Legenden und auch Betrachtungen und Sermonen.

Fol. 2a vita s. Elisabethe — Eol. 19 „s. Ladislai regis Ung.“ — Fol. 20 „s. Stephani reg. Ung.“ — Fol. 23 „s. Emerici.“ — Fol 25 „s. Adalberti.“ — Fol. 31 „s. Mauri abbatis.“ Andere voran verzeichnete fehlen.

Auf Blatt 1 Schreiben des „F. ord. carthus. orti beate Marie prope Pragam“ an den Prior in „Saczt“, das sich auf Abschreiber und Correcturarbeiten bezieht.

33/1, c. 400 Bl., Pap., XV., 2°.

„Hie hebt sich an der heiligen leben“ aus Millstadt stammend und 1612 nach Gräz an die Jesuiten übertragen; vgl. auch 33/40, 246 Bll., Pap., XV., 2°.

33/16, —, Pap., XV., 2°.

Legendarium von 322 Bll. Auf der Innenseite des Rückendeckels „Librum presentem dominus Nicolaus Los de Hoff testatus est ecclesie sci. Blasii ob refrigerium anime sue situate in districtu sancti Lamberti erga Theodosiam.“

Das Legendarium beginnt „Uniuersum tempus presentis uite in iiiior distingwitur .....“ Am Ende:

„Penna gradum siste.
Finem codex tenet iste.“

Nach dem Legendarium (nunmehr ohne Blattzahlen) „Decalogus summorum pontificum“, Papstreihe bis Johann XXII., dann „Tituli Cardinalium et nomina Episcopatuum tocius mundi“ Vgl. Weydenbach: Calendarium.

33/34, —, Pap., XV., 2°.

In der Mitte „De gestis et sanctitate meritorum et gloria beati Karoli magni ad honorem et laudem domini nostri Jesu Christi.“ (Et si passim et varie odoris pigmentarii ——— amplius in quietauerunt etc.)

38/3, —, Pap., XV., 4°.

In der Mitte die Legende der h. Hemma. Das Vorblatt sagt: „Sequens vita b. Hemmae collata fuit cum antiquo manuscripto Cathedralis Ecclesiae Gurcensis ao 1694 hac pro compilanda eiusdem Beatae vita et actis Sanctorum Bollandistis inserenda a Revmo Dno Praeposito Gurcensi concessa.“

38/47, —, Pap., XV., 4°.

Gegen Ende „De Secundo philosopho et de eius laudabili perseuerancia.“

41/10, —, 238 Bll., Pgt., X., 4°.

Fol. 110—113 „Gesta s. Hrodberti confessoris.“

42/64, —, Pgt., XII., 2°.

In der Mitte „Gesta s. Eberhardi“ und zu Ende „Vita Machtildis regine.“ Vgl. Wattenbach l. c. p. 624.

Rechtswesen.

33/3, 1081 Seiten, Pap., XVIII., 2°.

„Manuscripta Svttingeri — das ist Praeivdicata vnnd Lanndsgebrauchtes Jus in Össterreich. Zusammengetragen durch J. B. Suttinger J: V: Doctore und N: Ö: Regiments-Canzler ..... abgeschrieben von Heriberd F. v. Werdenburg des ..: Dom Stüfft Secau in Steyermarkh Dom- und Capitularherrn, 1712.“ Vgl. J. B. Suttingers: Observationes practicae, 1650, verneuerte Observv. pract. 1656, Consuetudines Austriacae, 1716.

33/26, —, Pap., XV., 2°.

Letzte Bll. die sogenannte Georgenberger Uebergabsurkunde von 1186 in deutscher Sprache; — Bestätigung der steir. Handfeste durch König Rudolf, 1277, gleichfalls deutsch und so auch der Rudolfinische Landfride von Würzburg.

33/38, 55 Bll., Pap., XV., 2°.

Rechtsbuch Ludwigs des Baiers; vgl. Heumann: Opuscula p. 54 ff.

Auf dem Vorsteckblatt „Das buech ist des Edeln vesten Gabrieln Gündrichingers. Anno domini 1.5.0.6.“ und etwa hundert Jahre später „Wolffen Hueber Statt vnnd Lanndtrichter zu Kiczpühel zuegehörig.“

Auf dem letzten Blatte ökonomische und auch chronologische Notizen.

34/19, 145 Bll., Pap., XV., 4°.

Handveste von Wien 1340 — Bäckerrecht von Wien — Zölle an der Wassermaut zu Klosterneuburg — Dörfer des Gerichts zu Klosterneuburg; vgl. Starck, Sitzungsberichte der kaiserl. Akademie, 1861.

38/3, —, Pap., XV., 4°.

Gegen die Mitte „opusculum de corpore canonum“ des „Gerhardus monachus riui sce. Marie uirginis Cisterciensis ordinis“; beginnt: „Quia bone rei dare consilium et presentis habere subsidium et eternae remuneracionis . . . . . “

40/8, 98 Bl., Pgt., XII.—XIII., 2°.

Vgl. Wattenbach l. c. 622 (Lex Bawariorum), bezüglich der Stelle über Münzen in „Forschungen“ (Soetber) II./2 p. 348.

42/14, —, Pgt., XV., 2°.

„Tabula super disputacionibus, questionibus et consiliis domini Friderici de Senis per titulos decretalium“ mit vielen andern ähnlichen Abhandlungen, sowohl desselben als andern Autoren.

42/65, —, Pap., XIV. (1381), 2°.

„Conclusiones sine decretaciones“ des „Wilhelmus Harborch Alamanus“; einst Heinrich Lobenstein gehörig.

42/35, —, Pap., XV., 2°.

Fol. 1—57. Schwabenspiegel und König Rudolfs Landfride; vgl. Wattenbach l. c. pag. 623.

Nekrologien.

33/24, —, Pap., XVI.—XVIII., 2°.

Fol. 1 a „Miraculosa Seyczensis Carthusiae fundatio“ (16. Jahrh.)

Fol. 5 b Kalendar, unten mit Anmerkung der wöchentlichen Meßverrichtungen.

Fol. 13 b Chronistische Notizen von 1481 (16. Jahrhundert geschrieben) an bis 1738.

Fol. 15 a Nekrolog. „Ad laudem et gloriam Dei omnipotentis beatae semper Virginis Mariae, s. Joannis Baptistae et omnium Sanctorum ordo noster recepit monasterium hoc s. Joannis Baptistae dedicatum, quod primo fuit ab Ordine alienatum et traditum Cardinali Delphino Ao 1504 et persoluta magna summa pecuniarum a dicto Cardinale Ao 1580 nona Februarij fuit recuperatum. Anno postmodum 1588 fuit rursum abalienatum atque post biennium Societ. Jesv assignatum. Tandem causam agente Rdo P. Quintana harum partium Commissaris ab ijsdem Patribus Societ. Ao 1593 penitus collapsum fuit Ordini denuo restitutum.“ Von 1603 —1776 führt es 86 Professen und von 1602—1763 25 Conversen auf.

Folgen dann „Anniuersaria Personarum ordinis“, reich, und „Ordinationes factae in Capitulo Generali ordinis Cartus.“, von 1597—1722.

39/1, —, Pgt., XII.—XIII., 8°.

Breviar mit ziemlich reichem Nekrolog beim Calendar; Gurk und Seckau sind in den persönlichen Daten fast gleich stark vertreten; so 17. Jänner Tagbertus prepositus, — 25. oder 26. Febr. Friderun laica mater domini Meinhardi; — 17. März Hemma comitissa de Zedelsach; — 28. März Adelbertus de Perge; — 29. Juni Hemma comitissa fundatrix Gurcensis; — 6. Oktober Richinza comitissa et conversa; — 26. Dezember Adalramus confundator Sekkowiensis u. s. w.

39/77, —, Pgt., XV.—XVI., 8°.

Am Ende ziemlich reiche, doch nur gleichzeitige nekrologische und auch Personalnotizen über Seckau des 15. u. 16. Jahrhunderts, darunter namentlich persönliche Aufschreibungen des Pfarrers Joh. Dürrnberger bei St. Jakob im Spital zu Seckau und späteren Propstes; dann des Propstes Leonhard Arnberger von Seckau von 1447—1561, darunter auch manche brauchbare Notiz.

39/20, 181 Bll., Pgt., XIII.—XIV., 2°.

Von Blatt 145 an ein außerordentlich reiches Nekrolog des Stiftes Seckau vom 13. Jahrhundert an; Fol. 177a Beschluß des Propstes Christian und des Kapitels von 1305 über Bruderschaftsverbindung mit den Klöstern St. Florian, St. Nikolai (in Passau?), Vorau und Stainz, dann Canonenstatuten und Aufschwörungsformel der Chorherren (16. Jahrh.). Am innern Rückendeckel Seckauer Lokalnotiz von 1715.

39/18, —, Pgt., 2°.

Nekrologische Notizen für Knittelfeld in dem Kalendar des Missales dieser Nummer.

42/4, —, Pgt., XIV.—XVI., 4°.

Von Fol. 21a neuere nekrologische Notizen für Stift Seckau, wie es scheint von der Hand des Propstes Leonhard (Arnberger) von Seckau.

40/44, 78 Bll., Pgt., XIV.—XVII., 2°.

Von Fol. 45a an sehr reiches Nekrolog des Klosters St. Lambrecht mit wenigen Notizen des 14., dafür aber desto reicheren des 15.—17. Jahrhunderts. Auch sind von dem älteren (nachfolgenden) Nekrologium viele Daten hierher überschrieben.

42/57, 137 Bll., Pgt., XII.—XVI., 2°.

Nach zwei Urkundenabschriften des 14. Jahrh. (St. Dionysen und die Stiftung St. Lambrechts betreffend) von Fol. 106—137 Todtenbuch, doch nur bis 5. Sept. gehend. Die Einzeichnungen beginnen im 12. Jahrhundert, die letzten stammen aus dem 16.

Correspondenzen.

33/65, 508 Seiten, Pap., XVIII., 2°.

„Abschrüfften Derer Brieff und anderer Sachen, welche . . . . Herr Carl Ernst . . . Graf v. Waldstein . . . während dero Botschafft (zu Lisabon) von 1701 bis 1703 in Maio an (Kaiser Leopold I.) erlassen vnd für Allianz tractiret, auch sonsten wichtiges verrichtet = dan ybrigens sich Merckhwürdig zuegetragen habe.“

33/69, —, Pap., XVII., 2°.

Gleichzeitige Sammlung von Abschriften von Documenten, den oberösterr. Bauernkrieg von 1626 betreffend. Sehr dicker Band, im 17. Jahrhundert noch „Hanns Adam Proeller in Lintz gehörig.“ Vgl. Kurz Beiträge I. Bd.

33/100, —, Pap., XVII., 2°.

Acht Originalbriefe Kepler's; vgl. Ch. Frisch: Opera Kepl., Stuttgart 1858 u. ff.

34/39, 416 Seit., Pap., XVIII., 2°.

Abschrift von c. 60 Berichten, Organisationsentwürfen u. dgl. des Grafen (Joh. Math. v. d.) Schulenburg Feldmarschalls im Dienste der Republik Venedig v. 1715—38.

Diplomatik und Chronologie.

33/4, —, Pgt., XV., 8°.

Breviarium Benedictinum; Fol. 1 a, Fingerzeige zur Auffindung der goldenen Zahl, der Sonntagsbuchstaben u. s. w. für die Zeit von 1438 ab. Aehnliches auch in 33/3, —, Pgt., XV., 8°.

33/5, —, Pgt., XV., 8°.

Breviarium Augustinum mit Kalendar. Vorne einige Regeln; z. B.

Fol. 1 a, „Sich nach Marcelli. wa(n) luna decima denn sey. vnd dez nächsten Suntags dar nach so hast die dominik. Circumdederunt me. Ista regula eternaliter durat et nunquam fallitur."

35/2, —, Pap., XV., 2°.

Vorletztes Blatt: „Hic infra subnotate sunt alique generales breuiature que in corpore iuris canonici et ciuilis frequenter occurrunt et satis vtiles videntur pro rudibus."

42/51, —, Pgt., XIV.—XV., 2°.

Nach dem Kalender eine auf die Chronologie (Feier des Mathias-Tages) bezügliche Urkunde des EB. Konrad von Salzburg v. J. 1300.

42/65, —, Pap., XIV., 2°.

„Regule cancellarie" verschiedener Päpste (gegen Ende).

42/32, —, Pap., XV.—XVI., 4°.

Am Ende: „Valerius Probus de notis antiquorum". Siglen und deren Auflösungen; vgl. die Ausgabe von Heinr. Ernst, Sorau, 1647.

Staatsverwaltung.

33/2, Pap., 118 Bll. XVII., 2°.

„Hoffkrüeg-Zahlambts-Raitungen“ 1658, darunter Einnahmen vom Handgrafenamt in Oesterreich und Mähren, Waghaus und Salzamt in Wien, Mautamt in Ibbs und Linz u. s. w. Von f. 56 die Ausgaben in Summa 929819 fl. 20 kr. 1⅔ Pfd.; namentlich für Kunde des Grenzwesens in Ungarn wider die Türken interessant.

33/3, 1081, Seit., Pap., XVIII., 1°.

„Manuscripta Suttingeri,“ vgl. „Rechtswesen“.

33/11, —, Pap., XVII., 2°.

Concepte der Ausschreiben des EHerzogs Leop. Wilhelms „Generalen über die Armaden“ in Kriegsangelegenheiten von 1645 bis 1655, mit Berichten und Finanzbelegen.

33/42, —, Pap., XVII., 2°.

„Des Allerdurchleuchtig- Grossmächtig- vnd Vnüberwindlichsten Fürsten vnd Herrn Herrn Leopoldi erwählten Röm. Kaysers .... Hofstatt vnd was bey der selben sowol ministri“ u. s. w. Die gesammte Staatsverwaltung exponirt und — wie es scheint — viel weitläufiger als die von A. Wolf in seinem Buche über die Hoffammer Leopolds I. benützten Handschriften.

33/46, —, Pap., XVII.—XVIII., 2°.

Sammlung von landesfürstl. Erlässen und Circularien in Ecclesiasticis Steiermark betreffend, 1545—1747.

33/47, 339 Bll., XVII., 2°.

„Geistlich Contribution Buech, Was dem Hochlöbl. Durchlauchtigsten Hauß Oesterreich 2c. von dem Löbl. Prälaten Standt beeder Länder vnder vnd ob der Ennß von jren anuerthrauten Clöstern vnnd Gottsheusern, Beedes zu Frids: vnd Kriegszeiten, zu versicherung diser Landen von Anno 1588 an bissero aller gehorsambist contribuirt vnd verwilligt worden.“

33/48, —, Pap., XVIII., 2°.

Instruktion der Kaiserin Maria Theresia für den Präsidenten und das Personale des „Landrechts“ in Steiermark, 1776.

33/83, —, Pap., XVII., 2°.

„Regiments Prothocol de Anno 1606,“ mit sehr vielen Notizen aus den expedirten Dokumenten für private wie öffentliche Angelegenheiten von Innerösterreich.

33/39, —, Pap., XVII, 2°.

„Stylus Curiæ Græcensis.“ Ist mehr eine Darstellung der nnerösterr. Verwaltungsmaschine; im 2. Theile werthvolle Beilagen.

Kriegswesen.

Vgl. auch „Staatsverwaltung“ 33/2, 2°, — 33/11, 2°, —

34/17, — Pap., XVI., Aufg., 4°.

Fechtbuch mit leichtgefärbten Federzeichnungen am innern Rückendeckel „Das buch ist Hans' Zimers (?)“.

37/55, —, Pap., XIV., 4°.

„Liber continens materiam bellandi.“ Sehr interessantes Werk über Kriegführung in 34 Kapiteln, welche sind: „De modo bellandi — Cause pro quibus debet bellari — De modo bellandi contra affines — De modo addiscendi bellari — Qui sunt apti ad bellandum — Modus docendi pueros ad bellum — De modo vitandi prodiciones — Quomodo oportet deludere inimicos — Quale consilium conueniat bellantibus — Quomodo prouisio habeatur in bellando — Alius modus — De modo habendi victualia — De itinere obseruando per bellatores — De modo ponendi campum — De custodia habenda — De custodia ducis belli — De itinere assecurando — De suspectuosis euitandis — De modo conferendi cum suis sapientibus — Quomodo cognoscantur timidi in bello — Quomodo debentes bellare debeant admoneri — Quomodo inimici reducantur ad odium ducis eorum — Quomodo inimici omnino non obsidientur — Quomodo debet leuari campus — De modo pugnandi — De modo eundi ad campum — De quibus debet prouideri in bello — De modo ordinandi acies — Alia cautela — De signis habendis in bello — Quomodo dux debet se exercere in bello — Vbi debet stare dux in bello — Quomodo debet resisti inimicis — Alius modus ordinandi acies.“

Münzwesen.

33/47, 146 Bl., Pap., XVI.—XVII., 4°.

Münzbuch; Vergleichs-, Probirungs- und Prägungsregeln.
Fol. 124. „Dealogus oder gespraech zwischen dem gelt vnd der Armueth.“

Einsmahls gieng ich im grünen Mayen
Hinauß im Wald mich zu erfreuen
zu hören der Vögel gesang
. . . .
Vnd alle Widerwerdigkeit
mit den Armen haben mein frevd
mit Lieb vnd Lust dienen alzeit."

Bergwesen.

33/86, —, Pap., XVI.—XVII., 2°.

„Perg-Ordnung des innern Eissenärzt dat. 12. Sept. 1599" — und „Kastner Instruction im Eisenärtzt" 1605.

34/49, —, Pap., XVI., 8°.

„Außzug vnd kurtzer Begriff der Schwaczerischen Perchwerchs Erfindungen, Entschid u. Mandat" von 1408—1531.

Medicin.

Vgl. „Deutsche Sprache" 34/8, —, Pap. XV., 8°.

34/19, —, Pap., XV., 4°.

Fol. 145 a. „Receptum contra pestilenciam".

34/42, —, Pap. XIV., 4°.

Gegen Ende hübsche Regeln gegen „dem geprest" aus Meister Johannes de Cornamira.

35/60, —, Pap. XV., 2.

Letztes Blatt: Beschreibung der Adern des menschlichen Leibes und andere Bemerkungen betreffend des Aderlassens.

40/65, 282 Bll., Pgt., XIV., 2°.

Ueber Chirurgie, castilianisch; vergleiche den Titel unter „Sprachwissenschaft b) Romanisch".

Ueber den

Anonymus Leobiensis.

Von J. Zahn, Archivar des Joanneums.

Unter den Chroniken, welche der Melker Benediktiner H. Petz in seinen Script. rer. Austr. veröffentlichte, ist an Umfang und Inhalt eine der bedeutendsten jene des sogen. Anonymus Leobiensis (I. 751 u. ff.).

Sie begreift wesentlich (und zwar vom Ende des 1. Buches an) einen Zeitraum, innerhalb welches die österr. Geschichtsforschung mit einer gewissen Vorliebe sich bewegte und beleuchtet die Ereignisse desselben zuweilen mit einer Schärfe, welche in dem Werke eine der kostbarsten Erscheinungen unserer historischen Literatur des Mittelalters erkennen ließ. Dieser besonderen Verwendbarkeit für die Aufhellung der politischen Dinge in Oesterreich von der Mitte des 13. bis gegen jene des 14. Jahrh. verdankte denn auch der sogen. Anonymus die Anerkennung, welche er nahezu bis auf unsere Tage in so hohem Grade fand.

Allein was für einzelne Zeiträume und die Mehrzahl der Bücher dieses merkwürdigen Werkes an Lobenswerthem sich sagen läßt, findet keineswegs auch auf alle dessen Theile richtige Anwendung. Den großen Vorzügen, worauf die bisherige Bedeutung der Chronik sich gründete, stehen wieder sehr erhebliche Mängel gegenüber. Diese darf man aber umsoweniger übersehen, als ihre Würdigung die Ueberschätzung des Werkes in seiner Gesammtheit ferne hält, den wahren Charakter der Chronik offen darlegt und dadurch der Benützung die rechten Schranken zieht.

Schon eine ganz oberflächliche Durchsicht des Werkes, namentlich aber eine wenn auch nicht tiefgehende Vergleichung des 1. Buches mit dem 2.—6. ist im Stande, die allgemeine Charakteristik ganz anders zu gestalten, als man sie bei uns und vor Böhmer ziemlich durchgreifend sich gebildet hatte.

Da und dort wechselt der Plan der Anlage. Bald erscheint sie nur für einen Päpste- und Kaiserkatalog mit den gewöhnlichen Zugaben berechnet, wie sie der sogen. Martinus Polonus und seine Fortsetzer lieferten, bald gibt sie sich als eine abwechselnd annalistisch-chronistische Darstellung von verschiedenem Werthe und bald wieder dokumentiren sich die Aufschreibungen als jene eines hochgebildeten mit dem politischen Getriebe seiner Zeit innig vertrauten

Verfassers. An einigen Stellen drängt sich die geschwätzige Sage aus dem kleinen provincialen Leben mit behäbiger Weitschweifigkeit in den Vordergrund; an anderen athmet der Stil jenen hausbackenen Ton mittelalterlicher Chronikenschreiber, die mehr auf die Wahrheit als die ansprechende Färbung ihrer Angaben achtend, die Thatsachen ohne Schwung mit wenig Worten und fast wie aus der Erinnerung niederlegten. Zuletzt aber — und dieß abgesehen von fremdartigen Einstreuungen namentlich vom 2. Buche an — erhebt sie sich zur vollen Kraft vertrauengewinnender Schilderung. Aeusserlich glatt und rein, innerlich gehaltvoll und klar, zeugt die Darstellung für einen Mann, der an der Quelle klassischen Wissens in gleicher Weise heimisch war, wie an den Höfen seiner fürstlichen Zeitgenossen.

Dringt man näher in die Chronik ein, so bestätigt sich das allgemeine Urtheil durch eine bedeutende Anzahl von Einzelbelegen. So ist fast das ganze erste Buch eine ununterbrochene Reihe von Sünden an den Jahresangaben. Bei dem Umstande, daß ich in der zweiten unten folgenden Vergleichstabelle die Abweichungen der Daten des sogen. Anonymus Leobiensis von jenen bewährter Chroniken ersichtlich mache, kann ich es wohl unterlassen, die Liste der Fehler hier abgesondert zu geben. Ist auch bereits durch diese Art von Mängeln die theilweise Kritiklosigkeit konstatirt, so wird dieselbe noch durch häufige Wiederholungen gleicher Thatsachen bei verschiedenen Jahren in höherem Grade erwiesen. Und sind gleichwohl diese Wiederholungen nur als Varianten aufzufassen, so charakterisirt ihr Auftreten den mangelhaften Theil immerhin als Mache, bei der nicht die Reinheit, sondern die Menge des Stoffes in's Gewicht fiel. So tritt uns der Tod B. Adalberts von Prag um 937 und 969, die Lechschlacht um 946 und 973, die Gefangenschaft Papst Benedikts V. um 948 und 958, die Sage vom Grafen Liutpolt um 1030 und 1042, vom Erdbeben am 2. Jänner um 1114 und 1121, von Johannes dem alten Krieger Karls des Großen um 1138 und 1159, die Erzählung von der Heirat König Heinrichs VII. um 1223 und 1225, von der Kreuzfahrt Herzogs Liutpolts von Oesterreich um 1214 und 1215, vom Tode Herzog Heinrichs von Medling um 1227 und 1228 entgegen. Der Tod Herzogs Liutpolts VI. wird 1230, jener des Landgrafen von Thüringen 1227 je immer zweimal berichtet; ebenso wird 1150 zweimal die Wahl König Friedrichs I. erwähnt und stets mit abweichender tendenziöser Färbung des Urtheiles über den Gewählten.

Bei solchen Verhältnissen ist klar, daß das günstige Urtheil, welches man einem guten Theile des Werkes entgegen trägt, nicht auf dessen Gesammtheit ausgedehnt werden kann. Sein Charakter stellt sich als ein schwankender dar; seine Fehler dürfen uns zwar die Vorzüge nicht vergessen, aber umgekehrt darf man sich auch durch Letztere nicht blenden lassen. Ueber die Verteilung Beider kann nur eine genaue Untersuchung entscheiden, welche denn dieser sogen. Anonymus Leobiensis mehr als fast irgend eine andere der österr. Chroniken herausfordert.

Die Anlage des Werkes und die eben erwähnten Wiederholungen weisen mit Sicherheit darauf hin, daß man es hier nicht mit einer einheitlichen Schöpfung, sondern mit einer Compilation zu thun hat, mit einer Zusammenfügung fremder Materialien ohne Verarbeitung derselben zu einem eigenthümlichen Werke des Verfassers.

Diesen Charakter des Anonymus Leobiensis hatte indeß bereits H. Petz erkannt *). Er konnte die Bestandtheile in ihrer Wesenheit nicht leicht verkennen, da eines derselben, der Martinus Polonus oder dessen Fortsetzungen, schon lange vor ihm erschienen waren, da er andere, wie die concurrenten Melker oder Klosterneuburger Chroniken selbst edirte, und ein dritter Bestandtheil, die Viktringer Chronik, ihm handschriftlich vorgelegen hatte. Aber es war, als ob er die Einleitung zu dem sogenannten Anonymus umsonst geschrieben hätte. Man betrachtete und benützte denselben fast immer wie ein reines und einheitliches Quellenwerk und zu einer Untersuchung dieses kam es nicht.

Die Folge war einerseits, daß das werthlose oder sehr behutsam zu benützende Materiale der Chronik durch das entschieden werthvolle gleichfalls geadelt und ihm jener Stämpel der quellenmäßigen Verwendbarkeit aufgedrückt wurde, den letzteres ganz unzweifelhaft besaß — andererseits, daß ein namenloser Compilator für eine gewisse sehr wichtige Zeit der österr. Geschichte unter den Quellenschriftstellern einen Platz einnahm, der nicht ihm, sondern einem auch seit Petz nicht mehr ganz unbekannten Manne gebührte. Und so fest lebte sich dieser sogenannte Anonymus Leobiensis ein, daß, trotzdem der unabweisliche Scheidungsprozeß an dem inhaltlich bedeutsamsten Theile der Chronik bereits vollzogen war, der wahre Verfasser dieses Theiles noch immer nicht durchgreifend zur Anerkennung gelangen konnte.

Dieser erwähnte Prozeß wurde auf Grundlage der wiedergefundenen schönen Chronik des Abtes Johann von Viktring eingeleitet und durchgeführt.

Seit 1766 verschollen war sie 1827 fragmentarisch durch Hormayr wieder an's Licht gezogen worden. So weit die Wiedergabe dieses kostbaren Buches noch möglich war, verdanken wir sie

*) l. c. I. 752.

dem um die österr. Geschichte so hochverdienten Joh. Friedr. Böhmer. Petz kannte sie bereits 1717 *), vermochte aber mit dem nur als Concept erhaltenen schwer leserlichen Manuscripte nicht zurecht zu kommen. Gewissenhaft genug deutete er an, daß der von ihm zu Klosterneuburg gefundene sogenannte Anonymus Leobiensis zum großen Theile — und sagen wir es gleich, vom zweiten Buche an in immer höherem Grade — genaues Excerpt der Chronik des Abtes Johann sei **) und bringt uns auch die Vorrede, welche herausgeschnitten, heute in dem Manuscripte fehlt. Für ihn galt es, ein so werthvolles Buch, wie das des Viktringer Abtes, um jeden Preis, in jeder Form zu verwenden — und so fand der Anonymus Leobiensis seinen Abdruck. Mir scheint das festzustehen, daß er diesen nur deßhalb veröffentlichte, weil der lesbare Text der Viktringer Chronik darin enthalten war. Beweis dafür ist, daß er den weitaus umfangreichsten Theil des ersten Buches (vom J. 1—934) wegließ, um — wie er sagt — keine Papierverschwendung zu begehen. Daß er aber die Sonderung nicht gleich weiter ausdehnte und bei Seite schob, was ihm bereits aus anderen vor ihm oder durch ihn publizirten Chroniken bekannt sein mußte, findet seine Erklärung einerseits in der Art der Quellenausgabe des 18. Jahrhunderts, anderseits in der Pietät, mit welcher Petz die Chronik von dem Jahre an respektirte, wo sie Oesterreich betreffende Daten beibrachte.

Böhmer gab nun das Concept des Abtes Johann von Viktring im ersten Bande seiner Font. rer. german. heraus. Die Lücken, welche er in der Handschrift fand, füllte er mit den betreffenden Stellen aus dem sogenannten Anonymus Leobiensis aus, da er sich überzeugt hatte, daß derselbe dort reine Copie der erstern aus einer Zeit sei, wo sie vom Compilator noch vollständig war eingesehen worden.

Mit der selbstständigen Publication dieses räumlich und inhaltlich bedeutendsten Theiles des sogenannten Anonymus Leobiensis fielen von dessen erstem Buche die Endstellen vom Jahre 1246 an, so weit diese nicht doch nur gleiche Nachrichten in anderer Form brachten. Vom 2.—6. Buche des sogenannten Anonymus steigert sich der ausfallende Stoff von Blatt zu Blatt, denn hier tritt immer mehr die reine Abschrift hervor.

Dadurch, daß nunmehr der sogenannte Anonymus seines bisherigen Nimbus entkleidet erschien, zeigte sich wieder auf manchen Seiten Geneigtheit, auch den Rest, und zwar ohne Prüfung bei

*) Vgl. Böhmer Font. rer. germ. I., p. XXX u. ff.
**) Petz l. c. I. 752—53.

Seite zu schieben. In der That tritt allerdings das Werthvolle desselben nicht so augenfällig hervor, aber dann wären zwei Fragen ganz ungelöst gelassen worden.

Die erste hatte Böhmer aufgestellt, der (freilich nicht ohne eine gewisse Unbestimmtheit) in dem sogenannten Anonymus eine letzte Redaction des Conceptes Abt Johanns sehen wollte, und zwar eher durch einen Dritten als durch den Abt selbst bewerkstelligt. Gewiß mußte es förderlich sein, den Zusammenhang Beider und die etwaige Entwicklung des Ersteren aus Letzterem constatiren zu können. Weiters fanden sich aber in diesem Reste noch eine Anzahl Stellen, die auf uns ganz abhanden gekommene Chroniken hinweisen und welche bei Vernachlässigung jenes Theiles des sogenannten Anonymus, der nicht der Viktringer Chronik angehört, gleichfalls ohne Verwerthung geblieben wären. Darunter nehmen aber jene Daten, welche auf Steiermark, besonders auf Leoben und dessen Umgebung sich beziehen, den Vorrang ein. Sie sind es, welche Pez bestimmten, damit die Chronik doch einen Namen habe, ihr jenen des Anonymus Leobiensis zu geben.

Sie allein sind, abgesehen von der sonstigen Nothwendigkeit, der bisher einmal zu viel und dann wieder zu wenig gewürdigten Chronik auf den Grund zu sehen, wichtig genug, eine Analyse vorzunehmen.

Nach der Ansicht Böhmer's wäre dieser spezifisch steirische Rest die Originalarbeit des Compilators, welcher der Viktringer Chronik durch Zusätze aus Martinus Polonus und österr. Klosterannalen jene Ausdehnung gab, in der sie beiläufig jetzt als Pez'scher sogenannter Anonymus Leobiensis uns vorliegt. Er gab indessen selbst zu, daß die Klosterneuburger Handschrift, aus welcher der Abdruck bei Pez erfolgte, das Original nicht sei, weil sie erst dem Ende des 15. Jahrhunderts entstamme, jedoch schon mit dem Jahre 1343 abschließe. Die Auffindung des Originales der Compilation konnte nun allerdings am leichtesten alle Unbestimmtheiten klären, nur war sie keineswegs der einzig mögliche Weg und gab es noch außerhalb der Annahme Böhmer's berechtigte Vermuthungen, ganz geeignet, Licht in die Sachlage zu bringen.

Diese gingen dahin, daß auch die bisher ganz unauffindbaren Notizen des sogenannten Anonymus Leobiensis nicht Eigenthum des Compilators, sondern einer selbstständigen Chronik entnommen seien, deren Autor mit Abt Johann v. Viktring eben so wenig in Verbindung gestanden zu haben brauchte, als dieser mit Martinus Polonus oder den Autoren der österr. Klosterchroniken es war. Es lag keinerlei Ursache vor, den Fall auszuschließen, daß an dem sogenannten Anonymus Leobiensis Alles fremdes Erzeugniß verschiedener Autoren und das Verdienst des Compilators nur das sei, sie zusammengetragen und zuweilen sie auch etwas umändert zu haben.

Diese Ansicht fand ihre Bestätigung in einer Handschrift der Gratzer Universitätsbibliothek.

Es ist nun Gegenstand dieser Abhandlung, von dem Funde ausführliche Nachricht zu geben und das Verhältniß desselben zu dem sogenannten Anonymus Leobiensis zu beleuchten. Da indeß bisher eine eingehende Erörterung jener Bestandtheile fehlte, aus welchen der Letztere in seinem Abdrucke bei Petz zusammengesetzt ist, so schien es mir als mit zur Aufgabe gehörig, eine genaue Darlegung dieser Elemente in dem Verfolge der Untersuchung zu geben.

Die Gratzer Handschrift trägt die Signatur 39/23, Fol., und enthält auf 227 Bll. zwei nach Zeit und Inhalt sehr verschiedene Stücke.

Das zweite gehört der Schrift nach dem 11.—12. Jahrhundert an, begreift von Fol. 118—208 den „liber. pastoralis. cure. Gregorii. Pape. scriptus. ad. Johannem episcopum.“ und von Fol. 210 bis zu Ende die Exegese eines Salomonischen Psalmes, beginnend mit: „Materia Salomonis est in hoc opere sponsus et sponsa.“ Zwischen diesen beiden Theilen des zweiten Stückes befindet sich auf Bl. 208b die Bestätigungsbulle P. Honorius II. für das Kloster St. Lambrecht vom 29. März 1126, und auf Bl. 209b das Einladungsschreiben P. Innocenz II. für die exemten Aebte des Salzburger Sprengels nach dem Conzile zu Pisa vom 13. Nov. (1133). *) Beide Urkunden sind gleichzeitig mit den Originalurkunden niedergeschrieben — ein Beweis, daß dieser erste Theil des zweiten Stückes schon zu Anfang des Bestandes St. Lambrechts — dessen Gründung ich 1103 ansetze — im Kloster sich befand und mit dem ersten Stücke später zusammengebunden wurde. Diese Vereinigung mag am Ende des 15. Jahrhunderts geschehen sein. Für den inneren Beleg der Holzdeckel sind nämlich Schriftstücke des 15. Jahrhunderts verwendet und der Einband selbst deutet auf diese Zeit hin. Uebrigens weisen die letzten zwei histor. Notizen des ersten Stückes auf Bl. 117b von den J. 1418 und 1480 durch ihren Inhalt nach, daß auch dieses mindestens vom Anfange des 15. Jahrhunderts an in der Lambrechter Bibliothek war **); eben so die Aufschrift auf Blatt 1a „Ad vsum mona-

*) Dieser Brief ist weder in den Originalien noch in den Copialbüchern des Stiftes St. Lambrecht mehr enthalten.

**) Die erste Notiz bringt die Nachricht von der Wiedererbauung der Kapelle im Schloße zu St. Lambrecht und zeigt durch die Schrift die Gleichzeitigkeit

sterii Sci. Lamberti" durch ihre Züge, daß die Handschrift im 17.—18. Jahrhundert noch dort verwahrt wurde, und die Akten der hiesigen Universitätsbibliothek, daß dieselbe mit den übrigen Klostermanuscripten nach der Aufhebung des Stiftes im J. 1786 dahin kam. *)

Das erste Stück dagegen gehört der Schrift nach in seinem wesentlichen Theile dem Anfange des 14. Jahrhunderts an und reicht mit der ersten Handschrift, darin übrigens an zwei Stellen noch eine andere erscheint, bis 1336, mit der zweiten bis 1350, und zwei verschiedene Hände des 15. Jahrhunderts setzten noch die schon erwähnten Notizen von 1418 und 1480 hinzu. Es beginnt mit Auszügen „de libro qui intitulatur ymago mundi." Aehnliche Aufzeichnungen gehen öfter als geographische Grundlage den Continuationes Martini Poloni voraus. Hier sind sie dem Werke des Honorius von Autun **) entnommen. An sie reiht sich Fol. 6b eine „Dispositio terre sancte", die auf Bl. 11b mit dem Tode Kaiser Friedrichs I. und der Ermordung des Grafen Konrad von Montferrat schließt. Mit Blatt 12a beginnen Nachrichten „de Roma ciuitate secundum Cronicas diuersas approbatas" — eine Geschichte des Weltreiches, mit Noah und Moses anhebend und Fol. 15b mit der Eroberung Deutschlands und Pannoniens unter Augustus endend. Unmittelbar daran reiht sich der Titel des Hauptwerkes: „Gesta principum sacerdotum i. (e.) summorum pontificum noue legis et etiam Imperatorum omnium Romanorum."

Das vorbereitende Materiale, wie die Einleitung und der Titel, stellen die Vorlage einer sogenannten Continuatio Martini Poloni sicher, und der ganze Verfolg rechtfertigt die auf den Anfängen der Chronik beruhende Annahme. Die Regel der gewöhnlichen Behandlung solcher Aufzeichnungen, links die Päpste, rechts die Kaiser vorzunehmen, wird anfangs noch nicht strenge festgehalten. Man merkt bald, daß dem Verfasser viel und mannigfacher Stoff geboten war, den er nicht kunstgerecht zu bewältigen verstand. Daher denn auch hier statt biographischer Durchführung mehr Anschluß an die analistische Form der vorhergehenden „römischen Geschichte", dann neue Versuche, den Beginn der Chronik besser zu gestalten und daher im Zusammenhalte mit dem Vorhergehenden Wiederholungen und zuletzt noch

der Aufzeichnung mit jener Thatsache; die zweite behandelt die Türken- und Ungarn-Einfälle in Steiermark.

*) Auch der bisher unbekannte Lambrechter Chronist Peter Weixler, der um 1650 etwa schrieb und dessen handschriftliches Werk ich eingesehen, hat nachweisbar diese Grazer Handschrift benützt.

**) Mon. Germ. X. 125—134.

unpassende Einschübe. So findet sich z. B. auf Blatt 16a die Notiz von Ovids Tod, von der Abstammung des Pontius Pilatus, Fol. 16b „De Imperatore Augusto“, dessen Tod aber schon auf der früheren Seite erwähnt wird mit der Wiederholung der Nachricht von der Geburt Christi, der Prophezeiung der Sibille

„Judicii signum tellus sudore madescet

. . . .

Fol. 17a et coram hic Domino reges sistentur ad unum“,

dann der „visio Augusti“ und einer Bemerkung des h. Augustin über dieselbe, endlich einer Darstellung „de indictionibus et lustris“ zusammen. Unter solchen Mischungen eines noch nicht hinlänglich geklärten Systemes geht es bis Fol. 18, um mit 19b die „gesta annalium ecclesie“ mit Claudius und Nero, Longinus, Lukas und Markus u. s. w. in ähnlicher, nur stilistisch von der frühern abweichenden Weise wieder zu beginnen und nach Vespasian Fol. 19b und der „causa destructionis ... Jerusalem“ Fol. 24a zu schließen. Neuerdings unterbricht auf Blatt 25b ein Einschub unter dem Titel „Hic incipiunt acta ecclesie katholice“, welcher die Aufzählung der Kardinäle u. s. w. enthält, bis endlich Fol. 26a die feste Darstellung der „Gesta annalium ecclesie“ mit Petrus und Linus einer- und Claudius und Nero anderseits unter Verweisungen auf schon früher Gesagtes wieder anhebt und ohne Unterbrechung fortgeführt wird.

Von dem Titel auf Fol. 15b „Hic incipiunt gesta principum“ u. s. w. bis in das 7., respective 10. Jahrhundert, läuft die Jahresfolge, welche Petz in seinem Abdrucke des sogenannten Anonymus Leobiensis bei Seite ließ. Die Uebereinstimmung der wenigen Worte des Anfanges bei Petz wird man bereits in obigen Zeilen der Handschrift „Gesta principum sacerdotum — Romanorum“ als zutreffend erkannt haben. Um mir aber auch über den ausgelassenen Theil des Petz'schen Abdruckes Gewißheit zu verschaffen, habe ich unsere Handschrift mit der Klosterneuburger im September 1862 an Ort und Stelle verglichen. Meine längst feststehende Ueberzeugung wurde dadurch nur noch mehr bestärkt.

Es ergab sich, daß die Gratzer Handschrift zur ungedruckten Parthie der Klosterneuburger in ganz gleichem Verhältniße wie zur gedruckten stehe, daß nämlich der Compilator des Petz auch hier dieselbe benützte, so weit es ihm passend schien. Wenn auch die Geographie des Honorius von Autun in der Klosterneuburger Handschrift nicht erscheint, so fehlt doch nicht die Prophezeiung über Rom (Fol. 1a, in der Gratzer 26a), die Erzählung der römischen Geschichte (Fol. 1a — 4b, in der Gratzer 12a — 15b)*); eben so ist die Uebereinstimmung von „Hic incipiunt" der Gratzer Handschrift 15b mit „Incipit cronica" der Klosterneuburger Fol. 4b (ausgenommen die ersten sechs Worte) vollkommen erwiesen. Außerdem treffen sich noch viele Punkte von dort hier wieder, zuweilen bis auf die Schreibfehler, Verbesserungen und Wiederholungen; so bei Nerva, wo die Gratzer Snerua schreibt und die Klosterneuburger Sierua liest; so bei der gleichen Schreibweise Caracallo, bei der Galla soror statt Placidia u. s. w.

Durch die Weglassung der ältesten Periode im Petz'schen Abdrucke sind indessen auch einige specifisch österreichisch-steirische Notizen ausgefallen, welche in unserer Handschrift gleichfalls sich finden; so Fol. 44a über den fabelhaften Maximilian von Lorch, dann Fol. 54a über Attila's Zug durch Südsteiermark und die Helden der Volkssage und des Nibelungenliedes.**)

Weist schon dieser eine von Petz beseitigte Theil auf unsere Handschrift als die für gewisse Stellen geltende Originalgrundlage der Compilation des sogenannten Anonymus Leobiensis hin, so gibt der Vergleich des gedruckten Theiles derselben mit unserem Manuscripte möglichst noch mehr Halt, dieses Verhältniß mit Sicherheit zu constatiren.

---

*) In der Klosterneuburger Handschrift findet sich Fol. 4b auch das Privileg J. Cäsars für Oesterreich in deutscher Uebersetzung, welches in unserer Handschrift fehlt. Vielleicht ist dieß ein Beweis mehr, daß keine „letzte Redaction" hier vorliegen könne, namentlich nicht von Seiten des Viktringer Abtes. — Nebenbei will ich bemerken, daß ich den sogenannten Anonymus, der in der Handschrift erst das dritte Stück ist, von Eins an besonders foliirte und darnach hier citire.

**) Grazer Handschrift Fol. 44, Klosterneuburger Fol. 17b bei Kaiser Carus: „... Hic Carus imperator misit in Celeyam ciuitatem Eulasium ut ipsam defenderet ab insultibus Hunorum. Qui cum artaret omnes Christianos ad sacrificia ydolorum. super quo ipsum cum sanctus Maximilianus archiepiscopus Laureacensis arguerct decollauit (!). Anno domini. cc° lxxx° viiij° iij. Id. Octobris."

Grazer Handschrift Fol. 54, Klosterneuburger Fol. 26b bei Kaiser Martian: ..... „Atyla nero tanquam uictus Pannoniam rediit et maiorem exercitum colligens ueniendo in Ytaliam. in uia ciuitates quas reperit nastauit. inter quas in Stiria prope Betouiam ubi tunc Candida ciuitas destructa et alia nomine Cylia etiam destructae (!) funditus. pirames adhuc hodie euidenter apparent ......"

Tempore Leonis pape apparuerunt gygantes. videlicet Dietricus Veronensis. Hyldebrandus. Rugerus marchio de Pechlarn. Hagen. et multi alii plures. etiam tunc secum habuit gygantes Atyla rex Hunorum. cuius vxor erat Chreimhilt.

Hoc tempore tota christianitas deleta est in superiori Pannonia. que modo Austria et Stiria dicitur. et in tota Norica- atque in tota Bauaria. et hoc ab Atyla. et a suis Hunis. quorum rex fuit. de isto Atyla et de gygantibus multa falsa ficta conscripta reperiuntur. et incredibilia."

Für uns haben die chronistischen Notizen der Handschrift entschieden am meisten Werth. Sie beginnen Fol. 77 a mit dem Jahre 979, der Begabung Aribo's durch Kaiser Otto, auf welcher der Besitz des Klosters Göß beruhte. Mit dem Beginne des 12. Jahrhunderts (Fol. 82 a) werden sie häufiger eingestreut, und von Blatt 87 b entwickelt sich nach der „Gene(a)logia Leupoldi ducis Austrie“ und, mit Unterbrechung der Päpste- und Kaiserlegenden, Fol. 90 a von 1240—67, eine regelrechte Chronik. Setzt auch die Martinus-Polonus-Anlage mit Unterbrechungen fort, so wird deren Materiale schon weitaus durch das chronistische überholt, bis sie endlich Fol. 103 b mit Johann XXII. ganz schließt, und die Chronik, jetzt bereits mit gutem annalistischen Anstriche, bis 1336, Fol. 109 a fortläuft. Hierin macht sich wesentlich nur Eine Hand bemerkbar; eine zweite wäre vielleicht von Fol. 108 a (1334) ab zu vermuthen; sicher ist jedoch eine fremde Hand beim Jahre 1297 (Fol. 98 a), wo sie einen Absatz, und Fol. 105 a, wo sie das Datum 1323 einzeichnet. Von Blatt 110 a beginnt dann eine ganz andere Hand und ein anderer Theil der Chronik; sie führt die Jahre 1338—50 (Fol. 113 a) durch und ist ganz und gar eine gleichzeitige Abschrift der Neuberger Chronik *) und hat für unsere Vergleichung keine besondere Wichtigkeit. Am Ende dieses letzten Theiles steht mit anderer Schrift „Finis adest“, und hier muß für die Handschrift eine neue Geschichte begonnen haben. Sie ist mit Schweigen bedeckt, denn bis 117 b sind alle Seiten leer und erst hier begegnen wir zwei Notizen, das Kloster St. Lambrecht betreffend, von 1418 und 1480. Die erste, in kräftiger gothischer Minuskel, stimmt fast wörtlich mit der Steininschrift auf der Schloßkapelle zu St. Lambrecht; die andere dürfte vielleicht der Hand Mannerstorfers angehören, jenes kräftigen Syndikus desselben Stiftes, der so viel für das dortige Archivswesen und für die Klostergeschichte gethan.

Nach dem, was hier gesagt und zum guten Theile auch aus den Vergleichungen mit dem Petz'schen Abdrucke ersehen werden kann, ist die Gratzer Handschrift eine reiche und in vieler Hinsicht auch originelle Continuatio Martini Poloni. Ich will die Angabe über Originalität in zweierlei Beziehung als bedingt hinstellen. Denn für's erste wird es nicht ganz klar, ob die Anlage der Continuatio im Theile der Päpste- und Kaiserlegenden von dem Schreiber der Handschrift ausgedacht ist oder ob er sie schon vorhanden gefunden. Nach der Unklarheit des Systemes, wie wir es in den ersten 26 Blättern verfolgen können, und bei dem Umstande, daß eine ähnliche Continuatio aus älterer Zeit nicht vorliegt, sollte man wohl ersteren Fall annehmen. Denn hätte er rein abgeschrie-

*) Ich bemerke, daß die erste Hand der Neuberger Chronik gleichfalls mit 1350 schließt; vgl. Mon. Germ. XI. 676, Note d.

ben, so wäre vermuthlich auch in die ersten Blätter mehr Ordnung gekommen. *) Bezüglich des chronistischen Theiles dann ist allerdings die fremde Quelle bis auf jene Daten nachweisbar, die wir der Zeit und den Verhältnissen der Handschrift nach als original stets werden anerkennen müssen.

Da die chronistischen Notizen unserer Handschrift die eigentlichen Führer zur Erkenntniß des wahren Sachverhaltes sind, will ich zuvörderst an deren quellenmäßigen Nachweis gehen. Ich lasse somit hier den Nachweis der Stellen der Martinus-Polonus-Anlage in dem sogenannten Anonymus Leobiensis vorläufig bei Seite, weil ich ohnehin bei Zergliederung dieses auf sie zurückkommen werde. Denn nicht sie sind es, welche uns zeigen, wo der wahre Anonymus Leobiensis zu suchen ist, sondern jene, da sie die Angaben specifisch steirischer Natur enthalten, auf welchen der von Petz gefundene Name beruht.

Für diesen Nachweis ist folgende Tabelle bestimmt.

Handschrift		Schlagworte	Gedruckte Chroniken	Ungedruckte oder nur aus dem Petz'schen Anon. Leobiensis bekannte Stellen
Blatt	Jahre			
82 a	1104	Leupoldus — militari	ohne „militari" Chr. Clnbg. bei Petz I. J. 1104 und Chr. Austr. bei Rauch II. J. 1104	
„	1106	Leupoldus — uxorem	Chr. Clnbg. 1106 Chr. Austr. 1106	
„	1114	Inchoauit — edificare	in Beiden weitläufiger. J. 1114	—
„	1116	Nonis — Italiam	mit geringen Abweichungen in Beiden. J. 1116	
82 b	1133	Seculares — substituti	mit geringen Abweichungen in Beiden. J. 1133	
„	1136	Obiit — ecclesie (Tod Mkgf. Leopolds IV.)	—	—
83 a	1126	Nix — ammiratione	nur als „Valida nix fuit" in Beiden. J. 1126	

*) Was mich zur Annahme der Nicht-Originalität im erstgenannten Theile bestimmte, sind gewisse kleine Lese- oder Schreibfehler, die ganz eben so im nachweisbar nicht-originellen Theile der chronistischen Notizen auftauchen. Freilich sind dieselben auch bei originellen Abfassungen nicht ausgeschlossen.

Handschrift		Schlagworte	Gedruckte Chroniken	Ungedruckte oder nur aus dem Pez'schen Anon. Leobiensis bekannte Stellen
Blatt	Jahre			
83 a	1156	Isto anno — locati (Reformirung der Kirche zu Salzburg)	—	—
83 b	1156	Mutatur — ducatum	in dieser Form nur in Paltram Vazo bei Pez I. 708, J. 1154	
87 a	1193	Richardus — munite (Gefangennehmung Richards)	—	—
"	1215	Leupoldus — inueniebatur (Kreuzzug Leopolds IV.)	—	—
87 b	—	Gene(a)logiaLeupoldi (Filiation u. Geschichte nach Leopold VI.)	—	—
"	1240	Obscuratus — numerum	Chr. Clnbg. J. 1241 Chr. Austr. J. 1241	
"	"	Chumani — obiit	in Beiden 1142. Die Hdschr. ist hier reiner; denn sie bringt den Tod P. Gregors nur einmal	
88 a	1243	Tarthari — ab ipso	in Beiden. J. 1243	
88 b	1244	Heinricus — inhorruerat; ohne die Erzählung von den Günstlingen des Herzogs	mit derselben in Beiden. J. 1244	
"	1245	Hermannus — valuit	in Beiden J. 1249	
"	1245	Innocencius — fuit	deßgl. J. 1245	
"	1246	Fridericus — obiit	deßgl. J. 1246	
"	1251	Clerici — librorum (! statt Ciliorum, mit Zusatz „et ciuitas Loenk — excepta una domo")	dßgl. 1251 ohne Zusatz	
"	1252	Supradictus Otakerus — Ducissa Austrie	deßgl. 1252	
89 a	1253	Regis (! Rex) — in terram suam	dßgl. 1253, doch anders geordnet und mit mehr	

Handschrift Blatt	Handschrift Jahre	Schlagworte	Gedruckte Chroniken	Ungedruckte oder nur aus dem Petz'schen Anon. Leobiensis bekannte Stellen
89 a	1253	Bela rex — Styriam terram „(mit Zusatz et taliter erat diuisa u. ff.)“	Chr. Clnbg. J. 1253 u. Chr. Austr. J. 1254 mit Einschüben aber ohne Zusatz	
„	1258	Chunradus — omnia	in Beiden annähernd J. 1258, doch weit ähnlicher Paltram J. 1258	
„	1259	Stephanus — deduxit (mit leichten Aenderungen auch Fol. 93 a)	in Beiden J. 1259 mit unter sich verschiedenen Zusätzen; in dieser Form Paltram 1259	
„	1260	Factus — Vngaris	in Beiden J. 1260	
„	1261	Hoc anno — et mane	deßgl. J. 1261 und Paltram J. 1261	
89 b	(1262)	Eodem anno — receperunt	in Beiden J. 1261—62, doch mit Einschüben	
„	1263	Facta est — nobiles	in Beiden J. 1262—63 mit gegenseitig fremden Einschüben	
„	1263	Summus — dyademata regum	nur in Paltram J. 1264 und Historia annor. 1264—79 in Mon. Germ. XI. 649	
„	—	Igitur — Clemens Papa	Historia annor. 1264—79, in Mon. Germ. XI. 649	
„	1266	Frater regis — proclamatur	ebendas. 650	
90 a	1267	Bela rex — xvi prin....	ebendas., dann auch in Paltram J. 1267. Die Hdschr. anfänglich mehr mit diesem, zuletzt mehr mit jener stimmend	
91 b	1270	Igitur anno — foderentur	Histor. annor. in M. G. 651, theilweise auch Paltram J. 1270	
92 a	1271	Rex Bohemie — imperatorem	ebendas. 651, Paltram J. 1270	
„	1272	Gregorius — annis	ebendas. 652, Paltram J. 1272	

Handschrift		Schlagworte	Gedruckte Chroniken	Ungedruckte oder nur aus dem Petz'schen Anon. Leobiensis bekannte Stellen
Blatt	Jahre			
92 a	1273	Rex Bohemie — imperatorem	Histor. Annor. in M. Germ. XI. 652 und Paltram J. 1273	
„	1274	Celebratur — reuertuntur, doch mit Einschub „Eodem anno imponitur — quinque	ebendas. 652 u. theilw. Paltram J. 1274	
„	1275	Gregorius — meridie	nur im ersten Satze in Clnbg. J. 1276	
„	1276	Innocentius — fame	Chr. Clnbg. J. 1276	
93 a	1257	Opposuerunt se — postulauerunt	Chr. Clnbg. u. Chr. Austr. J. 1257	
„	—	Eodem anno — aqua	—	in Petz nur theilweise 1257
„	1258	Stephanus — duxit	in Beiden J. 1259	
„	1262	Venerunt — caputiis (ist Variante von oben 1261)	—	—
„	—	Eodem — Christi (Variante von oben Fol. 89 b)	—	in Petz theilweise J. 1261
„	1264	Cometa — disparuit (ebenfalls Fol. 89 b)	—	deßgl. J. 1266.
„	1256	Ludwicus — uxorem	Chr. Clnbg. u. Austr. J. 1256, letzteres mit Zusatz	
„	1266	Opidum in Schadwina — extincti	—	in Petz J. 1266.
„	1267	Terremotus — latinam	—	deßgl. 1267
„	1268	Leuben — poterat	—	deßgl. 1268
„	1269	Chunradus — decollatur	—	deßgl. 1269
94 a	1260	Bela rex — orphanus (Variante v. Fol. 89 b)	—	deßgl. 1260
„	1265	Karolus — priuauit	—	deßgl. 1264
„	1266	Sarraceni — triumphauerunt	—	deßgl. 1266

Handschrift Blatt	Handschrift Jahre	Schlagworte	Gedruckte Chroniken	Ungedruckte oder nur aus dem Petz'schen Anon. Leobiensis bekannte Stellen
94 b	1270	Scs. Ludwicus — propria	—	in Petz J. 1270
„	1271	Ottokarus — reuersus (Variante v. Fol. 92 a)	—	—
„	1274	Celebratur — Maii (deßgl. v. Fol. 92 a)	—	—
„	1276	Rex Romanorum — Carniolia (Kriegszug Rudolfs)	—	—
„	—	Eodem anno — exusta (Variante v. Fol. 91 a)	—	—
„	—	Eodem — Romanorum (deßgl. v. oben 1276)	—	—
95 a	1277	Johannes papa — XXX denarii	Chr. Clnbg. J. 1277	
„	1278	Rex Ottokarus — euasit	ebendas. J. 1278	
„	1280	In die — terre	—	in Petz J. 1281
„	1282	In capitulo — exusta	—	deßgl. 1284
97 a	1284	Ventus — inpugnat	—	deßgl. 1284
„	1285	Leuben — exusta	—	deßgl. 1309
„	1287	Scs. Virgilius — translatus (Virgils Uebertragung)	—	—
„	1288	In festo Agathe — deuastata (Eroberung Frisachs)	—	—
„	1290	Rudolfus — obiit (Tod d. Eb. Rud. v. Slzb.)	—	—
„	1291	Andreas — inuasit (Krieg mit Ungarn)	—	—
„	1292	Chunradus — captiuauit (Salzb. kärntn. Krieg)	—	—
„	1292	Otto — reuersus (Steirischer Aufstand)	—	—

Handschrift Blatt	Handschrift Jahre	Schlagworte	Gedruckte Chroniken	Ungedruckte oder nur aus dem Petz'schen Anon. Leobiensis bekannte Stellen
97 a	1296	Albertus — obsidione (Oesterr. salzb. Krieg)	—	—
„	1297	Abbas — emanauit (Tod Heinr. v. Adm.; — Leoben)	—	—
„	1298	Leuben — exusta	—	in Petz J. 1311
„	1299	Erant — tempora (Gute Jahre)	—	—
98 a	1297	Ascendit — regno (Deutscher Zug Herzog Albrechts)	—	—
99 b	1305	Circa festum — euertit	—	in Petz J. 1308
„	1307	Die Jouis — gustauerunt	—	deßgl. 1307
„	1308	Ecclesia — cremata est	—	deßgl. 1308
„	1309	Clemens — laterauit	—	weitläufiger in Petz J. 1309
„	1311	In Vigilia — confiteri	—	in Petz J. 1311
101 b	1312	Chunradus — detenti (Salzb. östr. bair. Krieg)	—	—
„	1312	Ortum est — ferra	—	in Petz J. 1312
„	1313	Quidam — predixit (Weissagung)	—	—
102 b	1314	Circa festum — terris (Deutsche Wahl Herzog Friedrichs)	—	—
„	1316	A Natiuitate — dispersum	—	in Petz J. 1316
„	1314	Electores — elegerunt (Variante zu oben 1314)	—	—
103 a	1315	Wichardus — electus (Auffindg. v. Reliquien in Salzburg)	—	—
104 a	1321	Tante — nigre erant (Ueberschwemmung — Sonnenfinsterniß)	—	—

Handschrift		Schlagworte	Gedruckte Chroniken	Ungedruckte oder nur aus dem Pez'schen Anon. Leobiensis bekannte Stellen
Blatt	Jahre			
104 a	1322	In principio — defluerent (deßgleichen)	—	—
„	—	Hoc tempore — peccuniam (Schlacht bei Mühldorf)	—	—
104 b	—	Notandum — dependebat	—	in Pez J. 1336
105 a	—	Tempore — confirmatus (Östr.bair.deutsch.Krieg)	—	—
105 b	1324	Ludwicus — apostolico (Streit Ludw. m. d. Ppst.)	—	—
„	1325	Cenobium — gratiam (Kloster Rein, Ueberschwemmung)	—	—
106 a	1327	In secundo — Marie (Wetter)	—	—
106 b	1328	Factus est — depopulaciones (Erdbeben u. s. w.)	—	—
„	1330	Dominus — auenam Tod Friedrichs, Naturerscheinungen)	—	—
107 b	1331	In Marchia — interfecti (Geistergeschichte)	—	—
108 a	1333	Erat — vesperat (Sonnenfinsterniß)	—	—
„	1334	Papa — papa (P. Johann XXII.)	—	—
109 a	1335	In Quadragesima — subegit (Kärntn. Krieg)	—	—
„	—	Eodem — mentirentur	—	in Pez J. 1335
„	—	Eodem — copiosa (Ung. böhm. östr. Krieg)	—	—
„	1336	Otto — remanserunt (Derselbe)	—	—

Der Rest von 1338—50 ist (wie schon bemerkt) rein Abschrift der Neuberger Chronik, wie sie an den betreffenden Stellen in den Mon. Germ. XI. 671 u. ff. (Cod. Novimont.) abgedruckt ist; er und die zwei Lambrechter Notizen von 1418 und 1480 kommen hier nicht in Betracht.

Ueberblicken wir diese Tabellen und was vor ihnen gesagt worden, so finden wir, daß die Chronik im Style eines Sammlers, der leere Räume auszufüllen hat, angelegt ist. Dieß entspricht auch ganz dem Geiste einer continuatio Martini Poloni, welche die Grundlage und den Kern der ganzen Handschrift bildet.*) Daher dieser Wechsel benützter Chroniken und diese Sprünge in der Zeit, die, wie auf Blatt 93 a, zuweilen einer förmlichen Umkehr gleicht. Demungeachtet ist dadurch die Klarheit des Einblickes in den chronistischen Theil nicht gestört. Man erkennt, daß vorwaltend Klosterneuburger Chroniken verwendet sind, daß aber unsere Handschrift auch Zusätze bringt, die sich aus jenen nicht nachweisen lassen.**) Neben ihnen, deren letzte Verwendung 1278 erscheint, tritt auch die uns nur noch fragmentarisch erhaltene „Historia annor. 1264—79“ auf, welche auch Paltram Vazo benützte. Der Rest ist entweder (doch nur in wenigen Stellen) ein leicht geänderter Auszug, eine Variation vorhandener Chroniken, oder (und dieß an den meisten Orten) Original, davon aber viele Daten selbst im Petz'schen Abdrucke nicht gegeben sind. So läßt sich denn die Handschrift nicht nur zur Corrective der falschen Daten bei Petz benützen, sondern es wird eine neue Reihe historischer Daten aufgedeckt. In diese noch unbekannten oder nur bei Petz vorhandenen historischen Notizen rangiren aber alle jene, die bisher Anlaß waren, den Klosterneuburger Com-

*) Wie begründet diese Angabe ist und wie vielfach verzweigt diese Compilationen sich nachweisen lassen, zeigt auch das Fragment einer continuatio Martini Poloni bei Böhmer II. 457 u. ff. Was dort pag. 458, J. 1259 „Constantinopolis — recuperata fuit“, ist in unserer Handschrift Fol. 94 a; ferner dort ibid. J. 1260 „Rex Ungarie — confirmauit“ ist hier etwas reicher ebendas.; dann p. 459, J. 1264 „cometes — disparuit“, hier Fol. 93 a; ibid. J. 1265 „Predictus Karolus — priuauit“, hier Fol. 94 a; ibid. J. 1266 „Quam plurima — triumphauerunt“, hier ebendas.; ibid. J. 1268 „Conradus nepos — decollatur“, hier Fol. 93 a, und endlich p. 460, J. 1270 „Lodwicus — defunctus“, hier etwas kürzer Fol. 94 b.

**) Es ließe sich auf eine ältere, weniger mit fremden Einfügungen versehene Handschrift jener Chronik von Klosterneuburg, welche Petz I. 436 u. ff. abdruckte, schließen. Der Compilator des sogenannten Anonymus verwendete mehr die Chronik der Rauch'schen Ausgabe.

ilator „Anonymus Leobiensis“ zu nennen. Hier inden sie sich nicht nur alle, sondern noch andere, nbestreitbar gleichen Ursprunges und Charakters azu; sie finden sich in der Schrift der Zeit, von der ie reden, daher haben wir in unserer Handschrift as Original des Anonymus Leobiensis, so weit nan überhaupt das Recht hat, diesen Namen zu geen, zu erkennen.

Daß derselbe hier nicht in dem Kleide erscheint, als man ielleicht nach Böhmers Hypothese erwartete, ist eine andere Sache. Der Anonymus, wie er jetzt an uns herantritt, ist in Wirklichkeit und im Original nicht der Compilator der Petz'schen Handschrift, sondern ein großentheils selbstständiger Continuator Martini Poloni, dessen Areit in der Compilation des dortigen Abdruckes nur nit anderen zu Grunde gelegen hat.

Der Schrift nach ist die Grazer Handschrift mit Johann von Biktring gleichzeitig, aber vor Abschluß seiner Chronik geschrieen. Eine Verbindung zwischen ihm und dem Schreiber jener läßt ich auch nicht in Einer Zeile erkennen *); in Anlage, Styl und Zweck sind sie beide gleichfalls vollkommen von einander verschieden. Der Verfasser der Handschrift mag ein Leobner Dominikaner gewesen sein, zum mindesten in oder bei Leoben ansässig. Seine Kenntniß der Urkunden des Klosters Göß kann auch auf dieses und seine dortige Verwendung weisen. **) Kein Anzeichen ist indessen so bestimmt, daß es veranlassen könnte, den einmal hergebrachten Namen umzuändern. Bis 1337 scheint die Chronik am ursprünglichen Orte geführt, dann aber nach Neuberg gewandert zu sein. Denn die Jahre 1338—50 sind Copie der Chronik des dortigen Klosters. Wie sie nach Lambrecht kam, ist dunkel. Ich vermuthe aber, es sei um 1350 etwa geschehen, vielleicht als eine Art Friedensgabe; denn um jene Zeit wurde zwischen beiden Klöstern ein langwieriger Streit um Alpen und sonstige Güter abgethan.

An dieser Stelle muß begreiflich darauf verzichtet werden, den chronistischen Kern des wahren Anonymus Leobiensis ab-

*) Nur in einem einzigen Passus ist größere Verwandtschaft vorhanden, weil an beiden Orten die Stellen ganz kurz sind; es ist dieß bei 1325, Fol. 105a „Anno dni M°ccc°xxv°. Cenobium Runense ex habundancia pluuiarum per torrentem mox est repletum sentina per montium ambitus et omnes officinas. vii°. ydus Junii.“ Vgl. dazu Joh. Victorien. p. 399.

**) Vgl. dazu die Urk. in Font. rer. austriac. II., Nro. 37, pag. 208, worin das Kloster Göß von dem eben erst gegründeten Dominikanerkloster zu Leoben in die Verbrüderung aufgenommen wird.

zudrucken. Dieß soll seinerzeit in den Vereins-Publicationen geschehen, und zwar losgetrennt von der Umgebung des Martinus Polonus, als neue, wenn gleich kurze Chronik und Geschichtsquelle namentlich für unser Land.

Ich gehe nun auf die Erörterung des bisher so genannten Anonymus Leobiensis und dessen Bestandtheile über. Sie wird nur bei einem ihrer Punkte — bei dem Nachweise des Martinus-Polonus-Inhaltes — Gelegenheit geben, die Beweisführung hinsichtlich der Grazer Handschrift, bei der vorerst nur die maßgebenden chronistischen Stellen in's Auge gefaßt wurden, zu ergänzen.

Um die Bestandtheile des Petz'schen Anonymus zu gewinnen ist es nothwendig, Satz für Satz denselben mit den vorhandenen Chroniken zu vergleichen. Denn es zeigte sich, besonders zu jener Zeit, in welcher unsere Chroniken überhaupt etwas ausführlicher werden, nur zu bald und zu klar, daß oft in einer einzigen Jahresalinea zwei, auch drei und sogar noch mehr verschiedene Quellen zusammenfließen. Die Zersetzung muß ergeben, welche Quellen der Compilator überhaupt, welche besonders und wie weit er jede der letzteren benützte. Es kann dabei natürlich nicht fehlen, daß einige Stellen unbekannt bleiben, entweder nicht auffindbar überhaupt oder wenigstens nicht in der Form, welche der Petz'sche Abdruck bringt. Indeß, auch Compilatoren muß man zugestehen, daß sie zuweilen Gegebenes umzuformen streben, obgleich nach allen Wahrnehmungen zu schließen, der unsere selbst einer solchen Thätigkeit nur ausnahmsweise sich unterzogen zu haben scheint. Allein immerhin, unter solcher Voraussetzung läßt sich an ein weiteres Suchen nicht denken. Tröstlich ist es, daß die gar nicht oder in der gegebenen Form nicht auffindbaren Stellen auf ein Minimum an Zahl herabrücken. Dazu kömmt, daß auf ihnen das Gewicht der Entscheidung in irgend einer der Hauptfragen nicht im entferntesten beruht. Mit ihnen wie ohne sie ist der Charakter der Petz'schen Chronik im Detail vollkommen festzustellen; durch ihren Nachweis ließe sich zwar das Ergebniß bis in das äußerste Glied verfolgen und ergänzen, allein es würde schließlich doch kein anderes sein, als es auch ohne sie werden muß.

Ueber die wesentlichsten Bestandtheile konnte, wie schon Anfangs bemerkt, seit Petz und namentlich seit Böhmer's Ausgabe des Joannes Victoriensis kein Zweifel mehr sein. Es handelte sich aber jetzt um die Form und Stärke der Ausnützung uns schon bekannter Chroniken durch den Compilator, dann aber auch um Beziehungen, welche sonst noch nicht waren in's Auge gefaßt worden. Daß Martinus Polonus die Grundform der Anlage

oete, darüber war man im Reinen; allein es ist nicht so sehr die
ıge nach den wesentlich benützten Quellen, als vielmehr nach dem
ade und der Intensivität dieser Ausbeutung. Nicht die allgemeine
stimmung, sondern nur die Detailuntersuchung kann klären, was
a doch in der Martinus-Polonus-Anlage des Petz'schen Anonymus
obiensis als neues Material vorliegt. Zuvörderst war nun die Auf-
e, dem Benützungsnachweis eine gedruckte Ausgabe des Martinus
lonus zu Grunde zu legen, welche durch möglichstes Zutreffen der
ellen Vergleich und Darstellung unterstützte. Obzwar nun eine
ntinuatio Martini Poloni der Natur der Chronik nach näher
e, da die reine Anlage im Abdrucke nur an wenigen Stellen sich
ennen läßt, zeigte sich doch keine (auch jene bei Eckard Corp. hist. I.
13 u. ff. nicht) vollkommen geeignet, und mußte, obwohl sie zu
athe gezogen wurden, von ihnen abgesehen werden. Dagegen
vies sich die Verwandtschaft mit der in Schilter: Script. rer.
rm. 337 u. ff. edirten reinen Form eines Martinus Polonus als
oß und besser verwendbar als die von P. Klimesch besorgte Aus-
be des Tepler Codex (1859) und wurde sie zur Vergleichung herbei-
zogen. Uebrigens läßt auch diese Ausgabe Schilter's nur zu bald
Stiche. Unter den Chroniken im eigentlichen Sinne lehnt sich der
etz'sche Abdruck zunächst, doch eben nicht zu häufig an das Chronicon
ellicense (bei Petz I. c. 163 u. ff.), welches ebenfalls mit häufigen
otizen durchzogen ist, die an Martinus Polonus erinnern, dann an
s Chron. Austriacum (bei Rauch Script. rer. aust. II. 213 u. ff.),
ssen Verwandtschaft Böhmer besonders hervorgehoben. In weiterer
eihe figuriren dann Joannes Victoriensis (nach Böhmer: Fontes
g. I. 276 u. ff.), und endlich die Grazer Handschrift. Hier er-
ähne ich auch, daß es mir geboten erschien, die Vergleichung nach
en alten Ausgaben von Petz und Rauch anzustellen, und nicht nach
en verschmolzenen in den Monum. Germaniae, da jene die Hand-
hriften eben in der Form wiedergaben, wie unser Compilator sie
enützte, und wir offenbar, um ihn zu erforschen, seine Wege
ehen müssen — ein Grund, der mich auch bei der ersten Ver-
leichstabelle dasselbe Verfahren einschlagen ließ.

Da ich endlich hier nur den Petz'schen Anonymus und
eine Bestandtheile im Verhältniße zur neuen Hand-
chrift zu untersuchen hatte, konnte ich füglich alle Nebenfragen
er Beziehungen zu anderen Handschriften und Abschriften oder
Auszügen als bei Freher: Scr. rer. germ. I., 431 u. ff., Würdtwein:
Subsidia III., 201 u. ff., bei Seite lassen, und bemerke schließ-
ich, daß, wo in der Tabelle einfach die Blatt- oder Seitenzahl
er Vergleichsstellen ohne Bemerkung angegeben ist, die Ueberein-
timmung auf's Wort sich ergab.

Tabelle

für den Nachweis der Quellen des Petzischen Anonymus Leobiensis.

Erstes Buch.

Jahr und Columne	Schlagworte	Martinus Pol. Ausgabe von Schilter: Scr. r. g.	Chron. Mellic bei Petz: I. 165 u. ff.	Chron. Austr. bei Rauch: II. 213 u. ff.	Gratz[er] Handsch[rift]
— c. 755	Incipit — Romanorum	—	—	—	Fol. 15 [b] „Hic inci[pit] gesta pri[nci]pum" u.
— „	Christus assistens — Christi ...	—	—	—	Fol. 1[illegible]
— „	Natus est — Eodem anno	—	—	—	Fol. 1[illegible]
677 c. 756	Sub Gregorio u. s. w. nicht weiter zu verfolgen	—	—	—	—
935 „	Lipoldus — Praeclara (im Chr. Cremif. b. Rauch I. 168, z. J. 920)	—	—	—	—
937 „	Tempore — sepultus	973, p. 367	—	—	Fol. 7[illegible]
939 „	Hoc tempore — occiduntur	—	906 u. 907, c. 216—17	—	—
	Ungari — vastant	—	908, c. 217	—	—
941 „	Hoc tempore — redeunt	—	938, c. 218	—	—
943 „	Hoc tempore — facta est	—	943—49, c. 218	—	—
944 c 757	Hoc tempore — factae sunt	—	953, c. 219	—	—
946 „	Hoc tempore — Augusti. steht zu J. 953	—	954—55, c. 219	—	—
948 „	Bendictus — sepelitur	965, p. 366	—	—	Fol. 7[illegible]
950 „	Leo nonus — Imperatoris	965, p. 366 nur bis septem.	—	—	Fol. 7[illegible]
952 „	Joannes — partes misit	967, p. 366	—	—	Fol. 7[illegible]

r n-	Schlagworte	Martinus Pol. bei Schilter: Scr. r. g.	Chron. Mellic. bei Petz: I. 165 u. ff.	Chron. Austr. bei Rauch: II. 213 u. ff.	Grazer Handschrift
	Otto—Ratisponæ. Variante zu J. 946	—	—	—	—
	Benedictus — absinthio	974, p. 367	—	—	Fol. 76 b
	Donus — diebus 2	975, p. 367	—	—	Fol. 76 b, doch heißt der Papst hier Bonus
	Otto — transporportasse	—	—	—	—
9 58	In hac — deportatur	—	—	—	—
	Bonifacius — extinctus est	977, p. 367	—	—	Fol. 76 b
53	Benedictus — captivatur	leicht verändert 978, p. 367	—	—	Fol. 76 b
5	Johannes — moreretur	mit wenigen Worten mehr 968, p. 367	—	—	Fol. 76 b
7	Otto cum filio — cum honore	973, p. 367	—	—	Fol. 76 a
9 59	Hoc tempore — coronatur. Variante v. J. 937	973, p. 367	—	—	—
71 „	Floruit — decantavit. Auch in Mart. Minorita bei Eccard. Corp. hist., c. 1616	—	1015, c. 121 in den Martinischen Zusätzen	—	Fol. 78 b, ganz ähnlich
73 „	Johannes — die uno	987, p. 367	—	—	Fol. 76 b
75 „	Johannes — est defunctus	987, p. 367	—	—	Fol. 76 b
77 „	Hoc tempore — colligitur	—	968, 970, 972, c. 219	—	—
79 „	Hoc tempore — ad Dominum	—	973, c. 219	973, p. 213	—
80 „	Hoc tempore — Leupoldi	—	(Chr. Clneob. b. Petz J. 976—91, p. 436)	988, p. 214	—
	Eodem anno — obiit	—	991, c. 220	991, p. 214	—

Jahr und Columne	Schlagworte	Martinus Pol. bei Schilter: Scr. r. g.	Chron. Mellic. bei Pez: I. 165 u. ff.	Chron. Austr. bei Rauch: II. 213 u. ff.	Gratze Handschr
982 "	Otto tertius — in Imperatorem	bloß bis regnauerunt, 983, p. 367	—	—	Fol. 77
983 c. 760	Et nota — legem	—	—	—	Fol. 78
985 "	Tertius Otto — sepultus	—	—	—	Fol. 77
987 "	Ad petitionem — possideret	—	—	—	Fol. 77 a, tiger, erste cifisch steir.
989 c. 761	Imperator — sepelitur	—	—	—	—
991 "	Hoc tempore — s. Stephanus	—	—	—	—
993 "	Tempore Johannis — assit nobis gratia	—	—	—	Fol. 77
995 "	Gregorius — recepit	997, p. 367	—	—	Fol. 76
997 "	Johannes — exoculatus est	999, p. 367	—	—	Fol. 77
(1000) c. 762	Beatus Heinricus — corruscando	1003, p. 368	—	—	Fol. 79
1002 "	Silvester — exaratum	1000, p. 368	—	—	Fol. 77
1004 c. 763	Johannes — diebus 25	1004, p. 368	—	—	Fol. 77 b einem zwei Schlusse " cessanit d bus XIX.
1006 "	Johannes — apud s. Petrum	nur bis triginta, 1004, p. 368	—	—	Fol. 77
1008 "	Tempore beati Heinrici — reuerentiam	—	—	—	Fol. 78
1010 c. 764	Isto anno — Ecclesiæ suæ	—	—	—	Fol. 78 a, besserem brum u. Te zweite stei Notiz

r n-	Schlagworte	Martinus Pol. bei Schilter: Scr. r. g.	Chron. Mellic. bei Pez: I. 165 u. ff.	Chron. Austr. bei Rauch: II. 213 u. ff.	Gratzer Handschrift
2	Hainricus — afferentes	—	1016, c. 222 in längerer Fassung	—	—
4	Hoc tempore — collatis	—	ebend. verändert	—	—
6 65	Tempore s. Hainrici — sepeliendo	—	—	—	Fol. 79 a
8	Hoc tempore — coronatur	—	—	—	Fol. 78 b
20	Papa Benedictus — bestialiter vixi	1032, p. 368	—	—	Fol. 78 b
24	Hoc tempore — subiugavit; steht in seinem Schlusse z. J. 1038	—	—	—	—
26 766	Chunradus — effecti	—	—	—	—
27 "	Rex Italiam — coronatur	—	—	—	—
28 "	Hic Rudolfus — niteretur	—	—	—	—
29 "	Chunradus — reversus	—	—	—	—
30 "	Hunc Leopoldus — habere; Variante z. J. 1042	—	—	—	—
031 "	Iterum Imperator — sepelitur	—	—	—	—
032 "	Liutici — rebellat	—	1035—36, c. 223 in veränd. Fassung	1034—1035, p. 216 etwas verändert	—
033 "	Benedictus — intravit	1012, p. 369	—	—	Fol. 78 b
034 767	Johannes — Latinis	1023, p. 369	—	—	Fol. 78 b mit „Romanis“ statt „Latinis“
035 "	Benedictus — electuros	1032, p. 369	—	—	Fol. 78 b

Jahr und Columne	Schlagworte	Martinus Pol. bei Schilter: Scr. r. g.	Chron. Mellic. bei Pez: I. 165 u. ff.	Chron Austr. bei Rauch: II. 213 u. ff.	Grazer Handschr
1036 „	Silvester — est papa	nur bis sex, 1046 p. 369	—	—	Fol. 79
1037 „	Gregorius — voluntate	nur bis deportavit, 1047, p. 369	—	—	Fol. 79
1038 „	Hainricus — regno suo; steht z. J. 1024.	—	—	—	—
1039 c. 768	Adalbertus — obierunt	—	1008—42, p. 223—24 (Chr. Clneob. b. Pez I. 1039—42, c. 438)	1042, p. 217	—
1040 „	Hoc tempore — electus	—	mit großen Abweichungen 1040, c. 223	—	—
1041 „	Hoc anno — cepit Et fuit — jacet	—	gutentheils 1040, c. 223.	—	Fol. 81 a, e verändert
1042 c. 769	Chnnradus — vocatur	nur bis monasterium, 1017 p. 368	—	—	Fol. 80 a
1044 „	Gysula — obiit	—	mit Schlußzusatz 1043, c. 224	1043, p. 217	—
1045 c. 770	Hoc tempore — successit	—	1044—45, c. 224	1044—45, p. 217	—
1046 „	Hoc tempore — sublimantur	—	1046—47, c. 224	1046—47, p. 217	—
1048 c. 770	Hoc tempore — premisit	—	1049, c. 224	1049, p. 217	—
1050 „	Agnes — pacificando	—	1050—51, c. 224	1050—51, p. 217	—
1051 „	Hainricns — obiit	—	1053—56, c. 224—25	1053—56, p. 217	—
1053 „	Ernust successit	—	nur zum Theile 1056—57, c. 225	nur theilweise 1056, p. 217	—
1055 „	Hainricus — scisma	—	—	—	—
1056 „	Leo IX. — sustinuit	—	—	—	Fol. 79 a

…r …d …m.	Schlagworte	Martinus Pol. bei Schilter: Scr. r. g.	Chron. Mellic. bei Petz: I. 165 u. ff.	Chron. Austr. bei Rauch: II. 213 u. ff.	Gratzer Handschrift
…8	Hoc tempore — Ego Berengarius	gekürzt 1040, p. 370	—	—	Fol. 81 a
…0 …71	Tempore Alexandri — s. Petri	nur bis expulerunt, 1063, p. 371	—	—	Fol. 80 b
…2	Clemens — pontificatus sui	nur umgearbeitet, 1050, p. 370	—	—	Fol. 79 b
…3	Damasus — defunctus est	1051, p. 370	—	—	Fol. 79 b
…4	Leo papa — miraculis	1052, p. 370	—	—	Fol. 79 b mit Bezeichnung „X“
…5	Victor — suscipitur	1057, p. 370	—	—	Fol. 80 b
…6	Stephanus — sepultus	1059, p. 370	—	—	Fol. 80 b
…8	Nicolaus — electus	1061, p. 370	—	—	Fol. 80 b
…9	Alexander — tumulatus	1063, p. 370	—	—	Fol. 80 b
…70 …72	Gurcensis — instituitur	—	—	—	—
…72	Hainricus II. — s. Petri	—	—	—	Fol. 81 a
…73 …73	Hoc tempore — in bello	—	1073—74, u. z. Theile 1075, c. 226	1073—74 und theilweise 1075, p. 219	—
…74	Leutpoldus — IV. Id. Junii	—	theilw. andere Fassung 1075, c. 226	theilw. andere Fassung, 1075, p. 279	—
…75	Hoc tempore — Streva	—	1077—78, c. 226	1077—78, p. 219	—
…76	Hoctempore — III. Id. Aug.	—	in and. Fassung 1081—82, c. 226	1081, p. 219	—
…77	In monte — facta est	—	1089, c. 227	1082, 1083, 1089, p. 219	—
…78	Tempore Papae Urbani — transferuntur	mit anderem 1088, p. 371	—	—	Fol. 82 a

Jahr und Columne	Schlagworte	Martinus Pol. bei Schilter: Scr. r. g.	Chron. Mellic. bei Petz: I. 165 u. ff.	Chron. Austr. bei Rauch: II. 213 u. ff.	Gratzer Handschrif
1079 "	Hoc tempore — tolluntur	mit anderem 1088, p. 371	—	—	Fol. 82 a a Rande
1080 c. 773	Hoc tempore — praeclarus	mit anderem 1088, p. 371	—	—	Fol 82 a
1082 "	Hoc tempore — reperitur	zusammengestellt aus zwei Partien 1057 u. 1075, pp. 370—71	—	—	Fol. 81 b
1083 c. 774	Gregorius VII. — Cluniacensis		—	—	Fol. 81 b
1084 "	Victor III. — oritur	1067, p. 371	—	—	Fol. 81 b
1085 "	Urbanus — sepultus est	mit anderem 1088, p. 371	—	—	Fol. 81 b
1087 c. 775	Hainricus — afflixit	mit anderem 1057, p. 370	—	—	Fol. 81 a
1088 "	Huius — consumeretur	1057, p. 370	—	—	Fol. 81 a
1090 "	Tempore — laudabilis	1107, p. 372	—	—	Fol. 82 a
1092 "	De Carthusiensiensibus — Carthusienses	—	—	—	—
1094 "	Tempore — Bernhardus.	—	—	—	Fol. 81 b
	Unde versus — caderent	—	—	—	—
1095 c. 776	Leutpoldus — Jerosolymam	—	—	1095—96, p. 220	—
1096 "	Hoc tempore — exagitant	—	mit anderem 1058—62, p. 225	mit anderem 1058—62, p. 218	—
1099 "	Chunradus — moritur	—	—	—	—
1101 "	Hoc tempore — petiit	—	—	1100, p. 220	—
1102 "	Isto anno — militari	—	—	ohne militari 1104, p. 220	Fol. 82 a
1104 "	Hainricus — Romanos	—	—	—	—

ahr und Num- ne	Schlagworte	Martinus Pol. Ausgabe von Schilter: Scr. r. g.	Chron. Mellic bei Petz: I. 165 u. ff.	Chron. Austr. bei Rauch: II. 213 u. ff.	Gratzer Handschrift
105 "	Pascalis — sepultus est	nicht rein 1100, p. 372	—	—	Fol. 81 a
107 777	Gelasius — Kalixtus	nur — sepultus, 1108, p. 372	—	—	Fol. 82 b
109 "	Imperator — supplicantem	—	—	—	—
111 "	*Beatus Bernhardus — vocatus	—	—	—	—
112 778	Hoc anno — Salzburgensis	—	—	1114, p. 220	—
113 "	Hoc anno — evasit	—	—	1115, p. 221	—
114 "	Isto anno — Januarii steht zu J. 1121	—	bei 116, c. 228	bei 1116, p. 221	Fol. 82 a leicht verändert
116 "	Hainricus — iacet istic	nur bis restitui fecit, 1107, p. 372	—	—	Fol. 82 a
1118 779	Ordo Praemonstratensis — magnum	—	—	—	—
1120 779	Calixtus — sepultus	mit Veränderungen 1107 u. 1119, p. 372	—	—	Fol. 82 b
1121 "	Terrae motus — Jan. — steht oben zu J. 1114	—	—	1116, p. 221	—
1123 "	Hainricus — nil proficiens	—	—	—	—
1124 "	Isto anno — ammiratione	—	—	1125—26, p. 221	Fol. 83 a, 1126 die Erzählung von Schneefall in fast gleicher Form
1125 "	Hoc anno — Martii	—	—	1128—29, p. 222	—
1127 c. 780	Hoc tempore — Martii	—	mit leichter Veränderung 1122, p. 259	1122, p. 221	—

Jahr und Columne	Schlagworte	Martinns Pol. bei Schilter: Scr. r. g.	Chron. Mellic. bei Petz: I. 165 u. ff.	Chron. Austr. bei Rauch: II. 213 u. ff.	Gratzer Handschrift
1129 "	Stephanus — hora nona	—	—	1131—33, p. 222	—
1131 "	Isto anno — eis substituti	—	—	1133, p. 222	Fol. 82 a
1133	Monasterium — gestis	—	—	—	—
"	Bela — fundatur	—	-	1134—35, p. 222	—
1134 "	Dum Imperator — Austriae	—	—	1136, p. 222	—
1135 c. 781	Hainricus — illustravit	—	—	—	—
1137 "	Chunradus — uxorem	—	—	1138, p. 222	—
1138 "	Johannes — commigravit; steht im 1. Satze zum letzten d. J. 1159	—	—	—	—
1139 "	Bernhardus — attinentia	—	—	—	—
1141 c. 782	Innocentius — convenit	—	—	1139, p. 222	—
1142	Johannes — Romanoram	—	—	—	—
"	die 2. Abtheilung	—	—	1142, p. 223	—
1143 "	Innocentio — protestantur	—	—	—	—
—	Huius — Stirie	—	—	—	Fol. 82 a
"	Hoc tempore — vastaverunt	—	—	1145, p. 223	—
1142 (!) c. 783	Honorius — sepultus	1125, p. 373	—	—	Fol. 82 b
1144	Frater regis — disputavit	—	—	—	—
"	Monente — ducis	—	—	1147, p. 223	—
1145	Obiit — terminandam	—	—	—	—
"	Eodem — extitit	—	—	1146, p. 223	—
1145 c. 784	Innocentius — sculpta	1130, p. 373	—	—	Fol. 82 b

Jahr und Anm-ne	Schlagworte	Martinus Pol. bei Schilter: Scr. r. g.	Chron. Mellic. bei Pez: I. 165 u. ff.	Chron. Austr. bei Rauch: II. 213 u. ff.	Grazer Handschrift
1146 „	Celestiuus — iLateranensi	1144, p. 373	—	—	Fol. 83 b
— „	Lucius — Lateranensi	—	—	—	Fol. 83 b
1147 „	Lotharius — invasit	1125, p. 372	—	—	Fol. 83 a
1148 . 785	Floruit — compilavit	nur im 1. Satze 1138, p. 373	—	—	Fol. 82 b in 2 getrennten Sätzen
1149 „	Gratianus — commendavit	—	—	—	Die Sage v. der Hildegart allerdings doch anders gefaßt
1150 „	Fridericus — pervenit	—	—	nur von „Hoc anno — pervenit" 1153, p. 223	—
1151 . 786	Subducto — agebat	—	—	—	—
1152 „	Fridericus — reversus	—	—	—	—
	Hoc anno — fundatur	—	—	1155, p. 223	—
1153 „	Isto eciam anno — locati	—	—	—	Fol. 83 a
1154 „	Apud Ratisponam — formidaret	—	—	—	—
1156	Eugenius — altare	—	—	—	Fol. 83 b
. 787	Tempore — curatur	—	—	—	ibid
1157 „	Anastasius — tumulatus est	1154, p. 374	—	—	Fol. 83 b
	Eodem — combustum est	—	—	1158, p. 224	—
1159 „	Chunradus — non habuit. Variante v. 1138	1152, p. 373	—	—	Fol. 84 a
1160 . 788	Huius — exigentibus	—	—	—	Fol. 84 a
	Eodem anno — fuerat	—	—	1160—63, p. 224	—

Jahr und Columne	Schlagworte	Martinus Pol. bei Schilter: Scr. r. g.	Chron. Mellic. bei Petz: I. 165 u. ff.	Chron Austr. bei Rauch: II. 213 u. ff.	Gratzer Handschrift
1161 c. 789	Bolislaus — praesulis	—	—	—	—
1162 "	Porro — donati	—	—	—	—
1163 "	Richardus — MCLX.	—	—	—	Fol. 84 b
1165 c. 790	Circa hoc — ammiratione	—	—	—	Fol. 85 a
1166 c. 791	Chunradus — facit	—	—	—	—
	Ist anno — Kremense	—	—	1169—72, p. 224	—
1167 "	Fridericus—tolle ficus	auszugsw. 1152 p. 373	—	—	Fol. 85 a
	Sub isto — praeposito	—	—	1174, p. 225	—
	Hoc temp. — Theutunicorum	—	—	—	Fol. 86 a
1168 "	Tempore—transfretantes	anders geordnet und ohne Verse p. 374	Die Erzählung v. Petrus Comestor, 1151, c. 231	—	Fol. 85 a
	Interea — subductis	—	—	—	—
1170 c. 792	Temporibus — s. Marci	—	—	·	Fol. 85 b
1171 c. 794	Tempore — quoque deni	—	—	—	—
1172 "	Hoc etiam — adhaesisset	mit anderem 1060, p. 374	—	—	Fol. 84 b
1174 c. 795	Adrianus — s. Petrum	mit anderem 1155, p. 374	—	—	Fol. 83 b
1176 "	Alexander — transfretauerunt	nur bis revocavit, 1160, p. 374	—	—	Fol. 84 b
1177 "	Dux Bohemiae — vastantes	—	—	1176, p. 225	—
1178 c. 796	Lucius — mori	ohne Verse 1181, p. 375	—	—	Fol. 84 b
	Hainricus — substitutus	—	—	1177, p. 225	—

ahr und Summe	Schlagworte	Martinus Pol. bei Schilter: Scr. r. g.	Chron. Mellic. bei Petz: I. 165 u. ff.	Chron. Austr. bei Rauch: II. 213 u. ff.	Gratzer Handschrift
180 796	Urbanus — sepultus	1184, p. 375	—	—	Fol. 84 b
	Isto anno — cecidit	—	—	1178—80, p. 225	—
181 „	Isto anno — ceperunt	—	—	—	—
182 „	Leupoldus — manus	—	—	1182, p. 226	—
183 „	Dominus — obiit	—	—	1183, p. 226	—
184 797	Theodora — occidit	—	—	1183—84, p. 226	—
187 „	Jerusalem — confessoris	—	—	1187, p. 226	—
189 „	Hainricus — obtinuit	mit anderem 1190, p. 375	—	—	Fol. 87 a
190 798	Otto — triumphavit	mit anderem 1207, p. 376	—	—	Fol. 87 a
192 „	Gregorius — moritur	mit anderem 1187, p. 375	—	—	Fol. 86 b, doch mit dem Zusatze „anno dni M.° c.° lxxxvii".
	Hoc tempore — Stiria	—	—	1193, p. 228	—
93 „	Isto anno — circumvallatae	—	—	—	Fol. 87 a am Rande
94 „	Clemens — fieri	mit anderem 1189, p. 375	—	—	Fol. 86 b
	Hoc tempore — acceperunt	—	—	1194—95, p. 228	—
95 „	Coelestinus — Petrum	mit anderem 1193, p. 375	—	—	Fol. 86 b
	Hoc tempore — successit	—	—	1196, p. 229	—
96 799	Innocentius — mundi	mit anderem 1198, p. 375	—	—	Fol. 86 b
	Huius — novam	—	—	—	Fol. 86 b
97 „	Tempore — combustus	—	—	—	Fol. 86 b
98 800	Fridericus — obiit	—	—	1198—99, p. 229	—

Jahr und Columne	Schlagworte	Martinus Pol. bei Schilter: Scr. r. g.	Chron. Mellic. bei Petz: I. 165 u. ff.	Chron. Austr. bei Rauch: II. 213 u. ff.	Gratzer Handschri
1200 "	Leupoldus — obiit	—	—	1200, p. 229	—
1201 "	Hoc anno — Jerosolimam	—	—	1200—02, p. 229	—
1202 "	Isto anno — celebravit	—	—	1202, p. 229	—
1203 "	Leupoldus — sublimatur	—	—	1203, p. 229	—
1204 "	Patriarcha — potitur	—	—	1204, p. 230	—
1205 "	Philippus — obiit	—	—	1205—06, p. 230	—
— c. 801	Hoc tempore — deseruiret	—	—	—	Fol. 87
1206 "	Isto anno — fecerunt	—	—	nur die Erzählg. von Lilienfeld 1206, p. 230	—
	Eodem — missus	—	—	—	Fol. 87
1207 "	Leupoldus — accrescentes	—	—	1207, p. 230	—
1208 c. 802	Philippus — puerorum steht zu J. 1212	—	—	1208, p. 231	—
1209 "	Philippus — grande	—	—	—	—
1210 "	Ottoni — necati	—	—	1201, p. 231	—
1212 "	De Burgundia — tueri; steht zu J. 1208	—	—	die Verse 1212, pag. 231	—
1213 "	Mater — meae	—	—	—	—

Hier beginnen im Petz'schen Abdrucke die klassischen Reminiszenzen.

1214 c. 803	Hoc anno — inveniebatur	—	—	—	Fol. 87 a, mit J. 121
1215 "	Fridericus — virginis	nur theilweise 1211, p. 376	—	—	Fol. 91
	Eodem anno — conjugari	—	—	1212—14, p. 231	—

Schlagworte	Martinus Pol. bei Schilter: Scr. r. g.	Joh. Victorien. bei Böhmer: I. 267 u. ff.	Chron. Austr. bei Rauch: II. 213 u. ff.	Grazer Handschrift
Hoc tempore — confirmatur	—	—	—	Fol. 90 b
Hoc tempore — occiditur	—	—	—	Fol. 90 b
Isto etiam — claruerunt	—	—	—	—
Ex quo — in Stiria	—	—	—	Fol. 87 b
Otto — Menfridum	—	—	—	—
In principio — pereunte	—	—	1218—19, p. 233	—
Otakerus — Decembris	—	—	1220, p. 233	—
Dux Babarie — resolvuntur	—	—	1221, p. 233	—
Hoc tempore — Christum	—	—	—	Fol. 90 b
Honorius — vocatus	—	—	—	Fol. 90 b
Hoc tempore — Pataviensem	—	—	1222—23, p. 233	—
In Longobardia — uxorem	—	—	1223, p. 233	—
Papa — declaravit	—	—	—	—
Hoc tempore — occisus est	—	—	1225, p. 234	—
Episcopatus — instituitur	—	—	—	—
Hoc tempore — obiit	—	—	1226, p. 235	—
Hoc tempore — Christo	—	—	—	Fol. 90 b
Andreas — mortuus est	—	—	1227, p. 235	—
Hainricus — suscepit	—	—	1228, p. 235	—
Terram — conspiraverunt	—	—	1229, p. 236	—
Bohemi — obiit	—	—	1230, p. 236	—

Jahr und Columne	Schlagworte	Martinus Pol. bei Schilter: Scr. r. g.	Joh. Victorien. bei Böhmer: I. 276 u. ff.	Chron. Austr. bei Rauch: II. 213 u. ff.	Graz Handsch
1231 c. 810	Leupoldus — vocaverunt	—	wenigstens der Anfang in Ueberarbeitung 1231, p. 280	—	—
1232 „	Ludwicus — Smelczarii	—	—	1231—32, p. 237	—
1233 c. 811	Ungari — ad sua	—	—	1233, p, 237	—
1234 „	Fridericus — quibusdam	—	—	1234, p. 239	—
1235 c. 812	Gregorius — Dominicus	—	—	—	Fol. 9
	Tota — venit	—	—	1236, p. 239	—
1236 c. 813	Isto — fecit	—	—	—	Fol. 9
1237 „	Fridericus — Fridericum	—	—	1237—40, p. 240	—
1238 c. 814	Obscuratus — numerum	—	—	1241, p. 243	Fol. 87
1239 c. 815	Chumani — ab ipso	—	—	1242—43, p. 244	Fol. 88 a 88 b
	Eodem — Remundi	—	die Fabel vom Juden in Toledo p. 280	—	Fol. 91
1240 c. 816	Coelestinus — sepelitur	—	—	—	Fol. 92
	Huius — Baronibus	—	—	—	Fol. 91 a 92 a
1241 „	Innocentius — MCCLI	—	—	—	Fol. 92
1243 „	Tempore — interemptus	—	—	—	Fol. 92
1244 c. 818	Henricus — inhorruerat	—	—	1244, p. 246	Fol. 88
	Duci — largitus est				—
1245 c. 819	Imperator — percussus	—	—	—	—

	Schlagworte	Martinus Pol. Ausgabe von Schilter: Scr. r. g.	Joh. Victorien. bei Böhmer: I. 276 u. ff.	Chron. Austr. bei Rauch: II. 213 u. ff.	Grazer Handschrift
9	Fridericus — obiit	—	in Umschreibung p. 282	nur theilweise 1246, p. 247	Fol. 88 b, doch fast nur in der Fassung wie bei Rauch
7	Australes — suscepit	—	in Umschreibung p. 283	—	—
	Austria — vastatur	—	—	1248, p. 247	—
9	Hermannus — valuit	—	—	1249, p. 247	Fol. 88 b
	Hoc tempore — requievit	—	—	—	—
1 0	Wilhelmus — haeredes	—	in Ausführung p. 284—86	—	—
2	Supradictus — Austriae	—	—	ohne die letzten fünf Worte 1252, p. 248	Fol. 88 b, ebenfalls ohne die letzten fünf Worte
3 1	Obiit — obiit etc.	—	—	nicht ganz und in anderer Ordnung 1253—57, p. 243—49	Fol. 89 a, zum Theile mit Rauch gleich, z. Theile selbstständig wie Pez
4	Alexander—1254	—	—	—	Fol. 93 b
	Isto anno — diadema	—	in Ueberarbeitung p. 286	—	—
5 2	Nobiles — sinunt	—	ausführlicher p. 286—88	—	—
	Nova demum — beati	—	—	1255, p. 249	—
6 3	Electoribus — notantur	—	—	—	Fol. 94 a
	Isto anno — nomine	—	—	1356, p. 249	—
7	Hoc anno — reseruata	—	ausführlicher p. 289-91	—	—
	Hoc anno — postulaverunt	—	—	1257, p. 249	—
9 4	Dum Praesul — rediit	—	ausführlicher p. 291	—	—

6 *

Jahr und Columne	Schlagworte	Martinus Pol. bei Schilter: Scr. r. g.	Joh. Victorien. bei Böhmer: I. 276 u. ff.	Chron. Austr. bei Rauch: II. 213 u. ff.	Gra[…] Handſ[…]
— c. 824	Hoc tempore — servetur	—	—	—	Fol. […]
	Hoc tempore — duxit	—	—	—	Fol. […]
	Eodem — corruerunt	—	zum Theile, p. 291	1258, p. 249	Fol. […]
1260 c. 825	Stirienses — tributo	—	allgemeiner p. 292	nur in einzelnen Sätzen, beſond. gegen d. Schluß 1260, p. 250	Fol. 98 94 a ga[…] Rauch […]
1261 c. 825	Urbanus — 1266	—	—	—	Fol. 9[…]
	Isto — proveniret	—	— von hier bis J. 1274 iſt in Böhmer Lücke*)	—	—
	Eodem — Christi	—	—	1261, p. 251	Fol. 8[…] theilw[…]
1262 c. 826	Hoc anno — sermocinare	—	—	1262, p. 252	Fol. 8[…] theilw[…]
1263 c. 827	Urbanus — cum eo	—	—	1263, p. 252	Fol. 8[…] theilw[…]
1264	Clemens — sepelitur	—	—	—	Fol. 9[…]
"	Eodem — privavit	—	—	1263, p. 253	Fol. 9[…]
	Hoc anno — occisi	—	—	—	Fol. 8[…] theilwe[…]
	Tempore — certificavit	—	—	—	Fol. 9[…]
1266 c. 828	Karolus — reservandos	—	—	—	—
	Eodem — occapat	—	—	1266, p. 253	—
	Isto — triumphauerunt	—	—	—	Fol. 93 94 a
1267 c. 829	Hoc anno — commendavit	—	—	1261, 1267, pp. 251, 254	Fol. 90 nur ähnlich[…] Anfang […] Rauch gl[…]

*) Die ſtärkeren Striche in dieſer Rubrik zeigen von da bis zum J. 1274 an, daß [die] fraglichen Stellen Eigenthum des Joh. Victoriensis ſind, wenn ſie auch nur […] bei Petz ſich finden.

…r …. …n-	Schlagworte	Martinus Pol. Ausgabe von Schilter: Scr. r. g.	Joh. Victorien. bei Böhmer: I. 276 u. ff.	Chron. Austr. bei Rauch: II. 213 u. ff.	Gratzer Handschrift
…8 …30	Civitas — gloriosam	—	—	1268, p. 255	—
	Hoc tempore — poterat	—	—	—	Fol. 93 a
	Hoc anno — revertuntur	—	—	—	—
…9 …31	Otakerus — electus	—	—	—	—
	Hoc tempore — decollatur	—	—	—	Fol. 93 a
…0 …32	Beatus — ad propria	—	—	—	Fol. 94 b
	Eo anno — sepultus	—	—	großentheils 1270, p. 255	—
…1 …33	Gregorius — ibidem	—	—	—	Fol. 95 b
	Hoc audiens — vides	—	—	—	—
	Eodem — obiit	—	—	1271, p. 236	—

Ende des ersten Buches.

Zweites Buch.

…72 …835	Gregorius — alveum	—	—	—	—
…73 …837	Venit — comparavit	—	—	—	—
— …838	Rudolfus — imperialem	—	—	—	Fol. 96 a
— …839	Hoc anno — destructae	—	—	1272—73, p. 258	—
…274 841	Rudolfus — feroces	—	—	—	—
	Principales — pluviarum	—	—	1274, p. 291	—
…274 844	Papa — superbos	—	p. 306	—	—

Jahr und Columne	Schlagworte	Martinus Pol. bei Schilter: Scr. r. g.	Joh. Victorien. bei Böhmer: I. 276 u. ff.	Chron. Austr. bei Rauch: II. 213 u. ff.	Gratzer Handschri
1275 c. 845	Innocentius — sepultus	—	—	—	Fol. 96
	Eodem gratia — donat	—	p. 307	—	
	Item — redierunt	—	—	1275—76, p. 262	—
— c. 847	Idem — iussit	—	—	1276, p. 264	—
1276 „	Adrianus — sepelitur	—	—	—	Fol. 96
— c. 848	Eodem anno — humo	—	p. 309, nur kürzer	1278, p. 270 jener Theil, der nicht in Joh. Victor.	—
— c. 853	Eodem tempore — occisus	—	—	im ersten Satze 1278, p. 275, im letzten 1278, p. 269	—
1277 „	Rex — responsiva	—	p. 312	—	—
1278 c. 854	Nicolaus — ordinavit	—	p. 313	—	eine ganz andere Fassu
1379 „	Curiam — patriarcha	—	p. 314	—	—
1280 c. 855	Hoc — moritur	—	p. 314	—	—
1281 „	Succedit — gubernandum	—	p. 314	—	—
	Isto anno — terrae	—	—	—	Fol. 95 a
	Eodem anno — Austria	—	—	1280—81, p. 275	—
1283 „	Rex — statuerunt	—	p. 314	—	—
1284 c. 856	In quandam — educandum	—	p. 315	—	—
	Isto anno — impugnat	—	—	—	Fol. 95 a
1285 „	Eo scilicet — diem	—	p. 316 mit Horaz'schen Versen	—	—

hr b m- r	Schlagworte	Martinus Pol. bei Schilter: Scr. r. g.	Joh. Victorien. bei Böhmer: I. 276 u. ff.	Chron Austr. bei Rauch: II. 213 u. ff.	Gratzer Handschrift
86 57	Rex — firmat	—	p. 316	—	—
87	Cum — fungeretur	—	p. 318	—	—
58	Eodem — evaserunt	—	—	1284—85, p. 277	—
88 61	Accesserunt — aliis	—	p. 321 mit geringen Abweichungen	—	—
— 63	Nicolaus — avorum	—	p. 324	—	—
89 „	Rex — rexeris	—	p. 324, doch um den Inhalt von p. 325 mehr	—	die Erzählung von den Wallfahrten ist sammt den Versen Fol. 78 a
90 865	Accaron — regnaturus	—	p. 327	—	—

Ende des zweiten Buches.

Drittes Buch.

291 867	Rudolfus — dicit	—	p. 330	—	—
292 869	Adolfus — obstiterunt	—	p. 332	—	—
293 „	Albertus — devastatur	—	p. 333	—	—
294 870	Coelestinus — miraculis	—	—	—	Fol. 98 b
	Eodem — procurasse	—	p. 334, besser	—	—
— „	Bonifacius — dinoscitur	—	—	—	Fol. 98 b
	Hoc anno — reversus	—	p. 334	—	—
1295 871	Obiit — tristi	—	p. 334	—	—
1296 „	Adolfus — praesagiisse	—	p. 335	—	—

Jahr und Columne	Schlagworte	Martinus Pol. bei Schilter: Scr. r. g.	Joh. Victorien. bei Böhmer: I. 276 u. ff.	Chron. Austr. bei Rauch: II. 213 u. ff.	Gratzer Handschrift
1297 c. 871	Bonifacius — aqua	—	p. 335	—	—
	Eodem — fuerat	—	—	1289—90, p. 283	—
	Andreas — de terra	—	—	1291—92, p. 286	—
1298 c. 875	Wenzeslaus — coronatur	—	p. 536	—	—
1299 c. 877	Raymundus — pati	—	p. 339	—	—
1300 „	Rex — compertum	—	p. 339	—	—
301 c. 879	Bonifacius — salutant	—	p. 341	—	—
1302 c. 880	Rex — habetur	—	p. 344	—	—
1303 c. 882	Bonifacius — sepelitur	—	p. 346	—	—
1304 c. 883	Benedictus — miraculis	—	—	—	Fol. 100 b
1305 c. 884	Clemens — suam	—	—	—	Fol. 101 b
	Hic Clemens — ab eo	—	p. 349	—	—
	Rex Klisie — gaudet	—	p. 347	—	—
— c. 887	Eodem — redituri	—	—	1295, p. 291—93	—
1306 c. 887	Rex — fremunt	—	p. 351	—	—
1307 c. 890	Rex — resecare	—	p. 355	—	—
	Eodem — gustaverunt	—	—	—	Fol. 99 b
1308 c. 891	Rex — preferatur	—	p. 355	—	—
	Isto anno — cremata est	—	—	—	Fol. 99 b

Ende des dritten Buches.

Viertes Buch.

hr d m- e	Schlagworte	Martinus Pol. bei Schilter: Scr.r.g.	Joh.Victorien. bei Böhmer: I. 276 u. ff.	Chron Austr. bei Rauch: II. 213 u. ff.	Gratzer Handschrift
09 393	Quo rex — decantatur	—	p. 358	—	—
10 394	In Epiphania — offert	—	p. 359	—	—
	In isto — blasphemie	—	—	—	Fol. 99 b und 101 b
9(!) 396	Anno — solus eris	—	p. 360	—	—
	Isto anno — exusta	—	—	—	Fol. 97 a
9(!) 398	Anno — notatum	—	p. 363	—	—
10 399	Rex venit — rosa	--	p. 366	—	-
11 ·01	Rex — decorem	—	p. 368	—	—
	Eodem anno — confiteri	—	—	—	Fol. 99 b
11 ·03	Dolum — puto	—	p. 370 mit vier Versen	—	—
	Isto anno — puerorum	—	—	—	Fol. 99 b
12 05	Imperator — arcus	—	p. 373	—	—
	Isto anno — sic de aliis	—	—	—	Fol. 101 b
13 ·07	Imperator — sensus	—	p. 375	—	—
13 09	Morte — aquas	—	p. 378	—	—
14 ·11	Fridricus — malum	—	p. 380	—	—

Ende des vierten Buches.

Fünftes Buch.

Jahr und Columne	Schlagworte	Martinus Pol. bei Schilter: Scr. r. g.	Joh. Victorien. bei Böhmer: I. 276 u. ff.	Chron. Austr. bei Rauch: II. 213 u. ff.	Gratzer Handschri
1314 c. 913	Fridricus — hoc dicta	—	p. 383	—	—
1315 c. 914	Fridricus — anhelos	—	p. 385	—	—
1316 c. 916	Fridricus — acclamari	—	p. 387	—	—
— "	Johannes — divinitatis	—	—	—	Fol. 103
	Quia ex tali — presumebat	—	p. 389	—	—
— c. 917	Anno — dispersum	—	—	—	Fol. 102
1317 c. 918	Castorius — scinditur	—	p. 389	—	—
1318 "	Argentinenses — stabilitur	—	p. 389	—	—
1319 c. 919	Ad Kathedram — principantur	—	p. 391	—	—
1320 c. 920	Ludwicus — resistente	—	p. 392	—	—
1321	Johannes — dicit	—	p. 392	—	
"					—
1322 c. 921	Fridricus — hostis habet	—	p. 393	—	—
1323 c. 923	Exacto — reversus	—	p. 396	—	—
	Eodem anno — cremata	—	—	—	Fol. 106 in anderer Ordnung
1324 c. 924	Leupoldus — acquisitum	—	p. 397	—	—
1325 c. 925	Cum processus — quietus	—	p. 398	—	—
1326 c. 926	Fridricus — intrandum	—	p. 400	—	—

ahr nd Num- ae	Schlagworte	Martinus Pol. bei Schilter: Scr. r. g.	Joh. Victorien. bei Böhmer: I. 276 u. ff.	Chron. Austr. bei Rauch: II. 213 u. ff.	Gratzer Handschrift
327 926	Hainricus — timeo	—	p. 401	—	—
328 928	Ludwicus — speciali	—	p. 403	—	—
328 929	In die — recursus	—	p. 403	—	—
329 930	Dux Otto — ultima rerum	—	p. 405	—	—
330 932	Ludwicus — flere libet	—	p. 408	—	—
331 934	Johannes — gravissime	—	p. 411	—	—
332 935	Rex — incrementis	—	p. 412	—	—
333 "	Venit — mille modis	—	p. 413	—	—
334 936	Mense Julii — papa	—	p. 414	—	Fol. 108 a sammt Bulle
	Benedictus — indignantem *)	—	—	—	—
	Ludwicus — bellum	—	p. 414	—	—

Ende des fünften Buches.

Sechstes Buch.

335 939	Hainricus — ipsum	—	p. 415	—	—
	Eodem anno — mentirentur	—	—	—	Fol. 109 a
— 941	Benedictus — anno II.	—	p. 418	—	—
	Eodem — Papae..	—	—	—	—

*) Unbekannter Fortsetzer des Martinus Polonus.

Jahr und Columne	Schlagworte	Martinus Pol. bei Schilter: Scr. r. g.	Joh. Victorien. bei Böhmer: I. 276 u. ff.	Chron. Austr. bei Rauch: II. 213 u. ff.	Gratzer Handschrift
1335 c. 943	Dux Otto — Britannis	—	p. 419	—	—
1336 c. 946	Tempestas — rates	—	p. 421	—	—
	Notandum — dependebat	—	—	—	Fol. 104 b
1336 c. 948	Visa est — decora	—	—	—	—
1337 c. 950	Albertus — nocebit	—	p. 427	—	—
1338 c. 951	Albertus — mea etc.	—	p. 429	—	—
1338 c. 953	Edwardus — necesse est	—	p. 432	—	—
1339 c. 955	Dux Otto — tyranni	—	p. 435	—	—
— c. 957	Fridricus — portionem	—	p. 437	—	—
1340 „	Rudolfus — planitie	—	p. 438	—	—
1341 c. 959	Johannes — habet	—	p. 440	—	—
1342 c. 960	Imperator — capi	—	p. 442	—	—
1343 c. 963	Nuncii — saecula saeculorum, Amen	—	p. 146	—	—

Ende

Fassen wir das Urtheil in wenige Worte, so weisen Form und Inhalt auf einen unselbstständigen, von seinem Stoffe ganz und gar beherrschten Compilator. Für die Nichtbewältigung der Ersteren zeugt das Mißverhältniß des 1. Buches zu jedem der 5 folgenden bezüglich ihrer Ausdehnung. Und welch' ein Monstrum wäre dieses erste Buch erst dann geworden, wenn Petz nicht klugerweise die umfangreichste Partie desselben handschriftlicher Vorlage weggelassen hätte? Daß aber der Compilator auch dem Gegenstande nicht gerecht geworden, stellt das nahezu durchgehends fremde Eigenthum heraus, welches nicht nur fast überall unverändert aufgenommen wurde, sondern im 1. Buche wegen der constanten groben Jahresfehler fast unbrauchbar gemacht ist.

Ueberblicken wir nun die Bestandtheile dieser Chronik, so gibt sich zuvörderst als Grundlage eine continuatio Martini Poloni zu erkennen. Der Päpste- und Kaiserkatalog des Martin Strezebsky von Troppau, späteren ernannten Erzbischofes von Gnesen, spielt bekanntlich in der histor. Literatur vom 13. Jahrhundert ab eine große Rolle. An sich von mehr praktischem als wissenschaftlichem Werthe gab sein Werk immerhin mannigfache Anregungen. Diese sind nicht allein in den mehr specialisirenden, von stark provinciell abweichendem Geiste getragenen Bearbeitungen und Fortsetzungen seiner „acta pontificum atque imperatorum et regum Romanorum" zu suchen, sondern noch mehr darin, daß solche Anlagen recht wesentlich Veranlassung boten, politische Nachrichten einzutragen, die sonst vermuthlich unterblieben wären. Hat der Katalog Martins auch nicht das Verdienst Neues zu schaffen, so gebührt ihm doch jenes Neues vermittelt zu haben, wie etwa das Verhältniß der Kalendarien und Nekrologien zu den Annalen ist. Daher begegnen wir manchen Chroniken, in denen Anregung und Angeregtes, Martinus Polonus und chronist. Nachrichten Hand in Hand gehen; so aus dem 13. Jahrh. noch das Chron. Mellicense bei Petz I. 163 u. ff., die zahlreichen Continuatoren Martins, davon bei Eccard. corpus histor. I. eine ganze Reihe, und selbst bei Abt Johann v. Viktring erinnern gar manche Stellen an den Einfluß dieser Richtung histor. Darstellung, welche zu seiner Zeit noch sehr im Schwunge gewesen war.

Die Stellen, welche auf eine Martinus-Polonus-Anlage hinweisen, sind im 1. Buche des Petzischen Anonymus aus sehr natürlichen Gründen weit häufiger als später. Im Ganzen sind es in 1. Reihe die Jahre 948, 952, 955, 957, 961—67, 973—75, 982, 995—1006, 1020—22, 1033—37, 1042, 1062—69, 1084—87, 1105—7, 1116, 1120, 1142, 1145—46, 1147, 1157, 1174—76, 1178—80, 1189—92, 1194—96 und 1215; in 2. Reihe 1222, 1235, 1240, 1241, 1254, 1261, 1263, 1264,

1271, 1273, 1275, 1276, 1294, 1304, 1305, 1316, und in 3. Reihe 1334. Ich habe hier die Unterscheidung nach Reihen gewählt, um die allgemeine Erkenntniß der Grundlagen wenigstens theilweise zu erleichtern und nicht stets auf die — weil ungedruckt — noch nicht allgemein vergleichbare Handschrift weisen zu müssen. Die erste Reihe von 948—1215 läßt sich nach Schilters Ausgabe des Martinus Polonus (Scr. rer. germ. I. 338 u. ff. als das Bezeichnete erkennen, wenn gleich der Petzische Abdruck an gar manchen Stellen variirt. Allein wenn wir in dem Petzischen Anonymus einen Contin. Martini Poloni sehen, so müssen wir von vorne herein schon mit einer gewissen Abweichung in Form und Inhalt von dem, was als reines Vergleichsmateriale hingestellt wird, uns vertraut machen. Die 2. Reihe dagegen von 1222—1316 kann nur unsere Handschrift beleuchten und mit Rücksicht auf weiteren ihr und dem Petzischen Anonymus gemeinsamen Inhalt muß man zugeben, daß sie oder eine ihrer Copien dem Compilator vorgelegen haben müsse. In 3. Reihe erscheint das Jahr 1334, dessen Abfassung einem mir unbekannten Autor, offenbar einer weiteren Contin. Martini Poloni entnommen ist.

Allein, wie bemerkt, sollte überhaupt nur eine Ausgabe des Martinus Polonus zur Beweisführung betreffs der Grundlage dienen; denn strenge genommen ist Schilters Ausgabe und jede andere nur eine bedingt vergleichbare. Jene stimmt mit den Fassungen des Petzischen Abdruckes nur in den Jahren 948, 952, 955, 957, 967, 969, 973, 975, 995—1004, 1020, 1022, 1033—35, 1063—69, 1142, 1145, 1146, 1147, 1157, 1159 und 1180 ganz oder doch nahezu ganz überein. Dagegen zeigten die Jahre 950, 963, 965, 982, 1036, 1037, 1042, 1062, 1085, 1887, 1105, 1107, 1116, 1120, 1167, 1172, 1174, 1176, 1178, 1189, 1190, 1192, 1194—96 und 1215 mehr minder große Abweichungen in Kürzungen oder Zusätzen oder Umarbeitungen. Vergleichen wir aber beide Arten von Stellen mit den betreffenden der Handschrift, ferner die Petzischen Anfänge „Incipit — Romanorum“, dann „Christus assistens — Christi“ und „Natus est autem — Eodem anno ....“ gleichfalls damit, so finden wir, daß alle und zwar die von Schilter unterschiedlichen sammt den Abweichungen in der Grazer Handschrift fast durchgängig rein und wörtlich sich finden — eine Wahrnehmung, die zu dem einfachen Schluße berechtiget, daß der Petzische Compilator unsere Handschrift bezüglich Martinus Polonus-Anlage vom Anfange bis zum Ende ausbeutete, ja ausschrieb. Damit ist nicht gesagt, daß er die Handschrift ganz benützte, im Gegentheile finden wir viele Notizen nicht, welche in dergleichen Anlagen so gerne nebenbei laufen, von berühmten Persönlichkeiten oder Ereignissen handeln, kein bestimmtes Jahr tragen und die ich wegen des constanten Anfanges „Hoc-tempore-Notizen" nennen möchte. Gerade sie erscheinen in der Handschrift massenhaft. Ebensowenig blieb der Compilator seinem Originale stets treu; so treffen wir bei den Jahren 1114, 1124, 1149, 1267, 1278, 1310 (3. Absatz) und 1322 (2. Absatz) leichte Veränderungen, ja sogar andere Fassungen — Unterschiede, die indeß das allgemeine Urtheil nicht im Mindesten beirren können.

Den zweiten Hauptbestandtheil des Petzischen Abdruckes bilden Notizen aus annalistischen Anlagen. Wollen wir zuerst von den wenigen absehen, welche entweder nur sehr vereinzelt andere bestimmbare Quellen repräsentiren, oder deren Auffindung erst weitere Vergleiche bedingt oder die überhaupt gedruckt nirgends zu finden sind, und uns an das eigentlich maßgebende Materiale dieser Art halten.

Es ist klar, daß der Compilator lieber oder doch in erster Reihe an ein geistesverwandtes Werk sich wendete. So waren ihm alle Continuationes Martini Poloni oder verschwisterte Anlagen sachgerechter, als schlichte Chroniken, und zwar namentlich für Zeiten, wo der Schreibestoff der Annalen weit geringer ist, denn jener der erwähnten Abfassungen. Eine solche geistesverwandte Anlage möchte ich das Chron. Mellicense bei Petz I. u. ff. nennen. Mitten in seinen histor. Nachrichten bringt dasselbe viele Notizen, welche sonst die Nebenläufer und Lückenbüsser der Continuatores Martini Poloni bilden. So finden wir denn auch die Jahre des Petzischen Anonymus 939, 941, 942, 944, 946, 971 (1. Absatz), 980 (2. Absatz), 1044, 1045, 1046, 1048, 1050, 1051, 1053, 1073, 1074, 1075, 1076 und 1096 im Chron. Mellicense wieder und zwar bald vollständig, bald mit leichteren, bald mit stärkeren Abweichungen, stets aber deutlich erkennbar. Eine Anzahl derselben — Anfangs des Petzischen Abdruckes — gehören nur dieser Chronik an, andere finden sich auch in der Klosterneuburger Chronik, welche Rauch II. 213 u. ff. als Chron. Austriac. edirte. Während die Erstere allmälig zurücktritt, erscheinen die Daten aus Letzterem immer häufiger. Es scheint barerdings überflüssig, alle Stellen desselben auch nur in deren Jahren hier wieder anzusetzen, da die Tabellen die Uebersicht in constanter Reihe vermitteln. Diese geben dann auch den Beleg, daß die Rauchische Chronik bis 1295 von dem Compilator ausgebeutet wurde, ja man bemerkt, daß selbst das Eintreten des Johannes Victoriensis in die Compilation jene nicht verdrängen konnte*).

*) Ich bemerke hier notizweise, daß die Handschrift, nach welcher Rauch die Ausgabe veranstaltete, nahezu ganz gleichen zeitlichen Ursprung hat wie die

Allein neben diesen histor. Notizen laufen im Petzischen Anonymus noch viele andere gleicher Färbung, die ganz unzweifelhaft auf eine Chronik hindeuten, über deren Bestand man keinerlei Aufschluß finden konnte. Es sind dieß Nachrichten theils specifisch österreichischen, noch mehr aber specifischen steiermärkischen Gepräges, eben jene, welche Petz bestimmten, für die Compilation den Titel des Anonymus Leobiensis zu wählen. Dahin gehören die Nachrichten der Jahre 1010, 1143 (2. Abs.), 1153, 1163, 1165, 1205 (2. Abs.), 1206 (dto.), 1214, 1216, 1217 (1. u. 3. Abs.), 1221 (2. Abs.), 1226 (3. Abs.), 1236, 1240 (2. Abs.), 1256 (1. Abs.), 1264 (2. Abs.), 1266 (3. Abs.), 1268 (2. Abs.), 1270 (1. Abs.), 1281 (2. Abs.), 1284 (dto.), 1307 (dto.), 1308 (dto.), 1310 (2. u. 3. Abs.), 1311 (2. Abs.), 1311 (dto.), 1312 (dto.), 1316 (4. Abs.), 1323 (2. Abs.), 1335 (dto.) und 1336 (dto.), worin jene eigenthümlichen auffälligen und bisher vergebens gesuchten Nachrichten über die Gründung und Dotirung von Göß, die Stiftung und Schicksale der Dominikanerklöster zu Frisach und Leoben, die Versetzung und Brände letzterer Stadt und so manch' andere, namentlich Obersteier berührende Begebenheiten erwähnt sind. Besonders auffällig und brauchbar erschien weild. Böhmer die ziemlich lange Notiz über die Kleidertracht nach König Albrecht I. (1336). Sie alle und noch einige derselben Feder mehr finden sich in unserer Handschrift. Da, ich wiederhole es, sie für den Namen Anonymus Leobiensis des Petzischen Abdruckes die maßgebenden sind, da sie hier in einem mindestens um 150 Jahre älteren Kleide als in der Klosterneuburger Handschrift erscheinen, da in den letzten 30—40 Jahren die Aufzeichnungen nach allen Kriterien gleichzeitig mit den Jahren sind, von welchen sie berichten, so geht daraus hervor, daß wir in der Gratzer Handschrift das Original dessen zu erkennen haben, was man zur Bestimmung der Quelle des Petzischen Abdruckes vergebens gesucht, des wahren Anonymus Leobiensis. Diese Handschrift, oder richtiger eine Copie des Hauptheiles (nämlich bis 1336) derselben, hat der Klosterneuburger Compilator vor sich gehabt. Sie ist ihm nebst Johannes Victoriensis eine Hauptquelle gewesen. Denn wie hier erwiesen, entnahm er ihr nicht allein fast alle ihre polit.-histor. Notizen, sondern, was noch weit mehr in's Gewicht fällt, hinsichtlich der quantitativen Benützung, fast die gesammte Martinus-Polonus-

---

Compilation. Uebrigens weisen die Tabellen aus der Gemeinsamkeit vieler Stellen des Chron. Austriac. mit unserer Handschrift das hohe Alter der Anlage des Originales dieser Chronik nach.

Anlage. In die Ausbeute aus dieser Handschrift schob er die übrigen chronistischen oder „Hoc-tempore-Notizen" nur ein und hing die Viktringer Chronik in loser Verbindung an.

Die Tabellen weisen nach, daß die Chronik des Abtes Johann von Viktring 1231 und häufiger von 1246 ab im Abdrucke Petzens erscheint, allein vorläufig nur in Auszügen oder Ueberarbeitungen. Man darf auch einem so groben Compilator, als wir hier vor uns haben, die Fähigkeit an einzelnen Stellen seine Vorbilder etwas zu beschneiden und in seine beliebte Form zu zwängen, nicht absprechen. Uebrigens scheinen diese Stellen nicht die einzigen zu sein, in welchen er eine selbstständige Formirung versuchte *). Da indeß Böhmer ohnehin die Scheidung in dieser Partie bereits vorgenommen, ist es mir gestattet, für letztere um so kürzer mich zu fassen. Von 1261 an, schreibt der Klosterneuburger Compilator die Viktringer Chronik nahezu vollständig aus; kürzer gibt er sie nur in den Jahren 1285, 1288, 1289 und 1311 **), mit Zusätzen dagegen 1276 (2. Absatz). Im Allgemeinen aber steht das fest, daß von den 6 Büchern der Viktringer Chronik 5 derartig im 2.—6. Buche des sogen. Petzischen Anonymus aufgegangen sind, daß Letzterer mehr als eine Abschrift der Ersteren aufzufassen und es leicht zu begreifen ist, warum Petz den Compilator edirte.

Damit wären die 3 Hauptbestandtheile des sogen. Anonymus herausgehoben: sie sind das neugefundene Original des wahren Anonymus Leobiensis für die Martinus-Polonus-Anlage und die chronist. Notizen, die Klosterneuburger Chronik Rauch's für Letztere allein und die Chronik des Abtes Johann mit beiden früheren vermischt für das 2.—6. Buch, d. i. die Jahre 1272—1343.

Damit ist jedoch die vollständige Untersuchung noch nicht abgeschlossen. Ich glaube zwar die Hauptnachweise in Obigem geliefert zu haben und hoffe auch auf deren Annahme, allein noch sind im 1. Buche 48, und im 5. und 6. je eine Stelle bald größeren,

---

*) Ich kann nicht umhin, hier darauf aufmerksam zu machen, daß im Petzischen Abdrucke, bevor noch der Einfluß der Viktringer Chronik sich geltend macht, eine fremdartige Stelle ganz isolirt sich zeigt, welche lebhaft an seine Geschichtsdarstellung erinnert. Es ist dieß jene bei Jahr 1213 mit Versen Ovids. Man vergleiche dieses Fragment mit dem größeren Bruchstücke in der Histor. Annor. 1264—79 (Mon. Germ. XI. 649 u. ff.), dann mit zerstreuten Stellen in der Chronik Paltram Vatzos bei Petz I. 707 u. ff. und man wird zugeben, daß schon vor Abt Johann eine österr. Chronik existirt haben mußte, welche von gleichen Reminiscenzen durchweht war, für uns aber in ihrer Gesammtheit dermalen noch unbekannt ist.

**) Andere ganz kurze Auslassungen, welche im Concepte gestrichen sind (vgl. Böhmer; Font. II. Vorrede XXXII.) rühren von der Benützung der Reinschrift Abt Johanns.

bald geringeren Umfanges, die aus den bisher nachgewiesenen Quellen nicht zu ergründen waren. Bei den Hunderten von Stellen jedoch, aus welchen der Petzische Anonymus gebildet ist, muß diese Zahl verschwindend klein erscheinen. Immerhin entspricht es der Aufgabe, auch hierin der Wahrheit so nahe als möglich zu rücken, und deßhalb will ich selbst diese Punkte nicht übersehen.

Um diese Stellen würdigen zu können, muß man sie, wie die Chronik im Ganzen, nach dem Charakter in die zwei Gruppen theilen, welche ganz deutlich sich ergeben. Die eine derselben wird aus Notizen einer Martinus-Polonus-Anlage, wozu auch die „Hoc tempore-Notizen" gehören, die andere aus chronistischen Nachrichten höherer Auffassung und feineren Stiles gebildet.

Erstere sind nahezu 20 an der Zahl und sie können ihrer Natur nach nicht in's Gewicht fallen *). Anziehender dagegen sind die Stellen 958 und 959, 989 und 991, 1024—29, 1031, 1055, 1070, 1099, 1104, 1109, 1123, 1135, 1154, 1161, 1162, 1181 und 1213, welche mehr minder bearbeiteten Chroniken angehören und wo in einzelnen Jahresabsätzen zuweilen zwei verschiedene Autoren sich begegnen. Auf die Spur der einen Quelle führt uns das eigene Citat des Compilators bei Jahr 989, wenn dieß überhaupt als sein Citat anzusehen ist. Dort erwähnt er der Chronik Otto's von Freising. Allein seine Excerpte in Otto wiederzufinden, hält weit schwerer, als bei jeder der übrigen Quellen. Für die Aufnahme von Wort zu Wort war das Geschichtswerk Otto's — auch in einzelnen Absätzen nur — nicht geeignet; bei etwas verständiger Benützung aber schwindet leicht, wenn nicht der Typus, so doch der wörtliche Faden und für das Urtheil bleibt nichts als das Gefühl und die subjective Ueberzeugung. An manchen Orten muß man wohl auf sie allein und dann auf die Nebenbeweise recurriren, welche aus frappanteren Vergleichsstellen sich ergeben. Solche der Letzteren sind:

bei Petz, a. 1028.	O. Fris. Chron. ed. Cuspinian lib. VI., c. 30.
„Hic Rudolfus moriens Hainrico imperatoris filio nepoti suo sub testamento regnum	„Ea tempestate Rudolphus Burgundiæ seu Galliæ Lugdunensis rex moriens Henrico filio regis ne-

*) Es sind dieß die Jahre 677, 1092, 1094 (2. Abs.), 1109 (dto.), 1118, 1139, 1149, 1166 (z. Theile), 1171, 1209, 1217, 1225, 1245, 1249 (2. Abs.), 1268 (3. Abs.) und 1334. Letztgenannte hat als Beschreibung des Lebens P. Benedicts XII. aus einer unbekannten Contin. Mart. Pol. höheres Interesse.

Burgundiæ cum diademate ac aliis insigniis destinavit. Quod dum Oddo quidam comes Celticus impegire niteretur."

1029.

„Chunradus Burgundiam ingressus, Oddonem regnum compulit abjurare; recipiens Lugdunensem Primatem in deditionem cum aliis regni primatibus in Alamanniam est reversus".

1154.

„Apud Ratisponam Hainricum ducem Saxonum in ducatum Bavariæ restituit, conferens alteri Hainrico patruo suo marchiam orientalem cum tribus comitatibus ad eam pertinentibus ex antiquo: et vexillo et privilegio tam sibi quam uxori suæ, quæ filia Lotharii fuerat, confirmavit nomen marchionatus transferens in ducatum . . ."

1161.

„Bolezlans dux Bohemorum apud Ratisponam rex creatur et accepto privilegio de usu diadematis et aliis insignibus ad propria cum gaudio remeavit . . . .
. . . .

poti suo regnum cum diademate aliisque insignibus sub testamento reliquit." . . . .
. . . . . .

cap. 31.

„. . . . . Odo Celtice comes . . . præfatum regnum . . . armata manu ingreditur . . . . . rex denuo Burgundiam ingressus omnes terræ illius principes cum Lugdunensi primate in deditionem accepit ducensque secum obsides terræ in pace repedauit . . . . ."

Gesta Frid. I. cap. 32.

Igitur mediante iam Septembre principes Ratisponæ conueniunt . . . . Henricus maior natu ducatum Baioriæ per vij. vexilla resignavit. Quibus minori ille duoille duobus vexillis marchiam Orientalem cum comitatibus ad eam ex antiquo pertinentibus, quos tres dicunt, indicio principum ducatum fecit eumque non solum sibi sed et uxori . . . tradidit . . ."

ib. cont. Radcv. I. c. 13.

„In eadem curia dux Bœmorum Labezlaus . . . . ab imperatore . . . ex duce rex creatur . . . Suscepto igitur privilegio de vsu diadematis aliisque regni insignibus lætus reuertitur . . . ."

7*

. . . .
. . ubi Ligur exiens sedens dextrario Teutonicis ignaviam et equitandi imperitiam improperat. Cui dum nullus occurreret Albertus de Tyrol lancea armatus et clipeo Liguri obviam projecit et dejecit . . . . ."

cap. 37.

. . . . quidam ex oppidanis progressus versus castra Imperatoris velut imperitiam equitandi nostris exprobrans . . . . Cum autem diu nemo procederet . . nobilis comes Albertus de Tyrol . . . . . inermis et palefrido sedens, solo clypeo accepto et hasta, præfato Liguri obviam venit, eumque . . . . . deiecit . . . . ."

Nach diesen Beispielen ist auch die, wenn gleich nicht derartig zutreffende Uebereinstimmung der Jahre 958 und 959 mit Chron. VI. capp. 19, 23 und 24 — von 989 und 991 mit ibid. 28 und 29 — von 1031 mit ibid. 31 — von 1124 mit VII. 17; endlich auch von 1055 mit VI. 32 — von 1104 mit VII. 14 und von 1135 mit ibid. 19—20 erweisbar. Zum Mindesten dürfte das sicher sein, daß der Compilator eine schon vorhandene Benützung Otto's von Freising und dessen Fortsetzers Radewich wieder abschrieb. Fände sich eine bezügliche Handschrift, so würden auch die schwerer aus jenen nachzuweisenden und vielleicht auch die nach ihnen datirenden Stellen ihre Zuweisung erhalten. Da es indessen bei so großartigen Compilationen auf die Wiederfindung der letzten Worte nicht ankömmt, sondern nur das Wesentliche mit gehöriger Sicherheit festzustellen ist, so dürfte der Abschluß der Untersuchung des Petzischen Anonymus gegeben sein. Ich will nur noch hinsichtlich der Auffassung Böhmers über die Entstehung der Compilation einige Worte beifügen.

Böhmer stellt diese Frage derart, daß das Verhältniß geklärt werden müsse, in welchem der Verfasser der Viktringer Chronik zur Umänderung deren Planes und Textes, als dessen letzte Redaktion der Petzische Anonymus Leobiensis erscheine, stehe. In dem vorhandenen Concepte hätten Streichungen stattgefunden, vermuthlich durch des Abtes eigene Hand; der (sogen.) Anonymus Leobiensis fuße auf diesen Aenderungen und deßhalb — so ist der Gedankengang zu suppliren — müsse er mit dem gereinigten Texte, vielleicht als Umarbeitung, in näherer Verbindung stehen. Was die Person des Umarbeiters betreffe, so könne entweder Abt Johann oder ein anderer das Chron. Leobiense producirt haben. Von dem Abte — und zwar mit vollem Rechte — sei eine solche „Degradirung“ nicht zu erwarten; war es dagegen ein Anderer und also Späterer, so sei auffallend, warum derselbe nicht eine Fortsetzung gegeben, wie er eine Einleitung vorangestellt. Wahrscheinlich sei Abt Johann gestorben und nun habe ein Anderer seine Materialien umgestaltet.

Man sieht, Böhmer schwankt, kömmt aber immer wieder auf einen Anderen, den Eigenthümer der bisher so auffälligen specifisch steir. Notizen, hinaus und seine letzte Annahme läßt wieder die frühere Frage hinsichtlich der Fortsetzung ungelöst.

Meinem Dafürhalten nach ist es wohl möglich, daß Abt Johann vor der Absendung des Buches an den Herzog gestorben sei, allein das ist eine Art „äußersten Falles“ der Erklärung, der nicht nothwendig, noch ganz passend ist. Böhmer beruft sich auf den zusammengerafften Zustand der Manuscripte des Abtes, — allein es sind eben Concepte; er verweist darauf, daß das Chron. Leobiense keinen Autornamen trage — allein das ist eben auch bei anderen Chroniken Regel und nur das Gegentheil ist Ausnahme. Auch wäre zu vermuthen, daß, wenn die Umgestaltung im Auftrage oder in Erinnerung an den Abt stattgefunden hätte, dessen Autorname irgendwie im sogen. Anonymus angedeutet worden wäre. — Uebrigens liegt weit näher anzunehmen, daß das Werk, vollendet wie es in Vorrede und Schluß vor uns liegt, seiner Bestimmung zugeführt, als daß es ihr entzogen worden sei, wenngleich die Concepte ihren besonderen Weg in die Welt genommen.

Wir sehen, daß die sogen. Umgestaltung keineswegs im Geiste des Johann v. Viktring geschah; die Hauptbestandtheile kleben lose genug an einander, lassen sich durchaus leicht ausscheiden und eine geistige Arbeit durch Verarbeitung vorliegenden Stoffes macht sich nur in den seltensten Fällen bemerkbar. Wir werden daher stets auf einen mechanischen Compilator, den nur etwa e i n e große Idee anregte, auf einen fremden Schreiber, wie bei so manch' anderen Compilationen, zurückkommen müssen. Mir ist wahrscheinlich, daß derselbe durch Abt Johanns Werk zur Ansicht kam, dasselbe verdiente zeitlich erweitert, d. h. zu einer förmlichen Chronik der Päpste und Kaiser ausgedehnt zu werden. In den Rahmen der Viktringer Chronik wollte er Alles hineinbringen. Daher ist auch die Eintheilung in sechs Bücher bei dem sogen. Anonymus erhalten. Daß daraus ein Sammelsurium, ein arges Verhältniß der Bücher zu einander entstand, beweist eben, wie fern der Compilator dem Geiste seines Vorbildes, und daß er dessen Namen nicht brachte, wie ferne er dessen Person stand.

Eine Hypothese über den Ort der Abfassung des Petzischen Anonymus will ich noch aufzustellen wagen.

Die Gratzer Handschrift, welche, wie ich oben gezeigt habe, in ihrer ursprünglichen Anlage bis 1336 geht, wurde von 1338 bis 50 durch die Neuberger Chronik fortgesetzt. Es ist nicht ganz unwahrscheinlich, daß dieß in Neuberg selbst geschah. Bekanntlich war Neuberg ein Cistercienserkloster, von Otto, dem Bruder Herzog Albrechts II. (1327) gestiftet. Auch Viktring gehörte diesem Orden an und sein Abt Johann widmete sein Werk Herzog Albrecht. Ueber die literarischen Verbindungen der Klöster eines und desselben Ordens besteht kein Zweifel *) und so scheint es mir keineswegs außer den Grenzen der berechtigten Annahme zu liegen, daß man in Neuberg durch den Bruder des Stifters das Werk des ordensverwandten Abtes kennen gelernt und daß dort die Compilation entstanden sei. Ich füge noch hinzu, daß eben in der Neuberger Chronik nach Wattenbach (Mon. Germ. XI. 607) gleichfalls Excerpte aus Otto Frisingensis erscheinen, was nicht außer Verbindung mit den gleichen Stellen des sogen. Anonymus Leobiensis stehen mag.

Nach allem vorher Besprochenen muß ich mich zur Ansicht bekennen, daß in dem Petzischen Abdrucke die einfache Compilation eines Späteren vorliege, nicht aber eine letzte Redaction in dem Sinne, daß ihr Verfasser mit Johann v. Viktring in irgendwelcher anderen Verbindung gestanden habe, als daß er vielleicht demselben Orden angehörte.

*) Für Neuberg und Zwettel und deren Chroniken vgl. Mon. Germ. XI. 607.

Ueber

Johann Manesdorfer,

Chronisten des Klosters St. Lambrecht.

Von M. Pangerl, Aspiranten des Joanneums-Archives.

Als ich im Laufe des vorigen Jahres mit der Ordnung der zahlreichen Urkunden des Stiftes S. Lambrecht beschäftigt war und zu diesem Zwecke eine ziemlich genaue Durchforschung der Archivs-Räumlichkeiten unternahm, fand ich unter Anderem drei große Pergamentblätter und auf diese geschrieben: 1. eine kurze Geschichte des Klosters St. Lambrecht, und zwar des Ursprunges, der Gründer und Aebte desselben; 2. eine kurze Darstellung des Ursprunges des Wallfahrtsortes Mariazell. Bei der Durchlesung des ersten Theiles machte ich aber die leidige Entdeckung, daß ein viertes Blatt — das dritte der Reihe — verloren gegangen war. Es gelang mir auch nicht mehr, dasselbe gleichfalls noch aufzufinden. Die drei übrig gebliebenen Blätter ließ ich zur Vermeidung ihrer Zerstreuung oder ihres gänzlichen Verlustes dem von mir angelegten Kodex des Stiftes, der meist Prozeßsachen enthält, beibinden.

Johann Manesdorfer oder Manestarffer und Menestarffer, wie er selbst sich schreibt, ist der Verfasser oben genannter und eigenhändig gemachter Aufzeichnungen. Er war zu Wien geboren — in welchem Jahre ist unbekannt — und dürfte an der Universität seiner Vaterstadt sich nicht allein seine Bildung und sein vielseitiges Wissen, sondern auch seine akademischen Grade erworben haben. Denn er war Doktor der freien Künste und Lizenziat des kanonischen Rechtes.[1]) Um das Martinifest des Jahres 1464 wurde er von dem Abte Johann Schachner, der mit Recht zu den ausgezeichnetsten Vorstehern des Stiftes St. Lambrecht gezählt werden darf, zum Syndikus des genannten Stiftes ernannt. Als solcher hatte er dessen Gerechtsame nach allen Seiten hin zu wahren, überhaupt dessen auswärtige Angelegenheiten und Geschäfte zu besorgen; er fand dabei hinlängliche Gelegenheit, seine Treue und Tüchtigkeit und seinen Eifer allenthalben zu bethätigen, und er ließ auch keine unbenützt vorübergehen. Daher hatte ein späterer

---

[1]) „Johannes Menestarffer de Wienna artium doctor jurisque pontificii licentiatus" nennt er sich am Schluße der Geschichte des Stiftes.

Chronist des Stiftes St. Lambrecht alle Ursache zu wünschen, daß diesen Mann recht viele seiner Amtsnachfolger nachahmen möchten. [2]) Einen Theil seiner Thätigkeit lernen wir aus der Schrift über den Ursprung des Klosters St. Lambrecht kennen. Manesdorfer verzeichnete nämlich darin Einiges von dem, was er für das Stift gethan, und zwar verzeichnete er solches „zu einer immerwährenden Erinnerung und seinen Nachfolgern zu einem Muster". [3]) Darnach war er dreimal in Angelegenheiten des Stiftes nach Rom gereist; das erstemal [4]) erhielt er dort von dem Papste Paul II. für das Kloster und die mit demselben vereinigten Kirchen [5]) acht Bullen, und zwar auf besonderen Befehl des Papstes unentgeltlich, während sie sonst kaum für 200 Dukaten zu haben gewesen wären. Von demselben Papste erlangte er bei Gelegenheit seines zweiten Aufenthaltes in Rom für den Abt und einige Brüder die Fakultät, im Kloster und in den mit diesem vereinigten Kirchen Beichte hören zu dürfen, außerdem aber die Bestätigung sämmtlicher Lambrechter Privilegien. Eine solche Bestätigung erwirkte er auch von dem Papste Sixtus IV. bei seinem drittmaligen Aufenthalte in Rom, so wie auch dießmal für den Abt und Konvent die Gestattung des Fleischgenußes an gewissen Tagen einer jeden Woche. [6]) —

[2]) „Vtinam plures ex judicibus nostris tantum uirum imitarentur!" ruft der im 17. Jahrhundert schreibende Peter Weixler beim Schluße seiner Aufzählung der Manesdorfer'schen Thaten aus. Cod. MS. des Stiftes St. Lambrecht Fol. 148a.

[3]) „ad eternam rei memoriam sequacibusque meis in exemplum."

[4]) Da mir die St. Lambrechter Regesten augenblicklich nicht zur Hand sind, so sehe ich mich außer Stande, die Jahre, in welchen diese Reisen unternommen wurden, genau anzugeben. Papst Paul II. starb im Jahre 1471, daher fallen die ersten zwei Reisen in die Jahre 1464—1471, die dritte aber in den Zeitraum von 1471—1484, in welch' letzterem Jahre Papst Sixtus IV. mit Tode abging. Die erwähnten Bullen sind, wenn ich mich recht entsinne, noch sämmtlich vorhanden.

[5]) Das Kloster St. Lambrecht stand bis zum Jahre 1786 unmittelbar unter dem päpstlichen Stuhle. Seine Aebte strebten nun fort und fort darnach, diese Unmittelbarkeit auch auf die mit ihrem Kloster vereinigten Pfarrkirchen auszudehnen, verwickelten sich aber darüber in heftige und langwierige Streitigkeiten mit den Erzbischöfen und Bischöfen von Salzburg und Seckau. Als „ecclesiae unitae" galten im 17. und 18. Jahrhunderte die Kirchen St. Blasen und in der Laßnitz (bei St. Lambrecht), in Mariahof, Scheufling, Aflenz, Mariazell, Veitsch und die sogenannte „Kaltenkirchen". Der päpstliche Stuhl stand in jenen Streitigkeiten zwar immer auf Seite der Aebte, es konnte aber gleichwohl die angestrebte Unmittelbarkeit nur in einem beschränkten Sinne von den Bischöfen erkämpft werden.

[6]) Die St. Lambrechter Klosterbrüder hatten sich gemäß der Regel bis dahin diesen Genuß versagen müssen. Etwas naiv klingt es, wenn der Papst seine Lizenz außer Anderem mit dem Umstande, daß in der Gegend von St. Lambrecht keine Oliven wüchsen, motivirt.

Indem sich Manesdorfer also für die Interessen des Stiftes in Rom thätig zeigte, war er nicht minder eifrig, dieselben auch daheim zu fördern. Er brachte hier den von dem Friesacher Archidiakon Jakob Säm gegen den Mariahofer Pfarrer Laurenz Kreuzer wegen Verweigerung einer kaiserlichen Steuer [1]) angestrengten Prozeß zu einem für letzteren günstigen Austrag und nöthigte denselben Archidiakon, von seiner Forderung, daß auch die Pfarrer der St. Lambrecht einverleibten Kirchen auf den von ihm ausgeschriebenen Synoden zu erscheinen hätten, abzustehen. [2]) Eben so beendete er den Streit seines Stiftes mit dem Erzbischofe Burkart von Salzburg bezüglich des von diesem geforderten „subsidium caritativum“ [3]) von den stiftischen Gütern im Lungau. Zweimal erwirkte er sich von dem päpstlichen Stuhle die Vollmacht zum Vorgehen gegen Frevler an den Privilegien des Klosters St. Lambrecht, und es unterliegt keinem Zweifel, daß er hiervon nicht bloß gegen den genannten Archidiakon Jakob Säm Gebrauch gemacht hat. Für die nach Mariazell kommenden Wallfahrer verfaßte er im Jahre 1469 ein „nicht unzierliches“ Gebet und suchte es auf einem damit beschriebenen Täfelchen, welches er in „der oberen Sakristei“ aufhing, zu Jedermanns Kenntniß zu bringen. — In den Augen der Geschichtsforscher wird aber jene Thätigkeit Manesdorfers den meisten Werth besitzen und zugleich die wichtigste bleiben, welche auf die Erhaltung der Urkunden des Stiftes St. Lambrecht gerichtet war. Und es ist gewiß, daß er auf diese Erhaltung nicht bloß deßhalb so eifrig Bedacht nahm, damit er dann die Rechte des Stiftes um desto besser hätte wahren und vertheidigen können, sondern es lag ihm auch daran, daß in den Urkunden die von der Vergangenheit so zuverlässig erzählenden Denkmäler gerettet würden. Er fand die eine und die andere schon längst für verloren gehaltene Urkunde

---

[1]) Kaiser Friedrich IV. hatte nicht lange vorher dem Stifte und dessen unirten Kirchen Steuerfreiheit gewährt.

[2]) Zu dem Friesacher Archidiakonat gehörten die Kirchen in der Laßnitz, St. Blasen und Mariahof, dann die „Kaltenkirchen“ und wohl auch jene in Scheifling, doch aber nicht rechtlich, sondern nur vermöge ihrer Lage im Umfange jenes Archidiakonats. Nach der Theorie der Unmittelbarkeit waren sie „nullius dioecesis“, daher hatte der den Erzbischof vertretende Archidiakon auch kein Recht, jene Pfarrer zu einer Synode zu berufen. Dieses Recht nahm vielmehr der Abt von St. Lambrecht für sich allein in Anspruch.

[3]) „Subsidium caritativum est praestatio, quae caritatis nomine fit episcopo a plebanis et clericis.“ Du Cange. Zufolge derselben Theorie mußte und konnte der Abt von St. Lambrecht diese Steuer verweigern. Jene Güter im Lungau (St. Martin) aber waren seit dem Jahre 1278 in dem unbestrittenen Besitze des Stiftes.

wieder auf [10]), „registrirte“ sämmtliche Urkunden und fertigte darüber Summarien. [11]) Er fertigte ein Transsumpt zur Erweisung der Exemzion des Klosters St. Lambrecht und ein zweites gleichfalls von ihm gefertigtes enthielt alle Urkunden und Akten, aus denen die richtigen Grenzen der Stift St. Lambrechter und Stift Admonter Besitzungen nachgewiesen werden konnten. Diese beiden Transsumpte sind wohl erst im Jahre 1786 bei Gelegenheit der Auflösung des Stiftes von dort weggekommen, dafür ist aber ein drittes, zugleich das wichtigste, noch immer in St. Lambrecht zu finden. Es bildet dieses einen starken Pergamentkodex in Folio und der Name Manesdorfer ist mit dessen Entstehen innig verknüpft. [12]) Schon vor dem Jahre 1450 hatte nämlich das Stift St. Lambrecht bei dem päpstlichen Stuhle um die Vidimazion, Prüfung und Bestätigung seiner sämmtlichen Urkunden angesucht. Da es aber nicht rathsam schien, die Urkunden nach Rom zu schaffen, so beauftragte Papst Nikolaus V. im Jahre 1450 den Propst Johann von Gurk mit jener Prüfung und Bestätigung. Sie kam jedoch aus verschiedenen Gründen damals nicht zu Stande, ja der ganze Plan scheint halb und halb in Vergessenheit gerathen zu sein. Erst als Manesdorfer nach St. Lambrecht gekommen war, wurde wieder daran gedacht und auch an die endliche Ausführung desselben geschritten. Nachdem nun im Jahre 1469 von dem Papste Paul II. an den neuen Propst Laurenz von Gurk ein neuer Befehl zur Vornahme jener Prüfung und Bestätigung ergangen und Johann Manesdorfer zum Vollmachtträger des Stiftes in dieser Angelegenheit ernannt worden war, wurde die Bestätigung endlich am 30. Jänner 1471 zu Gurk vollzogen. Manesdorfer war zwar wohl schon früher, ganz insbesondere aber bei dieser Gelegenheit mit dem Inhalte der Urkunden genau bekannt geworden, und es lag nun für ihn sehr nahe, die Resultate dieser Bekanntschaft in einem, wenn auch nur kleinen Werke zusammen zu fassen. Er that dieses jedoch erst nach oftmaligem Verlangen von Seite der Klosterbrüder [13]) im J. 1482

[10]) So z. B. die Urkunde König Rudolfs I. ddo. 1278, 18. April, Wien — worin derselbe erklärt, daß das Gut St. Martin im Lungau dem Kloster St. Lambrecht in allgemeiner Gerichtssitzung zugesprochen worden sei. Das Original dieser Urkunde ist aber später dennoch wieder abhanden gekommen.

[11]) Ein zu Anfang des 16. Jahrhunderts geschriebener Katalog, der noch immer in St. Lambrecht vorhanden ist, enthält diese Summarien.

[12]) Nach dem Vorgange Anderer habe ich die Bezeichnung dieses Kodex als „Kopialbuch II.“ belassen. Denn eigentlich ist der Kodex eine Urkunde der größten Art und war ehedem durch ein angehängtes Sigel auch schon äußerlich als solche gekennzeichnet.

[13]) „Efflagitastis sepenumero religiosissimi patres, vt originem monastery vestri ..... litteris mandarem“ sind die den Prolog einleitenden Worte Manesdorfers.

und widmete dann seine Arbeit dem Abte Johann Sachs, dem gleich ausgezeichneten Nachfolger des Abtes Johann Schachner seit 1478. Im Jahre 1482 schrieb er die kurze Geschichte des Klosters St. Lambrecht, und fünf Jahre später, nämlich 1487, den Ursprung des Wallfahrtsortes Mariazell. [14]) Er scheint sich darnach nicht mehr lange in St. Lambrecht aufgehalten zu haben. Um die Mitte des Jahres 1488 befand er sich in Wien; es läßt sich jedoch nicht mehr ermitteln, ob sein Aufenthalt daselbst bloß ein zeitweiliger war oder ob er sich für den Rest seiner Lebenstage dahin zurückgezogen hatte. Noch am 9. Juli dieses Jahres schrieb er von dort aus dem Abte Johann Sachs und versichert diesen, daß er wie immer auf das eifrigste und fleißigste für den Ruhm und den Vortheil des Stiftes wirken werde. [15]) Es ist dieß die letzte Nachricht, die wir über Manesdorfer und zwar von ihm selbst haben. Das Jahr seines Todes ist unbekannt, und da überhaupt sein Name in den Todtenbüchern des Stiftes sich nicht findet [16]), so ist es nicht unwahrscheinlich, daß sein Tod nicht in St. Lambrecht erfolgt ist. In ihm verlor das Stift einen Mann, der, wenn er auch Geistlicher und Mitglied desselben gewesen wäre, dessen Interessen in der That nicht besser hätte vertreten können, als er es als bloßer Amtmann desselben gethan hat. Und wenn die Glanzperiode des Stiftes St. Lambrecht in die Zeit fällt, als Manesdorfer wesentlichen Antheil an der Leitung der auswärtigen Angelegenheiten desselben nahm, so dürfte ein nicht geringer Theil dieses Glanzes auf Manesdorfer als auf seinen Miturheber zurückzuführen sein.

Das, was Manesdorfer auf den Eingangs erwähnten drei, beziehungsweise vier Blättern aufgezeichnet hat, besteht aus zwei Theilen, deren einer eine kurze Geschichte des Klosters St. Lambrecht, der andere aber die Geschichte des Ursprunges des Wallfahrtsortes Mariazell enthält. In dem ersteren schickt er nun dem eigentlichen „Traktat“ einen „Prolog“ voraus, worin er unter Aeußerungen großer Bescheidenheit und solchen, welche seine Bekanntschaft mit den römischen Schriftstellern hinlänglich bekunden, sein Unternehmen

---

[14]) Wie aus zwei Stellen seiner Schrift hervorzugehen scheint, so hat Manesdorfer auch einen „cathalogus abbatum“ verfaßt, welcher jedoch nicht mehr vorhanden ist.

[15]) Diese und einen Theil der vorstehenden Notizen hat mir Herr P. Severin Witlaczil gütigst übersandt und dadurch überhaupt das Erscheinen dieser kleinen Arbeit möglich gemacht.

[16]) Vielleicht ist diese Behauptung auch unrichtig; denn bei den Tausenden von Namen, welche die St. Lambrechter Todtenbücher enthalten, ist es schwierig, einen bestimmten Namen herauszufinden. Es ist nur ganz gewiß, daß der Name Manesdorfer dort in den Monaten Jänner, Februar, März und in den Monaten Mai bis September nicht erscheint.

zu rechtfertigen sucht. Der „Traktat" aber beginnt mit einer genauen Beschreibung der geographischen Lage des Stiftes, welche Manesdorfer mit einer, das Gepräge hohen Alterthumes an sich tragenden und von ihm auf St. Blasen (bei St. Lambrecht) bezogenen Notiz schließt. Daran reiht er ziemlich ausführliche Nachrichten über die Stifter des Klosters und setzt dessen Gründung in das Jahr 1103. Hierauf läßt er die Reihe der Aebte und die in die Zeit eines jeden derselben fallenden, für das Kloster wichtigen Begebenheiten und Ereignisse folgen. Leider hat in diese Reihenfolge der Verlust des dritten Blattes eine große Lücke gebracht; es beginnt aber diese Lücke mit dem Abte Wernher [17]) und endet erst mit dem Jahre 1471, in welchem das ganze Kloster sammt der Kirche ein Raub der Flammen wurde. Nachdem dann Manesdorfer noch das Wissenswerthe aus der letzten Zeit des Abtes Johann Schachner mitgetheilt und bei dieser Gelegenheit auch seine eigenen Thaten in Kürze dargestellt hat, beschließt er die Reihenfolge der Aebte mit den Nachrichten über die Erwählung und Benedikzion des Abtes Johann Sachs in den Jahren 1478 und 1479. Dieß der kurze Inhalt des ersten Theiles der Manesdorfer'schen Aufzeichnungen. — Der zweite Theil, welcher über den Ursprung Mariazell's handelt, ist im Verhältniß zu dem ersten ziemlich kurz und nimmt nicht einmal die ganze letzte Blattseite ein. Darnach soll im Jahre 1284 ein frommer Bruder aus dem Kloster St. Lambrecht, welcher mit der Seelsorge in der Gegend des heutigen Mariazell betraut war, daselbst die Verehrung der Mutter Gottes begonnen haben. An die Darstellung der ersten Anfänge reiht sich die bekannte Erzählung von dem Markgrafen Heinrich aus Mähren, und Manesdorfer setzt diese Begebenheit in das Jahr 1286. Die Darstellung der Art und Weise, wie der Wallfahrtsort namentlich durch König Ludwig I. von Ungarn († 1382) zu großem Rufe kam, bildet den Schluß dieses zweiten Theiles.

Die Quellen, welche Manesdorfer bei Abfassung seiner Schrift benützt hat und auf welche bei seinen Angaben sich zu berufen er nicht leicht versäumt, sind außer den von ihm gesammelten und geordneten Urkunden des Stiftes päpstliche, nicht in St. Lambrecht befindliche Urkunden und solche der Landschaft Steier [18]), verschiedene, zum Theil noch vorhandene Inschriften [19]), Otto von Frei-

[17]) Starb am 3. August nach Manesdorfer im Jahre 1181.

[18]) „vt ex litteris et priuilegys prouincie Stirie perspici potest" sagt er bei Gelegenheit einiger Notizen über den Markgrafen und nachherigen Herzog Otakar von Steier.

[19]) So z. B. die Inschrift über dem inneren Hauptthore des Prälaturgebäudes in St. Lambrecht.

singen, welchen er einen „historicus insignis“ nennt, ferners alte, nun entweder verloren gegangene oder anderwärts befindliche Kodizes des Stiftes [20]), die noch vorhandenen Todtenbücher desselben, das Leben der sel. Hemma, der berühmten Stifterin von Gurk, und ein von dem St. Lambrechter Abte Heinrich Moiker († 17. April 1455) verfaßtes Schriftchen über die zu Mariazell geschehenen Wunder, welches aber gleichfalls nicht mehr vorhanden ist. In wie weit er diese Quellen benützt hat, wird sich bei einem Abdruck seiner kleinen Schrift viel besser zeigen lassen, als es hier geschehen könnte. Im Ganzen genommen scheint er dieselben gewissenhaft benützt zu haben; denn so weit ich ihn bis jetzt prüfen konnte, habe ich zwar den einen und den andern Irrthum, aber keine Fälschung der aus den genannten Quellen sich ergebenden Thatsachen finden können. So irrt er z. B. durchaus in seinen Angaben über den Abt Otker. Er würde aber in diesen Irrthum nicht gerathen sein, wenn er die nunmehr wenigstens abschriftlich in St. Lambrecht vorhandene Urkunde [21]), betreffend den Streit des genannten Klosters mit dem Stifte Rein um den Besitz von Söding gekannt und das ältere Todtenbuch etwas genauer angesehen hätte. Dagegen muß es als ein Zeichen großer Gewissenhaftigkeit angesehen werden, wenn er trotz seiner Bekanntschaft mit den beiden zweitältesten Urkunden des Stiftes St. Lambrecht, nämlich jener des Erzbischofes Gebhart von Salzburg, welche gewöhnlich c. 1066 gesetzt wird, und jener des Kaisers Heinrich IV. ddo. 1096 .... Verona [22]), gleichwohl den Beginn des klösterlichen Lebens in St. Lambrecht in das Jahr 1103 setzt. Er hielt offenbar die letztere Urkunde für unecht, und wenn er auch dieselbe wegen ihrer mehrfachen Bestätigung durch verschiedene deutsche Kaiser und Könige in den großen Urkundenkodex vom Jahre 1471 aufgenommen hat, so hat er doch bei Abfassung seines kleinen Werkes gebührendermaßen keine Rücksicht darauf genommen.

---

[20]) Dahin gehört der jetzt auf der Grazer Universitätsbibliothek befindliche Pergamentkodex 39/29, 2⁰, enthaltend einen Martinus Polonus und das Original des sogenannten Anonymus Leobiensis. Manesdorfer hat einen Versuch gemacht, diesen letzteren fortzusetzen. Siehe Fol 117 b.

[21]) Das Original dieser Urkunde befindet sich in Rein. Herr Prof. Zahn datirt sie c. 1159, Ende Mai, Göß.

[22]) Beide Urkunden hat Herr Prof. Tangl in seiner Abhandlung über „die Grafen, Markgrafen und Herzoge aus dem Hause Eppenstein“ abdrucken lassen. Siehe Arch. f. K. östreich. Geschichtsquellen VI. u. XII. Band, p. 392 u. p. 190, Note 121 u. 269. Das Original der kaiserl. Urkunde ist nicht mehr vorhanden. Dieselbe ist aber zweifellos unecht, hat jedoch vielleicht eben wegen ihrer Unechtheit eine Menge zweifellos echter Bestätigungen erfahren.

Es erübrigt nun noch, Einiges über den Werth zu sagen, welcher der Schrift Manesdorfer's zukommt. Zunächst hat dieselbe natürlich für die Geschichte des Stiftes eine ganz vorzügliche Bedeutung. Jetzt kann es gar nicht mehr schwer fallen, mit den Urkunden und den Todtenbüchern in der einen und Manesdorfer in der andern Hand die bisher geltende, aber fast durchaus unrichtige Reihe der Aebte dieses Stiftes festzustellen. Und eben so die Zeit, in welche der Anfang des Klosters St. Lambrecht zu setzen ist, wodurch zugleich der Beginn der Kultur in jener Gegend der Steiermark festgestellt wird. [23]) Die Aufzeichnungen Manesdorfer's haben aber auch noch anderweitige Bedeutung. So z. B. für die historische Topographie Steiermarks durch die eine und die andere werthvolle Angabe. Darnach wäre der, eine Wegstunde von St. Lambrecht entfernt liegende Ort St. Blasen einer der ältesten Orte jener Gegend [24]), während die Entstehung des entfernteren Mariazell in eine viel jüngere Zeit, als bisher angenommen ward, gesetzt werden müßte. [25]) In Bezug auf die ziemlich bekannten Begebenheiten mit einem Markgrafen Heinrich, angeblich von Mähren, und dem Könige Ludwig von Ungarn, an welche sich das Aufblühen Mariazell's und dessen Ruhm knüpft, einer der ersten Wallfahrtsorte in den Ländern unserer Monarchie zu sein, wissen wir jetzt, daß Abt Heinrich Moiker und Johann Manesdorfer diejenigen sind, welche jene Begebenheiten zuerst aufgezeichnet haben. Da wird aber dann kein Zweifel mehr obwalten können, welcher Werth insbesondere der ersteren Nachricht über den Markgrafen Heinrich durch den Geschichtsforscher von nun an beigemessen werden darf. Manesdorfer ist ferner, wenn ich nicht irre, die Quelle, welche zuerst die ehemalige Existenz eines Klosters der Zisterzienserinen in dem Pfarrorte Greut bei Neumarkt behauptet. [26]) Wir erfahren von ihm, daß es zu seiner Zeit in nächster Nähe von St. Lambrecht Gold-, Silber- und Arsenikgruben gab, und wenn wir auch ohne Manes-

[23]) Vor der Niederlassung der Benediktiner war diese Gegend mit Wäldern bedeckt. Daher die Bezeichnung „ecclesia S. Lamberti in silva". Wie aus einigen urkundlichen Daten über „novalia" (Gereute) geschlossen werden darf, so ging die Ansrodung dieser Wälder größtentheils schon im 12. Jahrhundert vor sich. Eine Stelle bei Manesdorfer gestattet auch den Schluß auf eine viel ältere, dann aber ganz untergegangene Kultur des Thajagrabens.

[24]) Vorausgesetzt, daß sich die von Manesdorfer aufbewahrte Notiz auch wirklich auf dieses St. Blasen bezieht.

[25]) Was auch der Inhalt der Urkunden darthut.

[26]) Hat dieses Kloster wirklich jemals bestanden, so kann es doch, wenn es Markwart, der „institutor monasterii S. Lamberti" gestiftet haben soll, anfänglich nicht für Zisterzienserinen bestimmt gewesen sein. Mehr darüber bei einer andern Gelegenheit. Vgl. Tangl a. a. O. XI. p. 237.

dorfer das aus anderweitigen Quellen wissen würden [27]), so wissen wir wahrscheinlich bloß aus ihm allein, daß in den ehemals reichen Silbergruben zu Zeiring zu seiner Zeit nicht mehr gearbeitet wurde. Und um schließlich auf zwei Punkte von allgemeinerem Interesse hinzuweisen, so sei erwähnt, daß Manesdorfer St. Lambrecht noch immer als in Kärnten gelegen bezeichnet und es mit seiner gelehrten Einsicht nicht vereinbar finden kann, wenn sich, wie er sagt, „die österreichischen Herzoge zu unserer Zeit Erzherzoge schreiben und nennen". [28]) Es mögen diese wenigen Hinweisungen genügen, um darzuthun, daß das kleine Werk des Johann Manesdorfer immerhin ein Plätzchen in einer Sammlung der steirischen Geschichtsquellen zu finden verdiene.

---

[27]) Daß im 15. Jahrhundert in der Techau bei St. Blasen Arsenikgruben im Betriebe waren, wird durch mehrere vorhandene Urkunden bestätigt.

[28]) „Errore ... quodam ... Austrie duces nostro tempore inducti se archiduces et scribunt et nominant" sind die Schlußworte seiner nicht uninteressanten Erörterung über diesen Punkt.

Errata.

Seite 8, Zeile 4 von unten lies „Amort“ statt „Amor“. — Zu S. 9, Z. 11 von unten: Zunggo's Werk erschien als „Historiae generalis et specialis de ordine Canonicorum u. s. w. prodromus“, Regensburg, 1742, 2 Bde, 2°. — S. 27, Z. 2 von oben lies „Poltinger“ statt „Polinger“. — S. 37, bei Hdschrft. 35/17, Z. 2, „1267“, statt „1274“. — S. 58, bei J. 1251, „Liliorum“ statt „Ciliorum“. — S. 97, in Note, Z. 3 von oben, „ihre“ statt „seine“. — S. 99, Z. 5 von oben, „impedire“ statt „impegire“.

Inhalt.

Register.

Beiträge

zur Kunde

steiermärkischer Geschichtsquellen.

Herausgegeben

vom

historischen Vereine für Steiermark.

2. Jahrgang.

Graz, 1865.

Zwei Klagelieder
über
die Grafen von Pütten.

Von Arch. Prof. Zahn.

Die Handschrift 39/16, 2°, der hiesigen Universitätsbibliothek, welche der Schrift nach durchaus dem 12. Jahrh. angehört und deren wesentlichsten Inhalt ein „tractatus de fide nostrorum et antiquorum" bildet, enthält auf ihrem vorletzten und letzten Blatte zwei lateinische Dichtungen, welche nähere Beachtung verdienen. Beide sind gleichfalls im 12. Jahrh., doch etwa nach dem J. 1160 und zwar von zwei verschiedenen Händen niedergeschrieben, deren letztere etwa um ein bis zwei Jahrzehente jünger sein mag. Leider ist das erstere der Gedichte, welches das vorletzte Blatt und die eine Seite des letzten einnimmt, dadurch verstümmelt, daß die untere Hälfte des letzten Blattes weggeschnitten wurde. Aber auch das zweite Gedicht litt in seiner Schrift durch die Berührung mit der rauhen Innenseite des Deckels und einige Worte sind leider gar nicht mehr, andere nur durch Conjectur zu lesen.

Das erste Gedicht läßt durch den scharf gezeichneten Abschluß der einzelnen seiner Grundgedanken, noch mehr aber durch beiseite angebrachte Handweiser die Stropheneintheilung nicht verkennen. Bei der zweiten, fünften und sechsten Strophe sind an deren Schluße noch einzelne Verse an den Rand geschrieben, welche den Klageton, der das ganze Gedicht durchzieht und in den letzten Zeilen jeder Strophe sich gewissermaßen gipfelt, variirend wiederholen und erhöhen. Bei der Wiedergabe zeige ich die Einschubszeilen durch Klammern an. Ob sie von dem Einzeichnenden nur durch ein Versehen ausgelassen und dann nachgetragen worden, oder ob er sie dem Gedichte selbstthätig zugefügt, läßt sich natürlich nicht erkennen. Uebrigens ist im Haupttheile wie in den Zusätzen die Schrift vollkommen dieselbe.

Das zweite Gedicht geht von derselben Grundidee der Klage aus, unterscheidet sich aber von dem ersteren unter anderm dadurch, daß sein Gedanke einer einzigen jener Personen gilt, von welchen dieses spricht, ferner daß seine Fassung in Distichenform reiner ist, sein Gefühl lebhafter, seine Sprache erhebender.

Ich gebe hier nachfolgend beide Dichtungen und verweise hinsichtlich der erkennbaren Persönlichkeisen derselben auf die anschließenden Bemerkungen.

1.

1.
Gloria mundana mundique potentia uana.
Teſtantur proceref. qui modo ſunt cinereſ.
Qvondam uiuenteſ. fuerant in carne potenteſ.
Viribuſ et forteſ. iudicio comiteſ.
Primuſ E k e b e r t u ſ aliuſ fuit hoc modo dictuſ.
Hoſ morſ prereptoſ tranſtulit ad ſuperoſ.
Fundauere locum quo poſt habuere ſepulchrum.
Terra ſuum querit. ſpirituſ aſtra petit.
Suſcipienſ ether flatum. ſed terra cadauer.
Vertitur in uermeſ. uermibuſ in cinereſ.
Soluunt naturę carniſ ſua debita iure.
Pro hiſ funde preceſ hoſ recitanſ apiceſ.
Spiritibuſ ſanctiſ ſocientur quandoque cunctiſ.
Omniſ homo [1]) gramen. hiſ benedicat amen.

2
Eſt caro ceri (!?) fęnum breuiter florentiſ amęnum.
Et quaſi floſ fęni. gloria cuncta uiri.
Apparebat hoc funuſ. quod preteriit quaſi fumuſ.
Mutando tenuem. uertitur in cinerem.
Dictuſ E k e b e r t u ſ uirtutibuſ ipſe refertuſ.
Juſticia pollenſ. patribuſ ęquipotenſ.
Juſtuſ erat iudex. hominum modo finiſ ac index.
O c c i ſ u ſ b e l l o. iam iacet hoc loculo.
A u g u ſ t i n o n i ſ exſoluit debita carniſ.
Nunc pete quiſquiſ adeſ ut detur huic requieſ.
Et lux ętcrna detur illi ſede ſuperna.
{Plangant inde ſui maioreſ atque puſilli }
{Precipue F o r n b a c h flet quia corruit ach.}
Cuncta caro gramen ſedula dicat amen.

---

[1]) Ich lese das Wort „hō" als „homo", obgleich man für den ersten Anblick es als „hoc" lesen könnte, und berufe mich auf die Analogie mit dem letzten Verse der zweiten Strophe, wo statt „homo" — „cuncta caro" gesetzt ist.

3.
Floribuſ herbarum ſimilatur uita potentum.
Tardiuſ apparent. ſed cito deficient.
Pulchriuſ efflorent uirenteſ concite (?) marcent.
Nam ſufflanſ aura diſſipat hoſ tenera.
Hoc dictum firmant hic quorum corpora pauſant.
Fortiſ Dietrici principiſ eximii.
Eius et uxoriſ Adelheidę nobilioriſ.
Viuebant mundo corpore. corde polo.
Ornauere piis pariter ſua tempora factiſ.
Morſ quę cuncta uorat. hoſ quoque mortificat.
Vir dat ei terniſque kalendiſ iura Decembriſ.
Sed coniunx noniſ eiuſdem pridie menſiſ.
Pro quibuſ eſto petenſ. hunc titulum relegenſ.
Regno lętentur cęleſtibuſ ut ſocientur.
Hoc uoluenſ carmen. hiſ benedicat amen.

4.
Hic iacet et natuſ amborum corpore paruiſ.
Quondam prediueſ hic dormit puluere mileſ.
Conſtanſ magnanimuſ uiribus et ualiduſ.
Nobiliſ acceptuſ magna uirtuteque ſeptuſ.
Nomine Gotfriduſ ecce iacet putriduſ.
Monachuſ effectuſ diuino pneumate rectuſ.
Chriſtum collaudanſ corpore debilitanſ.
Juniuſ (!) in decimiſ hic ſoluit carne kalendiſ.
O pie ferto precem quod teneat requiem.
Ouiſquiſ adeſ preſenſ. apiceſ iſtoſ quoque cernenſ.
Dic tibi ſit firma pax bona cum patria.

5.
Hic requieſcenteſ in puluere ſunt duo fratreſ.
Diepolt et Wernher. quorum par non fuit alter.
Nutibuſ et factiſ. moribus eloquiiſ.
Mentibuſ ęqualeſ. facti ſunt cęnobialeſ.
E . . . reuerunt mundum ceu mare fluctiuagum.
Morſ quc cuncta rapit. hoſ quoque diripuit.
Diepolt Septembriſ it certiſ [2]) carne kalendiſ.
Wernheruſ Octobris obit Idibuſ et (?) pie biniſ.
Vt detur ęterna cum requie patria.

---

[2] Vielleicht „inſertiſ", wie bei Vers 75, obwohl ich bei der ohnehin rohen Sprache eine ſolche Leſung noch ſchwerer annehmen könnte.

Funde preceſ oranſ petimuſ quiſquiſ aſtanſ.
Jungemini cęliſ ciuibuſ angelicis.
Omniſ dicat amen ſuper hoc factum precamen.

6.

Viuenſ omniſ homo pertranſit ſicut imago.
Indicat hoc uermiſ. inſinuatque cinis.
Carniſ Geroldi ſub hac tellure locati.
Heu morſ quam dira ferſ quia tanta mala.
Parrochianus erat cęleſtia donat gerebat.
Hic male carpſiſti morſ famulum domini.
Monachuſ effectuſ Jeſu precepta ſecutuſ.
Carne tibi cedit ſpirituſ aſtra petit.
Idibuſ inſertiſ animam Februi dedit aſtriſ.
Pro quo funde preceſ o pie quiſquiſ adeſ.
Perpetuam requiem det ei Chriſtuſ quoque lucem.
Dic quandoque tamen uel requieſcat amen.

7.

Preſpiter hoc rectuſ requieſcit ceſpite tectuſ.
Nomen Adelharduſ hic tenuit ualiduſ.
Eccleſiam rexit Niwenchirch dum bene uixit.
Sed ſorſ communiſ hunc rapit eppuliſ.
Promant ſepe preceſ pro quo pie quique fideleſ.
Dono cęleſti gaudeat arce poli [3]).
Preſbiter indignuſ tractanſ ſacra corde malignuſ.
Eccleſiam rexi Niwenchirch dum male uixi.
Sed ſorſ communiſ me tulit eppuliſ.
Promant oro preceſ pro me pie quique fideleſ.

. . . .

. . . .

Hier bricht das Gedicht aus dem oben angezeigten Grunde ab und sind von der nächsten Zeile nur die Köpfe etlicher Schäfte mehr zu sehen.

2.

Ekkeberte comeſ comitum ſucceſſor et hereſ.
Claruſ ab Hiringo progenitore tuo.
Contra fata genuſ tibi nil valuiſſe dolemuſ. [4])
Quo uiuo nulluſ uiueret utili(or).

---

[3]) An der Seite steht hier von derselben Hand: „Alia ipſa perſona."

[4]) Ich versuche die unterpunktirten vier Buchstaben nur aus den ziemlich kennbaren zwei Buchstaben „ni" und nach dem Versmaße herzustellen.

Cinc(tuſ) pacificiſ. regnoque fauentibuſ armiſ.
Hoſtibus imperii. terror et hoſtiſ eraſ.
Armatuſ Jonathaſ. ſed Parthonopevſ inermiſ.
Alterniſ uicibuſ. pulcher et horrificuſ.
Regibuſ arma tibi (tantum) pro pace ferenti.
Alterutrum placuit. uincere ſiue mori.
O ſi milt . . . (?) . . . nenſ (eſſet?) profuít huiuſ
Principiſ. inuictaſ Cęſar haberet opeſ.
Et Mediolanum. princepſ ubi corruit iſte.
Vrbſ ſimul et populus corruerent ciciuſ.

Die allgemeinen Bemerkungen, welche sich an diese Poesien knüpfen lassen, dürften kurz genug sich gestalten.

Die künstlerische Bedeutung des ersten Gedichtes ist eine sehr gewöhnliche. Ist es die Trauer eines Mönches von Formbach, welcher an der Grabstätte so vieler freigebiger Wohlthäter seines Klosters in Klagen über die Zergänglichkeit alles Irdischen sich ergeht, so mag wohl dieselbe besser gefühlt worden sein, als sie in den holprigen lateinischen Versen wiedergegeben ist. Der eigenthümlich schwerfällige Bau des Ganzen und seiner Theile läßt sogar die Vermuthung zu, daß diese Dichtung anfänglich gar nicht in lateinischer, sondern in deutscher Sprache verfaßt gewesen sein möge. Da nämlich alle leoninischen Dichtungen, welche schon ursprünglich in Latein geschrieben waren, trotz der Bande des Reimes, welche den Redefluß fesseln, mehr Beweglichkeit der Sprache zeigen, weil der Gedanke und darnach auch die Wahl der Worte frei war, so scheint hier vielmehr der Schreiber oder Dichter nicht nur die Reimgesetze, sondern noch mehr durch schon vorliegende Gedanken beeinträchtigt worden zu sein. Wollte er ihnen folgen, so mußte seine Arbeit leiden und er wiederholt die Reimgesetze verletzen und auch dunkel werden. Beides Letztere ist derart der Fall, daß in der That mir die Uebersetzung eines deutschen Klageliedes da vorzuliegen scheint.

Hält man dem das 2. Gedicht entgegen, so steht dieses in jeder Beziehung auf einer vielfach höheren Stufe. Nicht nur ist seine Sprache rein, der Versbau fließend, sondern auch der Gedankengang zeigt das Verständniß der bei Distichen so schön anwendbaren Gegensätze und antike Belesenheit. Da ist Schwung! Der Mann der Dichtung ist in seiner Bedeutung für Krieg und Frieden mit wenig Strichen sicher hingestellt; das Gefühl ist ein kriegerisch stolzes, ein traurig warmes, womit er die Vergangenheit und die leider zerschlagene Zukunft schildert, in welcher Graf Ekebert III. von Pütten für Kaiser und Reich einstand, und in der sie an ihm Einen ihrer Besten hätten erkennen können. Dagegen sind die Worte des ersten Gedichtes, wenn man ihnen auch wahres Gefühl nicht absprechen kann, doch eben nur Zusammenwürfelung.

Am meisten verhältnißmäßig läßt sich aus dem ersten Gedichte noch für die Genealogie des mit den steir. Traungauern verwandten Hauses der Grafen von Pütten gewinnen.

Denn daß dieses Geschlecht gemeint ist, steht eben nicht in Zweifel; das beweisen die Namen der Ekeberte, dann V. 7 u. 27, wo die Grabesstätte und das Kloster ausdrücklich genannt sind, und Gedicht 2. ist eben nichts anderes als eine gelungenere, wenn auch weniger positive — nach Daten und örtlichen Beziehungen — Durchführung des Gedankens in der Strophe 2 des ersten Gedichtes.

Es muß dahin gestellt sein, ob der Autor mit V. 5 und mit der Bezeichnung „primuſ Ekebertuſ“ denjenigen der gleichnamigen Püttener Grafen bezeichnen will, den wir gegenwärtig als Ekebert I. bezeichnen. Dagegen spricht das Wort „dictuſ“ in V. 19 — dafür die Worte „fundauere locum“ u. s. w. in V. 7. Denn die wahre Bestiftung Formbachs mit seinem ausgedehnten Güterbesitze in der einst zu Steiermark gehörigen Gegend an der Schwarza bei Neunkirchen und Gloknitz stammt allerdings von Ekebert I. [5]) Die Püttener Genealogie, welche uns in einer Abschrift des 15. Jahrh. erhalten ist [6]), nennt übrigens auch Ekebert I. als zu Formbach begraben.

Diese dient denn auch zur Grundlage der Erörterung, wo es sich wie in vorliegendem Gedichte um neue Daten zur Stammtafel handelt. Sie wurde von Moriz in seiner Abhandlung über die Grafen von Formbach-Pütten [7]) schon benützt.

Als unbestreitbare Mitglieder der Grafenfamilie von Pütten erscheinen in diesem ersten Gedichte (außer dem Obgenannten) Ekebert III. in Absatz II., Dietrich und seine Gemalin Adelheit in Absatz III. und Gotfrid in IV.

Gehen wir nach der Chronologie der Personen vor, so müssen wir unter diesen Vieren die drei Letztgenannten voranstellen; denn Ekebert III., wohl im Liede obenan wie nach seiner Bedeutung in der allgemeinen Geschichte und besonders bedeutungsvoll für die Geschichte der Steiermark, ist eben der Letzte seines Geschlechtes.

---

[5]) Urkb. d. Land. o/d. Enns I. 626.

[6]) Ebendas. I. 778 „(Eckeberti) corpus . . Fornbach delatum honorabiliter in capitulo eſt collocatum, in quo tumulo eciam pater eius et auus eius . . . . . ſimul requiescunt.“

[7]) Abhandlungen der bayer. Akad. d. Wissenschaften 1803.

Dietrich ist nach der Angabe der erwähnten Genealogie ein Sohn Heinrichs, des Bruders des ersten Ekberts [8]). Seine Gemalin ist im Liede V. 35 und in Urkunden [9]) Adelheit genannt. Ihre Abstammung ist nirgends näher angegeben [10]). Sein Todesjahr wird von Moriz [11]) auf das Jahr 1144 oder 1145 festgestellt; den Tag aber nennt unser Gedicht V. 39 in der eigenthümlich geschraubten Manier „ternis... kalendis Decembris." Es scheint mir nicht zweifelhaft, daß diese Phrase im bürgerlichen Latein der Urkunden oder Nekrologien „iii° kal. Decembr.", also 29. Nov. lauten würde.

Mit ihm starb nach bisheriger Annahme jener Zweig der Formbacher Grafen aus, welche sich von Fiechtenstein nannte.

Das Todesjahr seiner Gemalin setzt Moriz [12]) auf etwa 1130 an; unser Lied in V. 40 „nonis eiusdem pridie mensis." Hier kann wieder zweifelhaft erscheinen, welcher Monat gemeint sei, ob der beim Todestage Dietrichs genannte, also der Dezember, oder der dafür berechnete, der November. Ich würde mich für Letzteren, also für den 4. November entscheiden, da füglich nicht das genannte, sondern das berechnete Datum auch für Folgerungen daraus maßgebend ist.

In soweit erscheint keine Differenz zwischen dem Liede und dem alten und neuen Genealogen. Aber während der Erstere über die Descendenz der gedachten Gemale schweigt, nennt Moriz eine Tochter derselben Namens Hadewig [13]). Dafür gibt das Lied wohl keinen Beleg für oder gegen, allein es nennt ausdrücklich auch einen männlichen Nachkommen in dem Mönche Gotfrid und gibt somit ein berichtigendes Datum für die Genealogie

Denn die Formbacher Genealogie und nach ihr Moriz nennen Gotfrid den Sohn Ekeberts I. [14]) Die Aufschreibung ist, wie bemerkt, aus späterer Zeit, und es wäre nicht abzusehen, warum unserem ohne Zweifel nahezu gleichzeitigem Liede, das in vergleich-

---

[8]) „Heinricus genuit Gebhardum & Dyetricum", l. c. 778; dann heißen sie „fratrueles Ekkeberti" l. c. 628; vgl. auch p. 630, Nr. 9.

[9]) l. c. 631, Nr. 15; 637, Nr. 35.

[10]) Der Ausdruck „nobilioris" in V. 35 läßt der Conjectur ein weites Feld.

[11]) A. a. O. 118 u. vgl. Stammtafel dabei.

[12]) A. a. O. Stammtafel.

[13]) Ebend. 121 und Stammtafel. Aus seinem Citate p. 248 zu J. 1146, d), geht wohl diese Abstammung nicht hervor, sie läßt sich indeß aus seinem zweiten zu 1160, c) p. 258 (im Urklb. d. L. o/d. Enns I. 363, Nr. 139) wohl annehmen.

[14]) Urklb. d. L. o/d. Enns I. 778: „Ekkebertus genuit Dyetmarum, Eberhardum, Ekebertum iuniorem, Gotfridum monachum, Kunegunden."

baren Daten sich stichhältig erweist, nicht mehr Glauben zu schenken sei. Dazu kömmt noch, daß dasselbe eben über diese Persönlichkeit ziemlich ausführlich sich ergeht; es nennt ihn V. 44 „natuſ amborum corpore paruuſ", V. 50 „corpore debilitanſ" und V. 49 „monachuſ effectuſ diuino pneumate rectuſ" — gibt also gewissermaßen im Detail die Ursachen an, warum der letzte der Fiechtensteiner ins Kloster getreten, und sie sind annähernd dieselben, derentwegen Otakar VI. von Steiermark seine Habe an Verwandte überlassen mußte. In solcher Weise ist auch die Vererbung seines Familiengutes auf die Hallgrafen, in deren Familie seine Schwester Hadewig heiratete, erklärlich. Ich glaube daher, daß dieses Glied des Püttener Stammes allerdings aus seiner bisherigen Stellung der Parentel in diejenige zu setzen sei, welche ihm das Gedicht anweist.

Seinen Todestag setzt dieses auf „Juniiſ . . . decimiſ . . . kalendiſ" d. h. 23. Mai und das Jahr dürfte wohl von 1160 nicht ferne ab liegen.

Von Ekebert III. handeln V. 15—28 des 1. Gedichtes und das ganze zweite. Letzteres bietet einen neuen Namen für die Genealogie, indem es in V. 2 den Stammvater Ekeberts Hiring nennt. Ein solcher Name erscheint in keiner der beiden Genealogien. Ob er nicht etwa in die Sagengeschichte der Familie zurückgreift, oder ob er an Wesenhaftes sich knüpft, möchte ich Genealogen der altbairischen Geschlechter überlassen.

Das Schicksal Ekeberts III. ist bekannt. Er zog mit Kaiser Fridrich I. vor Mailand (1158) und fiel vor den Mauern der Stadt. Es war am 5. August, und auch das 1. Gedicht gibt in V. 23 diesen Tag an. Was das zweite ihm an Lob spendet, mag hinsichtlich seiner kriegerischen Eigenschaften wohl richtig sein; darüber äußern sich die Annalen ausnahmslos übereinstimmend und erhebend. Die Wahrheit seines Lobes aber für den Frieden läßt sich nicht feststellen, ungeachtet eine Menge Urkunden ihn nennen. Jedenfalls aber hatte der geistliche Sänger alle Ursache, den Fall eines der freigebigsten Männer zu betrauern.

Sein Tod erweiterte auch bekanntlich die Steiermark bis weit in die Ebene von Wiener-Neustadt hinein. Otakar V. von Steiermark war Ekeberts Vetter gewesen, denn des Ersteren Vater Liutpolt und des Letzteren Mutter Willibirg waren leibliche Geschwister.

Im ersten Gedichte werden aber noch andere vier Personen genannt: die Gebrüder und Mönche Diepolt und Wernher, der Pfarrer Gerolt und der Pfarrer von Neunkirchen Adelhart. Hervorragende Bedeutung für Kloster Formbach mußten sie wohl gehabt haben, da man sonst kaum derartig ihrer gedacht hätte. Allein aus der allgemeinen Fassung der Zeilen, welche sie betreffen, läßt sich mit ziemlicher Sicherheit entnehmen, daß sie weder der Püttener Familie, noch überhaupt einer vornehmen angehört hätten. Diepolt und Wernher mögen Ritter gewesen, welche in jener bewegten Zeit die Welt gesehen; V. 59 „E . . . reuerunt mundum ceu mare fluctiuagum“ scheint auf einen Kreuzzug zu deuten. Vermuthlich ist Gerolt jener „religiosus presbiter“, von dem Urkunde 92 im Formbacher Traditionsbuche spricht [15]); wo er Pfarrer war, läßt sich nicht feststellen, ebensowenig, wann Adelhart der Kirche zu Neunkirchen vorgestanden habe. Die bisher erschienenen Urkundenbücher nennen ihn nicht [16]).

Für Diepolt gibt das Gedicht in V. 61 den Todestag als 1. Sept., für Wernher in V. 62 mit 14 Okt., für Gerolt in V. 75 mit 13. Febr. und für Adelhart allein fehlt derselbe. Bezeichnend sind für Letzteren die VV. 85—89, worin er selbst sprechend angeführt wird; es mag sein Epitaph sein, das der Dichter benützte und wiedergab.

Formbacher Nekrologien würden vermuthlich die besten Anhaltspunkte geben, um die Identität aller hier genannten fraglichen Personen zu bestimmen.

---

[15]) A. a. O. 653.

[16]) Ich erwähne hier, daß im Register des 1. Bandes d. Urkk. d. L. o/d. Enns, p. 804, ein Pfarrer von Neunkirchen einzutragen übersehen wurde; es ist „W. plebanus“, der p. 706 in Nr. 253 erscheint.

Das Archiv des Cistercienserstiftes Reun.

Von Pr. A. Weiß, Archivar des Stiftes.

Das Stift Reun bewahrt in seinem Archive einen werthvollen Schatz von Urkunden und anderen Schriftstücken, welche um so größere Beachtung verdienen, als sie einerseits mit ihren Anfängen ziemlich tief ins Mittelalter zurückreichen und andererseits in großer Vollständigkeit und — wenige Ausnahmen abgerechnet — in bestem Zustande bis auf unsere Tage erhalten wurden. Der heutige Urkundenbestand entspricht allerdings nicht mehr dem früheren, wie ihn die Repertorien des 14., 15. und selbst noch des 16. Jahrhunderts verzeichnen; die nachweisbaren Abgänge sind aber wenigstens in so ferne nicht besonders bedeutende zu nennen, als die meisten der abgängigen Originale in Copien zurückgeblieben sind. Die Umstände, welche die Entfernung aus dem Archive bewirkten, die Personen, welche sie etwa verschuldeten, sind größtentheils unbekannt.

Weder Elementarereignisse noch rohe Feindeshände haben vernichtend oder zerstreuend eingewirkt; von dem einzigen Abte Johann Zollner, einem Eindringlinge in der wirren Zeit des 16. Jahrhunderts, wird erzählt, daß er sich nach wenigen Jahren seiner Verwaltung der geforderten Verantwortung durch schleunige Flucht entzogen habe, „multis“, wie die Alten bemerkten, „subtractis documentis et clenodiis“ (1533). Manche Urkunden mögen mit Gütern, die im Tausch- oder Verkaufswege veräußert wurden, hindangekommen sein und wurden dem neuen Eigenthümer als Beweismittel seines Besitzrechtes auf die eben erworbenen Objekte ausgefolgt; andere, denen ob ganz veränderter Umstände keine praktische Bedeutung mehr zukam, wurden vielleicht als werthlos beseitigt; einige Privilegienbriefe wurden zu Zeiten Kaiser Josef II. dem Stifte abgefordert. Dieß sind die Verluste, welche das Reuner Archiv zu beklagen hat; sie sind, wie gesagt, keineswegs von solcher Erheblichkeit, daß das Zurückgebliebene nicht immer noch ein werthvoller Schatz genannt werden könnte.

Zur guten Conservirung der Urkunden trug die stete Beaufsichtigung und die geordnete Verwahrung, in welcher dieselben schon um der leichteren Benützung willen beinahe ununterbrochen gehalten wurden, ungemein viel bei. Der älteste Ordnungsplan, von dem wir noch Kenntniß haben, datirt aus der 2. Hälfte des 14. Jahrhunderts. Er ist auf 3 losen Papierblättern in Folio verzeichnet, welche die Aufschrift führen: „Descripcio brevis privilegiorum ac litterarum de bonis Runensis monasterii, de quibus, si quis velit majorem habere noticiam, querat ipsas litteras in bursa nostra secundum subnotatum ordinem alphabeticum.“ Nach diesem Ordo alphabeticus waren die Urkunden in 36 Abtheilungen vertheilt und jede Abtheilung mit einem Buchstaben des Alphabets versehen. Der Buchstabe X wurde übergangen. Nach Verbrauch sämmtlicher Buchstaben wurden dieselben verdoppelt wiederholt. Das Eintheilungsprinzip war ein zweifaches, der persönliche Rang der Urkundenausfertiger und die Ortslage der Objekte, von denen in den Urkunden gehandelt wird. So enthalten die Abtheilungen A und B die litteras apostolicas monasterio nostro tam in generali quam in speciali datas, dann folgen die Urkunden der Salzburger Erzbischöfe u. s. w.

Die Reihe der weltlichen Fürsten eröffnen die littere principum antiquorum, daran schließen sich littere principum Austrie et Stirie, die mehrere Abtheilungen einnehmen, zuletzt erscheinen die littere principum modernorum. Für dieses Fach sind nur einige Urkunden Herzog Wilhelm des Freundlichen († 1406) verzeichnet; eine spätere Hand trug noch eine Urkunde Ernst des Eisernen und eine Privilegienbestätigung K. Friedrich IV. ein. In den folgenden zahlreichen Abtheilungen sind die Urkunden nach der örtlichen Lage ihrer Objekte zusammengeordnet. Abtheilung L führt auf die littere de Awsse (Aussee) usque Prugk, Abthlg. M die littere de domibus et agris et pratis in Prugk u. s. w.

Diese Abfächerung scheint bis Ende des 16. Jahrhunderts in Verwendung gewesen zu sein. Die Urkunden-Repertorien der Aebte Angelus Mansee (1399—1424) und Hermann Molitor (1439 bis 1470) sind darnach gearbeitet. Wahrscheinlich ist auch der ungemein thätige Angelus der Urheber derselben; die Blätter, auf denen sie verzeichnet ist, weisen die Handschrift des genannten Abtes auf. Im 16. Jahrhunderte finden wir das Archiv durch einige Zeit in wirrem Zustande. Abt Martin Duellacher (1549 bis 1559) vermochte in den verschiedenen Besitz- und Rechtsstreitigkeiten, in welche das Stift während seiner Regierung verwickelt war, die verlangten Original-Urkunden nicht immer alsbald zur Vorlage zu bringen und beklagt sich bei dieser Gelegenheit öfters gar bitter über die heillose Wirthschaft seiner Vorgänger Johann Zollner (1529—1533) und Johann Ungnad (1534—1549), die an der Verschleppung und Unordnung der Dokumente schuld seien.

Sein zweiter Nachfolger Abt Georg Freyseysen (1577—1605) nahm nachher eine neue Eintheilung des Archivbestandes vor. Er zerlegte denselben — Urkunden und Akten durcheinander — ebenfalls in 36 Abtheilungen und bezeichnete die Abtheilungen statt mit Buchstaben mit fortlaufenden Nummern. Auch die einzelnen Stücke oder Faszikel einer jeden Abtheilung numerirte er und versah sie, um die Abtheilung, in welche sie eingeordnet waren, nicht etwa mit der Nummer ihres Faches sondern mit einem Buchstaben oder einem anderen oft wunderlichen Zeichen. Zwei gleichlautende Repertorien haben uns diese Eintheilung erhalten; irgend ein fester, leitender Plan läßt sich in derselben nicht erkennen; ein Fortschritt war nur das alphabetische Register, welches den Repertorien beigefügt ist. Die jetzige so ziemlich handliche Archivseintheilung wurde im Auftrage des Abtes Marian Pittreich (1745-1771) von dem emeritirten Stiftsanwalte Johann Jakob Holzer vorgenommen und im J. 1766 vollendet. Das gleichzeitig angelegte alphabetische Repertorium genügt freilich den heutigen Anforderungen nicht mehr. — Das feuersichere Archivslokale verdankt dem verdienstvollen Abte Wolfgang Schröttl (1480—1515) sein Entstehen. Er ließ es in der von ihm gegen Ende des 15. Jahrhunderts neu erbauten Abtei herrichten. Die merkwürdige eiserne Thüre trägt die Jahreszahl 1497 und die Gewölbemalerei weiset sein Wappen und die Jahreszahl 1501 auf.

Eine kurze Ueberschau des gegenwärtigen Archivsvorrathes dürfte sowohl den Zwecken dieser Blätter überhaupt entsprechen als auch für jeden Forscher und Freund der Landesgeschichte nicht ganz ohne Interesse sein. Ich lege hiebei die durchgeführte Eintheilung in Urkunden, Akten und Bücher, die jedem kundigen Besucher des Archivs auch gleich in die Augen fällt, zu Grunde.

Urkunden.

Die Urkunden beginnen mit dem J. 1129, dem Gründungsjahre des Stiftes; sie treten anfangs natürlich in geringer Anzahl auf, mehren sich aber in den folgenden Jahrhunderten wie ein in seinem Laufe immer mehr anschwellender Fluß, so daß das 15. Jahrhundert schon über 500 Stücke aufweiset, während aus dem 14. circa 300, aus dem 13. circa 150, aus dem 12. nur 20 vorhanden sind. Ueber 750 liegen in meist schön erhaltenen Originalen vor. Darunter sind Bullen von den Päpsten Eugen III. (1145—1153), Innocenz III. (1189—1216), Alexander IV. (1254—1261), Urban IV. (1261—1264), Martin V. (1417 bis 1431), Eugen IV. (1431—1447) u. a. aus späterer Zeit. Auch die Concilien von Konstanz (1414) und Basel (1431) gaben Privilegienbriefe. Von anderen kirchlichen Würdenträgern erscheinen als Ausfertiger von Urkunden Erzbischöfe von Salzburg, Bischöfe von Seckau, Gurk, Lavant, Brixen, Freisingen, Regensburg u. a.; Aebte von St. Lambrecht, Wilhering, Lilienfeld, Sittich, Reitenhaslach, Ebrach; Pröpste von Seckau, Stainz und Klosterneuburg. Von weltlichen Großen wären zu nennen die deutschen Könige Konrad III. (1138—1152), Friedrich der Schöne (1314—1330) und Friedrich IV. (1440—1493), so wie die meisten traungauischen, babenbergischen und habsburgischen Landesfürsten, nebst Stefan von Ungarn und Przemysl Ottokar von Böhmen, den beiden Landesherren während der Zeit des österreichischen Zwischenreiches. Von adeligen Familien der Steiermark und Oesterreichs sind durch Urkunden vertreten: Emmerberg, Eggenstein, Guttenberg, Kranichberg, Krottendorf, Landsee, Leonrode, Lichtenstein, Ligist, Mordax, Mureck, Peggau, Pfannberg, Plankenwart, Rabenstein, Schala, Schersenberg, Stadeck, Stubenberg, Teuffenbach, Torseul, Waldstein, Wallsee, Wildon, Windischgrätz, Wolfsau, Zöbinger.

Eine Gruppirung der Urkunden nach ihrem Inhalte zu geben, halte ich für überflüssig, weil derselbe bei allen Klosterurkunden im allgemeinen so ziemlich der nämliche ist. Die Güter und Renten von liegenden Gründen, welche in den Urkunden zur Sprache kommen, lagen in Steiermark, in dem heutigen Oesterreich unter der Enns (Wien, und Gegend um Wiener-Neustadt), in Kärnten und Krain (an verschiedenen Orten).

Besondere Erwähnung verdienen die größtentheils gut erhaltenen Siegel, so z. B. die Siegel der beiden letzten steirischen Ottokare, die herrlichen Siegel Konrad III. und Rudolf des Stifters, die schönen Städtesiegel von Gräz, Voitsberg, Bruck, Wien, Wiener-Neustadt u. a.

Ein großer Theil der Urkunden ist in einem Copienbuche des 15. Jahrhunderts vereinigt. Vollständig gesammelt finden sie sich nebst den übrigen Aktenstücken des Archives in dem großen handschriftlichen Werke des ebenso bescheidenen als fleißigen Stiftspriesters Alanus Lehr († 1775). Es führt den Titel: Collectaneum seu diplomatarium Runense und reicht in 5 starken Folio-Bänden bis zum Schluße des 16. Jahrhunderts. Der Tod hinderte den verdienstvollen Mann an der weiteren Fortführung.

Durch den Druck sind nur wenige Urkunden veröffentlicht. Fröhlich gibt im 2. Bande seiner diplomataria sacra ducatus Styriæ p. 3—42 nur 68 Stücke; davon wiederholt der Vorauer Chorherr Aq. Julius Cäsar genau nach der nämlichen Redaktion im 1. und 2. Bande der Annales ducatus Styriæ die ersten

26 Stücke. Beide Abdrücke leiden an den gleichen Gebrechen; öfters geben sie die Urkunden unrichtig, meistens verstümmelt und ungenau. Zahlreicher als durch ganze Abdrücke geschah die Veröffentlichung in Regestenform durch Schmutz (Historisch-topographisches Lexikon der Steyermark. 3. B. p. 305. Art. Rein) und neuestens durch Muchar, welcher die kurzen Auszüge in seine Geschichte Steyermarks verwob. Auch diese Regesten sind besonders bei ersterem nicht immer verläßlich.

Akten.

Die Akten zerfallen in 11 mit Buchstaben bezeichnete Abtheilungen und füllen 13 Schränke. Abtheilung B (der Buchstabe A ist dem Urkundenschranke zugewiesen) betrifft Bisthümer und Stifte und zwar das Erzbisthum Salzburg, das Bisthum Seckau und die Stifte Admont, St. Lambrecht, Göß, Seckau, Vorau, St. Gotthart, Neuberg, Stainz, Rottenmann, Lilienfeld, Wiener-Neustadt, Viktring, Landstraß, Hl. Kreutz, Friesach, Pöllau, Schlierbach, Sittich, Dominikanerkloster zu Gräz, und die Karthausen Seiz und Geirach. Die Schriftstücke dieser Abtheilung behandeln meist nur kirchliche Gegenstände, Synoden, Visitationen, Relationen u. s. w. Vom Bisthume Sekkau liegt aus dem J. 1501 ein Jurisdiktionsstreit zwischen dem Bischofe Mathias von Scheidt (1481 bis 1512) und dem Domkapitel vor, in welchem der Abt Wolgang von Reun als apostolischer Kommissär und delegirter Richter fungirte. Großes Interesse gewährt die Korrespondenz mit den verschiedenen Stiften, die freilich wohl erst mit dem Ende des 15. Jahrhunderts lebhafter wird, aber von da ab auch einen reichen Einblick in die kirchlichen Verhältnisse und das kirchliche Leben dieser bewegten Zeit gestattet. Die Geschichte der Stifte Wiener-Neustadt, Schlierbach, Viktring, Sittich und Landstraß kann ohne Rücksichtnahme auf die hierorts hinterlegten Dokumente nicht erschöpfend geschrieben werden; für Admont und Lilienfeld und für die Karthausen Seiz und Geirach ergeben sich beachtenswerthe Beiträge.

Abtheilung C enthält Aktenstücke über Erzpriestereien und Pfarren. Sie handeln — die Erzpriestereien Gräz und Straßgang und die Pfarre Gaisthal ausgenommen — nur über die dem Stifte jetzt inkorporirten Pfarren. Diese Abtheilung bietet wenig Bemerkenswerthes, weil diese Pfarren in später Zeit (1628) dem Stifte einverleibt wurden und die vorhandenen Schriften — etwa einige Visitationsprotokolle ausgenommen — erst von da an datiren. Einzig über die Pfarre Gradwein sind ältere Aktenstücke vorhanden, welche über die vielfältigen Anfeindungen und Nergeleien, mit denen manche Erzpriester das aufblühende Stift bedrängten, Aufschluß geben. So füllt ein Zehent und Jurisdiktionsstreit aus den Jahren 1476—1483 beinahe einen ganzen Quartband.

Abtheilung D ist den Herrschaften zugewiesen, welche den Bezirk des Stiftes umgrenzten. Es sind die Herrschaften Eggenberg, Gösting, Waldstein, Peggau, Plankenwart, Greissenег, Voitsberg, Althofen, Pfannberg, Stadt Gräz, Reiteregg. Es sind größtentheils Rechtshändel und Streitigkeiten wegen verletzter herrschaftlicher Rechte und beleidigter Unterthanen, welche in den vorhandenen Aktenstößen ausgetragen werden. Einiges schriftliche Materiale handelt über die früher dem Stifte Neukloster in Wiener-Neustadt und jetzt dem Stifte Reun eigenthümliche ehemalige Herrschaft Rohr.

Abtheilung E führt die Aufschrift: Dicasteria, Landstellen Comissiones und Zahlämter und enthält unter dieser trockenen und bescheidenen Aufschrift reiches Material von höchstem Interesse; den amtlichen Verkehr und beinahe die ganze öffentliche Thätigkeit der verschiedenen Landes- und Regierungsbehörden. Beachtenswerthe Stücke dieser Abtheilung sind die landesfürstlichen Verordnungen und Patente aus dem 16. Jahrhunderte; die Landtagsakten und Resolutionen, die aus der Zeit von 1564—1593 bald in größerer bald in geringerer Vollständigkeit abschriftlich vorliegen; verschiedene Anträge, Gutachten und Verhandlungen über Landesdefension und Festungswesen im 16. und 17. Jahrhunderte; die vielartigen ordentlichen und außerordentlichen Anschläge und Steueransätze besonders aus der Zeit der Türkenbedrängniß; die Religionshandlungen und Reformen auf kirchlichem Gebiete, die von den Landesfürsten des 16. Jahrhunderts vorgenommen wurden und eine reichhaltige Korrespondenz hierüber.

Die noch folgenden Abtheilungen bieten kaum mehr hier Erwähnenswerthes. F enthält unter dem Titel Jurisdictionalia die Gerechtsamen des Stiftes, als Salz-, Jagd-, Wasser-, Gerichtsrechte 2c. in Schriftstücken zumeist neueren Datums. G überschrieben mit Actiones activæ et passivæ registrirt die Rechtsstreite mit Privaten nach den Namen der streitenden Parteien alphabetisch geordnet. H schließt unter der Aufschrift Diversa Kirchenrechnungen, philosophische, schönwissenschaftliche und ascetische Aufsätze, zum großen Theile dem vorigen Jahrhunderte entsprossen, in sich. K deutet schon durch die Ueberschrift Registeria und Aemter seinen Inhalt hinlänglich an. L birgt die saldirten Schuldbriefe und Quittungen. M gibt Nachricht von den Arbeiten verschiedener Professionisten und Handwerker, die vom Stifte beschäftigt wurden.

Bücher.

Aus der langen Reihe von Stift- und Kastenbüchern, Registern und Protokollen u. s. w. heben wir folgende hervor:

1. Das schon bei den Urkunden erwähnte Copialbuch mit der Bezeichnung A. Es trägt auf der Vorderseite des ersten Blattes die Aufschrift Anno dñi MCCCCL compilatus est hic liber / et rescriptus ab originalibus literis / monasterii Runensis per fratrem Herma / num venerabilem ibidem abbatem / und enthält auf 161 foliirten Pergamentblättern in Großquart 230 Urkundenabschriften, darunter ziemlich viele, deren Originale nicht mehr vorhanden sind. Die Anordnung der Abschriften entspricht so ziemlich der ältesten Archivseintheilung; zu Anfang stehen die Urkunden der kirchlichen Würdenträger, dann folgen die der weltlichen Fürsten u. s. w. An ein Paar Orten fehlen einige Blätter, die wahrscheinlich zum Behufe späterer Einschaltungen leer gelassen und dann zum anderweitigen Gebrauche herausgeschnitten wurden. Einige Abschriften wurden von einer späteren Hand an freigelassenen Stellen eingefügt. Von fol. 143 b an ist König Friedrich IV. Confirmation und Entscheidung wegen der Mauten, Tafern, Weinfuhren 2c. vom J. 1445 eingeschaltet; darauf folgt eine Müller- und Mahl-Ordnung vom nämlichen Jahre; die Bestättigung von Herzogs-Albrecht verteutschten und confirmirten Freiheiten durch Friedrich von Tirol aus dem J. 1424, in welchem Jahre der genannte Herzog die Vormundschaft über dem minderjährigen gleichnamigen Neffen und damit die Regentschaft Steiermarks übernehme; endlich ein Privilegienbrief König Friedrich IV. für die Prälaten, Priesterschaft, Grafen, Herren, Ritter und Knechte des Fürstenthums Steier gegen die Juden vom J. 1447 und dann wieder Urkundenabschriften bis zum Ende.

2. Das Necrologium, ein Pergamentcodex von 27 Blättern in Großfolio, geschrieben vom Stiftsprior und nachmaligem Abte Angelus Mansee vor dem Jahre 1399, in welchem Angelus zur Abtenwürde gelangte. Das 1. Blatt enthält auf der Vorderseite eine Zusammenstellung der Servitien und Anniversarien, welche sich auf Blatt 25 b fortsetzt. Auf der Rückseite des 1. Blattes beginnt das eigentliche Nekrolog. Je 2 gegenüberliegende Seiten bilden eine Art Tabelle, welche durch rothe Linien der Länge nach in 6 Hauptrubriken getheilt ist, während durch Querlinien die einzelnen Monatstage ausgeschieden werden. Je 2 solcher Tabellen enthalten immer einen Monat. Die erste der 6 Rubriken ist ohne Aufschrift und enthält ein lateinisches Calendarium. Die folgenden führen die Ueberschriften Servicia, monachi, novicii, conversi,

familiares nostri in Runa. In der Rubrik „Servicia“ werden die Tage notirt, für welche Kostaufbesserungen für den Convent gestiftet waren. Die übrigen Rubriken führen die Namen der Verstorbenen auf. In der Rubrik „monachi“ sind auch alle kirchlichen Würdenträger verzeichnet. In der Rubrik „familiares“ erscheinen alle um das Stift verdiente Personen des Laienstandes. Die Todesjahre hat Angelus regelmäßig nicht angegeben; erst bei den Eintragungen späterer Hände sind sie öfters beigefügt. Mit Blatt 50 a schließt das Nekrolog; dann folgt auf der Rückseite dieses Blattes eine kurze Schilderung der Thätigkeit des 10. Abtes von Reun Bernhard (1265—1280); die Fortsetzung der Anniversarien mit einer Notiz für den Cantor und endlich die Schlußschrift, deren Anfang lautet: Laus tibi sit Christe, quia liber explicit iste / quem scripsit fr. Angelus Prior pro salubri memoria / fidelium defunctorum. cujus anima cum fidelibus hic conscriptis / requiescat in requie sempiterna. Amen. / Detur pro penna. scriptori virgo Maria. Auf Blatt 26 verzeichnete ein späterer Schreiber die Anniversarien nach der Zeitfolge ihrer Persolvirung und auf Blatt 27 die Stifter der Servitien. Ein mangelhafter Abdruck dieses Nekrologs findet sich bei Fröhlich, diplomataria sacra 2. Bd. p. 333—353.

3. Das Urbarium bezeichnet mit dem Buchstaben D. Es rührt ebenfalls von der Hand des vorgenannten Abtes Angelus her und stammt nach einer in den Context einfließenden Notiz aus dem J. 1395. Es ist auf Papier geschrieben und umfaßt in seinem gegenwärtigen Bestande 248 Blätter. Davon kommen 197 Blätter auf das eigentliche Urbar, die übrigen nimmt bis auf 6 leergelassene ein kurzes Verzeichniß der Stiftsäbte und ein weitläufiges Urkunden-Repertorium ein. Das Urbar umfaßt die Aemter: Gaistal. convallis Seding. Stalhof prope Sedingen. Sedingen villa. Gesnait. Stübnich superior. Stübnich inferior. Silberperg. Übelpach. Tuelach. Rewntzen Hausek. Plescher. Lonkwitz. Talackher. Vorinek. Helfenstain. Gredweyn. Stalhof. Strassindl. Walsdorff. Eckenveld. prope foramen. Sembriach. Algerstorff. Grätz. Newsies. Waltendorff. Apud Rabam. Stanegorsdorff. Hardeck. Scheklach. fundus infra Gretz. Lutenberg Marpurg. Czwering Petzmansdorff. prope Chaynach. Hierssek. officium salis. (Ausse). prope Rotenman. circa Prugk. Valchendorff. Retenperg. Karinthia. Carneola. Weykersdorff. Wienna.

Bei jedem Amte werden die dienstbaren Grundkomplexe summarisch, und die Unterthanen mit ihren verschiedenen Giebigkeiten und Leistungen namentlich angeführt. Dazwischen fließen Bemerkungen über die maunigfachen Maße, über Geldverhältnisse, und selbst historische Notizen ein. Die Schlußschrift lautet: Explicit scriptum Jhesu nomen sit benedictum / dextram scribentis benedicat atque legentis / eternum munus det nobis trinus et unus. Amen.

4. Das Urbarium mit der Bezeichnung C, ein breiter Pergamentcodex von 157 roth foliirten und 3 nicht foliirten Blättern, welcher sich als Originale Runense per dūm̄. Hermanum Abbatem compilatum Anno dn̄i. M. CCCC. L. präsentirt. Die Anordnung dieses Urbars ist verschieden von der des vorigen. Es führt die Renten und Giebigkeiten nicht nach Aemtern auf, sondern stellt sie gattungsweise zusammen, als: census frumenti, decima mylii, decima bladi, census lane u. s. w. Dazwischen finden sich wieder besonders für die Geschichte des Hauses werthvolle historische Einschiebsel, Urkundenauszüge, ein Verzeichniß der Anniversarien und anderer Stiftungen, eine ausführliche Series abbatum, die den Abt Angelus zum Verfasser hat u. a. m. Den Beschluß macht ebenfalls ein Urkunden-Repertorium, welches 28 Blätter einnimmt.

5. Das Urbarium der Pfarrkirche zu Gradwein (L). Es besteht aus 87 Pergamentblättern, die von einer späteren Hand foliirt wurden und trägt die Aufschrift: Vermerkht daz urbar der zynns, nutz, renntt, güllt. weinzehent. traidzehent. hyerszehent vnd annder zustennd sand Ruprechts pharrkirchen zu Gredwein, so der pharrer daselbs, in berubter nutz vnd gweer bisher herbracht ingenomen, genutzt, vnd genossen hat. Vnd ist dasselb vrbar vernewt vnd gemacht worden. Anno dn̄i millesimo quadringentesimo octogesimo septimo. Das eigentliche Urbar, welches die Renten, Zehente und andere Giebigkeiten gesondert aufführt, reicht bis fol. 62. Von da an folgt ein Verzeichniß der Patronatsrechte und die Gottesdienstordnung der Kirche zu Gradwein; und dann Urkundenabschriften über den jüngsten Streit mit dem Stifte Reun und über eine Messenstiftung des Pfarrers und Erzpriesters Erhard Kornmeß.

6. Das Urbar „des Gotshauß bei der heilligen Drivaltigkhait zu der Neustat, Alles vnnd jedes Einkhommen in Österreich vnnder der Ennß, der Herrschaft Ror in Steyr, der Pharr Manspurg in Chrain, sambt Iren Inventarien vnnd Allerlei verschreibungen, wie Nachvolgendt begriffen.“ Der Umfang des Inhalts ist durch diese Aufschrift hinlänglich angedeutet. Die Abfassung dieses Urbars fällt in die Regierungszeit des Neustädter und nachherigen Reuner Abtes Bartholomäus von Grudenegg (1557—1559).

8. Das „Juden Puech“ aus dem J. 1489 verzeichnet die Schuldforderungen der Juden an Reuner Unterthanen und die

hierüber versuchten Ausgleiche. Als die Gläubiger werden auf fol. 2 folgende Juden angeführt: Jona, Judl, Smädl, Mattes des Nassan Juden Sun von Voitsperg, Handl des Nathan Sun, Gödl, Selda Jüdin des Gerstl Einkchl. Dann folgt die Einschaltung: Praesentaverunt certas cedulas cum debitoribus per Nicolesch feria quinta post conuersionem S. Pauli. Anno domini M. cccc. 89no Leser. Sekchel. Veyrtag. Isakch. Nachman Aydm. Ysserl Abrahams Sun. Hyerssl. Lempel Jud zu Voitsperg. Handel Schimschons Sun. Pös Jekel Sun Weroch. Nassan. Nachman. Joseph. Schalam. Weroch. Mawl.

Ein anderes Buch aus dem J. 1495 enthält die Steueranschläge, welche auf die Reuner Unterthanen repartirt wurden, um die für die Entfernung der Juden aus dem Lande benöthigte Summe aufzubringen. Es beginnt:

Lieben nachpërn. Die juden aws dem lanndt zeheben vnd hinfür zu ewigen zeitten nit mer darinn wonnhafft zesein, darauf ist auf yederman geistlich vnd weltlich, als weytt das lanndt ist, ain stewr geslagen, zu dreyen tägen ynner zwain jaren, zubezallen. Nach demselben fürnemen vnd anslag gepürt zu der ersten bezallung aim yedn in Grëdweiner pfarr etc. zwischen hynn vnd saund Thomanstag zubezallen vnd zegeben als hernach geschriben stett.

9. Mehrere Rechenbücher aus dem 15. und 16. Jahrhundert, höchst wichtig für die Geschichte des Hauses, da sie über verschiedene Einnahmsquellen, über die Höhe des Einkommens, über das Bewirthschaftungswesen, über die Dienststellen und Lohnverhältnisse erwünschten Aufschluß geben. Ein Ausgabenbuch vom J. 1562 u. f. führt nachstehende Bedienstete des Stiftes auf: Anwaldt, Hoffrichter, Camrer, Cämerling, Secretarius, Vrbar Secretari, Rüsstmaister, Vnndter Rüsstmaister, Caplan, Predicannt, Magister Nouitiorum, Ober khellner, Khellner des Herrn Prelatten, Casstner, Schuelmaister, Canntor, Organisst, Hofschneider, Khuchlmaisster, Hauskhnecht, Reffendtkhnecht, Siechkhnecht, Stallmaisster, Reitkhnecht 4, Raissschmid, Pintter, Fleischhackher, Löhner auf Luettnberg, Löhner auf Radkherspurg, Weingarttkhnecht bey dem Hauß, Garttner, Hofschmid, Wagner, Pfisster, Pfissterkhnecht, Müllner, Hofpader, Sagmaisster, Maurer, Khoch des Herrn Prelatten, Conuentkhoch, Abwëscherin, Teichtmaister, Zymmermaister, Prünnmaisster, Thorwacht der Ober, Thorwachtl der Unnder, Schaffer, Wëschin, Wëschin Diernn, Wagenkhnecht, Wagenpueb, Mair, Mairin, Mairkhnecht 3, Puebn 3, Veldthuetter, Khuehuetter, Oxenfuettrer, Sawhaltter, Frischlinghaltter,

Thorwärttl am Mayrhof, Mairdiern 2, Hofpott, Jäger, Vischer, Vorsstkhnecht, Grichtsdienner.

10. Eine Art Handbuch für die Stiftsanwälte, ein starker Folioband aus dem 16. Jahrhundert. Sein Inhalt sind Formulare für allerlei Verträge und Urkunden, und eine reichhaltige Sammlung von Landesgesetzen, Verordnungen und Erläßen besonders für Steiermark und Kärnten aus verschiedenen Zeiten. Es erscheinen darunter Lanndtsshanndtuest In Steier sambt Etlichen Freihaitten (1445), Lanndtshandtuest vnnd gebrauch des herczogthumbs Kherennden. von weillundt Khaiser Fridrichen hochlöblicher Gedachtnus bestattiget (1444), Freyhaiten Weillenndt den Fürsten von Oessterreich von Ro: Khaysern vnd Khüngen gegeben von Latein in Teutsch u. s. w.

Diese wenigen Andeutungen mögen für eine kurze Uebersichau genügen. Manches Stück, manche Abtheilung mag mehr in sich bergen, als die knappe Erwähnung erkennen läßt; manches wichtige Dokument mag noch unbeachtet und ungekannt unter anderen verborgen liegen. Vielleicht ist es mir fernerhin gegönnt, über einzelne Stücke oder Serien eingehender zu berichten.

Aus der Handschriftensammlung
des
k. k. geh. Haus-, Hof- und Staatsarchives
zu Wien.

Cod. 935, ol. Oesterr. Nr. 222a.

„Confirmationes Priuilegiorum“; 521 Bll. Pap., 2°, 1564—68.

Fol. 24, Privilegienbestätigung für Marburg, 1565.
Fol. 26b, deßgl. f. „Blasi Tschädinger“ zu Sachsenfeld, gl. Jahr.
Fol. 28, dßgl. f. die Dominicanerinen zu Gräz, 1566.
Fol. 44b, dßgl. f. Kloster Seitz, gl. Jahr.
Fol. 45b, dßgl. f. Kloster Geirach, gl. J.
Fol. 48, dßgl. f. Markt Innerberg (Eisenerz), gl. J.
Fol. 49, dßgl. f. die Priesterschaft im Sannthal und jenseits der Drau, gl. J.
Fol. 50, dßgl. f. Pettau, gl. J.
Fol. 57b, dßgl. f. das Land Steiermark, gl. J.
Fol. 193, dßgl. f. Rakersburg, 1567.
Fol. 217, dßgl. f. Stadt (Windisch-) Feistritz, gl. J.
Fol. 218b, dßgl. f. Cilli, gl. J.
Fol. 238, dßgl. f. Kloster Rein, gl. J.
Fol. 244b, dßgl. f. Birkfeld, gl. J.
Fol. 245b, dßgl. f. Hartberg, gl. J.
Fol. 256b, dßgl. f. Fehring, gl. J.
Fol. 270, dßgl. f. Markt Pöllau, gl. J.
Fol. 346b, dßgl. f. Markt Vordernberg, gl. J.
Fol. 347b, dßgl. f. Gräz, gl. J.
Fol. 349, dßgl. f. Kloster Studenitz, gl. J.
Fol. 372, dßgl. f. Edelthum Tüchern bei Cilli, gl. J.
Fol. 374b, dßgl. f. Kloster Göß, 1567.
Fol. 383, dßgl. f. Markt Kindberg, gl. J.
Fol. 400b, dßgl. f. die Unterthanen in Münchthal, gl. J.

Fol. 404 b, dßgl. f. Markt Anger, gl. J.
Fol. 416, dßgl. f. Stadt Fürstenfeld, gl. J.
Fol. 418, dßgl. f. die Schneiderzunft zu Gräz, gl. J.
Fol. 446 b, dßgl. f. Stadt Rann, gl. J.
Fol. 459 b, dßgl. f. Markt Wildon, gl. J.
Fol. 464 b, dßgl. f. Gg. Seifr. v. Trübenegg wegen einer Mühle bei Gräz, gl. J.
Fol. 470, dßgl. f. Ober-Wölz und St. Peter, gl. J.
Fol. 470 b, dßgl. f. die Knappen zu Hüttenberg, gl. J.
Fol. 472 b, dßgl. f. die Minoriten zu Cilli, gl. J.
Fol. 481, dßgl. f. Stift Seckau, gl. J.
Fol. 482, dßgl. f. Kloster Neuberg, gl. J.
Fol. 483, dßgl. f. Kloster Paradeis zu Judenburg, gl. J.
Fol. 487 b, dßgl. f. Stadt Rotenmann, 1568.
Fol. 488 b, dßgl. f. die Unterthanen zu Stainz, gl. J.
Fol. 506 b, dßgl. f. Stadt Knittelfeld, gl. J.

Cod. 936, ol. Oesterr. Nr. 222 b.

„Confirmationes Priuilegiorum“; 185 Bll. Pap., 2°, 1568—81.

Fol. 8 b, Privilegienbestätigung f. Markt Leutschach, 1568.
Fol. 17 b, dßgl. f. Kloster Marnberg, gl. J.
Fol. 18, dßgl. f. Mürzzuschlag, g. J.
Fol. 21, dßgl. f. Kloster Admont, gl. J.
Fol. 21 b, dßgl. f. Ursula Paldauffin zu Hainfeld, gl. J.
Fol. 23 b, dßgl. f. Kloster St. Lambrecht, gl. J.
Fol. 39, dßgl. f. Maria Zell, gl. J.
Fol. 40 b, dßgl. f. Kloster Paradeis zu Judenburg, gl. J.
Fol. 42, dßgl. f. Markt St. Lambrecht, gl. J.
Fol. 44 b, dßgl. f. Kloster Pöllau, gl. J.
Fol. 55, dßgl. f. Markt Neumarkt, 1569.
Fol. 62, dßgl. f. Semriach, gl. J.
Fol. 64 b, dßgl. f. Stadt Fridberg, gl. J.
Fol. 65 b, dßgl. f. Markt Weißenkirchen, gl. J.
Fol. 66, dßgl. f. Stadt Windischgräz, gl. J.
Fol. 68 b, dßgl. f. Kloster Rotenmann, gl. J.
Fol. 69 b, dßgl. f. die Priesterschaft in Ober- und Unter-Steier, gl. J.
Fol. 72 b, dßgl. f. Stadt Voitsberg, gl. J.

Fol. 77b, dsgl. f. St. Gallen, gl. J.
Fol. 79b, dsgl. f. Judenburg, gl. J.
Fol. 83b, dsgl. f. Leoben, 1570.
Fol. 84b, dsgl. f. Schönstein, gl. J.
Fol. 85b, dsgl. f. Trofaiach, gl. J.
Fol. 92, dsgl. f. die Zechleute der Johannes-Kirche „im Gräzer Thal“, 1571.
Fol. 110, dsgl. f. „Juan Drobinakh“ zu „Saerschatitz“ (Scherschowitz?), gl. J.
Fol. 127b, dsgl. f. Bruck, 1572.
Fol. 128b, dsgl. f. St. Lorenzen in der Wüste, gl. J.
Fol. 130, dsgl. f. die Pfarre Windischgräz, 1573.
Fol. 131b, dsgl. f. Übelbach, gl. J.
Fol. 133, dsgl. f. Achaz Welzer zu „Stenanickh“, gl. J.
Fol. 139b, dsgl. f. Franz v. Teuffenbach, gl. J.
Fol. 143, dsgl. f. die Achatius-Kirche zu Schladming, gl. J.
Fol. 144b, dsgl. f. die Unterthanen beider Klöster zu Pettau, gl. J.
Fol. 146b, dsgl. f. die Dominicaner zu Pettau, gl. J.
Fol. 147, dsgl. f. beide Klöster zu Pettau, gl. J.
Fol. 152, dsgl. f. Schwamberg, 1571.
Fol. 154, dsgl. f. Jacob Falbenhaupt zu Gleisdorf, 1574.
Fol. 155b, dsgl. f. Markt Lemberg, 1571.
Fol. 157b, dsgl. f. Kloster Stainz, 1574.
Fol. 159, dsgl. f. die Augustiner zu Fürstenfeld, 1574.
Fol. 162b, dsgl. f. Neukloster im Sannthal, 1576.
Fol. 166, dsgl. f. die Comthurei am Lech zu Gräz, 1577.
Fol. 169, dsgl. f. Arnfels, 1578.
Fol. 170b, dsgl. f. Hüttenberg, gl. J.
Fol. 171b, dsgl. f. „etliche Pribegger“ wegen eines Hofes bei Marburg, 1579.
Fol. 172b, dsgl. f. die Schmiede zu Pinkau, gl. J.
Fol. 178, dsgl. f. Praßberg, 1581.

Cod. 941, ol. Oesterr. Nr. 176.

„Kollektaneum bei dem Predigerkloster zu Pettau“; 15. Jahrh., 4°, 150 (nach neuerer Foliirung 130) Bll.; vorne 5 Seiten Index; folgen dann Fol. 4 2 Briefe von Reformationskommissären (des Basler Concils) und Fol. 5—7 historische Darstellung der Gründung des Dominicanerklosters.

Die Urkunden beginnen Fol. 8, im Ganzen etwa 60 Stücke, darunter vereinzelte des 13. und 14. Jahrh., der Rest des 15. und zwar der Mehrzahl nach der 1. Hälfte desselben, doch gehen sie bis 1496.

Fol. 77 (neu) „Vermerkt dye Rain vnd pymerkch dye meinem genedigen herren von Pettaw zu gehoren etc.“ (also vor 1431).

Fol. 93, Urbarbeschreibung des „Ambt in der Jazzenitz.“

Fol. 104, dsgl. des „ambt zw Liechtenegk.“

Fol. 109, dsgl. des Zinses „zu Pettaw, zw Marchburg vnd ze Leybnitz.“

Fol. 112, Bergrecht in „Steir — vnd wie man das besiczen sol“ (17 Artikel).

Fol. 113 b, „die wandl vnd voel in pergteding.“

Fol. 115, „Hernach sein vermergkt der pergkgenossen gerechtikeit gen iren herren.“

Fol. 116, Bergrecht „beder kloster zw Pettaw“ in der „Jazzenitz“ und „Zkrabnitz.“

Cod. 942.

„Abgeschrifft des altn Register e wann ain kloster ist hye gewesen“ (zu Rotenmann).

15. Jahrh., c. 200 Bll. Pap., 4°. Die Foliirung ist sehr zerrüttet und scheinen viele Blätter verloren. So mangeln die Blattzahlen 116—131, dagegen ist 142 doppelt, und hinten findet sich eine Beilage mit Folien 63—70 (recte 71), 104—105, 108, 112—113 (113 a), 119, 131—134, 139—141 (141 a), 203—205, 207—(208 a), 220, 286, 287, 302.

Fol. 1 „Hie hebt an daz Vrbar vnd gülde der kyrichen czu der pharr sand Nikla czum Rottenmann“ — bis Fol. 114 nur Urbarialnotizen der Pfarre und ihrer Bruderschaften, Nachrichten über Stiften, Verzeichnisse des Glöcknerdienstes, der Meßner- und Schullehrerrechte

Fol. 115, Urk. EB. Johanns von Salzburg (1439, St. Dionysen), Meß und Liecht im Spitale betreffend.

Fol. 140—143, chronolog. Excerpte aus Stiftungsurkunden.

Beilage; Fol. 63, Urkunden, doch manche durch Zerrüttung der Bll. mangelhaft. Fol. 63, Propst Ulrich von Rotenmann (o. D.) — Fol. 64, Propst Caspar von Salzburg (1469, 23. Mai) und Propst Ulrich von Rotenmann (o. D.) — Fol. 69, Lienh. Kerner von Strechau (1474). — Fol. 71, Kaiser Fridrich (1463). — Fol. 104, derselbe (1476). — Fol. 107, Casp. Westendorffer

(1464). — Fol. 112, derselbe (1464) und Propst Ulrich von Rotenmann (1465). — Fol. 113a—114, derselbe (Supplikationen an den Kaiser). - Fol. 131—134, Kaiser Fridrich, 6 Urkk. (1466—83). — Fol. 139, Thom. Spitzer (1472). — Fol. 140, Kaiser Fridrich (o. J.) — Fol. 141, derselbe (1463). — Fol. 141a—208, Privaturkunden namentlich Rotenmanner Bürger, Stiftungen betreffend. — Fol. 220, Kaiser Fridrich (1481). — Fol. 286, derselbe (1471). — Fol. 302, derselbe (1455).

Cod. 943, ol. Oesterr. Nr. 119.

Vidimirte Copie der Privilegien des Karmeliter Klosters zu Voitsberg, durch Bischof Georg von Seckau, vollzogen 1443, 5. Dez., Voitsberg, durch Notar Gg. Swentenkrieg von Wels. — Pgt., 20 beschrieb. Bll., 2°. Enthält nur 9 Urkunden, deren jeder eine sehr genaue Beschreibung namentlich des Siegels der Originale vorangeht; sie sind:

Fol.	1,	Urk.	v. 1443,	8.	Jänn.	(Prior Peter Marchart).
"	2b,	"	"	"	"	(Pfarrer Pöltl zu Voitsberg).
"	4,	"	"	"	"	(Hans Lawn zum Hannstein).
"	5b,	"	"	7.	"	(Prior Peter).
"	9,	"	"	8.	"	(Pfarrer Pöltl).
"	13,	"	"	7.	"	(Hans Lawn).
"	17,	"	"	24.	Mai	(König Fridrich IV.)
"	18b,	"	"	"	"	(derselbe).
"	19b,	"	"	"	"	(derselbe).

März, 1864. Z.

Vorarbeiten zur Quellenkunde und Geschichte des mittelalterlichen Landtagswesens der Steiermark.

I. Allgemeine Erörterungen. II. Regesten und Auszüge aus Urkunden und Akten.

Von Dr. Franz Krones, Ausschußmitglied des hist. Vereines.

I.

Allgemeine Erörterungen.

Der Steiermärker hat der Vergangenheit seines Heimatlandes stets ein treues, liebevolles Andenken bewahrt. Namentlich fesseln seinen geschichtlichen Sinn jene Erscheinungen, worin sich das kräftige Selbstbewußtsein, die wirksame Rührigkeit der ständischen Landesvertretung, also das eigentliche Staatsleben der Steiermark äußert. Die Mittelpunkte desselben waren die Landtage und jene durch Gesetz und Herkommen festgestellten Versammlungen, die allmälig in geschiedenen Formen auftraten — unter Vorsitz des Landesfürsten oder seines Vertreters im Vereine mit den Urtheilsfindern ständischen Ranges — die Wahrung des gemeinen Land- und Lehenrechtes oder des besondern, privilegienmäßigen Personenrechtes als: Land-, Lehen- und Hof-Taidinge zu besorgen hatten; und in ihrer spätern Ausbildung als Land-, Hof- und Lehensrecht oder Schranne sich darstellen.

Die Forschung nach den ältesten Zuständen des Landtagswesens in seiner innigen Beziehung zu dem mittelalterlichen Gerichtswesen landesfürstlicher und ständischer Natur — darf somit ohne Frage auf die warme Theilnahme, das freundliche Entgegenkommen jedes steiermärkischen Geschichtsfreundes zählen. — Indem sie die unentbehrliche Grundlage einer künftigen Herausgabe der Quellen des steirischen Landtagswesens abgibt, bildet sie an sich eine dankenswerthe, immerhin aber eine Aufgabe, die der Leistungsfähigkeit des Einzelnen weit überlegen, das Zusammenwirken, Sammeln und Sichten Mehrerer und zugleich die Reife der Zeit beansprucht; mag man nun die innere Schwierigkeit des Stoffes oder die äußerlichen Uebelstände bei der Auffindung desselben in Anschlag bringen [1]).

Was der Verfasser dieses Aufsatzes bieten will und kann sind — wie der Titel besagt versuchsweise Vorarbeiten zu einer Quellensammlung der steirischen Landtagsgeschichte. Die Form von Regesten und Auszügen schien aus äußern und innern Gründen die hiefür tauglichste abzugeben, denn der allda gesichtete und geordnete Quellenstoff — an sich äußerst lückenhaft und mager — gehört einem Zeitraume der steirischen Geschichte an, den wir als abgestufte Entwicklungsperiode des Landtagswesens betrachten müssen.

Da thut denn vor Allem die chronologisch geordnete Zusammenstellung der zerstreuten Spuren und Winke aus Urkunden und Chronisten Noth — denn erst die beiden letzten Zeiträume bieten uns mehr an eigentlichem Material, erst da taucht ein oder der andere vereinzelte Landtagsakt von größerem Umfange auf, ohne daß es jedoch gelingt, sich zur Ausfüllung der bedeutenden Lücken jener Hilfsquellen zu entschlagen.

Daß sich die Vorarbeit das Jahr 1522 als Grenze steckt hat seinen Grund sowohl in der Natur der Quellen als in dem Wesen der Landesgeschichte.

Denn förmliche Landtagsabschiede, — Akten und Protokolle beginnen erst mit der Regierung Ferdinands I. in jener Fülle aufzutauchen, die eine zusammenhängende Veröffentlichung ausführlicher Quellen des Landtagswesens voraussetzen muß. Die Tage K. Friedrichs IV. und Maximilians I. bilden erst den Uebergang zu diesem stofflich reicher bedachten Zeitraume.

Anderseits knüpft sich an Ferdinands I. Regierung eine wichtige Epoche des innerösterreichischen, mithin auch des steierischen Geschichtslebens, so daß auch von dieser Seite die Abgrenzung der vorliegenden Arbeit mit dem Jahre des Regierungsantrittes Ferdinands gerechtfertigt erscheint.

Zunächst sei nun der Quellen und Hilfsmittel gedacht, aus deren dieser Versuch Nahrung und Förderung zog.

In erste Linie stellt sich das bereits gedruckte Material, wie es uns Urkunden, Chroniken endlich förmliche Landtagsakten und bezügliche Korrespondenzen bieten. In

[1]) Einen wesentlichen Antheil an dieser Arbeit durch Mittheilung urkundl. Materials und fördernde Winke hat mein Freund Archivar Prof. J. Zahn.

zweiter Linie sodann erscheinen bisher ungedruckte Funde, die für die letzten Perioden nicht unbedeutend genannt werden können.

Ihre eingehendere Besprechung wird sich dort am besten einflechten lassen, wo die Erörterung der einzelnen Entwicklungsperioden des steirischen Landtagswesens zur Sprache kommt.

Was anderseits die Benutzung jener Werke betrifft, die sich die ausführliche Darstellung der Gesammtgeschichte unseres Landes zur Aufgabe stellten, so sei nur so viel bemerkt, daß Schritt für Schritt die Arbeiten Cäsar's und Muchar's zu Rathe gezogen wurden. Auch der Einblick in den VIII. handschriftlichen Band des letzteren Werkes war dem Verfasser vergönnt; doch bot er an noch unbekannten Daten wenig Ausbeute.

Schwer empfand der Verfasser den Mangel monographischer Vorarbeiten in der angedeuteten Richtung und muß um so anerkennender einer vereinzelten Erscheinung: Leitner's Abhandlung über die Erbhuldigung in der Steiermark — gedenken, da selbe das Verständniß einer wichtigen Seite landständischen und landtäglichen Wesens erleichtert.

Verzeichniß der für den II. Theil wesentlich benützten gedruckten und ungedruckten Quellen und Hilfsmittel.

a. Gedruckte:

Erbhuldigung des löblichen Fürstenthums Steyer 1520 des 21. Jares beschehen sambt Handlung der Landtaeg desselben mals gehalten. Augsburg 1523 fo.

Valvassor: Ehre des Herz. Crain 1689 fo. III. Bd.

Landhandvest des l. H. Steiermark ä. Ausg. v. 1697 u. neue A. 1842.

Lünig, Reichsarchiv. Pars spec. Contin. I. (die deu. ö. Erbländer) 1711 fo.

Hahn, Coll. Monum. veterum to. 2dus 8° 1726 (Unrest. Chron. Austr.)

Petz, Bernh. Thesaurus anecdot. noviss. Wien u. Grätz 1721 ff. tom. III. pars III. (Cod. Admont.)

„ Hieron. scriptores rerum austr. vet. ac gen. Wien u. Regensburg 1743—45 3 B. fo. (to. I. anon. Leob. vgl. Böhmer Font. I. — to. II. Ebendorfer de Haselbach Chron. Austr. to. III. Ottokars Reimchronik).

Monum. boica IV. Band. München (1765) (Codex tradit. Formbac.) Ein besserer Abdruck findet sich im „Urkundenbuche des L. o. d. E." I.

Frölich (Pusch): Diplomata sacra ducatus Styriae to. 2 4° Viennae 1756.

Cäsar A. J., Annales ducatus Styriae etc. 3 to. fo. 1762—1777. (B. der Urzeit bis 1519 reichend).

„ Staats- und Kirchengeschichte der Steiermark 7 Bde. Gräz 1786—88 (geht bis 1740; der 7. Bd. beginnt mit d. J. 1519).

Lichnowsky F. v., Geschichte des Hauses Habsburg. 1836—1844 8 Bde. 8° (—1493) Regesten (bearb. v. Birk).

Chmel J., Materialien zur österr. Geschichte a. Arch. u. Bibl. 2 Thle. in 1 Bd. gr. 4°. Wien 1837—38.

Chmel J., Regesten des rö. Kaisers Frie. IV. v. 1440—1493 2 Bde. 4⁰. Wien 1838—40.
„ Habsburgisches Archiv. 1846 I. Wien 8⁰ (Herbersteins Gesandschaftsreise nach Spanien 1519).
„ Geschichte K. Friedrichs IV. . . . 2 Bde. 1840—3 Hamburg.
„ Monumenta habsburgica h. v. d. W. Ak. d. Wiss. hist. S. 1855. I. 2. A.
(Die Urkundens. z. Gesch. Maximilians im X. B. der Stuttgarter Vereinsbibl. 1845 bot leider keine Ausbeute für diese Arbeit).
Pertz, Monnm. Germaniae. XI. Bd. ed. Wattenbach: Annales Austriae.
Meiller A., Regesten z. Gesch. der Mkgf. u. Herz. Oe. a. d. G. Babenberg. 4⁰. Wien 1850.
Böhmer, Regesten des d. Kaiserr. v. 1246—1313 mit 2 Additam. die Urkk. Ottokars u. Herzog und Kaiser Albrechts umfassend, sodann die Regg. des d. Kaiserr. v. 1314—1347 (1839—46) mit 2 addit. 1849—1857 erschienen.
„ fontes rerum germ. I. 843 (Joa. Victoriensis).
Muchar A. v., Gesch. des Herz. Steiermark. Gräz 1844—1849 4 Bde. v. Vf. selbst; 1850—65 d. 5.—7. Bd. aus dem Nachlasse veröffentlicht. (der 7. reicht bis 1458).

Wissenschaftliche Vereins- und Zeitschriften:

Mittheilungen des hist. V. f. Steiermark (I. 1850 ff.) (v. Leitner's Abh. ü. d. Erbhuldigung im I. Jahrg. S. 98—109 die ältere 109 — E. die neuere Periode).
Archiv. f. Kunde österr. Gesch. h. v. der Wien. Ak d. Wiss. X. XI. Bd. (das österr. Landrecht und Birk's Regg. o. Urk. Auszüge z. Gesch. K. Fried. des III.) XIII. Bd. Zeibig: Ue. den Innsbrucker Ausschußlandtag v. 1518 (Aktenmäßige Darstellung).
Fontes rer. austr. I. 1. (Herbersteins Selbstbiographie) II. 7. Bd. Copeybuch der gem. Stdt. Wien (1458—62).
Archiv z. Gesch. Kärntens III. Jahrg. (S. Pauler Ausz. und d. kärntn. Landrecht v. 1335).
Forsch. z. deu. Gesch. Göttingen I. 2. 1861: Staelin's Itinerar K. Maximilians.
(Anderweitige Hilfsmittel, außerdem benützt, wurden an betreffendem Orte angeführt).

b. Ungedruckte oder handschriftliche Quellen und Hilfsmittel.

(Das landschaftliche Archiv bietet reiches und fortlaufendes Material erst von der Zeit Ferdinands I. an.)

1. Urkunden des Joann. Archivs — besonders Seckauer und Stubenberger — für das 15. Jahrh. — Außerdem anderweitige Notizen in privatrechtl. Urkk. u. Handschriften, z. B. Gültenbüchern o. Urbarien.
2. Das Dresdner Formelbuch — von unschätzbarem Werthe für die Zeit v. 1462—1469 (s. Beitr. z. K. st. G. I. S. 10).
3. Hdschrr. Mittheilungen aus Innsbrucker Akten v. Prof. Dr. Bidermann (1474—1495). Sie finden sich jetzt abgedruckt im 1. Quartale der Mittheilungen des histor. Vereines für Krain 1865.

4. Rottenmanner Chronik — Grätzer Univ. Bibl. fo. 33/88 17. Jahrh. (f. d. 15/16. Jahrh.) u
5. Steirische Chronik v. 3584 v. E. d. W. bis 1679 n. Chr. Gratzer Univ. Bibl. fo. 33/43 18. Jahrh. (Vgl. Zahns Zusammenst. im 1. Hfte. d. Beitr. z. K. steierm. Gesch. Quellen. Grätz 1864, S. 28, 30.
6. Muchars Gesch. des Herz. Steierm. 8. Band im Mskrr.

Wie schwierig und gewagt es auch sein mag, den historischen Datengehalt der hier zusammengestellten Quellenangaben nach Zeiträumen zu gliedern, so erschien doch solch ein Versuch dem Verfasser unerläßlich.

Denn ohne eine solche Uebersicht, die da andeutet, wie sich das Landtagswesen allgemach entwickelt habe, wie es sich in seinen Quellen abspiegle, verlöre das gebotene Stückwerk von Angaben jene Bedeutung, die ihm mit vollem Rechte gebührt.

I. Periode.

Von der Vereinigung der Steiermark bis zum Aussterben des babenberg. Mannsstammes (1246).

Die Zeit vom Jahre 1150 beiläufig bis zum J. 1246 kann füglich als die vorbereitende Epoche in der Geschichte des steirischen Landtagswesens bezeichnet werden; als Zeitraum, in welchem dasselbe von unscheinbaren Anfängen zur bedeutsamen Ausprägung und politischen Geltung gelangt. Es ist dieß in den allgemeinen Verhältnissen der deutschen Reichsverfassung und in besondern landschaftlichen oder provinziellen Zuständen begründet.

Seit der 2. Hälfte des 11. Jahrhundertes treten die Herren des schönen Traungaues [2]), die Grafen von Steier „mit Ottokar III.“ (V.) „Oczio, Oczo“ (1039—1088) als Markgrafen der obern Kärntnermark auf, wozu sie 1122 auch das ganze (obere) Mur- und Mürzthal bis gegen Fronleiten erwarben und so das heutige Obersteier vereinigten; seit 1149, unter Ottokar V. (VII.), verbindet sich damit die „untere Mark“, von Röthelstein beginnend, nach Süden hinstreichend — und bald darauf fügt sich auch die Püttner Mark — nach dem Tode des Grafen Ekbert (1158 vor Mailand) an, von welcher wir die nebenläufige Pettauer Mark (marca Pitouiensis, transsylvana) wohl unterscheiden müssen; zerstreute Besitzungen in Oesterreich und Kärnten abgerechnet [3]).

---

[2]) Vgl. Pritz Gesch. der steir. Ottokare in den Btr. z. Ldkde. f. Oe. o. d. E. u. Salzb. — Linz 1846. V. 121—366 u. Muchar IV. Bd.

[3]) Die Beiträge zur Lösung der Preisfrage ꝛc. II. 104, 133, 137—8; 185 u. Muchar G. d. H. Stmk. II. 9—13; IV. 343 u. a. a. OO. bieten in dieser Beziehung keine genauen Aufschlüsse. Tangls Abhandl. über die

Im Ganzen und Großen ruht jetzt die heutige Landschaft Steiermark in Einer Hand und Ottokar V. (VII. 1129—1164) kann als der erste Traungauer bezeichnet werden, der die umfassende Grundlage für ein Herzogthum schuf, wie es unter dem Letzten der Traungauer, Ottokar VI. (VIII.) seit 1180 ganz sicher hervortritt [4]).

Die Traungauer Markgrafen standen in einem doppelten Verhältnisse zu ihren Landsassen: Zunächst als Inhaber aufgeerbter Territorien allodialer Natur und das kommt hier ohne Frage am meisten in Betracht; sodann als Verwalter einer deutschen Reichsmark, — als Erb- und Lehensherren somit und Reichsbeamte, Reichsfürsten.

Dieser beiderseitigen Eigenschaft entsprachen zweierlei Gepflogenheiten. — Als Erb- und Lehensherren geboten die Markgrafen über zahlreiche „eigene" Leute (proprii) d. i. Hof- und Grundhörige im strengen Sinne — anderseits über adelige Dienstmannen [5]) (ministeriales) — welche Letzteren, wie dieß in der Natur der Sache lag — als Markgenossen auf den Besitzgründen der Traungauer, anderseits als deren ständiges Kriegs- und Ehrengefolge bei allen wichtigen Angelegenheiten zu Rathe gezogen, um ihre Meinung befragt wurden und in gerichtlicher Beziehung an den Hof (curia) ihres Dienst- und Lehensherrn gebunden waren; und zwar nach demselben Rechtsgrundsatze, wie die Ansiedler oder Colonen, die Hintersassen, die „Leute" (homines) oder das „Gesinde" (familia) einer kirchlichen Immunität oder eines andern weltlichen Grundherrn; aber mit dem Unterschiede, daß jene

---

Pettauer Mark (Mittheilungen des hist. Ver. d. Stmk. 7. Heft S. 71—96) hellt die Sache ungleich mehr auf. Die Andeutung der Grenzen der obern und untern Mark, innerhalb deren die vorübergehende Zwischenbildung der Pettauer Mark aufging, beruht auf urkundlicher Forschung von bewährter Seite.

[4]) Ueber diese Rangerhöhung der Traungauer, wodurch das von den bairischen Chronisten betonte Lehensverhältniß der marchiones Styriae zur curia principum Bavariae ein Ende nahm — vergleiche Muchar IV. S. 499—500, und Ficker: Ueber den d. Reichsfürstenstand. Innsbruck 1861, S. 105 §. 69.

[5]) Vgl. Fürth, Die Ministerialen. Cöln 1836 8°.
Unger, Urgesch. der deutschen Volksvertretung und deren Entwicklung. Hannover 1844, 2 Bde.
Zöpfl deu. R. G. 3. A. 1858 (bes. S. 384 ff.)
Das gründlichste Werk in dieser Beziehung bildet Maurers Gesch. der Fronhöfe, der Bauernhöfe und der Hofverfassung in Deu. 1862 3 Bde., besonders I. S. 477—499 II. 26—51; 220—227; 235—37.
Ue. die steir. Verhältnisse Muchar II. Bd. 87—112. Reichliches Material, aber ohne strenge Sichtung und Gliederung.

adeligen Ministerialen in zweiter Linie selbst als Grund- und Gerichtsherrn innerhalb ihres eigenen Besitzkreises angesehen werden müssen.

In der zweiten Eigenschaft — als Reichsbeamte — waren die Traungauer berufen, nach altem Herkommen, die gebotenen und ungebetenen Markdinge oder Gerichts-Taidinge (placita iussa et iniussa) — an den durch Gewohnheit bestimmten Landesorten abzuhalten. Hier entschieden sie, umgeben von adeligen Urtheilshelfern über die bezüglichen Fälle nach gemeinem Landrecht und entboten auch gelegenheitlich den Heerbann der Mark. Leider können wir für diese unzweifelhafte Thätigkeit der Traungauer nur die Analogie und keineswegs urkundliche Einzelbelege anführen.

So haben wir denn als elementare Kreise des öffentlichen Lebens der Steiermark einerseits die auf dem gemeindeutschen Grundsatze der Markgenossenschaft und des Hofrechtes beruhenden Raths- und Gerichtsversammlungen der Dienstmannen und Lehensleute bei Hofe oder auf der Pfalz des traungauischen Landesherrn (conventus, consilium ministerialium in curia marchionis — der „Hoftag", das „Hoftaiding") — anderseits die Landtaidinge (placita terrae, iudicia generalia) der Traungauer, als Markgrafen, als Reichsbeamte, welche mit den einzelnen Gebieten der Steiermark auch die daran haftende öffentliche Gerichtsbarkeit auferbten.

Während bei diesen letzteren an bestimmte oder herkömmliche Malstätten gebundenen Gerichten sämmtliche Markgenossen des betreffenden Bezirkes, mochten sie nun Ministerialen der Traungauer, oder — was freilich ungleich seltener der Fall — anderer reichsunmittelbarer Landesherren geistlich-weltlicher Art, oder endlich reichsfreie Leute (liberi) sein — sich regelmäßig oder an gebotenen Tagen einzufinden pflegten —, gehörten zu den Hoftagen der Traungauer nur ihre eigenen Ministerialen und stimmberechtigt waren hiebei, wie dieß in der Natur der Sache liegt — vor Allen die durch Geburt und Besitz ausgezeichneten Geschlechtshäupter. An den Versammlungen letzterer Art haftete somit ein besonderes persönliches Vorrecht und es bildete sich dem obersten Grund- und Landesherrn der Steiermark gegenüber eine förmliche Körperschaft heraus, deren Rathschlag und Zustimmung bei allen die Markgenossenschaft und den hiezu gehörigen Grundbesitz betreffenden Angelegenheiten, das ist bei Schenkungen, Täuschen, Veräußerungen, Dienst- und Abgabenforderungen, nicht leicht hintangesetzt werden konnten. So bilden die Ministerialen, an ihrer Spitze die Hofbeamten und adeligen Großgrundbesitzer, einen ständigen Beirath des Landesherrn und sind eines eigenen Gerichtsstandes theilhaftig, da sie dem Hof- und Lehenrechte des Markgrafen-Herzogs zugehören. Kein Wunder, wenn, angelockt von diesen besondern Standesvortheilen allmälig auch andere, allodialfreie oder als Ministerialen anderen Grundherren zuständige Adelige der Steiermark — in das Verhältniß der Ministerialität zu dem obersten Landesherrn zu treten suchen *), Hof- und Lehensdienste nehmen in sein Kriegs- und Ehrengefolge sich einreihen.

Die Zeit des letzten Traungauers (1165—1192) läßt uns schon das Endergebniß dieser Vorgänge herausfühlen.

Der Ausdruck Ministeriales terrae — natürlich nicht zu verwechseln mit der gleichlautenden Benennung der schollepflichtigen Grundholden — bedeutet nunmehr die adeligen Dienst- und Lehensmannen des Landesfürsten und zwar in der Eigenschaft von Vertretern der dem Herzoge sowohl im privatrechtlichen als politischen Sinne unterthänigen Landschaft, als die Stimmführer unter den sämmtlichen Landessassen der Steiermark, den Styrenses, provinciales, comprovinciales Styriæ — wie wir dies deutlich in dem Georgenberger Erbvertrage ausgesprochen finden. Aber von einer in sich abgeschlossenen Landstandschaft, von einem durchgebildeten Landtagswesen kann damals noch nicht die Rede sein. Wir haben es erst mit der elementaren Grundlage zu thun. Der im Dienst- und Hofrechte wurzelnde Beirath der Ministerialen ist von dem privilegirten Landtage der Stände noch weit entfernt.

Von der Thatsächlichkeit des Einflußes der Ministerialen, der Landstände, auf die Lösung entscheidender politischer Fragen — belehrt uns am besten die Geschichte des Traungauer Erbvermächtnisses an die Babenberger.

Zeigt sich darin an sich der Beweis, wie stark die Eigenschaft der Traungauer als Landeseigenthümer die von Reichsbeamten überwog, so daß die Zustimmung des Reiches und seines Oberhauptes zu diesem Vorgange als nebenläufiger Umstand weder von Urkunden noch Chroniken ausdrücklich hervorgehoben erscheint, — so kann uns anderseits keinen Augenblick verborgen bleiben, daß Ottokar VI. den entscheidenden Schritt nicht ohne Beirath und Genehmigung der „Ministerialen“ thun konnte.

Es liegt nahe, daß der anfängliche Entschluß des letzten Traun-

*) Die Beitr. z. Lösung der Preisfrage, Wien 1819 bieten II. H. 150—152 ein Verzeichniß der steirischen (kärntn. u. oberö.) Ministerialen der Traungauer Ottokare. Ebenso besaßen die Hochstifte Salzburg, Freising, Bamberg, Gurk als reichsunmittelbare Immunitäten und die Grafen von Peilstein, Plein, Schala, Horburg, Treffen u. A. in gleicher grundherrlicher Eigenschaft — Ministerialen auf steirischem Grund und Boden.

gauers — die Steiermark an seinen Babenbergischen Blutsverwandten zu verkaufen (venumdare) nur an dem Widerspruche der dabei zunächst in Mitleidenschaft gezogenen Ministerialen scheiterte, — daß die Ministerialen darauf bestanden — nur gegen Verbriefung ihrer und des Landes Freiheiten und Rechte dürfe ein solcher Herrschaftswechsel vor sich gehen und zwar in der angemesseneren Doppelform eines Erbvermächtnisses und Uebergabsvertrages [7]). Daher heißt es in der Vertragsurkunde vom 17. Aug. 1186 „nach Beiziehung des klugen Rathes“ der Besseren von den Unsrigen (communicato igitur meliorum nostrorum [i. e. ministerialium] prudenti consilio).

Und in der nebenläufigen Urkunde vom gleichen Datum heißt es einmal: H. Ottokar habe seinem Vetter Leopold v. Oe. „die Ministerialen nach Art der Ministerialen, die eigenen Leute nach dem Rechte von eigenen Leuten übergeben“ (ministeriales more ministerialium, proprios iure propriorum dando) — sodann wieder: „die Rechte meiner Ministerialen und Landesangehörigen sollen in der Art wie sie schriftlich abgefaßt sind, unverletzt bleiben“ (iura ministerialium meorum et comprovincialium sicut scripto comprehensa sunt illibata maneant).

Diese Beweisstellen genügen, um darzuthun, daß wir an einen politischen Einfluß der Ministerialen, bereits unter den letzten Traungauern denken müssen — also lange genug vor jenem wichtigen Reichsgesetze, das unter dem Titel „Entscheidung über das Recht der Landstände“ (sententia de iure statuum terrae) im J. 1231 zu Worms veröffentlicht wurde und gewissermaßen als Gegengewicht für die landesherrliche Gewalt zu Gunsten der mittelbaren Reichsunterthanen oder Provinzialen den maßgebenden Grundsatz ausspricht: „daß weder die Reichsfürsten, noch welche immer — Satzungen oder neue Rechte machen dürften, ohne daß früher die Zustimmung der Besseren und Vornehmeren des Landes (meliorum et maiorum terrae) eingeholt würde“ [8]).

Angesichts des österreichischen und steirischen Landes war dieß

---

[7]) Einige richtige Bemerkungen über die Fassung der Urk. v. 1186 finden sich in den Beiträgen zur Lösung der Preisfrage ꝛc. I. S. 112 ff. 166/7 und bei Muchar IV. 517–526.

[8]) Henrici regis curia Wormatiensis a. 1231. Pertz Leges II. 283. Vgl. Zöpfl 3. A. S. 495. In dem Majestätsbriefe K. Friedrichs II. für die Steirer (Ldhv. n. A. S. 4—6) heißt es gleichfalls, es könne der Landesfürst keine Besteuerung vornehmen: „sine consilio communi ministerialium maiorum Styriae.“ — Dens. Ausdruck gebraucht Albrechts I. Hdv. v. 1292 (steir. Ldhdv. n. A. S. 10—12).

Gesetz nur die urkundliche Anerkennung schon bestehender Verhältnisse.

Daß am allerwenigsten die Steirer gesonnen waren des gemeindeutschen Spruches: „wo wir nicht mitrathen, da wir auch nicht mitthaten" zu vergessen, und im Nothfalle „zum Reiche" oder zur bewaffneten Selbsthilfe ihre Zuflucht nahmen, dafür spricht am besten die Zeit des letzten Babenbergers (1230—1246).

Solch ständisches Selbstgefühl setzt einen ungleich ältern Einfluß der Landesministerialen, eine wenn auch noch wenig entwickelte Landesvertretung früherer Zeiten voraus und wie sehr man auch die Schlußformel der Georgenberger Vertragsurkunde als später interpolirt bemängeln muß; für ihre thatsächliche Anwendung, für ein bedingtes Wahlrecht der Stände ebenso wie für ihr mitentscheidendes Wort bei Verfügungen des Reichsoberhauptes geben die Tage des sogenannten „Zwischenreiches" nach 1246 ein beredtes Zeugniß *).

Mit dem Jahre der Uebernahme der steirischen Herrschaft durch H. Leopold dem Babenberger — 1192 begegnen wir zum erstenmale einer besondern und für die Folgezeit stereotyp ausgeprägten Form eigentlich ständischer Versammlungen: den Erbhuldigungslandtagen. Sie vereinigen die Beschwörung der Landesfreiheiten durch den neuen Fürsten, die Entgegennahme der ständischen Huldigung, sodann Berathungen über allgemeine Angelegenheiten, Wünsche und Beschwerden des Landes, Erneuerungen von Lehen, gerichtliche Schiedsprüche und Schenkungen. Dieser „Erbhuldigungslandtag" von 1192 ist die älteste urkundliche Spur einer Ministerialenversammlung im politischen Sinne, eines eigentlichen Landtages, während wir die früheren Daten theils nur im beschränkteren Sinne als gelegenheitliche Hof- oder Pfalztage der Traungauer auffassen, theils von den gebotenen und ungebotenen „Tagen" oder „Dingen" nicht scheiden können, die das öffentliche Gerichtswesen betreffen.

Wenn diese Schwierigkeit der Unterscheidung für die erste Periode dieses Zeitraumes d. i. in den Tagen der Herrschaft der Traungauer (—1192) entschieden feststeht, so ist sie auch in der

---

*) Postmodum quisque de suis nepotibus sibi succedentibus si dux idem sine filio de cesserit — ministeriales nostri ad quemcunque velint divertant. (Vgl. Muchar IV. 522 no. 2).

Man denke nur an die Wahl des bair. Herzogs, an die árpad. und přemysl. Besitzergreifung. Sehr bezeichnend ist auch die Stelle in der Rudolfinischen Handveste v. 1277: „illum ad huiusmodi principatus honorem curabimus exaltare, de quo pars maior et melior ministerialium terrae nobis duxerit consulendum."

zweiten in der Babenberger-Periode vorhanden. Wir können nur in seltenen Fällen die Ministerialversammlungen für politische Angelegenheiten — also die eigentlichen Urformen der Landtage — von den gemeinen Landtaidingen oder öffentlichen Gerichtstagen unterscheiden, die durch den Beisatz iudicium generale (provinciale) als solche bezeichnet werden; und ebenso beiderlei Arten von Versammlungen leicht mit jener dritten Art von Zusammenkünften der Ministerialen verwechseln, die, gleichfalls unter dem Namen placita, nichts anderes waren als Hof- oder Pfalztage, woselbst nach Hof- und Dienstrecht in reinen Privatangelegenheiten entschieden wurde.

Was die Stellvertretung des Landesfürsten bei den Taidingen durch den Landesrichter (iudex provincialis, provinciae) betrifft, so mußte selbe seit den Babenbergern häufiger erscheinen, um in dem nächsten Zeitraume zur Regel werden.

Außerdem dürfen wir auch schon in diesem Zeitraume an Taidinge (placita) in einzelnen Landesbezirken und an besondere Landesrichter in denselben denken [10]).

Schon der Umstand, daß wir ebensowenig in der Traungauer- als in der Babenberger-Epoche, ja auch später nicht immer bloße Gerichtstage von eigentlichen Landtagen scharf unterscheiden können — nöthig zur Aufnahme der bezüglichen Daten in den Kreis der vorliegenden Aufgabe. Noch unabweisbarer stellt sich jedoch diese Nothwendigkeit heraus, wenn wir bedenken, daß wir in häufigen Fällen ein allgemeines Taiding, ein placitum generale nicht nur als „Gerichtsversammlung" sondern zugleich als politischen Konvent, als „Landtag" auffassen müssen. Man benützte eben Einen Ort und Zeitpunkt zu zweierlei Geschäften. So bezeichnet z. B. Herzog Leopold V. (II.) den Landtag der Erbhuldigung v. 1192 urkundlich einmal als „ministerialium nostrorum magnum conventum" — das andere Mal wieder als „placitum" „in Gretze primum habitum."

Allerdings muß man zunächst an der Grundbedeutung von „placitum", „lanttaiding" — als „Land-Tage-Ding" „Gerichtstag", „Gerichtsversammlung" festhalten [11]) — aber selbst der

---

[10]) Schon z. J. 1162 verzeichnet eine Urk. u. den Zeugen (Pez thesaur. anecd. III. 757 nro 65; Caesar ann. I. 754) einen Herrandus iudex de Enstall. Das Ennsthal bildete noch im 15. Jahrh. einen ganz gesonderten Gerichtsbezirk.

[11]) Die karolingischen Gesetze stellten fürs Jahr „tria solummodo generalia placita" — als herkömmlich fest. Ein solches placitum generale war im eigentlichen Sinne eine congregatio populi. Vgl. Zöpfl 3. A. S. 444-5 u. 494 f.

Beisatz „iudicium generale“ schließt nicht immer die Möglichkeit aus, daß neben Rechtssachen auch Geschäfte politischer Natur erledigt wurden. Das frühere Mittelalter hatte eben noch nicht jene scharfe Sonderung der judiciellen und politischen Geschäftskreise und bezüglichen Einrichtungen durchgeführt, wie wir derselben in seinen spätern Tagen begegnen. Zudem bedeutet „Landtaiding“ dem Wortlaute nach dasselbe was „Landtag.“ —

Fragen wir nach den persönlichen Rangverhältnissen in der Landesvertretung d. i. nach den politischen Ständeklassen — so befinden wir uns allerdings an der Schwelle einer heikeln Untersuchung, die wir hier nur in leisen Umrissen geben wollen und können.

So viel steht fest, daß mit dem Beginne dieser Periode — nachstehende urkundliche Klassenbenennungen auseinander gehalten werden können:

1. Nobiles — „Vornehme“ — als Bezeichnung für die vereinzelten reichsunmittelbaren oder reichsfreien Herren (liberi) im Markgebiete der Traungauer, anderseits aber auch für die durch Geburt und Besitz hervorragenden Dienstleute und Lehensmannen derselben [12]) (die domini der spätern Zeit). 2. Ministeriales schlechtweg: das sind die nach Hofrecht dienstpflichtigen an Geburt und Besitz tiefer stehenden Mannen der Traungauer. Neben die „ministeriales“ finden wir hie und da 3. die milites et familiares (marchiones) — die Ritter und Hausgenossen des Markgrafen gestellt [13]) — endlich 4. als Gegensatz die proprii — das sind die persönlich abhängigen, durchaus hörigen oder leibeigenen Leute [14]).

Aber schon unter dem letzten Traungauer finden wir die beiden Standes- oder Rangbenennungen: nobiles und ministeriales einander gleichgestellt oder mit einander verbunden, zum Beweise, daß die „Ministerialität“ in solchem Falle nichts anderes

---

[12]) So heißt es in einer Garstner Urk. v. J. 1163 (Frölich Diplom. Garst. nro 10 Caesar Ann. I. 757) . . . nobiles . . . ministeriales et familiares. — In e. a. Urk. v. 1161 (Dipl. St. I., 151 Caesar I. 753) heißt ein gewisser Adelramus — „nobilis homo“ . . . „nobilis de Urle.“

[13]) Urk. Ottokars III. (V.) v. 1092 (Dipl. Garst. nro 2 Caesar I. 740) u. den Zeugen: „de militibus ipsius marchionis“ und „de familiaribus“ . . . Zunamen finden sich da noch nicht, wohl aber schon im Garstner Diplom v. 1112 (l. c. nro 3 Caesar I. 740—1).

Ueber die „familiares“ als Dienstmannen „niedern Ranges“ — „Hausgenossen, Hofgesind“ vgl. d. österr. Landrecht Arch. f. K. ö. G. X. capp. 43, 44, 56 — Zöpfl S. 393 no. 18. Sehr belehrend sind auch die ziemlich analogen Zustände im Staate der Salzburger Kirche. Vgl. (Kleinmayer's) Juvavia V. Absatz S. 553—580 „Von dem verschiedenen Zustande der Personen im Erzstift“ besonders S. 570—2 §. 377.

[14]) In der Georgenb. U. v. 1186 b. Caesar I. 782—3.

bedeute, als die eigentliche adelige Landesvertretung, die adelige Ständeschaft des Landes. So werden schon im Georgenberger Erbvertrage die Ministerialen als besondere Körperschaft unter den Landesangehörigen überhaupt hervorgehoben (ministeriales et provinciales [15]) — und noch mehr erhellt dieß aus späteren Urkunden, wo Ausdrücke wie: omnes universi ministeriales Styriae (d. i. die Gesammtheit der steirischen Ministerialen) — „barones quoque seu ministeriales" — (edle Herren oder Ministerialen) — oder nobiles ministeriales de Styria (die edeln Ministerialen, d. i. Landstände der Steiermark) uns vor Augen treten [16]). Der letztere Urkundenausdruck besagt am deutlichsten, daß man es mit den hochadeligen Landesvertretern zu thun hat, — derselben Standesklasse somit, welche das angeführte Wormser Edict von 1231 „status terrae" oder „meliores et maiores terrae", — „die Landstände, die Bessern und Vornehmeren des Landes" — nennt.

Den nächsten Kreis um die Person des Landesfürsten bildeten wohl noch immer seine nach Hofrecht dienst- und lehenspflichtigen Mannen, die ministeriales ducis im engern Sinne [17]); aber bei allen öffentlichen Angelegenheiten von allgemeiner Wichtigkeit müssen wir an die Ministerialität im weitern, im Sinne der gesammten adeligen Landesvertretung denken.

Für die ständische Gliederung im Einzelnen fehlen uns ausreichende Urkundenbelege.

Ein besonderes Augenmerk verdienen vor Allem in dieser Periode die Zeugenverzeichnisse in den gleichzeitigen Urkunden, welche uns Landtags- oder Gerichtsversammlungen andeuten.

Man ersieht am besten aus den regelmäßig immer wieder auftauchenden Namen der bedeutenderen Landesgeschlechter, den eigentlichen Kern der Landesvertretung, wie er schon gegen Ende des 12. Jahrhundertes vorhanden war und im 13. noch entschiedener hervortritt.

In diesen Zeugenverzeichnissen begegnen wir nur gelegenheitlich oder ausnahmsweise der höhern Geistlichkeit, dem Prälatenstande, ebenso den Stadtrichtern als Repräsentanten der

---

[15]) s. d. Regg. i. Anh. vgl. die Rudolf. Handveste v. 1277 (Steir. Ldhdv. n. A. S. 8—10 „ministeriales et comprovinciales Styriae."

[16]) Urkk. v. 1192, 1207, 1217 (Meiller — babenberg. Regg. S. 47, 97, 119—20 — 1227 Dipl. St. II. 138 Caes. II. 488). Rudolf. Hdv. v. 1277 „pars maior et melior ministerialium terrae."

[17]) So heißt es z. B. in einer Urkk. v. 1166 Dipl. St. 154—6 „de hominibus et ministerialibus nostris" oder 1210 (II, 19 ebdt.) „quorundam milicie nostre sagaci examinatione."

landesfürstlichen Städte [18]). Von einer förmlichen oder privilegirten Einreihung solcher Geistlichen und bürgerlichen Würdenträger in die Landstände kann auch noch gar nicht die Rede sein.

Von nicht minderer Bedeutung erscheinen die Orte, wo Landtagsversammlungen abgehalten wurden. Am häufigsten ist es bei Gräz der Fall [19]).

Vereinzelt tauchen Hartberg [20]), Judenburg [21]) und Bruck [22]); Marburg [23]) dagegen v. 13. Jahrhunderte an nächst Gräz am häufigsten auf.

Als Taiding — oder Gerichtsstätten — erscheinen urkundlich: Hartberg, Marburg, Kraubat und Gräz [24]). Die St. Egidikirche des letzteren Vorortes wird nicht selten als „Malstatt" oder Versammlungsort angeführt.

Was endlich die Quellen zur Geschichte der Land- und Gerichtstage dieses Zeitraumes betrifft, so lassen uns leider die Chroniken und Annalen mit bezüglichen Angaben gänzlich im Stiche. Weder das Chronicon Admontense und die Continuatio Novimontensis (der Ann. Mellic.) noch die Garstner, Melker und Kloster-Neuburger Annalen des österreichischen Schwesterlandes [25]) bieten auch nur den spärlichsten Stoff. Ebenso beharrlich schweigt auch Enenkel in seinem Fürstenbuche [26]).

Der nur an Aeußerlichkeiten haftende Blick des Chronisten jener Zeit — übersah mit begreiflicher Gleichgiltigkeit alle solchen innern Landesangelegenheiten. Wir sind daher fast ausschließlich auf Urkunden angewiesen, die in den meisten Fällen nur andeuten, sie seien bei Gelegenheit solcher Versammlungen ausgestellt worden. Und so kommt es, daß wir über die Ergebnisse solcher Ständeversammlungen zufolge der Dürftigkeit der bezüglichen Urkundenangaben und des gänzlichen Schweigens der Chroniken durchaus im Unklaren bleiben. Ueberdieß bewegen wir uns in einem Zeitraume, der, wie bereits oben sattsam erörtert, das politische Wesen der Landtage oder Ständeversammlungen mit

---

[18]) Urk. v. 1214 (Meiller l. c. 113 n. 115) „Gottfridus abbas de Admund, Engelbertus abbas de Runa, Geroldus praepositus de Sekowe, Heinricus plebanus de Gratze — . . . Albertus iudex de Graez."

[19]) Urkk. v. 1172, 1174, 1182, 1192, 1194, 1211, 1214 . . . s. d. Regg.

[20]) 1166.

[21]) 1191—2, 1240.

[22]) 1211.

[23]) 1209, 1213, 1227, 1240.

[24]) 1160 — 1180 —1 — 1243, 1245 — 1245.

[25]) Pertz Mon. Germ. scrr. IX (XI).

[26]) Rauch scrr. I.

dem gerichtlichen der Land- und Hof-Taidinge noch innig verwachsen zeigt.

II. Periode.

1246—1283.

Die Zwischenherrschaft.

Der Ausgang des Babenberger Mannsstammes, und die Alleinbelehnung des Herzogs Albrecht I. von Habsburg mit den Landen Oesterreich und Steiermark, bilden die Grenzmarken eines kurzen Zeitraumes, der aber zu den reichbewegtesten hierländischer Geschichte zählt.

Die leidige „herrenlose Zeit" von 1246—1252 — die unentschiedene Fremdenherrschaft — erst von der Zeit des Ofner Friedens (1254) an festgestellt, die Periode Ottokars von Böhmen (1260—1276), — endlich die Uebergangsepoche zur Habsburger Herrschaft, vom Wiener Frieden (1276) bis zum Rheinfelder Belehnungsakte (1283) — sämmtliche Wechselfälle: gehören diesem zweiten Entwicklungsstadium des Landtagswesens an.

Der häufige Wechsel der Herrschaft, und die damit verbundene Nothwendigkeit dem neuen Landesherrn zu huldigen, mit ihm des Landes Wohl zu berathen, von ihm die Achtung und Wahrung der herkömmlichen Rechte und Freiheiten zu fordern; die Bedürfnisse des Landesfürsten und der Stände in Ansehung von Geld und Kriegshilfen — als ein Hauptmotiv der Landtagseinberufungen und anderseits als die wichtigste Handhabe für den politischen Einfluß der Stände — endlich das wachsende Bedürfniß nach Selbsthilfe in drangvoller Zeit — welches zweimal zur bewaffneten Erhebung der Stände gegen den verhaßt gewordenen Herrscher führte, — alle diese Momente machen die wachsende Bedeutung der steirischen Landtage, das beschleunigtere Ausreifen der ständischen Landesvertretung begreiflich.

Deßgleichen mußten in einer Zeit der offenen Gewaltthat und Rechtsverwirrung [37]) die Taidinge: unter Vorsitz des Herrschers, seines Statthalters, Landrichters oder Marschalls — an Häufigkeit zunehmen.

---

[37]) Wie es damals in der Steiermark zuging besagen die Zeitgenossen Ulrich v. Liechtenstein und der Reimchronist Ottokar am besten.

Jener beklagt (Frauendienst p. 530) den Tod H. Friedrichs des Streitbaren († 1246) folgendermaßen:

„Got müez sîn pflegen: er is nu tôt;
sich huop nâch im vil groziu nôt:

Eine besondere Erscheinung unter den Landtagen dieses Zeitraumes bilden die großen Ständeversammlungen mit dem Endzwecke einer allgemeinen bewaffneten Erhebung des Landes. In ihnen äußert sich am kräftigsten das in den Landtagen überhaupt immer mehr erstarkende Gefühl ständischer Autonomie in entscheidenden Angelegenheiten der Steiermark. Die Versammlung zu Rein v. J. 1276 bietet hiefür einen entscheidenden Beleg.

Was die bereits im vorhergehenden Zeitraume wurzelnde Scheidung des Land- und Hoftaidings anbelangt [28]) — so ermangeln wir auch in dieser Periode urkundlicher Belege für das Letztere. Wir müssen daher der Ansicht huldigen, das Hoftaiding sei noch immer als ausnahmsweiser Gerichtsstand bloß auf die herzoglichen Dienst- und Lehensmannen in engstem Sinne beschränkt gewesen, d. i. es habe in seiner alten Bedeutung und Form bestanden und eben darum zufolge seines privatrechtlichen Charakters jener politischen Bedeutung entbehrt, die das Landtaiding als öffentliches, gemeingültiges Institut zur Schau trug.

Die Rangklassen der „Stände" lassen sich nunmehr etwas schärfer auffassen.

Der Reimchronist Ottokar unterscheidet im Allgemeinen: Herren und Dienstmannen [29]). Unter den Ersteren sind die nobiles des vorlaufenden Zeitraumes begriffen; unter den letzteren haben wir nicht nur die Ministerialen des Herzogs im engern Sinne, sondern auch die Dienstmannen der „Herren" — „Lantherrn" (domini, nobiles, proceres .... [30]) zu verstehen. Die ausführlichsten und häufigsten Belege lassen sich jedoch nur in Urkunden auftreiben. In dieser Beziehung ist das Zeugenverzeichniß

ze Stire und ouch ze Oesterrich.
dô wart maneger arm der ê was rich.
Für wâr ich iu daz sagen wil,
nâch im geschach unbildes vil:
man roubt diu lant naht unde tac;
dâ von vil dörfer wüeste lac."

Dem Sänger selbst ward vom Faustrechte arg mitgespielt. Dieser (Ottokar) — anerkennt die Verdienste Otto's v. Liechtenstein und des Abtes Heinrich von Admont um Ruhe und Ordnung in dem arg zerrütteten Lande (p. 171 u. 212 z. B.)

[28]) Auch Meiller vermag in seiner trefflichen Abhandlung S. Szgsb. XXI. Bd. S. 137 ff. erst für die Zeit der höhern Ausbildung des Land- und Hoftaidings entschiedene Kriterien zu bieten. Ueber des letzteren Alter heißt es bei ihm S. 144: „Seine Wurzeln, seine Anfänge reichen noch über die Zeit der Habsburger hinaus" ....

[29]) Urk. v. 1279 22. Okt. s. Regg. „nobiles terrarum et officiales domini nostri."

[30]) Urk. v. 1256 s. Regg. „pluriumque magnatum Styriae praesentia."

des Gösser Tauschbriefes v. 1274 die ergiebigste Quelle. Zugleich entnehmen wir jedoch daraus, daß die Bezeichnung der einzelnen Kategorieen einer festen und scharfen Ausprägung entbehre. Es finden sich hier unterschieden: Heinrich von Pfannberg als „comes", „Graf" — sodann (2) „Herren" domini, (13) „Ministerialen" — ferner (20) „Ritter des Landes Steier und andere vornehme Ritterherren" (milites vero terrae Styriae et alii nobiles milites domini) — endlich (15) „adelige Knechte" (Clientes), von denen der Erste als „comes" de S. Petro bezeichnet wird; ein Ausdruck, der nicht beirren darf, da er in dieser Anwendung dem Titel miles nahekommt [31]). Die Kategorie „Freien" „liberi" wird hier vermißt, denn die Zahl der reichsunmittelbaren landsässigen Adeligen hatte sich frühzeitig derart verringert, daß wir im 12. Jahrhunderte eben nur 2 Geschlechter: die von Peckach, nachmals „Grafen" von Pfannberg und die von Sounek-Lemberg nachmals „Grafen von Cilli" als solche namhaft machen und urkundlich feststellen können [32]).

Die zwischen die Ministerialen und Ritter eingeschobenen Pfarrer (plebani) von Pöllau, Straßgang und merkwürdigerweise auch von dem außerländischen Napotenkirchen — sind eben nur gelegenheitliche Erscheinungen gleichwie die „Bürger" cives, ausgenommen etwa den Richter der Landeshauptstadt: Volkmar von Gräz [33]); ganz abgesehen von den „Bürgern aus Wien" (cives de Vienna), welche hier ganz unerwartet unter den Zeugen auftauchen.

Auffällig ist es, daß wir unter den zahlreichen Zeugen dieser Urkunde — bei Gelegenheit der Gösser Ständeversammlung ausgestellt — mit Ausnahme des Bi. Bernhard von Seckau keinem der andern steirischen Prälaten begegnen. Allerdings treten sie auch sonst nur ausnamsweise z. B. in der Urkunde von 1269 bei Gelegenheit eines gemeinen Taidings (placitum generale) als Zeugen auf [34]). Von einer regelmäßigen Vertretung der Prälatenschaft auf den Landtagen der Steiermark läßt sich noch immer nicht sprechen. Das Gleiche gilt von dem Bürgerstande. Grafen (Freie) — Herren — Ministerialen, Ritter — und adelige Knechte, welche Letzteren wohl der Ritterschaft noch nicht angehörten, aber durch Geburt und Vermögen zur Aufnahme in dieselbe fähig waren, sind die wesentlichen Elemente der Landesvertretung. Doch lag es in der Natur der Sache,

[31]) Vgl. Juvavia S. 570 §. 377.
[32]) Auf diese bedeutsame Erscheinung machte mich Prof. Tangl aufmerksam.
[33]) Vgl. Urk. v. 1270 s. Regg. s. nro. 18.
[34]) Urk. v. 1269 s. Regg. U. den Zeugen: der Bischof u. Probst v. Seckau, der Abt von Admont.

daß sich die hohe Geistlichkeit und der landesfürstliche Bürgerstand immer entschiedener die Wege hiezu bahnten.

Viererlei Würdenträger beginnen mit dieser Periode immer wichtiger für das ständische Leben zu werden: Der Landeshauptmann, der Landmarschall, der (oberste) Landrichter und der Landschreiber (capitaneus — marescalcus — judex — scriba terrae). Doch finden sich nicht immer diese vier Aemter gleichzeitig besetzt, oft versieht der Inhaber des Einen den Wirkungskreis der Andern und ein häufiger Personenwechsel erschwert die richtige Auffassung *).

---

*) Als erster Landeshauptmann wird gemeinhin (s. 1229) Reimbert v. Mueregg, Heinrich von Merin als erster Landschreiber und s. 1241 Ulrich v. Pfannberg als erster (?) bekannter Landrichter der Babenbergerzeit angenommen (s. Urk. v. 1243 Kraubater Landtaiding).

1245 tritt Ulrich v. Liechtenstein als herzogl. Landesverweser oder Statthalter „Landeshauptmann" auf; gleichzeitig der Böhme Witego als scriba terrae und Landrichter (in e. Urk. v. 1245; Muchar V, 186 —) neben dem Kanzler, Kämmerer, Mundschenk und Truchseß des Herzogs.

1246 ist Otto von Eberstein: „capitaneus et procurator sacri imperii per Austriam et Styriam"; um 1248 erscheint Witego als „scriba eiusdem imperii" (Muchar V, 206 f.), neben Mainhard von Görz dem „capitaneus" des deutschen Reiches (1249).

1253—4 Ainbold, sodann erscheinen nacheinander als Landeshauptleute:
Heinrich v. Pfannberg,
Hartnid v. Pettau,
Wülfing v. Stubenberg,
Bertold v. Stadek,
Wülfing v. Trennstein.

1254—1259 war Stefan v. Agram Statthalter — neben ihm Gottfried v. Marburg = judex provincialis —1260.

1255 finden wir neben dem genannten Landeshauptmanne (oder Statthalter) und Landrichter: Friedr. v. Pettau als Marschall vor.

1259—60 als Landeshauptmann: Heinrich v. Liechtenstein.

1260—2 „ Woko v. Rosenberg, ein Böhme.

1262—69 „ (Statthalter) Bruno Bi. v. Olmütz. (In seinen Diensten als „notarius": Helwig v. Thüringen, der Verfasser des Rationarium Styriae um 1267).

(1268 tritt als Landrichter der Ausländer Herbord v. Fullenstein auf).

a) **Landeshauptleute** v. 1270—1301:

1270) Burghard v. Klingenberg } ausländ. Statthalter.
1270—6) Milota v. Diedicz-Rosenberg }

1277 — Heinrich Abt v. Admont (urk. als Landeshauptmann und Stellvertreter des Kaisers bezeichnet).

(1278 wahrsch. Heinrich v. Pfannberg und Hartnid v. Pettau), doch finden sich auch der Seckauer Bi. Bernhard und Otto v. Liechtenstein als Verweser angeführt.

1279 Otto v. Liechtenstein (urk. als Landeshauptmann bez.)

Fragen wir nach den Landtagsorten, so begegnen uns für diesen Zeitraum abermals Gräz [35]) und Marburg in erster Linie, als solche, denen sich Judenburg und Leoben anreiht. Die Klöster Göß und Rein [36]) waren nur einmal gelegenheitliche Schauplätze außerordentlicher Ständeversammlungen.

Als Taidingsstätten gewahren wir die oben angeführten Vororte des Landes — außerdem noch Neumarkt, Feldkirchen, Kobenz und Kapfenberg [37]).

Es erübrigt nur noch von den Quellen der Landtagsgeschichte dieses Zeitraumes zu sprechen.

Die Reimchronik Ottokars ist in ihrem Werthe für die innere Landesgeschichte nicht hoch genug anzuschlagen. Denn sie führt uns mit seltener Ausführlichkeit und Frische in das wechselvolle Ständeleben der Steiermark ein.

Aber außer dieser Chronik finden wir keine zweite dieses Schlages vor, wenn wir von Johannes Victoriensis, und Unrest, den kärntnischen Chronisten des 14. und 15. Jahrhundertes absehen, da sie für den vorliegenden Zeitraum höchstens nur als Ausschreiber Ottokars Erwähnung verdienen. Ja selbst unsere

---

1285—1286 — (durch $1^1/_2$ Jahre) Cholo v. Seldenhofen.
1286—1292 Heinrich Abt v. Admont.
1292 Hartnid v. Stadek — Herzog Mainhard als Vicar in der Steiermark.
1301 Ulrich v. Walsee u. s. w. — jetzt tritt eine übersichtlichere Reihenfolge ein.

b) **Landrichter** v. 1270—1301:

Ulrich v. Liechtenstein u. 1272.
Dietrich v. Julen (Auslä.) u. 1274.
Heinrich v. Pfannberg u. Wulfing v. Stubenberg um 1278.
Otto von Liechtenstein um 1283 ff.

c) **Landschreiber** v. 1270—1301:

„Christof" — dann Conrad v. Himberg 1272.
Heinrich Abt v. Admont s. 1279 (?).

d) **Landmarschälle** v. 1270—1301.

1277 Hartnid v. Wildon.

NB. Diese Zusammenstellung beruht auf Cäsar, Muchar und urkundl. Angaben im Diplom. Styr. v. Frölich. Auch auf die hdschrr. steir. Chronik Univ. Bibl. nro 33/43 fo. wurde Rücksicht genommen.

[35]) Gräz: 1256, 1260, 1265, 1279, 1281 — Marburg: 1261, 1270; Judenburg: 1279, Leoben: 1253.
[36]) 1274 (Göß) 1276 (Rein).
[37]) Gräz: 1254, 1255 (2) 1262, 1268, 1269, 1275, 1283; Marburg 1254, 1262, 1281; Judenburg: 1265, Leoben: 1269, Neumarkt: 1249, Feldkirch: 1254, Kobenz, 1274, Kapfenberg 1278.

Reimchronik läßt uns nicht selten im Stiche, wenn wir Aufschlüsse über landtägliche Erscheinungen verlangen.

So sind wir denn abermals, in den zahlreichsten Fällen — an Urkunden gewiesen, die zumeist nur nebenläufige Angelegenheiten privater Natur darstellen und sich auf bloße datarische Andeutungen in der Richtung des Landesgerichts- und Landtagswesens beschränken.

Aber wir dürfen anderseits nicht verkennen, daß die Sonderung des Gerichts- und Landtagswesens immer bestimmter und schärfer geworden sei und Letzteres gerade in den drangvollen Zuständen des abgehandelten Zeitraumes seine entschiedene Kräftigung und Durchbildung gewonnen habe.

III. Periode.

1283—1440.

Von der Alleinbelehnung H. Albrechts I. v. Habsburg bis zur deutschen Königswahl H. Friedrichs V. von der ernestinischen Linie.

Wir stehen in dem Zeitraume der maßgebendsten Entwicklung landständischen und landtäglichen Wesens. Die habsburgische Herrschaft in den Donaualpenländern nimmt ihren wohlbegründeten und gesicherten Anfang — Steiermark bildet sich zum Hauptlande „Innerösterreichs“, insbesondere seit der entscheidenden Ländertheilung v. J. 1379 heran und Gräz wird seit 1410 der Hauptsitz einer habsburgischen Linie, die sich an Ernst den Eisernen knüpft und über die Lande Steiermark, Kärnten, Krain und die südlichen Marken gebietet.

Wenn wir jedoch die Armuth der Daten prüfen, denen wir v. J. 1300—1440 begegnen, so nimmt sie uns Angesichts eines so langen Zeitraumes billig Wunder, namentlich wenn wir damit die verhältnißmäßige Reichhaltigkeit von Aufzeichnungen aus den Jahren 1246—1283 in Vergleich bringen.

Nur die einleitende Periode von 1283—1298, die Zeit der herzoglichen Regierung Albrechts I. ist darin besser bestellt.

Die Erklärung jenes leidigen Uebelstandes scheint zunächst in der Ungunst der Zeiten zu liegen, in der Vernichtung, Verschleppung oder Verborgenhaltung der bezüglichen Urkunden; anderseits ist es die vorherrschende Gleichgiltigkeit der Chronisten gegen solche Aeußerungen landschaftlichen Lebens, die nicht den Charakter außerordentlicher Ereignisse zur Schau tragen. Aber diese Erklärungen sind durchaus nicht erschöpfend. Es ist noch etwas anderes hier in Rechnung zu bringen.

Zunächst müssen wir als leitenden Gedanken festhalten, daß die Landtage noch immer außerordentliche, von dem hergebrachten Bedürfnisse, oder der Noth des Augenblickes gebotene — keineswegs aber zeitlich geregelte oder periodische Versammlungen waren.

Steuer- und Kriegsbedürfnisse, Erbhuldigungen, Fragen der Gesetzgebung — bildeten die zeitweiligen Veranlassungen.

Bedenken wir nun, daß die Habsburger nicht nur Herren der Steiermark, sondern auch des Landes Oesterreich — ferner Kärntens, Krains und Tirols (s. 1335, 1363) waren und wurden, — daß auch die Vorlande ihre Thätigkeit in Anspruch nahmen, — so finden wir es begreiflich, daß sie trotz häufiger Anwesenheit in der Steiermark [38]), diesem Lande ihre landesfürstliche Thätigkeit in

---

[38]) Ich erlaube mir nach Lichnowski (Birk) und Muchar eine Uebersicht der wichtigsten beurkundeten Aufenthaltsorte s. die Zeit von 1308—1410 zu liefern, ohne jedoch ein nur irgendwie vollständiges Itinerar damit bieten zu wollen.

H. **Friedrich** (1308—1330) Gräz: 1308 Dez. 1309, 1314 Mz., Aug. 1316 Febr. Mai 1317 Juni 1318 Febr. Juni 1319 Jä.—Apr. 1320 Jä. Mai Aug. 1326, 1329 Jä. Juni Okt. Knittelfeld 1309 Apr. Judenburg 1314, 1316 Mai, 1318 Dez. 1320 März, Aug. 1321 Sept. 1327, — Marburg Febr. 1316 — Voitsberg 1316 Mai. Rottenmann 1317 — Bruck a. d. M. 1327.

H. **Albrecht II.** 1330—1357 (—1339 auch Otto): Gräz: 1331 Sept. Okt. 1334 Aug. Sept. 1335 Juli 1336 Jä. Juni 1338 Mz. Apr. Sept. 1339 Nov. Dez. 1345 Aug. 1350 Sept. 1355 Sept. Okt. 1356 Aug. Leoben 1336 Judenburg Juli 1338, 1342 Mai 1343 Juni. Marburg 1338 Sept. Bruck a. d. M. 1339 Febr. 1347 Febr. Radkersburg 1342 Juli.

H. **Rudolf IV.** 1358—1365: Gräz 1360 Frühj. 1361 Nov. 1363 März. Judenburg 1363 Jä. Admont 1361 Aug. Mürzzuschlag.

Albrecht III. u. Leopold III. — 1379: Gräz 1367 Febr. Juli (1369 Dez.) 1372 Aug. 1373 Juni 1374 März. Judenburg 1370 Nov. 1374 Juni.

Leopold III. 1379—1386: Leoben Nov. 1379, 1382 Aug. Okt. — Gräz 1380 Jä. Mz. Sept. 1381 Jä. Juli. 1383 Jä. 1385 Juli—Okt. Bruck 1380 Apr. Knittelfeld 1382 Okt.

Albrecht III. 1386—1395: Judenburg 1387 Dez. Leoben 1388 März, Gräz 1391 Juni, 1393 Jä., Bruck a. d. M. 1392 Dez.

Wilhelm d. Fr. 1395—1406 (Leopold IV., Ernst d. Eis.): Gräz 1399 Apr. Okt. Nov. 1401 Febr. Mz. Apr. 1402 Mai Juli Okt. 1403 Febr.—Aug. 1404 Mai—Okt. 1405 Jä. — Mürzzuschlag Febr. 1401. Bruck 1402 Sept. 1403 Sommer.

Ernst 1407—1410: Gräz 1407 Febr, Apr. 1408 Mai 1409 Mai, Nov. Rottenmann 1408 März. Bruck 1410 März.

NB. In dieses Verz. wurden nur jene Daten aufgenommen, die sich in den Regesten dieser Arbeit nicht einreihen ließen.

bewußter Richtung immer weniger ausschließlich widmen konnten und in den meisten Fällen nur einen sehr kurzen Aufenthalt nahmen.

Ein zweiter Umstand fällt hiebei noch mehr ins Gewicht.

Die Habsburger betrachteten die Landtage — wie dies in der Natur der Sache begründet war — als eine in Steuer und Kriegssachen nicht leicht zu umgehende, immerhin aber als eine Angelegenheit, welche das ständische Selbstgefühl, das Autonomieprinzip in Landessachen, dem monarchischen gegenüber in bedenklicher Weise nähre und kräftige.

Schon zum Beginne dieses Zeitraumes — in den Tagen H. Albrechts I. äußert sich der Grundsatz einer möglichst weitgehenden Vermeidung der Landtage in scharfer Ausprägung und stand mit dem je später desto deutlicher hervortretenden Bestreben der Habsburger in Verbindung: durch Einberufung ständischer Abgeordneten der verschiedenen Provinzen — an einem und demselben Orte — das Bewußtsein einer erbländischen Zusammengehörigkeit zu erzeugen. Von der Zeit an (1410—12), wo Steiermark das Hauptland der innerösterr. Ländergruppe wird, mußte ein solches Bestreben namentlich der genannten Provinz und ihrer Hauptstadt zu Gute kommen.

Jener Spärlichkeit der Quellenangaben — die, abgesehen von Ottokars Reimchronik und dem kärntnischen Historienschreiber Abt Joh. v. Victring, durchwegs [39]) auf Urkunden beschränkt bleiben, ferner den angedeuteten politischen Motiven haben wir es zuzuschreiben, daß wir für diesen Zeitraum von 157 Jahren nur 14 Landtage mit Sicherheit, 4 mit Wahrscheinlichkeit feststellen können, von denen 13 auf Gräz [40]), 2 auf Judenburg und je einer auf Leibnitz, Marburg und Bruck a. d. M. [41]) fallen.

Als eine außergewöhnliche mit den Landtagen nur beziehungsweise verwandte Erscheinung müssen wir z. B. die Obdacher (?) Einigung der steirischen und österreichischen Ritterschaft v. 5. Juni 1407 bezeichnen [42]).

Das Gerichtswesen der Steiermark scheidet sich nun strenger als früher vom landtäglichen, nichts destoweniger wurden auch jetzt die Taidinge in den Kreis der Regestendaten aufgenommen, um in

---

[39]) Ueber das Verhältniß des Victoriensis zu dem Pez'schen Anon. Leobiensis und dem eigentlichen Leobner Chronisten, dessen Edition bevorsteht s. Zahn's Abh. im 1. Hefte der Beitr. z. K. steir. G. 1864.

[40]) 1291, 1299, 1302, 1303, 1309, 1310, 1338, 1339, 1360, 1396, 1411, 1414, 1424.

[41]) 1302, 1304 — 1291 — 1327 — 1286.

[42]) s. d. Regg.

Uebereinstimmung mit dem früheren auch fortan diese zweite, wichtige Seite ständischen Lebens ins Licht zu stellen.

Leider bieten sich uns für den nunmehr entwickelten Gegensatz des Land- und Hoftaidinges keine ausgiebigen Urkundenbelege dar.

Das Landtaiding, oberste Landgericht oder Landrecht — wie es dann später heißt — zum Unterschiede von den „Landgerichten" in einzelnen Bezirken der Steiermark — blieb die herkömmliche gemeine oder offene Schranne für alle Güter und Besitz-Rechtsfälle der Landesangehörigen, mochten diese nun zu dem hohen oder niedern Adel zählen. Selbst der Bürgerstand gelangte in bestimmten Fällen vor die Schranken dieses Gerichtes, dessen Beisitzer Prälaten, Herren, Ritter (und Knechte) — waren [43]). Der Herzog oder seine Stellvertretung: der Landrichter „verkündigte und hielt offene Schranne" [44]) an wechselnden Orten — gemeinhin natürlich in den Hauptstädten. In allen Fällen jedoch, welche persönliche — nach Standesrecht (paritas curiae) zu entscheidende Angelegenheiten betrafen, gehörten wohl — nach Analogie der gleichzeitigen österreichischen und kärntnischen Zustände [45]) in dieser Richtung — nur Ritter und Knechte, — der niedere Landesadel, vor das Landtaiding — während das Hoftaiding den bevorrechteten Gerichtsstand für die „Herren" und die zu Hof und Land bediensteten Ministerialen des Herzogs — bildete.

Eine besondere mit dem Hoftaiding eng verbundene Gerichtssphäre bildet das Lehengericht, der Lehenshof, — dem ein vom Herzoge gesetzter Richter — meist wohl der Marschall vorsaß.

Als Landtaidingsstätten begegnen wir urkundlich: Gräz, Marburg, Zeiring, Feldkirchen (b. Gräz [46]) — die Landeshauptstadt erscheint auch als Ort der Abhaltung von Lehengerichten und Hoftaidingen.

---

[43]) s. die Urkk. v. 1269 und 1270 des vorhergehenden Zeitraumes u. A. m. das Gräzer und Marburger L. Taiding betreffend.

[44]) s. die Urkk. v. Nov. 1294 dd. Feldkirchen und die bezügliche Stelle des Reimchronisten Ottokar.

Im Kärntnischen Landrecht v. 1335 (s. w. o.) heißt das Landgericht — den andern „niedern gerichten" gegenüber das: „obriste gericht", die „schranne" schlechtweg, vor welche auch die „gräfen, die in dem Lande ze Chernden gesezzen sint recht .... tun sullen."

[45]) Die bezüglichen Aufschlüsse für Oesterreich bietet das bekannte „Landrecht" des 13. Jahrh. Arch. f. K. ö. G. X. und Meillers scharfe Erörterung im XXI. Bde. der Sitzungsberichte d. hist. S. d. Ak. d. W. — Für Kärnten das zu Gräz abgeschlossene Landrecht h. v. Ankershofen im 3. Jahrg. d. kä. Arch. 1856.

[46]) s. Urkk. v. 1283, 1287, 1333, 1337 — 1286 — 1294; 1299 — 1285 u. 1394.

Die Gliederung des Ständewesens nach Rang und Ehre zeigt in dieser Periode durchgängige Uebereinstimmung mit den diesfälligen Erscheinungen des vorhergehenden Zeitraumes.

Wenn Ottokars Reimchronik von „Herren und Dienstmannen“ als den beiden Grundelementen der ständischen Landesvertretung spricht, so müssen wir auf Grundlage des strengeren Eintheilungsgrundes, der uns in Urkunden begegnet, unter dem Ausdruck „Herrn“ die hochadeligen Großgrundbesitzer außer oder in landesfürstlichen Diensten: d. i. die sogenannten „Lant- und Dienst-Herrn“ verstehen, während als Dienstmannen: die niedern Ministerialen des Herzogs und die Vasallen der Großadeligen: das ist „Ritter und Knechte“ aufgefaßt werden müssen [47]). Die in ganz Inneröſterreich gang und gäbe Dreigliederung der weltlichen Stände in: Herren (Land- und Dienstherren), Ritter und Knechte findet sich in maßgebenden steirischen Urkunden dieses Zeitraumes (z. B. [48]) v. 1414 u. 1424) lateinisch als: ministeriales, milites und clientes deutsch als: Dienstmannen, Ritter und Knechte wiedergegeben, zum Beweise, daß man in solchen staatsrechtlichen Aktenstücken, wie die angeführten beiden Freiheitsbriefe, mit der Bezeichnung „ministeriales“, „Dienstmannen“ — den Begriff von Landständen mit Herrenrang oder den von erstberechtigten Unterthanen verband. In dieser Auffassung erscheint auch z. B. in einer Urkunde von 1339 der Gegensatz von „Dienstherrn vnd Landlewt“, wonach also in den letzteren Ausdruck die Ritter, Knechte zusammengefaßt werden müssen.

Die Landesprälaten: Bischof, Aebte und Pröbste bilden keinen besondern Landtagsstand, sondern dürften nur in der Eigenschaft als Vertreter von Körperschaften mit großem Grundbesitz — d. h. als „Landherren“ Sitz und Stimme in den Ständeversammlungen haben.

IV. Periode.

1440—1493.

Die Tage K. Friedrichs III. (IV.)

Nicht leicht dürften wir in einem andern Zeitraume der steirischen Geschichte ein regeres politisches Leben gewahren als in

---

[47]) Vgl. d. kärntn. Landrecht v. 1335 — welches a. a. O. (S. 53—55) auch von „lantherrn (dienstherrn) rittern und knechten“ spricht; desgl. die krainer. Landhandveste A. v. 1687: Dienstleuth (Ministerialen-Landstände) Herren, Ritter und Khnecht.

[48]) s. Regg.

diesem. Gerade die Zusammenstellung der auf das Landtagswesen bezüglichen Quellen benimmt uns den Wahn: die Steiermark hätte sich durchaus glücklicherer Tage zu erfreuen gehabt als das nachbarliche Schwesterland Oesterreich unter der vormundschaftlichen, getheilten und alleinigen Regierung Friedrichs des „Friedfertigen.“

Bis zum Jahre 1468 scheint dies wohl der Fall zu sein, aber von da an, wo innere Fehden und äußere Feinde, Ungarn und Türken das Land entsetzlich mitnahmen, gilt die Behauptung in keiner Weise und selbst in den Tagen der Jahre 1440—1462 wechseln Kriegsplagen mit faulen Friedensschlüßen, wenn wir die ungarische Einfälle nach Südsteier zur Zeit der Cillier (—1456), deren Fehden mit dem Kaiser, endlich den Streit um die reiche Hinterlassenschaft dieses Hauses nicht absichtlich übersehen wollen.

Es ist eine auffällige Ironie der Geschichte, daß der langlebige habsburgische Kaiser, als der größte Verehrer des Friedens, in unausgesetzte Kriege und Fehden verwickelt blieb, daß er — der abgesagteste Feind von Landtagen oder Ständeversammlungen — derselben fast kein Jahr entbehren, ja zusehen mußte, wie von Seiten der aufgeregten, unzufriedenen „Landleute“ d. i. der Landstände Zusammenkünfte veranstaltet wurden, deren ganze Haltung angesichts der landesfürstlichen Ohnmacht nur allzu herausfordernd erscheint.

Fürwahr K. Friedrichs bekannte Maxime: „Ain yeder Fürst der da regieren wil gewaltigleich nach seinem nucz und gevallen, der huet sich vor pesammung der lanndschaft und nobilium“ [49]) sollte nur ein frommer Wunsch, ein wohlgemeinter Rath für seine Nachfolger bleiben.

Die Quellen zur Geschichte des Landtagswesens dieser Epoche strömen ungleich ergiebiger als in den frühern Zeiträumen.

Wir befinden uns in einer Periode, wo wir zum erstenmale umfassend stylisirten Landtagsabschieden — also förmlichen Landtagsakten begegnen.

Leider bieten uns die bisherigen Veröffentlichungen in den Chmels [50]) und Muchars [51]) nur eine geringe Ausbeute.

Aber die neuen in diesem Versuche benützten handschriftlichen Funde lassen hoffen, daß noch Vieles in dieser Richtung ans Tageslicht treten könne.

[49]) s. Chmels Monographie: Gesch. K. Friedrichs u. s. So. Max. I. Band, Anhang — aus den tagebücherlichen Aufzeichnungen des Regenten.

[50]) Die Regg. u. Materialien enthalten äußerst wenig, die Monum. habsb. I. 1. nur einen ausführlicheren Landtagsakt z. J. 1468 (nicht 1478).

[51]) Gesch. des H. Steierm. Bd. 7 (1373—1457) der Handschrr. 8. Bd. bietet nur 1—2 unbekannte Daten.

Am überraschendsten war die Ausbeute in einem „Formelbuche" der kön. Bibliothek zu Dresden [52]) für die Zeiten von 1462—1469; nicht minder lohnend auch der Einblick in die Seckauer und Stubenberger Urkunden des 15. Jahrhundertes, im hiesigen Joanneumsarchive.

Was die Chroniken betrifft, so besitzen wir an Unrest's Chron. Austriae eine treffliche Quelle für die landtäglichen Wechselbeziehungen zwischen Kärnten — Krain und Steiermark.

Auch Ebendorfer von Haselbach und Aeneas Silvius liefern hin und wieder schätzbare Andeutungen.

In Bezug des innern Wesens der Landtage haben wir namentlich eine Erscheinung hervorzuheben — die vereinigten Ständetage oder Generallandtage der Steirer, Kärntner und Krainer.

Seit 1410, wo die Steiermark das Hauptland, der vorzugsweise Herrscherſitz einer besondern habsburgischen Linie wurde, der Inneröſterreich zugefallen, lag das Bedürfniß den Erneſtinern nahe, die Stände der drei Lande zu gemeinsamen Berathungen auf steirischem oder kärntnischem Boden zu vereinigen — und diesem Bedürfniß kam die entsprechende Einsicht der Lande selbst entgegen. Ja wir finden, daß die Steirer und ihre Nachbarn solche vereinigte Landtage viel öfter wünschten und aus eigenem Antriebe herbeiführten als dies dem Kaiser lieb war. Denn solche Generallandtage vermochten einen weit entschiedenern Druck auf die landesfürstliche Politik auszuüben, als dies bei den Ständeversammlungen der einzelnen Länder möglich war. Es versteht sich indeß von selbst, daß wir die Letzteren als Regel, die Ersteren als zeitweilige Ausnamen betrachten müssen.

Als Oertlichkeiten, wo Generallandtage abgehalten wurden, verzeichnen die Urkunden für Steiermark: Gräz, Leibnitz, Voitsberg; — für Kärnten: Völkermarkt, Friesach, St. Veit [53]).

Steirische Ständeversammlungen fanden in diesem Zeitraume zu: Gräz [54]), Marburg [55]), Judenburg [56]) und Rottenmann [57]) statt.

Eine besondere Erwähnung verdienen der Judenburger und

---

[52]) Vgl. d. Beitr. z. K. st. G. I. S. 10, nunmehr in Abschr. im Joa. Arch.

[53]) Urkk. v. 1476, 1478 — 1462 — 1469; — 1453, 1470 — 1470 — 1470.

[54]) 1443, 1445, 1447, 1448, 1451, 1452, 1453, 1455, 1455, 1457, 1458, 1461, 1468, 1470, 1471 (?), 1476 (?), 1490, 1491.

[55]) 1461 (?), 1462.

[56]) 1469, 1474.

[57]) 1485.

Rottenmanner Landtag von 1469 und 1485 — denn sie waren ausschließlich Berathungen der obersteirischen „Landleut."

In dem gesammten Landtagswesen dieser Periode gewahren wir überdies schon den Uebergang zu den Ausschußlandtagen des nächsten Zeitraumes. Es äußert sich dies in der Beschickung von Ständeversammlungen, die außerhalb der Steiermark — in Kärnten abgehalten wurden.

Die Akten des Judenburger Landtages von 1469 belehren uns ferner, daß man die besondern ständischen Geschäfte, zum Beispiel das der Steuereinnahme und Geldverwahrung — eigens gewählten Vertrauenspersonen, den „Verordneten", überwies.

Das gemeine Landtaiding, oder oberste Landgericht, dem nun als „Landrecht" oder „Landschranne" der feste Sitz zu Gräz angewiesen erscheint — wird unter Vorsitz des Landesfürsten oder des obersten Landrichters — manchmal wohl auch des „Verwesers", des Marschalls oder eines kaiserlichen Bevollmächtigten — von „Räthen" und „Landleuten" d. i. Ständen, gebildet [58]).

Die gänzliche Befreiung oder Exemtion von dem Gerichtsbanne des Landrechtes muß als besondere Auszeichnung oder Privilegisirung angesehen werden [59]). Auch das Recht sich vor der Landschranne durch einen Bevollmächtigten vertreten lassen zu dürfen, gehörte in den Kreis persönlicher Begünstigungen [60]).

Der Umstand, daß wir als Beisitzer des Hoftaidings: Prälaten, Grafen, Ritter und Knechte gewahren [61]) — muß uns

---

[58]) s. z. B. die Urk. v. J. 1478.

[59]) s. Birk Arch. f. K. ö. G. 10. Bd. S. 213 nro 250. Urk. K. Friedrichs v. 16. Mai. Wien.

K. Friedrich erweiset „Katherinen weilent graf Vlrichs von Cilli wittiben die sunnder gnad, das sy hinfür ir lebtag nicht schuldig sein soll sich vor unnsern haubtleuten vnserrn oder irn verwesern noch in vnnsern lantschrannen zu Greez in Steier, zu sannd Veit in Kernnden, ze Laibach in Krain in der Metling noch in chhainer anndern vnnsern lantschrann (hiemit sind die Landgerichte in einzelnen Landbezirken gemeint) ze antwurten oder zureht zu steen; sunder wer zu ir sprechen biette oder ze sprechen gewunne, daz sy darumb für vns oder vnser erben, als landsfursten geladen werde, vnd sich daselbs oder vor vnsern gesaczten rihtern in vnnserm hof (Hoftaiding) verantwurt."

Eine gleiche Freiheit wurde dem Witowec „vnnserm Rath und Ban in windischen Landen" (10. Nov. ebd. S. 227—8 nro 354) und dem Fh. Ungnad (1463 9. März ebd. S. 307 nro 649) zu Theil.

[60]) So verleiht K. Friedrich i. e. Urk. v. 30. Jä. 1459 Gräz: dem Abte Johann zu St. Lambrecht die Begünstigung: sich nöthigen Falles in der Landschranne zu Gräz durch einen geistlichen oder weltlichen Anwalt vertreten zu lassen. (Birk a. a. O. S. 221 nro 307).

[61]) s. Urk. v. 1455, weitere Regg. Belege f. d. Hoftaiding v. 1442, 1444, 1461.

die Ueberzeugung beibringen, der landesfürstliche Gerichtshof sei nunmehr die ordnungsmäßige Schranne für alle Standesangelegenheiten der geistlichen und weltlichen Landherren wie auch des gesammten niedern Adels geworden. Das Hoftaiding gestaltet sich so zum Gerichtshofe der privilegirten Stände in allen Angelegenheiten, die Person und Ehre betreffen, während das Landtaiding die offene Schranne für die „gemeine Landschaft" — in allen Güter- und Besitzfragen bleibt. — Zwischen dem „Land-" und „Hofrecht" steht das Lehensgericht (Lehensrecht, Lehenshof) — während die „peinliche" oder Strafgerichtsbarkeit — der niedere und höhere „Blutbann" zwischen die Land- (und Bann)gerichte [62]) auf der einen, die Stadtgerichte auf der andern Seite getheilt blieb. Die erstgenannten waren zunächst landesfürstlichen Charakters; doch bestanden schon in dieser Periode nicht wenige Landgerichte grundherrlicher Natur auf Grundlage von Freiheitsbriefen, die wir somit als „privilegirte Landgerichte" auffassen müssen [63]).

Die Gliederung der „Stände" in: „Prälaten, Grafen, Herren, Ritter und Knechte" zeigt uns die geistlichen Herren bereits als eine der Landesvertretung regelmäßig beigezählte Körperschaft — und zwar in der ersten Reihe derselben, wie sich dies nach hergebrachtem Grundsatze von selbst verstand [64]).

---

[62]) Die Banngerichte scheinen erst unter K. Maximilian um 1510 geschaffen. Vgl. Gräff: Verf. e. Gesch. der Crim. Gesetzg. S. 126 ff. bes. 127.

[63]) Vgl. Gräff S. 87 ff.

[64]) Der Verf. hält es für zweckdienlich, das wichtige und vollständige Verzeichniß der steirischen Stände theilweise und in gedrängter Kürze wiederzugeben, wie es uns das kaiserliche Ausschreiben von 1446 (s. d. Regg. Ausz.) vor Augen stellt — und gelegenheitliche Vergleichungen mit den Zeugenkategorien vorzunehmen, die uns die für das 13. Jahrhundert in dieser Beziehung reichhaltigste Urkunde von 1274 (bei Gelegenheit der Gösser Ständeversammlung ausgestellt s. Regg. u. Ausz.) darbietet.

I. Als Prälaten vermerkt (die in dem Lande gesessen sind):

1. Bi. von Seckau (erschien auch 1274). 2. Abt zu St. Lambrecht. 3. Abt zu Admont. 4. Abt zu Neuberg. 5. Abt zu Rein. 6. Abt zu Oberburg. 7. Probst zu Seckau. 8. Probst zu Voran. 9. Prior zu Geirach. 10. Prior zu Seiz. 11. Commandeur (des deutschen Ordens) zu Gräz. 12. Commandeur zu Groß-Sonntag und Friedau. 13. Commandeur (des Johanniter Ordens) zu Fürstenfeld. 14. Johanniter zu Melling bei Marburg. 15. Aebtissin von Göß. 16. Aebtissin zu Judenburg. 17. Priorin zu Gräz. 18. Priorin zu Marenberg. 19. Priorin von Studenitz.

II. Als Prälaten vermerkt „so Güter im Land haben und darin nicht gesessen seind."

1. Bi. zu Salzburg. 2. Bi. von Freising. 3. Bi. von Gurk. 4. Bi. von Chiemsee. 5. Bi. von Lavant. 6. Abt zur h. Dreifaltigkeit in der Neustadt.

Eben so regelmäßig erscheinen aber auch die landesfürstlichen „Stett vnd Merkt" auf den Landtagen vertreten [65]). Sie bilden mit dem früheren zusammen die „gemain landtschaft vnd nachpaurschaft", wobei an bäuerliche Vertretung allerdings nicht zu denken ist [66]).

V. Periode.

1493—1522.

Von der Regierung Maximilians I. bis zur Erbhuldigung E. Ferdinand I..

Die Herrschertage Maximilians I. und die Vorbereitungszeit der spanischen und deutschhabsburgischen Ländertheilung seiner beiden Enkel, können mit Recht als neue Entwicklungsphase des steirischen Landtagswesens betrachtet werden.

Dem ausgebildeteren Centralisationsprinzip der Verwaltung entsprechend, treten die Einzellandtage an Bedeutung hinter die

---

7. Abt von Formbach. 8. Abt zu St. Peter zu Salzburg. 9. Abt zu Garsten. 10. Probst und Chorherren zu St. Stephan in Wien. 11. Probst zu Suben. 12. Probst zu Spital am Pyhrn. 13. Prior zu Gaming. 14. Aebtissin zu Traunkirchen.

Grafen: 1. Graf Friedrich, 2. Graf Ulrich von Cilli (1436). 3. Graf Herrmann, 4. Graf Hans von Montfort. (Pfannberg — Montfort erscheint auch 1274 als [einziger] Graf „comes").

Herren (mit Weglassung der Taufnamen): 1. Liechtenstein-Murau (1274). 2. Stubenberg (2) (1274: erscheint neben dem Liechtensteiner als dominus; Otto der jüngere [junior] von Liechtenstein als ministerialis). 3. Neuberg (Neiperg) (2) — Bärneck (3) (1274 „ministerialis") — Pollheim — Truchseß von Emerberg — Wildhaus (im Ganzen 11 auf 7 Familien).

Ritter und Knechte im Ganzen 236 + 18 = 254 angeführt. Von allen findet sich nur der Name „Friedberger" und „Krottendorfer" in der Urk. v. 1274 unter den „milites Styriae et alii nobiles milites domini" vor, deren hier (1274) an die 20 angeführt werden Man sieht, daß ganz neue Edelgeschlechter die Stelle der erloschenen einnahmen und daß wir gerade im 14. 15. Jahrhunderte die Bildungszeit eines neuen Adels annehmen dürfen. Mit der Nobilitirung wurden die Landesfürsten immer freigebiger — und namentlich scheint dieß seit Rudolf IV. der Fall gewesen zu sein. Man schreibt ihm auch die durchgreifende Einführung des Titels „Herr von —" zu. (Vgl. Cäsar St. u. K. Gesch. d. Stmk. V. z. J. 1364 nach Rich. Streun).

[65]) So spricht z. B. Aen. Sylvius hist. Frid. z. J. 1457 von einem (steirischen) „concilium Praelatorum et baronum et civitatum."

[66]) s. d. Akten des Judenb. Landt. v. 1469 — „die erwirdigen preleten adel, stett, mercht, gemain Landtschafft und nachpaurschafft."

vereinigten entschieden zurück. Aber nicht mehr sind es Steiermark, Kärnten und Krain allein, die in solche Gemeinberathungen zusammentreten, es sind sämmtliche „niederösterreichische Länder": eine neue administrative Benennung, welche Steiermark, Kärnten und Krain, Oesterreich o. u. u. d. Enns im Gegensatze zu den „oberösterreichischen" (Tirol — Vorarlberg) und „vorderösterreichischen Landen" (in Elsaß, Schwaben und Schweiz) umfaßt. Ja die Innsbrucker Verhandlungen vom Jahre 1518 zeigen uns sämmtliche deutsche Habsburgerlande in den drei Gruppen vertreten.

Unter solchen Umständen treten nunmehr die vereinigten Ausschußlandtage in den Vordergrund und ihre Akten wachsen an Umfang, da selbe die Instruktionen der Ausschüsse, ihre und der kaiserlichen Kommissäre Beglaubigungsschreiben, die „Werbungen" oder „Begehren" der Stände an den Herrscher, die Landtagsverhandlungen („Handlungen") selbst und endlich die maßgebenden Beschlüsse oder „Abschiede" in sich fassen, welche sich wieder theils auf alle, theils auf einzelne Provinzen beziehen.

Sie gewinnen Form und Umfang ganzer „Libelle" — wie denn auch dieser Name für sie maßgebend wird und für die Erhaltung der wichtigsten unter ihnen, des Augsburger und Innsbrucker sorgt schon der gleichzeitige Druck, oder die Aufnahme in die bald darauf gedruckten „Landhandvesten" [67]).

Im Ganzen bieten sich an Landtagshandlungen, theils in vollständigen Akten, theils in bruchstückweisen Aufzeichnungen, theils endlich in bloßen urkundlichen Spuren beiläufig 18 dar, von denen 10 als steirische, 8 als vereinigte sich kennzeichnen. Die Ersteren fallen in Ansehung des Ortes der Abhaltung durchwegs der Landeshauptstadt zu [68]), während die Letzteren zu Gräz, Marburg (innerösterreichische Generallandtage [69]), Mürzzuschlag, Bruck a. d. M., sodann in Wiener-Neustadt, Salzburg, Augsburg und Wels-Innsbruck (als Ausschußtage der 5 niederösterreichischen Lande) abgehalten wurden [70]).

Was nun die Quellen der Geschichte des Landtagswesens in diesem Zeitraume betrifft, so boten zunächst die Landhandveste der Steiermark, die von Zeibig veröffentlichten Verhandlungen des Innsbrucker Ausschußlandtages, Valvassors „Ehre des Herzogthums Krain", die Aktenstücke in Chmels habsburgischem Archiv und die

---

[67]) Die steir. Landhandveste enthält beide Libelle; in der Aufl. v. 1842 pag. 27—45 u. 45—57. Das Mürzzuschlager v. 1508 fehlt, da es wohl nur den Charakter vorläufiger Beschlüsse trug

[68]) 1499 (?), 1501, 1505 (?), 1506, 1509, 1516, 1519, 1520, 1521.

[69]) 1515 — 1494—5.

[70]) 1508 — 1520 — 1515 — 1508 — 1510 — 1517—18.

Selbstbiographie des Frh. Sigmund von Herberstein; endlich das Erbhuldigungslibell v. 1521 gedrucktes Material.

Die handschr. Rottenmanner Chronik, die Stubenberger Urkk. im hiesigen Joanneumsarchive, das Manuskript des VIII. Bandes der Geschichte von Muchar lieferten vereinzelte Daten. Einen sehr werthvollen Beitrag, den Marburger Landtagsakt v. 1495 verdankt der Verf. der Mittheilung Prof. Dr. Bidermanns.

Das Gerichtswesen und die besondern Ständeverhältnisse zeigen in dieser Periode keine wesentlich neue Erscheinung.

So wäre denn raschen Schrittes der Raum von nahezu 400 Jahren durchmessen und die Entwicklungsgeschichte des steirischen Landtags-, Stände- und Gerichtswesens in den äußersten Umrissen versuchsweise gezeichnet.

Was der Verfasser bieten wollte — sind allgemeine Erörterungen auf quellenmäßiger Grundlage, einleitende Uebersichten zu den folgenden Regesten und Auszügen und zugleich Ergebnisse aus deren Bearbeitung, Sichtung und Zusammenstellung genommen.

Der Verfasser täuscht sich keinen Augenblick über die Unzulänglichkeit dieses Versuches, aber er darf ihn angesichts seines Strebens und der ganzen Natur der Arbeit einen gewissenhaften, einen bahnbrechenden nennen, der in den „Beiträgen für Kunde steirischer Geschichtsquellen" die Bedeutung einer wichtigen Seite derselben nachweisen soll.

Es erübrigt nur noch, ein Paar Worte über die Behandlung der nachstehenden Regesten und Auszüge zu sprechen, um das hiebei beobachtete Verfahren zu rechtfertigen.

Der größeren Uebersichtlichkeit und des Raumersparnisses willen wurden die sichergestellten Daten und wesentlichen Angaben von den zweifelhaften und nebenläufigen durch den Druck unterschieden.

Die für die Kenntniß des Ständewesens durchaus wichtigen Zeugenangaben der bezüglichen Urkunden finden sich für den ältesten Zeitraum aus triftigen Gründen möglichst ausführlich und diplomatisch getreu wiedergegeben; ein Verfahren, dessen Nothwendigkeit angesichts des eigentlichen Zweckes für die spätere Zeit wegfiel. Hier beschränkte sich der Verf. auf die Hervorhebung der wichtigsten Zeugennamen.

Die Auszüge wechseln mit den bloßen Regesten nach Maßgabe des Stoffes und seiner Wichtigkeit und gestalten sich in Bezug des letztern Umstandes bald kürzer, bald ausführlicher, was namentlich bei den handschriftlichen Funden selbstverständlich der Fall sein mußte.

Abdrücke im Ganzen konnten in Ansehung des Zweckes dieser

Arbeit und im Hinblicke auf eine künftige Herausgabe der Landtagsquellen selbst hier nicht Platz greifen.

So möge denn dieser Versuch Freunde finden und dem Unternehmen wackere Mitarbeiter gewinnen!

II.

Regesten und Auszüge zur Geschichte des Landtagswesens der Steiermark v. 1160—1522.

I. Periode.

1160—1246.

Von den Tagen der Alleinherrschaft der Traungauer über die gesammte Steiermark bis zum Aussterben der Babenberger.

A. Traungauer Zeit 1160—1192 v. Ottokar V. (VII.) — zum Tode Ottokars VI. (VIII.)

1. c. 1160 5. Jänner, Hartberg.

Mkgf. Ottokar V. (VII.) von Steier hält hier ein placitum oder Taiding ab,

bei welchem die Streitsache des Kl. Formbach (in der Püttner Mark) mit Ulrich von Enzenbach, einem Dienstmannen des Gfn. Elbert v. Pütten († 1158 der letzte s. Stammes) zur Entscheidung gelangt.

Codex tradit. monast. Formbac. in den Monum. boicis IV. 71 f. Urkundenbuch des Landes ob d. E. I. 677 nro 171 u. 708 nro 259.

Hauptstelle: „et hoc delegatione confirmavit in placito Marchionis de Styre habito in Hartperge in vigilia Epiphaniae."

„H. v. t. f. Marchio de Styre, Luitoldus de Gutenperge, Amelbertus de Lochusen, Erchengerus de Nitperge, Oudalricus de Chraneperch, Chalhoch de Sewensteine, Rapoto de Pucten, Gerhardus de eodem loco (offenbar Ministerialen der Püttner Grafen), Wulvinch junior de Stubenperch, Durinch de Emerberch, Offo de Tovffenbach, Heinricus et Albero de Dunckenstainc, Poppo de Clame, Oudalricus de Sciltgreben, Ortolfus de Tolet et al. q. pl."

2. 1166 18. Sept., Hartberg.

Urkunde Kunigundens, Witwe Mkgfn. Ottokars V. (VII.), ausgestellt in einer Versammlung von Ministerialen und eigenen Leuten.

Hauptstelle: „Additi sunt postmodum in negotii huius testimonium coram nobis in foro Hartperch de hominibus et ministerialibus nostris: Heinreich Brys (Fröhlich vermuthet Brüschenk), Erchembert de Mosebach, Gotiscalc de Newtperch, Otto de Stubenberch cum filio suo

Wulfingo, Wilfinc de Chapfenberch, Gundacher de Styra, Ortolf de Waltensteine, Otto de Volckenstorf, Albero de Dunkenstaine, Ortolf et Otto de Griezkirchen, Albrecht de Eppenstain, Otto de Vurte cum filio suo Ottone, Ebo et Otto de Heimbnrch, Luitold de Rottengrube, Meginhard de Huttendorf cum al. q. pl. Anno ab incarn. Dmni MCLXVI dec. quarto Kal. Octob."

Aus der Urkunde geht gleichfalls hervor, daß vor dieser Ministerialenversammlung zu Hartberg eine andere zu Fischau (Püttner Mark) stattgefunden habe: „Emptio autem ista facta est a quodam Eberhardo monetario, dispensatore nostro aliquando et ab uxore sua Trnta, coram ministerialibus et forensibus nostris in foro Viscah sub Bnlduino dispensatore nostro, ubi testes asciti sunt: Durinch de Starchenberch, cum filiis suis Perchto(ldo) et Udalrico, Isinger de Muettenstorff, Dnrinch de Staine, Tyemo et Perchtold de Rotengrube, Ingram de Willendorf, Heinrich Zilla, Eberman de Salchenowe, Diepold, Uschalch, Marchwart, Amelreich de Vischah, Heimo de Vienna, cacterique qnam plnres ejusdem civitatis homines."

Diplom. Styr. I. 154—6.

3. 1172 16. Mai, Gräz.

Urk. Mkgf. Ottokars VI. (VIII.), wonach aus der ansehnlichen Zahl von Zeugen und dem Ausstellungsorte auf eine Ministerialenversammlung geschlossen werden kann.

„Testes adhibiti: Luitold de Waltstain, Popo de Peccah, Chunrad de Chindeberch, Otto et Wilfingus fratres (ejus vel a „Stubenberg" ergänzt Fröhlich, was auch Muchar annimmt), Otto de Wartenberch, Gundaker de Steinbach (Fröhlich vermuthet Steinach), Ludwig de Glanegge, Dietmar de Liechtenstain, Hermann et Chuno de Chremis, Ortolf de Waltenstaine, Gerold de Marine, Walther de Luaach (Muchar richtig: Lanach), Wilehalm et Egino de Branich, Heinrich et Chunrad de Owenstein, Rndolf de Endinberch, Rudolf de Peccah ct al. q. pl. . . . . . die dec. sept. Kal. Junii in foro Graece Imperante Friderico Augusto feliciter. Amen."

Urk. in Dipl. Styr. I. 159—60. Muchar IV. 482—3.

4. 1173 18. März, Leoben.

„Herzog" Ottokars VI. Urkunde, worin einer Berathung mit den Edeln des Landes gedacht wird.

Hauptstelle: „habito procerum nostrorum sano consilio." In monimentum hujus facti hi testes a nobis auricnlariter sunt attracti (altbairischer Rechtsgebrauch) videlicet: Leutoldus de Waltstain, Chunradus de Dornberch, Popo de Pecah, Otto de Stubenberch, Wulfingus de Chapfenberg, Albero de Dunckenstaine, Dietmarus de Hohenstein, Dietmarus de Liechtenstein, Wernhardus de Glichenveld, Otto Sun, Fridericus de Mierstorff, Rudolfus de Rase, Hermannus dc Volckenburg, Ortolfus et Ortliebus de Utse, Wigandus de Camera, Heinricus de Pranck, Waltmannus de Endinberg, Heinricns de Owenstein, Wielandns, Hartwicus, Sighardus, Wolfkerus de Leuben, Gerungus de Wolmuetstorff et alii.

Actum . . . . die dom. XV. Kal. Apr. in foro Leuben . . . ."

Diplom. Styr. I. 160—2. Fröhlich macht aufmerksam, daß sich Ottokar schon 1173 — in dieser Urk. „dux Styriae" schreibt. Muchar IV. S. 484.

5. 1174 17. Febr., Gräz.

Urk. des „Markgrafen" Ottokars VI., worin einer gleichzeitigen Berathung mit seinen Getreuen und Ministerialen die Rede ist.

Hauptstelle: „quod nos consilio fidelium et ministorialium nostrorum .... cum testibus subnotatis, quorum nomina sunt haec: Chunradus Maguntinus archiepiscopus, Chunradus de Amcinpach, Otto de Stubenberch, Wulfingus de Chaphenberch, Dietmarus et Ottocharus de Graze, Hartwicus et Ludwicus de Glanekke, Reimbertus de Murekke, Albertus de Eppenstain, Lantfridus de Ramenstain, Rapoto de Puten cum al. compl."

„A. in foro Graece in ecclesia Sti. Egidii ..... dec. tertia Kal. Martii."

Dipl. St. I. 162—5. Muchar IV. 486—8.

6. 1177 Judenburg.

Urkundlich verbürgte Anwesenheit Mkgf. Ottokars in Gesellschaft der Ministerialen: Wilhelm Graf von Heunburg, Rudolf von Trennstein, Wulfing von Kapfenberg, Ulrich von Stubenberg, Hartnid von Ort, Herrand von Wildon, Otto von Offenberg, Dietmar von Liechtenstein, Rudolf v. Rosegg. Eine Versammlung von Landesedlen ist wahrscheinlich.

In der Urkunde wird unter Anderm ausgesprochen: „cum hereditales successores ad gubernandum principatum nostrum abesse nobis, proh dolor! videmus."

Die Urk. im deu. Ausz. b. Muchar IV. 494.

7. 1180 E. o. A. 1181 Marburg.

Herzog Ottokar VIII. in allgemeiner Gerichtsversammlung.

Entscheidung des Rechtsstreites zwischen seinem Kämmerer Wulfing (von Stubenberg?) mit dem Stifte Admont über das Gut Alboldisfeld.

Die Streitverhältnisse untersuchten eingeborne, beeidete Männer: Konrad, Heinrich der Schaffner, Laurenz, Hirzman, Aueran, Zwilk. Als Urtheilshelfer waren bestellt: Herrand von Wildon, Richer von Marburg, Ortolf von Gonowitz, Otacher von Gräz, Erchenger von Landsee, Otto von Leibnitz, Dietmar von Liechteustein.

Urk. im deu. Ausz. b. Muchar IV. 500.

8. 1181 fand eine Zusammenkumft der steirischen und österreichischen Herzoge Ottokar VI. und Leopold V. vor der gemeinsam angestrebten Fahrt nach dem gelobten Lande statt. Eine Schenkungsurkunde für Steiergarsten b. Cäsar Ann. I. 774—775 abgedr. b. Muchar IV. 501 im deu. Ausz. von beiden Herzogen besiegelt, verbürgt dies. Unter den 11 namentlich angeführten Zeugen erscheinen vertreten: Herrand von Wildon, Richher von Marburg, Walcher von Bärnek, Friedrich von Pettau, Erchinger von Landsee neben Erchenger von Hagenau, Dietrich von Hohenstauffen, Arnold von Wartenberg, Gerunch von Stutarn.

9. 1182 29. Nov., Gräz (vor der St. Egidy-Kirche).

Schenkungsurkunde Herz. Ottokars VI. für Seckau. Aus der großen Zeugenzahl geht unzweifelhaft eine Ministerialenversammlung oder ein Taiding hervor.

„Otto de Chungesperch, Heinrich de Scharphenberch, Amelbrecht de Lochuse, Popo de Albekke, Rudolf de Flaze, Heinrich de Truhsen, Herrand Reicher (Fröhlich: videtur deesse particula copulativa — Muchar: Herrand und Reicher) de Wildonia, Albertus Heinrich (et fehlt dazwischen) de Dunckenstein, Wilfing de Stubenberch, Otto et Ortolf de Graeze, Chunrad et Rudolf de Chindeberch, Silbung de Varin, Dietmar et Vlrich de Puttinowe, Lantfrid de Eppenstain, Rapoto de Putina (die letztern 3 Namen haben nichts mit den ausgestorbenen Dynasten-Geschlechtern von Pütten und Eppenstein zu schaffen, es sind Namen von Ministerialen), Heinrich de Schwarzah, Gerhart de Chrumbach, Chalhoch de Scratenstein, Otto Sun de Vustrice, Hartnid de Rabe, Albertus de Grimestein, Ludwich de Slierbach, Sifrid de Chranichberch, Dietrich de Giscowe, Heinrich de Pranie, Wigand de Massimberch, Pabo de Hohenstôfe, Chûnrad de Pranck, Durinc de Vustrize, Durinc de Emerberch, Albertus de Lochuse et alii multo plures, qui viderunt et audierunt.

Actum anno ab incarn. dom. milles. centes. octoges. secundo Ind. XV. tertio Kal. Decembr. Luna XXX. Decemnovem V. in vigilia S. Andreae Apostoli fer. II. ante Ecclesiam S. Egidii, hora diei tertia, foro Graece, feliciter Amen."

Diplom. St. I. 166—168; Muchar IV. 504—5 im deu. Ausz.

10. 1182 o. Mon. dat. Radkersburg (vor der Kirche).

Schenkungsurkunde H. Ottokars VI., die eine Ministerialenversammlung, ein Taiding sehr wahrscheinlich macht.

„.... coram me ante ecclesiam Rachersburg multis presentibus est lectum.....

Huius rei testes: Otto de Chunesberg, Henricus de Trus, Leutwinus de Sunenberg, Henricus de Puten, Leupoldus frater eius (Fröhlich hat: ducis!) Dietmarus et Ulricus frater ejus de Butenowe (Muchar hat: Ulrich und Liupold von Püttenau), Arnolphus de Rustorf, Arnolphus de Wartenberg, Otto Sun et filii ejus: Duringus, Otto, Henricus et Hergungnerus, Poppo de Chlam, Perhtoldus de Stegun (Fröhlich: Stegue), Rodulfus de Chindebere (Fröhlich: Quindebere) et alii multi.

Dipl. St. II. 67—70 — Muchar IV. 502—3 im deu. Auszuge; er citirt fehlerhaft Cäsar II. 67-70 statt Diplom. Styr.

11. 1184 s. l. e. d.

Schenkungsurkunde für das Klstr. Voran.

Wichtige Stelle: ... „cogitavimus terram Styriae dilecto consanguineo nostro Liupoldo, duci Austriae venumdare proprietarie, cum omnibus suis pertinentiis."

Als testes erscheinen: „Herrandus de Wildonia, Fridericus de Pettovia, Luitoldus de Hohenstouf, Heinricus de Steinperge, Gundemarus de Steinbach, Rapoto de Puten, Heinricus de Swarzach, Gotscalcus Scierlinch, et frater suus Otto, Duringus de Starchenbûrch, Willehalmus de Waigerberch, Udalricus et Sigefridus fratres de Chraniperch, Karolus Pincerna et al. q. pl." (Meiller Regg. S. 61 nro 25 hat nur 6 Zeugen angeführt). Eine Ministerialenversammlung bleibt wahrscheinlich.

Die Urk. b. Fröhlich Dipl. St. II. 311. Cäsar Ann. I. 780. Muchar IV. 506.

12. 1186 17. Aug., St. Georgenberg bei Enns.

Die wichtige Erbvertragsurkunde zwischen Herzog Ottokar VI. und Leopold V. v. Oe. ausgewechselt.

S. die Uebersicht sämmtlicher Abdrücke dieses Instrumentes bei Meiller Regg. S. 62 nro 29. Muchar hat IV. 521—23 in deu. Uebers. und bietet im Anhange ein — wenngleich mangelhaft ausgeführtes — Facsimile.

In der neuesten A. der steir. Landhandv. v. 1842 ist sie dem Schluße (84 — S.) eingefügt.

Hauptstelle: „communicato igitur meliorum nostrorum prudenti consilio nobilissimum strenuissimum fidelissimumque ducem austrie Leobaldum consanguineum nostrum, si sine herede decesserimus, successorem nobis designauimus.“ . . . .

„Acta sunt haec anno dom. incarn. 1186 indict. quarta concurr. sec. sexto dec. kal. Sept. die domin. Luna XXVIII. In monte sancti Georgii apud Anesim forum. Ubi asciti in testimonium sunt praesentesque fuerunt uidentes et audientes qui nominatim subiunguntur: Chuonradus comes de Pilsteine, Sifridus comes de Morlen. Henricus et Sighardus comites de Scalah, ... Sifridus et Otto de Liubenowe, ... Liupoldus et Henricus de Plaien. Chuonradus de Dornberck, Albrecht et Alram de Chambe, Wernhardus de Hagenowe. Wernhart de Scowemberch, Eugilbertus de Plankenberc. Hademar de Chuopharn. Wernhart de Griezbach. Fridarch de Perge, Eggebreht de Pernegge, Otto comes de Clamme, Otto de Lenginbach, Heinricus Pris, Albreht de Wihslberch, Luitold de Guotenberc, Chuonrat et Ruodolf de Chindeberc, Wichart de Charlsperch, Ruodolf de Vlaece. Eberhart de Erlach.“

Schon Muchar machte (526) auf die geringe Anzahl steirischer Zeugennamen aufmerksam und fand sich veranlaßt, die Urkunde v. 27. Dez. Admont, in ihrem ganzen Umfange aufzunehmen, da selbe den Beweis führt, H. Ottokar VI. sei auf seiner Rückkehr von St. Georgenberg von einer großen Zahl steirischer Ministerialen begleitet gewesen (u. s. w.)

13. 1186 17. Aug. St. Georgenberg b. Enns.

Zweite Urk. H. Ottokars VI. seine Vermächtnisse an die Kirchen betreffend. Darin wird des obigen Erbvertrages mit folgenden Worten gedacht: . . . „ministeriales more ministerialium proprios inre propriorum dando . . .“ und weiterhin: „iura ministerialium meorum et comprovincialium, sicut scripto comprehensa sunt, illibata maneant.“

„A. est h. a. Anesim forum in monte S. Georgii sub Frider. imper. archiepisc. Alberto. anno incarn. Dom. 1186 die domin. sexto kal. Sept. vero felic. Amen.“

Cäsar Ann. Styr. I. 782—3. Muchar IV. 525 (in den. Uebers.) (ohne Zeugenangabe).

14. 1186 25. Dez. Admont (in nativitate domini).

Schenkungsurkunde H. Ottokars VI. Der Gegensatz der hier so zahlreichen Vertretung steirischer Ministerialen als Zeugen mit deren bezüglichen Spärlichkeit in dem Georgenberger Erbvertrage läßt eine doppelte Erklärung zu. Entweder entzogen sich in der That dem Georgenberger Tage die meisten der steierischen Ministerialen und fanden sich erst bei dem Herzoge nach seiner Heimkehr diesseits der Gebirge ein, nachdem sie beruhigende Zusagen in Ansehung ihrer Zukunft erhalten hatten, ihre Rechte und Freiheiten verbriefst fanden, — oder war der Ausfall so vieler edler Steirernamen in der Georgenberger Handveste ein bloß zufälliger.

Pez Thesaur. anecd. III. p. 3. col. 754—6 nro 63 und 66. — Cäsar I. 787—89 u. 789—790. — Muchar IV. 526—530.

Unter den Zeugen der beiden Urkunden folgende steirische Geschlechternamen: Chindeberch, Styre, Eppenstein, Wildonie, Liechtenstein, Strechowe, Stutarn, Ramensteine, Pettowe, Slierbach, Wartinburch, de sta

Margareta, Marchburg, Emmerberge, Putinowe, Linde, Starchenberch, Orte, Rukerspurch, Tanne, Ense, Graczc, Lassnich, Haginberch u. aa.

In der 2. Urk. Pez nro 66; Cäsar I. 789 kommt der Ausdruck vor: „cunctis ministerialibus suis suisque sequacibus licentiam indulsit . . . . ." (Schenk. an Admont zu machen).

15. 1188 2. Aug. Chrungilsee (Grundelsee bei Aussee).

Sch. Urk. Ottokars b. Muchar IV. 538—9 — im deu. Ausz.

Zahlreiche Zeugen — Ministerialen: Richer von Marburg und s. glchn. Sohn, Herrand von Wildon, Erchenger von Landsee, Ulrich von Stubenberg, Otto von Krems, Otacher von Gräz, Gundacher der jü. von Steier, Ulrich von Wolkenstein, Otto von Sibenek, Marquard v. Starkenberg, Berthold der Junge v. Emerberg, Otto von Lufinthal, Wulfing v. Hekinberg, Hiltigrim der Küchenmeister.

Vielleicht ging auf einer der obersteir. Herzogspfalzen eine Ministerialenversammlung vorher.

16. 1189 10. Aug., Gräz.

Herzogl. Sch. Urk. für das Klstr. Rein — die auf ein wahrscheinliches Taiding hinweist — vielleicht dasselbe, worauf eine von Muchar zu den Jahren 1186—9 verzeichnete Stelle des Admonter Saalbuches anspielt (IV. S. 530 „Ott. dux Styrensis abdicavit (sic) in placito, quod Graeze habuit").

Diplom. St. II. 16—17. Muchar IV. 544.

„Acta sunt Greze in civitate omnia ista Anno Dom incarnat. Milles. octuag. nono Romani apicem Imperii tenente Fridcrico Imperatore Augusto, filio vero ipsius Henrico rege vice eius regnum administrante Salzb. autem Eccles. archiepiscopo, Adalberto, Runense pro tunc coenobium regente Willehelmo humili abbate.

Fuerunt ergo per aurem tracti: Ortlibus archipresbyter, capellanus meus de Vischah, Heinricus plebanus de Greze, Conradus Plebanus Sti Ruodberti ad Rabam, Conradus de Chindenberch, Otto de Wolchinstorff, Ottaker de Grez, Herman de Glichenberch" etc.

17. 1191—2. Judenburg.

Sch. Urk. H. Ottokars VI. für Seckau.

Diplom. St. I. 169—70. (Muchar IV. 552). In jenem Abdrucke erscheint am Schluße: „Acta sunt haec anno Domini MCLXXVII. apud Judenburch, Imperante D. Heinrico VI. Imperatore sub Werenhero praeposito."

Fröhlich bemerkt hiezu: „Adverte ex ultima hac subscriptione patere, quod diplomatis copia male descripta, quoad Epocham, sed necessario membrana vel ad annum 1191 quo Henricus VI. Romae coronatus die 14. Aprilis primum imperator appellatus est, vel ad annum 1192 quo ipse Dux Ottocarus decessit, revocari debeat."

Die Zeugenschaft macht ein Taiding wahrscheinlich:

„Hujus donationis testes sunt: Willehalmus Comes de Heynburch, Rudolfus de Treunstein, Wulfingus de Chapfenberch, Ulricus de Stubenberch, Hertuidus de Ort, Herrandus de Wildonia, Offo de Offenberch, Dietmarus de Liechtenstein, Rudolfus de Rase et alii fide digni multo plures."

B. Babenberger Zeit 1192—1246.

18. 1192 (Mai), Gräz.
Der Tag der Erbhuldigung und des ersten Landtaidings Leopolds V. v. Babenberg.

Die bezü. Urkk. am besten zusammengestellt b. Meiller S. 69—70 nro 52—55. Mit Ausnahme der Schenkungsurkunde für Gleink. sämmtlich ohne Monatsdatum. Die bezeichnete hinwieder schlecht datirt d. apud Styriam nonis April (!), indem sie doch den Tod des letzten Traungauers (A. Mai) und die Grazer Erbhuldigung voraussetzt. (Vgl. Meiller Note 280). Ihr Inhalt (Monum. boica XXIX. II. 47 nro 45) gibt die weitläufigste Andeutung über den Zweck jenes Landtages: ... „Ipso uero corpore exemto (int. Ottokaro duce Styriae) cum nobis omnia gubernanda prouenissent, apud Grece ministerialium nostrorum magnum conuentum conuocauimus, illic de rebus nostris ac prouincie salute saniori consilio aliquid tractaturi. Quo in loco nos a prudentioribus idoneo consilio accepto statuimus et fieri decreuimus, ut predia, que ex precepto eiusdem consanguinei nostri distracta fuerant et ecclesiis rei diuisa, si officiis et urbibus nostris dampnosa essent, cum melioribus et utilioribus ex aliis nostris prediis et redditibus soluerentur et redderentur." — Die aa. Ull. s. Diplom. St. I. 171—2; Cäsar II. 448 ... „in placito nostro Graetze primum habito" ... Diplom. Garst. ed. Fröhlich 61 nro 17 ... „cum consensu dilectorum filiorum meorum Friderici et Liupoldi" ... Mon. boica IV. 94 nro 124 ... „apud Grece omnibus ministerialibus suis presentibus compleuit et confirmauit" ....

In der Urk. f. Gleink erscheinen die HH. von Kapfenberg, Wildon, Stadek und zwei von Gräz als Zeugen.

19. 1194 Fischau (in der Püttner Mark.
Leopold hält eine Berathung mit seinen Ministerialen über die Erbauung von Wiener-Neustadt.

Urk. Mon. boi. IV. 85 nro 115. Wie. Jahrb. 1827 Bd. 40 ABl. 28; Horm. Tschb. 1843 371; Meillers Regg. S. 76 n. 73 ... „facta conuentione prope Vischa cum ministerialibus suis" ....

20. — Gräz.
Im Dezember muß hier eine prunkvolle Adelsversammlung stattgefunden haben, bei welcher Gelegenheit H. Leopold im Waffenspiele die tödtliche Verletzung davon trug s. Meiller S. 76 n. 75 über den Tod dieses Herzogs am 31. Dez. desgl. Muchar V. 8 no. 5.

21. 1195 trat H. Leopold (VI.) seine Regierung in der Steiermark an, was jedenfalls eine bezügliche Ständeversammlung voraussetzen läßt.

Eine Urk. f. Seiz a. apud Marburc Pez Thes. VI. 2, 48 nro 71; Dipl. Styr. II. 75; Meiller S. 80 n. 1; Muchar V. 13—14 — zeigt in seiner Umgebung unter den 7 gefert. Zeugen die HH. von Wildon, Kapfenberg, Offenberg, Gonobitz ...

22. 1196 8. Märç, Gräz.
Urkunde H. Leopolds VI. für Admont.

Meiller S. 80—1 nro 2; Muchar V. 19—20. — 15 nam. angefü. Zeugen „et a. q. pl." Darunter: Der Abt von Lambrecht, der Probst von Vorau, die von Stubenberg, Gonowitz, Krems, Marburg, Gräz, Leoben u. A. „Actum Graece . . . VIII° Idus Martii.“ — In e. 2. Urk. b. Meiller S. 81 nro 4 s. d. e. l. wird — offenbar z. J. 1197/8 — der Rüstungen zum Kreuzzuge gedacht, die „weiland“ K. Heinrich VI. betrieben habe: . . . „cum christianorum populus ad redimendum sepulchrum dominicum, quod barbarorum obtinuerat violentia, suadente pie memorie Heinrico imperatore, non segniter aspiraret.“ Es bleibt dahingestellt, ob diese Rüstungen auch in der Steiermark einen größern Umfang gewannen und eine landtägliche Berathung des Herzoges Leopold mit den Ministerialen hervorriefen.

23. 1202 2. Juni, Admont.

Urk. Ludewig Rel. mscrr. IV. 214, 181. Dipl. St. I. 183—87; Meiller S. 87 n. 29. Muchar V. 36—38. — 19 Zeugen nam. angef. „et pl. alii fide digni.“ Darunter: Stubenberg, Wildon, Liechtenstein, Kapfenberg, Emerberg, Steier, Starhemberg, Pettau, Fürstenfeld . . . „D. apud Admundiam. 4° nonas Junii.“

24. — 8 Juni, Gräz.

Urk. b. Meiller S. 87 n. 31. D. apud Graece . . . VI. Idus Junii. Viele Zeugen.

Beide Urkunden scheinen auf eine starke Begleitung des Herzoges von Seiten der Ministerialen und zwischenläufige Versammlungen hinzuweisen.

25. — 10. Dez., Gräz.

Urkunde bei Meiller S. 89 n. 36; Muchar V. 39—40. „Data in Graz (Meiller vermuthet Wien als eig. Ausstellungsort) anno 1202; 4a id. Dec.“ Entscheidung des Streites zwischen Herrand von Wildon und dem Stifte St. Lambrecht, die ein stattgehabtes Taiding voraussetzt.

Zahlreiche Zeugen, darunter: Ort, Pettau, Plankenwart, Stubenberg, Gräz, Krems, Aflenz, Teufenbach, Kainach, Marburg, Pütten.

26. 1207 o. d. Linz.

Versammlung der österr. und steir. Ministerialen.

Urk. s. Kurz Beitr. z. G. des L. o. d. E. III. 324 n. 9; Meiller S. 97 n. 66; Muchar V. 48 . . . „presentibus uniuersis ministerialibus Austrie et Styriae“ . . . Unter den Zeugen: Kindberg, Peckau, Ort, Kapfenberg, Wildon, Stubenberg, Liechtenstein. D. apud Linzam.

27. 1209 10. Sept., Marburg.

Ministerialenversammlung bei Anwesenheit H. Leopolds VI.

Urk. v. 10. Sept. Ludewig rel. mscrr. IV. 185, Diplom. Styr. II. 136—8. Caes. Ann. II. 479; Meiller S. 102 n. 80; Muchar V. 55—56. — 24 nam. angeff. Zeugen, darunter: Sanek, Pettau, Liechtenstein, Krems, Stubenberg, Pettau, Murek, Rase, Emerberg, Plankenwart, Leibnitz, Wildhaus. „ . . . Acta s. h. in foro nostro Marchburch . . . quarto Idus Sept.“

28. 1210 24. Okt., Stallhofen.

Ministerialenversammlung.

Dipl. St. II. 19 „Stadelhove.“ Muchar V. 60—1. — 11 nam. angeff. Zeugen, darunter: Wildon, Stubenberg, Liechtenstein, Krems, Ort, Graz, Plankenwart. „Acta sunt haec anno 1210 die nono Kal. Novembr. In villa quae dicitur Stadelhove.“ Cäsar II. 482 u. Meiller S. 105 n. 88 bieten den Auszug der Urkunde nach dem Reiner Originale, worin der bezeichnende Ausdruck vorkommt: . . . „quorundam milicie nostre nobilium sagaci examinatione“ . . . Meiller hat „Stadelau“ als Ausstellungsort vermuthet.

29. 1211 Sommer. Bruck a. d. M.
Ministerialenversammlung.

Urk. v. 18. Juli. Gräz, Horm. Arch. 1827, 455; Meiller 107—8 no. 96; Muchar V. 62 ... „coram nobis in uilla Prukke multis audientibus.“ ...

30. — Juli, Gräz.
Ständetag.

Urk. o. D. Dipl. St. II. 20—21; Cäsar II. 482; Meiller S. 108; Muchar V. 61—2. „... coram ministerialibus nostris recitata et testium subscriptorum adstipulatione roborata, qui cum plurimi adessent, eorum tantum nomina intitulata sunt, qui inter ceteros digniores fuerunt.“ Als „ministeriales“ erscheinen 12 nam. angef., darunter: Wildon, Stubenberg, Gräz, Ort, Plankenwart, Emerberg, Stein, Leoben.

31. 1212 22. April, Enns.
Urk. Leopolds VI. f. d. Stadt Enns. Horm. Tschb. 1812, 45; Meiller 109 n. 99. — 19 nam. angeführte Zeugen, darunter: Pettau, Wildon, Stubenberg, Murek, Krems, Steier, Gräz, Liechtenstein, Emerberg .... „et al. q. pl.“ Muchar V. 63—4 verz. nur 3 Zeugen. In e. 2. Urk. d. 8. Aug. Enns Meiller 110—11 nro 103—4 erscheinen viele steir. Zeugen, was ein starkes Geleite der herzoglichen Vasallen voraussetzt und den Schluß auf eine dortige Ministerialenversammlung erlaubt.

32. 1213 Marburg.
Ministerialenversammlung bei Anwesenheit H. Leopold VI.

Urk. s. d. Dipl. St. II. 78—80; Muchar V. 68. „Acta sunt haec apud Marpurch in presentia nostra et ministerialium nostrorum.“ 6 Zeugen nam. angef. „et al. q. pl.“ darunter Stubenberg, Krems, Marburg, Vorenberg, Gonobitz.

33. 1214 16. Juli, Gräz.
Zahlreich besuchter Landtag.

Urk. Meiller S. 113 no. 115; Muchar V. 71—72 ... „Intrantibus itaque nobis forum Graeze, ad petitionem utriusque partis donacionis iste in testimonium rei transacte de consensu ministerialium nostrorum coniuentiam per inpress. sigilli nostri porrigimus“ .... Zeugen 24 namentlich angeführt Wir lassen sie hier nach dem Wortlaute der Urkunde folgen, da bis jetzt noch keine der früher abgehandelten ein so vollständiges und belehrendes Verzeichniß darbot: „Gotfridus abbas de Admund. Engilbertus de Runa. Geroldus prepositus de Sekowe. Heinricus plebanus de Gratze. Albertus plebanus de Weissenkirchen. mag. Swikerus de Gratze. Herrandus de Wildonia. Otto de Krems. Vlricus de Chaphenberch. Albero pincerna. Dietmarus de Lichtenstein. Otto de Lug. Rudolfus de Stadekke. Erchingerus de Landesere. Reimarus de Afflentz. Leo de Wildonia. Pilgrimus Spigelwerch. Hartwicus de Teuffenbach. Starchandus, Werinherus. Kalhochus de Auelenz. Walterus de Auelenz. Albertus iudex de Gratz. Rudolfus de Voitsperch. Ulricus de Werde et alii plures Christi fideles.“ ...

34. 1217 6. Februar, Steier.
Ministerialenversammlung.

Urk. Rettenpacher Ann. Cremif. 173; Meiller S. 119—20 nro 141 ... „in Dominica qua cantatur Esto mihi“ (6. Febr.) „in castro nostro

5

Styre ... presentibus prelatis nostre ditionis et in presentia Diepoldi Marchionis de Vohburch, baronum quoque seu ministerialium nostrorum." ...

35. 1222 A. Jänner, Gräz. Hier nahm Leopold e. mehrtägigen Aufenthalt. In den 2 Urkunden v. 2. u. 9. Jänner d. Gräz — s. Meiller 129—30 nro 173 u. 175 Dipl. Styr. II. 22; Muchar V. 93—94, wonach Herz. Leopold von Leibnitz gegen Gräz kam — erscheinen als Zeugen: der Probst v. Seckau, „Heinricus de Merin scriba Stirie" und van den Edelherren: Pekau, Ort, Murek, Plankenwart, Wildon, Heunburg, Liebenau, Emerberg, Rasegg. In der ersten Urk. heißt es: „datum uero postea apud Graez IIII° nonas Jannarii feliciter; in der zweiten: Acta sunt haec..... die quinto Idus Januarii in Grez." Offenbar Ministerialenversammlung.

36. Jä. Febr. Marburg. Hier hielt sich H. Leopold mehrere Tage auf, wie die Urk. Dipl. St. II. 139—40 Meiller S. 132—3 n. 183—5; Muchar V. 97 d. 31. Jä. u. 8. Febr. Marburg — erweisen. Auch enthalten sie Verzeichnisse von Landesedeln, die die Abhaltung einer förmlichen Versammlung nahe legen. Darunter erscheinen: Sanek, Murek, Emerberg, Plankenwart, Ganowitz, Ort, Rohitsch. ...

37. 1227 17. Februar, Gräz (Lechkirche).
Taiding.

„Acta sunt haec in Graecz in ecclesia s. Chunegundis XIII. Kal. Mart." Diplom St. I. 202, Caesar Ann. II. 495 nro 53, Meiller S. 137—8 n. 208, Muchar V. 104—5. — Unter den 19 nam. angef. Zeugen erscheinen: Sanek, Pekau, Drauburg (Traberg), Murek, Ort, Stubenberg, Rohitsch, Emerberg, Plankenwart, Stretweg, Teuffenbach ... Wir haben es mit einem herzoglichen Taiding zu thun, das die Streitigkeit zwischen dem Hause Wildon und dem Konvente zu Seckau schlichtet (est taliter concordatum).

38. 1227 7. Nov., Marburg.
Ministerialenversammlung um die Person H. Leopolds VI.

Urk. 1. „Acta (?) sunt hec ao. dom. M°CC°XII° (statt 1227) VII° Idus Nou. ind. XV° D. in domo nostra Niwenburch p. m. not. nostri Heinrici Petouiensis ..." Diplom. St. II. 138 nro 3 Caes. Ann. II. 483 nro 87 (im Auszuge) Ludewig Rel. mscrr. IV. 185 nro 11 (vollständig); Meiller S. 140—1 nro 220 u. note 419. Diese Urkunde wurde in Marburg vorbereitet, wie dies der Vergleich ihrer Datirung und Zeugen mit denen der 2. Urkunde ergibt. (Sie findet sich i. e. Transs. v. 10. Febr. 1312 Gräz).

Urk. 2. „Acta sunt haec anno ab Inc. dom. MCCXXVII. Ind. XV. VII. Idus Nou. in foro nostro Marchburch." Diplom. St. II. 140 Caes. II. 496 nro 55 (im Auszuge) Meiller S. 141 nro 121; Muchar V. 106.

Die erstangeführte Urkunde enthält den maßgebenden Satz: „ad preces Ven. Heckeberti Babenb. Episcopi, qui ecclesiam dedicavit, et Friderici dilecti filii nostri et multorum nobilium ministerialium nostrorum, qui de Austria et Styria ad dedicationem (des v. ihm erbauten Kl. Geirach) nobiscum convenerant."

Unter den Zeugen: Pekkau, Rohitsch, Wildon, Pettau, Drauburg, Graz, Gonowitz, Plankenwart, Murek, Tüffer u. A.

1235. 27. April Pettau. Beurk. Anwes. H. Friedrichs. Diplom. St. II. 80—1; Muchar V. 140.

39. 1235 Neumarkt. Im Mai fand hier die Zusammenkunft H. Friedrichs v. Oe. mit K. Friedrich II. statt. Meiller S. 155 n. 29; Muchar V. 141;

Joa. Urk. Kop. nro 515. Angesichts des drohenden Krieges mit Ungarn u. Böhmen dürfte damals der Herzog aller Wahrscheinlichkeit nach einen **Landtag** gehalten haben. Von Neumarkt begab er sich über Admont nach Oesterreich.

40. 1237 3. Jänn. befand sich K. Friedrich II. in Gräz (apud Graecz). Urk. Dipl. St. I. 207—208. Böhmers Kaiserregg. p. 188—9. Muchar V. 150-1. Da der Kaiser damals Steiermark als verwirktes Reichslehen ansah, so liegt es nahe, daß er mit den hierländischen Edelherren, die sich selbst unter des Reiches Schutz und Schirm gestellt haben sollen, Rücksprache pflog. Daß dies zu **Gräz** der Fall sein mußte, bezeugt die Angabe des Chron. Salisb. und Lambac. Perz SS/IX. (Mon. XI.) a. a. 1237, wo es ausdrücklich (S. 559) heißt: „Imperator natale Domini apud Graeze celebravit et in Wienna hiemavit......... et ministeriales de Styria ad debellandum predictum ducem in Austriam destinavit.“ ....

41. 1237 ddo. April, Enns.

Kaiser Friedrichs II. Freiheitsbrief für die Steiermark.

Hier heißt es ausdrücklich: „Ministeriales et comprovinciales“ als Bezeichnung der Ständeschaft, und in der Hauptstelle, es dürfe keine Steuer ausgehoben werden: „sine consilio communi ministerialium maiorum Styriae.“ (Landhdv. n. A. 6—8. Muchar V. 151—155 in deu. Spr.)

1240. Das Jahr der Aussöhnung H. Friedrichs II. v. Babenberg mit den steiermärkischen Ständen. Das Chron. Claustroneob. erwähnt schon zu den JJ. 1237—8, daß die Styrienses im Kampfe gegen den Babenberger das Kürzere ziehen mußten. Das Chron. austr. erwähnt wohl noch z. J. 1239: „Maiores tamen tam in Austria quam in Styria, ministeriales et civitates fortiter resistebant ei, quia Ducis fidei se committere non audebant.“ Aber schon z. J. 1240 bemerken alle Quellen den Sieg des Herzogs. Urkk. lassen ihn 21. Jänner 1240 in **Gräz** weilen (Muchar V. 162), 15. Juli befindet er sich mit dem Salzb. Erzbischofe in **Passail** (bei Weiz) (Diplom. St. I. 312—313; Muchar V. 163) und noch am selben Tage in **Tobl** (b. Gräz).

42. 1240 9. Aug., Marburg.

Landtag. (Urkunde f. Garsten, worin insbesondere die Uebergriffe der Vögte gerügt werden).

Anwesend die Bi. von Seckau und Passau, die Aebte und Pröbste von **Admont, Seckau**, St. Lamprecht und St. Paul — die Grafen v. Hardeck, Peckau — Wildon, Pettau, Marburg, Pütten u. A.

Kurz Beitr. z. G. des L. o. d. Enns II. 548—9. Muchar V. 163.

43. 1240 25. August, Judenburg.

Urkundlich angedeutete **Versammlung**.

Unter den Zeugen: der Bi. v. Seckau, — die HH. v. Heunburg, Pfannberg, Lichtenstein, Pettau, Wildon u. viele AA. Muchar V. 164. Den 26. Aug. befand sich der Herzog in **Leoben** mit solch glänzendem Geleite (Muchar a. a. O.)

44. 1243 Kraubat.

Landtaiding unter dem Vorsitze Ulrichs von Pfannberg („qui auctoritate domini Friderici ducis in Styria praesidemus“... — „nos igitur, cum in Chrawat praesedissemus judicis generali.“)

Urk. Dipl. St. I. 210 s. l. e. d. Muchar V. 178—9. Gerichtl. Entsch. z. Gunsten des Probstes v. Seckau gegen Reimbert v. Mureck. 6 nam. angef. Z., darunter: Peckau, Massenberg, Stadeck....

5*

45. 1244—5. Judenburger Taiding zur Ausgleichung der Sache H. Friedrichs mit dem Raubritter Hartnid v. Ort i. Oe. durch den Landschreiber „Herrn Faben" berufen; erfolglos (Ottokars Reimchronik Pez III. 245—5; Muchar V. 188).

46. 1245 Kraubat 2. Nov.

Gerichtstag unter Vorsitz des Landschreibers (scriba Styriae) Witigo („a dom. meo Friderico ill. duci .... habui in mandatis").

Urk. Entscheidung zu Gunsten der Admonter Nonnen gegen Heinrich von Bärneck. „D. est haec sententia sive adindicatio in Chrawat in die omnium animarum anno dom." 1245. Dipl. St. II. 223—4. Muchar V. 186. Unter den Zeugen der Urkunde als Beisitzer des Gerichtes: v. Massenberg, Plankenwart, Bärneck, Prank, Leoben, Pfaffendorf, Utsch, St. Peter, Saurau, Spigelberg, Sirning, Kirchberg, Krotendorf, Scheufling, Purgstall, Lobming, Gräz, Teuffenbach — Ekkard Amtmann zu Leoben, Marold Amtmann zu Judenburg.

47. — Gräz s. d.

Gerichtstag unter Vorsitz Ulrichs von Liechtenstein (Stellvertreter des Herzogs).

Urk. Entscheid. z. Gu. der Admonter Nonnen wider Herbord v. Lobming. Muchar V. 185—6. Gerichtszeugen: v. Liechtenstein, Reisenstein, Stretweg, Pfaffendorf, Obdach, Aue, Wenge, Binsterpöls, Winden u. A. m.

II. Periode.

1246—1283.

Die Zwischenherrschaft.

48/1. 1249 24. Aug., Neumarkt.

Der Reichsstatthalter Mainhard Graf von Görz hält Gericht („ex injuncto nobis imperiali mandato Capitaneatus officio").

Urk. im deu. A. b. Much. V. 224. U. den Zeugen: Pfannberg, Liechtenstein.

49/2. 1253 17. Mai. K. Ottokar bei Leoben. — Für eine Versammlung seiner Anhänger scheint die angezogene Urkunde Dipl. St. I. 325—6, Muchar V. 247 zu zeugen. D. apud Leuben XVI. Kal. Junii. U. den testes: Hauspach, Stubenberg, Weissenek, Liechtenstein, Witego „scriba Styriae", Pütten. 12 Zen. nam. angef. et al. q. pl.

50/3 a. 1254 10. Sept., Feldkirchen (b. Gräz).

Graf Stefan von Agram, Statthalter Belas IV. v. Ungarn, hält hier ein Landtaiding.

Urk. 2. i. Ausz. b. Muchar V. 253. A. apud Velchirchen in iudicio provinciali ... IV. Idus Sept. 11 nam. angef. Z., darunter: Ulrich Bi. v. Seckau, Gottfried von Marburg (iudex provincialis), Witego (scriba Styriae), Weissenek, Marenberg, Stadeck, Massenberg, Plankenwart. Entsch. zu Gu. des Kl. Rein.

50/3 b. — — „bei Gräz“ (apud Grätz).
Taiding, vom Statthalter offenbar am obigen Orte und zu gleicher Zeit („quarto Idus Septembris“) abgehalten.
Urk. Dipl. St. II. 83, Muchar V. 253. (Letzterer hat den vollständigen Auszug). Entsch. z. Gu. des Kl. Seiz. Die Zeugen von den obigen verschieden.

51/4. 1254 4. Dez., Marburg.
Offenes Gericht u. Vorsitz des L. Ri. Gottfrieds v. Marburg.
Entsch. z. Gu. des kärntn. Kl. Viktrings. Urk. i. A. b. Muchar V. 257—8. 6 Zeugen, darunter: Stadeck, Pettau.

52/5. 1255 12. Jänner, Gräz.
Landtaiding unter Vorsitz des L. R. Gottfrieds von Marburg.
Urk. i. Ausz. b. Muchar V. 261. (coram judice Provinciali Gottfrido de Marburch. . . . pridie Idus Januarii . . . Alle anwes. Ministerialen hefteten ihre Siegel an die Urkunde.

53/6. — 11. Juli, Gräz.
Landtaiding.
Urk. i. A. b. Muchar V. 261. „In iudicio provinciali in Graecz. V. Idus Julii. Acta in Graecz in curia plebani.“

54/7. 1256 2. Okt., Gräz.
Landtaiding unter Vorsitz des L. R. Gottfrieds und in Gegenwart des Herzogs von Steier (Stefans V.)
Urk. Dipl. St. I. 71—72. Muchar V. 264.
„Nos Gotfridus de Marchpurg iudex provincialis Styrie . . . . ad preceptum illustris domini nostri regis Ungarie et mandatum incliti domini domini ducis Styrie, in cujus et nostra plurimque magnatum Styrie presentia . . . . . D. in Gretz feria III. post quindenam Scti Michaelis.“ (Ohne Zeugenangabe).

55/8. 1260 E. d. J. Gräz.
Huldigungslandtag und gleichzeitiges Landtaiding in Gegenwart K. Ottokars.
1. Urk. i. A. b. Muchar V. 286 v. 22. Dez.
2. Urk. Joann. Arch. Copie nro 783 v. S. des Seckauer Bi. Oltricus (Ulrich) . . . . coram inclyto Boemie Rege Rege domino Austrie et Styrie in generali placito apud Graez constitutis . . . . Actum apud Graez in cimiterio ecclesie parochialis in iudicio publico . . . in vigilia natiuitatis Domini nostri Jesu Christi . . .“
3. Urk. Diplom. Styr. II. 25; b. Muchar V. 286 i. A. d. v. 25. Dez.
Als Zeugen in Urkk. 1 u. 3.: Stubenberg, Liechtenstein, Teuffenbach, Saurau, Offenberg, Stadel, Pettau, Wildon, Marburg, Massenberg. Desgl. Bruno Bi. v. Olmütz, der nachmalige Landesverweser. Anderweitige Urkk. 7 an der Zahl verz. bei Böhmer: Regg. addit. II. S. 436.

56/9. 1261 16. 17. Juli, Marburg.
Landtaiding unter Vorsitz des Statth. Woko von Rosenberg.
Urk. Dipl. St. II. 27—28. Cäsar II. 532—3. Muchar V. 293.

„A. s. h. . . . . . . coram nobis caeterisque provincialibus apud Marchburch in placito generali XV. et XVI. Kal. Aug. . . . .“ Unter den Zeugen: Stadek, Liechtenstein, Ehrnfels, Massenberg, Scharffenberg.

In einer wenig verschiedenen Urk. ersch. unt. d. Zeugen: Merenberg und Volkmar „judex Graecensis“

57/10. 1262 10. Dez., Gräz *).

Landtaiding unter Vorsitz des Statthalters Bi. Bruno von Olmütz.

Urk. Dipl. St. I. 220, Muchar V. 294—5. „Bruno dei gracia Olomuc. episcopus . . . . . quod nobis generali placito sive iudicio in Graetz praesidentibus . . . . A. et d. in Gretz IV. Idus Decembr. . . . .“ 11 Zeugen nam. angef. et alii . . . darunter: Pfannberg, Stubenberg, Liechtenstein, Stadek, Pettau, Marburg, Offenburg, Massenberg, Ernfels . . .

Anm. E. Urk. v. Aug. d. J. zeigt uns die Anwes. Bruno's in Marburg. Dipl. St. II. 141. Muchar V. 294.

Es findet sich do. 24. Dez. 1264 Gräz, eine Urk. b. Muchar V. 307—8 i. A. vermerkt: „A. apud Graetz in cemeterio, ecclesiae parochialis in iudicio publico.“ Daß diese Datirung falsch und die Urk. mit der zu 1260 Dez. (2) identisch sei — beweist Böhmer Regg. Addit. II. S. 436.

58/11. 1265 21. April, Gräz.

Landtag bei Anwesenheit K. Ottokars.

Dafür bürgt die Urk. Dipl. St. I. 227—8 u. Muchar V. 310; ohne Inhaltsangabe doch mit stattlicher Zeugenreihe. 20 nam. angef. et al. q. plur. Von den steir. Edelherren z. B. Pettau, Stubenberg, Wildon, Liechtenstein, Ernfels, Landesere. „A. in Graecz. D. ibidem p. m. . . . . undec. Kal. Maji.“

59/12. 1265 1. Mai, Judenburg.

Landtaiding unter Vorsitz Bi. Bruno's v. Olmütz.

Muchar V. 308—9. Unter den Zeugen: Liechtenstein, Offenburg, Wildon, Ernfels, Stretweg.

60/13. — 14. Okt., Gräz.

Gerichtshandlung Herbords v. Fullenstein („dapifer Domini episcopi Olomucensis“) im Verhinderungsfalle des Landeshauptmannes.

61/14. 1266 (im Jänner) befand sich K. Ottokar zu Gräz — s. Einl. z. Ration. Styriae Rauch II. 114 „existente domino rege apud Graecz.“ (Muchar V. 309. Böhmer Regg.) Ein Landtag wahrscheinlich.

62/15. 1268 1. Dez., Grätz.

Landtaiding u. Vorsitz Bi. Bruno's von Olmütz.

Urk. Dipl. St. I. 329—30. Muchar V. 328 . . . „coram nobis personaliter presidentibus judicio in provinciali placito Sabbato post festum Andreae proximo habito apad Grez . . .“ Eine Urk. v. 2. Dez. Joa.

---

*) Muchar V. 297—9 cit. e. Urk. des Admonter Saalbuches v. 14. Aug. 1263, worin eine Bezugnahme auf einen landesgerichtlichen Ausspruch do. 1. Sept. 1262 Gräz enthalten sei.

Arch. Copie nro 901 ist ausgestellt v. Herbordus dapifer de Fulenstain iudex provincialis Styriae — an welchen auch der obige urkundliche Erlaß Bruno's gerichtet ist.

63/16. 1269 25. April, Leoben.

Taiding des „iudex provincialis“ Herbord von Fullenstein.

2 Urkk. Dipl. St. I. 330 II. 226. Cäsar II. 544—5. Muchar V. 332—3. (16. April befand er sich in Gräz. Dipl. St. I. 330—1.)

64/17. — Mitte Aug., Gräz.

Landtaiding Bruno's v. Olmütz im Hause des Stadtrichters Volkmar.

Urkk. b. Muchar V. 333 („in placito generali“) 19 Zeugen nam. angeführt: Bi. u. Pr. v. Seckau, Abt v. Admont, — die HH. v. Pfannberg, Heunburg, Stubenberg, Pettau, Stadek, Liechtenstein, Marnberg, Drauburg, Marburg, Saldenhofen, Wildon, Massenberg, Haus.

Anm. 1269 21. Dez., Gräz. Egidienkirche (in ecclesia sancti Egidii). Schiedsgericht.

Muchar V. 334. Als Schiedsmänner und Zeugen werden jedoch bloß Geistliche angeführt.

65/18. 1270 7. Okt., Marburg.

Landtagsversammlung unter Vorsitz Burkhards v. Klingberg (marschalcus Regni Bohemiae, Capitaneus Styriae).

Urk. Dipl. St. I. 234—5. Cäsar II. 545. Muchar V. 340—1 . . . „quod in generali placito Marburge f. III. ante f. b. Dion. celebrato . . . de communi nobilium consilio anno 1270 VII. Idus Oct. Dom. Chunrado scriba Styrie assidente“ . . . Die vollstä. Zeugenangabe; 16 nam. angeführt, i. d. Copie des Joa. Arch. nro 947. Darunter: Pfannberg, Pettau, Liechtenstein, Stubenberg, Haus, Horneck, Stretweg, Volkmar v. Gräz (Stadtrichter), Rohitsch (Rogat), Krotendorf, Bischärn, Graben, Waldstein.

1274 . . . . 16. April, Gräz. Urk. sichergestellte Anwesenheit K. Ottokars. Dipl. St. II. 294—5. D. i. Graetz XVI. Kal. Maji — d. Z. Böhmer — Regg. Addit. II. S. 451 verz. bezügl. Urkk. f. die Zeit v. 13.—25. April.

66/19. 1274 27. Juli, Göß.

Große Versammlung.

Muchar (V. S. 361—2) spricht von einer „Verschwörung der Edelherren“ allhier; und durchaus nicht ohne Grund. Denn obschon Ottokar erst 1275 mit der Reichsacht belegt wurde und der förmliche Abfall der innerö. Lande erst 1276 entschieden war, so fehlte es gewiß nicht an vorausgehenden geheimen Verständigungen der Landesedeln. Aber daß die Versammlung zunächst oder im offiziösen Sinne nur eine berathende war, und das Gepräge einer Verschwörung keineswegs zur Schau tragen konnte — beweist, abgesehen von dem Zeitpunkte und der Abfassung nachstehender Urkunde, schon die Anwesenheit des Bischofs von Seckau und einiger Bürger aus Wien.

Wie zahlreich und vollständig diese Vers. war, bezeugt die bei dieser Gelegenheit ausgestellte Tausch-Urkunde. Dipl. St. I. S. 90—93. Mehr als 70 nam. angef. Zeugen. Wichtig ist die Unterscheidung ihres Ranges. I. Bischof Bernhard von Seckau. II. Heinrich v. Pfannberg „comes"; Stubenberg und Liechtenstein als „domini." III. „Ministeriales" werden 13 genannt: Wildon, Otto der jüngere v. Liechtenstein, Stadeck, (2) Trennstein, Bärneck, Semmelsdorf (Zemlisdorff), (2) Erenvels, (2) Puechhaim; — sodann erscheinen IV. Pfarrer (plebani) von Pöllau, Straßgang (und Rapotenkirchen); ferner V. „milites vero terrae Styrie et alii nobiles milites domini": Dobrenge, Haus (Hues), Radkerspurg, Tuln, (2) Luttenberg, (2) Friedberg, (2) Stretweg, (3) Krottendorf, (2) Thal (de valle), Khegel, Donnerstein, Stübing, Mönch (Ulricus Monachus), Lengenburg (Lemberg); — VI. „clientes": Otto Graf (comes) von St. Peter, (3) Massenberg, (2) Kumberg, Leoben, Mur (Mür), Passeil (Puzeil), Kallnberg (Challnperch), „Linsperg", Tuln, Hertensdorf, Judenau, Strombach. — VII. Bürger (cives) „Domini" Volkmar v. Gräz — sodann 11 Namen ... cives de Winna (Vienna) — sodann VIII. Pfleger (officialis) von Göß, Hafning, Judendorf. „et al. q. pl. qui aderant fide digni. A. e. d. in Goesse anno Dom. 1274 sexto Cal. Augusti." Die Urkunde selbst stellte der Landschreiber Konrad aus (Muchar V. S. 361—2).

67/20. 1274 Okt., Kobenz.

Taiding des judex provincialis: Dietrich v. Fulen.

Muchar V. 360.

68/21. 1275 19. Aug., Gräz.

Taiding unter dem Vors. Ekkehards v. Dobreng, des Notarius Iring und des Marschalls Breweco im Auftrage des Landeshauptmannes Milota.

Urk. Dipl. St. I. 236—7. „quod cum ... prox. f. sec. post ass. B. Virg. apud Graetz in cemeterio sancti Egidii iudicio praesideremus."

69/22. 1276 19. Sept., Stift Rein.

Große Ständeversammlung und Bündniß gegen Ottokar von Böhmen mit K. Rudolf I.

Hauptstelle der Urkunde: „Nos profitemur, quod ius, quo sacro imperio astricti existimus, utpote vasalli ipsius imperii, et fideles ex merito intuentes voluntarie — domino nostro Rudolfo — serenissimo regi Romanorum — jurato spopondimus unanimiter famulari — adjecto, quod in omnem eventum rebus pariter et personis, imo si, quod absit, ex nobis alicui obsidionis vel alias quomodolibet periculum immineret, non separabimur ab invicem, nisi morte, sed liberationi ejusdem afflicti concorditer intendemus."

Verbündet erscheinen: die Grafen Ulrich von Heunburg, Heinrich v. Pfannberg; die Herren und Edlen: Friedrich von Pettau, Wulfing von Stubenberg, Herrand von Wildon, Hartnid von Stadek, Otto v. Liechtenstein, Gotschalk von Neuberg, Hartnid und Ulrich, Schenken v. Rabenstein, Offo v. Teuffenbach, Kolo v. Saldenhoven, Gottfried von Trixen, Cholo v. Marburg, Hartnid v. Leibnitz, Wilhelm und Heinrich v. Schärfenberg. — „D. apud Runam anno 1276 XIII. Kal. Octobris."

Rauch ö. Gesch. III. 560. Gerbert Cod. epist. Dipl. 199. Böhmer Reichssachen 123. Muchar V. 376—7. Böhmers Regg. des Kaiserr. 1254—1313 S. 360.

70/23. 1278 23. Febr., Kapfenberg.
Taiding Wulfings v. Stubenberg.
Muchar V. 410—1.

71/24. 1279 A. Oktober, Gräz.
Landtag (Taiding) K. Rudolfs.
Urk. Dipl. St. I. 340—1. Muchar V. 418. ... „in placito generali apud Graez celebrato cui praesedit dominus noster gloriosissimus rex predictus (Rudolphus)." — Als Zeugen nur 2 angeführt in Fröhlichs Abdruck.
Dipl. Styr. I. 22—26 und Lichnowski's und Böhmers (1246—1313 2. A. S. 100) Regg. bezeugen K. Rudolfs Anwesenheit in Gräz v. 2.—13. Okt.

72/25. 1279 22. Okt., Judenburg.
Versammlung der Stände bei Anwesenheit K. Rudolfs.
Urk. des Vertr. mit den Heunburgern. Lamchacher demonstr. juris 41 ff. Herrgott Mon. II. 1, 250. Lichnowski Regg. I. 284 nro 571. („... nobiles terrarum et officiales domini nostri"). Unter den zahlreichen Zeugen erscheinen: der Bi. v. Seckau, der Abt v. Admont und die HH. v. Pfannberg, Pettau, Stubenberg, Liechtenstein.
(Vgl. Böhmers Regg. des Kaiserr. v. 1254—1313 S. 100.)

73/26. 1281 Anf. d. J., Gräz.
Huldigungslandtag.
s. Ottokars Reimchronik Petz III. S. 172—3. „Kunlg Ruedolf der Munder — her ze Grecz chom gevarn — all die da warn — enphiengen in mit frewden ..." Cäsar Ann. II. 327. Muchar V. 434. (Rudolf war von Hartberg gekommen; sodann begab er sich über Admont nach Wien).

74/27. 1281 7. Dez., Marburg.
Privatrechtl. Urkunde, wonach in dieser Zeit ein „Landtaiding" hierorts abgehalten wurde und zwar unter Vorsitz des „Landrichters von Steyr": H. Otten von Liechtenstein.
Orig. i. Joa. Arch. mit 2 dem Pgm. angeh. Siegeln. („Vnd ist ditze gelubde geschehen ze Marchpurch ze dem Lanttaidinge" ... 1281 „nach S. Andr. tag an dem ahten tage ze Marchpurch in der stat.")

III. Periode.

(1283—1440). **Von H. Albrecht I. bis K. Friedrich III. (IV.)**

75/1. 1283 18. Aug., Gräz.
Taiding des Judex Styriae Otto v. Liechtenstein.
Dipl. St. I. 245. („coram me in Gretz provinciale placitum celebrante.")

1284 9. Febr. H. Albrecht zu Bruck. Ertheilung der Lehen durch Salzburg. Ottok. Reimchronik p. 212—213 — (Kleinm.) Juvavia p. 369 — Böhmer Regg. Add. II. 480 — Muchar VI. 10—11.

76/2. 1285 3. Febr., Gräz.

Lehensgericht über Friedrich v. Pettau unter Vorsitz des Bi. v. Seckau.

Zauner Chr. v. Salzburg II. 365—7. Muchar VI. 17. (Ue. die Ursache s. Ott. Reimchr. p. 216—8).

77/3. 1286 s. d. Zeiring.

Taiding Heinrichs A. v. Admont „capitaneus et scriba Styriae et Anasi" (Steierm. und Ennsthal).

Urk. Dipl. St. I. 247—8. Muchar VI. 23. Unter den Zeugen: Stretwich, Saurau, Wildon . . . „D. et a apud Ceyrich."

78/4. 1287 28. Jänner, Chapfenberch.

Privatrechtliche Urkunde, worin es heißt: In dem lant taidinch das nu gesprochen (ausgeschrieben oder ausgerufen) ist in der vasten ze Grecz. (d. Eretages vor der lichtmesse).

Orig. im Joa. Arch.

79/5 a. 1291 Sommer, Gräz *).

H. Albrechts Besprechung mit den Landständen, woran sich die bewaffnete Erhebung derselben knüpfte, als der H. ihre Forderungen abschlug.

Ott. Reimchronik l. c. 475—8 . . . „her cze Steyr chom er gevarn — die enphiengen jn herleich — Arm und Reich — vnd enphiengen auch sein gruez." (capp. 485—500). (2. Sept. war er schon in Wien zurück. Muchar VI. S. 78—9).

Als Wortführer der Stände erscheinen Bischof Leopold von Seckau und Friedrich von Stubenberg.

Ebendorfer, Pez II. col. 752 spricht nun von einem eigenmächtig berufenen Landtage „Styrienses itaque, qui alias a Principe sine votivo responso abierunt, instituebant quandam dietam in Graecz" und stellt ihn vor den Leibnitzer Bundestag.

79/5 b. — Ende Dez., Leibnitz.

Ständebund gegen H. Albrecht im Vereine mit E. Konrad von Salzburg; auf 5 Jahre.

Ott. Reimchr. l. c. p. 481—82. Unter den Vordersten: Pfannberg, Wildon, Stubenberg, Ernfels, Weissenek, Rase . . . .

Der Bundesbrief gez. do. Landsberg am h. Ebenweichtage: 1. Jänner 1291 (!). Muchar VI. 79—80.

80/6. 1292 März, St. Veit i. Kä.

Hieher berief H. Albrecht die besiegten steir. Landstände.

Urk. do. 20. März 1292 Friesach. Steir. Landhandvest. p. 6—7. Die Zusammenstellung der Quellen bei Muchar VI. 87 nro 2. Hier bestätigte er

---

*) Diesem geht die v. der Reimchronik c. p. 390—95 angegebene Berufung der steir. Stände nach Wien um der Rüstung gegen Ungarn willen. Es erschienen: Seckau, Admont — die Herren: Wildon, Stubenberg, Pettau, Stadeck, Liechtenstein, Emerberg — endlich die Dienstmannen: Schenk (?), Neuberg, Bärnegg, Wildhaus, Marburg (vgl. Muchar VI. 72).

den Gnadenbrief K. Rudolfs vom 18. Febr. 1277 (Wien) — mithin die Freiheiten des Landes. Vgl. auch Böhmer Regg. Add. II. 488.

81/7. 1294 29. Nov., Feldkirchen b. Gräz.

Herzog Albrechts Taiding — aus Anlaß der Gewaltthaten Hartnids v. Wildon.

Urk. s. Muchar V. 97 do. 29. Nov. do. Gräz.

Ott. Reimchronik l. c. p. 522. „Und man den sumer vernam — her ze Steyr cham — der herczog vnverczait — er schuef daz man da berait — dacz Veltchirchen ain schrann — weit vnd lange — vnd pat zu dem mal — daz man berueffl vberal — in den steten allgleich — si wern arm oder reich — die durch leib oder guet — oder durch pessrung jr armut — dem Wildonier gedient heten — petwungen oder gepeten — vnd die sain aigen wern nicht —"

82/8 a. 1299 März, W. Neustadt.

Huldigung der Steierer an K. Albrechts Sohn Rudolf III.

Reimchronik Ott. 637—8. Muchar VI. 132—3. Böhmer Regg. Addit. II. S. 497.

82/8 b. 1299 Gräz, Juli — A. Winter (1300).

Aufenthalt H. Rudolfs III. u. s. Gem. Blanka v. Frankr. Reimchr. 643—4. Muchar VI. 135. Unstreitig fand eine Ständeversammlung statt. Vgl. Böhmer Regg. Add. II. 497.

Die Reimchronik a. a. O. weiß freilich nur von Vergnügungen zu erzählen: „In frolichen sitten — der furst sich vinden lie — die zeit vertraib er hie — allen den sumer — trawren und kumer — den Franzoysen verswant — do sy ir frawen land — funden in solher guet — des freut sich ir gemuet."

83/9. 1299 17. Sept. Marburg.

Anführung eines allda abgehaltenen Landtaidings.

(Pap. Hdschr. der Gratzer Univ. Bibl. 33/95 fo. Abschr. des 19. Jahrh. f. d. Joa. Arch. copirt).

84/10. 1302 4. April, Judenburg.

Ständetag unter Vorsitz des Landeshauptm. Ulrich v. Walsee.

Muchar VI. 148—9. Anwesend: die Aebte v. Lambrecht, Admont, — die HH. v. Liechtenstein, Pettau, Stubenberg, Wolfsau, Graben, Albrecht d. „Landschreiber"; aus der Gail, Weißkirchen, Göß, Michelsdorf u. A. m.

85/11. 1302 19. Juni, Gräz.

Ständeversammlung b. Anwesenheit H. Rudolfs.

Urk. Dipl. St. II. 94—96; Muchar VI. 147. Unter den Zeugen: die Gebrüder Walsee, der Marschall von Landenberg, die HH. von Stubenberg, Pettau, Emerberg; — Marburg et pl. a. f. d.

„D. et a. apud Gratz in presentia domini Rudolfi illustris ducis Styrie et Austrie. prox. f. tert. a. diem S. Joa. Bapt."

86/12. 1303 — Gräz.

Ständetag von K. Albrecht berufen.

Ott. Reimchronik p. 704—5.

„Der chunig auch nit lenger peit, mit seinem sun (Rudolf) er reit — zn dem tayding — daz gesprochen was vher 6 wochen her czu Graecz auf die Steyrmarch.“ ...
Muchar VI. 145. Böhmer Regg Add. II. 498.

87/13. 1304 28. April. Urk., wonach sich H. Rudolf zu Judenburg befand mit s. Hofkämmerer Berthold, Hugo Taufers, Herm. v. Landenberg, den 4 Gebrüdern von Walsee und mit seinen „Landschreibern“ Gundaker und Rapoto. Muthm. Ständetag. Muchar VI. 150. Böhmer Regg. Addit. II. 499.

1307—8 Aufenthalt Friedrichs des Schönen zu Gräz. — Landtag? Böhmer l. c. 501.

88/14. 1309 — Gräz.

Ständetag — einberufen von dem Landeshauptm. Ulrich v. Walsee aus Anlaß der österr. Empörung. Heeresaufgebot.

Ott. Reimchr. VI. 178—9: ... „er (der Walseer) pegund hincz Pettaw eylen — do was zu den Weylen — pischolf Chunrat der Salczpurger — dem sagt er die mer — was man zu Oesterreich tet — vnd nach seiner pet — pischolf Chunrat — cham her zu Grez drat. Dar chom zu jm snelleich: von Hewnhurg graf Fridreich — vnd der Frey von Saunegk — von Hochenloch der Chek — dar chomen die Stubenberger vnd die ped von Liechtenstain vnd was in den land herrn erchand — dy chainer macht phlagen — dy rais nit verlagen — dar chom der von Seckaw — vnd dye herrn von Pettaw. Die hern algemein — wurden des eneis — daz si puten pajd — jn trew vnd jn ayd — von Salczburg pischolf Chunrat — an des herczogen stat — daz sy zn allen wegen — gegen im wolten phlegen — diensts vnd grosser trewn — vnd an den sachen newen — wolten sy geholfen seyn — von Oesterreich dem herrn nein.“ —

Der steir. Heerbann zieht dann über den Hartberg gegen Wien. Neustadt.
Cäsar Annales II. 405. Muchar VI. 178 ff.

89/15. 1310 Frühjahr, Gräz.

Landtag (ziemlich unzweifelhaft).
8 Urkk. verz. Böhmer Regg. Addit. II. Muchar VI. 180—1.

1311 hielt sich bis E. Februar H. Frie. mit s. Mu. u. dem gesammten Hofe in Gräz auf. s. Muchar VI. 189.

90/16. 1327 28. Jä., Marburg.

Landtaiding unter Vorsitz H. Friedrichs v. Oesterreich.
Muchar VI. 238—9.

91/17. 1331 27. Sept., Gräz.

H. Albrecht entscheidet den Streit der Steirer und Kärntner über die Grafschaft Cilli — unter Führung des Aufensteiners und Ortenburgers auf der einen, Ulrichs von Walsee und Hermanns von Ortenburg auf der andern Seite.

Offenbar geschah dies auf einem Landtage.
s. Cäsar Annal. III. 170.

92/18. 1333 21. Juni, Gräz.

Schrannenspruch der HH. Albrecht und Otto.
Muchar VI. 258—9.

93/19. 1337 Gräz.

Ausspruch des Herrengerichtes unter Vorsitz Ulrichs v. Walsee.

Muchar VI. 275—6.

Wichtig seinem Inhalte nach. Er bestimmt die Gerichtsbefugnisse des Freisinger Hochstiftes zu Oberwölz angesichts der Streitigkeiten desselben mit Rudolf von Liechtenstein.

94/20. 1338 September, Gräz.

Ständische Berathung der drei innerösterr. Lande: Steier, Kärnten und Krain über die Abfassung eines Landrechtes.

Joann. Victor. (fo. r. germ. h. v. Böhmer I. 434.) „Hoc anno XVIII. Kal. Octob. (14. Sept.) ministeriales Carinthiae communi decreto ad Albertum Ducem in civitatem Styriae, quae Gretz dicitur accesserunt, dicentes, quod abolitis antiquis terrae suae iuribus et in transactae obliuionis caliginem emigrantibus, vivendi forma sub certis legibus indigerent, petentes novis sanctionibus et punctis super diversis casibus et terrae populum communiri“ .....

„Judiciale decretum definitur materna lingua lucide et expresse super quibus privilegium accipiunt et ad lares proprios revertuntur preferentes illud in publicum.“

Ebendorfer b. Pez II. 793. Der Eingang ziemlich dem Wortlaute nach mit dem Victor. übereinstimmend. Dann heißt es: „Quare Dux prudenter animadvertens diversitatem rituum parere differentiam mentium et morum, usuum quoque disparitatem matrem esse seditionnm; ut et cum Styrensibus fierent populus unus certis modificationibus circa feuda adicitis, Styriensium processus et iudicia et ipsi sibi confirmari omnium communis votis postularunt.“

Den Abdruck dieses L. R. bietet Kaltenbäk Wie. Jhb. CXV. A. Bl. 35 in der Fassung v. 1531. Nach dem Originale — vollständig — Ankershofen i. d. Arch. f. G. Kä. III. 1856 S. 43—57 mit histor. Einl.

Vgl. Cäsar Ann. III. 190—1.

95/21. 1339 A. Dez., Gräz.

Landtag. Bestätigung der steir. Landesfreiheiten.

Urk. v. 6. Dez. (Niklastag) Gräz. Landhandvest v. 1697 p. 16—18. Steyerer Hist. ducis Alb. cogn. sap. addit. S. 125—27.

Muchar VI. 285 ... „das für uns kommen vnsere getrewe dienstherrn und landtlewt unsers landes zu Steyer und baten fleissigklich, das wir in des landtes gewonhait vnd recht vernewerten und mit unsern brieffen bestaetteten vnd teütsch machten.“ .... (Priv. Rudolfs v. 1277).

96/22. 1360 Jänner.

Huldigungstag der drei Lande zu Gräz bei Anwesenheit H. Rudolfs IV.

Vgl. Cäsar Staats- u. K. G. d. H. Steierm. V. 345 ff. Muchar VI. 347-8. Die zu Gräz ausgestellten Urkunden, welche einen hierortigen Aufenthalt vom 29. Jänner bis 26. Februar bezeugen b. Lichnowski G. d. H. St. IV. S. DXCI und II. nro 132—154.

Diplom. St. (II. 35—37 u. 197—99) bietet 2 Urkk do. Gräz v. 3. u. 10. Februar mit ziemlich reichen Zeugenverzeichnissen. Hier erscheinen u. A.: „Ulricus ep. Seccoviensis ... Ulricus et Hermannus fratres comites de Cylia ... comes Joh. de Phannberg capitaneus noster Karinthie (1. Urk. S. 36) (unrichtig i. d. 2. Urk. S. 198 „capitaneus noster Styriae") ... Fridericus de Walse de Grez pincerna (vgl. bde. Urkk. S. 36 u. 198), Rudolf de Liechtenstain camerarius, Fridericus de Petovia marschalcus, Fridericus de Stubenberg dapifer Styriae, Joannes Turso de Raucheneg ... Ulr. et Otto de Stubenberg, Gotscalcus de Neutperg ... Hermannus de Kranichberg, Hertnidus do Pettovia ... Heinricus Wilthauser (S. 189).

In e. Bem. sagt Fröhlich: (S. 37 z. 1. Urk.) „In diplomate Germanico post „Eberh. de Walse capit. supra Anasum" rursus ponitur Eberh. de Walse capit. Styriae." Offenbar ist dies nicht anders zu verstehen, als daß es 2 Eberhard von Walsee, einen als Landeshauptmann für O. Oesterreich und einen als solchen für Steiermark gab, auf welchen sich das Rudolf. Mandat v. 30. Jä. do. Gräz (Dipl. St. II. S. 37 nro 51) bezieht. Das erstangeführte Diplom ertheilt dem „capitaneus supra Anasum" (S. 36) als besonders Prädikat „de Lynza" und in gleicher Weise finden wir Beide in der Rudolf. Urk. für Geirach („D. Ciliae f. tertia prox. a Domin. qua cant. Domine ne longe." Dipl. Styr. II. 148—150) aus einander gehalten (S. 149: „Eberhardus de Wallse de Lyntza capit. noster supra Anasum, Eberh. de Wallse capit. noster Styriae"). Vgl. auch Cäsar a. a. O. S. 351—2 und Ann. III. 235—7.

Wie glänzend die ständische Vertretung Kärntens war, geht aus den bezüglichen Urkunden hervor. Krain vertrat Leutold von Stadeck als Landeshauptmann. Auch Oesterreich u. d. E. fand durch die höchsten Hofbeamten seine Repräsentation. Welche Bedeutung solche Zusammenkünfte für das Bewußtsein der Zusammengehörigkeit der einzelnen habsburgisch-österreichischen Lande haben mußten, läßt sich am besten aus der Folgezeit ermessen. — So waren z. B. auf dem großen Landtage zu Preßburg 1362, woselbst das Bündniß zwischen K. Ludwig von Ungarn und H. Rudolf IV. besiegelt wurde (Steyerer Addit. ad hist. Alb. a. a. 1362, Cäsar Ann. III. 243—4, Staats- und Kirchengesch. v. St. V. 360 f.) Oesterreicher, Steiermärker und Kärntner Edle stark vertreten, darunter auch Kirchenvorsteher. Aus Steiermark kamen: der Seckauer Bischof, die Aebte von St. Lambrecht und Admont — der Graf von Cilli, die Herren von Pettau, Walsee (Friedrich H. v. W. „von Gräz"), Liechtenstein, Stubenberg, desgleichen „Eberhard Herr von Walsee von Gräz."

97/23. 1396 23. Okt., Gräz.
Landtag.

Lichn. G. d. H. St. V. Bd. XII. nro 105. Muchar VII. S. 57. Urk. Herz. Wilhelms, worin die Freiheiten der Juden als Kammerknechte bestätigt werden. Darin heißt es: „nach rate vnser herren vnd rete die daczemal bey vns waren."

98/24. 1407 5. Juni, Obdach (?).
Bündniß der steirischen Ritterschaft mit der von Oesterreich gegen Jedermann, der sie angreifen würde, ausgenommen die Herzoge von Oesterreich.

Lichnowsky V. Regg. S. LXXXIII. nro 900.

99/25. 1411 (26. Okt. — 2. Dez.)
H. Ernst in Gräz; wahrscheinlich wurde ein förmlicher Huldigungslandtag abgehalten, denn wir finden die Formel des

herzoglichen Schwures zu Gunsten der Landesfreiheiten und des ständischen Gegenschwures urkundlich verzeichnet.

Lichnowsli V. S. CXV. nro 1242—3. Vgl. Muchar VII. 118.

100/26. 1414 18. Jä., Gräz.

Landtag. H. Ernst bestätigt die Originalurk. der Freiheitsbriefe K. Rudolfs von 1276 u. 1277 und H. Albrechts v. 1292.

Landhandv. d. Stmk. n. A. p. 2—8. . . . „constituti coram nobis fidelis nostri dilecti ministeriales, milites, clientes et comprovinciales ducatus nostri Styriae.“ . . . Vgl. Cäsar Ann. III. a. a. S. 343, Staats- u. K. G. VI. 55—6, Muchar VII. 128.

101/27. 1424 19. (12?) Nov. Gräz.

Wahrsch. Landtag, auf welchem H. Ernsts Bruder und Vormund seiner beiden Söhne — H. Friedrich IV. von Tirol den Ministerialen, Rittern und Knechten alle Freiheiten bestätigt, die sie 1277 und 1333 erhielten.

Chmel Mater. I. S. 11 nro 8. Lichnowski V. S. CC. nro 2238. Muchar VII. 175.

102/28. 1438 28. Februar.

Herzog Friedrich V. (von Steiermark) schreibt seinem Oheim Friedrich IV. von Tirol, daß er auf Sonntag Reminiscere (9. März 1438) nach Gräz reisen und daselbst mit den Landständen über den Streit zwischen ihm und den Cilliern verhandeln werde.

Muchar VII. S. 274—5.

IV. Periode.

1440—1493.

Die Zeit K. Friedrichs III.

103/1. 1442 28. Mai, Gräz.

Eine Urkunde ausgestellt von Leopold Aspacher, Verweser von Gräz — spricht von einem „nächsten Hoftaiding“, das hierorts abgehalten werden würde.

Orig. Urk. i. Joa. Arch. (Grecz am Montag nach St. Urbanstag).

104/2. 1443 Dez. Landtag zu Gräz.

Hauptbeschluß: Alle Landesedeln und Stifte, alle Städte und Märkte müssen nebst ihrer Dienerschaft als Vasallen auch noch als Landesbewohner überhaupt den 10. Mann ihrer Holden zu Roß und Fuß auf den Ruf der Grenzhauptleute stellen und je zu zwanzig Mann einen festen Wagen mit Schanzwerk und einer Kette.

Chmel Gesch. K. Frie. II. 214—215; 258—61. In den Regg. z. Gesch. Frie. I. 157 nro 1560 erscheint do. 4. Dez. Gräz — bloß die Urkunde der

Ernennung der HH. von Herberstein, Stubenberg und Neuberg zu Hauptleuten des Landesaufgebotes.

Bei Cäsar Ann. III. 413 und Lichnowski IV. S. LXXVI. nro 1443. Urk. v. 26. Dez. o. O. findet sich die Bestätigung der steirischen Privilegien durch den Kaiser (s. auch steir. Landhandv. n. A. S. 2—9). Da sich der Kaiser „Dienstag nach Lucien" (17. Dez.) noch in Leoben, den 29. Dez. aber schon in St. Veit in Kärnten befand (Diplom. Styr. I. 56 u. F. Schrötter's Abh. a. dem ö. St. R. III. 124), so muß der Gräzer Landtag in die Zeit vom 18.—27. Dez. fallen. Vgl. Cäsar Staatsgesch. VI. 119—20; Muchar VII. 310—311.

105/3. 1444 11. April, Wiener-Neustadt.

Hoftaiding Kaiser Friedrichs, wobei Wilhelm Paumkircher, Pfleger und Hauptmann zu Portenau, mit Gütern und Gülten in Krain und am Karst belehnt wird.

Urk. do. Mittw. nach Sonntag Judica. — Muchar VII. 315.

106/4. 1445 9. Jänner, Wien.

Kais. Schreiben an den Seckauer Probst, worin er auf den Gräzer Landtag am 14. Febr. (Sonntag Invocavit) beschieden wird (da. Samstag nach 3 Kö.)

Gegenstand der Berathung — die Angelegenheiten mit K. Ladislaus, Polen, Türken und außerdem die Herstellung des Landfriedens in der Steiermark: „damit solich ingriff so aus dem kunigreich Vngern in unsere Land heraus beschehen, gewert vnd lannd vnd lewt in frid vnd gemach geseczt werden."

Orig. i. Joa. Arch.

107/5. 1446 (Mai) Regensburg.

Reichstag. Ständische Abgeordnete aus Steiermark, Kärnten und Krain anwesend. Rüstbefehl — an die 3 Lande sich „auf den negsten Montag nach St. Veitstage (20. Juni) gen Fürstenfeld und Radkerspurg verfügen" — dat. v. 6. Mai (f. sexta ante f. S. Servatii).

Wichtiges Verzeichniß sämmtlicher stellungspflichtiger Prälaten, Grafen, Herren, Ritter und Knechte (vgl. oben die allgem. Erörterungen). Valvassor Ehre des H. Krain. Cäsar Ann. III. 426—431. Saats- u. Kircheng. VI. S. 154—157.

108/6a. 1447 10. Jänner, Wien.

Kais. Schr. a. d. Seckauer Pr., worin er auf den Gräzer Landtag in der Fastenwoche (22. Febr. — 1. März) entboten wird.

Gegenstand der Berathung mit den Ständen — die Störung der landschaftlichen Ordnung und Sicherheit durch: „raub, prannt, vencknuss vnd toettung ....." („Eritag nach S. Erhartstag").

Wahrscheinlich wurde derselbe verschoben oder im Herbste ein neuer abgehalten, denn ....

108/6b. — 16. Sept., Wien — entbietet der Kaiser den Seckauer Pr. abermals dahin zu einem Landtage. (da. Samstag nach h. Kreuz Exaltatio).

Beide Origg. im Joa. Arch.

109/7. 1448 17.—21. Juni, Gräz.

Taiding. Gerichtsbrief K. Friedrichs vom 21. Juni in dem Streite der Neustädter Bürger mit den Ständen der Steiermark über Weinausfuhr aus Oesterreich. Darin heißt es u. A.: „darumb wir denselben partheien, allen auf den nechsten Montag nach sand Veitstag nagst vergangen tag, her für vns geseczt haben“ (d. i. auf den 17. Juni).

Urk. i. Chmels Mater. I. 70—72. Muchar VII. 345—6.

110/8. 1451. Gräzer Landtag in die Zeit zwischen den 28. Okt. — 20. Dez. fallend.

„Anno igitur Dom. 1451 circa festum SS. Simonis et Judae praefatus Dom. Fridericus Rex novam civitatem egreditur et iter versus Graez arripuit, dispositurus de regno suorum dominiorum haereditariorum.“ (Ebendorfer de H. Chron. A. b. Pez II. col. 868). „Hinc in vigilia Scti Thomae (20. Dez.) a Gracz egressus . . .“ (ib. col. 869).

111/9. 1452 26. Jänner, Wiener-Neustadt.

K. Friedrich entbietet den Seckauer Probst auf den Gräzer Landtag am 3. März (Freitag nach Matthäi) (da. a. Mittwoch vor lieben Frauentag).

Orig. Urk. i. Joa. Arch.

112/10. 1452 (8—28. Juni) Bruck a. d. M.

Berathung des Kaisers mit den steirischen Ständen.

Aen. Sylv. h. Frid. ed. Argent. 1685 S. 99 spricht von einer Berathung des aus Rom zurückk. Kaisers mit den steir. Ständen zu Bruck a. d. M.: „Medio tempore Styrienses in Pruckam vocati . . . . Consilium hic cum Stiriensibus receptum est: eundumne statim ad Novam Civitatem an Graecium petendum. Styriensibus praecipiendum, presto in armis atque ad signum parati sint, alios Ciliensibus, alios Hungaris opponant“ . . . . Und weiter (S. 188) heißt es: „Styrienses placere tibi (imperatori) uti conventum habeant consulantque terrae Styriae, ne quid detrimenti per Hungaros aut Cylienses patiantur. Si vocantur in Austriam praesto essent.“ (Vgl. Muchar VII. 379).

113/11. 1453 26. Jänner, W. Neustadt.

K. Friedrich entbietet den Seckauer Probst auf den Gräzer Landtag am 19. Febr. (Montag nach Invocavit).

Orig. Urk. im Joa. Arch.

114/12. — 15. Juli, Völkermarkt.

„Abred gegen kunig Fridreich von den landtlewten

von Steir, Kaernten vnd Krain zu Volkchenmarkt am sand Elfpotentag ao. dom. 1453 wider die von Vngern."

(Dresd. Cod. fol. 131 a).

Die Hauptstelle des Landtagsbeschlußes, der einen eventuellen Anschlag auf Truppen und Geld vorbereitet, lautet:

(Abs. 4): „Item das auch ewr gnad der lanndtschafft in Steir, Kerndten vnd Krain yedem besunder schreib vnd sy in ayn veld ze komen eruoder, auff ainen benanten tag, der dann ew. gnaden fuegsam bedunckhet ze sein in die marchgsloss an die grenicz gen den Vngern benenn, sich da in dennselbenn briefen nemlich begriffen werde, das vnns ewr gnad in der notdurfft well halden als uns ew. gnaden vordern gehaltenn haben vnd auch fur redlich scheden steen."

In einer Seckauer Urkunde (Or. i. Joa. Arch.) wird do. 25. Juli 1453 in einem kaiserl. Mandate der auf die Priesterschaft gelegten Steuer gedacht, die auf St. Gallentag (16. Okt.) eingebracht werden solle.

115/13. 1455 9. Nov. Gräz.

K. Friedrich entbietet den Abt von Admont zu dem Katharein-Landtag (25. Nov.) in Gräz.

„wan wir ettwas gnöttiger sachen vnns vnd vnnser lannd vnnd leut merkleich antreffend mit dir vnd anndern vnsern prelaten vnd lanndleuten zu reden haben."

Den 27. Sept. hatte er ihn aufgefordert, sich mit seinen Vasallen und Reisigen zu Roß und zu Fuß binnen 8 Tagen in Gräz einzufinden und mit den kais. Söldnern vereint ins Feld zu ziehen. S. Muchar VII. 409

Die Erläuterung bietet der Chronist Ebendorfer l. c. col. 876: „Nam Ulricus de Stubenberg, Bertholdus de Ellerbach et Grafenegger viam facti ingressi unacum Domino Andrea Paumbkircher sunt, qui et dominia Domini Imperatoris tam in Austria quam in Styria plurimum molestaverunt."

116/14. 1455 28. Dez., W. Neustadt.

Kaiser Friedrich schreibt an den Seckauer Probst und spricht sein Befremden aus, daß die Stände der Steiermark auf Grund des Beschlußes der Prälaten, Grafen, Ritter und Knechte am letzten Gräzer Hoftaiding — gewillt seien — ohne sein Wissen auf Sonntag nach St. Erhart (11. Jänner 1456) einen Landtag abzuhalten.

Orig. Urk. im Joa. Arch.

Ueber den hiebei durchgeführten Steueranschlag auf den Klerus belehren uns 2 kaiserl. Steuermandate vom Jänner und Juli des J. gleichs. unter den Seckauer Urkunden des Joanneums-Archives. In der ersten wird dem Seckauer Archidiaconatsklerus aufgetragen, die Steuer von „300 guldein vngar vnd Ducaten" dem Landschreiber Ulrich Empacher einzuhändigen; in der 2. wird mit der Pfändung im Falle der Säumigkeit oder Widersetzlichkeit gedroht.

117/15. 1456 26. Juli, Gräz.

Urk. Jörg Voitser's, Verwesers zu Gräz, worin einer Landrechtssitzung gedacht wird.

Orig. Urk. im Joa. Arch.

118/16. 1457 (Februar) Gräz.

Landtag in Angelegenheit der Cilli'schen Erbschaft.

Aen. Sylv. in seinen Briefen (246) und in der hist. Enr. (263) spricht von einem „concilium Praelatorum Baronum et civitatum apud Grez Bavaricum." (Bairisch — Gräz, die ält. Bez. v. Gräz).

Alle, die einen Anspruch auf die Cilli'sche Erbschaft erheben konnten, wurden auf diesen Landtag vorgeladen. „Sed Optimates terrae possessiones Friderico tradendum censuerunt ea lege, ut competitoribus secundum provinciae consuetudinem in iudicio responderet." Vgl. Muchar VII. 428.

Ueber diese Angelegenheit finden sich zwei wichtige Urkunden bei Birk Arch. f. K. ö. G. XI. S. 141—146.

1. „Vermerkt die berednuss zwischen vnsers allergnedigisten herren des Romischen kaysers vnd weilent des von Cili reten ... Vnd ist beschehen zu Grecz an sannd Scolasticen tag 1457 (10. Februar).

2. Schiedspruch der steirischen Stände „G. zu Grecz an Mitichen der heiligu Junkfrawn sannd Julianen tag (16. Febr.) 1457." Zahlreiche Zeugen. Als Obmann fungirte der Gurker Bischof Ulrich; als „peisiczer" und „anwelt": die Herren v. Kreig, Aprech, Holneck, Sebriach und Flednitz.

Die Uebereinkunft mit dem Witowec geschah zu Cilli am 24. März. Birk a. a. O. S. 146—7.

119/17. 1458 23. April, W. Neustadt.

Kais. Anschlag die Stellung von 3 gerüsteten Pferden durch das Stift Göß betreffend, worin überdies eines Gräzer Landtages gedacht wird, auf welchem ein allgemeiner Zuzug zur Vertheidigung der Landesgrenze wider Ungarn beschlossen wurde.

Muchar Mskr. des VIII. Bandes.

120/18. 1461 (Febr.?) Gräz.

Angabe der Abhaltung eines Hoftaidings oder Hofkammergerichtes.

Ebendorfer Chr. l. c. col. 926 z. E. d. J. 1460. „Et quia Imperator ad Graez se contulit, ibique vocatis assessoribus judiciis camerae intendere studuit." Nach Chmels Regg. z. G. K. Fr. II. Bd. und Lichnowski Bd. 7 Regg. müssen wir dies in die Zeit nach dem 8. Febr. 1461 versetzen. Den 8. Febr. befand sich K. Friedrich noch in Wiener-Neustadt (Lichn. a. a. O. CCCXVIII. nro 1461) — den 11. d. M. bereits in Gräz (Chmel a. a. O. II. 385 nro 3851).

121/19. 1461 10. oder 17. Juli, Gräz.

K. Friedrichs Spruchbrief, worin er auf einen 8 Tage vorher abgehaltenen Landtag hinweist (heut achttag für unsere ret vnd lanndtlewt) da. Grecz Freitag vor St. Margaretentag.

Orig. Urk. im Joa. Arch.

Es ist nicht unmäglich, daß dieser Landtag mit dem aben angedeuteten Haftaiding in Verbindung stand. Ein kais. Spruchbrief vom 28. Juni (Grecz, Mantag var unf. lieben Frawntag) im Interesse der Stubenberger (Orig. Urk. im Joa. Arch.) (auch Muchars Mstr. des VIII. B. citirt ihn) — läßt auf Ende Juni als die Zeit der Abhaltung jenes Landtages schließen.

122/20. 1461 (August) Marburg.

Landtag.

Ebendorfer Chr. col. 945 sagt, indem er des nach Wien einberusenen Landtages gedenkt: „Sed dum ipse (Frid.) suam subtraxisset personalem praesentiam mnltis insugillatns stimulis suorum necessariorum diaetam in Marchburg Stiriae indixit, qua conclnsa mox post Andreae se Viennam venturum devovit.“

Aus den Regg. b. Chmel nnd Lichnowski geht hervar, daß sich der Kai. im Nov. zu Gräz aufhielt und hierorts noch am 6. Dez. anwesend war, ja selbst noch bis 12. Aug. 1462 unsere Stadt nicht verließ. Nach Wien ging er somit zur gegebenen Frist keineswegs ab.

Für die wirkliche Statthabung des Marburger Landtages, seine beiläufige Abhaltungszeit und den hier gefaßten Steuerbeschluß liefert ein beachtenswerthes Zeugniß ein altes Gültenbuch des Joann. Arch. (nro 1588). Auf der innern Seite des Pergamentumschlages findet sich nämlich Falgendes van gleichzeitiger Hand bemerkt: „Nota, das kayser Friedrich ein gemaine stewr anf die holden aller lantschaft geistleicher vnd auch weltleicher herrn geslagen hat anno domini MCCCCLXI° auf ein hoff iij den. auf ein huebn LX den. anf ein halbe hnebn XXX den. auf ein hofstat XV den. vnd ist beschehen mit der lantschafft der meisten willen, dy sind auch hinwider erfreyt wmb des willen mit kaiserlichen brieffen, das er für dasmal ein solche stewr nicht mer anslahen noch begern schol. Auch sind im aller herrn güeter vnd paurschafft auch ander vndersaessen mit nam zn der zeit so man dy stewr eingenomen vnd abgesamet hiet alle verschribne geantwurt vnd augesagt werden“ ad quem autem finem videbitur tempore suo. Acta sunt haec et collecta tempore mensis Augusti auno dom. quo sup.

„Item darnach hat er (der Kaiser) vber solich verhaissen als oben stet zuhand in acht oder vierczehen tagen ein grosse oder vnpilliche steuer auf die gotsheuszer iu Steir, wo ein khierchen, etc gibt in absenti ein wagen mit 4 rossen und 2 knechten, geslagen vnd solche auferrodernng ist doch mit gemachten frid wendig worden. Noch hat er von sein foderung nicht ablassen vnd hat albeg fur ain wagen geuodert XVI den.“

123/21. 1461 6. Dez., Gräz.

Gründungsurkunde für das Bisthum Laibach. Cäsar Ann. III 510.

Die zahlreichen Zeugen — darunter von steir. Herren: Stubenberg, Liechtenstein, van Mnrau, Plaukenstein, Krabetstarser, Saurau, Halleneck, Graben, Rindtscheidt, Paumkircher, Rogendarser: Landeshauptmann v. Steier u. AA. machen eine gleichzeitige Ständeversammlung wahrscheinlich.

124/22. 1462 31. Mai, Gräz.

Kaiser Friedrich entbietet den Seckauer Probst auf den Landtag zu Marburg nächsten Sonnabends (5. Juni) da. Montag nach d. h. Auffahrtstag.

Orig. Urk. im Joa. Arch.

Dieses Landtags gedenkt auch der kais. Revers zu Gunsten der Kärntner v. 4. Juli do. Marburg, ihre daselbst eingegangene Aufgebotsverpflichtung betreffend. Kä. Landhandv. 27. Cäsar Ann. (III. 513) s. Birk Arch. X. Bd. S. 386. Der Landtag muß sich in den Juli verzogen haben, da uns das „Copeybuch der gemeinen Stadt Wien“ h. v. Zeibig, 2 Schreiben der steir., kä. u. krain. Stände an die Wiener, 1 an Erzh. Albrecht (VI.) und ein kaiserl. Mandat an die Wiener sämmtlich „geben zc Marchburg an st. Vlreichs tag“ (4. Juli) (fontes rer. austr. II. A. 7. Bd. S. 337—341) liefert.

Im Reverse des Kaisers v. gl. D. heißt es, die Steirer hätten sich zu 3 Monaten Kriegsdienst „auf ir selbst kost und darlegen“ verpflichtet.

125/23. 1462 August, Wien.

Landtag. Auf dieser Versammlung waren auch Abgeordnete der Lande Steier und Kärnten anwesend.

Vgl. u. die Akten der Leibnitzer Versammlung und das Sendschr. der steir. Stände an die Kärntner, ferner Chmels Mater. II. 267—8.

126/24. 1462 12. Okt., Wien.

„Ain santbriff von den von Wienn gesannt der (in Leibnitz tagenden) landtschafft in Steir, Kerndten und Krain.“

„Den hochwirdigen fursten erwirdigen wolgeborn edlen vestenn erbern fursichtigenn, vnd weisen, den bischouen, preleten, grauen, freyen, herren, rittern vnd knechten vnd den von steten merkchten der dreye furstentumb Stewr, Kerndten vnd Krain, vnnsern genedigen herren vnd sunnder gueten frewnten vnd gunnern.“

Klagen der Wiener über den Kaiser, der ihre Forderung in den Landschadenbund aufgenommen zu werden nicht erfüllt habe („damit wir zu den vier partey auch in den lantfrid komen wern, des wir aber mit nicht ob sein k. g. haben mugen erlanngen“ . . .), Beschwerden über die arge Söldnerwirthschaft, welche die Früchte des Ackerbaues, Gewerbes und Handels vernichte; Erklärung — sie sähen sich nothgedrungen zur Selbsthilfe zu schreiten und hätten zu diesem Ende einerseits einen Landtag nach Wien berufen, „damit das lant vnd wir all wider in frid vnd gemach geseczt vnd bracht werden“ — anderseits an die Kurfürsten und Andere geschrieben, sie gegen den Kaiser zu vertreten. Die inneröfterr. Stände mögen daher ihnen ihre Freundschaft bewahren und sich durch keine Entstellung der Thatsachen irgendwie in ihrer guten Meinung beirren lassen. („Ob euch die sachen annders angebracht wurde, wellet das nicht gelauben — sunder vnnser günnstlich genedig herren vnd guet frewnt — vnd darinn die sein — nachdem wir sein darczu gedrungen worden“).

(Copie im Dresdner Codex).

Unterzeichnet: „Burgermaister richter vnd rat die genanten vnd gemain der stat zu Wienn.

Da. Wienn an sand Kolmans abent.“

127/25. 1462 13. Okt., Wiener-Neustadt.

Sendschreiben des Kaisers an die Landschaft „der furstentumb Steir, Kerndten vnd Krain, so yecz bey dem landtag zn Leybnicz sein“. . . . Aufforderung zu Kriegsrüstungen. „Gebn zw der Newnstat an sant . . Chalmans tag anno M . . . .“

Copie im Dresdn. Cod. etwas schadhaft fo. 282.

128/26. 1462 17. Okt., Leibnitz.

a. „Vermerkcht die werbung“ ... der kais. Kommissäre Sigmund Drechsler, Georg Sauerer von Saurau und Sigmund Rogendorffer an die steirische Landschaft auf deren Versammlung zu Leibnitz — „an sunntag nach sand Gallen tag.“

Betreffend: 1. den Zuzug nach W. Neustadt (wöchentlich auf einen Reisigen 1 Pf. Pf. und auf einen Fußknecht ½ Pf. Pf.);

2. die angebliche Weigerung der drei innerösterr. Lande auf kais. Gebot ins Feld zu rücken („wann sy durch dy landtlewt von Osterreich pewegt weren worden“), laut einer Aussage der österreichischen Stände zur Ermuthigung der aufständischen Wiener. (5. Okt. hatten diese dem Kaiser abgesagt. Chmels Regg. 2. S. 395; 3945. Vgl. auch Chmels Mater. II. 268—270);

3. das kais. Mißfallen (ein hochs verdriessen) über die ohne des Landesfürsten Wissen und Willen allda in Leibnitz veranstaltete Zusammenkunft der drei Lande. („und sein k. g. vermaint, das solh handlung lanndtag ze machenn berueffenn vnd ausgeschrieben nicht nur sunder sein k. g. an seiner öberkeit vnd furstlichen regierung nicht allein verhindert vnd geirrt sunder auch landten vnd lewten grosser schaden daraus entspringen vnd ergeen moechten“).

b. Der landtlewt antwurt auff die vorgeschriben drey artikel.

1. Erweisen sie sich bereit den Kaiser zu unterstützen. Daß sie dies im Augenblicke zu thun außer Stande — das habe der Kaiser selbst durch seine „Verbotsbriefe“ hervorgerufen. Denn von den Steierern sei kaum der 3., von den Kärntnern und Krainern kaum der halbe Theil allhier vertreten. Er möge daher einen neuen Landtag einberufen und denselben mit neuen Bevollmächtigten beschicken.

2. Weisen sie alle solche Verdächtigungen — ihren schlechten Willen betreffend mit Entrüstung zurück.

3. Der Kaiser möge nicht glauben, daß man seinen landesfürstlichen Rechten und Interessen nur im entferntesten nahe treten wolle (... „Wann wir albeg wol vnd früntlich an seiner k. g. getan haben vnd hinfür in allenn pillichenn sachenn tun wellenn, als sein frum getrau vnd gehorsam landtleut“). Der jetzige Landtag habe sein und der Allgemeinheit Wohl und Förderniß vor Augen.

c. Die potschafft von der landtschafft zw maister Sigmunden.

„Auff das hat die lantschafft vier geschikcht zu maister Sigmunden vnd also gelassenn sagen: ob er antwurt meins herrn gnaden wolt antwurten so wolt sy ins hoeren lassenn; wolt er aber des nicht tün, so wolten sy sich in irn fürnemen nicht hindern noch dringen lassen."

— 20. Okt.

Leibnitz „an Mittichen nach sand Gallen tag."

d. Ain copy ains sentbriffs von den landtlewten aus Steyr den von Kerndten geschriben.

1. Beziehung auf den zu Wien gemeinsam gefaßten Beschluß — sich in Leibnitz zu versammeln. („Als euch dann wol wissentlich ist ainer vnderredung, die wir mitsambt euch orenntlich beslossen haben ze Wien, da wir am negsten bey ennander gewesen sein"...)

2. Da sie aber nicht erschienen (d. i. nicht in genügender Anzahl s. o.), so hätten die Steierer sich nichtsdestoweniger zu einigen Beschlüssen gedrungen gefühlt („nach dem dann die lewff ettwas vast hertt vnd in grosser vneinikeit").

3. Darüber senden sie den Kärntnern nun ein „Notel" und bitten sie dafür zu sorgen, daß diese Beschlüsse auch in Kärnten und in Krain „vorgenommen und bestellt würden."

(Dresdner Cod. fol. 32).

e. „Vermerkcht das furnemen vnd betrachten so die landtlewt vereintlich die geczund ze Leybnicz gewesen sein oder die ir gewaltsam da gehabt getan habenn."

Leibnitzer Landtagsbeschlüsse:

1. Wahl eines Feldhauptmannes mit der Befugniß, die Landleute zu Roß und zu Fuß aufzubieten, wenn Einfälle in das Land stattfinden würden. Eintheilung des Landes in Viertel, mit Viertelmeistern an der Spitze.

2. Allgemeiner Anschlag — wovon nur die landesfürstlichen Güter ausgenommen.

3. Bestellung von 2 Hauptleuten in jedem Viertel zur Einhebung des Anschlages. Im Falle selbe nicht ausreichten, sollen sie die Hilfe der andern Landleute und im äußersten Falle die des Hauptmannes und der ganzen Landschaft in Anspruch nehmen.

4. Es sollen vier „Landmann" zur Verwahrung des also eingebrachten Geldes bestellt werden.

5. Diese 4 und die obigen 8 Verordneten sollen „bei ihren Treuen und Ehren" der landschaftlichen Geldgebahrung vorstehen.

6. Bei einem feindlichen Einfalle (inczug in das lanndt) hat der Hauptmann das Aufgebot zu erlassen und der Rath der 12 Verordneten das Rüstgeld zu bestimmen.

7. Bei „großen Kriegsläuffen" soll der Hauptmann Gewalt haben, die nothwendigen Ergänzungen der Landwehr auszuheben.

8. „Es sol auch chain landtmann inner lant noch auszer launds an rat vnd wissen chain krieg nicht anuahen.“

9. Der Hauptmann und die 12 Verordneten haben alle Auslagen für „Zehrung“, „Botenlohn“ oder „Kundschaft“ verrechnen.

10. Der Feldhauptmann sammt der Landschaft sollen den 4 Geldverwaltern im Nothfalle beistehen.

11. Wahrung des gegenseitigen „Landrechtes“ ohne Nachtheil für den Landesfürsten.

12. Wer sich ob geistlich oder weltlich von denen, die da nicht anwesend, den gefaßten Beschlüssen widersetzen würde, der soll ohne alle Berücksichtigung bleiben und keinerlei Freiheit des Landes genießen. Auch soll man dennoch von seinen Gütern den Anschlag nehmen.

13. Zum Feldhauptmanne wird gesetzt Herr Erasmus von Stubenberg mit 200 Pfund Pf. Besoldung; ihm zugeordnet die HH. Wilhelm Reisperger und Christof Myndorffer mit je 100 Pf. Pf. Besoldung aufs Jahr. Im Viertel „innerhalb der Piber-Alpen“ — zu Hauptleuten Ernst Prangker, Olivier Ydunsperger und zum „Geld-Behalter“ Herr Niklas von Liechtenstein. In dem Viertel „außerhalb (dishalb) der Piber“ zu Hauptleuten die HH. Georg Gradner und Niklas Gribinger und zum „Geldbewahrer“ Friedrich von Saurau. In dem Viertel „innerhalb der Drau“ zu Hauptleuten: Stefan Höchenwarter und Anton Grafl und zum Geldbehalter Ulrich und Wolfgang vom Graben zu Marburg. Endlich in dem Viertel „herab von dem Mürzthal“ Lienhart Aspach und Walther Gneser und zum Behalter Herr Wilhelm von Bärneck.

14. Die Einhebung des Anschlages soll zwischen dieser Zeit und künftigen Lichtmessen stattfinden.

15. Herr Niklas von Liechtenstein, Wilhelm Raisperger und Christof Mindorffer gelobten als Zugeordnete des Feldhauptmannes Treue an. Desgleichen die 4 „Behalter“ und die 8 „Einnehmer“.

16. Gleiches thaten sämmtliche Landleute dem Feldhauptmanne gegenüber.

17. Zu dem Anschlage solle keine andere Münze genommen werden als 4 Herrnschläge, alte Wiener Pfennige, Etscher Kreuzer und der Gulden in seinem Werthe.

18. Alle Nichtanwesenden sollen dem Feldhauptmanne mündlich oder brieflich Gehorsam geloben.

Copie im Dresdner Cod. fo. 986—101.

(1462)

f. „Ain santbriff von den landlewten in Steir zu vnnserm allergnedigisten herren zu Leybnicz ausgegangen.“

Die steirischen Stände erklären: die triftigsten Beweggründe hätten sie zur Abhaltung und zu den entscheidenden Beschlüssen des Leibnitzer Tages gedrängt, — nachdem sie über des Kaisers und seiner Familie „bekümmerniß und beschwerung“ — ihr Beileid ausgesprochen. Sie bitten, der Kaiser möge an solchem „furnemen“ „ain geuallen haben“ und der Landschaft in ihrer Noth beistehen „als vnnsz genediger lanndtsfurst vnd herr Ewr getrewer landtschafft schuldig seyt.“

(Copie im Dresdner Cod. fol. 32—3).

Auf dem Pergamenteinbande eines Gültenbuches (Joann. Archiv nro 1588) innere Seite findet sich folgende gleichzeitige Vermerkung: „Item dominus Purkhardus episc. Salisburgensis imposuit talem exactionem et grauissimum caritativum ad districtum archidiaconatus Stirie superioris in quo me grauauit de ecclesia dandas triginta florenos quod nullo tempore auditum uel factum fuit, qua re de caritatis subsidio et porcione eiusdem antiquis plebanis grauatus fuisse auditur. A. hoc anno MLXij.“ — Ferner: „Anno dom. MLXiij hat Kaiser Fridreich auf mein kierchen Stewr geslagen“ u. s. w.

129/27. 1467 1. Dez. W. Neustadt.

Kaiserl. Schreiben an den Seckauer Probst, worin über das „puntnus“ und die „ainigung“ der steirischen Stände Klage geführt und derselbe auf Fabian und Sebastian (20. Jänner 1468) zu einem Grazer Landtage der Steirer, Kärntner und Krainer entboten wird. (d. am Eritag nach St. Catrein tag).

Orig. Urk. im Joa. Arch.

Die Beschlüsse dieses Landtages lernen wir aus Attenstücken kennen, welche in Chmels Monum. habsb. I. Abth. 2. Bd. S. 831—838 irrigerweise dem Jahre 1478 eingereiht wurden.

Daß dies nicht der Fall sein und wir selbe unbedingt dem Jahre 1468 zuweisen müssen, geht, abgesehen von dem ganzen Inhalte, insbesondere aus folgenden Stellen hervor:

Im 4. Abs. der ständ. Antwort heißt es (S. 832):

„Auch daz sein k. gnad die schuld (an Sigmund von Weißpriach) zu bezallen verpotten und solh verpot nie abgerufft hat, auch all schuld vom Paembkircher, Weyspriacher und anndern zubezallen auf sich genomen hat.“

In der kais. Erwiederung erscheint (835) die Stelle:

„Item von des Pembkircher betzallung wegen des ist sein kaiserlich gnad willig, hat auch mit des Pembkircher diener hye yetz dauonreden lassen und begert daz die lanndtlewt bei irn lewten darob sein und sy darzu halten, daz sy den ungelt geben, der dann zu des Pemkircher und annderr bezallung furgenomen ist worden. Es wer auch der Pembkircher villeicht in seiner geltschuld bezalt worden, aber hab sein kais. gnaden zu Oesterreich bekriegt und aufsleg genomen hab sein k. gnad gemaint es solt im an seiner betzallung pillich abgeen.“

Endlich findet sich in dem Anbringen der Stände (S. 838) die entscheidendste Stelle:

„Item das sein kaiserliche gnad unns gnedigklich entheb von der schuld des Pemkircher und annder schuld die sein kaiserlich gnad auf sich genomen hat, damit lannd und lewt nit in weitter unrad kom wenn die sag ist, das der Pemkircher das lannd darumb angreiffen well mit kriegen."

Wir wissen, daß schon im Jahre 1467 Zerwürfnisse zwischen dem Kaiser und dem geldbedürftigen Baumkircher ausbrachen, welche im Frühjahre 1468 bereits den bekannten Adelsbund unter der Führung des Baumkirchers, des Stubenbergers u. A. m. veranlaßten. Vgl. Unrest S. 559.

A. Der lanndtlewt in Steir antwurt und fürnemen auf der k. maiestät antwurt, in auf ir hegeren geschehen. (S. 831—833):

1. Türkengefahr — wie derselben zu begegnen.

2. Zurückweisung des Verdachtes, daß die Landleute nicht aus „Armut" sondern aus schlechtem Willen es an ausgiebiger Rüstung fehlen ließen.

3. Ueber die Geldschuld an den Weißpriacher und die Reichenburger.

4. Von den landesfürstl. Städten, Märkten, Aemtern und Urbarleuten sei der Wochenpfennig noch immer nicht eingelaufen, obschon er doch vom Kaiser anbefohlen.

5. Ueber die Lösung der von den Türken Gefangenen.

6. „Item der juden halben darinn sein k. gnad offt ersucht und beten ist worden umb gnad hillf und furdrung wider ir henndl." ... Wahrung der „Juden-rechten" in Bezug ihrer gerichtlichen Zuständigkeit.

7. „Item des lanndtsrechts halben wie das unordennlich gehalten wirdet und ain grosse beswernuss ist yedem man der dabey zu schaffen hat sind das ettlich ursach." ... Beschwerden über das Gedränge dabei, die langen Sitzungen und deren Kostspieligkeit für die Beisitzer; über die Willkür des „Verwesers" im Allgemeinen und Einzelnen.

8. Bedürfniß einer neuen Ordnung der Landgerichte.

9. Klagen über die schädliche Einfuhr der „hungerischen vnd österreichischen" Weine.

10. Schluß.

B. Vermerkht unsers allergenedigisten herrn des r. k. fürnemen und antwurt auf landtlewt artikl und geprechen so sy seinen k. gnaden in geschrift geben haben anno domini etc LXXViij°:

1. Verbot, daß die Juden einen „furschlag" auf Geldschuld thun.

2. Die Sieglung der Judenbriefe soll durch den Bürgermeister oder Stadtrichter und Judenrichter vor sich gehen.

3. Kein Jude darf die Geldschuld eines Bauers über 3 Jahre anstehen lassen.

4. Jeder Jude soll in der Land- oder Stadtschranne seinen „Meldbrief" alljährlich nehmen, und sich an sein ordentliches „Judenrecht" halten.

5. Bei dem Verkauf der ungar. und österr. Weine solle der Inhalt der „Landesordnung und Freiheit" entscheidend sein.

6—8. Ueber „kewff", „marchfueter" und „robat."

9. „Item von des lanndshaubtman wegen darauf wil sein kaiserlich gnad gedacht sein."

10. Die Besetzung des Landrechtes bleibe den Landleuten zugewiesen.

11. Ueber Weinaufschlag und Ungeld.

12. Von des Baumkirchers Bezahlung (s. o.)
13. „Von der Lanndgericht wegen."
14. Ueber die „gedingten Urtail in seiner kais. gnaden abwesen." (Abwesenheit — Anf. des Jahres befand sich der Kaiser in Wiener-Neustadt. Seit März finden wir ihn zu Grätz).
15. Verpflegung des Landesaufgebotes nach altem Herkommen.

C. Vermerkht die geprechen so unser allergnedigister herr der r. k. im lannd hat (863):

1. Säumigkeit der Stände in Bezug des nothwendigen Aufgebotes „zu nutz und befridung des lands wider seiner kaiserlichen gnaden veindt."
2. Lehensachen.
3. Gewaltthätige Fernhaltung der Juden vom Landrecht.
4. Eingriffe in die „Landtfell" (Landesgefälle).
5. Eingriffe in die kais. Landgerichte.

D. Vermerkht ettlich nachuolgend artikel, die aus grosser merklicher notdurfft an die k. m. sein zebringenn under anndern (S. 836—838):

1. Beschwerde über die Juden, ihre „trieg" und „valsch", die das Land verarmen machen. Namentlich sollen die schädlichen „Geldbriefe" d. i. Schuldverschreibungen aufhören, und an deren Stelle ein „schermpfand" treten.
2. Schädliche Weineinfuhr aus Oesterreich und Ungarn („nicht allain dem adl der in der March siczt und all sein tragnuss und gullt an den weinen ligt, sunder auch den stetn und merckhten.")
3. Ordnung in allen „keuffen nach dem werd der munss."
4. „Marchfuter."
5. Beschwerniß der armen Leute durch „ubersbenkliche robaten, die sy durch das ganntz jar zu den stetn tun mussen."
6. Protest gegen die Befreiung der Geistlichkeit von der Stellungspflicht vor der Landschranne oder in dem Landrecht „umb gruutt und umb poden" — „das wer swer und wider die ordnung und recht ditz lannds und zumal wider seiner kaiserlichen gnaden oberckhait."
7. Ansuchen um die Bestellung eines Landeshauptmannes.
8. Besetzung des Land- und Hofrechtes nach altem Herkommen.
9. Abschaffung der Aufschläge, des Bau-Zehends und des Bergrechtes.
10. Die Baumkirchersche Schuldangelegenheit (s. o.)
11. Ordnung der Landgerichte.
12. Bestellung eines „Regimentes" in Fällen der Abwesenheit des Kaisers.
13. Verproviantirung und Verpflegung des ständischen Aufgebotes.

130/28. 1469 20. August („am suntag vor sand Augustin tag"). „Das ffürnemen vnd die ordnung" der „landtschafft in der obern Steiermarch." Offenbar fand der Landtag zu Judenburg statt. Vgl. 1469 28. Okt. die Urk. des „anndern fürnemens."

1. Ausschreibung der „Pfarrknechte" von Bruck — Aussee, gegen Schladming und Murau, Lungau und Neumarkt bis gegen St. Leonhard im Lavantthal, bis an den Semmering, Neuberg und gegen Zell; im „Innenperg" und bis gegen St. Gallen im „Ländtlein."

2. Bestellung von Hauptleuten in den stärker bevölkerten

Pfarren, welche den Landsturm mittelst Glockengeläute oder — „wo man aber die Glocken nicht hören mag" mittelst „Kreidfeuer" aufbieten sollen.

3. Die Ungehorsamen sollen mit Gewalt zum Gehorsame gezwungen werden.

4. Von St. Leonhard im Lavantthal bis auf den „dewpbergk" bei Leoben, vom „dewpbergk" bis ins Mürzthal und an den Semmering sollen „vestigung vnd pav" veranstaltet werden — „damit die veynt nicht inczüg des launds getün mügen."

5. Aus den bezüglichen Pfarren sollen Wächterrotten und Boten zur „behuett der paw" geordnet werden, mit 8 Tagen Dienstzeit.

6. Jedem unbefugten Eindringen zu Fuß oder zu Roß soll mit Gewalt und bei voller Straflosigkeit Widerstand geleistet werden.

7. Die Beherbergung von „sterczern" oder „starckhen pettlern" in Gasthäusern oder Tavernen soll verboten sein, bei Bestrafung des Wirthes und Gastes.

8. Wer „nicht auffrichtig diennst" hat — soll binnen 8 Tagen „sich von dann auss der herrschafft vnd gericht hebenn" bei Strafe des Betreffenden und dessen, der ihn unbefugterweise behaust.

9. Aufzählung derjenigen, die mit der Leitung der Baue oder Landesbefestigungen am „Guetenveld", auf der „Pyber" Alpen — und bei dem „Kolgraben", in der „Rachau" und „an der Gleyn", „über die Luensach Payrspach", an dem „Dewpbergk" (s. o.) und der „Slednitz" — „von Bruck bis auf den Semmering" betraut.

9. Zu dem Baue hat sich die Nachbarschaft mit der nöthigen Zehrung und dem gehörigen Werkzeug (Hacken, Sägen, „naebiger Hawn", Schaufeln und Krampen) zu versehen. Auch soll es an den nöthigen Zimmerleuten nicht fehlen.

10. Verzeichniß der 90 Pfarren in der obern Steiermark. „Daz sind pharrn in der obern Steyrmarch in dem obenanten furnemen betracht vnd aufgeschriben wie oben gemelt ist."

Cop. im Dresdner Cod. fo. 172—176 b.

131/29. 1469 3. Sept., Gräz.

„Kaiser Fridreichs briff des anslags auff yede fewrstat im lanndt Steir ein gulden vngrischen oder ducaten gulden zo gebenn."

„Grecz an sontag nach st. Gilgentag anno Dom. MCXViiij."

Cop. im Dresdner Cod. fo. 176 b—177 a.

Hieher gehört wohl die Stelle in Unrest's Kärntn. Chronik b. Hahn I. S. 564. . . . „Inndem schlueg der kayser ain gemaine grosse Stewr in das Lanndt Kerndten vnd Steyr auff all Priester, Gotteshawser,

Lewt, auff aller Spitall Lewt auff aller Pruederschafft lewt, auf ain yede huebeu ain halb phundt phenning und all preleten vnd kloster auf Stett vnd Merkt ain grosse summ“ ....

132/30. 1469 28. Okt., Judenburg.

— („auff heil. tag sand Symon und sand Judas tag.“)

„Vermerckt das ander fürnemen vnd ordnung .... in der obern Steiermarch.“ (vgl. o.)

„Es ist ze merkchen das die Erwirdigen preleten, die vom adel von stetn, merkchten auch die gemain landtschaft vnd nachpaurschafft in obern Steiermarch so hernach geschriben ist vnd benennt sein: bey irn ern vnd trewn an ains gesworn aides stat gelüb gegenenander getan vnd gelobt habenn: allem dem nachzekommen trewlichen vnd angeuerde das yecz bey der gegenwurtigen besummung ze Judenburg veraimtlich gemacht vnd beslossen ist vnnserm allergenedigisten herren, dem Romischen kaiser etc. als lanndtsffursten zu ere auch lanndt vnd lewt ze befriden mit der fürgenommen ordnung, so in den artikeln nachgeschribenn sein, die ze mynnern oder ze mern als dann dieze notdurfft des lannds ervordern möcht.“

„Vermerkcht welh bey sölher besammung vnd gelübenn gewesn sind vnd tan haben“:

Die Aebte von St. Lambrecht, Admont, Neuberg; der Probst von Seckau, die Aebtissin von Göß; die Herren von Liechtenstein, Ramming, Greiffeneck u. Teuffenbach und an die 25 andere Adelige.

„Item das gancz Murztal mit allen irn tellern durch herrn Hannsen Ramming (al. Ramüng) vnd Vlreichen Reysacher.

Die von steten:

Item die von Prugk a. d. M., die von Lewben, die von Knittelveld, die von Judenburg, die von Rottenmann, die von Oberwelz.

Die von merkchten:

Item beide Eisenaerzt, Trofeyach, Mauttern, Kuchlwanng, Oberczeyrigk, Newenmarkcht, Hundsmarkcht, Obedach, Weissenkirchen, die von Kamer.“

Beschlüsse:

1. Viertelmeister zu bestellen, nebst Rottenmeistern — die für die allgemeine Sicherheit und nothwendige Volksbewaffnung zu sorgen hätten.

2. Bestellung der Viertelmeister in folgenden Gebieten (rifieren):

a) „Rifier“ oberhalb St. Peter o. Judenburg bis ans Lungau und die kärntnerischen Gemärke: Herr Niklas von Liechtenstein mit 7 Pfarren.

Als weitere Viertelmeister oder Rottenmeister 6 Edle und der Richter von Neumarkt angeführt — mit 15 Pfarrbezirken.

b) Das annder viertail oder rifier vmb Judenburg.

Viertelmeister: Herr Georg von Kainach und Einer von Judenburg aus dem Rathe der Stadt — zugeordnet 6 Pfarren.

7 andere Viertelmeister oder Rottenmeister mit 18 Pfarrbezirken (darunter erscheint auch der Probst zu Mautern und der Richter „im Innernperg“).

„Item zu Enstal lest man die ordnung beleiben wie sy vormals furgenomen ist vnd in der gemaynen landtschafft vnd nachpaurschafft mit gelüb zugesagt ist in der obberüerten maynung.“

c) „Viertelmaister im Mürztal“:

Herr Hanns Ramming und Einer von Bruck; mit 7 Pfarrbezirken.

6 weitere Viertelmeister oder Rottenmeister mit 15 Pfarren.

d) „Viertelmaister am Guetenfeld und am Praitenecg“:

3 angeführt mit 5 Pfarrbezirken.

3. Ein jeder Viertelmeister und die ihm Zugeordneten sollen allen feindlichen Ueberfällen mit schleuniger Aufbietung des Landsturmes im Wege des Sturmläutens, des Anzündens von „Kreidfeuern“ oder des Aufrufes (manung) zu begegnen.

4. Der wider solche Vorschriften Handelnde solle bestraft werden.

5. Zur Bestreitung der Auslagen für Reisen, Botenlohn und andere Nothdurft soll jeder Hausbewohner vier gewöhnliche Pfennige beisteuern.

6. Gebot, fremde und unbekannte Leute — sie seien zu Fuß oder Roß aufzuhalten und in die benachbarten Städte, Märkte oder Schlösser zu schaffen.

7. Für die Sicherheit und den Frieden jedes Landesviertels haben die betreffenden Viertelmeister und deren Amtsgenossen Sorge zu tragen.

8. Zur Hütung der Befestigungsbauten soll es wie schon früher angeordnet, gehalten werden.

9. Verbot der Beherbergung unredlicher Leute.

10. Welcher Gastwirth Gäste über drei Tage hinaus beherbergt ohne sich über sie genauer zu erkundigen, verfällt der Strafe.

11. Wahrung des Landrechtes zu Gunsten des Einzelnen und der Gesammtheit.

12. Verbot des „Fürkaufs" auf dem Lande und der Getreide, Käs — oder Schmalz — Ausfuhr nach Ungarn.

13. Die aufgebotene Landwehre soll sich jedes Landesschadens enthalten.

Dresdner Cod. fo. 177 b—180 a.

133/31. 1469 29. Nov., Wiener-Neustadt.

Kaiser Friedrich verbietet den Ständen von Kärnten, Steier und Krain, den auf „nagstchunfftigen suntag" (3. Dez.) anberaumten Landtag in Voitsberg abzuhalten („wann wir in willen haben auff anlanngen vnnser landtschafft des beruerten vnnsers fnrstentumbs Kcherndten in kurcz ain gemain landtag an ein gelegen end vnd stat selbs auszczeschreiben vnd vnnszer landlewt vnnserr fürstentumb Steir, Kerndten vnd Krain daczu eruordern vnd da mitsambt ew vnd ewren rat das pesst vnd nüczist so für vnns vnnszer lant vnd lewt sein würdet fürczenemen" . . . .)

„Geben zn der Newnstat an Mitichen sand Andres abent des heiligen zwelfpotenn."

Dresdner Cod. fo. 180 b—181 a.

134/32. 1469. Wahrscheinlicher Landtag der steir. Stände zu Gräz.

Hieher können wir mit aller Wahrscheinlichkeit einen Landtagsakt beziehen, welchen der oft cit. Dresdner Codex in Copie enthält (fo. 283—4) o. O. u. D. überdies in sehr schadhafter äußerer Form. Das Ganze ist ein sogenanntes Mandat an die steirischen Stände. Es wird darin, was den entscheidenden Fingerzeig abgibt, der erfolgten Rückkehr des Kaisers aus Rom, der Fehde mit Baumkircher und dessen Genossen, sodann der drohenden Türkengefahr und jener Unterhandlungen gedacht, die mit den Räthen des Königes von Ungarn, dem Erzbischofe von Gran (J. Vitéz), sodann mit dem päpstlichen Legaten und der Venediger Botschaft gepflogen wurden „aus den sachen vnderreden, damit weg fürnemen, dadurch den Turkhen widerstant mug tan vnd solh inczüg vnd krieg so aus dem kunigkreich hungern beschehen, gewentt werden."

Daß darüber in der That schon früher zu Rom Verhandlungen gepflogen wurden, beweist unter Andern das Schreiben des Kaisers v. 14. Aug. Gräz — an den Bischof von Trient (Bonelli Notizie III. 270. — Lichn. Regg. Bd. 7 S. CCCXCVII nro 1385), da heißt es: „Cum nos nuper Romae fuissemus, sermonem habuimus cum S. Pat. Papa et Cardinalium collegio circa Turcos et haereticos in Bohemia aliaque negotia nostra, sanctam ecclesiam catholicam in re gravi concernentia." Es sei auch beschlossen worden, daß daß auf den 1. September alle Fürsten Gesandte nach Rom zu Berathungen abgehen lassen sollten.

Ueberdies wird in diesem kais. Mandate der Beschädigungen durch Feinde und Söldner gedacht; auf ein bezügliches Reskript der Räthe von Gräz aus Bezug genommen und mit dem Verbote aller unbefugten Versammlungen und Bündnisse, namentlich mit dem Baumkircher — geschlossen. („So an denselben vnndt anndern endten an seiner gnaden willen vnd wissen mit dem Paemkircher beschehen pintnuss vnd ander vnpillich sachen furgenommen, daraus dan solh verderben lanndt vnd lewt so yecz in dem lanndt ist aufferstanden sey vnd begert sein k. g. das sy sich hinfür solher besamung massen haben.")

Es muß daher ein ohne Wissen und Willen des Kaisers berufener Tag der steirischen Stände stattgefunden haben. Wäre dies etwa die oben angeführte Judenburger Versammlung v. 28. Okt. 1469?

Wie damals die Baumkircher'sche Angelegenheit stand und wie sehr es dem Kaiser Noth that, die Loyalität der Steierer und die Wehrverfassung des Landes gegen den innern Feind zu festigen, — erweist am besten ein Schreiben des Kaisers vom 14. Mai 1469 da. Gräz an den Probst Andreas von Seckau, worin der durch Baumkircher verursachten Landesschäden ausführlich gedacht, ein Rüstbefehl für die „gemeine Priesterschaft in allen Erzpriesterämtern" erlassen und der Ankunft Johanns Holupp („des reiches lieben getreuen . . . vnsern Rat vnd obristen veldhauptmann") in der nahen Pfingstwoche Erwähnung geschieht — mit der angeschlossenen Aufforderung, diesen Söldnerführer auf das treulichste zu unterstützen.

(„Geben zu Grecz am Suntag nach dem heiligen Auffarttag Anno domini etc. MLXViiij . . .")

Orig. Urk. im Joann. Archiv.

135/33. 1470 3. Febr., Wien.

Kais. Mandat an den Seckauer Probst, sich auf den Ständetag der 3 Lande: Steier, Kärnten und Krain zu Friesach, für Montag nach Reminiscere (19. März) einzufinden. (Wien Samstag s. Blasientag).

Orig. Urk. im Joa. Arch.

Vgl. das analoge Mandat an den Abt v. St. Paul in der Kärntn. Zeitschr. v. Kumpf 1818 I. 124. Chmels Regg: II. S. 582 nro 5967.

Gegenstand der Verhandlungen vor Allem die Türkengefahr.

136/34. 1470? Landtag der 3 innerösterr. Gebiete zu St. Veit in Kärnten (wahrscheinlich im April).

Unrest (S. 564) erwähnt Folgendes: „Soliches gross Verderben, ains von den Turcken das annder von den Pamkircher muet Lanndt vnd Lewt gar vast vnd die drew Lanndt Kernndten, Steyer vnd Crain paten den Kayser, dass er Inn aines veraynten Lanndtages vergunnt. Das geschach der wardt gelegt gein sand Veitt in Kernndten."

137/35. 1470 Mai, Juni. Die beiden Landtage der Steirer, Kärntner und Krainer zu Völkermarkt in Kärnten.

Der erste von Mitte Mai bis A. Juni; der zweite von Ende Juni bis Mitte Juli während. Unrest Chron. l. c. S. 565—8.

„In der Zeyt schreyb der Kayser einen Landtag aus in dy trew Lanndt Kernnten, Steyr vnd Krain ze Volckchenmarckt ze haben. Dartzu kam er auch selbe (folgt nun eine Aufzählung sämmtlicher anwesenden Ausländer) . . . da waren von ganntz Kernndtn der Adel, von Steyr vil Lanndtlewt und von Krain mit vil guetter Lanndtlewt, darunter zehen Ritter waren, auch was von Prelaten vnd Probsten ein gross sum" . . .

Die Stände bestimmen den Kaiser nach dem Paumkircher zu schicken, der zu Feistritz stand. Er kömmt nach Völkermarkt zum Taiding. . . . . „und ward ein abred gemacht und chundt desmal kein endt gewinen vnd wardt ain ander tag gemacht, als acht tag nach sand Veitstag (22. Juni), darzu kam aber der Pamkircher und wardt dye sach durch die Herren vnd Lanndtlewt getaydigt vnd gemacht."

Hierauf folgt ein sehr detaillirter Anschlag einer gemeinen „Leibsteuer" (566—8).

Als Steuerkategorieen werden angeführt:

Bischof, Abt o. Aebtissin, infulirter Probst, Prior des Karthäuserordens, Hochmeister, Kommenthur des deutschen o. des Johanniterordens, Prior, Guardian, Frauenkloster, Erzpriester, Pfarrer, Probst, Weltgeistlichkeit, Altarist, Vicari, Gesellpriester, — „Schueller der nicht pein Vater o. Mueter ist" über 15 o. unter 14 Jahre — Graf, Freiherr, Herr, Edelmann und Edelfrau, Reisiger und Knecht, Bürger, Lagerherr, Kaufmannschaft, Handwerker, Bauer mit Eigengut, Amtmann, Grundbauer, Knab, Jungfrau, „abgespentes Kind", Dienstbot und „Dieern", Tagwerker, Handwerksknecht, Zechmann, Bruderschaft, Jude u. Jüdin. (Die Juden in den 3 Landen erscheinen mit 4000 fl. besteuert).

Daß die beiden Völkermarkter Landtage, der von Mai—Juni und der von Juni—Juli vom Kaiser besucht wurden, erweist eine Reihe von Urkk. bei Lichnowski 7. Bd. S. CCCCII. nro 1440—1445 und S. CCCCIII. nro 1449—1451 12. Mai — 31. Mai; [8. Juni (nro 1453) befand sich der Kaiser schon in St. Veit], ferner CCCCIV—V nro 1463—1466 30. Juni — 6. Juli. — Noch genauer ergibt sich die Zeitbestimmung für den zweiten Landtag aus Chmels Regg. II. Bd., wonach sich der Kaiser noch am 16. Juli in Völkermarkt aufhielt. Den 19. d. M. finden wir ihn schon in Villach. (S. 590—1 nro 6071—6082).

Einer der wesentlichsten Gegenstände der Verhandlung war die Uebereinkunft v. 30. Juni zwischen dem Kaiser einerseits und anderseits den Aufständischen: Andreas Baumkircher, Hans von Stubenberg, Christian und Andreas Narringer, Ulrich Peßnitzer und Niklas Ludwig Haußer, s. den Wortlaut in Chmels Regg. II. S. 589—90.

138/36. 1470 11. Dez., Gräz.

Kaiser Friedrich an den Seckauer Probst. Zunächst wird der Völkermarkter Uebereinkunft mit dem Baumkircher gedacht, sodann der Probst aufgefordert, sich „auf den St. Erhartstag" (8. Jänner 1471) nach Gräz zu begeben, oder durch einen Bevollmächtigten vertreten zu lassen, indem hier mit den Prälaten und dem Adel von Steier, Kärnten und Krain über die Zahlung des Baumkirchers und der kais. Söldner verhandelt werden würde.

Orig. Urk. im Joa. Arch.

139/37. 1471 8. Jänner (Gräz).

Landtag der Steirer und Kärntner auf St. Erhartstag.

Unrest Chron. Austr. l. c. S. 569:

„Nun westen die lanndtlewt nicht, wo man das geldt nam, das die genanten drey (Weispriach, Eggenberg und Einpach von Gräz) dargeliehen und gelanngten den Kayser an, das er ainen lanndtag darum ausschrib und seczt. Das geschach und wardt den zwain landten Steir und Kerndten ein Lanndt-Tag geseczt auf sannd Erharts tag in dem LXXI. Jar. Daselbs war aber ein grosse stewr furgenomen, also, das yedrmann, Prelatn und kloster, auch der ganatz Adel vnd all dye gult vnd güetter auf dem lanndt hyetten, solten geben halben Tayl aller irer gult, desgeleichen gotshawser, dye gemain pfaffheyt auch, steet und merckt wurden pesunder gestewrt, und also wardtt der Pambircher und all sein hellffer mit dem Kayser und mit lanndt und Lewten ganntz verricht."

Um diese Zeit befand sich der Kaiser in Gräz. — Chmels Regg. II. 602.

140/38. 1474 8. Febr., Wolfsberg in Kärnten.

Zuschrift der hier versammelten Kärntner und Krainer Stände an die Steiermärker in Ansehung der Vereinigung ihrer Wehrkraft mit der ihrigen gegen die Türken.

Einladung zur Besprechung in Judenburg („auff den Suntag Letare zu mittervasten" — 20. März), woselbst nicht nur die in Wolfsberg Versammelten, sondern auch österreichische Abgeordnete, Vertreter von Salzburg, Bamberg und Görz sich einfinden würden. Ausdrückliches Beifügen — es sei des Kaisers Wille.

„in massen negst dy kayserl. mayestat vns den von Kerndten sölhs schrifftlich vntz auf seiner gnaden widerkunfft ze tun bevolhen hatt." K. Friedrich befand sich damals in Deutschland. Chmel Regg. II. S. 661 ff. im Jänner großentheils zu Köln, im Februar zu Nürnberg.

Mitgetheilt von Prof. Dr. H. Bidermann in Innsbruck. Vgl. Mitth. des hist. Vereins von Krain J. 1865.

141/39. 1474 4. Juni, Augsburg.

Kais. Sendschreiben an den Seckauer Probst, worin er ihn auffordert, sich zum Marburger Ständetag der 3 innerö. Lande auf St. Peter und Paul (29. Juni) einzufinden.

Vorzugsweise handelt es sich hiebei um die Türkengefahr von Bosnien herüber.

Orig. Urk. im Joa. Arch.

Ob dieser Tag nun verschoben oder am Ende des Jahres ein zweiter einberufen wurde bleibt zweifelhaft. Genug wir finden unterm

142/40. 1474 9. Dez., Marburg,

ein Beglaubigungsschreiben (Glawbsbrieff) der zu Marburg versammelten Stände für Frh. Hans von Saurau, ihren Abgeordneten, vor.

Aus der beiliegenden „Werbung" ist ersichtlich:

1. Der Beschluß des Ausrückens des ständischen Kriegsaufgebotes Sonntag vor Christi Himmelfahrt des nächsten Jahres (30. April 1475).

2. Bericht von der wachsenden Unzufriedenheit des durch die immerwährenden Türkeneinfälle zur Verzweiflung getriebenen Bauernvolkes, das nunmehr entschlossen wäre, seinen Grund-

herrn den Gehorsam aufzusagen, zu den Türken sich zu schlagen und nach Welschland, Ungarn oder anderswohin auszuwandern.

3. Bitte um Ausrüstung der Truppen.

4. Der Klerus solle sich auch am Kampfe gegen die Ungläubigen betheiligen. Im Wege der Verwendung beim Papste, dem Patriarchen von Aquileja und dem Erzstifte Salzburg solle es zu bezüglichen Ablaßertheilungen kommen.

5. Der Kaiser soll erfahren, daß die Stände die „Kuntschafft“ (d. i. Beobachtungsposten) „an der türkischen march“ „auff eigene kost und darleyen“ bestellt hatten.

6. Graf Wilhelm v. Tierstein (damal. Landesverweser) sei mit all diesem einverstanden.

7. Ueber die Bezahlung des Weißpriach.

8. Sicherheit und Geleit für alle, die sich am Türkenkriege betheiligen wollen.

9. Das Vernehmen der Steierer sei auch den Kärntnern und Krainern gemeldet worden.

10. Schlüßliche Bitte um gnädigste Unterstützung.

Mitgetheilt v. Prof. Bidermann vgl. Mitth. d. hist. V. f. Krain 1865.

Im Kärntn. Arch. 3. Jhgg. 1865 S. 20 (Beitr. z. Landeschr.) erscheint unter St. Pauler Aufzeichnungen die Angabe z. J. 1474: „Abt Joh. v. St. Paul wird nach Marburg auf einen Landtag berufen zur Berathung der Türken wegen.“

143/41. 1475 Aprillandtag zu Marburg von Seiten der Steierer, Kärntner und Krainer

Ausführliches berichtet der Zeitgenosse Unrest S. 589.

„Als man zallt nach Cristi gepuerdt tausent vierhundert vnd im LXXV. Jar, dyweil der kayser noch in dem Reich ist gewesen vnd desmals in ainer Stat genant zu Andernach (Chmels Regg. II. 674 nro 6842—6955 geben diesen Aufenthalt v. 4. Jä. bis 16. März an) schueff vnd schrayb der Kayser den dreyen Lanndten: Steyr, Kernndten vnd Krain — aynen Lanndtag gen Margpurg auf den suntag Misericordia domini (9. April). Dar solten chumen alle Prelaten, die vom Adel, von Stetten, Merckten, das doch der kayser vor nye vergunden hat wollen, das dy drew Lanndt ainen Landtag hietten, das er dismals schueff, und schrayb dapey, wie Im waere Kuntschafft chomen, wie die Turcken auf den nagsten Sumer darnach in seine Lanndt zyehen wollen.“

1. Berathung über die Türkengefahr.

2. Söldnerwerbung zur Landesvertheidigung.

3. Wochenpfennig nach bestem Vermögen. Steuerkategorieen: „gemain man, purger, pawr, hindersass“ — jede Woche 1 Pfennig. „dienstlewt, knecht, diern“ desgleichen.

4. Quatembereinzahlung des Aufschlages. Zu Einnehmern in Steiermark bestellt: der Abt von Admont, Ulrich von Graben, Wolfgang Neuenhauser und als „Zugeordnete“ Jörg von Reichenburg, Wilhelm Gräsel und Andreas Narringer ....

Ernennung von Feldhauptleuten. Im Lande Steier des Reinprecht von Reichenburg.

Jeder Feldhauptmann solle haben 24 Pferde und jeder „Zugegebnar“ 10 Pferde, die vom Solde zu bestreiten seien.

Der Sold wäre von den „abgeschriebenen Wochenpfennigen“ zu entrichten.

Unrest S. 591 erzählt dann von einem „Tayding“ der Ständischen zu Fürstenfeld mit dem Peßnitzer — von der Zusammenkunft der Steirer, Kärntner und Krainer am 24. Aug., von der Wahl des Sigmund von Polheim zum obersten Feldhauptmanne und von dem Zusammenstoße mit den Türken „peyn dem Kaysersberg, nahent beyn der Zatl“ (Sottla). (Vgl. Ilwof: die Einfälle der Osmanen in der Steiermark Mitth. des hist. Vereins f. Steiermark X. Sep. Abdr. S. 32—35).

Die völlige Ausgleichung mit dem Peßnitzer datirt v. 1. 4. Okt. 1475 (s. Monum. habsb. I. Abth. 2. und 230—232).

In einer im 18. Jahrh. verfaßten handschr. Chronik der Steiermark — (Mskr. der Grazer Univ. Bibl. 33/34 fol.) findet sich nachstehendes über den „gemeinen Landtag der drei Lande am Montag nach Sontag nach Misericordia“ (1475) — und zwar die hier beschlossene Kriegsordnung betreffend:

„Entlich war doch dises der schluss, weil kein krig ohne gelt vnd ohne manschafft kan gestirt werdten, also sol man den lanndtsfürsten dahin ersuchen, dass er Inen erlauben wolt ein Landtschaft Casa aufzurichten, alle güllten vnd manpahre persohnen dess Landts zu beschreiben: Ein gewisse Contribution darauf zu schlagen taugliche Einnember darüber zu verordnen, auch alles dassjenige, wass zu solchem werkh weiters vonnoethen sein würdt, Insonderheit etliche woll erfahrne vnd In krigssachen woll geibte landtherrn zu dero Landtobristen vnd Viertlhanbtleithen zu bestellen. Welliches alss der kayser bewilligt ist pro prima Contributione ein wochenpfenning verwilligt und balt darauf nit allein in allen Viertln Haubtleith und landtobristen, sondern auch gewisse subjecta zu general Einnembern bestellet worden (deren Catalogus wie sie von zeit zu zeit einander succedieret hier folgt....“)

Das ganze — nahezu wörtlich in die Ann. Cäsar's III. S. 148—9 (vgl. St. u. V. G. d. Stm. VI. 228—9) mit Citat („Mscr. Chron. Styriae“) aufgenommen.

Zum Feldobersten wurde Reinprecht v. Reichenburg, zum Generaleinnehmer Johann Abt von Admont bestellt.

144/42. 1476 (23. Aug., W. Neustadt).

Kaiserl. Mandat an den Seckauer Probst; Landtagsberufung (nach Gräz).

Orig. Urk. im Joa. Arch.

Die Datirung ist ausgerissen, doch die noch vorhandenen Buchstabenreste „.....lmes abent“ lassen mit Sicherheit auf S. Barte-lmes abent (23. Aug.) schließen. Damals befand sich der Kaiser in Wiener-Neustadt (s. Chmels Regg. II. S. 681—2).

Daß mit diesem fraglichen Landtage eine neue Steuerausschreibung verbunden — erweist das lat. Circulare des Seckauer Probstes Andreas v. 3. Dez. 1476 (Orig. Urk. im Joa. Arch.) an seine Geistlichkeit, worin er eines zweimaligen Steuerlasses v. E. Nov. u. A. Dez. „pro stipendiariis“ erwähnt. (Unrest S. 620 sagt: „Dieselben XL tausent gulden wuerden in des kaysers lannden zu stewr angeschlagen auf prelaten, kloster, priesterschafft, stett vnd merckht. — Soviel mußte nämlich zur Abfindung des Graveneckers vom Kaiser gezahlt werden). Auch fand damals ein neuer Türkeneinfall statt (Unrest 604—10).

145/43. 1476 27. Dez., Wien.

Der Kaiser entbietet den Seckauer Probst auf den Ständetag der Steierer, Kärntner und Krainer nach Gräz. „Wien Mittichen sand Johannestag" in Weihnachten.

Orig. Urk. im Joa. Arch.

Wahrscheinlich hing mit diesm Landtage, der im Frühjahre 1477 stattgefunden haben dürfte, ein neuer Steueranschlag zur Befriedigung der Forderungen der beiden Gravenecker (Vater und Sohn) zusammen, dessen die Copie eines kaiserlichen Mandates vom 28. Februar und des salzburgische Einbegleitungsschreiben an den steirischen Klerus v. 14. März 1477 gedenkt.

Orig. des letzteren im Joa. Arch.

146/44. 1478 13. Febr., Gräz.

Kais. Spruchbrief in stubenbergischen Angelegenheiten, worin eines offenen Landrechtes gedacht wird.

„das an Montag nach sand Paulstag der Bekehrung (28. Jänner) nagstvergangen als wir mit unseru reten und landtlewten zw gericht gesessen sein.

Greez Freitag vor dem Suntag Reminiscere."

Orig. im Joa. Arch.

147/45. 1478 10. Juni, Gräz.

Kais. Sendschreiben an den Seckauer Probst, worin derselbe auf den Gräzer Landtag der steirischen und kärntnerischen Stände („am Freitag nach sand Johann" — 26. Juni) beschieden wird.

Auf diesem Landtage wurde man mit den Ständen beider Länder über die endliche Rückzahlung der ihrerseits dem Sigmund Weißpriacher schuldigen 3000 ungar. Gulden berathen (vgl. v. d. J. 1471 Regg. nro 139/37).

Orig. im Joa. Arch.

148/46. 1478 24. Aug., Gräz.

Kaiserl. Sendschreiben an den Seckauer, worin derselbe zu der Versammlung der Steierer, Kärntner und Krainer auf Freitag nach Matthäustag (25. Sept.) in Gräz beschieden wird. („Gretz am Montag Sand Bartelmestag").

Orig. im Joa. Arch.

Muchar im Mskr. des VIII. Bandes citirt ein analoges Schreiben (vom 14. Aug. Gräz) an den Reiner Abt.

Der Landtag zog sich in den November hinaus vgl. Hermann Hdb. der Gesch. Kärntens I. 205 *).

---

*) Zum J. 1480 bemerkt Unrest l. c. S. 649: „Der Kayser schrayb gegen Steyr und Kerndten und pott yedem man auf ze seyn vnd die statt (Fürstenfeld) zu retten." Es dürfte aber nur ein Mandat, kein Landtagsbeschluß gewesen sein.

149/47. 1485 5. Juli, Innsbruck.

Kais. Schreiben an den Seckauer Probst, worin der Exprimas von Gran Johann (Bekensloer), Administrator des Erzbisthums Salzburg als Bevollmächtigter des Landesfürsten bezeichnet, und der Seckauer auf „sand Jacobstag im Schnit" (25. Juli) nach Rottenmann zu einer Berathung entboten wird.

(„da derselb von Gran mit denselben seinen vndertanen auch ander vnser lanndtleut sein werden" ....

Zweck der Versammlung: „damit den veinden widerstand tan vnd das bemelt vnser land und lewt widerumb in frit vnd gemach geseczt mugen werden."

Urk. im Joa. Arch.

150/48. 1485 16. Sept., Salzburg.

Johannes von Gran, Administrator von Salzburg, an den Erzpriester von Seckau. Aufforderung, die durch den nach Jacobi zu Rotenmann abgehaltenen Konvent bestimmte Einkommensteuer, auf Grundlage getreulicher Besitzausweise, zu betreiben, da man dies bisher nur lau betrieben oder ganz unterlassen.

Urk. im Joa. Arch.

Cäsar Ann. III. 577—8 sagt darüber: „Hoc dum in Austria gererentur, Joannes administrator Salisburgensis circa festum sancti Jacobi teste Chron. Salisburg. anon. San Petrensis fecit congregationem terrigenarum in partibus Styriae ex commisione Imperatoris et fuit absens 7 hebdomadas .... huic anno hoc conventum provinciarum in Styria egit, quo vero loco? ignotum."

151/49. 1488 Mai (?).

Versammlung der steirischen Stände (wahrscheinlich in Gräz) zur Berathung des Waffenstillstandes mit den Ungarn.

Cäsar Ann. (III. 583). Zunächst dauerte derselbe vom 1. Juni bis 1. September.

152/50. 1490, Gräz.

Unrest S. 744. „... Als Kunig Maximilian zu Graetz in ainer besammung was und sich richt zu dem zug gen Vngern" ...

Nach Lichn. Regg. VIII. DCLXVI nro 1407 befand sich Max 13. Juni in Rottenmann; DCLXVIII nro 1422 13. Aug in Bruck a. d. M. Der Gräzer Aufenthalt ist nicht beurkundet, läßt sich aber sehr wohl der Zwischenzeit einpassen.

Weiter heißt es sodann bei Unrest: „Auf soliches zusagen (der Städte Wien und Neustadt) erhub sich kunig Maximilian zu Graz — und kham gen Wien am Pfinztag nach sannd Bartholomeustag" (25. Aug.)

Offenbar mußte diese Gräzer Versammlung vor den 13. August fallen; denn damals finden wir Max schon auf dem Rückwege in Bruck a. d. M.

153/51. 1491 6. März, Linz.

K. Friedrich beruft die steirischen Stände auf den Landtag

zu Gräz, der in Ansehung der ungarischen Thronbewerbung Maximilians am Sonntag Quasimodogeniti (10. April) eröffnet würde. („Lintz Sontag Oculi“).

Urk. im Joa. Arch.

V. Periode.

1493 *) bis 1522.

Von der Regierung Maximilians I. bis zur Erbhuldigung E. Ferdinand I.

154/1 a. 1494 2. Sept. o. O.

Kön. Sendschreiben an Friedrich von Stubenberg, worin dieser aufgefordert wird, sich nach Marburg zu dem „gemain lanndtag“ der Steierer, Kärntner und Krainer auf „Sannd Gallen tag“ (16. Okt.) zu begeben, woselbst die mannigfaltigen Klagen über die fremden Söldner („dinstlewt, so wir zu widerstanndt der Turgken in vnnser erbliche fürstentumb vnd lannde geschigkht“) und über die Juden ihre Berathung und Erledigung zu gemeinem Nutzen finden sollen. „Erichtag nach s. Egidii.“

Orig. Urk. im Joa. Arch.

Nach Maximilians Itinerar von Stälin im I. 2. der Forsch. z. D. Gesch. Göttingen 1861, S. 353 befand sich Max damals in den Niederlanden. 25., 26. Aug. in Mecheln, 5. Sept. in Antwerpen.

In der obigen Urkunde wird überdies angedeutet, der Kaiser habe dahin „ettlich“ von den „regimenten und rate verordennt.“

Auch eine Notiz in der handschr. Rotenmanner Chronik a. a. 1494 gehört hieher.

Es wird eines allgemeinen Anschlages gedacht: ..... „Et quia huius steurae collectores nimium petierunt res in proninciales comitias Marburgi celebrandas dilata est.“

Ob nun dieser Marburger Landtag wirklich abgehalten oder auf das nächste Jahr verschoben wurde bleibt dahingestellt. Einen bestimmten Anhaltspunkt für die erstere Ansicht haben wir nicht, wohl aber für die zweite. Denn der von Prof. Dr. Bidermann mitgetheilte Landtagsakt ohne Jahresangabe aber von den seit 27. April in Marburg versammelten Stände der Steiermark (im Vereine mit denen von Kärnten und Krain) ausgegangen, gehört seinem Gesammt-

---

*) 1493 4.—14. Nov. Maximilians I. Aufenthalt zu Graz.

Chmels Urk. sa. im X. B. der Stuttg. Vereins-Bibliothek. 1845, S. 14 und 15:

1. kön. Sendschreiben (nro XVIII) „Geben zu Grecz am montag nach aller heiligen tag“;

2. kön. Sendschreiben (nro XX) „Geben zu Grecz am samstag nach s. Leonhartstag.“

Die Abhaltung eines Landtages ist wahrscheinlich. Die Bestätigung der steir. Landesfreiheiten erfolgte den 20. Dez.

inhalte nach dem Jahre 1495 zu und erwähnt in auffälliger Weise einer Marburger Ständeversammlung der 3 Lande vom Oktober des vergangenen Jahres auch nicht mit einer Sylbe.

Auch Unrest und die Rotenmanner Chronik verzeichnen zum Jahre 1495 bestimmte landtägliche Errungenschaften der Steiermark.

Im besten Falle führte der — allerdings vom K. Max beabsichtigte und nach Marburg einberufene Landtag vom Jahre 1494 zu keinem Ergebniß — wohl aber — auf Grundlage der Wiener Vorverhandlungen —

154/1 b. der Marburger vereinigte Landtag von 1495 (v. 27. April — ?).

„Instruction so dy senndtbotten der dreyer lannd Steir, Kerndten und Crain auff dem gehallten lanndtag zu Marchpurg furgenommen der Roem. kön. mayestaet etc. furbringen sullen."

Angabe der Landtag sei von dem Könige auf Montag Quasimodogeniti (27. April) einberufen worden und zwar „dieselben drey lanndtschafft auch die von stetten und merckhten." Erschienen seien als „kayserliche raethe Sigmund herr zu Polhaim, Simon Hungerspacher Schatzmaister general, Joerg Erlacher und Lienhart Ernauer Vitztumb in Steir" und hätten Vorschläge über die Rüstungen zum Türkenkriege auf Grundlage ständischer Zusicherungen, ferner über die zu Wien abgeredete Entschuldigungssumme für die Vertreibung der Juden eingebracht

Die Antwort der Stände:

1. Klagen über Kriegsnoth, Landplagen, insbesondere aber über die Juden.
2. Darstellung des Unvermögens den kö. Forderungen zu entsprechen.
3. Doch wollen die Stände, ohne sich an bestimmte Zusagen zu binden, diesen Sommer den Türken gegenüber ihr Möglichstes thun.
4. Verwahrung gegen das Ungeld.
5. Bezugname auf die Wiener Verhandlungen über die Judenablösung. Die Stände seien bereit zu den geforderten 16.000 Pfund Pf. seiner Zeit noch 64.000 Pf. für die Austreibung der Judenschaft auszulegen, um allen Gegenforderungen zu genügen.
6. Hoffnung auf kaiserliche Unterstützung in der Kriegsnoth.
7. Hoffnung, der Kaiser werde auf Grundlage des Preßburger Traktates dem Niklas von Liechtenstein seine Güter wieder erstatten.

Vgl. die auf den letzten Punkt bezügliche Notiz bei Unrest l. c. S. 747 und 793: „Der von Liechtenstain von Muraw der allt, genannt Herr Niclas emphannd sich und hort, das In sein Anschlag und fürnemen betrogen hett, wan er muest auch mit den Vngerischn von Muraw vnd von allen seinen lewtten und gut an alle gnad scheiden (1490 als Anhänger K. Mathias von Ungarn) und das alles verlassen als wer es nye sein gewesen; er muest sich auch seiner Sun verwegn und aller seiner herrschafft und alles seins guets understund sich der kayser und empfalch das Herrn Walthasarn Thanhawser, die zeit Phleger auf Liechtenstain pey Judenburg" (747) . . . . „Als obn an seiner stat stet, das dem von Liechtenstain von Muraw all sein herschaft und schlos genomen worden, der wardt begnad und Muraw widergegebn." (793 zum Jahre 1495 — indem die Notiz vom Wormser Reichstage vorausgeschickt wird).

In der Rotenmanner Chronik heißt es:

„Expulsio Judaeorum in annum 1495 incidit, qui in perpetuum ob eorum perfidiam et alia male acta e provincia proscripti sunt, non obstante magna utilitate, quam regia maiestas ab eisdem hactenus percepit, in recompensationem autem horum prouentuum et simul pro sustentatione militis Hungarici provincia Styria regiae maiestati triginta octo mille libras denariorum promisit, quae de bonis prouinciae collecta sunt. Quare omnia registra et urbaria ab omnibus quoscunque census obuentiones decimasque habentibus, cuius cunque status conditionis dignitatisque exstiterint, ad certum tempus Graecium petita sunt, iisque iuramentum de non plus possidendo, quam registro insertum est, impositum fuit. Commissarii seu collectores der Judenstewr a regia maiestate deputati erant: Wolffgangus abbas Runensis, Otto von Stubenberg, Jacobus Windischgraezer, Christophorus a Ratmonstorff et Leonardus Harracher."

Bei Unrest S. 795 heißt es:

„Anno Domini CCCC und im funf und neuntzigsten da betrachtn die Lanndtlewt von Steyr mit hilff der von Osterreich (offenbar sind hiemit die Verhandlungen zu Wien gemeint) zu vertribn dy Judn aus irn Lanndn, darumb sy dem romischen Kunig als Lanndsfurstn ain grosse Summa geltz gabn. Dasselb gellt was angslagn alls ain gemeine Stewr auf dy in stettn, merckten und auff gemaine landschafft. Also vervolgt der romisch Kunig und schueff aus den zwain Lanndn Steyr und Oesterreich die Juden aus zetreibn in dem Form, wer den Juden schuldig was, der muest sy zaln darnach in dem nachstn Jar" ......

Die Notiz bei Cäsar Ann. St. III, 606 und Staatsgesch. d. Steiermark VI. 380 — Maximilian sei 1495 in Gräz gewesen und habe hier eine Urkunde für die Franziskaner ausgestellt — stimmt nicht mit dem Itinerar dieses Regenten. S. Stälin i. d. Forsch. z. D. G. I. 2. S. 353—4.

Der Majestätsbrief „von Ausztreibung der Judischheit aus Steir" dat. v. Schwäb. Werda 19. März 1496. Steir. Landhdv. neue A. S. 22—23.

155/2. 1499. Landtägliche Bewilligung der Steierer, ein Hilfsgeld von 16.000 Gulden und eine Steuer zur Mitgift der Schwester und Tochter des Königes anbelangend.

Muchar hdschr. VIII. Bd. nach einer Reiner Urkunde. (Der hierortige Abt Wolfgang zahlte 363 Pf. und 3 Schill. ferner 16 Pfenn.)

Die von Preuenhuber fo. 169, Cäsar Ann. III. 613 u. Staats- u. Kirchengesch. v. Steierm. VI. 385 erwähnte Anwesenheit Maximilians in Gräz wird durch sein Itinerar in Abrede gestellt. S. Stälin S. 358—360.

156/3. 1501 September, Gräz.

Landtag in Anwesenheit der königl. Kommissäre: Jakob von Landau, Hauptmann der schwäb. und Vicedom der österr. Lande, Lad. Prager, Erbmarschall von Kärnten; Sigmund Schneitpek, Andr. v. Spangenstein zu Schwamberg, Leonh. v. Ehrnau, Vicedom von Steier; Heinr. Eberspach, kaiserl. Hauptmann zu Radkersburg.

Der wichtigste Abschied desselben ist der sogenannte „Landauer Vertrag", so genannt nach dem Obmanne Jakob von Landau.

Landhdv. der Steierm. a. A. fo. 32; neue 24—26; Cäsar III. 619; St. Gesch. VI. 388—90.

157/4. 1505 September-Landtag, wahrscheinlich zu Gräz.

Rotenmanner Chronik:

„In mense Septembri currentis anni conclusum fuit per status prouinciales, ut ob metu hostilis irruptionis in Styria armatus miles equestris et pedestris per biennium teneatur paratus et quidem de centum ₰ gelts unus catafractus equus et quatuor gregarii milites, ad quod se ipse rex noster de suis bonis in Styria possessis obligauit. Eapropter postulata sunt denuo uti anno 1495 registra et urbaria bonorum censualium a commissariis et exactoribus ad id deputatis, quales fuernnt Gregorius Rainer ss. can. doctor et archidiaconus in inferiori Styria, Joannes de Schafftenberg, Leonardus de Harrach etc."

158/5. 1506 *) 12. Okt., Gräz.

Kaiser Maximilians Brief von gegenseitigen Klagen bei der Landschranne in Steiermark. Offenbar erfolgte derselbe als Landtagsabschied.

Steierm. Landhandv. fo. 34; neue Ausg. fo. 26—27. Cäsar Ann. duc. Styriae III. 633.

159/6. 1508. Ausschußlandtag zu Mürzzuschlag.

1507 Dez. (17.—28.) hielt sich K. Maximilian unmittelbar vor seinem Krönungszuge in Memmingen auf (Georgisch Reg. chron. dipl. III. 67 vgl. Stälin Max. Itin. a. a. O. S. 367) und schrieb von da Landtage in seinen Erblanden — auf den 2. Februar 1508 aus. Seine Forderungen gingen dahin, daß Unterösterreich 3000, Oberösterreich 1500, Kärnten und Ortenburg 1500; Krain, Görz, Friaul 1500; Steiermark ohne die „Grafschaft" Cilli 2000 und letztere für sich 300 Mann für den Römerzug stellen und durch ein Vierteljahr auf eigene Kosten erhalten sollte.

Cäsar Staatsgesch. der Steiermark VI. 398—9 vermuthet einen Gräzer Landtag; — aber die Thatsachen, daß 1508 Mürzzuschlager Ausschußverhandlungen der niederösterr. Lande stattfanden (Zeibig Arch. XIII. S. 203), daß sich auf das Mürzzuschlager Libell die Vorverhandlungen des Innsbrucker (1518) ausdrücklich beziehen (Zeibig 220—1) legen nahe, daß die gleichfalls alle niederösterr. Lande betreffenden Vorlagen des Kaisers auf dem Mürzzuschlager Ausschußlandtage und nicht auf einer Gräzer Ständeversammlung zur Sprache kamen.

---

*) 1506 10. April — 1. Mai, 29. Sept. — 8.—10. Okt.
Aufenthalt Maximilians in Gräz. Stälin nimmt selben in seinem Itinerar a. a. O. S. 366 nur bis 8. Okt. incl. an, und bezeichnet dann für den 13. Okt. Knittelfeld als die nächste Reisestation. Der nachfolgende k. Akt läßt jedoch auf einen längeren Aufenthalt in Gräz schließen; anderseits dürfte es sich schwer vereinbaren lassen, daß Kaiser Max noch am 12. in Gräz und schon am 13. in Knittelfeld war

160/7. 1508 Ende und 1509 Frühjahr, Salzburger Ausschußlandtag der 5 niederösterr. Provinzen (vor dem 19. März).

Zeibig a. a. O. cit. S. 203 Akten der „Verhandlungen zu Salzburg i. J. 1509" und bietet S. 321—23 eine vom 19. März d. J datirte „Instruktion" des Königs (damals in den Niederlanden anwesend — s. Itin. S. 370) für seine Bevollmächtigten zu dem Wiener Ständetage (24. März) — wonach eben damals die Salzburger Ausschußverhandlungen zum Abschluße kommen mußten.

„Vnd darnach zu erzellen: Nachdem die Ausschuss vnnser lanndschafften vnnser niderösterreichischen Lannd nach vnserm begern yetzo zu Saltzburg erschinen vnd wir daselbs vnnser Rete vnd Commissari in trefflichen merklichen sachen, daran vnns, auch vnnsern Enenklen Weiland vnnsers lieben Suns Kunig Philippen von Castilien verlassen kind, Desgleichen vnsern beyden hewsern Osterreich vnd Burgundi, merklich und gros gelegen, anzaigen fur hanndeln lassen, Inmassen dieselb vnnser Lanndschafft von Irm ausschuss, so also zu Salzburg gewesen (d. i. der st. Ausschuß des Landes u. d. E.) durch abschrifften vnnser Instruction Tractat vnd auch vnsern genedigen antwurtten vnd erpieten clarlich bericht enphangen vnd versteen werden."

Die Rüstungsangelegenheiten seien auf dem Salzburger Ausschußlandtage nicht ins Reine gebracht worden.

Die Kommissäre sollen auf 6 Monate von 200 Pf. „Gelts Herrengült" 1 „gereisigen" und 4 „zu Fussen" fordern — oder wenn dies zu beschwerlich 6000 Mann Aufgebot: 2000 zu Roß, 4000 zu Fuß: auf ebensolange — und zwar 1000 Reiter von den 5 niederösterr. Landen 500 RK. und 500 „Huseren" von den „obern Landen"; sodann 1000 oberländische Fußknechte und 2000 Böhmen von den 5 niederösterr. Landen.

Der Kaiser will selbst von seinen Domänen („Eisenaerzt, salzsyeden und aufsleg ausgenomen") beisteuern.

Bezüglich der Rüstung soll es bei den auf 4 Jahre getroffenen Salzburger Uebereinkünften bleiben.

Die Urbare und Register sollen durchgesehen werden.

Zwischen den niedern, obern und burgundischen Landen solle ein gutes Einvernehmen bestehen.

Der Kaiser sichert seine Unterstützung zu — desgleichen die Erledigung der landschaftlichen Beschwerden.

Das weitere Aktenstück betrifft Oesterreich unter der Enns allein.

161/8. 1509 Anfang Dezember, Gräzer Landtag.

Fröhlich bemerkt in seiner Archont. Carinthiae II. 1758 S. 134 z. J. 1509 nach Ausz. v. Pusch (Cod. prov. Styr. ap. Pusch) „Comitia generalia celebrantur singillatim in Austria, Styria, Carinthia et Carniolia, quibus ea capita gravaminum discutiuntur, quae anno sequente Augustae Vindelicorum Caesari ipso annente praeponenda videbantur.

Cäsar Ann. III. 642 hat dies nahezu mit denselben Worten, nur schaltet er ein: „Styriae nostrae annales nil de terremotu bene vero de comitiis solennibus festo S. Nicolai habitis (6. Dez.) in Austria, Styria, Carinthia etc. narrant."

Es wurde beschlossen: im Vereine mit den andern niederösterr. Ländern Gesandte an den Kaiser nach Augsburg zu senden.

162/9. 1510 10. April, Augsburger Landtagsabschied oder Libell.

Gedruckt zu Augsburg.

Im Landhdv. der Steiermark ält. Ausg. f. 35—48, neue Ausg. pag. 27—45.

Kurze Uebers. Cäsar Ann. III. 648 f. Staats- und Kirchengeschichte VI. 402—8.

Das Ganze scheidet sich in ein Libell der gemeinsamen Angelegenheiten der 5 niederösterr. Lande und in eines, das die speziellen steirischen Verhältnisse betrifft — und zwar: 1. Judenhändel, 2. Gerichte, 3. Salz zu Aussee, 4. Mauten, 5. Wegstraßen, 6. Appellationen ans Landrecht, 7. ungar. und österr. Weineinfuhr, 8. Marksutter, 9. Lehenverschreibung, 10. Versatzbriefe Andreas Baumkirchers — im Besitze H. Georgs von Puchheim zu Rabs, 11. Bannrichter und Züchtiger zur Sicherheit der Landstraßen, 12. ungarische Produkten-Einfuhr, 13. Straßenzwang und Niederlagsrecht, 14. Klagrecht in Ungarn, 15. über Krämer und Hausirer, 16. „Anlagen" der Städte und Märkte, 17. Weineinfuhrsrecht der Prälaten, 18. Bergwerke der Kirchen.

1513 Maximilian zu Gräz und Feldkirchen bei Gräz — s. Herberstein Fontes r. a. I. A. 1. Bd. S. 79. Bezieht sich wohl auf:

1514 22.—27. Mai Gräz, 28. Wildon und 7. Juli Cilli und 1. Juli Gräz. s. Itinerar S. 377.

Von einer Landtagshandlung keine Spur.

163/10. 1514. Verhandlungen (wahrscheinlich der Ausschüsse der 5 niederösterr. Lande) zu Steier, Rattenberg und Schwaz die allgemeinen Verhandlungen mit dem Kardinal (Matthäus Lang) von Gurk und die besonderen des Ungeldes wegen v. 1514, 1515.

s. d. Verz. b. Zeibig S. 203.

164/11. 1515 2. Febr., Gräz.

„Gemainer tag der 3 Lande."

Valvassor Ehre des Herzogth. Krain III. l. XI. f. 590

Cäsar Ann. III. 658 und Staatsgesch. von Steierm. VI. 412, wo statt Valv. III. irrth. II. steht.

„Es hat der kayser Maximilian I. im J. 1515 einen Universal oder allgemeinen Landtag der 3 Lande Steyer, Kerndten und Krain auf unser l. Frauen Lichtmesstag zu Graez angestellt, bei welchem Landtage jedwedes land seine gravamina absonderlich vorgebracht." Der bei Valv. verz. urk. Extrakt bezieht sich auf Krain.

Cäsar Staatsgesch. VI. 412 muthmaßt die Anwesenheit des Kaisers zu Gräz; mit welchem Rechte, bleibt dahingestellt. Vgl. d. Itin. S. 377.

165/12. 1515 März.

Allgemeine Ständeversammlung der österr. Lande zu Bruck a. d. M. und Neustadt.

Cäsar Ann. III. 658 f. (nach Langs Hodoeporicon b. Freher scrr. II. ed. Struvius pg. 621):

„Dein mense Martio, evocatis Mureponto (Bruck) ordinibus, comitia generalia omnium austriacarum provinciarum Nevstadii sunt celebrata" . . . „ad augendam in congressu Viennensi pompam" . .

166/13. 1516 13. Okt., Gräz.
Landtag auf Colomani.
Bewilligung eines Anschlages von 16.000 Pfund.
Mit der Ausführung betraut A. Ru. v. Holnburg und Bernhard Herzenskraft.

Muchar hdschr. VIII. Bd.

167/14. 1517 4. Dez. Welser Vorverhandlungen der niederösterr. 5 Landes-Ausschüsse und

168/15. 1518 (v. Jänner bis 24. Mai).
Der Innsbrucker Ausschußlandtag der gesammtösterreichischen Lande.

Zeibig a. a. O. 204—316.

Die Ergebnisse dieser langwierigen Unterhandlungen traten zunächst am 24. Mai 1518 contrasignirt von dem kaiserl. Kanzler N. Serenteiner ans Licht und zwar als:

1. „Libell k. m. hofordnung und annder betrachtung.“
2. „Libell der Rüstigung halber.“
3. „Libell gemainer beschwärungen.“

Die Verhandlungen selbst gliederten sich aktenmäßig in folgender Weise:

1. Die kaiserl. Vorlagen an die zu Wels versammelten Ausschüsse Zeibig 207—215. (Türkenkrieg). — (Die kais. Antwort auf die Beschwerden der Ausschüsse von Steier, Kärnten und Krain v 19. Dez. über die Erfolglosigkeit ihrer langen Abwesenheit von Hause dem eigentlichen Zwecke gegenüber und die daran geknüpfte Bitte — die oberösterr. Ausschüsse sollten sich ohne Zögern mit ihnen vereinen und sowohl die vorgelegten Angelegenheiten als auch die eigentlichen Landessachen vornehmen. S. 215—217). Instruktion v. 23. Dezember.
2. Antwort der Ausschüsse v. 23. Dez. auf diese kais. Werbung.
3. Kais. Mission an seine Räthe und Antwort der ständischen Ausschüsse v. 24. Dez.
4. Kais. Schreiben do. Linz 26. Dez.

Innsbruck 1518.

21. 22. Jänner Ausweisung der kais. Bevollmächtigten mit ihrer Credenz u. Instruktion. Unterbreitung der Vorlagen. S. 217—220.

Resultat der Berathungen der Ausschüsse von Steier, Kärnten und Krain v. 13. Febr. (221—222) über die Kriegshilfe.

(Erledigung der kais. Vorlagen durch die niederösterr. Ausschüsse — den 29. Jänner in der Gesammtsitzung eingebracht. S. 225—236).

2 kais. Antworten v. 13. und 16. März (236—259).

Die Rückantwort der Ausschüsse v. 15. März (259—262).

Die Denkschrift der niederösterr. Ausschüsse v. 2. April; den 6. April den kais. Kommiss. übergeben (262—265).

Gemeinschaftliche Antwort auf das Anbringen der Kommissäre v. 7. April — durch Ausschüsse von Steier, Kärnten, Krain u. Nieder-Oesterreich v. 8. April (S. 269).

11. April. Kaiserliche Besprechung mit den Ausschüssen und Uebergabe der Vorlagen (270—79).

Antwort der Ausschüsse der niederösterr. Lande auf den Antrag der Ober-Oesterreicher wegen der gegenseitigen Hilfe (12. April. S. 279).

Schlußantwort des Kaisers (24. April) (285—286).

Antwort der Ausschüsse auf das kais. Begehren v. 26. April (286—91).

Kaiserl. Antwort auf die jüngste Vorlage des Ausschußtages über das Hilfsgeld (291—92).

Kais. Erledigung der gemeinsamen Beschwerden der ober- und niederösterr. Lande v. 27. April (292—296).

Neue Antwort des Kaisers als Erledigung einiger Vorschläge (28. April. S. 296—301).

Kaiserliche Schlußantwort an den Ausschußlandtag vom 15. Mai S. 313—316.

Der steirischen Landhandveste (a. A. 48—59 u. A. 45—57) finden wir 2 Innsbrucker Libelle eingereiht; beide v. 24. Mai datirt.

Das erste behandelt: 1. Geleitgeld, Vieh- und Seifenhandel: 2. Handel ausländischer Kaufleute; 3. geistl. Fürsten-Lehen; 4. landesfürstliche Lehen; 5. l. Gnadenbriefe; 6. Expektanzen geistl. o. weltl. Benefizien; 7. gemeine Rechte und Freiheiten; 8. zweifelhafte Güter; 9. Testamente; 10. kammerprokuratorische Handlungen; 11. Vormünder- oder Gerhaben-Pflichten; 12. Heiraten; 13. Todtschläge; 14. Klagen der Geistlichen; 15. Gotteslästerung, Völlerei (Volltrinken), Aufwand 2c.

Das zweite umfaßt folgende Bestimmungen: 1. Türkenkrieg, zu welchem 400.000 fl. auf 5 Jahre bewilligt wurden; 2. die Organisation des Hofrathes, Besoldung desselben; 3. Errichtung der „gemainen Raitkammer“ oder Buchhaltung zu Innsbruck; 4. Verlegung der innerösterr. Regierung (Regiment, Statthalterei) auf mindestens 1 Jahr nach Bruck a. d. M.; 5. Verbesserung der Landrechte.

Als Ausschüsse fungirten auf dem Innsbrucker Landtage a. der Steiermark folgende (Zeibig S. 205):

1. Herr Sigmund von Dietrichstein, Freiherr von Finkenstein und Hollenburg, Erbschenk in Kärnten, Landeshauptmann. 2. Herr Leonhard von Harrach, Landesverweser und Hauptmann zu Pettau. 3. Herr Hanns von Reichenburg, Ritter, Hauptmann zu Rann. 4. Herr Jorg von Herberstein, Ritter, Feldhauptmann in Steyer. 5. Balthasar Gleinitzer, Vicedom zu Leibnitz. 6. Wolfgang von Saurau. 7. Wolfgang Schrott, Licentiat kais. Rechte, Bürger und Rathsmann von Gräz. 8. Benedikt Huber, Bürger zu Bruck a. d. M. (statt Niklas Dauber, Bürger daselbst).

169/16. 1519 Gräzer Landtag um Lichtmessen.

Landeshauptmann v. Dietrichstein, bewogen zu bleiben — bestimmt einen Ausschuß von Landräthen, und zwar: Leonh. von Harrach, Verw. von Gräz und Hauptmann zu Pettau; Georg v. Herberstein; Ritter Balthasar Glanitzer, Vicedom zu Leibnitz; Christian von Rackwitz, Pfleger zu Voitsberg; Wolfgang von Saurau; Math. Harrer, Bürgermeister zu Gräz.

Vollmacht, von der Landschaft ertheilt, für die fürstl. Erben (Karl und Ferdinand) zu handeln.

Auftrag, das Kammergut und die Verlassenschaft Kais. Max I. im Lande Steier zu verwahren.

(s. Cäsar St. G. d. Stmk. 7. und Muchar hdschrr. 8. Bd.)

Der Zeitgenosse Herberstein sagt über diese Angelegenheiten (Fontes r. austr. I. 1. S. 141—2):

„Die von Steyer haben iren lanndtag pald nach Liechtmessen gehallten vnd bedacht als vielleicht auch Khaerrner vnd Crainer daz sy khainen herrn schuldig sein die gehorsamb zu schwören, der fürst hab Inen dann zuuor geschworen. Haben das regiment und Testament in dem Fall auch nit angenomen, aber in khain Einkhomen griffen, khainen Ambtmann veraenudert. Alle gericht sein still gestannden sy haben aber beschlossen innhallt der verzaichnuss wie folgt ...."

Aktenmäßig stellt es sich heraus, daß nachstehende Vorbeschlüsse gefaßt wurden:

Die zu Innsbruck das Jahr zuvor beschlossene Rüstung solle ins Werk gesetzt werden.

1. Landeshauptmann und Zugeordnete haben die nothwendigen Verfügungen zu treffen.

2. Adel und Ritterschaft hat persönlich zu erscheinen; Prälaten und Städte sollen die Ihrigen senden.

3. 1—2 mal des Jahres soll Musterung gehalten werden.

4. Die Rüstung lastet auch auf der landesf. Erblassenschaft.

5. Landeshauptmann und Zugeordnete haben auf die bedrohtesten Gegenden ein wachsames Auge zu halten.

6. Alle Schädigungen, wo sie nicht auf frischer That abgethan werden können, sollen nur mit Wissen und Zuthun des Landeshauptmannes und der Zugeordneten gerichtet und gebüßt werden.

7. Alle Zerwürfnisse zwischen Herren und andern Landleuten sollen möglichst vermieden und die Entscheidung darüber thunlichst verschoben werden.

8. Der Erzbischof von Salzburg, der im Lande nicht das Wenigste besitze, solle sich mit der Landschaft in Rath und That einigen.

9. Vereinbarung mit dem Ban der windischen Lande über die Sachlage.

Zu Ausschüssen, mit der Bestimmung die nach Spanien Abzuordnenden auszuwählen wurden ernannt:

Valentin, Abt zu Lambrecht. Graf Georg von Montfort. Leonhard v. Harrach, Landesverweser. Hanns von Reichenburg. Wilhelm Schrat. Sigmund von Herberstein. Balthasar Glanitzer, Vicedom zu Leibnitz. 2 oder 4 von den Städten.

10. Febr. Credenz für die Abgeordneten nach Spanien:

Sigmund von Herberstein. Hans Hofmann zum Grünbühl.

(Vgl. Herbersteins Tageb. a. a. O. 151—156).

Sodann wurde ein größerer Ausschuß geschaffen, bestehend aus folgenden Ständen:

Fürstbischof Christian von Laibach, Administr. von Seckau. Valentin, Abt zu Lambrecht. Johann, Abt zu Rein. Georg Graf zu Montfort, Herr zu Bregenz. Erhard, Herr zu Polheim. Kaspar, Herr zu Stubenberg, ob. Erbschenk in Steier. Hanns von Reichenburg, Hauptmann zu Rann. Wilhelm Schrat. Ruprecht Welzer. Erasmus von Saurau, Marschall von Steier. Thomas von Mosheim. Christoph von Mindorf. Bernhard Stadler. Lasla von Radmannsdorf. Achaz Schrat. Georg von Triebeneck. Bernhard von Teuffenbach. Bernhard Hertzenkraft. Hans Hoffmann und 3 Deputirte von Städten.

Sie erhalten Vollmacht.

Der Probst von Seckau, Wolf von Stubenberg, Philipp von Trautmannsdorf, Wolf von Weissenek und

die Stadt Gräz .... sollen für diese Verordneten die Instruktion und Gewalt aufrichten.

Alle Kammerbeamten werden von der Landschaft im Namen der Erbfürsten einstweilen in Eid und Pflicht genommen.

Beschluß, den österr. Ständen bis zur Ankunft der Erbherrn die Vereinigung aller niederösterr. Lande unter Einer Regierung und eine vereinigte Botschaft an die jungen Erbfürsten vorzuschlagen.

Botschaft an die österr. Regierung durch Leonhard von Ernau, Vicedom in Steier, Heinrich von Traupitz und Christof von Waideck überbracht.

(Ausweichende Antwort des Wiener Regimentes).

Schreiben an die Kärntner, Krainer und Tiroler zur Beschickung eines gemeinschaftlichen Ausschußlandtages.

Siehe Chmels habsb. Arch. I. H. S. 1 ff. Herbersteins Tgb. a. a. O. 142—162.

170/17. 1519 — 24.—27. März.

Versammlung der Ausschüsse der niederösterr. Landschaft zu Bruck a. d. M.

Aus Steiermark:

Abt Valentin von St. Lambrecht, Leonhard von Harrach, Landesverweser. Christ. Hanns von Scherffenberg, Hans von Reichenburg, Wilhelm Schrat, Sigmund von Herberstein, Balth. Glognitzer, Vicedom zu Leibnitz, Wolfgang Schrat, Licentiat, Bürger zu Gräz, Stadtrichter Dr. N. zu Leoben.

Credenzschreiben und Instruktion für die Gesandtschaft.

Die gemeinschaftliche Berathung der niederösterr. Stände habe den Zweck, die niederösterr. Länder dem Erbfürsten fest vereinigt zu halten.

Beeidigung der steir. Abgeordneten Sigmund von Herberstein und Joh. Hofmann v. Grünbüchl.

Lünig Reichsarch. pars special. Cont. I. — Chmel habsb. Arch. S. 15—22. — Herbersteins Tageb. S. 162—71.

Der Inhalt der Verhandlungen findet sich bei Lünig Reichsarch. pars spec. Cont. I. S. 44—48 u. d. T.

„Brüderliche Vereinigung zwischen den österreichischen Landen Oesterr. ober u. unter der Enns, Steier, Kärnten, Krain und Tirol“ (vgl. Chmel a. a. O.)

1. Bezugnahme auf das Innsbrucker Libell.
2. Die steir. Stände erklären sich zum Vollzuge des Rüstungslibell bereit — aber mit Zuwartung der Ankunft der Erzherzoge.
3. Aeußerungen der Kärntner, Krainer und Oesterreicher.
4. Ueber das „Viztumbamt.“
5. Vom Rüstgelde. Auf 1 Reisigen per Monat 8 Pfd. Pfenn. und 1 Knecht zu Fuß 3 Pfd. Pfenn. — Gälte es aber, den oberösterr. Ständen zu Hilfe zu ziehen, so sollen 10 Pfd. Pf. auf 1 Pferd im Monat gezahlt werden.
6. Ueber „Toppelsold“ (doppelten Sold).
7. Ueber die 1000 Pferde Zuzug für die oberösterr. Lande.
8. Botschaft an die Erzherzoge.
9. Werbung — Anbringen in den Niederlanden oder im Neapolitanischen.
10. Münze.
11. Sigil, Sekret, Katschet, Kleinet, Signet, Ring — darüber habe des Landes Marschall, Hauptmann oder Verweser zu wachen.
12. Korrespondenzführung der Ausschüsse.
13. Türken.
14. Zuzug für den ungarischen König und den Ban von Kroatien (400 Pferde und 600 Mann Fußvolk auf 6 Monate — o. 10.000 Gulden, davon auf Steier, Kärnten und Krain 5000 Gulden — halb von den Ständen halb vom Kammergut zu zahlen — enthalten sollen).
15. Hauptleute und Mustermeister sollen bestellt werden.
16. Botschaft an den ungarischen König und den Ban von Kroatien.
17. Vom Wollenstein und Serentein solle die Instruktion über „pan“ und „acht“ eingeholt werden.
18. Ueber die „Post“ von Salzburg nach Gräz in Kriegssachen.

19. Im Nothfalle sollen neue Ausschüsse nach Bruck verordnet werden.

Villacher Zusammenkunft der 5 niederösterr. Lande für die Reise nach Spanien. (Herb. Tgb. 171 ff.)

171/18. 1520 u. den 20. Jänner.

1. Gräzer Landtag (um Sebastiani).

2. Die Erbhuldigung „Montag nach Lichtmeß" (6. Febr.)

1. Landtag.

a) Einberufung der steirischen Stände durch königlichen Ladungsbrief.

b) Vorlesung des Berichtes der ständischen Abgeordneten.
do. Malin de Ré 12. Dez. 1519.

c) Mündlicher Bericht der eingetroffenen steirischen Botschafter.

d) Nach einigen Tagen theilt der Landeshauptmann den Ständen mit, daß die königlichen Bevollmächtigten Dienstag nach Fab. und Sebastiani (24. Jänn.) eintreffen würden.

e) Zusammentreffen der Stände mit der Gesandtschaft der Habsburger bei Gösting.
Credenzbrief der Kommissäre v. 4. Okt. 1519.
Besondere Vollmacht des ob. Statthalters do. 7. Jänner 1520.

f) Die königl. Kommissäre fordern die Erbhuldigung von Seiten der steirischen Stände.

g) Diesfällige Unterhandlungen vom Mittwoch bis Samstag (25.—28. Jänner).

h) Urkundlicher Revers der Kommissäre zu Gunsten aller ständischen Rechte und Freiheiten von: 1277, 1292, 1345, 1423, 1445, 1496.

2. Erbhuldigung der steir. Stände an die Kommissäre.

172/19. 1521 2. Juli.

Ankunft E. Ferdinands und seiner Gemalin in Gräz.

Beschwörung der Landesfreiheiten durch den Erzherzog. Gegenschwur der Treue von Seiten der Stände.

Die Hauptquelle: „Erbhuldigung des löblichen Fürstenthumbs Steier 1521. Jar sambt Handlung der Landtag" ...... gebr. 1523. Augsburg fo. Cäsar Staats- u. Kirchengesch. der Steierm. VII. S. 5 f. Leitner's Abhandlung über die Erbhuldigung. Mitth. des hist. V. f. d. Stmk. 1850 I. S. 98—136. Sehr ausführlich behandelt dies auch Muchars hdschr. VIII. Band.

Studien
zur
Geschichte des Klosters St. Lambrecht.

I.
Ueber die Reihe der Aebte des Klosters St. Lambrecht im 12. und 13. Jahrhundert.

Von M. Pangerl, Adjunkten des Archives am st. l. Joanneum.

Diejenigen, welche das Benediktinerstift St. Lambrecht einmal besuchten und sich das schöne Stiftsgebäude auch in seinem Innern näher besahen, dürften vorzüglich den sogenannten Kaisersaal und dann den reich geschmückten Kapitelsaal in guter Erinnerung behalten haben. In diesem letzteren, dem Kapitelsaale, sind die Wände theils mit den Bildnissen der Gründer und des Wiederherstellers des Stiftes, Kaisers Franz II., und der Gemalinen derselben, theils mit den Brustbildern der sämmtlichen Aebte geziert. Die unter die Brustbilder gesetzten Inschriften nennen nicht bloß den Namen des betreffenden Abtes, sondern auch das Jahr seines Todes und wichtige Momente, welche in die Regierungszeit des einen oder andern fielen oder gefallen sein sollen. Es darf kaum besonders hervorgehoben werden, daß die Bilder der neueren Aebte allein auf Portraitähnlichkeit Anspruch machen können; die Bildnisse der älteren sind eben nur Fantasiestücke in der Weise des 17. und 18. Jahrhunderts. Wer aber jene Inschriften der Reihe nach und nicht bloß flüchtig gelesen hat, dem ist wohl auch die Unsicherheit der Angaben bei den Aebten Wilhelm und Rapot nicht entgangen und damit die Vermuthung der Unverläßlichkeit der ganzen älteren Aebtereihe nahe gelegt worden. Die Unverläßlichkeit dieser Reihe besteht nun in der That; obwohl aber die Unrichtigkeit schon seit Jahren erkannt worden ist, so ist doch noch niemals der Versuch einer genaueren Feststellung unternommen worden. Ein solcher soll daher zum ersten Male und in diesen Blättern gemacht werden, doch will ich mich für diesmal darauf beschränken, bloß die Reihe der Aebte im 12. und 13. Jahrhunderte festzustellen. Denn bis zum Abte Friedrich ist dieselbe in jeder Beziehung möglichst fehlerhaft, während sie späterhin nur geringer Verbesserung mehr bedarf. Hiebei sei es mir auch gestattet, diejenigen mir bekannten und vorzüglich wichtigen Momente hervorzuheben, welche in die Zeit der Vorstandschaft eines jeden Abtes fallen und gleichsam zur Illustration derselben dienen sollen.

Um aber besser vergleichen zu können, wie die von mir meist aus Urkunden und Todtenbüchern gewonnene Reihe von der bisher geltenden abweicht, lasse ich diese selbst [1]) sofort folgen.

	Namen der Aebte	Todesjahr
1.	Hartmannus [2])	1109
2.	Jacobus [3])	1125
3.	Otkerus I.	1125
4.	Udalricus [4])	1149
5.	Wolframus	1150
6.	Godefridus	1156
7.	Otto I. [5])	1164
8.	Magnus	1170
9.	Bernherus I.	1181
10.	Beringerus	1208
11.	Udalricus II.	1215
12.	Walfridus [6])	1226
13.	Wolfkerus	1233
14.	Permanus [7])	1260
15.	Gottschalcus	1280
16.	Bernherus II.	1282
17.	Burchardus [8])	1287
18.	Wilhelmus	incert.
19.	Rapoto	incert.
20.	Otkerus II.	1294
21.	Fridericus [9])	1306

[1]) Nach einem gedruckten Schematismus der Mitglieder des Stiftes, welcher auch eine Series abbatum nach den Inschriften im Kapitelsaale enthält.

[2]) Mit dem Beisatze: „e Prioratu S. Blasii in sylva hercinia ad Abbatiam S. Lamberti vocatus."

[3]) Mit dem Beisatze: „morienti piis. fundatori Henrico Duci Carinthiae cum fratribus assistebat."

[4]) Mit dem Beisatze: „ad Concilium Pisanum vocatus."

[5]) Mit dem Beisatze: „magnae Cellae Marianae originem dedit"

[6]) Mit dem Beisatze: „ab Honorio III. Papa benedict. abbat. Romae accepit."

[7]) Wird genannt ein „de Truchsen" und hat den Beisatz: „primus Mitra decoratus 1245."

[8]) Mit dem Beisatze: „Solem. Fest. Ss. Corp. Christi ad S. Lamb. inchoavit."

[9]) Mit dem Beisatze: „Eccles. in Heiligenstadt aedificavit."

Es wäre freilich natürlicher gewesen, gegenwärtiger Untersuchung die Beantwortung der Frage um Zeit und Umstände der Gründnug des Klosters St. Lambrecht voranzuschicken. Denn die bisher gewöhnliche Annahme, daß es schon im Jahre 1066 gegründet worden ist [10]), erweist sich bei nur mäßiger Beachtung der alten Zeugnisse als durchaus unrichtig und haltlos. Zu einer andern Zeit soll auch diese Frage ihre Lösung finden; einstweilen mag aber wenigstens als ziemlich zweifellos hingenommen werden, daß die Gründung des Stiftes St. Lambrecht am Ausgange des Jahres 1102 und in dem Anfange des Jahres 1103 erfolgt ist. Erst in dem letzteren Jahre wird das Kloster dieses Namens zum erstenmale urkundlich genannt [11]) und bei dieser Gelegenheit auch dessen erster Abt Hartmann.

1. **Hartmann.** — Schon in älterer Zeit schwankten die Angaben über die Herkunft dieses Mannes und seine Schicksale, bevor er Abt des Klosters St. Lambrecht geworden ist. Man sagte sich, daß er ein Bruder des Herzogs Heinrich von Kärnten, des Stifters von St. Lambrecht, gewesen sei, daß er mitunter auch Hermann und ein Bischof genannt werde [12]). Daß das erstere nicht richtig ist, ist in neuester Zeit zuerst als Unwahrscheinlichkeit bezeichnet [13]) und dann entschieden in Abrede gestellt worden [14]). In der anderen Hinsicht hat man ihn wohl mit dem schismatischen Bischof Hermann von Passau, der ein Bruder jenes Herzogs Heinrich gewesen und im Jahre 1087 gestorben ist [15]), verwechselt. Einer der verdienstvollsten Forscher auf dem Gebiete unserer älteren Literatur, welcher auch sonst fast alle Nachrichten, die wir über den Abt Hartmann besitzen, zusammengestellt hat, hält ihn aus Gründen großer Wahrscheinlichkeit für einen Sohn unserer ältesten Dichterin in deutscher Sprache, nämlich der „inclusa“ Ava [16]).

---

[10]) Es gibt auch noch andere Annahmen, welche jedoch meist ein späteres als das Jahr 1066 nennen. Ihre Aufzählung und Würdigung hat aber bei Beantwortung der in Rede stehenden Frage zu geschehen.

[11]) „Zum erstenmale“, weil ich die Urkunde Kaiser Heinrich IV. ddo. 1096 ... Verona (abgedruckt im Arch. f. K. österr. Geschichtsquellen XII. Bd. p. 190 Note 269) im Widerspruche zu Tangl, der ihre Echtheit vertheidigt (l. c. p. 48 et seqq.), für gefälscht halte. Prof. Zahn gebührt das Verdienst, die Unechtheit dieser Urkunde zuerst erkannt zu haben.

[12]) So der im 15. Jahrhunderte lebende Manesdorfer. Ueber diesen ältesten Chronisten von St. Lambrecht s. Beiträge f. K. steir. Geschichtsquellen, Jahrgang 1, p. 103 u. ff.

[13]) Diemer, in der Einleitung zu „Deutsche Gedichte des 11. und 12. Jahrhunderts“, p. XXIII u XXIV.

[14]) Von Tangl im Arch. f. K. österr. Geschichtsquellen, XII. 59, 60.

[15]) Ueber diesen Bischof s. Tangl a. a. O., XI. 32—35.

[16]) Diemer, a. a. O. p. XVI u. ff

Zweifellos scheint dagegen, daß er früher Prior zu St. Blasien im Schwarzwald gewesen und dann im Jahre 1094 Abt von Götweig wurde [17]). Daß er hierauf einige Jahre später vom Herzoge Heinrich von Kärnten auch zum Vorsteher des Klosters St. Lambrecht erwählt worden, ist gleichfalls sicher gestellt [18]). Die Urkunden berichten aber von dem ersten Abte desselben nichts, als daß die reiche Dotation, womit der Kärntner Herzog seine Stiftung bedachte, in seiner, des Abtes Gegenwart gemacht wurde [19]). Hartmann muß also jedenfalls schon vor dem 7. Jänner des J. 1103, an welchem Tage die Dotation beurkundet worden, Abt gewesen sein und es dürfte somit seine Erwählung seitens des Herzogs in das Jahr 1102 fallen. Wie lange er, der auf jeden Fall ein ausgezeichneter Mann gewesen ist [20]), und als Dichter nicht wenig gepriesen wird [21]), dem Kloster St. Lambrecht vorgestanden ist, wird nicht überliefert und läßt sich auch sonst nicht genau bestimmen. Es mochte jedenfalls nur so lange Zeit gewährt haben, als nöthig war, um das klösterliche Leben in der neuen Stiftung in Gang zu bringen. Wahrscheinlich wurden fünf Jahre hiezu in Anspruch genommen; denn im März des Jahres 1109 besaß St. Lambrecht bereits seinen zweiten Abt, welcher zuerst und auch bloß

---

17) Bernoldi Chronicon ap. Pertz SS. V. 460, ad a. 1094.

18) Vita Altmanni ap. Pertz SS. XII. 241. Nach ders. Quelle war Hartmann auch Abt von Kempten und zu St. Ulrich und nahe daran, Erzbischof von Salzburg zu werden. S. unten Note 20. Als Abt von Kempten erscheint er in der That in den von Mooyer verfaßten „Verzeichnissen der deutschen Bischöfe“ u. s. w., S. 145. Ueber die Zuläßigkeit solcher Aemterhäufung s. Diemer a. a. O. p. XXIII; ich halte aber Diemers Erklärung dieser merkwürdigen Thatsache für wenig plausibel und meine, daß eingehendere Studien hierüber ganz andere Aufschlüsse bringen dürften.

19) Die betreffenden Urkunden bilden die Nummern 5, 6 und 7 der Urkundensammlung im Stiftsarchive. Sie sind abgedruckt von Tangl a. a. O., XII. p. 192—194, Noten 270, 274 und 275.

20) Der Biograph des Bischofes Altmann ist voll von dem Lobe unseres Abtes und berichtet über ihn Folgendes: „Erat enim (Hartmannus) summo religionis studio deditus, prudentia tam seculari quam spirituali eximie praeditus, copiosa disertus eloquentia, morum exuberans elegantia. Unde principibus totius regni erat acceptissimus, et ipsi regi Heinrico V familiarissimus, qui et eum in archiepiscopatu Juvavensi sublimare disposuit; sed zelus Oudalrici Pataviensis episcopi eum prohibuit, qui eum sibi in dignitate praeferri doluit. Rex tamen eum in regali abbatia Campidonensi praefecit, et episcopus Augustensis eum abbatiae sancti Oudalrici praetulit, nec non et dux Karinthiae abbatiam sancti Lamperti ei commisit. Praeterea papa Urbanus eum valde familiarem habuit eumque Gebehardo Constantiensi venerabili episcopo in apostolica legatione adiutorem constituit“ etc. Pertz SS. XII. 241.

21) Diemer a. a. O. S. XXXIII u. ff.

dieses einzige Mal in einer Urkunde mit vorstehendem Datum genannt wird und daher wohl schon im Jahre 1108 Abt geworden sein muß. Abt Hartmann lebte nach seiner Resignation noch weitere fünf Jahre und starb endlich am 2. Jänner [22]) des Jahres 1114 [23]).

2. **Jakob.** — Wie bei den meisten Aebten St. Lambrechts in den ersten drei Jahrhunderten nach dessen Stiftung ist auch von diesem Abte über seine Herkunft und sonstige Lebensverhältnisse vor seiner Erwählung nichts bekannt. Zufolge der schon erwähnten Urkunde [24]) muß er wenigstens schon im Jahre 1108 zur äbtlichen Würde gelangt sein. Am 25. März des folgenden Jahres erlangte er dann von dem Papste Paschal II. jene wichtige Bulle, auf Grund deren sich nach und nach die exemte Stellung herausgebildet, welche das Stift St. Lambrecht wenige Jahre nach seiner Gründung gegenüber den Erzbischöfen von Salzburg sofort eingenommen, eifrig vertheidigt und bis zu seiner im J. 1786 erfolgten Auflösung siegreich behauptet hat. Ob die in seine Regierungszeit fallende Erneuerung der ursprünglichen Güterwidmung, welche der Stifter Herzog Heinrich am 17. Jänner 1114 zu Mainz vollzogen hat, auch auf seinen Antrieb geschehen ist, wird nicht gesagt [25]). Er starb am 17. Juli [26]) vielleicht des J. 1123, da sein Nachfolger bereits im J. 1124 urkundlich auftritt.

3. **Udalrich** [27]). — Das Todtenbuch des Stiftes bezeugt, daß die Mutter des Abtes Udalrich Adelheit geheißen habe [28]). Einen Bruder dagegen, den Abt Eberhart von Viktring, nennt

---

[22]) Diesen Tag gibt das noch ungedruckte älteste Todtenbuch des Stiftes, angelegt vor dem J. 1164 und jetzt aufbewahrt in der k. k. Universitätsbibliothek zu Gräz unter Signatur 42/57 fol., an. Daß aber auch der 1. Jänner als Todestag angegeben wird, zeigen z. B. Fontes rerum Austr. 2. Abtheil. VIII. 101.

[23]) Uebereinstimmend gemeldet von den Admonter und Garstner Jahrbüchern bei Pertz IX. 568 u. 577.

[24]) Bulle des P. Paschal II. ddo. 1109, 25. März, Rom, wovon in St. Lambrecht mehrere Abschriften vorhanden sind. Abgedruckt von Prof. Tangl a. a. O. XII. 105, Note 277, wobei derselbe bemerkt, daß sich das Original im k. k. geh. Staatsarchive zu Wien befinden soll.

[25]) Die Originalurkunde hievon im Stiftsarchive unter Nr. 9. Kaiser Heinrich V. bestätigte dieselbe am nämlichen Tage. Das Original dieser Bestätigung, welche nach Zahn nicht ganz unverdächtig ist, ist uns jedoch nicht erhalten, sondern nur mehrere Abschriften, davon eine in dem zweitältesten Copialbuch des Stiftes aus dem 15. Jahrhundert, p. 12.

[26]) Nach dem Todtenbuche des Stiftes.

[27]) Die Schreibung dieses und der folgenden Namen entspricht der Ueberlieferung derselben in den Urkunden.

[28]) Dem Todtenbuch zufolge starb sie an einem 9. April.

eine um das Jahr 1148 zu Frisach ausgefertigte Urkunde, womit der Erzbischof Eberhart von Salzburg eine durch ihn erfolgte Vergabung von zwei Mansen an das Kloster Admont bekundet [29]). Er war schon im Jahre 1124 Abt von St. Lambrecht, wie eine Urkunde beweist, welche die Ausstattung des von dem Bischofe Hildebolt von Gurk gegründeten Chorherrenstiftes zu Gurk betrifft und worin unser Abt unter den Zeugen den vierten Platz einnimmt [30]). Auch Abt Udalrich erwirkte und zwar von dem Papste Honorius II. am 29. März 1126 eine Bulle desselben Inhalts, wie jene des Papstes Paschal II. [31]). Mit dem Erzbischofe Konrad von Salzburg scheint er aber trotz der durch jene zwei Bullen gewährten und bekräftigten Ausnahmsstellung seines Klosters zu dem Salzburger Erzbisthume dennoch im besten Einvernehmen gelebt und denselben auf seinen Zügen auch mehrmal begleitet zu haben, wie sein Erscheinen als Zeuge in den Urkunden desselben darthut [32]). Im Jahre 1141 finden wir den Erzbischof Konrad sogar als Gast des Abtes in St. Lambrecht und die Urkunde, welche uns diese Thatsache überlieferte, gibt uns auch Nachricht von der Anwesenheit des Abtes bei der um dieselbe Zeit zu Frisach erfolgten Wahl des Priesters Wernher zum Propste des Klosters Seckau [33]). Das zeitliche Gut des Stiftes ward unter Abt Udalrich nicht unbedeutend vermehrt durch den Zehent am Schwarzenbach, in der Feistritz und im Thal, erworben von Admont und Salzburg [34]), durch das Gut Gersdorf bei Straß, eine Schenkung des Markgrafen Günther an der Sann und dessen Vaters Pilgrim im Jahre 1144 [35]), durch mehrere Mansen in Hardt (Rassendorf), Günthersdorf und zu St. Georgen bei Neumarkt, Schenkungen des Edlen Burkart von Mureck und seiner Hausfrau Juta um das Jahr 1146 [36]), und durch ahnsehnliche Besitzungen in Niederösterreich, welche zugleich mit anderen Gütern in Steiermark vom Kloster Reun im Jahre 1147 für den Verzicht auf das Gut Söding erworben wurden [37]). Andrerseits förderte er auch das Wachsthum

---

29) Nr. 120 d des Joanneums-Archives, Copie. „Eberhardus de Uitringe et frater eius abbas de S. Lamberto" sind Zeugen dieser Urkunde.

30) Nr. 70 desselben Archives, Copie.

31) Originalurk. im Stiftsarchive unter Nr. 11.

32) St. Lambrechter Urkunden, dann Nr. 79, 93 u. 116 d des Joanneums-Archives und Urkundenbuch des Landes ob der Enns, I. 282. Nr. 3, II. 180. Nr. 120 und II. 244. Nr. 162.

33) Nr. 93 des Joanneums-Archives, Copie.

34) Originalurkunden, undatirt, Nr 13 u. 14 im Stiftsarchive.

35) Originalurk. desselben Arch., Nr. 15.

36) Originalurkl. ebendaselbst, Nr. 16, 17 u. 22, alle drei undatirt.

37) Das Original dieser Urkunde befindet sich im Archive des Stiftes Reun.

seines Klosters in geistlicher Hinsicht; denn er führte wohl bald nach dem 4. Juli 1147 seine Mönche auch nach Mariahof, wo bisher bloß Kleriker wirksam gewesen waren. Markgraf Otakar war ihm hiebei wesentlich behilflich [38]). Insofern dann Abt Udalrich zu den Vorstehern der exemten Klöster der Salzburger Kirchenprovinz gehörte, galt auch ihm die Einladung zu dem auf Pfingsten 1134 nach Pisa ausgeschriebenen allgemeinen Concil, welche der Papst Innocenz II. im Jahre 1133 unterm 11. Nov. an die exemten Aebte der genannten Provinz ergehen ließ [39]). Ob der Abt dem Rufe Folge geleistet hat, ist unbekannt; beurkundet dagegen, daß er im Jahre 1147 in Begleitung des Erzbischofs Eberhart von Salzburg zur Synode nach Rheims gekommen war. Hier war er mit den Bischöfen von Bamberg und Brixen und anderen Personen Zeuge der Rückerstattung eines Gutes an das Kloster St. Peter in Salzburg [40]). In Rheims gelang es ihm auch, neuerdings von Seite des päpstlichen Stuhles jene Freiheiten feierlich bestätigt zu erhalten, welche bereits Paschal II. und Honorius II. dem Kloster St. Lambrecht gewährt hatten. Die Bulle des Papstes Eugen III. hierüber datirt vom 29. März 1148 und trägt durchgängig die Merkmale der großen Bullen an sich [41]). Nicht lange nach seiner Rückkehr von Rheims starb Abt Udalrich am 23. Mai [42]) und zwar des Jahres 1148. Denn da die vorerwähnte Bulle noch an ihn adressirt, als Todestag der 23. Mai verzeichnet ist und in der Urkunde Königs Konrad III. für St. Lambrecht vom 22. Mai 1149 schon ein anderer Abt genannt wird, so ist wohl das Jahr 1148 das Todesjahr.

4. **Wolfram.** — Nur sehr spärliche Nachrichten sind über diesen wie auch den folgenden Abt vorhanden. Da in St. Lambrecht, wie aus späteren Beispielen hervorgeht, die Wahl eines Nachfolgers des verstorbenen Abtes jedesmal bald nach dem Hingange des letzteren vollzogen wurde, wohl meist um die Einmischung des Diözesans hintanzuhalten, so dürfte Wolfram noch im Todesjahre des Abtes Udalrich die äbtliche Würde erlangt haben. Im folgenden Jahre (1149) finden wir ihn in Salzburg bei Kö-

---

[38]) Originalurkunden hierüber im Stiftsarchive, Nr. 18 u. 20, letztere mit dem Datum: 1148, 22. Febr., Gräz.

[39]) Nach einer Abschrift des Prof. Zahn, genommen aus der Handschrift Nr. 39/23, fo. 209 b der Gräzer Universitätsbibliothek.

[40]) Urkk d. L. ob d. E. II. 244, Nr. 162.

[41]) Das Original dieser Bulle scheint nicht mehr vorhanden zu sein; eine Abschrift hievon ist in dem zweitältesten Copialbuche des Stiftes, p. 15, erhalten

[42]) Nach Angabe des Todtenbuches.

nig Konrad III., von welchem er eine ziemlich ausführliche Bestätigung der Besitzungen und Rechte des Klosters St. Lambrecht erbeten hat. Diese Bestätigung ist die erste unverdächtige Urkunde, welche dem Stifte von Seite des Reiches ertheilt worden ist, und am 21. Mai des angegebenen Jahres ausgefertigt nennt sie im Eingange unseren Abt eine „sehr religiöse und verehrungswürdige Person" [43]). Die Vorstandschaft des Abtes Wolfram währte nur kurze Zeit. Sein Todestag ist zum 9. August verzeichnet [44]). Dem Namen seines Nachfolgers begegnen wir bereits im März 1151 und so darf wohl das Jahr 1150 als sein Todesjahr angesehen werden.

5. **Gotfrid.** — Ueber diesen Abt habe ich gleichfalls nur ein einziges urkundliches Zeugniß auffinden können. Darnach ist Gotfrid wohl schon im Jahre 1150 Abt von St. Lambrecht geworden. Die in Rede stehende Urkunde aber ist ausgefertigt in der Kirche zum heil. Stefan bei Dirnstein [45]) am 19. März des Jahres 1151, trägt den Namen des Erzbischofs Eberhart von Salzburg an der Spitze und ist an Abt Gotfrid adressirt [46]). Der wahrscheinlich schon langwierige Streit, welchen die Gräfin Sophie von Schala, Witwe nach Herzog Heinrich, dem Stifter von St. Lambrecht, diesem Kloster im Vereine mit ihren Söhnen Heinrich und Sighart bezüglich der stiftischen Güter im Aflenz-, Mürz- und Biberthale erregt hatte, wurde dadurch beendet und brachte dem Kloster außer Geldopfern auch den Verlust einiger Güter. Aber auch in anderer Hinsicht scheint die Leitung des Abtes Gotfrid keine besonders glückliche gewesen zu sein. Ich schließe solches aus dem Umstande, daß es nach seinem Tode nothwendig wurde, einen Vorsteher aus dem gerade damals in großem Ansehen stehenden Kloster Admont zu postuliren. Das Todesjahr Gotfrids ist unbekannt; vielleicht ist es aber das Jahr 1153 gewesen. Denn als Tag seines Hintrittes wird der 5. November angegeben [47]), und in einer päpstlichen Bulle vom 18. Jänner 1155 erscheint

---

[43]) Originalurkunde Nr. 23 im Stiftsarchive.

[44]) Angabe des Todtenbuches.

[45]) Südlich von Neumarkt.

[46]) Das Original im Archive des Stiftes, Nr. 24.

[47]) Von dem jüngeren Todtenbuche des Stiftes, welches gleichfalls jetzt in der Universitätsbibliothek zu Gräz aufbewahrt ist, die Signatur 40/44 fol. trägt und im 14. Jahrhunderte begonnen wurde. Die Notiz zum 5. Nov. in diesem jüngeren Verzeichnisse: „Gotfridus abbas et senior istius loci" rührt aber von einer Hand des 16. Jahrhunderts her, welche uns noch eine Menge anderer Notizen aus jenem Theile des älteren Todtenbuches erhalten hat, der die Tage vom 6. September bis zum Schluß des Jahres begriff und wahrscheinlich im Ausgange des 16. Jahrhunderts verloren gegangen ist.

schon der Name seines Nachfolgers; es ist ferner nicht leicht denkbar, daß wenn Gotfrid erst im Jahre 1154 gestorben, nur ein Zeitraum von kaum einem Monat bis zur Postulation des Abtes Otker verflossen ist; daher muß wohl das Jahr 1153 als sein Sterbejahr angenommen werden.

6. **Otker.** — Um die Mitte des 12. Jahrhunderts war das Kloster des heil. Blasius zu Admont unter seinem Abte Gotfrid weitberühmt durch die große Tugend und die Gelehrsamkeit seiner Mönche. Mehrere wurden daher zur Leitung anderer Klöster der Benediktiner berufen und so auch der Mönch Otker nach St. Lambrecht [48]). Diese Postulation muß aber schon im Jahre 1154 erfolgt sein; denn die große Bulle, durch welche Papst Hadrian IV. nach dem Beispiele seiner Vorgänger die Exemtion des Klosters St. Lambrecht am 18. Jänner 1155 bestätigte, ist bereits an den Abt Otker gerichtet [49]). Außerdem ist urkundlich überliefert, daß Otker der dritte Abt war, welcher dem Abte Udalrich in der Regierung des Klosters zum heil. Lambrecht folgte [50]). Er erreichte nicht allein, daß die Besitzungen und Rechte des Stiftes, wie schon vorhin gesagt, eine neuerliche Bestätigung seitens des päpstlichen Stuhles erfuhren, sondern daß auch späterhin die von St. Lambrecht abhängigen kleinen Konvente zu Mariahof, zu Lind bei Knittelfeld und zu Aflenz von eben demselben Stuhle in besonderen Schutz genommen wurden [51]). Wenn es dann richtig wäre, daß der berühmte Wallfahrtsort Mariazell schon im Jahre 1157 seinen Anfang genommen habe, so würde sich diese Thatsache an den Namen des Abtes Otker knüpfen müssen und nicht an den Namen eines Abtes Otto, der seine Existenz wahrscheinlich nur einem Lesefehler [52]) oder der irrigen Angabe Manesdorfers zu ver-

---

[48]) Vergl. Fuchs: Geschichte des Benediktinerstiftes Admont, 2. Aufl. S. 27. Fuchs schreibt „Ottokar", während die Schreibung „Otker" der urkundlichen Ueberlieferung entspricht, und läßt ihn irriger Weise erst im J. 1159 nach St. Lambrecht berufen werden.

[49]) Das Original befindet sich im Stiftsarchive, Nr. 25.

[50]) In der Originalurkunde des Stiftes Reun vom J. 1159, Ende Mai, Göß, heißt es unter anderm: „Anno ... M°C°L°VIIII° dominice incarnationis cum post felicis memorie domni Oudalrici abbatis excessum Otkervs quidam ex Admondensi cenobio monachus regendo sancti Lamberti monasterio tercius ei successisset" etc.

[51]) Das Original dieser Bulle im Archive zu St. Lambrecht, Nr. 26 und mit folgender Zeitangabe: „Datum Laterani XII. Kal. Januarii."

[52]) Der Nachweis hievon ist aus Belegen im Stiftsarchive zu führen, welche mir aber gegenwärtig nicht zur Hand sind.

danken hat [53]). Mit Hilfe des Papstes Hadrian IV. begann Otker neuerdings den Streit mit dem Kloster Reun um das Gut Söding, ward aber mit seinen Ansprüchen zurückgewiesen [54]). Ob dann die Güterschenkung, welche der Richter Adalbert von Frisach im Jahre 1162 an die Salzburger Kirche machte und womit eine Geldzahlung an das Kloster St. Lambrecht verknüpft war, zu seiner Zeit geschah [55]), läßt sich nicht fest bestimmen. Denn das Jahr, in welchem Abt Otker das Zeitliche segnete, ist unbekannt, jedenfalls aber ein früheres als das Jahr 1164. Ich nehme an, daß es das Jahr 1162 gewesen ist, und zwar aus folgendem Grunde: Es starb nämlich Erzbischof Eberhart I. von Salzburg am 22. Juni im Jahre 1164, und außerdem ist gewiß, wie sich weiter unten zeigen wird, daß es schon in diesem Jahre einen Abt Wernher in St. Lambrecht gegeben hat. Zwischen diesem und dem Abte Otker ist jedoch auch noch ein anderer Abt, Namens Rapot, einzureihen, welcher letztere, wie im Folgenden dargethan werden wird, spätestens nur im Jahre 1163 die äbtliche Würde bekleidet haben und am 21. Juli desselben Jahres verstorben sein kann. Der Todestag des Abtes Otker aber ist zufolge dem älteren Todtenbuche des Stiftes der 17. Juli und kann daher ebenfalls spätestens nur in das Jahr 1162 fallen.

7. **Rapot.** — Die Einreihung dieses Abtes bietet bei dem Mangel jeder urkundlichen Nachricht über ihn einige Schwierigkeit. Seine Existenz ist nur durch das ältere Todtenbuch festgestellt und er ist demzufolge an einem 21. Juli gestorben. Die betreffende Notiz rührt dann von jener Hand her, welche überhaupt die ersten Aufzeichnungen in dem älteren Todtenverzeichnisse machte. Nun läßt sich aber dieselbe, die auch die Namen der vorhergehenden Aebte eintrug, bestimmt nur bis zum Jahre 1164 verfolgen [56]). Es ist daher gewiß, daß Rapot in einem der Jahre vor 1164 gestorben ist. Frägt man nun in welchem, so bieten sich zwei Möglichkeiten dar; entweder ist nämlich der Tod Rapots vor 1124 [57]),

---

[53]) Derselbe führt einen Abt dieses Namens an und gesteht zugleich ein, daß er einen solchen in den Todtenbüchern nicht hat auffinden können.

[54]) Nach der in Note 50 angeführten Urkunde des Stiftes Reun.

[55]) Eine Abschrift hievon im Joanneums-Archive, Nr. 162.

[56]) So trug noch diese Hand zum 22. Juni ein: „EBERHARDVS archiepiscopus anno ab incarnatione domini M.C.LXIIII.“ Namen später gestorbener Personen rühren dann schon von anderer Hand her.

[57]) Eine Einreihung zwischen Abt Jakob und Abt Udalrich ist möglich, da es zwischen diesen beiden eine Lücke von mehreren Jahren gibt, welche durch keine urkundlichen Nachrichten ausgefüllt ist, und die den Abt Rapot betreffende Notiz des Todtenbuches dem Inhalte nach möglicher Weise älter sein kann.

oder in den Jahren 1162 und 1163 erfolgt [58]). Wenn ich mich aber hierauf für die Annahme der zweiten Möglichkeit entscheide, so thue ich solches nur aus dem ganz einfachen Grunde, daß der Irrthum, ein zu spätes Sterbejahr angegeben zu haben, mir verzeihlicher erscheint, als der Irrthum der Angabe eines zu frühen. Läßt man dann gelten, daß Abt Otker spätestens im Jahre 1162 (17. Juli) gestorben ist, so kann der Tod Rapots spätestens nur im Jahre 1163 (21. Juli) eingetreten sein. Seine Vorstandschaft hat jedenfalls nur sehr kurze Zeit gewährt, da sich im Gegentheile doch irgend eine urkundliche Nachricht über ihn hätte erhalten müssen.

8. **Wernher.** — Ich habe bereits vorhin behauptet, daß es schon im J. 1164 einen Abt dieses Namens gegeben hat. Denn der Erzbischof Eberhart von Salzburg, welcher am 22. Juni dieses Jahres starb, bestätigte in einer undatirten Urkunde die Schenkung jener Güter, welche um das Jahr 1146 der edle Mann Burkart von Mureck und dessen Hausfrau Juta an das Kloster St. Lambrecht unter Abt Udalrich gemacht hatten. Die Bestätigung vollzog aber der Erzbischof in Gegenwart des Abtes Wernher und auf Bitten des genannten Burkart [59]). Läßt man nun gelten, daß Abt Rapot am 29. Juli des Jahres 1163 von dieser Welt schied und daß diesem Hintritte alsbald die Wahl eines neuen Abtes folgte, so hat zu Anfang des Jahres 1164 Wernher die Leitung des Stiftes schon inne gehabt. Ueber die Herkunft desselben ist eben so wenig bekannt, wie über die Schicksale des Stiftes nach dem Tode des Erzbischofs Eberhart bis zum Jahre 1170. Darnach haben wir wieder mehrere urkundliche Nachrichten über das Kloster und seinen damaligen Vorsteher, aus denen hervorgeht, daß Abt Wernher wesentlich auf die Sicherung und zum Theile auch auf die Erweiterung der Güter und Freiheiten des Stiftes Bedacht genommen hat. So erbat er sich vom Papste Alexander III. eine abermalige Bestätigung der von früheren Päpsten gewährten Freiheiten und erhielt solche wirklich durch eine vom 28. März 1178 datirte große Bulle [60]). Als Kaiser Friedrich Rothbart im Jahre 1170 über Salzburg nach Frisach gekommen war, gestattete er daselbst am 3. März zu seinem und dem Seelenheile seiner Gemalin, der Kaiserin Beatrix, der Kirche des heil. Lambert, im Dorfe Köflach einen Markt mit beliebigen

---

[58]) Man erinnere sich, daß Otker der dritte Abt nach Udalrich genannt wird, und spätestens im J. 1162 gestorben ist.

[59]) Original im Stiftsarchive, Nr. 29.

[60]) Original hievon ebenfalls im Stiftsarchive, Nr. 33.

Rechten aufzurichten. Außerdem nahm der Kaiser alles bewegliche und unbewegliche Gut des Klosters in seinen besonderen Schutz [61]). Vier Jahre später, nämlich am 6. Juli 1174, verlieh derselbe Kaiser dem Kloster das Baurecht auf alle Gattungen Metalle und namentlich auf Kupfer im Biberthal [62]). Unter Abt Wernher fand ferner (1171) eine Beschreibung der Stift Admont'- und St. Lambrecht'schen Besitzgrenzen am „Glaspach" und „Fruzbach" Statt [63]), ward im folgenden Jahre (1172) unter Vermittlung des Markgrafen Otakar ein Streit des Klosters mit Adalbrecht von Eppenstein um Gereute im Orte „Zizawa" beendet und Gut zu Wirflach in Niederösterreich durch Kauf [64]), im kärntnerischen Ingolsthale aber durch eine Schenkung des Reimbert von Mureck um 1179 erworben [65]). Den zeitlichen Vortheil seines Klosters hat somit Abt Wernher nicht wenig gefördert. Er starb am 3. August [66]) vielleicht des Jahres 1180. Denn da ich zwischen ihm und dem Abte Peringer den Abt Magnus, welcher an einem 23. April starb, einzureihen versuchen werde, so kann, auch mit Rücksicht darauf, daß Abt Peringer als solcher schon im Ausgange des Jahres 1181 urkundlich auftritt, nur das Jahr 1180 als der äußerste Zeitpunkt von Wernhers Tode angenommen werden.

9. **Magnus.** — Bezüglich dieses Abtes sind die Schwierigkeiten der Einreihung und der Angabe eines Todesjahres noch ungleich größer als bei dem Abte Rapot. Seine Existenz ist gleichfalls nur durch das ältere Todtenbuch festgestellt und folgt darin sein Name dem des Bischofs Ekhart von Gurk, der ebenfalls an einem 23. April und zwar des Jahres 1200 verstarb [67]). Die Hand aber, welche diese beiden Namen verzeichnete, ist diejenige, welche in dem älteren Todtenbuche vom 28. März bis zum 27. April (auf vier Blättern) die ersten Einzeichnungen machte, und es müssen dieselben, mit Rücksicht auf die den Bischof Ekhart betreffende Notiz, um das Jahr 1200 geschehen sein. Es ist aber auch gewiß, daß dieser jüngere Schreiber nicht bloß die Namen von Personen, welche zu seiner Zeit verstorben sind, sondern auch — wohl nach Vorlage älterer Aufzeichnungen — die Namen weit früher ver-

---

61) Originalurkunde ebendaselbst, Nr. 30.
62) Das Original (?) ebendaselbst, Nr. 32.
63) Nr. 190a des Joanneums-Archives, Copie.
64) Beide Thatsachen sind durch eine und dieselbe Urkunde des Markgrafen Otakar beglaubigt; Orig. im Stiftsarch., Nr. 31.
65) Original ebendaselbst, Nr. 34.
66) Gemäß Angabe des Todtenbuches.
67) Mooyer, Verzeichnisse deutscher Bischöfe, S. 43.

storbener Personen eintrug [68]). Berücksichtigt man nun diesen Umstand und erwägt man dazu, daß um das Jahr 1200 und noch mehrere Jahre später Abt Peringer Vorsteher des Stiftes St. Lambrecht gewesen und daß sein Name selbst schon von einer der Schrift nach jüngeren als jener zweitältesten Hand, welche die den Magnus betreffende Notiz schrieb, in das Todtenbuch verzeichnet wurde, so kann Abt Magnus unmöglich erst nach dem Bischofe Hildebolt gestorben sein. Steht aber solches fest, so ist die diesen Abt betreffende Notiz nicht eine gleichzeitige, sondern eine solche, die der Schrift nach zwar um 1200 gesetzt werden muß, dem Inhalte nach aber einer früheren Zeit angehört. Magnus muß demnach der Aebtereihe vor Peringer einverleibt werden. Die Einreihung ist aber an vier Plätzen möglich und zwar außer an der schon bei Rapot angeführten Stelle [69]) auch zwischen Otker, Rapot und Wernher, oder zwischen Wernher und Peringer. Ich wähle den letzteren Platz, weil damit die Zeit, bis zu welcher Magnus eingereiht werden kann, abgeschlossen wird. Nehmen wir nun an, daß Abt Peringer wirklich erst im Jahre 1181, an dessen Ausgang wir ihm zum erstenmale in den Urkunden begegnen, zur äbtlichen Würde gelangte, so wäre Magnus im April des Jahres 1181 verstorben. Da es an jeder urkundlichen Nachricht über denselben mangelt, so ist es sehr wahrscheinlich, daß er nur äußerst kurze Zeit Abt von St. Lambrecht gewesen. Diese wird um so kürzer sein müssen, je weiter der Zeitpunkt, bis zu welchem Abt Wernher gestorben sein muß, hinausgerückt wird. Bekanntlich habe ich solchen in das Jahr 1180 verlegt.

10. **Peringer.** — Derselbe war schon im Jahre 1181 Abt, denn zu Ende desselben Jahres erscheint er als Vorsteher des Klosters in einer zu Frisach ausgefertigten Urkunde des Bischofs Albert von Freising, worin dieser einen Gütertausch zwischen den Brüdern zu St. Lambrecht und Dietmar von Liechtenstein genehmigt [70]). Durch solchen Tausch erwarb aber das Kloster Güter in der benachbarten Laßnitz. Zahlreich waren die Kämpfe, welche Abt Peringer sowohl mit Laien als auch mit Priestern, mit den ersteren um den Besitz von gewöhnlichen Gütern, mit den anderen aber um den Besitz von Kirchen mit ihren Zugehörigen zu führen hatte. Mehrere Urkunden geben hievon Zeugniß [71]). Es mochte ihm da-

---

[68]) z. B. den Namen des Erzbischofs Konrad I. von Salzburg zum 9. April (1147) oder den des Bischofs Roman (I.?) von Gurk zum 3. April (1167).

[69]) Nämlich zwischen Jakob und Udalrich.

[70]) Original im Stiftsarchive, Nr. 35.

[71]) Es sind die Urkunden Nr. 38, 39, 40, 41, 42, 45, 47, 49 und 50 des

her dringend geboten erscheinen, von Seite des päpstlichen Stuhles neuerdings eine feierliche und umständliche Bestätigung der Güter und Freiheiten seines Klosters zu erwirken. Papst Innocenz III. leistete den dahin abzielenden Bitten des Abtes durch eine am 21. März im Jahre 1206 ausgefertigte Bulle auch wirklich Folge [72]). Es ist das die letzte große Bulle, welche von Rom für St. Lambrecht ausging. Im März des folgenden Jahres erließ derselbe Papst noch eine andere Bulle, um dadurch dem Stifte die Wiedergewinnung widerrechtlich entzogener Lehen zu erleichtern [73]). Das gute Einvernehmen, welches bisher zwischen dem Kloster St. Lambrecht und dem Erzstifte Salzburg bestanden zu haben scheint, muß auch wohl unter diesem Abte ungetrübt geblieben sein, und ward gewiß gefördert, als der Erzbischof Eberhart II. im Jahre 1205 auf sein vermeintliches Patronatsrecht an der Kirche in Biber Verzicht leistete [74]). Nach einer zwar bewegten, aber für die Interessen des Stiftes im Ganzen glücklichen Regierung starb Abt Peringer am 12. Jänner [75]) des Jahres 1216. Es ist dieses Todesjahr zwar nicht urkundlich oder auf andere Weise überliefert, könnte aber darum doch richtig sein. Denn Peringer erscheint zum letztenmal urkundlich im Juli 1214 [76]), und es kann daher sein Sterbetag, da im Juni 1216 bereits sein Nachfolger urkundlich auftritt, nur in die Jahre 1215 oder 1216 fallen. Wie bisher so nehme ich auch in diesem Falle den äußersten Termin an, bis zu welchem der Tod des Abtes Peringer erfolgt sein muß.

11. **Waltfrid.** — Unter den Zeugen, welche bei jener Rückstellung zugegen waren, die Ulrich von Stubenberg vor seinem Zuge in das heil. Land mit vier vorenthaltenen Huben dem Kloster Seckau machte, und zwar auf Burg Kapfenberg am 25. Juni 1216 [77]), treffen wir auch den Abt Wolfker von St. Lambrecht. Die Originalurkunde dieser Rückstellung befindet sich in

Stiftsarchives und Nr. 332 des Joanneums-Archives. Die Güter waren inzwischen werthvoller und daher auch ein streitwürdigerer Gegenstand geworden.

72) Der Inhalt dieser Bulle scheint (?) uns nur mehr erhalten in einem Vidimus Herzogs Fridrich von Oesterreich und des Bischofes Heinrich von Gurk ddo. 1313, 14. Juli, ..., im Stifsarchive.

73) Original im Stiftsarchive, Nr. 44, während die vorerwähnte Bulle Nr. 43 hat.

74) Nr. 332 des Joanneums-Archives. Vollzogen ward der Verzicht am 10. November zu Leibnitz, während die Urkunde hierüber erst am 23. d. M. zu Frisach ausgefertigt worden ist.

75) Vom Todtenbuche angegeben.

76) Originalurkunde des Herzogs Leopold von Oesterreich ddo. 1214. 16. Juli. Graz, Nr. 49 im Stifsarchive.

77) Nr. 392 des Joanneums-Archives, Copie.

irgend einem unbekannten Archive oder ist, was wahrscheinlicher, gar nicht mehr vorhanden. Die älteste Abschrift hievon besitzen wir in einem aus dem 14. Jahrhunderte stammenden Copialbuche des Stiftes Seckau [78]) und hat solche zweifellos den Namen Wolfker. Es hat aber nur einen Abt von St. Lambrecht dieses Namens gegeben, nämlich den Nachfolger Waltfrids. Aus diesem Grunde, dann weil die Datirung richtig ist, und weiters weil der Inhalt und die Zeugenreihe der in Rede stehenden Urkunde sonst keinen Anlaß zu Bedenken und Zweifeln bieten, muß hier wohl ein Schreibfehler unterlaufen sein, und es ist statt Wolfker — Waltfrid zu lesen. Dieser ist aber dann schon im Juni 1216 Abt von St. Lambrecht gewesen. Die wichtigste Thatsache, welche zur Geschichte desselben zu verzeichnen ist, ist der Beginn des Streites zwischen dem Kloster St. Lambrecht oder dessen Aebten und den Erzbischöfen von Salzburg über das exemte Verhältniß jener zu diesen. Wenn nicht schon etwas früher so begann dieser Streit zugleich mit dem Jahre 1221, in welchem Jahre der St. Lambrechter Abt nach Rom gezogen war, um, wahrscheinlich der erste der Aebte seines Stiftes, und gemäß den früher vom päpstlichen Stuhle gewährten Freiheiten sich vom Papste selbst (damals Honorius III.) benediziren zu lassen [79]). Dabei ist nicht zu übersehen, daß die Fälschung der drittältesten Urkunde des Stiftes St. Lambrecht, den Gütertausch zwischen dem Grafen Markwart und dem Erzbischofe Gebhart von Salzburg betreffend [80]), offenbar in dieser Zeit vollzogen worden ist und die Beschenkung des doch von St. Lambrecht ausgegangenen Benediktinerkonvents in Mariahof durch den Erzbischof Eberhart im J. 1220 [81]) dem Streite vielleicht nicht ganz fremd sein dürfte. Der Streit wurde zwar im Jahre 1222 durch einen Vergleich beendet [82]), aber doch nicht so, daß er nicht alsbald hätte

---

[78]) Dasselbe wird in der Handschriftensammlung des Joanneums-Archives aufbewahrt und hat die Nummer 334. Die Abschrift der in Rede stehenden Urkunde findet sich auf fol. 66 b.

[79]) Nr. 424 a desselben Archives, Copie.

[80]) Die echte Urkunde ist abgedruckt von Tangl im Arch. f. Kunde österr. Geschichtsquellen I. 3. 4. Heft, S. 74, Note 121. Das Original im Stiftsarchive unter Nr. 3 und ebenso das Reskript.

[81]) Originalurkunde im Stiftsarchive, Nr. 51. Papst Honorius III. bestätigte diese Schenkung am 16. Dez. 1222; Orig. ebendas., Nr. 54.

[82]) Abschriften der hierüber handelnden Urkunden besitzt das Joanneums-Archiv unter Nr. 428 a, 429 a und 429 b. Die Abschließung des Vergleiches im J. 1222 ergibt sich aus der Bestätigung desselben durch Papst Honorius III. in demselben Jahre. S. von Meiller: Regg. der Babenberger, S. 260, Note 399.

wieder aufleben können. Wahrscheinlich deßhalb ging Abt Waltfrid im Jahre 1223 zum zweitenmal nach Italien, und gewiß nicht um bloß von Kaiser Fridrich II. eine Bestätigung der unechten Kaiserurkunde von 1096 einzuholen [83]), sondern vermuthlich auch um den Papst für seine Sache günstig zu stimmen. Dieser gab denn wirklich hierauf dem Bischofe von Kiemsee und noch zweien anderen Prälaten Auftrag, freilich einstweilen nur zur Prüfung der Echtheit jener Privilegien, auf welche sich das Kloster bei Vertheidigung seiner Ansprüche stets berief [84]). Ob hierauf der Streit neuerdings anfing, ist unbekannt. Andere in die Zeit Waltfrids fallende Begebenheiten mögen hier wegen ihrer viel geringeren Bedeutung gar nicht einmal erwähnt werden, obzwar sie uns urkundlich überliefert sind [85]). In welchem Jahre endlich derselbe gestorben ist, wird nirgends angegeben. Er ist auch der einzige Abt, von welchem das Todtenbuch keine Erwähuung macht und da nicht leicht angenommen werden kann, daß die Eintragung seines Namens vergessen wurde, so darf wohl die Vermuthung gewagt werden, daß Waltfrid nicht als Abt verstorben ist. Hält man dann dieselbe aus dem angedeuteten Grunde für einigermaßen stichhältig und hat, was hierauf zugegeben werden muß, Waltfrid bei Lebszeiten entweder freiwillig oder gezwungen auf die äbtliche Würde verzichtet, so ist wahrscheinlich jener Mönch Waltfrid, dessen Name im Todtenbuche zum 25. Februar in einer Schrift verzeichnet ist, welche ganz dem Charakter der Schrift vor der Mitte des 13. Jahrhunderts an sich trägt, mit unserem Abte eine und dieselbe Person [86]). Abt Waltfrid wird zum letztenmale im März 1226 urkundlich genannt [87]), sein Nachfolger dagegen zum erstenmale in einer Urkunde, welche um das Jahr 1230 gesetzt wird [88]). Er dürfte sonach um das Jahr 1228, das Mittel zwischen jenen beiden Terminen, von der Leitung des Klosters zurückgetreten sein [89]).

12. **Wolfker.** — Daß dieser wohl schon im Jahre 1230 Abt von St. Lambrecht gewesen ist, erhellt aus einer Urkunde vom 10. Februar 1231, worin er mit seinem Konvente die Beilegung

---

[83]) Original im Stiftsarchive, Nr. 55. Datirt: 1223 . . . März, Ferentino.

[84]) Copialbuch I. p. 12, Nr. 15, im Stiftsarchive. Die Bulle trägt das Datum: 1224, 22. Jän., Rom.

[85]) Ich habe hier die Urkk. Nr. 52, 53, 57—59 des Stiftsarchives im Auge.

[86]) Der Name Waltfrid kommt überhaupt nur ein einzigesmal in Bezug auf das Kloster St. Lambrecht im Todtenbuche vor.

[87]) Urk. Nr. 58 des Stiftsarchives.

[88]) Nr. 60 ebendaselbst.

[89]) Wegen der nicht ganz feststehenden Zeitbestimmung der Urk. Nr. 60 schien es mir gerathener, das Mittel der beiden Termine als Zeitpunkt des Rücktrittes anzunehmen.

des Streites zwischen dem Pfarrer Heinrich von Lind und dem Stifte Seckau um die Kirche in Knittelfeld bezeugt [90]). Es bildet dieser Streit, welchen der genannte Pfarrer wohl nur in Vertretung des Klosters St. Lambrecht führte, das wichtigste Moment der Regierung des Abtes Wolfker [91]), er endete aber zum Vortheile des Klosters Seckau [92]). Sonst gibt es nur noch wenige urkundliche Daten über den Abt Wolfker [93]) und darunter, daß er im Jahre 1231 als vom apostolischen Stuhl hiezu delegirter Richter den Streit zwischen dem Stifte Seckau und dem Pfarrer Pilgrim von Fonsdorf um die „Kapellen" am Schönberg und in der Lobming entschied [94]). Der Todestag desselben war der 20. Mai [95]) des Jahres 1233. Dieses Jahr ergibt sich aber, wenn man berücksichtigt, daß Abt Wolfker noch im September des Jahres 1232 urkundlich erscheint und sein Nachfolger ebenso bereits im J. 1233 auftritt.

13. **Permann.** — Dieser ist der erste Abt, dem die gedruckte Series einen Geschlechtsnamen beilegt. Ob er aber wirklich dem kärntnerischen Geschlechte derer von Trixen (Truchsen) entstammte und ein Bruder des Erzbischofs Eberhart II. von Salzburg gewesen, ist eine andere Frage. Das jüngere Todtenbuch, worauf sich jene zwei Behauptungen zu gründen scheinen, gibt die darauf bezüglichen Nachrichten zum 2. Dezember, jedoch von einer Hand aus der zweiten Hälfte des 16. Jahrhunderts [96]). Spätere Forscher, welche zwar den Erzbischof als einen „von Truchsen" bezeichnen, wissen dagegen nichts von dessen Verwandtschaft mit unserem Abte [97]). Sein Vater hieß Wolfram [98]) und war wahrscheinlich

---

[90]) Nr. 476 des Joanneums-Archives, Copie.

[91]) Außer Nr. 476 gehören hieher Nr. 483 und 489 desselben Archives.

[92]) Nr. 489 des Joan. Arch., undatirte Originalurk. des Erzbischofes Eberhart von Salzburg.

[93]) Es sind deren zwei, Nr. 60 und 61 des Stiftsarchives und das in folgender Note citirte.

[94]) Nr. 477 des Joan. Arch., Copie.

[95]) Zufolge dem Todtenbuche.

[96]) Diese Nachrichten lauten wörtlich also: „Eberhardus secundus de Truchsen archiepiscopus Salisburgensis Permanni huius loci abbatis frater, cuius beneficio praefatus Permannus mitra pontificali aliisque vestibus episcopalibus pro se et successoribus suis ex indulto apostolico donatus est."

[97]) Man lese hierüber nach: Hund, Metropolis, ed. Gewold I. p. 8; Hansiz, Germaniae sacrae, t. II. 313; Zauner, Chronik von Salzburg, 2. Theil, S. 201; und Leardi, Reihe der Erzbischöfe zu Salzburg u. s. w., S. 32. Der letztere gibt auch an, daß Eberhart „nach neueren Forschern" als „von Altregensberg" stammend bezeichnet werde.

[98]) Derselbe starb, nach dem jüngeren Todtenbuche, an einem 23. Oktober.

nur ein Mann von gemeinem Stande, da er in das Todtenbuch ohne Geschlechtsnamen eingetragen ist, und dieser Umstand hier bei Laien immer auf einen niedrigen Stand hinweist. Einen Trixner des Namens Wolfram scheint es übrigens bis zum 14. Jahrhunderte gar nicht gegeben zu haben; denn in den vielen Urkunden des Joanneums-Archives aus der Zeit vor 1300, worin doch die Trixner gerade nicht selten erscheinen, kommt ein Wolfram von Trixen auch nicht ein einzigesmal vor. Ist es somit unstatthaft, den Abt Permann der Familie Trixen beizuzählen, so scheint es dagegen gewiß, daß derselbe vor seiner Erhebung zur äbtlichen Würde das Amt eines Kellermeisters im Kloster versehen habe [99]. Abt wurde er aber noch im J. 1233, wie aus jener zu St. Lambrecht im angegebenen Jahre ausgefertigten Urkunde hervorgeht, worin der Ritter Konrad von Bokenberg die Kinder aus der Ehe seines Eigenmannes Perchtolts Gauch mit Judita aus dem Kalch dem Kloster St. Lambrecht zuweist [100]. Wenn nun auch Abt Permann kein leiblicher Bruder des Erzbischofs Eberhart gewesen ist, so galt er diesem doch als „ein in Christo geliebter Bruder", der bei ihm in nicht geringer Achtung gestanden sein muß. Der Erzbischof verlieh auch schließlich dieser Achtung dadurch einen besonderen Ausdruck, daß er, noch von Papst Gregor IX. hiezu ermächtigt, zu Frisach am 29. Juni des Jahres 1245 dem Abte Permann und dessen sämmtlichen Nachfolgern im Kloster St. Lambrecht den Gebrauch der Infel, des Ringes, des Stuhles und der Handschuhe gestattete [101]. Indem so die Ehren des Stiftes gefördert wurden, wurden auch andrerseits die Gerechtsame desselben eifrigst gewahrt. Kaiser Friedrich II. und sein streitbarer Gegner Herzog Friedrich II. erwiesen sich in dieser Hinsicht dem Stifte ebenso günstig, wie der von dem ersteren eingesetzte Landeshauptmann, Graf Mainhart von Görz und der diesem folgende Landeshauptmann, der Ban Stefan von Slavonien [102]. Das ausschließliche Recht über die Kirche in Neumarkt ward von Abt Permann durch Vergleich mit dem Bischofe Ulrich von Lavant im J. 1240 erworben [103]) und mit der

---

[99]) Einen „Permannus cellerarius" kennen nämlich zwei um das J. 1222 und im J. 1231 ausgefertigte Urkunden; davon Abschriften im Joann. Arch. unter Nr. 429 b und 476.

[100]) Orig. im Stiftsarchive, Nr. 63.

[101]) Orig. ebendas., Nr. 67. Das Recht dagegen, den feierlichen Segen spenden zu dürfen, ward den Aebten erst im 15. Jahrhunderte von Seite des päpstlichen Stuhles zugestanden.

[102]) Urkk. hierüber im Stiftsarchive, Nr. 64—66 68, 70 und 75.

[103]) Originalurk. ebendas., Nr. 72.

Aufhebung des Verbotes der Neureutung in der Veitsch und im Aflenzthale, welche Herzog Friedrich II. im Jahre 1243 über vorgängige Klage desselben Abtes verfügte [104]), hängt es zusammen, wenn bis dahin unbekannte und ungenannte Gegenden geschichtlich zu werden beginnen. Zum erstenmale wird da des Waldes Zell, wo nachmals das weitberühmte Mariazell erstand, gedacht [105]). Abt Permann schloß sein segensreiches Wirken am 29. April des Jahres 1258 ab. Er ist der erste Abt, von welchem im Todtenbuche außer dem Sterbetage auch das Jahr desselben angegeben wird. Die Jahrzahl ist aber gerade hier stark verwischt und könnte möglicher Weise auch anders gelesen werden. Erwägt man jedoch, daß der Nachfolger des Abtes Permann, der Abt Gotschalk, erst im Dezember 1260 urkundlich auftritt und daß die Ueberreste der Jahrzahl im Todtenbuche überhaupt die Jahre 1259 und 1260 ausschließen, und ferners, daß Permann noch im August des Jahres 1256 urkundlich nachgewiesen werden kann und zwar durch ein Schreiben des Domdechants von Passau, Alberts von Beham, an denselben [106]), so ist, da der Todestag in den April fällt, das Jahr 1258 auch der äußerste Termin, bis zu welchem der Tod Permanns erfolgt sein muß.

14. **Gotschalk.** — Seine Mutter nennt das Todtenbuch Alheit [107]), während die übrigen Blutsverwandten sich nur ungewiß angeben lassen. Läßt man gelten, daß sein Vorgänger im J. 1258 gestorben ist, so hat Gotschalk wohl sicherlich noch in demselben Jahre Stab und Infel erlangt. Urkundlich aber erscheint er zuerst im Jahre 1260 in einer Urkunde des König Herzogs Otakar, worin dieser das Privileg Herzogs Heinrich von Kärnten vom Jahre 1114 bestätigt [108]). Die urkundlichen Nachrichten über das

---

104) Nach Originalurk. ebendas., Nr. 66.

105) Die betreffende Stelle der um Ausgang Juni (1243) zu Frisach ausgefertigten Urkunde lautet: „. . . inhibitionem factam per nos (Fridericum ducem) noualium inceptorum sev incipiendorum per omnia reuocantes, vt non tantum in locis illis predictis verum etiam in silua sua, que predium ipsorum (abbatis et monasterii) hoc est vallem Avelencensem contingit, que Cella vocatur, ... dicto abbati et suis successoribus in futurum et ipsius monasterii vsibus et profectu disponendarum rerum liberam concedimus facultatem."

106) Abgedruckt von Höfler, Bibliothek des literarischen Vereines in Stuttgart XVI. p. 143, Nr. 49. Abschrift hievon im Joann. Arch. unter Nr. 738a mit dem Nachweis, daß dieses Schreiben in das Jahr 1256 gesetzt werden muß.

107) Sie starb an einem 24. Jänner. Aus eben derselben Quelle wären die anderen Blutsverwandten zu ermitteln.

108) Orig. im Stiftsarchive, Nr. 77 und mit dem Datum: 1260, ..., Gräz.

Wirken dieses Abtes sind ziemlich reich und würden einen bedeutenden Raum einnehmen, wollte man sie einzeln anführen und besprechen. Es mag daher bloß die allgemeine Hindeutung genügen, daß ein ansehnlicher Theil dieser Nachrichten Streitigkeiten um die Pfarrkirche in Biber [109]) und um Güter in der Mariazeller Gegend betrifft [110]). Daraus geht auch hervor, daß Abt Gotschalk nicht allein in Gunst bei König Otakar, sondern auch bei dessen glücklichem Besieger, dem Könige Rudolf stand. Beide anerkannten das Recht des Stiftes St. Lambrecht auf das Gut St. Martin im Lungau, welches schon von Herzog Leopold VI. († 1230), dem Erbauer der Stadt Voitsberg, für den Verlust an Grund und Boden bei Errichtung eben dieser Stadt erworben worden war [111]). Es verdient ferner besonders hervorgehoben zu werden, daß unter Abt Gotschalk die Klosterkirche im Jahre 1265 neu eingeweiht wurde. Das läßt aber entweder auf Vollendung des Baues oder doch eine durchgängige Erneuerung derselben schließen [112]). Die päpstliche Bulle, aus welcher diese Nachricht geschöpft ist, ist zugleich die erste Urkunde, in welcher das Kloster St. Lambrecht zum erstenmal und zwar von dem Papste selbst (Clemens IV.) als der römischen Kirche unmittelbar unterworfen bezeichnet wird [113]). Altersschwäche oder große Kränklichkeit oder beide zugleich bewogen endlich den Abt, nachdem er durch 21 Jahre eifrig und mit Erfolg das ihm anvertraute Amt versehen hatte, dieses niederzulegen. Er brachte die Resignation am 31. Juli 1279 vor den Erzbischof Konrad von Salzburg [114]) und es scheint selbe auch sofort angenommen worden zu sein, da bereits im Dezember desselben Jahres ein neugewählter Abt genannt wird. Der Tod Gotschalks aber ist am 8. August des Jahres 1280 erfolgt [115]).

15. **Burkart.** — Wenn dessen Brüder Friedrich und Heinrich ohne Beifügung eines Geschlechtsnamens in dem Todtenbuche [116]) verzeichnet stehen, so läßt dieser Umstand wieder darauf schließen, daß Abt Burkart ein Mann von nur geringer Herkunft gewesen

---

[109]) Urkk. Nr. 81, 83, 86 und 87 des Stifts- und einige Urkk. des Joanneums-Archives.

[110]) Urkk. Nr. 91, 95—97, 99 und 109 des Stiftsarchives.

[111]) Nr. 94 und 110 desselben Arch.

[112]) Originalbulle ebendas., Nr. 80.

[113]) Es heißt darin unter anderm: „Cum igitur dilecti filii .... abbas et conuentus monasterii sancti Lamberti ad Romanam ecclesiam nullo medio pertinentes“ etc.

[114]) In Abschrift im Joanneums-Archive, Nr. 1147.

[115]) Angegeben vom Todtenbuche.

[116]) Der erstere starb an einem 16. April, der andere an einem 16. Jänner.

ist. Abt ist er aber wohl bald nach dem Rücktritte seines Vorgängers geworden, da er als solcher oder richtiger als „Erwählter" schon in einer am 13. Dezember des Jahres 1179 ausgefertigten Urkunde erscheint [117]). Der Inhalt dieser Urkunde, welche die Namen der Bischöfe Gerhart von Lavant und Konrad vom Kiemsee als ihrer Aussteller an der Spitze trägt, ist auch sonst sehr interessant; denn er gibt Erklärungen des Erzbischofs Friedrich von Salzburg und des Abtes und Kapitels zu St. Lambrecht, aus denen hervorgeht, daß jener eine Exemtion des Klosters von seiner Jurisdiktion nicht anerkennen wollte, während diese auf einer solchen und zwar auf Grund der bekannten Privilegien bestehen zu müssen glaubten. Abt Burkart war also nahe daran, den alten Streit mit Salzburg wieder aufnehmen zu müssen, doch scheint es gleichwohl nicht dazu gekommen zu sein, weil sich sonst gewiß Nachrichten hierüber erhalten hätten. Was dann bisher als wichtigste Begebenheit aus der Zeit des Abtes Burkart verzeichnet ist, nämlich, daß er im Jahre 1285 die Feier des Fronleichnamsfestes in St. Lambrecht eingeführt habe, ist in der That richtig; sonderbar bleibt es jedoch, daß mit dieser Festesanordnung zugleich die Errichtung einer Art Hausgesetzes — des ersten im Stifte — in urkundliche Verbindung gebracht wurde [118]). Solches Hausgesetz bezweckte aber hauptsächlich eine Verbesserung der Kost für die Brüder, welche der Abt bereits so schmal gereicht zu haben scheint, daß die Brüder großen Mangel leiden mußten, deßhalb gerechten Anlaß zum Murren fanden, und eben dadurch auch der Religiosität Abbruch gethan und das Band der brüderlicher Liebe gelockert wurde [119]). Ich übergehe die anderen und nicht geringen urkundlichen Nachrichten, welche wir sonst noch über diesen Abt besitzen, und erwähne nur noch das eine, daß während der Regierung des Abtes Burkart am 28. April 1287 das Kloster ein Raub der Flammen geworden [120]). Dieses Unglück und der Umstand, daß der Abt nicht die Liebe seiner Untergebenen besessen zu haben

---

[117]) Nr. 1156 des Joanneums-Archives, Copie.

[118]) Gegeben zu St. Lambrecht am 30. Oktober 1285; Orig. im Stiftsarch., Nr. 118.

[119]) Laut vorcitirter Urk.

[120]) Auf fol. 2b des älteren Todtenbuches findet sich von einer Hand, vielleicht des 16. Jahrhunderts, die Notiz: „Anno domini M°CC°LXXX°VII°IIII° Kal. May exustum est cenobium sancti Lamberti in die sancti Uitalis M." Die Notiz scheint schon früher an derselben Stelle gestanden zu sein und ist nur von der späteren Hand erneuert worden, daher auch völlig glaubwürdig.

scheint, mochten ihn auch schließlich zum Verzicht auf Amt und Würde bewegen, was bald nach dem 4. Juni des Jahres 1288 geschehen sein muß [121]). Er übernahm hierauf die Verwaltung der Pfarre Mariahof [122]) und starb daselbst als Pfarrer am 12. April im Jahre 1295 [123]).

16. Friedrich. — Nach der Resignation des Abtes Burkart mußte man sofort zur Wahl seines Nachfolgers, des Abtes Friedrich, geschritten sein, weil derselbe schon am 13. Juli 1288 urkundlich als solcher auftritt [124]). Von seinen nächsten Blutsverwandten ist uns nur bekannt, daß seine Mutter Judita, ein Bruder aber Kristan geheißen haben [125]). Ein anderer Bruder mit Namen Perchtolt, dessen Frau Riza genannt wird, scheint in oder um Lind bei Scheufling angesessen gewesen zu sein, da er daselbst eine Gülte besaß [126]). Der Inhalt der Urkunden aus der Zeit des Abtes Friedrich, soweit solche mir bekannt sind, betrifft meist Rechtsverhältnisse der stiftischen Güter und kann daher, den Inhalt der Urkunde, welche Erzbischof Konrad von Salzburg am 18. September des Jahres 1300 zu Landsberg ausfertigen ließ [127]), ausgenommen, hier leicht übergangen werden. Es ist aber schon oben gezeigt worden, wie der Vorgänger des Abtes Friedrich sich zu Zugeständnissen seinem Konvente gegenüber herbeilassen mußte. Durch die Uneinigkeit zwischen Abt und Konvent war dann die klösterliche Zucht gesunken, daher es die Hauptaufgabe des neuen Abtes wurde, solche wieder herzustellen. Wie nun aus jener Urkunde hervorgeht, hat Abt Friedrich in der That die Lösung der ihm gewordenen Aufgabe vollzogen und nicht bloß in geistlichen, sondern auch in zeitlichen Dingen sein Kloster reformirt. Es ist das die erste urkundlich überlieferte Reformation des Klosters St. Lambrecht. In ersterer Hinsicht, um nur zwei Punkte besonders hervorzuheben, brachte er die Ordensregel wieder zur (vollen) Geltung und um der Frömmigkeit, welche ihn selbst beseelte, einen würdigen Ausdruck zu geben, baute er eine Kapelle zu Ehren der sel. Jungfrau Maria und verordnete, daß die Konventualen der Reihe nach in derselben die Messe celebriren

---

121) Er tritt nämlich an diesem Tage zum letztenmale urkundlich als Abt auf Nr. 122 des Stiftsarch.

122) Als Pfarrer dortselbst genannt in einer Urk. vom 24. Juni 1294, davon das Orig. im Stiftsarch. Nr. 129.

123) Nach Angabe des Todtenbuches.

124) Orig. im Stiftsarch. Nr. 123.

125) Verzeichnet im Todtenbuche zum 1. April und 18. Mai.

126) Nach Inhalt der in folgender Note citirten Urkunde.

127) Orig. im Stiftsarchive, Nr. 133.

sollten [128]). In anderer Hinsicht verordnete er namentlich neuerdings, was schon Abt Burkart für die Verbesserung der Brüderpräbenden gethan hatte. Da es mir an einem Ueberblicke des urkundlichen Materiales nach 1300 mangelt, so sehe ich mich auch außer Stande, den Zeitraum der Vorstandschaft des Abtes Friedrich, welche jedenfalls das Ansehen des Stiftes gefördert haben wird, genau zu bestimmen. Die letzte mir bekannte Urkunde, in welcher er noch handelnd auftritt, datirt vom Jahre 1301 [129]). Sein Todestag fiel auf einen 17. Jänner [130]), ob aber des Jahres 1306, wie es bisher gegolten, ist ungewiß, wiewohl immerhin möglich, da sein Nachfolger Abt Heinrich in den mir bekannten Urkunden zum erstenmal im Juli 1306 genannt wird [131]).

Dieß ist die eigentliche Reihenfolge der Aebte des Stiftes im 12. und 13. Jahrhunderte. Sie gründet sich, wie man sehen konnte, hauptsächlich auf solche Zeugnisse, welche der Zweifelsucht am wenigsten Spielraum gestatten, nämlich auf die Angaben der Urkunden. Ich erlaube mir nun noch, die von mir gewonnenen Hauptresultate in einer besonderen Tabelle zu besserer Veranschaulichung zu bringen und hieran auch einige Bemerkungen bezüglich der bisher Geltung habenden Reihenfolge zu knüpfen. Die Zeitangaben, welche ich überliefert gefunden habe, gebe ich in dieser Tabelle ohne Klammern, mit Klammern dagegen jene, welche ich durch sichere Schlüsse gewonnen habe, und innerhalb Klammern mit einem Fragezeichen jene, für welche eine mehr minder große Wahrscheinlichkeit spricht.

Wurde Abt im Jahre	Namen der Aebte	Resignirte		Starb	
		Tag	Jahr	Tag	Jahr
(1102?)	1. Hartmann . .	. . . .	(1108?)	2. Jänn.	1114
(1108?)	2. Jakob	. . . .	. . . .	17. Juli	(1123?)
(1123?)	3. Udalrich . .	. . . .	. . . .	23. Mai	(1148)
(1148?)	4. Wolfram . .	. . . .	. . . .	9. Aug.	(1150?)
(1150?)	5. Gotfrid . . .	. . . .	. . . .	5. Nov.	(1153?)

---

[128]) Eine Einrichtung, die, irre ich nicht, noch gegenwärtig besteht. Vielleicht ist diese Kapelle später mit der Kirche in Heiligenstadt verwechselt worden.
[129]) 26. Juli, Frisach. Orig. im Stiftsarch. Nr. 135.
[130]) Nach Angabe des Todtenbuches.
[131]) Orig. ebendas., Nr. 136.

Wurde Abt im Jahre	Namen der Aebte	Resignirte		Starb	
		Tag	Jahr	Tag	Jahr
(1153?)	6. Otker	. . . .	. . . .	17. Juli	(1162?)
(1162?)	7. (?) Rapot . . .	. . . .	. . . .	21. Juli	(1163?)
(1163?)	8. Wernher	. . . .	. . . .	3. Aug.	(1180?)
(1180?)	9. (?) Magnus . .	. . . .	. . . .	23. April	(1181?)
(1181?)	10. Peringer . . .	. . . .	. . . .	12. Jänn.	(1216?)
(1216?)	11. Walfrid . . .	. . . .	(1228?)	(25. Febr.?)	. . . .
(1228?)	12. Wolfker . . .	. . . .	. . . .	20. Mai	(1233)
(1233)	13. Permann . . .	. . . .	. . . .	29. April	1258
(1258?)	14. Gotschalk . . .	31. Juli	1279	8. Aug.	1280
(1279)	15. Burkart . . .	. . . .	(1288)	12. April	1295
(1288)	16. Friedrich . . .	. . . .	. . . .	17. Jänn.	(1306?)

Bei einer Vergleichung dieser Reihe mit der früheren springt der große Unterschied zwischen beiden sofort und zwar in jeder Hinsicht leicht in die Augen. Zuerst in Hinsicht der Aebteanzahl. Das alte Verzeichniß hat deren 21, während die Quellen die Namen von nur 16 nennen. Otto I., Udalricus II., Wernherus II., Wilhelmus und Otkerus II. erweisen sich demnach als Namen von Aebten, welche zu St. Lambrecht nie gelebt haben, und folglich kann auch das, was in dem bisherigen Verzeichnisse als wichtigste Begebenheit zu Otto I. verzeichnet ist [132]), nicht richtig sein. Es sollte freilich zur Vervollständigung dieser kleinen Abhandlung nun der Nachweis geliefert werden, auf welche Weise es denn gekommen ist, daß obige fünf Namen dennoch in das Verzeichniß aufgenommen worden sind. Der Mangel an Behelfen aber, welche hiezu unumgänglich nöthig, gestattet wenigstens zur Zeit nicht die Lieferung dieses Nachweises; ich habe jedoch guten Grund anzunehmen [133]), daß man solche auf die unhaltbarsten Angaben hin aufgenommen hat. Es ist ferners in Bezug auf das, was zu einigen Aebten als wichtigste Begebenheit innerhalb ihrer Zeit und ihres Wirkungskreises verzeichnet ist, festgestellt worden, daß Abt

[132]) S. oben Anmerkung 5.

[133]) Nach den Proben früherer Bearbeitungen der Stiftsgeschichte, welche ich eingesehen habe, zu urtheilen.

Hartmann nicht direkt von der Würde eines Priors zu St. Blasien im Schwarzwalde zu jener eines Abtes in St. Lambrecht emporgestiegen, sondern schon früher und dann zu gleicher Zeit Abt in Götweig war, daß sich für die Behauptung, Abt Jakob hätte dem sterbenden Stifter des Klosters (geistlichen) Beistand geleistet, kein Anhaltspunkt findet [134]); daß die Ansicht, Abt Permann entstamme dem Geschlechte der Trixner, unstatthaft ist, und daß endlich in Bezug auf die Erbauung der Kirche in Heiligenstadt, welche dem Abte Friedrich zugeschrieben wird, wahrscheinlich eine Verwechslung zu Grunde liegt. Wirft man schließlich einen vergleichenden Blick auf die Sterbejahre der Aebte, so zeigt es sich, daß in Bezug auf 12 Aebte eine völlige Verschiedenheit, in Bezug auf zwei (Wolfram und Friedrich) eine annähernde Gleichheit und nur in Bezug auf andere zwei (Wolffer und Gotschalk) eine völlige Uebereinstimmung herrscht.

Ich schließe diese Feststellung der Reihe der Aebte des Stiftes St. Lambrecht im 12. und 13. Jahrhunderte mit der Hoffnung, daß ich bald Gelegenheit finden werde, auch die Reihe der folgenden bis herauf in die neueste Zeit ebenso zu bestimmen.

---

[134]) Wurde wegen Ermangelung einer jedweden Quellenangabe oben zu erwähnen unterlassen.

Nachtrag.

Zu S. 86, Nr. **128**/26: eine Beschreibung des Landtages zu Leibnitz, was die Aufzählung der Personen und ihre Verwendung betrifft, nicht aber Akten enthält Stadels Ehrenspiegel I. 641 u. ff., Archiv. des Joann., Handschriftensammlung.

Inhalt.

Register.

Beiträge

zur Kunde

steiermärkischer Geschichtsquellen.

Herausgegeben

vom

historischen Vereine für Steiermark.

3. Jahrgang.

Inhalt.

Graz, 1866.

Beiträge

zur Kunde

steiermärkischer Geschichtsquellen.

Herausgegeben

vom

historischen Vereine für Steiermark.

3. Jahrgang.

Graz, 1866.

Zur Nachricht.

Die „Beiträge zur Kunde steierm. Geschichtsquellen“ erscheinen jährlich in einem Hefte von beiläufig 8 Druckbogen.

Mitglieder des histor. Vereines erhalten dieselben unentgeltlich als Beilage zu den „Mittheilungen,“ — Nichtmitglieder durch die Buchhandlung Leuschner & Lubensky in Graz gegen den Preis von 1 fl. 50 kr. ö. W. für das Heft.

Entsprechende Beiträge werden mit 16 fl. per Druckbogen honorirt.

Ueber die beiden ältesten Todtenbücher

des

Benediktinerstiftes St. Lambrecht.

Von M. Pangerl, Adjunkten des Archives am st. l. Joanneum.

Die Grazer Universitätsbibliothek bewahrt unter ihren Handschriften zwei Pergamentbände, 42/57 und 40/44, Fol., welche früher dem obgenannten Stifte angehört haben, und nach dessen Auflösung durch Kaiser Josef II. an jene Bibliothek gelangt sind. Beide Kodizes, besonders aber der erste, zeigen sich stark abgenützt, wie dieß auch bei Büchern, welche durch Jahrhunderte viel gebraucht wurden, nicht anders sein kann. Der Einband Beider stammt aus dem 16. Jahrhunderte. Während aber der erste Koder noch 137 Blätter zählt, besteht der zweite dagegen nur aus 78 Blättern. Jener ist in der ersten Hälfte des 12. Jahrhunderts geschrieben werden und enthält folgendes: Fol. 1a—6b einen Kalender und darin zum 28. April: „Anno domini M° CC° LXXX° Vij° iiij° Kl. May exustum est cenobium sancti Lamberti in die sancti Uitalis M.“ [1]). Fol. 7a—11a enthalten neun bildliche Darstellungen aus dem Leben des heil. Benedikt, des Ordensstifters, in Farben ausgeführt. Fol. 11b ist beschrieben mit Gebeten zur Mutter Gottes. Fol. 12a—43b füllt ein Martyrologium (kurze Legenden der Heiligen), von welchem aber ein ansehnlicher Theil verloren gegangen ist, da es erst mit dem 26. April

[1]) Bezüglich dieser Notiz vergl. den 2. Jahrgang dieser Beiträge, S. 184 Note 120. Bei Zusammenstellung eines historischen Kalenders für die Landschaften, über welche sich die ehemalige Salzburger Diözese erstreckte, dürfte aber obiger Kalender wegen seines hohen Alters nicht unbeachtet gelassen werden. Es ist zu wünschen, daß eine solche Arbeit bald unternommen würde, da sie namentlich für die richtige Berechnung der Urkundendaten sehr wichtig ist. Ich entnehme auch aus diesem Kalender, daß man im 12. Jahrhundert das Fest des heil. Georg am 24. April, das der heil. Margareth aber am 12. Juli beging. Und diese Tage gelten auch mindestens für die vier folgenden Jahrhunderte, wie ich in einer großen Menge obersteirischer Urkunden bestätigt gefunden habe.

beginnt. Fol. 44a—69a enthalten die Regel des heil. Benedikt. Fol. 69 mit einem Lob des heil. Altarssakramentes in gebundener Rede. Fol. 70a—77b füllen wieder einige Abschnitte aus der Ordensregel. Auf fol. 78a—99b sind angegeben die Anfänge der Evangelien und von Homelien auf alle Sonn- und Festtage des Jahres. Fol. 100a enthält Gebete. Fol. 100b—105a füllen einige Sermone, z. B. Sermo in adventu abbatum. Fol. 105a enthält auch noch folgende Tradition: „(N)otum sit Christi fidelibus, quod Herbordus quondam plebanus sancti Dionisii de pecunia octo marcarum quendam mansum obligatum in tali loco redemit tali pacto, ut conuentus singulis annis proxima die post festum sancti Briccii procurationem de eodem mansu habeat et eadem die vigilia et missa defunctorum dicatur. Illud autem factum presenti scripto posteris fa(ci)endum et in memoria tenendum firmiter commendetur!" [2]) Fol. 105b enthält abschriftlich etwa die Hälfte der Urkunde des Herzogs Heinrich von Kärnten für seine Stiftung St. Lambrecht ddto. 1114, 17. Jänner, Mainz. [3]) Endlich fol. 106a—137b werden ausgefüllt von dem für uns wichtigsten Theile des ganzen Kodex, nämlich dem ältesten Todtenbuche des Stiftes St. Lambrecht. Es ist aber wohl zu merken, das solches nur bis zum 6. September reicht, und also leider fast der vierte Theil der Aufzeichnungen [4]) verloren gegangen ist. Der andere Kodex, welcher der Schrift nach dem 14., 15. und 16. Jahrhundert angehört, ist von ähnlichem Inhalte, doch sind die einzelnen Materien meist durch Ausschneiden der Blätter sehr unvollständig. Der Kalender fehlt darin ganz. Fol. 44b—74b enthalten aber das zweitälteste Todtenbuch desselben Stiftes und zwar nicht verstümmelt, sondern vom 1. Jänner bis zum letzten Dezember reichend.

Der Zweck, welchen die Klöster und die Kapitel der Kathedralkirchen durch Anlegung von Todtenbüchern (Nekrologien) zu

---

[2]) Daß diese Tradition, welche von einer Hand des 14. Jahrhunderts geschrieben ist, nach St. Lambrecht gemacht worden, dürfte der Fundort derselben unzweifelhaft erscheinen lassen. Der Zeit nach setze ich sie c. 1210 und bemerke, daß eine andere Tradition von eben demselben Pfarrer zu St. Dionysen (bei Bruck a. d. M.) im Original im Archiv des Stiftes Reun aufbewahrt wird. Von dieser letzteren eine Abschrift im Joanneums-Archive. N. 334b.

[3]) Davon zwei Originale im Stiftsarchive, N. 9. Erwähnte Abschrift von einer Hand des 14. Jahrhunderts.

[4]) Wenigstens im Original; denn, wie man weiter unten erfahren wird, so ist ein kleiner Theil hievon durch Herübernahme in das zweitälteste Todtenbuch uns erhalten worden.

erreichen suchten, war wenigstens ursprünglich ein rein kirchlicher.[5]) Sie sollten nämlich die Namen derjenigen Verstorbenen vor dem Vergessenwerden bewahren, welche sich im Leben, sei es nun unter diesem oder jenem Titel, ein Anrecht erworben hatten, daß ihrer von den Klosterbrüdern bei dem gemeinsamen Gebete ganz besonders gedacht würde. Nach und nach erweiterte sich aber der Zweck dahin, daß auch Namen solcher verstorbener Personen, welche man überhaupt in der Erinnerung besser behalten wollte, ja sogar Ereignisse, welche ihrer Beschaffenheit nach in einen Kalender oder in ein Jahrbuch oder eine Chronik gehörten, darin eine Aufnahme fanden. Ich will aber die Aufzeichnungen dieser letzteren Art, welche die vorliegenden St. Lambrechter Todtenbücher enthalten, gleich hier anführen. In einen Kalender (Festkalender) gehören folgende: 1. „Eodem die dedicatio est in castro ad s. Jacobum dominica prima post festum Philippi et Jacobi.“ (Von einer Hand im Ausgange des 16. Jahrhunderts im zweitältesten Todtenbuche zum 22. April.) [6]) 2. „Processio ad s. Paulum.“ (Von einer Hand des 13. Jahrhunderts im ältesten Todtenbuche zum 23. Mai.) [7]) 3. „Proximo die post festum Othmari celebratur dedicatio in cimiterio apud omnes sanctos apostolos.“ (Von einer Hand im Ausgange des 16. Jahrhunderts im zweiten Todtenbuch zum 17. November.) [8]) In eine Chronik dagegen gehörten: 1. „Anno 1129. dedicatum est monasterium s. Lamberti indictione 7., cuius anniversarius (dies) habetur dominica proxima post festum Col-

[5]) Ausführlicheres über Entstehung, äußere Form, Zweck und Literatur der Todtenbücher findet man in der Abhandlung „Ueber Diptychen, Nekrologien, Martyrologien und Verbrüderungsbücher im Mittelalter mit besonderer Rücksicht auf die Kronländer Oesterreichs“ des Karl Hirsch, abgedruckt im Programme des k. k. Gymnasiums in Graz, 1865. Der Verfasser hat aber die Literatur der „wichtigsten“ Nekrologien wohl nicht vollständig angegeben und gedenkt z. B. eben der in Rede stehenden nicht. Eine sehr unterrichtende Abhandlung über denselben Gegenstand hat im Jahre 1853 G. Zappert in den Sitzungsberichten der kaiserlichen Akademie zu Wien veröffentlicht. „Ueber sogenannte Verbrüderungsbücher und Nekrologien im Mittelalter“ im 10. Bande dieser Berichte, S. 417 und ff. Vergl. auch die Einleitung zu dem von J. Bergmann im 5. Bande der Denkschriften derselben Akademie veröffentlichten „Necrologium Augiæ Majoris Brigantinæ O. S. B.“

[6]) Der Schreiber setzte diese Notiz zum 22. April und gebrauchte die Worte „eodem die“, welche natürlich mit Rücksicht auf die folgenden Angaben sehr unrichtig angewendet sind. Zu den Theilen, welche von der alten Burg zu St. Lambrecht übrig geblieben sind, zählt eine der Mutter Gottes geweihte Kapelle.

[7]) Ob damit S. Paul in Kärnten gemeint ist, läßt sich nicht mehr feststellen.

[8]) Die Kapelle im Friedhofe, auch die Kaltenkirche genannt, ist jetzt dem heil. Michael geweiht.

manni.“ (Von einer Hand im Ausgange des 16. Jahrhunderts im zweiten Todtenbuch zum 15. Oktober.) [9]) 2. „Anno domini M° CCCC° iij° in vigilia sanctorum martyrum Marci et Marcelliani (d. i. am 17. Juni) fuit eclipsis solis, ita quod tota terra obscuraverat, hora quarta et duravit ad unam horam.“ (Von einer gleichzeitigen Hand im ersten Todtenbuche zum 18. Juni.) 3. „Anno domini 1471. obierunt strenuissimi milites in Grätz videlicet Andreas Paumkircher et Andreas Greissenegker et truncati sunt capitibus miserabiliter per dominum Fridericum Romanorum imperatorem et sepulti fuerunt ad Minores in uno tumulo; Paumkircher translatus est ad Slaming, Greissenegker adhuc jacet in loco.“ (Von einer Hand im Ausgange des 16. Jahrhunderts im zweiten Todtenbuch zum 23. April.) [10]) 4. „Anno domini 1471. in profesto Vdalrici confessoris et episcopi combustum est monasterium s. Lamberti una cum ecclesia et feodo (?) Swaighof tempore reverendi abbatis Johannis Schachner. Item eodem anno predictus abbas inchoavit et construxit castrum in Schachenstain penes Törl. Item eodem anno honorabilis Petrus Pögl in Törl residens inchoavit et consumavit chorum cum testudine ecclesiæ s. Petri in Afflentz.“ (Von einer Hand im Ausgange des 16. Jahrhunderts und im zweiten Todtenbuche zum 3. Juli.) [11]) 5. „(Obijt frater Leonhardus Stoytzendarffer presbyter et monachus hujus loci) anno M° CCCC. 71° et eodem die combustum est novum monasterium et ecclesia s. Petri.“ (Von einer gleichzeitigen Hand im zweiten Todtenbuch zum 29. September.) [12]) 6. „Anno domini 1474. sabbato post ascensionem domini (d. i. am 21. Mai) hora undecima noctis combustum est forum in Cellis Mariæ integrum cum ecclesia et dote, [13])

---

[9]) Eine Notiz, welcher ich in Bezug auf die Jahrzahl gerne volle Glaubwürdigkeit zuerkennen möchte, weil sie für die von mir behauptete späte Gründungszeit des Klosters St. Lambrecht spricht.

[10]) Näheres über diese Hinrichtung s. bei Fr. Kurz: Oesterreich unter Kaiser Friderich IV, II. 103. und Cæsar, Annal. III. 539, 540 etc. Der Ort Slaming ist der, in der Eisenburger Gespanschaft unweit Steinamanger gelegene Markt und Herrschaft Schlaming (Szalonak).

[11]) Der Schwaighof liegt ober dem Stifte St. Lambrecht, der Schachenstein aber, so benannt nach dem Abte Joh. Schachner und nunmehr eine Ruine, im Aflenzthale.

[12]) Die St. Peterskirche liegt zwischen dem ehemaligen Schlosse zu St. Lambrecht und dem Stifte, und dient gegenwärtig als Holzmagazin. Sie war früher die Pfarrkirche und wurde meines Erinnerns bald nach Vollendung der Konventskirche, die jetzt zugleich als Pfarrkirche dient, zu erbauen begonnen. Urkundliche Daten über diese beiden Kirchen sind in dem Stiftsarchive leicht aufzufinden.

[13]) D. i. dem Pfarrhofe.

ita ut non plus remanserit, quam tres domunculæ viliores tempore reverendi abbatis Johannis Schachner.“ (Von einer Hand im Ausgang des 16. Jahrhunderts im zweiten Todtenbuche zum 28. Mai.) 7. „Anno domini 1566. combustæ sunt in Cellis Mariæ domus triginta septem noctu circiter horam primam præsidente Johanne Tratnero abbate.“ (Im zweiten Todtenbuche von einer Hand im Ausgange des 16. Jahrhunderts zum 21. Oktober.) 8. „Anno Christi 1618. Circa hoc tempus (9. Dezember) Paulo V. pontifice hic in nostro horizonte ab oriente mane apparuit cometes ingens et aspectu horrendus, qui post aliquot hebdomadas e conspectu nostro ad septentrionem declinavit. Portendit ille mortem Matthiæ cæsaris paucis post diebus subsecutam, rebelliones varias, seditiones, factiones hæreticorum, bella multa potissimum in nostra Germania continuata, eaque atrocissima omni ævo luctuosa, exitiosa multis provinciis, locis, personis ecclesiasticis, uti effectus evidens palam facit.“ (Von einer wenig späteren Hand im zweiten Todtenbuche zum 9. Dezember.)

Wie bei allen anderen Todtenbüchern ist auch bei den vorliegenden des Stiftes St. Lambrecht der römische Kalender zu Grunde gelegt. In dem ersten derselben wurde nun für je vier Tage eine Blattseite bestimmt, während in dem zweiten für je sechs Tage. Dadurch entstanden auf jeder Blattseite vier oder sechs Felder, in welche dann die Namen der Verstorbenen eingezeichnet oder andere Anmerkungen gemacht worden sind. Zu Häupten jedes Feldes aber setzte man den Wochenbuchstaben, die römische Benennung des Tages und den Namen des christlichen Festes, wofern überhaupt für den betreffenden Tag eines anzugeben war und das natürlich nur ein unbewegliches sein konnte. Z. B. also:

A. Kal. Jan. Circumcisio domini.
B. iiii. Non. Oct. Stephani.
C. iii. Non. Oct. Johannis evang.
D. ii. Non. Oct. innocentium, u. s. w.

Die Felder zeigen sich aber nicht neben, sondern unter einander und es wurden die Namen der Verstorbenen wenigstens anfänglich nach einer gewissen Rangordnung in dieselben eingeschrieben. So nehmen den obersten Theil eines jeden Feldes ein die papæ, patriarchæ, archiepiscopi, episcopi, abbates, præpositi, archipresbyteri und die archidiaconi oder weltliche Machthaber, wie die imperatores, reges, duces und die marchiones. Unter diesen folgen dann die presbyteri et monachi, die presbyteri et canonici, die decani und plebani, die diaconi und subdiaconi, ferner die einfachen monachi. Hierauf folgen die conversi und die Namen weltlicher Personen männlichen Geschlechtes in ihren verschiedenen Rangabstufungen. Der unterste Theil des Feldes endlich ward für die Personen des weiblichen Geschlechtes bestimmt. Aber auch hier gehen die abbatissæ, moniales und die conversæ den weltlichen Frauen voraus. Die angegebene Ordnung ist natürlich nicht überall und durchaus festgehalten worden, weil ja späterhin schon der Mangel an Raum ein solches Festhalten nicht zuließ. Ebensowenig ist später fest beobachtet worden, was ebenfalls anfänglich fast als Regel gegolten hat, daß nämlich die den Rang oder die Herkunft oder den Geschlechtsnamen der verstorbenen Personen bezeichnenden Worte immer über den Vor- oder Taufnamen derselben gesetzt werden.

Das eben Gesagte mag folgendes aus dem ersten Todtenbuche genommene Beispiel besser veranschaulichen.

E. X. Kal. Julii. Transl. sancti Lamberti.
ann. ab inc. d. M. C. Lx. iiii.
EBERHARDVS archieps. Andreas pbr. et mon.
Rex Romanor. Occisus Tegenhardus
PHILIPPVS Lewthenbekch pbri. et moni. Arnoldus diac. et mon.
et mon. Gurk
Otto pbr. Pertholdus pbr. et ca. Berchta vxor Ruplini Leo puer istius loci
mon. mon. conv. Vitrin. ante siluam
Otkerus Frowinus Chonradus O. fr. Martinus pbr. et m.
pater Hainrici de sancta Maria de Chotwico
Waltherus. Rainboto l. Hellenwicus miles
soror dictus Ceherl
Chunegund dni Petri abbatis Petrus Suno
conv. conv. de Sekowe mater Hylarii plebani Vlricus Schawchenstain
Rilint Gerdrudis Bea'rix Katerina l.

Bezüglich des Umfanges der einzelnen Aufzeichnungen läßt sich sagen, daß die ältesten derselben zugleich die einfachsten sind und daß sie dann im Laufe der Zeit immer mehr an Ausdehnung gewinnen. Während so in der Zeit vor dem 12. Jahrhundert [14]) die Verstorbenen nur mit dem Vornamen und Charakter eingetragen worden zu sein scheinen, war es im 12. Jahrhundert Regel, außer dem Namen und Charakter auch den Ort anzugeben, an welchem der Verstorbene gelebt und gewirkt oder von welchem er sich zubenannt hatte. Zusätze wie: occisus oder submersus, welche also auf eine gewaltsame Todesart hinweisen, oder pie memorie, dedit predium u. s. w. kommen gleichfalls

[14]) Die in Rede stehenden Todtenbücher enthalten, wie es sich weiter unten ergeben wird, auch Namen von Personen, welche vor dem J. 1100 gestorben sind.

vor. Der Zusatz „istius loci" bedeutet den Ort oder besser, meist das Kloster St. Lambrecht. Das Todesjahr eines Verstorbenen wird im 12. Jahrhundert, irre ich nicht, nur ein einziges Mal angegeben. Siehe obiges Beispiel. Im 13. Jahrhundert mehren sich die Zusätze, so daß z. B. hie und da die Jahrzahl beigegeben und auch das Wort „obiit" als Sigle (o.) hinzugefügt wird. Auch kommt es schon in diesem Zeitraume vor, daß geistliche Personen mit ihren Familiennamen oder dem Orte ihrer Herkunft benannt erscheinen.[15]) Alle eben angeführten Zusätze finden aber im Laufe der 14. Jahrhunderts immer häufigere Anwendung und ist z. B. die Angabe des Geschlechts- oder Familiennamens bei geistlichen Personen nun nichts mehr seltenes. Indem dadurch der Werth der überlieferten Notizen zunimmt, wird es dann im 15. Jahrhundert allmälig fast Regel, außer dem Vor- und Geschlechtsnamen, verschiedenen ehrenden Prädikaten, den Aemtern, welche die Verstorbenen im Leben bekleidet, u. s. w., immer das Todesjahr anzugeben. So gewähren die einzelnen Notizen mannigfache biografische Ausbeute, was hierauf bei den Aufzeichnungen des 16. und 17. Jahrhunderts in erhöhtem Grade der Fall wird. Denn es wird da üblich, von den Verstorbenen insbesondere auch hervorragende Momente aus ihrem Leben oder hervorstechende gute Eigenschaften u. dgl. anzumerken.

Auf die Frage, ob der Tag, zu welchem der Name einer Person eingetragen ist, auch wirklich der Todestag derselben wäre, läßt sich antworten, daß dieses in der Regel der Fall ist. Diese Regel erleidet aber mannigfache Ausnahmen. So mochte schon bei der Anlage des vorhandenen Todtenbuches, als die Aufzeichnungen noch älterer Vorlagen in dasselbe übertragen worden sind, der eine und andere Name zu einem anderen als dem wirklichen Todestage gesetzt worden sein.[16]) Oder es mochte derselbe Name zweimal übertragen worden sein, oder es wurden überhaupt manche Namen mehrmal

---

[15]) So heißt es z. B. zum 3. Februar: „Ditmarus pbr. et mon. istius loci Anphora (Krug);" zum 20. Juli: „Ditmarus Pheninch pbr. et mon. istius loci;" zum 4. Juni: „Hermannus pbr. et mon. istius loci de Cella;" zum 6. Juni: „Johannes pbr. et mon. istius loci de Judenburga" Da mir eine fast vollständige Bearbeitung der beiden ältesten Todtenbücher des Stiftes St. Lambrecht vorliegt, so könnten wie für diese, so auch für die nachfolgenden Behauptungen leicht Belege beigebracht werden, die ich aber in Anbetracht der Geringfügigkeit der Sache, um welche es sich handelt, unterlasse.

[16]) Z. B. der Name des Abtes Hartmann, welcher nach Angabe des ältesten Todtenbuches am 2. Jänner (1114) verstorben ist, während Götweiger Ueberliferungen (Font. rer. Austr. 2. Abtheil. VIII. 101) den 1. Jänner als Todestag bezeichnen. Oder sollte diese Verschiedenheit nur auf einem Irrthum

eingetragen.[17]) Da ferner der Zweck des Todtenbuches ja nicht der war, den Sterbetag genau zu fixiren, sondern vielmehr um die Erinnerung an die verstorbenen Personen, derer beim gemeinsamen Gebete besonders gedacht werden sollte, leichter bewahren zu können, so war es gleichgiltig, zu welchem Tage der Name eingetragen wurde, wenn er nur überhaupt aufgezeichnet wurde.[18]) Weiters entstanden Abweichungen von der allgemeinen Regel durch die Beschaffenheit der Mittheilungen in den Roteln (rotulæ). Durch diese wurden bekanntlich die konföderirten Klöster von dem Ableben ihrer Mitglieder in wechselseitige Kenntniß gesetzt. Nun waren in den Umlaufschreiben wohl häufig die Sterbetage der einzelnen Individuen angegeben, häufiger aber auch nicht. In beiden Fällen wurden dann die mitgetheilten Namen an eine beliebige Stelle des Todtenbuches gesetzt und zwar zumeist an eine solche, welche hinreichend Platz für die Aufschreibung bot.[19]) Es geschah auch, und dieß ist wieder eine andere Abweichung, daß man die in einer Rotel mitgetheilten Namen, bei denen gleichfalls die Sterbetage nicht bekannt gegeben waren, in dem Todtenbuche zu mehreren natürlich beliebig gewählten Tagen vertheilte.[20]) Um endlich noch eine Abweichung von der allgemeinen Regel zu erwähnen, womit jedoch keinesfalls alle Ausnahmen erschöpft sind, so muß man auch wissen, daß man die Namen der Mitglieder einer ganzen Familie entweder zu einem Tage gesetzt hat, zu wel-

der Abschrift des ältesten St. Lambrechter Nekrologs, welche sich zu Götweig befindet (v. Hormayer, Archiv für Geografie, Historie rc. 10. Jahrg. 1819, N. 47. S. 186), beruhen?

[17]) Eine „Helika abbatissa“ z. B. erscheint bei dem 2. und 3. Februar, eine „Livtkart“ beim 9. und beim 10. Februar. Zum 16. Jänner heißt es: „Otto Chumbro dedit predium anno domini M° CCC° xvi°;“ beim 30. August aber: „Otto l. dictus Chumer dedit predium.“ Alle diese Notizen im ersten Todtenbuche.

[18]) Daher jene Haufeneintragungen, wie z. B. jene zum 11.—18. August im ersten Todtenbuche, welche beginnt: „Hec sunt nomina eorum qui obierunt in monasterio Fuldensi et in monasteriis et collegiis sibi pleno jure subjectis. Primo Heinricus, Elizabet“ etc.

[19]) Ein Beispiel, daß die durch die Rotel mitgetheilten Namen, bei denen aber die Sterbetage angegeben, zu einem beliebigen Tage gesetzt worden sind, haben wir im ersten Todtenbuch beim 23. Jänner, wo es heißt: „Obierunt de collegio Herczogenburgensium dominus Thomas 16. Kal. Octobris“ etc., und ein Beispiel, wo die Sterbetage nicht angegeben sind, haben wir ebendaselbst beim 4. Mai: „Obierunt in monasterio sancte Marie alias Scotorum Wienne dominus Nicolaus abbas et reformator monasterii . . . fratres Petrus, Clemens“ etc.

[20]) Ein derartiges Beispiel finden wir im zweiten Todtenbuch zum 20. 21. und 22. März, zu welchen drei Tagen eine Mittheilung von acht verstorbenen Mitgliedern des Klosters Ensdorf vertheilt ist.

chem ein bereits verstorbenes Mitglied schon eingetragen war, oder vielleicht zu dem Tage, für welchen die Familie einen Jahrtag gestiftet hatte,[21]) u. s. w.

Hinsichtlich einer anderen Frage, ob nämlich die Eintragungen auch gleichzeitig sind oder nicht, d. h. ob der überlieferte Name des Verstorbenen von einer zu derselben Zeit lebenden Person in das Todtenbuch eingeschrieben worden ist, läßt sich antworten, daß solches wohl auch in der Regel von einer gleichzeitigen Person gethan worden ist. In den Konfraternitätsstatuten, welche der Propst Christian von Sekau am 14. August des Jahres 1305 erlassen hat,[22]) wird unter anderm auch vorgeschrieben, daß nach dem Bekanntwerden des Todes eines Konföderirten die Kapitularen zusammenberufen werden, die „leibliche Disziplin" (disciplina corporalis) empfangen und während deß die für die verstorbenen Brüder und Wohlthäter bestimmten Psalmen beten sollen, worauf der Dechant den Namen des Verstorbenen sofort in das Todtenbuch schreiben lassen sollte. Und so mag man es auch anderwärts gehalten haben. Aber diese Regel wurde nicht festgehalten, war auch nicht immer festzuhalten, und so geschah es, daß der Name manches Verstorbenen erst spät nach dem erfolgten Tode in das Todtenbuch eingetragen worden ist.[23])

Die erwähnte Regel konnte ja nicht durchaus festgehalten werden, denn das älteste Todtenbuch enthält Namen von Personen, welche nachweisbar im 11. Jahrhundert gelebt haben und verstorben sind, während dasselbe, wie ich jetzt zeigen werde, erst im 12. Jahrhundert entstanden ist. Zu Anfang dieses Jahrhunderts war das Kloster, nachdem es schon vor etwa dreißig Jahren projektirt worden war, endlich in das Leben gerufen worden (1102—

---

[21]) So heißt es im ersten Todtenbuch zum 17. Februar: „Hrmannus dictus Schalanner pbr. et mon. istius loci. Agnetis (!) et Offemya sorores (?) eius." Ferners ebendaselbst zum 21. Juli: „Hermannus Lubgaster filius eius Fridricus vxor eius Margareta." Und wieder ebenda zum 29. Juli: „Caspar Melchior Fridreicus (!) et pro omnibus connatis suis" (soll nämlich gebetet werden).

[22]) Abschrift derselben aus dem 15. Jahrhundert in der Handschrift 39/29, fol. der Grazer Universitätsbibliothek, auf fol. 177.

[23]) Z. B. der Name desjenigen, welcher die Stiftung des Klosters St. Lambrecht angeregt hatte, des Herzogs Markwart, der 1076 gestorben sein soll, dessen Name aber erst um 1164 (zum 16. Juni) eingezeichnet worden ist, oder des im J. 1114 verstorbenen Abtes Hartmann, ebenfalls c. 1164 aufgeschrieben. Beispiele geben auch die vorhin erwähnten Kollektiveintragungen, welche in einem Zuge von derselben Hand gemacht worden sind, während die genannten Personen doch an verschiedenen Tagen und in oft großen Zwischenräumen gestorben sind oder sein müssen.

1103). Die nach St. Lambrecht gekommenen Mönche brachten nun entweder schon aus ihrer früheren Heimat ein Verzeichniß verstorbener Mitbrüder mit, das jetzt dem Todtenbuche der neuen Stiftung zur Grundlage dienen und hier gleichsam fortgesetzt werden sollte, oder behalfen sich einstweilen damit, die Namen der in St. Lambrecht verstorbenen Brüder oder der mit demselben Konföderirten in einen Kalendar zu setzen. Mochte nun aber das eine oder das andere der Fall sein, es stellte sich endlich, da das vorhandene Buch oder Kalender überfüllt war und zu neuen Aufzeichnungen keinen Platz mehr bot, das Bedürfniß der Anlage eines größeren Todtenbuches heraus. Da entstand dann das vorliegende älteste Todtenbuch, in welches sein unbekannter Schöpfer sofort auch die Namen älterer Verzeichnisse herübergenommen hat. So rühren in obigem Beispiele die Notizen: „EBERHARDVS archieps. ann. ab inc. d. M. C. Lx. iiii. Otto pbr. et mon. Otkerus mon. Frowinus mon. Waltherus. Rilint conv.“ von seiner Hand her und scheinen auch, nur etwa mit Ausnahme der ersten, in einem Zuge geschrieben worden zu sein. Die erste dieser Notizen beweist zugleich, daß die Person, welche das älteste Todtenbuch angelegt hat, um das Jahr 1164 gelebt, und daß somit die Entstehung desselben in diese Zeit gesetzt werden müsse. Aber die bestimmte Zeit gilt nicht für das ganze älteste Todtenbuch. Denn wir finden darin vom 28. März bis zum 27. April exkl., also auf einer Quaternion, daß auf diesen vier Blättern eine viel jüngere Hand die ersten Aufzeichnungen und Eintragungen gemacht hat. Ich unterlasse es, Vermuthungen auszusprechen, wie es denn nothwendig geworden ist, hier abermal eine neue Anlage zu machen, sondern verweise vielmehr gleich auf die Thatsache, daß die Hand, welche auf diesen Blättern als die erste angesehen werden muß, zum 23. April die Notiz: „EKKEHARDVS eps. Gurcensis“ geschrieben hat. Daher ist es aber gewiß, daß der Theil des ältesten Todtenbuches vom 28. März bis zum 27. April um das Jahr 1200 entstanden ist.[24]) Nachdem der älteste Theil der St. Lambrechter Todtenbücher mit Namen überfüllt schien,[25]) schritt man zur Anlage eines zweiten Buches für eben denselben Zweck. Der Anleger desselben war ein Angehöriger der

---

[24]) Denn Bischof Ekhart starb im J. 1200. Mooyer, Verzeichniße deutscher Bischöfe, S. 43.

[25]) Er „schien“ überfüllt, aber man hat, so viel mir bekannt ist, bis zum J. 1535 Einzeichnungen gemacht („Wolfgangus laici [!] 1535.“ zum 13. Juli), freilich auch dabei, um Platz zu gewinnen, früher oft genug die älteren und ältesten Notizen ausgelöscht.

Familie Apfaltern, wie aus einer Notiz zum 25. April hervorgeht, welche also lautet: „Fridericus de Apholter pater scriptoris huius libri l. (laicus).“ [26]) Urkundliche Daten über diesen Schreiber und dessen Vater sind mir leider nicht bekannt und so kann ich dessen Lebenszeit nicht ganz genau bestimmen. Er dürfte um das Jahr 1358 gelebt haben; denn diesem Jahre gehört die nachweisbar älteste Eintragung des zweiten Todtenbuches an, welche also lautet: „Johannes abbas istius loci obiit anno domini M° CCC° Lviij°“, und beim 10. Jänner zu finden ist. Sie rührt aber nicht von der Hand des fraglichen Schreibens her, sondern von einer andern und gewiß gleichzeitigen Hand. Ebenso gewiß ist aber und zwar geht solches aus eben angeführter Notiz hervor, daß die Anlage des zweitältesten Todtenbuches um das Jahr 1358 erfolgt ist. Dasselbe wurde aber anfänglich nur im geringen Masse zu Aufzeichnungen benützt und erst im 15. Jahrhundert, nachdem der erste Theil durchaus überfüllt war, häufiger hiezu verwendet. Jedoch auch bei diesem zweiten Buche gilt, daß einzelne Theile in viel späterer Zeit, etwa um das Jahr 1579 angelegt worden sind. [27]) Es sind das folgende Theile: vom 11.—22. (inkl.) August — ein Blatt, vom 4.—27. (inkl.) September — zwei Blätter, vom 22. Oktober — 14. (inkl.) November — ebenfalls zwei Blätter, und vom 27. November — Ende Dezember — drei Blätter. Auch hier wäre den Muthmaßungen, um diese Unterbrechungen zu erklären, ein weites Feld geöffnet. Ich unterlasse aber, solche auszusprechen, da ja möglicher Weise doch eine ganz andere Ursache zu Grunde liegen könnte.

Im Allgemeinen kann das zweitälteste Todtenbuch als eine Fortsetzung des ersten angesehen werden. Aber es enthält doch auch noch etwas mehr. Es hat nämlich schon eine Hand des 14. Jahrhunderts viele Notizen in das zweite Todtenbuch aus dem ersten übertragen und zwar mit ziemlich diplomatischer Treue. [28]) Hierauf hat ein anderer unbekannter Schreiber, welcher in der ersten Hälfte des 15. Jahrhunderts gelebt haben muß, eine sehr große Anzahl von Notizen,

---

[26]) Im ersten Todtenbuch heißt es zu demselben Tage: „Fridr. l. pr.“ und darüber „de Affolter.“ Der Schreiber hier ist ein anderer als jener im zweiten Todtenbuch, er ist entschieden älter, dem 14. Jahrhundert gewiß angehörig und wahrscheinlich gleichzeitig.

[27]) Wie aus dem im folgenden Absatz Gesagten hervorgeht.

[28]) Z. B. zum 1. Jänner: „Syboto pbr. et mon. istius loci“; zum 2. d. M.: „Hartmannus abbas istius loci“; zum 6. d. M.: „Hainricus pbr. et mon. istius loci“, u. s. w.

welche in dem ältesten Todtenbuche überliefert waren, in das zweite Buch herübergenommen. So im obigem Beispiel folgende Notizen: „Otto pbr. et mon. — Waltherus l. — Beatrix layca.“ Man sieht da zugleich, daß er hiebei nicht ganz gewissenhaft oder vielmehr nicht diplomatisch getreu zu Werke ging, und er hat es in der That bei der Wiederholung, weder mit den Vornamen, noch mit den Familiennamen, weder mit den Charakterangaben, noch mit den Angaben der Zeit u. s. w. genau genommen, weggelassen, was ihm beliebte, und hinzugethan, was in dem ältesten Todtenbuche nicht stand oder steht.[29]) Eine noch ansehnlichere Uebertragung von Aufzeichnungen aus dem ersten in das zweite Todtenbuch, wie es eben erwähnte im 15. Jahrhundert gewesen ist, fand in der zweiten Hälfte des 16. Jahrhunderts statt, und zwar vielleicht durch einen beim Erzherzog Karl Bediensteten, Namens Thomas Rheyer.[30]) Wurden aber schon bei jener Uebertragung des 15. Jahrhunderts viele Fehler begangen, so war bei dieser des 16. Jahrhunderts dasselbe in einem noch erhöhteren Grade der Fall. Der jüngere Schreiber ließ sich eine Menge Verstöße, und zwar in jeder Hinsicht zu Schulden kommen.[31]) Und gleichwohl sind wir ihm einigen Dank schuldig. Denn ihm scheinen wenigstens Reste jener Blätter des ältesten Todtenbuches vorgelegen zu haben, welche die Aufzeichnungen vom 6. September bis zum letzten Tage des Jahres trugen und die nun bald nach

---

[29]) So hat z. B. das erste Todtenbuch die Notiz: „Wilhalmus pbr. et mon. Agmvt“ zum 27. Juni, die dann im zweiten Todtenbuch in: „Wilhalmus pbr. et mon. istus loci“ umgeändert ist. Im ersten Todtenbuch zum 29. Juni: „Starchandus pbr. et mon. istus loci“, was das zweite Buch mit dem Zusatz „de Theodosia“ vermehrt überliefert. Beim 5. Juli finden wir im ersten Theil die Aufschreibung: „Hainricus Grecer (Gräzer) pbr. et mon. istius loci“, dagegen aber im zweiten Theile: „Hnr. pbr. et mon Grecus istius loci“, u. s. w.

[30]) „Thomas Rheyer, serenissimi Caroli archiducis Austrie notista, qui magnam huius mortologi partem scripsit, obiit Græzii 1579“ schreibt eine gleichzeitige Hand im zweiten Todtenbuch zum 7. Februar.

[31]) Es ist z. B. im ersten Todtenbuch zum 27. August geschrieben: „Marchwardus miles de Puks frater noster“, was im zweiten Todtenbuch lautet: „Markwardus miles de Prag frater noster.“ Im ersten Todtenbuch zum 24. Juli: „Rycherus Albus dictus pbr. et mon. istius loci anno domini M CCC. xii.“; dagegen im zweiten: „Richerus abbas istius loci.“ Im ersten Todtenbuch zum 6. August: „Chunradus pbr. et mon. istius loci dictus Sauraber anno etc. LXXXX ii° (d. i. 1392)“, wogegen im zweiten: „Conradus .... anno etc. 1392.“ Im ersten Todtenbuch finden wir zum 6. Juli: „Alhädis de Techawe soror Vlsalci“, woraus im zweiten Theile „Adelhaidis de Chabe“ wird. Und ähnliche solcher Beispiele ließen sich noch eine Menge anführen.

ihm gänzlich verloren gegangen sein mögen.[32]) Was er aber auf jenen jetzt verlorenen Blättern gefunden hat, hat er durch Abschreiben, wenn auch nur mangelhaft gerettet, hätte er solches nicht gethan, so wäre uns ja vom 6. September aufwärts keine Kunde von den Notizen geblieben, welche die letzten Blätter des ältesten Todtenbuches ausgefüllt haben mochten. Diesen Dank theilt er übrigens vom 11.—16. (inkl.) August mit einem etwas älteren Schreiber, welcher jedoch auch noch demselben Jahrhundert angehört.[33]) Gewiß ist auch, daß diesem Uebertrager, der wie gesagt, vielleicht Thomas Rheyer gewesen ist, noch andere Quellen, vielleicht Todtenbücher anderer Kirchen, vorgelegen haben, womit er dann den Inhalt des zweiten Todtenbuches bereichert hat.[34]) Mir ist es noch nicht gelungen, die eine und andere dieser Quellen ausfindig und namhaft zu machen. Von ihm rühren ferners auch einige der im Eingange dieser Abhandlung erwähnten chronikalischen Aufzeichnungen her, wie z. B. jene über die Hinrichtung Paumkirchers. Soviel über das Verhältniß des zweitältesten Todtenbuches zu dem ersten. Es wäre von demselben allenfalls noch anzumerken, daß wir darin noch einer anderen Hand begegnen, welche ebenfalls dem Ausgang des 16. Jahrhunderts angehört und mitunter offenbar uralte Notizen eingetragen hat,[35]) ferners, daß der schreibselige P. Peter Weixler, ein Chronist des Stiftes St. Lambrecht im 17. Jahrhundert und auch dessen Mitglied, nicht verfehlt hat, auch in diesem Denkmale einer vergangenen Zeit, Proben seiner schwülstigen Schreibweise zu hinterlassen,[36]) endlich daß vom 6. September aufwärts die zahlreichen unbeschriebenen Stellen lebhaft an den verlorenen Theil des ersten Todtenbuches erinnern.

Der letzte Name, welcher in das zweite Todtenbuch eingetragen worden ist, scheint der des St. Lambrechter Professen

---

[32]) Die Worte „Cætera desiderantur" auf der letzten Blattseite des ältesten Todtenbuches rühren nämlich von einer Hand im Ausgange des 16. Jahrhunderts her.

[33]) Derselbe schrieb z. B. zum 16. August: „Piliegrimus abbas Salczpurgensis — Erhardus eps. Lauentinus — Nycolaus laycus — Gerdrudis conuersa."

[34]) Z. B. mit der Notiz über Paumkirchers Tod. Zum 10. August auch: „Waltherus clauiger, Perchta vxor eius, Katheri(na) Wendel filiæ eius", welche Notiz schon durch ihre Fassung mindestens an das 14. Jahrhundert erinnert. Oder zum 10. März: „Obiit Elisabeth Prewndliu cum marito eius"; zum 7. d. M. aber: „Margaretha mater domini Joannis Schachner abbatis (der Abt starb 1478)" u. s. w.

[35]) Z. B. zum 6. Juli: „Sigismundus pbr. et mon." u. s. w.

[36]) So auf fol. 46a unten, und an anderen Orten.

Gallus' Angerer zu sein, welcher am 2. Jänner des Jahres 1670 verstorben und zu St. Gothart ob Graz beerdigt worden ist. Da ich nun schon oben nachgewiesen habe, daß die Anlage des ältesten Todtenbuches um das Jahr 1164 gesetzt werden muß, daß dasselbe aber hinsichtlich des Inhaltes seiner Aufzeichnungen ziemlich weit in das 11. Jahrhundert zurückreicht, so haben wir in diesen zwei Todtenbüchern eine Quelle vor uns, welche uns fast durch fünfhundert Jahre meist gleichzeitige Nachrichten und überhaupt Nachrichten von etwa sechshundert Jahren überliefert hat. Und die Anzahl derselben beläuft sich auf viele Tausende. Freilich ist eine große Zahl derselben, besonders aus älterer Zeit durch die Art ihrer Ueberlieferung wenig werthvoll und kaum anders wie als statistisches Materiale zu betrachten.[37]) Aber mit fortlaufender Zeit, da man sich nicht mehr bloß auf die Angabe des Namens und des Charakters beschränkte, sondern die Notiz über den Verstorbenen mit allerlei Zusätzen ausstattete, welche uns mannigfache Aufschlüße über Leben und Wirken desselben geben, steigert sich auch der Werth unserer Quelle. Sie gibt uns jedoch über nichts so trefflichen Aufschluß, wie über die Anzahl und das stille Wirken jener Männer, welche im Laufe von sechsthalb Jahrhunderten dem Stifte St. Lambrecht angehörten, und das Band, das unter dem Namen der Konföderation diese Männer mit einer großen Menge ihrer eigenen Ordensgenossen und den Angehörigen anderer Orden, sowie mit einer sehr bedeutenden Anzahl anderer geistlicher Personen und von Laien in der Steiermark und den benachbarten Ländern durch Jahrhunderte hindurch vereinigt hat. Unter den Klöstern, derer verstorbene Angehörige in den vorliegenden Todtenbüchern verzeichnet sind, ragen durch eine größere Anzahl von Namen hervor: Admont, St. Blasien, Beligne, Garsten, St. Georgen am Längsee, Glenuk, Götweih, Gurk, Kremsmünster, Milstat, Melk, Nonnberg (Salzburg), Obernburg, Eberndorf, Ossiach, St. Paul, St. Peter (Salzburg), Seitenstätten, Sekau, Seon und Vorau. Außerdem werden viele Ordenspersonen namhaft gemacht, deren Ortszuständigkeit jedoch nicht angegeben ist. Es sind darin ferners die Sterbetage von mehr als fünfzig hohen Würdenträgern der Kirche verzeichnet und von mehr als siebenzig Kaisern, Königen, Herzogen, Markgrafen und Grafen oder von den Gemahlinnen fürstlicher Personen. Von Familiennamen begegnen wir häufiger als anderen den Graßlab, Greissing, Kräl, La, Lichtenstein, Lobming, Pisweg, Pux, Rattensdorfer, Saurau, Teufenbach und

---

[37]) Wie z. B. die Notizen, welche in nichts als aus dem einfachen Namen oder bloß aus diesem und der Charakterangabe bestehen.

Winkel. Unter den Kunstbeflissenen finden wir die Werkmeister (magistri operis) an den Kirchen zu St. Lambrecht und Mariazell, die Namen von vier Malern, welche im 13. Jahrhundert gelebt haben, und von zwei Bildhauern, deren einer ebenfalls dem genannten Jahrhundert angehört. Die Pfarrgeistlichkeit ist merkwürdiger Weise durch eine geringere Anzahl von Namen vertreten, als man füglich erwarten möchte und könnte, doch sind von derselben immerhin noch etwa 120 Personen genannt. Diese Andeutungen genügen wohl, um zu erkennen, daß wir in den St. Lambrechter Todtenbüchern und zwar in den zwei ältesten Theilen eine beachtenswerthe Quelle besitzen, welche dem verständigen Forscher so manchen Gewinn bieten dürfte. Dem Schreiber dieser Zeilen hat sie solchen bereits geboten nnd zwar bei Feststellung der Reihe der Aebte von St. Lambrecht im 12. und 13. Jahrhundert, welche Reihe ohne die in den Todtenbüchern enthaltenen Nachrichten kaum oder doch nur sehr unvollständig hätte hergestellt werden können. Ob auch der Forscher auf dem Gebiete der Personennamen aus dieser Quelle einen Gewinn zu ziehen vermöchte, kann ich nicht beurtheilen. Jedenfalls fehlt es aber darin nicht an Namen, welche zur Zeit der Anlage des ersten Todtenbuches nicht mehr gebraucht wurden und denen man auch in anderen einheimischen Quellen nicht so leicht begegnet. [38])

---

[38]) Ich erlaube mir noch die Bemerkung hinzuzufügen, daß von den beiden Ava's, welche Diemer (Deutsche Gedichte des 11. und 12. Jahrhunderts, S. xv) dem ältesten Todtenbuche von St Lambrecht entnommen hat, die eine eine Nonne („Ava mon." zum 18. Jänner), die andere aber eine gewöhnliche Laie gewesen ist. Wäre nun die eine von ihnen die Mutter des Hartmann gewesen, so hätte nach anderen Fällen zu schließen, der Schreiber es kaum unterlassen, dieß durch den Zusatz „mater Hartmanni abbatis" anzuzeigen.

Reisebericht

über

steiermärkische Geschichtsmaterialien in kärntnerischen Archiven.

Von Professor J. Zahn, Archivar am Joanneum.

Es ist wohl kaum einem Zweifel unterworfen, daß unter allen Archiven der österreichischen Kronlande, welche als Museal-, als Geschichtsvereins- oder Landesarchive (wie z. B. das mährische) bestehen, das Archiv des steier. landsch. Joanneums weitaus das reichste und für seine Zwecke bezüglich des Landes auch in seiner dermaligen noch unvollendeten Gestalt das vollständigste ist.

Allerdings kommt ihm zu Gute, daß seine Sammlungen bereits seit dem Jahre 1811 datiren, daß seit dem Jahre 1848 eine höchst bedeutende Anzahl von Originalen aus den städtischen und Gutsarchiven den Weg in seine Räume nahmen — Beides Vortheile, deren sich gleiche oder ähnliche Anstalten nicht, oder doch nicht in so ausgedehntem Maße zu erfreuen hatten. Aber auch nur durch sie konnte es ermöglicht werden, daß dermalen sein Fond von Urkunden (Acten natürlich und Handschriften sind hier nicht einbezogen) über 20.000 Originale, davon weitaus die meisten auf Pergament, und 15.000—16.000 Copien umfaßt. [1])

Die Ziele eines jeden Archives, welches das gesammte histor. Materiale einer gewissen Richtung in sich aufnehmen will, bringen es mit sich, daß die Natur der angesammelten Documente bezüglich ihrer Aeußerlichkeit eine gemischte sei, d. h. daß es nebst Originalen auch Copien enthalte. Es mag ihm glücken, wie viele der Ersteren immer für seine Zwecke zu gewinnen, stets wird es auch auf Copien und ihre systematische Einbeziehung in den Sammelkreis angewiesen sein. Sehr viele einst dem Lande durch ihre ehe-

[1]) Eine Uebersicht des Anwachses gibt Dr. K. Schmit Ritter v. Tavera im Notizenblatte der kais. Akad., 1859, p. 81—86; spezialisirt ist derselbe in den „Jahresberichten" des Joanneums von 1812 bis heute dargestellt.

maligen Aufbewahrungsorte angehörige Urkunden befinden sich nun außerhalb dessen Grenzen; so z. B. die meisten, die ältesten und schönsten Documente der vormals bestandenen Klöster in Steiermark, welche heute — und zwar meist schon seit Aufhebung der Stifte — im Staatsarchive zu Wien aufbewahrt sind.[2]) Wieder andere Urkunden waren schon zur Zeit ihrer Fertigung auswärtigen Eigens wenngleich specifisch steirischen Ursprunges; dahin gehören die von den Ministerialen von Salzburg, Gurk, Aquileia, Freising, Bamberg, von St. Paul, Viktring oder oberösterreichischen Klöstern ausgestellten Urkunden, Stift- und Schenkungsbriefe an diese Kirchen und andere Documente, welche zwar steier. Boden, steier. Unterthanen betreffen, aber auswärtigen Herren, wie Grund und Leute von denen sie reden, gehören. Derlei Urkunden finden sich in der Regel noch an den ursprünglichen Orten oder doch in gewissen Centralen, wo sie leicht erlangt werden können, wenn sie nicht das Schicksal einer bedeutenden Anzahl theilten, die als verschleppt und verloren aller Nachforschung sich entziehen.

Solche auswärts hinterliegende Urkunden steier. Beziehung bleiben wenngleich erreichbar, doch in der Regel der Landessammlung insoferne entzogen, als diese die Originale für sich wünscht. Namentlich sind es jene der letzteren Beziehung und ihr Ausfall läßt sich nur durch genaue Copien derselben decken.

In dieser Richtung wurde denn auch am Joanneums-Archive seit dessen Gründung gearbeitet. Allein Umstände mancherlei Natur hinderten, daß die jetzt bestehende Sammlung ohne Lücken wäre. Wie es scheint, öffneten sich dem rein wissenschaftlichen Zwecke nicht alle Archive und eine Anzahl der zugänglichen wurde nicht von den unmittelbaren Interessenten, sondern von weniger verläßlichen Mittelspersonen durchsucht. Andere Archive auch sind thatsächlich erst in neuerer Zeit durch die histor. Vereine an den Tag gebracht worden.

Wenngleich also das Joanneums-Archiv vom J. 810 angefangen, in welchem die Reihe seiner heimischen Urkunden sich eröffnet, bis 1299 nicht weniger als beiläufig dritthalbtausend Stücke besitzt,[3]) so ergaben doch die Vergleiche und mancherlei Nachrich-

[2]) Vom 10. Jahrhundert angefangen bis 1299 allein sind daselbst zum mindesten 400 Originale von Göß, Seckau, Seitz, Marenberg u. s. w.

[3]) Freilich wird diese Zahl, was die Landeszugehörigkeit der Urkunden betrifft, dadurch wieder ermäßigt, daß etwa 300, welche nur Oberösterreich, Niederösterreich, Kärnten, Krain, Tirol, Ungarn und Friaul angehen, abgerechnet werden müssen. Zur Zeit der Gründung des Joanneums (und noch lange Zeit darnach) sammelte man mehr nach allgemeinem und zwar wesentlich inneröstterreichischem Standpunkte, zum Theile auch nach anderen nicht ganz klaren Gesichtspunkten.

ten, daß selbst dieser gewiß reiche Fond noch bedeutende Lücken habe, ohne deren Ausfüllung der oberste Zweck des Archives selbst für die Anfänge der Landesgeschichte keineswegs als erreicht gedacht werden kann. Zuvörderst waren es die Vergleiche mit Publicationen aus fremden Archiven, dann die gelegentliche Einsichtnahme in Materialien solcher im Originale, endlich Combinationen der vorhandenen Stoffe für verschiedene Gebiete, der Reichthum des Einen, die nicht begründete Armuth des Anderen, welche die Lücken mehr minder nachwiesen und zu dem Streben nach Ausfüllung derselben anregten.

Diese Verhältnisse würdigte der steiermärkische Landes-Ausschuß, da er im Sommer des Jahres 1865 den Schreiber dieser Zeilen ermächtigte, einige auswärtige Fundstätten unserer heimatlichen Urkunden zu untersuchen.

Namentlich wurden dafür die kärntner. Archive (des Klosters St. Paul, des histor. Vereines zu Klagenfurt, des Domcapitels zu Gurk und des Hrn. Fürstbischofs zu Straßburg), dann das k. k. geh. Haus-, Hof- und Staatsarchiv zu Wien ins Auge gefaßt, und zwar vorläufig nur für die Zeit vor 1300.

Ich beabsichtige hier nicht den aus dieser Bereisung fließenden urkundlichen Zuwachs zu schildern, sondern nur von dem Stande der untersuchten kärnt. Archive im Allgemeinen und von daselbst vorgefundenem, Steiermark berührendem, handschriftlichem Materiale Nachricht zu geben.

Das Kloster St. Paul mit seinem ebenso reichen archivalischen als bibliothecarischen Schatze mußte aus Gründen, deren Erwähnung nicht hieher gehört, leider bei Seite gelassen werden, und so begannen die Untersuchungsarbeiten zuerst in dem Archive des histor. Vereines zu Klagenfurt.

Ich bin es der Wahrheit schuldig, der ausnehmenden Zuvorkommenheit und dem unbedingten Vertrauen hier Zeugniß zu geben, womit die Direction des Vereines meinen Wünschen entgegenkam — eine reine Auffassung des Zweckes der Untersuchung, gepaart mit der anerkennenswerthesten Bereitwilligkeit, welche in dem ausgezeichnet förderlichen Entgegenkommen Sr. fürstbischöflichen Gnaden zu Gurk und des hochw. Domcapitels glänzende Seitenstücke fand, und die den Aufenthalt fruchtbar und mir die Erinnerung zu einer sehr angenehmen gestalteten.

Das Archiv des histor. Vereines für Kärnten verdankt seine Gründung einerseits und seine treffliche Unterstützung durch eine ausgewählte Bibliothek anderseits weiland dem Baron Ankershofen. Es vereinigt eine ziemlich ansehnliche Zahl von Original-Urkunden, namentlich des Klosters Viktring, des Nonnenstiftes

St. Georgen am Längsee u. s. w., mit einer großen Menge von Abschriften und Regesten, und einer nicht sehr umfangreichen Anzahl von Handschriften. Die Uebersicht des an Urkunden Vorhandenen ist bis in das 13. Jahrhundert in den von Ankershofen publicirten Regesten wiedergegeben. Für das Joanneums-Archiv ergaben sich aus diesem Vorrathe bis zum J. 1299 allein 42 neue Stücke, abgesehen von einer anderen Zahl, welche in unserem Archive allerdings schon vorfindlich, deren Copien aber die neue Abschriftnahme nicht nur rechtfertigen, sondern sogar fordern.

Sehr merkwürdig und nennenswerth sind einige diplomatische Curiositäten, wie die älteste Urkunde des Stiftes St. Georgen am Längsee, die man in das J. c. 996 versetzt, welche aber wohl beiläufig 15—20 Jahre später datirt werden muß, weiters eine Urkunde Herzog Bertholds v. Meran und einige päpstliche litteræ clausæ. Die Erste ist derartig geschrieben, daß der urkundliche Text ein Kreuz (✠) bildet, die Zweite ist in Bogenformat abgefaßt und die litteræ clausæ (13. Jahrhundert) zeigen noch ganz den Verschluß mittelst Schnur und Bulle.

Nicht ohne brauchbares Materiale ist die kleine Handschriftensammlung für unser Land. Ich führe die fraglichen Manuscripte hier namentlich auf; bis zum Schluße des 13. Jahrhunderts sind sie für unsere Zwecke durchgearbeitet und für ihre Benützung betreffs der Zeiten nach 1300 sollen eben diese Notizen dienen.

Vor Allem sind die Copialbücher zu erwähnen, darunter das älteste (relativ und für unsere Zwecke) ein Gurkerisches mit dem Titel: „Liber copiarum privilegiorum episcopatus Gurcensis a summis pontificibus, imperatoribus et archiepiscopis Salisburgensibus concessorum.“ Es zählt 106 Bl. Pgts. in 2° und ist in seinem Theile bis Blatt 71 b von einer Hand des 14. und später von anderer des 15. Jahrhunderts geschrieben. Die Urkunden sind mit deutscher Uebersetzung versehen; der lateinische Text indessen ist mangelhaft. Diese Handschrift gibt übrigens bis 1300 kein Stück, welches nicht zu Gurk im Originale oder in noch älterer Abschrift hinterläge; für das 14. Jahrhundert und später, wo das Gurker Archiv auffallend lückenhaft ist, mag sich dieß allerdings anders gestalten.

Ein weiteres Copialbuch von Gurk aus dem 15. Jahrhunderte ist nur in einem Fragmente von 40 Bl. vorhanden.

Eigenthum der fürstbisch. Lavanter Bibliothek ist (war?) ein Copialbuch des Klosters Viktring. Es gehört dem 15. Jahrhunderte an (mit Ausnahme des Registers, der aus dem 18. stammt) und hält 163 Bl. Pgts. in 2°. Seine Abfassung geschah von verschiedenen Händen. Anfangs (Blatt 1—13) ist eine Darstellung der Gründung des Cistercienserordens im Allgemeinen, dann des Klosters Viktring im Besonderen vorangeschickt; sie ist mit Urkunden und Briefen durchwebt, darunter auch einige steier. Beziehung, welche übrigens durch die Verarbeitung in etwas ihre strenge Form einbüßten; von Bl. 13 an wird letztere allmählig zur Geltung gebracht, obwohl auch hier noch, was die Zeugen anbelangt, Manches bei Seite gelassen sein muß.

Obwohl die Viktringer Urkunden weitaus den bedeutendsten Theil der Originale dieses Archives bilden, so wird doch dieser Codex auch für die Zeit nach 1300 noch Manches enthalten, was in der Urschrift nicht mehr vorfindig, und bei den ausgedehnten uud lebhaften Beziehungen dieses Klosters namentlich zu Untersteier (Marburg und Umgebung) ist er ein sehr wichtiges Stück zur Completirung unserer urkundlichen Stoffe.

Zu den Copialbüchern, wenngleich ganz neuer Anlage ist auch L. Weber's: „Copien der Urkunden aus dem Archive des Stiftes Viktring" zu zählen — eine Urkundensammlung, deren Abfassung in den letzten Jahren geschah und 4 Bde. in 2° begreift. Der noch lebende Verfasser, Capitular des Stiftes St. Paul, hat sich in der That um kärntn. Geschichte, was die Stoffsammlung derselben anbelangt, ein großes Verdienst erworben, und auch Steiermark hat ihm Einiges zu danken, da auch für dasselbe mehrere neue Stücke vorläufig nur aus diesem Werke mir bekannt wurden.

Sehr verwendbar wenn auch nur in Regesten, aus denen das Werk besteht, ist die „Registratür, vber di brieflichen vrkhunden sannd Georgn ordens, welhe aus beuelh der Rom. khu. mt. etc. ertzherzog Ferdinanden zu Osterreich etc. durch Wilhalm Putschen seiner khu. mt. rat vnnd Hannsen Sweinhambl registrator bey der n. o. chamer zu Mülstat vnnd zu Wienn nach absterben herrn Wolfgangen Pranntner jüngstgewesenen hochmaister beschrieben, 1547." Dieses Nachlaßprotokoll des Archives des Georgenordens zu Milstat zählt 205 Bl. Pap. Es ist eines der wenigen Stücke des ehemaligen Milstäter Archives, welche sich der histor. Verein von Kärnten für seine geschichtlichen Sammlungen bewahrte; was nicht in der langen Zeit der Verwahrlosung zu Milstat verkam, ist an das Staatsarchiv zu Wien gelangt, wohin vor beiläufig acht Jahren der letzte Rest von Urkunden gezogen wurde. Der St. Georgenorden ersetzte bekanntlich 1469 die Benedictiner zu Milstat und erhielt weit verbreitete Besitzungen, unter Anderem in Steiermark die Pfarren Birk (1481—1491), Riegersburg (1504), St. Lorenzen im Mürzthale (1526) und Straden. Die letzteren

Oertlichkeiten betreffen denn folgende Regesten im Wesentlichen, abgesehen von einigen anderen steier. Urkunden, deren Notizen in verschiedenen Rubriken des Inventars enthalten sind[4]).:

1191, Tauschbrief von Abt und Convent zu Admont um einen Hof zu Kuchelberg, der 3 Schill. bair. Pfenn. dient, und um ein Haus zu Rastadt gegen einen Hof bei Bairdorf im Lungau und einen Acker zu Mosheim (f. 91)[5]).

1232, Spruchbrief EB. Eberharts II. von Salzburg betreffs der Greuzen zwischen der Pfarre St. Lorenzen im Mürzthale und Spital am Semmering („dem pfarrer im Mürcztal sollen bleiben s. Johanns kirch zu Mürzhofen vnnd s. Georgen kirch auf dem Perg vnnd die new kirch zu Kymberg .... item der spitaler sol haben alle zehend der pfarr im Mürcztal vom Schwebenickpach sambt dem dorf Schwebenick bis in den fluss Mürcz vnnd was ennthalb bey der Feistritz ligt, auch die pfarr Langenwanng, auch zway pfunt gelts zu Mitterdorf, vnnd Wartperg vnnd den hof Krueglach") (f. 39)[6]).

1304, Wilburg v. Kapfenberg übergibt der Pfarrkirche zu St. Lorenzen im Mürzthale ein halb Pfund Gülte zu Wirflach für ein ewiges Licht und Wochenmesse für Ortolf den Truchseß (von?) (ibid.)[7]).

1330, Heinr. v. Rechenhaim vergleicht sich mit dem Pfarrer von St. Lorenzen um verschiedene (hier nicht genannte) Gründe (ibid.)[8]).

1331, Rudolf Wanther von dem „dörfflein aus der Stänz" verkauft der Kirche zu „Capell" eine Gülte auf dem „Satl" um 8 Mark Silbers (ibid.)[9]).

1335, Hzg. Albrecht von Oesterr. und sein Bruder Otto beurkunden die Stiftung einer Pfarrei an der Margarethenkirche zu Mitterndorf durch den Pfarrer von Krauscharn (= Birk, Ennsthal, bei Steinach) (f. 29)[10]).

---

[4]) Die älteste namhaft gemachte Urkunde, die zu Milstat damals sich im Originale fand, war eine Bulle des P. Calixtus II. von 1123; außerdem werden noch 7—8 Originale des 12. Jahrhunderts angeführt. Höchst wünschenswerth wiederzuerlangen wäre ein Urbar von 1155 des (im J. 1529 dem Georgsorden einverleibten) Stiftes Wörthsee (fol. 23).

[5]) Die Fassung der Notiz läßt nicht klar erkennen, wer das Eine gab und das Andere nahm.

[6]) Diese Urkunde hinterliegt im Original im Joann. Arch. unter Nr. 485.

[7]) ddo. 10. August, in Copie im Joann. Arch. aus dem Staatsarch. und aus einem Dresdener Codex vergl. über diesen Note 43.

[8]) ddo. 1. April, in Copie ebend. aus dem Staatsarch. in Wien.

[9]) ddo. 24. März, in Copie ebend. aus dem Dresdener Codex.

[10]) ddo. 15. Oktober, in Copie des 17. Jahrhunderts ebend.

1340, Das Kloster Milstat nimmt das Kloster Obernburg in seine Verbrüderung auf (f. 138) [11].

1342, Dietrich Meinfrider verkauft dem Pfarrer Dietrich Knapp von St. Lorenzen im Mürzthal eine Hofstätte sammt Liegenschaften am „Herrenberg“ um 8 Pfd. wien. Pfenn. (f. 39) [12].

1343, Abt Ulrich v. Admont tauscht mit demselben Pfarrer anderthalb Aecker bei der Kirche gegen einen Acker beim Fridhofe (ibid.) [13].

1346, Gebwolf Pühler verkauft eben demselben Gut und Gehölz am „Herrenperg“, darauf Wülfing saß, um 64 Pfd. Pfenn. zur Jahrtagsstiftung für den Pfarrer (ibid.) [14].

1347, Niklas Sachs verkauft demselben eine Mühle zu „Kappl an der Mürz“, darauf Rudolph sitzt, Güter „ob dem Dörfflein“, „an dem Kelbling“ und „an dem Gaysrugg“ um 92 Pfd. Pfenn. (ibid.) [15].

1348, Herbeig Krottendorfer verkauft demselben die Au bei des Pfarrers Mühle zu „Kappel an der Mürz“ sammt dem neuen Wasserlauf um 4 Pfd. Pfenn. (ibid.) [16].

1348, Die Geschwister Neckhenhaim verkaufen demselben Holz und Berg genannt die „Pfarrleyten ob des pfarrers paw mit dem graben vermarcht vnczt an den forstweg zu dem pach vnnd hinauf vnzt an des Harders paw ob dem valtar an des Zaunss eeck“ um 20 Pfd. Pfenn. (ibid.) [17].

1350, Walther Pawschingck verkauft demselben zwei Weingärten zu Hettendorf, der eine genannt der Hettendorfer und nach Admont dienstbar, der andere der Semmelzipf geheißen und nach Göß dienend, um 14 Pfd. Pfenn. (f. 40).

1359, Wolfhart Kätscher widmet der Pfarrkirche zu St. Lorenzen ein Gut zu Lösing, „darumb soll man ain ewigen iartag halber halten vnnd al suntag auf der cannzel sein gedennken vnnd armen leuten ain spennt geben“ (ibid.) [18].

---

[11]) In diesem Sinne lautet die Notiz, es sollte übrigens eben umgekehrt sein, weil nur die Aufnahme seitens Milstats sich im Archive des Letzteren finden konnte.

[12]) ddo. 15. Juni, in Copie ebend. aus dem Dresd. Codex.

[13]) ddo. 25. Februar, in Copp. ebend. aus dem Staatsarch. und dem Dresdener Codex.

[14]) ddo. 10. August, in Copie aus dem Staatsarchive ebend.; im Dresdener Codex gleichfalls enthalten.

[15]) ddo. 1. Mai, ganz wie in vorhergehender Note.

[16]) ddo. 24. April, in Copie aus dem Dresdener Codex ebendort.

[17]) ddo. 24. August, ebenso wie in vorhergehender Note.

[18]) ddo. 21. Jänner, wie oben.

1359, Chunrat Retzer tauscht mit dem Pfarrer ebendort ein Gut im Erlach „zwischen der haiden vnnd Lessnich" um eine Hofstätte am Herrenperg, darauf Leo sitzt (ibid.) [19]).

1361, Nikl Eberstainer beurkundet, sein „schweher" Herbeig Krottendorfer habe der benannten Pfarrkirche ein halb Pfd. Geldes auf zwei Aeckern („vnder des Zeyners haus zu Kappl" und „zwischen Widemb vnnd allen Heilligen auf dem rayn") vermacht, wofür jeder Pfarrer „zu allen Heilligen zu Kappel" seinen Jahrtag begehen sollen (ibid.) [20]).

1361, Stöpfl am Herrenperg reversirt genanntem Pfarrer wegen eines Ackers am Herrenperg, den er von Katarina Mayrin zu Hochloch gekauft (f. 40 b) [21]).

1362, Chunr. Retzer vergewährt demselben Pfarrer einen Hof „am Recz in dem Erlach" (ibid.) [22]).

1363, Erzb. Ortolf von Salzburg bestätiget die Stiftung einer ewigen Messe „in aller Heilligen capell" der Pfarre St. Lorenzen (ibid.) [23]).

1363, Derselbe bestätigt, daß der Pfarrrr zu St. Lorenzen den Vikar von Stänz zu entsetzen habe (ibid.) [24]).

1378, Hainrich der Kulbm tauscht an demselben die Mühl „zu Putzeil zu Haugenreit", Stubenberger Lehens, um die Hube zu Obern Geißen (f. 41) [25]).

1380, Jakob Potigler tauscht an denselben die Hube an dem Durrenpühl bei Kymberg und Hofstätte und Wiese zu Gräschenz um eine Hube „bei dem Geyselhart" (f. 40 b) [26]).

1380, Gerung in der Stänz widmet der Pfarrkirche zu St. Lorenzen 32 Pfenn. von dem Acker „vnnder des Kriehers" Haus, der in die Hube „zu dem Geyselhart" gehörte (ibid.) [27]).

1382, Die Witwe Eberharts des Krottendorffer anerkennt die Rückgabe eines Zehents zu Wydemb, der ihr versetzt gewesen, an die Pfarrkirche zu St. Lorenzen (ibid.)

---

[19]) ddo. 5. August, in Copie ebend. aus dem Staatsarch.

[20]) ddo. 26. Februar, in Copie ebend. aus dem Dresdner Codex.

[21]) ddo. 4. März, in Copie ebend. aus dem Staatsarchive.

[22]) ddo. 9. Dez., wie vorher, doch auch im Dresdner Cod. enthalten.

[23]) ddo. 17. Jänner, Copie ebend. aus dem Dresdener Codex; die Stiftung datirt von Pfarr. Heinr. Craph v. St. Lorenzen, 1362, 11. Dez.

[24]) ddo. 7. Jänner, wie vorhergehende Note.

[25]) ddo. 6. September, in Copie ebend. aus dem Staatsarch. zu Wien, befindet sich auch im Dresdener Codex.

[26]) ddo. 29. Juni, Copie ebend. sonst wie in vorhergehender Note.

[27]) ddo. 29. Juni, Copie ebend. aus dem Dresdener Codex.

1382, Verpflichtung (des Pfarrers daselbst?), daß der Frau Krottendorferin ein Jahrtag gehalten werden sollte (f. 41) [28]).

1382, Herzog Leopold von Oesterreich bestätigt die Rückgabe und Stiftung eines Zehents zu Wydemb an die genannte Pfarrkirche (ibid.) [29]).

1382, Peter Metz kauft ein Gut zu Pfaffendorf (von?, vergl. Regest von 1406) (ibid.).

1392, Herzog Albrecht von Oesterreich spricht zu Recht zwischen dem Pfarrer von St. Lorenzen und Ulr. Krottendorffer betr. Geldschuld und eines Zehents zu Widem (ibid.) [30]).

1397, Oettl Schneiders Witwe verkauft dem Pfarrer zu St. Lorenzen Taferne, Mühle, zwei Hofstätten und zwei Gärten daselbst um 17 Pfd. 60 Pfenn. (ibid.) [31]).

1405, Der Pfarrer zu St. Lorenzen tauscht an seine Kirche für Herstellung eines ewigen Lichtes „vmb ain guet zu Wirflach in dem dorff ain halb pfunt gelts vmb ain acker am Stolling vnnd enethalb der Muer“ (ibid.) [32]).

1405, Die Zechmeister der Pfarrbruderschaft zu St. Lorenzen reversiren dem Pfarrer daselbst wegen Stiftung eines ewigen Lichtes (ibid.) [33]).

1406, Peter Metz stiftet in dieselbe Kirche für einen Jahrtag und Wochengebete für ihn und die Grasnizer, ein Gut zu Pfaffendorf (ibid.) [34]).

1406, Seyfried Schrott widmet derselben Kirche ein Gut zu Freßnitz, darauf der Sawhaut saß, und eines in dem Wolferspach bei Kranibaten, für Ulr. Krottendorfers Jahrtag. (f. 41 b) [35]).

1407, Jak. Potiglers Witwe und Kinder stiften sich mit einem Gute zu „s. Erhart am Wartperg“ in derselben Kirche einen Jahrtag und Wochengebet (ibid.) [36]

1410, Der Abt von Neuberg tauscht mit dem Pfarrer zu St. Lorenzen eine Wiese zu Freßniz bei dem Wasser gegen eine kleine Wiese daselbst, die Freßnitz genannt und darauf ein Hammer „geschlagen ist.“ (ibid) [37]).

---

[28]) ddo. 28. Aug., Copie ebend aus dems. Codex (und aus dem Staatsarch.).
[29]) ddo. 20. September, Copie ebend. aus demselben Codex.
[30]) ddo. 16. März, Copie — wie oben.
[31]) ddo. 8. Juli, Copie — wie oben.
[32]) ddo. 21. Dezember, in Copie — wie oben.
[33]) ddo. 29. Dezember, in Copie — wie oben.
[34]) ddo. 2. Juni, in Copie — wie oben.
[35]) ddo. 18. März, in Copie ebend. aus dem Staatsarchiv.
[36]) ddo. 12. September, in Copie ebend. aus dem Dresdener Codex.
[37]) ddo. 2. März, wie vorher.

1413, Der Pfarrer zu St. Kathrein in der Stänz verspricht dem zu St. Lorenzen jährlichen Dienst von 24 Schill. Pfenn. von dem Zehent im Edlspach und dem Hofe „am Lass" ob der Kirchen, ferner Gebete für den jeweiligen Pfarrer zu St. Lorenzen; dafür wurde der Zehent zu seiner Kirche gestiftet (ibid.)[38].

1415, Der Pfarrer von St. Lorenzen versetzt Stainwald v. Flednitz eine Mühle „enethalb Puseil in der aw", darauf Nikl v. Stubeckh saß (ibid.)[39].

1415, Erkenntniß, daß das Haus an der Mauer des Pfarrhofgartens zu St. Lorenzen eine Taferne gewesen seit man denke (ibid.)[40].

1420, Herzog Ernst von Oesterreich inkorporirt die Pfarre zu Kraußcharn (Birk) dem Chorherrnstifte in der Burg zu Neustadt sammt der niedern Gerichtsbarkeit in Birk und im Winkel Tslein (Zlaim); das Hochgericht geht nach Wolkenstein (f. 29 b).

1435, Peter, Mert, Georg und Fritz Gebrüder und Vettern die Bairn, sämmtlich Bürger zu Rakersburg vergleichen sich für sich und Hanns Bair genannt Kugh (der genannten Georg und Fritz Vater) und Elspeth, Fridrichs des Bair ihres Vetters Witwe und Jobst Rosenhaimers Tochter wegen der Kinder Hanns und Cristein und der nachgelassenen Güter des erwähnten Fridrichs (f. 165 b).

1437, Das Kloster Milstat nimmt das Kloster Obernburg in seine Verbrüderung auf (vergl. oben Regest und Bemerkung zu 1340) (f. 138).

1440, Der Pfarrer zu St. Kathrein in der Stänz stiftet in seiner Kirche einen Jahrtag mit dem „halben Lieschhof am Lass" in der Stänz, dessen Grundherr der Pfarrer von St. Lorenzen ist (f. 42)[41].

1441, EB. Johann von Salzburg bestätiget einen Vertrag zwischen dem Pfarrer zu St. Lorenzen und der Pfarrgemeinde zu Stänz, wornach die Letztere dem Ersteren 92 Pfd. Pfenn. baar bezahlt und dafür die Kornsammlung, Opfergaben, Seelgeräthe, Beichtpfennige, Oel- und Einsegnungsgeld, Bußen und Zehente sammt gewissen Leuten und Gründen bei ihrer Kirche bleiben (ibid.)[42].

1443, Der Pfarrer von Kimberg und Hanns Wingkler

---

[38]) ddo. 25. März, wie vorher.

[39]) ddo. 6. Jänner, wie vorher.

[40]) ddo. 1. März, wie vorher.

[41]) ddo. 16. Mai, wie oben.

[42]) ddo. 30. Mai, wie oben; der Vertrag selbst datirt von 1366, 10. August.

kaufen von Hanns Tastler Wein- und Baumgärten, Keller und Presse am Lanngeck (vergl. 1451) (ibid.).

1444, König Fridrich bestätigt der Pfarre Krausscharn die Urkunde Herzog Ernst's ddo. 1420 (s. oben) (f. 29).

1448, Leonh. Fochniczer verkauft Ulr. Faschang seinen Hammer „an der Grundwysen in Stänzer pfarr", der nach der Pfarrkirche zu St. Lorenzen dienstbar ist (f. 42).

1450, „Ain puchl in pergamen gepunnden, darauf rötl geschriben steet, darinn sein nach lenngs registriert die stifftungen, confirmationes, kauf vnnd wechselbrief, verträg vnnd annder brief, die pfarrkirch zu sand Larenzen im Mürcztal, auch derselben pfarr vrbar register gar ordentlich eingeschrieben, vngeuerlich anno 1450" (ibid.)[43])

1452, Clara Winngklerin verkauft dem Pfarrer von St. Lorenzen Wein- und Baumgärten u. s. w. am Lanngeck um 110 Pfd. Pfenn. (vergl, 1443) (ibid.).[44]).

1453, Kaiser Fridrich verleiht dem Pfarrer zu Krausscharn die niedere Gerichtsbarkeit über die Unterthanen desselben in den Pfarren Gröbming, Irdning und Mitterndorf, und weist ihm die Klachau zu (f. 42 b).

1461, Christoph v. Freiberg, Pfarrer zu St. Lorenzen, bestiftet eine ewige Mittwoch-Seelmesse und einen Jahrtag für sich und seine Vorfahren mit Weingarten und Zubehör am Lanngeck „bey der linnden" in der Pfarre Bischoffsdorf, den er vom Winngkler zu Kymberg gekauft (vergl. 1452 und 1443) (ibid)[45]).

1461, Albrecht Hafner verkauft demselben Pfarrer Wiese und Au bei der Mürz (ibid.)[46]).

1463, Christoph v. Freiberg Pfarrer zu St. Lorenzen gibt Härtl zu Kranibaten ein Kaufrecht auf dem „Purcklehen"-Gut im Wolferspach (ibid.).

1466, Erasm Fleischacker zu Weißenkirchen verkauft einen Garten daselbst an Niklas Weber Bürger alldort (f. 155).

1470, Lennz zu Pämkirchen verkauft an Wolfg. Ratmär, Bürger zu Weißenkirchen einen Acker daselbst „bei den Aenngern"(f. 155 b).

1475, „Cortisanischer process" zwischen dem St. Georgen-

---

[43]) Befindet sich jetzt in der Hofbibliothek zu Dresden und wurde von dort dem Joanneums-Archive (1864) zur Abschriftnahme dargeliehen, woselbst die Copie in der Handschriftensammlung die Nr. 2616 trägt. Es wurde beiläufig 1462 geschrieben.

[44]) ddo. 19. April, in Copie im Joann.-Archive aus dem Dresdener Codex.

[45]) ddo 21. Februar, wie oben.

[46]) ddo. 25. März, wie oben.

Orden und dem Bischof von Seckau wegen der Pfarre „Straden oder s. Marein" (f. 13).

1475, Thom. Rudendorffer verkauft seinem Sohne Wolfg. Rudendorffer sein Kaufrecht an der Schwaig-Hube zu Pürg, nach der Kirche daselbst dienstbar (f. 29b).

1477, Hanns v. Stubenberg sagt Heinr. Siczenberger wegen dessen Vaters Pfandreverses um die Pflegschaft von Stubeck ledig (f. 163b).

1480, Wolfg. Kuewirt verkauft Merten Pleyberger sein Haus in der Stänz „ann Leber vnnd ann Linndinger stössennt" und der Kirche zu St. Lorenzen dienstbar (f. 42b).

1481, Kaiser Friderich verspricht dem Sibenhirter, ihn und seine Nachkommen bei der Incorporation der Pfarre Birk zu belassen (f. 29b).

1482, Der Pfarrer von St. Lorenzen überläßt dem Thom. Schuster zu Mitterndorf den Zehent auf der Hofstätte worauf er sitzt, gegen Zahlung von jährlich 50 Pfenn. (f. 42b).

1488, Der Erzb. von Salzburg vergleicht den Abt von Admont und den Pfarrer von St. Lorenzen wegen der Frauenkapelle am Rehkogl („dabey ligen etlich inuentari vnnd schriften bemelte capelln beruerendt") (f. 43).

1491, Kaiser Friderich ersucht bei Pabst Innocenz (VIII.) um die Erlaubniß nach, die Pfarre Birk dem St Georgen-Orden einverleiben zu dürfen (f. 29b)

1491, Kaiser Friderich meldet (?) dem Vicar zu Birk, daß er die Pfarre daselbst dem genannten Orden incorporirt habe (ibid.).

1491, Kaiser Friderich befiehlt seinem Pfleger zu Lannkowitz und Foitsperg den Treidzehend zu „hanndhaben" (f. 131b).

1491, Derselbe befiehlt demselben den Paul Kamper von Foitsperg zu befreien und ihm sein Gut wieder zu geben (ibid.).

1491, Derselbe befiehlt Paul Kamper an Geuman 300 Pfd. Lösegeld zu bezahlen (ibid.).

1492, Derselbe befiehlt dem Weinaufschläger in Steiermark an Geuman 200 Pfd. Pfenn. als Abschlag der kais. Schuld zu bezahlen (ibid.).

1492, Franz Färber reversirt gegen den Pfarrer von St. Lorenzen wegen der von Gillig Winndisch erkauften Hofstätte genannt „im Feld" (vergl. 1494) (f. 43).

1493, „Raitt register der gesell bemelter pfarr vnnd seiner zuegehörigen kirchen, vnnd ain vrbar register hinden dran gehennckt" (ibid.).

1494, Francisk Färber vertauscht an den Pfarrer von St. Lorenzen die „purggräuin wyss" zu Paerßlueg, einen Acker

„vnnder der Pallech“ den „Sagartacker“ um die Hofstätte „im Feld“, die Gillig Winndisch innehat und an Färber's Gründe und die Kirchgasse stößt (vergl. 1492) (ibid.).

1494, Der Pfarrer von St. Kathrein in der Stänz verpflichtet sich gegen den Pfarrer zu St. Lorenzen, von dem „halben Plieschhof am Lass“ 60 Pfenn. Dienst mehr zu bezahlen, weil derselbe als Grundherr in den Kauf des Hofes willigte (vergl. 1440) (ibid.).

1494, Hanns Geuman tritt dem Kaiser das Schloß unter Foitsberg an der Kuenach für Bärtlme von Pernegk ab (f. 131 b)[47].

1494, Kaiser Maximilian sagt Hans Geuman betr. seines Reverses um die Pflege dieses Schlosses ledig (f. 132).

1494, Derselbe sagt denselben betr. des Reverses um die Pflege „Purkperg ob Foitsperg“, die er an Pernhart Weibhauser abgetreten, ledig (ibid.).

1494, Derselbe überläßt die Pflege des letzgenannten Schlosses an Bertlme Weibhauser (ibid.)[48].

1495, Das Kloster St. Lambrecht verkauft (an Hans Geuman?) den Hof „am Aigen“ bei Köflach („Nota diesen hof hat ermelter Geyman an den pfarrer zu Köfliach (!) geschafft vnnd gestifft vmb ain ewige mess vnnd seelambt de anno vt supra innhalt beiligunnds des pfarrers reuersbrief (f. 96 b).

1497, Der Pfarrer von St. Lorenzen schließt mit jenem von St. Marein einen Vertrag, wornach Letzterer sein Vieh auf die öde Waide zu Pfeffendorf und in das Holz „an der Oed“ treiben darf, dafür aber dem Ersteren jährlich drei Schnitter halten müsse. (f. 43).

1499, Spruchbrief (des?), daß der Satler, des Pfarrers von St. Lorenzen Unterthan, dem Keler, Rueprecht Welzer's Unterthan, den Weg frei wieder öffnen und den Fridzaun an seine vorige Stelle setzen müsse (f. 43 b).

1500, Kaiser Maximilian überträgt die Pflege des Schloßes Lanngkowicz von Hans Geuman an Jörg Herberstainer (f. 132)[49].

1500, Derselbe sagt Hanns Geuman seines Pflegsreverses betreffs Langkowiz ledig (ibid.).

1500, „Etlich zusamen gepunden missiuen vnnd schrif-

---

[47]) Vgl. Göth Regg. in den Mittheilungen des hist. Vereines für Steiermark X. 336, Nr. 894, XI. 259, Nr. 997 und 1004. Geumann war der zweite Hochmeister des St. Georgenordens, daher seine Familienpapiere in der Ordensregistratur.

[48]) ibid. l. c Nr. 1005.

[49]) ddo. 5. Mai, vgl. Göth Regg. l. c. XII. 233, Nr. 1077.

ten betreffendt maister Hannsen Eglawer, pfarrer zu Räckerspurg" (= Riegersburg) (f. 171).

1502, „Etlich zusamen gepunden schriften betreffend die spenn zwischen dem pfarrer zu s. Larenzen vnnd herrn Rueprecht Welzer zu Spieglfeld von wegen zehend, wasserlaytt vnnd irer grundt" (f. 43b).

1503, Erhard am Tenggenhof in der Stänz verkauft eine Hofstätte „an Lebern" in der Stänz an Niclas Seer, die dem Pfarrer von St. Lorenzen dienstbar ist (ibid.).

1504, Kaiser Maximilian präsentirt auf die durch Joh. Eglawer erledigte Pfarre St. Martin zu Räckerspurg oder Rickerspurg den Herman Graf, Dechant des St. Georgenordens, da er diese Pfarre dem genannten Orden auf Widerruf incorporirte. (f. 20).

1504, Der Erzb. von Salzburg investirt den Präsentaten mit der genannten Pfarre (ibid.).

1511, Gregor Werdl reversirt betr. der ihm gegen jährl. 18 Pfd. Pfenn. zu Bestande überlassenen Vicarei von Mitterndorf bei Aussee (f. 30).

1513, Chunr. Reitman, Laipriester, reversirt wegen der Vicarei der Pfarre Birk, die ihm auf drei Jahre gegen Absenzleistung nach Milstat übertragen wurde (f. 29b).

1513, Kaiser Maximilian stellt gegen andere Gefälligkeit an den St. Georgsorden das Ansuchen, die Pfarre Riegersburg durch die von Reihenburg verleihen zu lassen (f. 20)[50].

1514, Derselbe macht dem St. Georgsorden zu wissen, die von Reihenburg würden genannte Pfarre besetzen bis auf des Hochmeisters Antwort (ibid.).

1514, „Brief vnnd schriften betreffend Jörgen von Lynnds pfandschaft des sloss Märenberg vnnd ambt Hohenegk halber" (f. 172).

1520, Hochmeister Pranntner quittirt dem Vicar Conr. Reutman zu Birk dem Empfang von 20 fl. (f. 30).

1520, Andree Staynacher stiftet in die St. Georgs-Pfarrkirche zu Birk wochentlich fünf Messen, auf seinem Schloße Unter-Stainach alle Samstag eine Messe mit 35 Pfd. Geldes auf Gütern zu Luezen und in der Umgebung; der Caplan soll dem Pfarrer 2, der Pfarrkirche 1 Pfd. Pfenn. und dem Meßner 60 Pfenn. für Opferwein, Beleuchtung und Glockenläuten geben; stirbt der Caplan ohne Testament, so soll $^1/_3$ seiner Habe an die

---

[50]) Vergl. den Vertrag in Göth's Regg. l. c. XII. 239, Nr. 1137.

Caplanei fallen; stirbt die Familie des Stifters ab, so fällt die Lehenschaft der Stiftung an den St. Georgsorden (ibid.).

1522, Chunr. Reutman reversirt wegen der auf drei Jahre gegen 170 Pfd. Pfenn. Absenz und Verrechnung der Gerichtswändel ihm übertragenen Vicarei der Pfarre Birk (f. 30b).

1522, Jörg Enndfelder reversirt gegen den Hochmeister des St. Georgsordens wegen der ihm übertragenen Vicarei der Pfarre Mitterndorf im Ennsthal, von der er seinem Bruder Cristan Enndfelder St. Georgenordens jährlich 18 Pfd. Pfenn. Absenz und dem Hofmeister 24 Salblinge und 3 gute Marderpelze zu geben hat (ibid.).

1523, Chünr. Reutman, Vicar zu Birk, verspricht dem Hochmeister auf nächstem Georgitage die schuldigen 88 fl. in Bargeld, Kalk oder Schindeln zu bezahlen (ibid.).

1523, Jörg Enndfelder, Vicar zu Mitterndorf im Ennsthal, verspricht nach dem Tode des Bischof Dietrichs von Neustadt, seine Pfarre Niemanden als dem Hochmeister abzutreten und auch nur diesem den Ausstand zu verrechnen (ibid.).

1523, „Ain inuentari wasmassen Geörgen Enndfelder der pfarrhof auf der Pürg eingeben worden ist“ (ibid.).

1523, Papst Clemens (VII.) bestätiget Johann Murer im Besitze der durch Gregor Neidhart's Resignation erledigten Pfarre St. Lorenzen im Mürzthale (f. 43b).

1523, Derselbe verschafft demselben die Besitznahme genannter Pfarrei (ibid.).

1524, Der Erzpriester in der obern Steiermark setzt denselben auf päpstlichen Befehl in den Besitz der Pfarre (ibid.).

1524, Der Landesverweser in Steiermark schreibt dem Pfarrer zu St. Lorenzen wegen eines Selbstmörders am Friedhofe daselbst, daß er denselben begraben und deßhalb kein Interdict „oder sperr“ veranlassen sollte (ibid.).

1526, König Ferdinand incorporirt die Pfarre St. Lorenzen dem St. Georgsorden, wogegen der Hochmeister Sigmunden v. Dietrichstein einen Zehent an der Feistriz und Geil und einen Bauer von dem Abt von Mosnicz (Moggio, Mosach) und von Fronawer erkauft, übergibt (f. 44).

1527, Jörg Enndfelder, Vicar zu Mitterndorf im Ennsthale verspricht die Pension (vergl. 1522) auch künftig an den Hochmeister zu bezahlen (f. 30b).

1527, „Ain supplication vnnd etlich missiuen antreffennd die goczeilsalcz, so vormalln auf die Pürk geraicht worden, das dieselb wider erlangt vnnd die freyhait daruber bestätt wurden“ (f. 31).

1529, Mehrere von Krueglach bezeugen, daß Hanns Rotenburger, Caplan zu St. Lorenzen, durch einen Trunkenbold „vnbillicher weis“ beleidiget worden sei (f. 44).

1530, „Etlich zusamen gepunden missiuen von Peter Leben schaffer zu s. Larenzen, dergleichen auch vom herren hochmeister vnnd bischouen aus der Newstatt, allerlay des haus wirtschafft betreffend .... Jdem ain sölcher pünnggel mit allerlay missiuen vom Peter Galler schaffer vnnd verwalter im Murztal de anno 1530 vnnd 1531“ (ibid.).

1530, „Abschrift des inuentari, wasmassen herr(n) Mathias Grabloch die pfarr an der Pürg eingeanntwort worden ... Etlich zusamen gepunnden missiuen die annembung des Grabloch zu einem pfarrer an die Pürg betreffend, dabey auch ain abschrifft des Enndfelders verlassung inuentari“ (f. 31).

1530, „Ain schreiben von den visitatoressen in Steir von wegen etlicher priester zu sannd Lorenzen vnrechtn lern vnnd secten, dabey auch etlich missif der verwalter daselbs diser sachen“ (f. 44).

1531, Cassirte Bestallung des Mathias N., Chorherrns zu Neustadt, als Pfarrers zu Birk, ausgefertigt durch Bischof Dietrich von Neustadt (f. 31b).

1533, „Etlich zusamen gepunnden schriften in der nachtperlichen speenn zwischen Herrn Wolfganngen von Stubenberg vnnd der pfarr s. Larenzen im Mürztal, dabey auch ain vertrag ligt“ (f. 44b).

1533, Prozeßacten zwischen Gilg Hueber von Alt-Irdning und Katherina Mair betr. die Humplschwaig zu Irdning (f. 31b).

1536, Leonh. Vischer reversirt gegen den Hochmeister betr. der ihm verliehenen Pfarre Mitterndorf (f. 30).

1538, Mathias Grabloch, St. Georgenordens, reversirt gegen den Hochmeister betr. der ihm verliehenen Pfarre Birk; derselbe soll 181 Pfd. Pfenn. Pension bezahlen, alle Abfahrten und und Anlaite, Ehrungen und Wändel verrechnen und drei Priester halten; die Rüstgelder und Steuern der Pfarre entrichtet der Hochmeister und bezahlt der Pfarrer allein das „waartgeld“; der „wersess“ ist dem Hochmeister frei (f. 30b—31).

1538, „Ain vrckundt der verhoer zwischen dem herrn hochmaister vnnd herrn Hannsen Hofman von wegen der öbrigkaiten des lanndgerichts Wolckenstain vnnd der pfarrleut auf der Pürg. Dabey auch etlich schriften, beuelchs copeyen vnnd missiuen all dise hanndlung beruerent“ (f. 31b).

1539, Mathias Grabloch, „vicari oder pfarrer“ zu Birk legt seine Pfarrrechnung (f. 31).

1539, Pangraz Säckel (Pfarrverwalter zu St. Lorenzen) reversirt gegen den Hochmeister betr. der ihm auf noch zwei Jahre und gegen jährlich 200 Pfd. Pfenn. Bestandgeldes verliehenen gedachten Pfarre (f. 44b).

1541, Quittung der Landeshauptmanns-Canzlei in Steiermark für den Pfarrverwalter zu St. Lorenzen, welcher für seine Appellation gegen Hanns Hofman 20 Pfd. Pfenn. einzahlte (ibid.).

Dieß ist der Steiermark betreffende Inhalt des Archivprotokolles. Eine Anzahl der Urkunden desselben sind, wie man sich in den Noten überzeugen kann, noch heute nachweisbar, für die übrigen müssen wohl zu Diensten der Personen- oder Ortsgeschichte obige Auszüge hinreichen. Man kömmt leider häufig in die Lage, statt eines vollen Documentes sich mit einer dürftigen Notiz desselben begnügen zu müssen.

Für St. Paul sind zwei Zusammstellungen von Traditionen vorhanden, welche einigen Werth besonders dann haben, wenn das stift. Archiv zu befragen schwer ist. Die vollständigere stammt von T. Neugart und hat den Titel: „Codex traditionum abbatiæ s. Pauli . . . cum diplomatibus miscellis,“ (in 2°); sie enthält die Traditionen vom Ende des 11. Jahrhunderts an und fügt am Schluße noch Urkunden bis in das 14. Jahrhundert bei. Die zweite weniger reiche aber sorgfältiger copirte Zusammenstellung ist von Ankershofen und führt die Aufschrift: „Copia codicis traditionum abbatiæ s. Pauli“ u. s. w.

Ganz interessant und für die neuere Geschichte des Klosters St. Lambrecht recht brauchbar scheint eine „historia monasterii s. Lamberti in Styria superiori.“ Dieß Werk ist im 18. Jahrhunderte zusammengetragen und seine Darstellung mit zahlreichen Urkunden verbunden. Es reiht nahezu wie eine Ergänzung zu jener Abfassung gleichen Namens, welche im fürstbisch. Archive zu Straßburg hinterliegt und von der weiter unten Anzeige geschieht.

In hohem Grade mußten die Urbare kärntn. Kirchen interessiren, da fast alle diese in verschiedenen Gegenden Steiermarks Besitzungen hatten. Bei Herrschaften außer Landes ist es überhaupt zweckmäßig, deren Urbare noch vor den Urkunden zu untersuchen, um in das Bild des einheimischen und auswärtigen Besitzes mehr Klarheit zu bringen und bei der Auswahl der steier. Urkunden bezüglich der Ortsnamen leichter entscheiden zu können.

Als ältestes — wenngleich nicht in der beim kärntn. Vereine

hinterliegenden Abschrift — ist das von St. Paul zu erwähnen, das in T. Neugarts Zusammenstellung unter dem Titel: „Urbaria s. Pauli" am genannten Orte vorhanden. Ich kann mich einer Schilderung des Besitzstandes dieses Stiftes in Steiermark, resp. einer Beschreibung der Urbare desselben in Beziehung auf diesen umsomehr entschlagen, als ein Capitular des genannten Stiftes eben diesen Gegenstand in einer Abhandlung bearbeitete, welche bei der k. Akademie der Wissenschaften — dem Vernehmen nach — eben erschienen ist.

Ihm an Bedeutung zunächst stehen die Urbare von Viktring. Deren lagen mir drei vor: das älteste von 1488, 153 Bl. Pgt. und 4 Pap., 2°, das zweite von 1515, sehr starker Band, Pap., 4° und das dritte von c. 1527—30, Pap., gr. 2°. In Vergleichung gezogen wurden übrigens nur die zwei Ersteren, da das Letztere lädirt und überhaupt weniger verwendbar erscheint.

Das älteste Urbar bringt eine hübsche Einleitung sammt einigen Versen über Meßungsweise u. s. w., welche ich hier ansetze:

„Acta sunt hec anno domini M° cccc. octuagesimo octauo per dominum Johannem abbatem Victoriensis ecclesie.

Ut tocius erroris occasio in posterum funditus auferatur et vniformitas tam in scriptura quam in mensura utiliter conseruetur, commonere studemus uniuersos successores nostros, quatenus disposicionem hanc quam in hoc libello scriptum invenerint, tam in qualitate mensurarum quam in numero reddituum nullatenus confundant, sed simili studio et sicut nos omnimodis conseruare intendant. Volumus etiam ut deinceps alienam mensuram non recipiant, sed neque uerbis fictis aliquorum fidem adhibeant, sed si que etiam possessiones processu temporis accreuerint, similiter et nos in nostram mensuram transferant, vt ex hoc omnis fraus et falsitas finem accipiat et tam securitas quam utilitas ecclesie nostre propensius accrescat.

Si fuerit granum simplex sine puluere sanum,
siccum, cribratum, bene mensum sit tibi gratum
cum decime dantur ex hijs quedam uariantur.
Mensuram modium complana desuper eque
abstergens cumulum propter conpendia queque,
excipitur plene census solius auene.
Omnes prouentus qui mensurantur in urna
accumula sursum sic poscit lex diuturna."

Nach Abwickelung des kärntn. und krainer Besitzstandes folgt f. 135 die Beschreibung des steirischen.

In der ersten Redaction bilden diese nur zwei Aemter, zu

Marburg und Kötsch, in der zweiten kömmt noch ein drittes „am Pacher bei sant Kunigunden“ hinzu.

In Marburg besaß Viktring um 1488 bereits 24 dienstbare Häuser und 4 Hofstätten; um 1515 hatten sich Erstere auf 28 vermehrt. Aus solchen Büchern lernt man die städtische Topographie weit besser kennen, als aus den Resten der uns (namentlich von Marburg) gebliebenen Urkunden. Die besagten Häuser und Hofstätten liegen in der „Herren-“, „Purckh-“ „alten Purckh-“, „Juden-“, „Tra-“, „Kirch-“, und „Windisch-Gassen“; bemerkenswerth durch die Besitzer sind: „meines herrn des kaiser amphoff“ (2. Urbar: „der alte ambthoff der stost mit aim ort an die herrn gassen vnnd mit dem anderen ort in die purckhgassen“), des „von Stubenberg haws“, „herrn Hannsn von Suessenhaym haws vor dem charr der pfarrkirichen“ (2. Urbar: „. . . pei der pharrkirchen . . vnd hat yetz in der Krabat“) und der „Rogendorffer . . haws, stost an des von sant Pawls hoff“ (2. Urbar: „. . . . gegen des Hengspacher haws vber vnd stost an die statmawr vnd hat yeczt innen der comateur zu Rechperg“).

Bergrechte gehörten in dieses Amt 10, davon eines zu „Goschatsch“ und 2 zu „Pigker.“

Das Amt zu Kötsch hatte 9 das zu Oberkötsch 14 Zinsige; Bergrechtspflichtige waren 56. Das zweite Urbar gibt außerdem eine Darstellung der Robot, welche von den Unterthanen zu Kötsch gefordert wurde, und die ich folgen lasse;

„Vermerckht die rabat so die leut zu Kotsch zu thun schuldig sein.

Von erst ain wismad zu Kotsch gelegen, bei zehen madern sollenn die selbenn leut mäenn vnd auff hebenn vnd gen Marchpurg in den Vitringer hoff legenu, deu selbenn sol man zu essn geben,

den madern sol man vom hew zu mäen lönen,

ain yeder pawr ist schuldig zwen tag zu pawen auff dem veld vnd zwen tag zu schneiden,

so ain flos von Vitring gen Marchpurg geschickht wirt, so sein die leut schuldig alles das auff dem flos gefurt wirt mit sambt dem flos holcz alles in den hoff füren vnd legen,

sy sein auch zu rabatten schuldig alles das prennholcz so man im wein lesen im hoff bederff im wald zu hacken, furen vnd in den hoff legen.“

Beide Urbare enthalten dann zu Ende ein Verzeichniß jener Herren (probi viri), welchen das Kloster jährlich ein Paar Pantoffel (calcij nocturnales) senden mußte. Es sind dieß die Herren oder Pfleger auf Falkenstein, Sternberg, Trixen, Stein, Osterwitz und Unter-Drauburg in Kärnten, dann Hohenmauthen in Steiermark. Die von Rossegg erhielten zwei Paare, mußten sie aber selbst holen. Bei Unter-Drauburg und Hohenmauten finden wir um 1515 schon eine Vermehrung der Leistung, denn da heißt es außer „j. par" noch „vnd ain praiter riem aus ainer ochsenhaut geschnitten dreyer vinger prait mit ainem eysnen ringkhen vnd darczu xxiiij khrainischer zins khes vom Moysisperg."

Ein weiteres für Steiermark in etwas verwendbares Urbar ist von St. Georgen am Längsee, 1486 unter Aebtissin Magdalena Hellegkerin abgefaßt und 84 Bl. Pgt. in schmal 2° zählend. Dieses Nonnenstift besaß zwei Aemter in Steiermark: das eine bestand zu Windischgräz und umfaßte 17 Huben (f. 73b—74a), das zweite war zu Schirka bei Leibnitz und zählte Huben und Zinsige zu „Hausleyttenn", „Kuklitz", „Daxennperg", „Obern Schirka", „Nidern Schirka" und „Leibnitz" (f. 74b).

Es versteht sich, daß mit diesen die Reihe der kärnt. Urbare, welche bezüglich Steiermarks Angaben enthalten, noch nicht abgeschlossen ist. Sicherlich sind die Milstäter, Ossiacher, Maria Wörther sowie St. Andräer, Eberndorfer und Gurnitzer Urbare, ferner jene der verschiedenen Klöster zu Frisach nicht ohne Beziehungen zu Steiermark, allein der kärntn. Verein besitzt leider außer den angegebenen keines mehr und ohne Zweifel ist ihre Mehrzahl verkommen und verloren.

Steirischer Eigenschaft ist das „Urbarium über die Güldt, Guetter vnd Einkhommen der Herrschafft Liechtenstein in Obersteyer" von 1617, doch an sich ohne große Bedeutung.

Von reichem steier. Inhalte ist eine Sammlung verschiedener Handfesten, Statuten und Vereinbarungen betr. die Lande Kärnten, Steiermark und Tirol. Sie gehört dem 16. Jahrhunderte an zählt 90 Bl. größtentheils Pgt. in klein 4° und enthält:

F. 12, „Der von Steyr hantuest," 1443,

F. 19, „Reformacion der von Steyr 1445,

F. 31, „Der von Steir freiheit umb dy wein fuer" 1445 — alle drei Documente schon bekannt.

F. 38, „Die nachuolgenden artikel hat kaiser Maximilian in ain vertrag zu Augspurg aufgericht u. s. w. — Augsburger Libell von 1510, doch nur in etlichen herausgegriffenen Artikeln.

F. 48, „Der aide zu der erbhuldigung" — für das Archiv copirt.

F. 69, „Heirathsteur der marggrafin freul Katerina von Paden 1446 jar" vgl. Chmels Materialien 1. Heft.

F. 70, „Der adl so aus Stein, Karnnten vnd Krain von (den) Turgken pey Visll an sant Pertlmes tag erschlagen worden anno 1473 vnd in di Turkey gefurt sein" vgl. Mon. Habsburg. I./3. 717.

F. 80, Vertrag der steier. Landschaft mit dem EB. Leonhard von Salzburg wegen des persönlichen Erscheinens desselben vor Landschranne und Hofgericht 1517.

F. 86, Urkunde Leutolts v. Stadeckh über die rechtliche Ertheilung steier. Lehen zu Wiener Neustadt durch Herzog Rudolf 1365 — für das Archiv copirt.

F. 89, „Des landt Steir stat vnd margkt."

F. 89 b, „Vermercht der fron anschlag so die lanndtleyt (in Steiermark) bey ainem hofftading auf frag des lanndsverwesers gemeldt haben."

F. 90, „Herrnanschlag in Steyr wye sy den aufgeschriben haben im (1500) sexten iar."

Damit war der Fond dessen, was sowohl zu unmittelbarer Bearbeitung für die Zwecke des Archives, als auch für Notirung aus den Handschriften des histor. Vereines sich mir bieten wollte, erschöpft und ich setzte meine Reise nach dem zweiten kärntn. und entschieden (außer etwa Wolfsberg) bedentendsten Archive, dem des hochw. Domcapitels, nach Gurk fort.

Der hohe Werth des Archives zu Gurk liegt in seinem urkundlichen Vorrathe und zwar in jenem bis 1300. Es ist eigenthümlich, daß die Zeit nach dem J. 1300 auffällig schwach gegenüber der älteren vertreten ist; in dieser Beziehung wird Gurk von St. Lambrecht wie von Rein, die doch verhältnißmäßig weniger reich dotirt waren, übertroffen. Nicht minder auffällig ist es auch, daß sehr wenige Acten — selbstverständlich im Vergleiche zu anderen stiftischen Archiven — vorhanden sind und so lassen sich eben noch einige Richtungen angeben, in denen zu Gurk ein offenbarer Mangel einst bestimmt vorhandenen histor. Materiales sich mir bemerkbar machte. Dafür ist indessen wie erwähnt die älteste Zeit ganz vorzüglich versehen, was freilich den Ausfall des Stoffes für die spätere nicht ganz verschmerzen läßt.

Das Archivslocale ist noch wie es zur Zeit der Residenz der Chorherrn hier bestand und ebenso die Eintheilung der Documente in geistliche (rechts von der Thüre) und in weltliche (links von derselben), eine Sonderung, die indessen hie und da gestört worden ist. Beide Abtheilungen haben zusammen nahe gegen 300 Laden, von denen viele geleert, viele nur mit einzelnen Stücken besetzt, viele aber wieder vollauf mit Urkunden verschiedener Zeiträume gefüllt sind. Ueber Beide besteht ein Register in vier Foliobänden, das sehr ausführlich gearbeitet ist, vielleicht zu ausführlich um übersichtlich zu sein, aber sicherlich brauchbar insoferne, als der Historiker Daten über Materialien, die nun nicht mehr vorhanden sind, aus ihm wird entnehmen können. Wer übrigens genau gehen will, und da ohnehin die ehemalige Anlage, wie der Katalog sie weist, mit der thatsächlichen nicht mehr recht stimmt, thut am besten Lade für Lade zu untersuchen. Dieser Weg brachte mir die Ueberzeugung bei, daß Gurk für die ältesten Zeiten in Innerösterreich das bestversehene und keineswegs — auch für Ankershofens Regesten nicht — vollständig ausgebeutete Archiv sei.

Um den alten Stand mit dem jetzigen vergleichen zu können, unterstützte mich das älteste vorfindliche Repertorium, dessen Anlage 1512 unter Propst Sigmund von dem decretorum licentiato Heinr. Kurcz begonnen und das am 11. April 1513 vollendet wurde.

Dasselbe zählt 190 Bl. Pap. in 4° und ist von verschiedenen Händen bis das 17. Jahrhundert ergänzt, so daß ersichtlich wird, daß auch zu Zeit der Anlage des Buches entweder nicht alle Urkunden der auswärtigen Güter oder abhängigen Pfarren nach Gurk eingefordert waren oder daß die Verstreuung der Stoffe in Gurk selbst etwa die einheitliche Anlage erschwerte. Das Buch gliedert sich in 19 Abtheilungen und aus ihnen ging im Vergleiche mit dem jetzigen Vorrathe hervor, daß im Ganzen etwa fünf Urkunden bis 1299 fehlen, welche damals vorhanden waren; von diesen ließen sich übrigens zwei aus dem ältesten Copialbuche ergänzen. Dagegen sind mehrere wieder vorhanden, welche nicht im Repertorium verzeichnet sind. Es ist selbstverständlich, daß hier nur von theilweise oder ganz die Steiermark betreffenden Urkunden die Rede ist. Unser Archiv gewann, außer neuen Abschriften in ihm allerdings bereits, aber in fehlerhaften Copien hinterliegender Documente, 50 neue Stücke für die Zeit von 895 — 1299, darunter für Geirach und die bisher nahezu unbekannten Besitzungen Gurks bei Murau und Zeiring.

Vom hohem Interesse ist der „liber priuilegiornm ac regalium ac archiepiscopalium“, 43 Bl. Pgt., gr. 8°, dessen Anlage in den Anfang des 12. Jahrhunderts fällt, worin aber auch spätere Hände bis in das 15. Jahrhundert nachtrugen. Für die Zeit nach 1200 enthält er für Steiermark kein Document.

Ganz besonders willkommen war aber das älteste Urbar, dessen Titel ist: „Incipit liber tocius racionis Gurcensis ecclesie quem rescribi fecit dominus Fridericus eiusdem ecclesie canonicus tunc temporis dispensator anno domini M°. ccc°. vi. in assumptione virginis gloriose." Auch die bei Urbaren mir öfters vorgekommenen Verslein, welche in verschiedener Weise von der Mühewaltung des Schreibers, von seiner Sättigung an der Arbeit u. s. w. sprechen, fehlen nicht und so heißt es p. 2:

„Merces scriptoris sit uita perhennis honoris,
et sit lectoris pars in celestibus horis,"

dann p. 88:

„Assint Haimoni celestes morte patroni
et sibi sint proni terre seruire coloni."

Offenbar war Haimo der Canzleischreiber des Domherrn und Hofmeisters Friderich.

Das Buch zählt 44 Bl. Pgt. in 2° und ist musterhaft geschrieben. Die Innenseite des Vorderdeckels ist mit zwei Originalbriefen beklebt gewesen, die ich des Schutzes wegen ablöste und unter geeigneter Vormerkung reponirte. Der Eine davon betrifft päpstliche Zehente und ist ohne bestimmt erkennbares Jahr ddo. 23. Februar, Padua, von dem venetian. Chorherrn Alironus de Riccardis an EB. Friderich von Salzburg gerichtet, der zweite aber muß den Verhältnissen nach dem J. 1292 angehören und stammt von einem politischen Vertrauten oder Kundschafter Namens Burchart, der an EB. Konrad von Salzburg über die Zustände der erzbisch. Burgen in Kärnten und über die Gefahren, die ihnen von dem Herzoge von Kärnten, den Grafen von Ortenburg und Görz drohten, Bericht erstattet. Dieser betrifft nicht allein kärntnerische, sondern auch steier. Interessen, insoferne damals bekanntlich Alles um den Kampf zwischen Herzog Albrecht und dem EB. von Salzburg sich drehte. Daher, und weil der Brief uns auch zeigt, welche Quellen uns durch die frühzeitige Nichtachtung der Correspondenzen verloren gingen, dürfte es am Platze sein, ihn hier wieder zu geben.

„Domino Salczburgensi (ar)chiepiscopo (äußere Aufschrift).

Metuendo domino suo domino C. sancte Salzburgensis ecclesie venerabili archiepiscopo a. s. l. suus deuotus Burch. id quod est. Vt vobis status districtuum vestrorum iuxta Traham plenius constet hoc sciatis, quod comites iuniores de Ortenburch accepta peccunia facti sunt seruitores ducis Karinthie et omni die coadunant numerum armatorum et omnibus suis hominibus strictissime precipiunt vt omnia sua bona traducant ad municiones eorum, ita quod iam granaria eorum lignea ducuntur in Ortenburch et ad alias vrbes et ibi eriguntur. Municiones vero vestre sunt victualibus et armatis penitus destitute et homines vestri non possunt aliquo mandato quantumcunque stricto ad hoc artari vt sua victualia inferrent castris vestris. Vnde super istis si fieri potest celeriter prouidete. Preterea pro(pe?) Sa(hsen)burch cottidie duci Karinthie maxima peccunia deportatur per quam intendit corrumpere o(mnes homines) vestros et hoc in vestrum preiudicium negligenter dissimulatur, nec intercipi potest nisi missis ad castra vestra aliquot armatis quamquam p(auci)s quorum rumor inualescens numerum augmentaret. Item ciues in Gemvnd inter se componere decreuerunt vt ipsa ciuitas melius firmetur, et ad hec vestris litteris ipsis grates referatis quia tunc in proposito auidiores. Ad hoc predictus dux fratrem suum comitem Albertum cum magna instancia ad se vocauerat, sed ipse comes filium suum comitem H. cum xx equitaturis loco sui misit, de quo domina comitissa multum fuit gauisa, est enim ipsi domine comitisse maior spes de constantia filii quam mariti. Ipse uere comes H. stans cum ipso duce paucis diebus in Foro Julii est reuersus, sed quo fine a patruo recesserit, ignoratur. Verum ad instantiam ipsius ducis misit paulo quasdam litteras quas vobis mitto presentibus interclusas. Ceterum retulit Perchaimerius plebanus in Liserekke quod sibi constat pro certo quod comites de Ortenburch intendunt (com)p(ar)are domum suam in Liserekke et inde facere municionem quia ad hoc aptissima est et bene sita. Vnde ipse Perchaimerius vobis ipsam domum offert petens vt eos in suo proposito preueniatis. Est enim adeo fortis et firma ut dicitur quod sexaginta viri illam inhabitantes possent resistere quadringentis. Quid plura? pre omnibus expedit quod municionibus in Gemvnd, Veltsperch et Sachsenburch in armatis et victualibus succurratnr, dux enim Karinthie libenter plura de suis castris perderet ut solum Sahsenburch habere posset, et illud castrum inter omnes vestras municiones minus est munitum. Esset etiam ualde expediens vt mihi (man)daret legacionem vestram domino H. iuniori comiti Goricie iterari si caute fieri posset, ne forte adulacionibus patrui seducatur. Scripta in Gemund, feria vj. ante Reminiscere."

Einige kleine lädirte Stellen sind nach dem Contexte ausgebessert.

Die Eintheilung des Urbars besteht in 20 Rubriken, davon drei die Steiermark berühren, nämlich „Irinfridesdorf" (Irnfridsdorf bei Judenburg), „Chvonendorf" (Kaindorf zwischen Murau und St. Georgen) und „Winden apud Zeirik" (Winden bei Propstei Zeiring), die von p. 56 an abgehandelt werden.

Da es füglich hier nicht am Platze sein kann, Materialien von bedeutendem Umfange abzudrucken, sondern von ihnen nur für weitere Benützung Notiz zu geben und auch sonst keine Orts-, sondern nur Hub- und Gegendnamen sammt den Zinsigen und ihren Giebigkeiten erscheinen, erwähne ich blos, daß die Copie des steier. Theiles dieses Urbares im Joanneums-Archive hinterlegt ist.

Auf p. 87 fand ich unter der Rubrik „feoda ... collata ab ecclesia Gurcensi" folgende unser Land betreffende Notizen.

„Item Hertwicus de Teufenbach habet iiij. mansus in Gra(z)luptal, quorum tres sunt apud molendinum et vnum apud Aich.

Item filius Ottonis apud Perhhach de Arnoldesteine.

Item supradictus Hertwicus detinet violenter curtem stabulariam in Pells.

Item filius Weigandi de sancto Clemente habet pratum ibidem.

. . . .

Item Guentherus habet mansum in villa s. Georgii Graslup et nouale in monte non in beneficio.

. . . .

Item filii Heinrici de Dicho detinent violenter duos mansos in Petowe."

Mit Ausnahme einer Matrikel der Erzdiöcese Salzburg aus dem 14. Jahrhundert, deren Abschrift aus dem 15. Jahrhundert dem k. k. Staatsarchive entstammend im Notizenbl. der k. Akad. d. Wissenschaften Bd. II. p. 265. u. ff. abgedruckt ist und worin natürlich Steiermark in hohem Grade berührt wird, sind mir andere Handschriften, welche ganz oder zum Theile unser Land betreffen, im Archive so wenig als in der Bibliothek vorgekommen. Die Letztere enthält nur ältere Drucksachen; wo die Handschriften, die doch einstmals gleichfalls hier gewesen hingelangt sind, wenn nicht an die Universitätsbibliothek in Graz, wo mir allerdings ein von den Bollandisten benütztes Gurker Manuscript aufstieß, oder an die Hofbibliothek in Wien, ist mir unbekannt.

Ganz anders gestaltete sich die Untersuchung im fürstbisch. Archive zu Straßburg.

Die Materialien sind in dem nun öden Schloße, der ehemaligen Residenz der Bischöfe, untergebracht; dieses wurde am 10. Juli 1856 vom Blitze getroffen und brannte nahezu ganz aus. Die dankenswerthe Vorsorge des gegenwärtigen Herrn Fürsterzbischofs hat den Bau vor weiterem raschen Verfalle dadurch wenigstens gerettet, daß ihn ein Dach vor Regen schützt. Das alte festgewölbte Archivslocale und die Räumlichkeiten der Capelle und neuen Kanzleien gehören zu den Zimmern, welche nicht eingestürzt sind.

Die Bischöfe von Gurk besaßen als Mensalgüter jene Besitzungen in Untersteier, welche von den Grafen von Zeltschach dem Stifte Gurk waren gegeben worden. Nach ihrem Umfange war der ganze Landstrich zwischen dem Draufelde, der San, Save und Sotla gurkerisch, die Schlößer Rohitsch, Windisch-Landsberg, Montpreis, Reichenburg, Reicheneck, Drachenburg, Königsberg, Peilenstein, Hörberg und Anderburg bischöfliche Lehen, ihre Besitzer bischöfliche Vasallen und daraus wird man die Bedeutung Gurks für Untersteier ermessen können. Außerdem besaß es aber auch noch Weitenstein und pfandweise eine Zeit lang Windischgräz von den Patriarchen.

Demungeachtet lagen (mit Ausnahme der Urkunden Kaiser Konrads II. von 1029 und Lothars von 1130) keine älteren Stücke nach dem Verzeichnisse vom Anfange des 16. Jahrhunderts hier, obwohl ein anderes des 15. Jahrhunderts eine Urkunde des 10., 5 des 11. und 3 des 12. aufführt. Heute ist gar keines vor dem 13. Jahrhunderts mehr vorhanden. So wie zu Gurk zeigt sich übrigens auch hier, daß die älteren Verzeichnisse nicht Alles enthalten; denn das erwähnte Register des 16. Jahrhunderts führt 19 Urkunden des 13. Jahrhunderts für Steiermark auf, ich selbst fand 13 vor, aber im Vergleiche mit dem Repertorium fehlen noch 11. Die Meisten der Verlornen sind privaten Inhalts und beziehen sich auf die Verhältnisse der Bischöfe zu ihren Vasallen in Untersteier. Man wird ihre Natur am besten aus den Regesten erkennen, welche ich aus dem erwähnten „alten extract der brieff des bistumbs Gurg“ (43 Bl. Pap. in 4°) hier wiedergebe:

„Concordia inter Fridericum de Bettowe et Heinricum de Scherffenberch et episcopum Gurcensem super castro Montparis et Herberg cum suis attinentiis datum 1251.

Concordia inter Annam, Ottonem et Fridericum de Kunigsperg cum Dietrico Gurcensi episcopo super quibusdam dampnis; predicti de Kunigsperg 50 marcarum redditus in villis Mahach, Vrbendorf, Clech et in Silberbach assignarunt etc. datum 1275.

Obligatio Friderici de Pettouia quod ex castro Rabensperg non velit offendere Dietricum episcopum Gurcensem et ecclesiam eiusdem datum (c. 1275).

Littere concordie Heinrici de Rohatz cum domino Johanne episcopo Gurcensi super quibusdam damnis illatis ecclesie eiusdem cum certis promissionibus et condicionibus, datum 1279.

Obligacio Heinrici de Rohacz Johanni Gurcensi episcopo pro redempcione quorundam obsidum in castro Landsperg, 1279.

Rudolfus (rex) castrum Reichenegk restituit Joanni episcopo et ecclesie Gurcensi, condempnato spoliatore nobili Gebhardo de Hewenegk (!), datum 1281.

Resignacio Cholonis de Seldenhove omnium iurium que in castro Ungerbach habuit facta Hertnido episcopo datum 1485 (!).

Verschreibung eines guetlichen tags durch Vlrich grauen von Himlberg (!) den gelobt haben zu suechen b. Her. zu Gurgkh vnd die Kunigsperger so mit einander stossig gewesen sind, datum 1287.

Reuersio Hainrici de Motniz quem Henr. (!) episcopus Gurcensis perpetuum fecit castellanum in turri superiori Landsperg, datum 1294.

Auswechselbrief vmb etliche gueter bey Weittnstein so Hainr. von Jagendorff (Mag —) b. Hertniden vmb ettlich gueter bey Windischgræz gelegen geben hat, datum 1295.

Resignacio Engelschalci Schaczl omnium iurium montanorum et quarundam arearum in Landsperg facta episcopo Hertnido datum 1299."

Für das 14. Jahrhundert wurden 77 und für das 15. über 100 Steiermark betreffende Urkunden vorgefunden, durchaus Gegenden berührend, welche auch in den Urbaren und ähnlichen Büchern des Bisthums reiche Illustrationen haben.

Das älteste der Letzteren stammt aus dem 15. Jahrhundert. Es führt den Titel: „Anno domini millesimo quadringentesimo quarto temporibus reuerendi patris et domini domini Conradi episcopi Gurcensis conscriptum est vrbarium bonorum episcopatus Gurcensis in Marchia...." und zählt 130 Bl. in 4°. Allein dieses „conscriptum" bezieht sich nur auf jene Anlage, welche der jetzigen vorgelegen hatte, denn diese stammt nach Schrift und mehreren anderen Daten aus der Mitte des Jahrhunderts.

An Notizen über Maße finde ich hier f. 12b folgende für Weitenstein:

„Nota mensure parue granarii .. (in Weitenstein) decem faciunt modium vnum in Landsperg, sed predicte mensure parue sex faciunt modium j. granarij in Peylnstain.

Nota mensure ... dicte halbmeczen equipollent cum mensura in Landsperg et faciunt vj. modium vnum granarij in Landsperg et eadem mensura est mensura fori in Peylnstain.

Nota mensure in Mairhof, in Golsowecz et in Chriwicz dicte Turnmass xij faciunt mensuras paruas granarij predictas xxiiij."

Und etwas weiter unten:

„Nota omnes ... de bonis archidiaconi seruiunt in sua mensura dictam Frewdenberger mass, quarum quatuor faciunt modium vnum granarij in Weittenstain, excepto manso xiii^{us} (qui) seruit paruam mensuram quarum vj. faciunt modium vnum."

Der gurkische Besitz in Untersteier, d. h. jener, welcher von bischöfl. Amtleuten „in eigener Regie" des Bischofs verwaltet wurde, begriff damals vier Amtmannschaften, nämlich zu Weitenstein, Windisch-Landsberg, Wisell und Peilenstein.

Im Amte Weitenstein besaß der Bischof über 160 Huben und andere Gründe sammt 14 Schwaigen in den Orten und Gegenden „Stencz, Pieloch, Natscherenik, Rosperg, Motschie, Fresen, Poelan, Ottenhof, Slatin, Pysko, Rot, Schriet, Jawr, Kosyak, Lasperg, Pakch, Pacher, Jassenicz, am Weg, Salog, Magendorf, apud Turrim, in der Konatsch, Rakowecz, Ladin, pey der puechen, in der Drenn uel Drebinn, in paruc Scomer, Mersydo, Vysch, in sancto Martino, Chrotendorf," dann „in plebe Noue ecclesie:" „an der Goriczen, vnderm rain, Rasdiel, Byschoffhof, aput ecclesiam, an der Chœdinn, Pulsach" und in und um „Weytenstain." Schwaigen (ouiliones) waren in „Latschnik, Scomer, in alpe, Rokowecz, in der Pakch" und „sub Stencz."

Im Amte Landsberg waren gegen 250 ganze und halbe Huben in „inferiori Stadlern, Chrast quod alio nomine dicitur mittern Stadlern, superiori" und „inferiori Rewdnicz, Schepphendorff, Murekg, Pressekg, superiori Tynsk, Ekk, Tschretwes, paruo" und „maiori Dobrinsk, Grueb, Prekynitsch, Nekmer, Pyrkch, Werwobecz, Drosgomet, Waruschendorf, Vyschonewicz, Wurmesdorff, Mainhartsdorff Roginitsch, Mestin, Pœlan, Perngeschiezz, Nunrodein, paruo Rodein uel Tychos Rodein, magno Rodein, Gritschgeschiezz, Gabrowetz Newstifft, Chanitschk, Tal, Mairhof, Welchowecz, Puech, Maroltsdorff, Weinzuerl, Nywin Landsperg."

Im Amte Wisell waren nebst den Ganz- und Halbhuben noch Suppen wesentlich vertreten und im Ganzen 171 Besitzungen vertheilt in den Orten: „Purklein, Obres (nota olium fuerunt ibi tres ville videlicet villa dicta Zyrin, alia dicta apud aquam et tercia dicta Obres, sed iam sunt redacte et computate pro vna villa videlicet Obres), Vysell, Wydenperg, Nusdorff, Puech, Syttesdorf, Poratesdorff, Sabyak, Drenowecz, Newndorff, Gregorstorf, Zechmochowecz, Prossynicz, Wultschiwecz, Altendorf, Tschersnowecz, inferior“ und „superior Dremel, Wyttesdorf, an der Gred, Pyrkch, Sussicz.“

Dieselbe Grundtheilung herrschte auch im Amte Peilenstein, dem kleinsten Bezirke, wo nur 79 Suppen, und Ganz- und Halbhuben waren, nämlich in „Hasental, Dubelschitz, Mairhof, Gelsowecz, Chriwicz, Jazzen, Prewor, Loppaticz, Plessywicz, Tal, Aich, superiori Fewstricz, Dragomer, Wart, Dessach, Sulcz, nouo“ und „antiquo foro Peylnstain.“

Nach Aufzählung der Giebigkeiten an diesen Orten geht das Urbar auf die krainer Güter über. Noch bemerke ich, daß nach der ersten Sexterne ein Buchbinderfehler mit unterlief, so daß die Orte Sulz und Peilenstein, welche zu dem letzten Amte gehören, mitten in das Amt Weitenstein (zwischen Pacher und Jassenicz) eingeschoben sind.

An Stoffen, welche die materiellen Verhältnisse der Bischöfe von Gurk auf steier. Boden beleuchten, ist überhaupt in Straßburg kein Mangel, wenn auch Lücken nicht fehlen. So befindet sich im Archive noch ein „Vrbar register auf Landtsperg“ von 1544, ein anderes für Wisell, gleichfalls dem 16. Jahrhundert angehörig, ein „Vrbar zu dem gesloss Dirnstain“ von 1491 und 3 für dasselbe aus dem 16. Jahrhundert, ferner ein „Vrbarium des stiffts st. Andree altars zu Gonobicz,“ dessen Lehensherr der Bischof von Gurk war, von c. 1620, und ein „Vrbar register auf das ambt Annderburg auf das 1546 iar“, welches Unterthanen zu „sanndt Jergen, am Stain, im Thall, Rakhissawitz, Vodrusch, Pyerpaum, im Pach, Nyder Krantzy, Purckh, Laschaväss, Küefelbern, Panndarf, Pierchk, an der Suppin, Puschaväs, ober Lacarie, vnndter Lacarie, jm Gräbenn, Seunne, Annderwurg“ und „Presenndarff“, dann Bergrechte zu „Sagabram, Staingrueb, im Thall, s. Jorgen, Dobantzisch, Litschnuwerdy“ und „pey s. Larentzen perg“

Den Urbaren stehen die Rechenbücher der Amtleute über Inventare, Einnahmen und Ausgaben zunächst. Sie sind womöglich noch instructiver, als jene, und namentlich für die Haus- und Baugeschichte auf den Amthöfen und Burgen hochinteressant. Sie sind in hohem Grade selten geworden und daher desto mehr beachtenswerth. Solcher „intimer“ Quellen besitzt das Straßburger Archiv vier, die wesentlich Untersteier, dann aber auch Krain behandeln. Aus dem ältesten namentlich ließe sich für eine lange Reihe von

Jahren ein anschauliches Bild von dem Leben und Gebahren auf einem bischöfl. Amtssitze in Untersteier entwerfen.

Das ältere der vier Werke, „das newe raitpuech", hat 190 Bl. in 2° und führt den Titel: „In hoc libro annotantur raciones officialium de Marchia episcopatus Gurcensis presidente reuerendissimo in Christo patre et domino domino Johanne episcopo Gurcensi, et primo de anno domini millesimo quadringentesimo tricesimo octauo." Für das eine und andere Amt ist zuweilen in der Reihenfolge eine Lücke. Das Amt Weitenstein ist behandelt für die Jahre 1429 (f. 1), 1440 (f. 14), 1442 (f. 33), 1444 (f. 52), 1445 (f. 68 und 79), 1446 (f. 85), 1447 (f. 102 und 109), 1448 (f. 123), 1450 (f. 146), 1451 (f. 159 und 166), 1452 (f. 183) — das Amt Peilenstein 1440 (f. 23), 1444 (f. 46), 1445 (f. 64 und 73), 1448 f. 116), 1449 (f. 128 und 140), 1451 (f. 153 und 164), 1452 (f. 177) — das Amt Wiesell 1440 (f. 24), 1442 (f. 31), 1443 (f. 37), 1444 (f. 44 und 58), 1445 (f. 77), 1447 (f. 49), 1448 (f. 118), 1449 (f. 134), 1451 (f. 155 und 166), 1452 (f. 179) — das Amt Landsberg 1440 (f. 26), 1444 (f. 50), 1445 (f. 60 und 74), 1446 (f. 89), 1447 (f. 107), 1449 (f. 132), 1450 (f. 144), 1451 (f. 152 und 173), 1452 (f. 175) — und das Amt Anderburg 1445 (f. 62), 1446 (f. 83 und 93), 1448 (f. 130), 1449 (f. 130), 1450 (f. 151 und 158), 1451 (f. 174) und 1452 (f. 180). Das zweite Rechenbuch ist vom Ende des 15. oder Anfang des 16. Jahrhunderts und behandelt von steier. Gütern Landsberg f. 27 und Weitenstein f. 29 — das dritte vom J. 1499 Landsberg f. 123 und Weitenstein f. 138 und 140 — und das vierte von 1505 Weitenstein f. 1—11 und Landsberg f.11—18.

Unter dem Titel „Urbarium episcopatus Gurcensis anno 1561" ist ein Buch mit Aufschreibungen des 15.—16. Jahrhunderts vorhanden, welche mancherlei Gegenstände nur keine urbarialen, wie wir sie sonst auffaßen, betreffen, wenn auch Oekonomisches mit unterläuft. Es bringt f. 1 „ . . . dignitates seu beneficia ad collationem seu institutionem episcopi . . . Gurcensis spectantia", wovon ich die steirischen hier ansetze und die in der Handschrift unausgefüllt gelassenen Stellen auspunctire:

„Alia in Marchia Stirie que cum dominio in Rohatsch accesserunt post obitum comitum Cilie.

Ecclesia parrochialis sancte Crucis prope . . . . . cum filialibus suis dimembratis infrascriptis . . . . . presentatio domino patriarche Aquilegensi facienda cum aduocacia.

Item ecclesia seu perpetua vicaria sancti ..... in opido Rohatsch.

Item collatio perpetue misse in eadem ecclesia per J. Lanndtman ibidem fundate cum reditibus feodalibus per reuerendissimum dominum Vlricum episcopum Gurcensem ad hoc appropriatis reseruata aduocatia cum quadam opera in signum et memoriam eiusdem iuxta tenorem litterarum.

Item ecclesia seu eius vicaria sancti ..... in Costrevntz a dicta ecclesia sancte Crucis dimembrata.

Item collatio perpetue misse in ecclesia parrochiali in Peilnstain per filios quondam domini Jodoci de Helfenberg de nouo fundate ex bonis feodalibus ecclesie Gurcensis ad hanc appropriatis, aduocatia eisdem bonis vnacum collatione ipsius misse Gurcensi episcopo iuxta tenorem litterarum reseruata."

Auf f. 13b und 18 folgen Wiederholungen dieser Notizen, ohne Ausfüllung der Lücken. Von f. 25 an wird das Buch ein Registratur- oder Copialbuch für die den Pflegern, Schloßhauptleuten oder Abgesandten ertheilten Instructionen, deren älteste von 1501 ist und die vielfache Beziehungen zu Steiermark haben. Am Ende gestaltet sich dieses wieder zu einem Rechen- und Correspondenzbuche mit einer starken Zahl von Abrechnungen mit steierischen Pflegern und Briefen an solche.

Andere Steiermark betreffende Handschriften und Acten im Straßburger Archive sind:

„Beschreibung der Stiftung, Aebte und Mönche des Stifts St. Lambrecht in Obersteier", 18. Jahrhundert Ende, 317 S. Pap. in 2°. Voran geht der Stammbaum der Grafen von Sempt, von welchen die sogenannten Grafen von Eppenstein ihren Ursprung herleiten sollen und der Bericht über die Gründung des Klosters; dann folgen die Biographien der einzelnen Aebte. Vorzüglich reich an Daten, doch weitaus mehr persönlicher Natur, ist die Darstellung vom 17. Jahrhundert an. Daß der Schreiber nach Urkunden arbeitete zeigen die Randnoten; auch kannte er die Chronik des Pet. Weixler, den er auch den Verfasser des Gedichtes „Plaude Carentine vates — pinguis oliva caput" nennt, welches in dessen handschriftlich erhaltener Klosterchronik sich befindet.

Visitationsprotokoll der steier. Pfarreien und Verzeichniß aller Pfarren der innerösterr. Diöcesen überhaupt, im Auftrage Erzh. Karl's 1567 abgefaßt. Es scheint dieß nach beigebundenen Schriften zu urtheilen Original zu sein. Für die Geschichte der steier. Pfarreien besitzt das Werk hohen Werth, da es in diesem Theile nicht nur ausführlich gearbeitet, sondern auch zuweilen mit Documenten versehen ist. Schade, daß am Anfange eine Anzahl Blätter abgerissen sind.

„Khurze Verfassung wass auff vorsteendem Landtag zu handlen sein wirdt," (Nr. 5) — allem Anscheine nach ein Promemoria des Bischofs von Gurk für den Landtag von 1596, namentlich die protestantischen Wülereien betreffend.

„Acta des Lanndtags vnnd der Erbhuldigung in Steir" (Nr. 21). — Bericht des B. Urban von Gurk, der auf dem Landtage von 1596 als kaiserl. Commissär fungirte.

Acten die Erbhuldigung Erzherzogs Ferdinand und den Landtag von 1596 betreffend (Nr. 34).

Correspondenz des Bischofs Johann Jakob (von Lamberg) zu Gurk als Statthalter zu Graz, 1621—1628 (Nr. 100—101), endlich

eine Grenzbeschreibung des Landes Kärnten, worin über die politische Abmarkung gegen Steiermark interessante Aufklärungen gegeben werden, abgefaßt auf Befehl Kaiser Fridrich's III. und geschrieben im 16. Jahrhundert.

Diese Bruchstücke geben ein klares Bild, welche Stoffe von allgemein österreichischem und specifisch steiermärkischem Interesse sich bei den einflußreichen Kirchenfürsten zu Straßburg ansammeln konnten und — wie Vieles uns verloren ging. Immerhin bot das kleine Archiv hier für das spätere Mittelalter und die neuere Zeit weit mehr, als unseren Zwecken zu Gurk sich ergeben wollte.

Schließlich erwähne ich noch, daß bei der Pfarre (Canonie) Straßburg ein kleines auf Steiermark, resp. die Pfarre Neukirchen in Untersteier bezügliches Archiv noch besteht, welches übrigens über 1300 nicht hinauf geht. Das Capitel zu Straßburg ist nämlich im Besitze dieser Pfarrei, welche zu verleihen dem jeweiligen Pfarrer und Canonicus daselbst zusteht.

Von da an ging die archivalische Reise auf heimischen Boden über.

Studien
zur
Geschichte des Klosters St. Lambrecht.

II.
Ueber die Zeit der Gründung und über die Ausstattung des Klosters St. Lambrecht.

Von M. Pangerl, Adjunkten des Archives am st. l. Joanneum.

Bereits in dem zweiten Hefte dieser „Beiträge" [1]) habe ich es ausgesprochen, daß sich die bisher gewöhnliche Annahme, es wäre das Kloster St. Lambrecht schon im Jahre 1066 gegründet worden, bei nur mäßiger Beachtung der alten Zeugnisse als durchaus unrichtig und haltlos erweise. Im Nachstehenden soll nun diese Behauptung näher erörtert werden und damit die Frage um die Gründungszeit des genannten Stiftes ihre, wie ich hoffen möchte, endgiltige Lösung finden.

Es ist aber das Jahr 1066 nicht das einzige, in welches bisher der Beginn des Klosters St. Lambrecht gesetzt worden ist, sondern man hat noch eine nicht unansehnliche Menge anderer Angaben, welche freilich sämmtlich, mit Ausnahme zweier einzigen, darin übereinstimmen, daß dieses Kloster jedenfalls vor Anfang des 12. Jahrhunderts gegründet worden wäre. Ich lasse solche Angaben chronologisch, d. i. nach der Zeit, in welcher sie gemacht worden sind, folgen und es wird sich hiebei zeigen, daß merkwürdiger Weise die erste und letzte derselben genau übereinstimmen.

Die älteste Angabe des Gründungsjahres von St. Lambrecht finden wir in dem von J. Manesdorfer im J. 1482 verfaßten und noch ungedruckten „Büchlein" über den Ursprung dieses Klosters und es wird darin gesagt, daß das Stift St. Lambrecht im J. 1103 unter Kaiser Heinrich IV. gegründet worden sei. [2]) Manesdorfer gibt dieses Jahr an, obgleich er von der Urkunde Kaiser Heinrich IV., ddo. 1096 .... Verona, [3]) wornach

[1]) Jahrgang 1865, S. 116.

[2]) Siehe unten Anmerkung 49. Ueber diesen ältesten Chronisten des Stiftes St. Lambrecht s. das 1. Heft dieser Beiträge, S. 103 u. ff.

[3]) Ein Mehreres über diese Urkunde folgt weiter unten und dort auch, Note 57, der Nachweis ihres Abdruckes.

die Abtei St. Lambrecht schon in diesem Jahre bestanden hätte, Kenntniß haben mußte. Dagegen kannte er gewiß nicht die Urkunde Kaiser Otto II. ddo. 983. 1. Juni, Verona[4]), welche sich auf die Grund- und Bodenschenkung zur St. Lambrechts-Kirche am Karantanerberge bezieht und die hernach, wie man gleich sehen wird, den Anlaß gegeben hat, die Anfänge des Klosters gleichen Namens in das 10. Jahrhundert zurück zu versetzen. Steht also fest, daß im 15. Jahrhundert das J. 1103 als das Gründungsjahr gegolten hat, so scheint man im 16. Jahrhundert nicht mehr derselben Ansicht gewesen zu sein, wie ein zu Anfang des folgenden Jahrhunderts (1604) erschienenes Buch[5]), das den Schulmeister Georg Ulrich von Chemnitz zum Verfasser hat, vermuthen läßt. Denn man hatte mittlerweile von eben erwähnter Urkunde Kaiser Otto II. Kenntniß erlangt und da solche nur unvollständig war[6]), so hieß es nun, daß das von Kaiser Otto III. in Aussicht genommene Werk der Gründung eines Klosters zum h. Lambert der Herzog Markwart auszuführen gelobte[7]). Obzwar nicht geradezu ausgesprochen, scheint es darnach doch nicht zweifelhaft zu sein, daß man im ersten Jahrzehent des 17. Jahrhunderts der Ansicht war, es müßten die Anfänge des Klosters St. Lambrecht zwischen die Jahre 982—1002, als der Regierungsperiode Kaiser Otto III., gesetzt werden. Fast ebenso verhält es sich mit H. Megiser (1612), welcher von der oben angeführten Urkunde Kaiser Otto II. gleichfalls nur eine unvollständige Kenntniß besaß, dieselbe daher zum J. 989 und die Wiedererrichtung St. Lambrechts durch Markwart zum J. 1073 setzte[8]). Hierauf ist aber ein anderer Chronist des 17. Jahrhunderts, nämlich der St.

---

[4]) Auch über diese Urkunde ein Mehreres weiter unten, und hinsichtlich ihrer Abdrücke s. Anm. 44.

[5]) Θεμελίωσις sive compendiosa exquisita tamen commemoratio fundationis Lambertinæ abbatiæ. Salisburgi, 1604. Der Verfasser war eine Zeit lang Schulmeister zu St. Lambrecht und kam hierauf als solcher nach Salzburg zu St. Peter.

[6]) Ulrich kannte nämlich den Inhalt der in Rede stehenden Urkunde nur bis zur Sigelankündigung und schrieb sie daher irrig Otto III. zu.

[7]) So verstehe ich l. c. pag. 7 die Stelle, worin es heißt, daß der aus dem Kampfe gegen die Ungarn zurückkehrende Markwart „sancte pollicetur, ædem erigere Lambertinam in loco sylvestri comitatus Frisaciaci, a caesare Othone III. auspicatam, hancque monachis disciplinam s. Benedicti servantibus incolendam libere donare“ etc.

[8]) In den Annales Carinthiæ, S. 735, heißt es: „Dieser Marckhart (Megiser nennt ihn sonst „Ertzhertzog“) hat widerumb auffgericht den Stifft des Closters Sanct Lamprecht ... vnnd Hermannum seinen Sohn zum Abte dahin gesetzt, als Lazius wil.“ Die Urkunde Otto's II. findet sich unvollständig auf S. 680.

Lambrechter Stiftsangehörige P. Peter Weixler (um 1650) bereits ganz überzeugt, daß die Existenz seines Klosters schon im J. 989 begonnen habe. Den Beweis hiefür liefert demselben wieder die Urkunde Kaiser Otto II., die jedoch auch von ihm dem dritten Otto zuerkannt wird [9]). Das von Kaiser Otto III. datirende Werk ist aber dem genannten Schriftsteller zufolge erst im J. 1104 eine wirkliche Abtei geworden [10]). Ein Zeitgenosse des P. Weixler, G. Bucelini, (1655), läßt dagegen das Kloster St. Lambrecht erst im J. 1098 gründen [11]), und es ist gut, daß er uns hiefür keine Gründe angibt; denn nach dem zu schließen, was er sonst über dieses Kloster geschrieben, hätte er dabei gewiß ein respectables Lügenungethüm geschaffen. Hundert Jahre nach Bucelin finden wir wieder andere Angaben über die Gründungszeit des Klosters und zwar ist es E. Frölich, welcher im J. 1756 [12]) das Entstehen der Klöster Admont und St. Lambrecht um das J. 1074 setzt, zwei Jahre später aber (1758) [13]) behauptete, daß das letztere Kloster der Herzog Markwart mindestens im J. 1073, wenn nicht schon früher aufzurichten begonnen hätte. Er folgert solches hauptsächlich aus der Regierungsperiode des Herzogs Markwart und dem Diplom Kaiser Heinrich IV. vom J. 1096. Nach Frölich hat dann der Ossiacher Benedictiner P. J. Wallner (1766) [14]) mit Berufung auf eine Mittheilung, welche ihm von dem damaligen St. Lambrechter Archivar P. Emmeram gemacht worden war, das J. 1066 als Gründungsjahr genannt und die Behauptung der St. Lambrechter Klosterbrüder, daß der erste Stein zu ihrer Stiftung schon im 10. Jahr-

---

[9]) Das in jeder Beziehung wunderliche Werk Weixlers (es ist noch ungedruckt und wird im Stiftsarchive aufbewahrt) führt den Titel: „Brevis annotatio vicissitudinis circa ordinem St. Benedicti præcipue vero monasterium S. Lamberti.“ Anschließend an den Verfall des Klosters Hirsau unmittelbar vor dem sel. Abte Wilhelm schreibt er auf f. 14a: „Sed mira dei providentia, cum hic (Hirsau) vitiorum pestilens fœtor displicere incipit, ibi ordinis nostri bonus odor principum gratiam conciliat. Nam DCCCCLXXXIX. Otto tertius imperator fratribus s. Lamberti gratiarum diploma indulsit.“ Dieses Diplom kennt er nur unvollständig (f. 14a—15a) und fährt dann auf f. 15b fort: „Vides ex hoc diplomate monachorum S. Lamberti in Sylva vel monte Carentino degentium antiquitatem“ etc.

[10]) „Postea vero ad annum Christi MCIV.“ etc. f. 16a.

[11]) Germaniæ sacræ P. II. 52.

[12]) In der Einleitung zu den „Diplom. sac. duc. Styriæ“ I. schreibt er auf f. 2a, daß das Kloster Göß älter wäre, als zwei andere Benediktinerklöster „nempe Admontensi, quod circa an. 1074 atque sancti Lamberti, quod sub idem fere tempus consurrexit“ etc.

[13]) In seinem Specimen archontologiæ Carinthiæ, p. 32.

[14]) Annus millesimus Ossiac., p. 29 et seqq.

hundert (989) gelegt worden wäre, nicht gelten lassen. Kurze Zeit nach dem Erscheinen des „Ossiacher Jahrtausends" erschien auch der erste Band der steirischen Annalen des A. J. Cäsar (1768). Aus diesem großen Werke konnte man nun in Erfahrung bringen, daß die Kirche zum h. Lambert schon um das J. 762 erbaut [15]), das Kloster aber entweder im J. 1066 oder 1074 gegründet und 1090 oder 1096 vollendet worden wäre [16]). Der sonst so fleißige und gründliche Cäsar hat es aber unterlassen, diese widersprechenden Angaben, welche er aus „St. Lambrechter Documenten" entnommen hat, näher zu untersuchen und die Wahrheit zu ermitteln! Nach fünf Jahren änderte er jedoch seine Ansicht über diesen Punkt dahin, daß er nun bestimmt [17]) die vergeblich von einem Slavenfürsten Karast erbaute, von Otto III. im J. 996 (!!) beschenkte und von Markwart im J. 1072 mit einem Kloster versehene Kirche als eine und dieselbe ansah. Die Quellen, worauf sich diese Behauptungen gründen, sind natürlich die der „Annalen"; ein höchst widerwärtiger Unsinn nach Art Bucelins ist es aber, wenn Cäsar nach jenen Behauptungen doch wiederum den Kaiser Heinrich IV. dem Herzoge gleichen Namens von Kärnten auf zwei Reichsversammlungen zu Mainz und Verona in den J. 1094 und 1096 die Erlaubniß zur Errichtung des Klosters St. Lambrecht geben läßt [18]). Nichts anderes ist es auch, was im J. 1784 von dem bekannten P. Marian über denselben Gegenstand geschrieben wurde [19]). Die Regierungszeit des Kaisers Otto III. und die J. 1066 und 1096 sind nach ihm die Zeitpunkte des Emporkommens des Klosters St. Lambrecht und die er dem „sehr bedenklichen Bericht", welchen ihm der Stiftssekretär und Archivar P. Anselm Saringer (Säringer) eingesendet hatte, dem Bucelin u. a. entnahm. A. J. Cäsar hatte im J. 1786 noch einmal Gelegenheit, seine Meinung zu äußern [20]), und sie ging dießmal dahin, daß er entgegen den Zeitpunkten 1066 und 1074 das

---

[15]) Pag. 303 ad an. 762 mit Berufung auf einen Cod. monast. s. Lamberti.

[16]) S. S. 396, 501, 561 und 562. Die Urkunde K. Otto II. zitirt er zum J. 997 und bezieht sie daher wie alle vorhergehenden irrig auf Otto III. Daselbst auch die Widerlegung, daß die in diesem Diplom erwähnten Brüder keine Benediktiner gewesen wären.

[17]) In seiner „Beschreibung des Herzogthums Steyermark" I. 86, 179 u. 183.

[18]) Ebendas. S. 189.

[19]) „Geschichte der ganzen österreichischen weltlichen und klösterlichen Klerisey beyderley Geschlechts" VI 93—97. S. 94 in der Anmerkung macht er sich über das „Baslerlexikon" lustig, das den Ursprung der St. Blasiuskirche (bei St. Lambrecht) bis in die Zeiten Kaiser Konstantins d. G. hinaufrückt.

[20]) Siehe Staat- und Kirchengeschichte des Herzogthums Steiermark, III. 235, 236 und 260. Nach seinen Annalen.

J. 1072 als das der Stiftung, jenes von 1096 aber als das der Vollendung des Klosters bezeichnete. Ein Jahr später (1787) ward dagegen von J. K. Kindermann ohne nähere Begründung behauptet, daß St. Lambrecht zugleich mit Admont um das Jahr 1074 errichtet worden wäre[21]). Bis zum J. 1798 hatte aber dieser Schriftsteller seine Ansicht wieder dahin modificirt, daß er die Errichtung eines Klosters durch Markwart zwischen die Jahre 1060 und 1070, die Vollendung desselben aber durch den Herzog Heinrich in das J. 1090 setzte[22]). — Und nicht minder schwankend sind die Angaben, welche bisher in unserem Jahrhundert über die Gründungszeit des Klosters St. Lambrecht gemacht wurden. Zuerst wird da im J. 1814 in den „Vaterländischen Blättern für den österreichischen Kaiserstaat“[23]) das J. 1066 als der Zeitpunkt der Errichtung bezeichnet. Eine Begründung dieser Angabe war an diesem Orte ebensowenig zu erwarten, wie von dem bekannten und verdienten K. Schmutz, welcher in seinem historisch-topographischen Lexikon (1822) die Gründung St. Lambrechts in die Zeit von 1066—1074, die Vollendung aber um das J. 1080 gesetzt hat[24]). Ebenfalls noch in den zwanziger Jahren dieses Jahrhunderts (1829) ward dann wieder gar auf die Regierung Otto III. (!) zurückgegangen und von dem damaligen Stiftsarchivar P. J. Pauer es ausgesprochen, daß Herzog Markwart das „gleichsam eremitische Priorat“ bei der Kirche des h. Lambert in eine Abtei umwandeln wollte, welche hierauf sein Sohn Heinrich auch wirklich vollendet habe[25]). Folgends wird abermal, von G. Göth (1843), auf Grund der Angaben des vorhergehenden Schriftstellers, das Gründungsjahr 1066 genannt[26]), und einige Zeit später von F. Raffelsperger (1848)

[21]) Historischer und geographischer Abriß des Herzogthums Steyermark, 3. Aufl., S. 87.

[22]) So in dem „Repertorium der Steyermärkischen Geschichte“ ꝛc., S. 316.

[23]) Jahrgang 1814, I. 428 in den Bemerkungen über die Stifte Rein, St. Lambrecht, Admont u. s. w.

[24]) II. 256.

[25]) S. Carinthia v. J. 1829, S. 57 und 58 in Nr. 14. Die merkwürdige Stelle lautet: „Nebst dieser frommen Stiftung (Kloster in Greut) wollte Marquard noch seinen letzten frommen Wunsch lösen, in dem Thale genannt Sylva (!) am Fuße des Grenzberges Grewenze, bei der Kirche des heil. Lambert, wo die Mönche, wie die Schenkungsurkunde Kaiser Otto III. ausweist, ein gleichsam eremitisches Priorat (!) hatten, eine ordentliche Abtei zu stiften“ u. s. w. „Der Aufmerksame.“ Jhrgg. 18, hat in Nr. 15 u. ff. den ganzen Aufsatz aus der Carinthia nachgedruckt.

[26]) In seinem Werke: Das Herzogthum Steiermark geographisch-statistisch-topographisch dargestellt, III. 551.

in seinem lexikalischen Werke [27]) zur Abwechslung der Zwischentermin 1060—1070 als solches bezeichnet. Im gleichen J. 1848 veröffentlichte A. von Muchar den vierten Band seiner „Geschichte des Herzogthums Steiermark," aus dem hervorging, daß Muchar einige der diese Frage entscheidenden Urkunden sehr wohl kannte. Und gleichwohl, was völlig unbegreiflich ist, setzt er das Jahr 1062 oder 1072 als das Gründungsjahr des Klosters St. Lambrecht an! [28]) Im folgenden Jahre (1849) finden wir bei J. Diemer eine gelegentlich [29]) gemachte Angabe über die Stiftung St. Lambrechts, welche darnach im J. 1096 erfolgt wäre. Gleichzeitig mit diesem begegnen wir wieder der Ansicht, daß schon im J. 983 ein Kloster des h. Lambert im Thajagraben existirt habe. Freiherr G. von Ankershofen ist der Vertreter dieser Meinung, welche durch die St. Lambrechter Haustraditionen für ihn völlig stichhältig ist oder wird [30]). Dagegen nennt zwei Jahre später K. Tangl (1851) das J. 1073 [31]) und nimmt seine Gründe hiefür aus Zeugnissen, auf welche auch ich mich weiter unten viel berufen werde. Doch hat nach Verlauf einiger Zeit (1853) weder die eine noch die andere von den zwei zuletzt genannten Angaben Anerkennung gefunden; denn dem um unsere Landesgeschichte vielfach verdienten Archivar J. Wartinger galt noch immer das J. 1063 als der Zeitpunkt, an welchem der Bau und die Stiftung des Klosters St. Lambrecht begonnen worden sei [32]). Freiherr von Ankershofen gab indeß auch seine vorhin angeführte Meinung nicht nur nicht auf, sondern verfocht sie im J. 1859 in ziemlich heftiger Weise gegen Tangl [33]). Noch dreier Schriftsteller, welche über unsere Frage sich zu äußern Gelegenheit

---

27) Allgem. geogr. statist. Lexikon aller österr. Staaten, s. Art. Sanct Lamprecht.

28) A. a. O. 302 und 335. Was Muchar sonst noch in diesem 4. Bde. S. 4, 298, 299, 332 und 333, über St. Lambrecht schreibt, kann als Muster von Widersprüchen und Kritiklosigkeit gelten.

29) In seinen Deutschen Gedichten des 11. und 12. Jahrhunderts, Einleitung S. X.

30) Arch. f. K. ö. G. I. 3. Heft, S. 30, Regest Nr. 59.

31) Ebendas. VI. 381 in der Abhandlung: Die Grafen, Markgrafen und Herzoge aus dem Hause Eppenstein.

32) Kurzgefaßte Geschichte der Steiermark, 3. Aufl., S. 34.

33) In seinem Handbuch der Geschichte des Herzogthumes Kärnten, II. Regesten und Urkunden der 5. Periode, S. 111—114. Er glaubt (S. 114), „daß die mit der Ottonischen Urkunde verbrieften Vergabungen und Concessionen nur die ersten vorbereitenden Schritte waren, um sohin bei der St. Lambrechtskirche ein Kloster aufzubauen." Mich will es bedünken, daß Freih. v. Ankershofen um dieses Glaubens willen doch zu viel Worte verschwendet hat. Vergl. auch II. 927.

hatten, will ich gedenken. Zuerst E. Huhn's, welcher ebenfalls im J. 1859 die Gründung St. Lambrechts in das J. 1060 gesetzt hat [34]); Wilhelms von Gebler (1862), welcher als den Zeitpunkt des Kirchenbaues das J. 763, als den der Klosterstiftung aber das Jahr 1063 nennt [35]), und J. Zahn's, welcher (1864) in Beziehung auf die Gründungszeit des Klosters zuerst wieder ausgesprochen, was auch dort im 15. Jahrhundert gegolten hat, nämlich daß dasselbe im J. 1103 gegründet worden wäre [36]).

Es werden demnach theils die Jahre, theils die Zwischentermine: 762 (Cäsar), 763 (v. Gebler), 983 (Freiherr von Ankershofen), 983 (— 1002, Ulrich, Marian, Pauer), 989 (Megiser, Weixler), 996 (Cäsar), 1002 (eigentlich 983—1002, Ulrich, Marian, Pauer), 1060 (Huhn), 1060—1070 (Kindermann, Raffelsperger), 1062 (von Muchar), 1063 (Wartinger, von Gebler), 1066 (Wallner, Cäsar, Marian, Vaterländische Blätter, Göth), 1066—1074 (Schmutz), 1070 (von Muchar), 1070 (eig. 1060—1070, Kindermann, Raffelsperger), 1072 (Cäsar), 1073 (Megiser, Frölich, Tangl), 1074 (Cäsar), um 1074 (Frölich, Kindermann), um 1080 (Schmutz), 1090 (Cäsar, Kindermann), 1094 (Cäsar), 1096 (Cäsar, Marian, Diemer), 1098 (Bucelin), 1103 (Manesdorfer, Zahn) und 1104 (Weixler) — als die Zeitpunkte bezeichnet, in welchen oder um welche die St. Lambertskirche erbaut und das Kloster gleichen Namens entweder zu bauen begonnen ward oder ganz vollendet worden ist.

Diese weitläufige und doch gleichwohl nicht vollständige Aufzählung von Angaben über den Beginn der Existenz von Kirche und Kloster St. Lambrecht schien mir aber wegen des besseren Verständnisses der folgenden Auseinandersetzungen nicht bloß nothwendig und geboten, sondern auch sehr lehrreich. Denn indem sie die Verwirrung veranschaulicht, welche in den Ansichten bezüglich der Anfänge des Klosters St. Lambrecht bisher herrschte, läßt sie zugleich ahnen, daß es mit manch' anderer Ueberlieferung der vaterländischen Geschichte, an welcher man bisher entweder aus Vorliebe oder Unkenntniß, oder Bequemlichkeit, oder aus irgend einem anderen Grunde zu rütteln nicht gewagt hat, wenn auch nicht so schlecht, so auch nicht um vieles besser bestellt sein möge.

Bevor ich aber die Gründe näher beleuchte, welche ein Theil der oben genannten Schriftsteller für die von ihnen ver-

---

[34]) S. den Artikel Lambrecht (St.) in dessen Topograph.-statist.-histor. Lexikon von Deutschland.

[35]) Gesch. d. Herzogthums Steiermark, S. 47 und 64.

[36]) S. das 1. Heft dieser Beiträge, S. 52.

zeichneten Jahreszahlen bringt [37]), will ich in Kürze angeben, was sich als ungefähre Summe aller auf St. Lambrecht bezüglichen Nachrichten zwischen den Jahren 762—1104 herausstellt, welche Nachrichten auch wieder bei einem Theil jener Schriftsteller gefunden werden. Es gibt das folgendes Geschichtchen. — Im Jahre 762 unserer Zeitrechnung erbaute der Slavenfürst Karast, welcher ein Verwandter der Mörder des h. Lambert gewesen, zur Sühne solchen Mordes eine Kirche zu Ehren dieses Heiligen. Diese Kirche beschenkte später Kaiser Otto II. [38]) mit einigem Grund und Boden, um damit der geistlichen Genossenschaft, welche sich eben daselbst bilden sollte, die Mittel zu ihrem Unterhalte zu gewähren. Es waren aber die Mitglieder dieser Genossenschaft keine Nachfolger des h. Benedikt, sondern bloß eine Art Eremiten. Die Benediktiner sollten hier erst durch den Herzog Markwart von Kärnten eingeführt werden. Und zwar geschah solches, als er, Markwart, aus einem Kriege gegen Ungarn verwundet heimkehrte, und vielleicht in Folge eines Gelübdes desselben. Er begann ein Kloster für dieselben zu erbauen, nachdem er schon früher mit dem Erzbischofe Gebhart von Salzburg behufs der Dotation dieses Klosters einen großen Zehenttausch gemacht hatte, konnte aber sonst sein Werk nicht vollenden, sondern mußte dessen schließliche Ausführung seinen Söhnen überlassen. Einer derselben soll jedoch das von dem Vater begonnene Werk sogar wieder zerstört haben; so fiel denn also der Wiederaufbau oder die Fortsetzung des Baues und seine Vollendung einem andern Sohne, dem Herzoge Heinrich anheim. Durch diesen ward auch wirklich alles zum erwünschten Ziele geführt, das Kloster aufgebaut, reich ausgestattet und von dem Kaiser Heinrich IV. gehörig konfirmirt. Bis zum Jahre 1104 war von Herzog Heinrich das alles glücklich zu Stande gebracht worden. Das neue Kloster war aber im Thajagraben in nächster Nähe des Jagdschloßes, welches die Familie des Markwart dort besaß, errichtet worden. — Der Leser wird in dem folgenden sehen, was und wieviel von allem dem wahr ist.

Zuerst wird also behauptet, daß ein Slavenfürst Namens Karast dem h. Lambert zu Ehren eine Kirche im heutigen Obersteier im J. 762 oder doch mindestens um jene Zeit erbaut hat. Der Verfasser der Jahrbücher des Herzogthums Steiermark ist

---

[37]) Die nicht begründeten Jahreszahlen, wie z. B. 1070, 1080 u. s. w., werden von mir als Irrthümer und Willkührlichkeiten der betreffenden Schriftsteller angesehen und daher in dieser Abhandlung nicht weiter mehr berücksichtigt werden.

[38]) Weil man die erwähnte Urkunde vom J. 983 lange Zeit hindurch nicht vollständig kannte, so heißt es meist Otto III.

nun, soviel mir bekannt, der einzige, welcher diese Behauptung nicht bloß ausgesprochen, sondern auch mit einer Quellenangabe belegt hat [39]). Er bemerkt aber von solcher Angabe nur das Wenige, daß sie in einem „alten Manuscript des Klosters St Lambrecht" zu lesen wäre [40]). Man muß wohl zugestehen, daß die Bezeichnung einer Quelle, welche der St. Lambertskirche ein so hohes Alter beimißt, kaum vager und nichtssagender gegeben werden konnte. Diese Handschrift hat aber Cäsar noch dazu nicht selbst gesehen und er sagt auch nicht, wie er hievon Kenntniß erlangt habe. Möglicher Weise ist ihm diese Nachricht wie auch manch' andere von dem damaligen St. Lambrechter Prior P. Anselm Säringer gegeben worden. Wie wenig und vielmehr gar keinen Glauben aber dieser verdient, beweist z. B. sein Aebtekatalog [41]) und was Marian über einen ihm eingesandten Bericht eben desselben geurtheilt hat [42]). Cäsar's Behauptung muß daher abgesehen von ihrer inneren Unwahrscheinlichkeit auch darum, weil sie sonst keine Merkmale von Glaubwürdigkeit bietet, ebenso verworfen werden, wie jene, welche die Entstehung der St. Blasinskirche (bei St. Lambrecht) in die Zeiten Kaiser Konstantin's des Großen hinaufgerückt [43]).

Auf gleich haltlose Gründe muß sich die andere Behauptung stützen, welche nicht bloß die erste Erwähnung der Kirche St. Lambrecht, sondern auch die Anfänge des Klosters gleichen Namens in die letzten zwanzig Jahre des 10. Jahrhunderts versetzt. Diese Behauptung tritt aber auf, als man von der Urkunde Kaiser Ottos II. ddo. 983, 1. Juni, Verona — [44]) Kenntniß erlangt hatte. Wie schon oben gesagt worden ist, war jedoch solche Kenntniß, welche man wahrscheinlich im Laufe des 16. Jahrhunderts [45]), gewiß aber im J. 1604 gewonnen hatte, anfänglich nur

---

[39]) Annales I., 303 und in der Beschreibung d. H. Steiermark I. 86.

[40]) Beschreibung zc. I. 86.

[41]) Mitgetheilt von Cäsar, Annales II. 683 et seqq. Man vergleiche damit meine Aebtereihe in diesen Beiträgen, II. 114 u ff.

[42]) Er nennt ihn „sehr bedenklich."

[43]) S. oben Anm. 19.

[44]) Böhmer, Reg. 605. Den vorzüglichsten Abdruck haben Mon. Boica XXVIII. 1. 234—236, Nr. 157. Sonst noch abgedruckt von Tangl im Arch. f. K. österr. G. VI. 397, Note 140; und von Ankershofen im Handbuch der Geschichte u. s. w. II. in den Regesten und Urkunden der 5. Periode, S. 111, Nr. 63. Unvollständige Abdrücke haben Ulrich, Frölich und Wallner. Die St. Lambrechter besaßen nie das Original, ja haben meines Erinnerns nicht einmal eine Abschrift, die wenigstens aus dem 16. Jahrhundert stammen würde. Dieser Umstand ist doch auch bezeichnend.

[45]) Im 15. Jahrhundert kannte man sie noch nicht, wie das Schweigen Manesdorfers beweist.

eine unvollständige, und so geschah es, daß man diese Urkunde lange Zeit für eine von Kaiser Otto III. ausgegangene hielt. Die Feststellung der Thatsache, daß die genannte Urkunde Otto II. und nicht dessen Nachfolger angehört, beseitigt demnach bereits die Jahre 989 und 996 und den Zwischentermin 983—1002, in die sie sonst gesetzt worden ist, als irrig. — Die zweite Behauptung stützt sich also auf eine Urkunde Kaiser Otto's II. vom J. 983, des Inhalts, daß der genannte Kaiser damit an eine Kirche des h. Lambert in Kärnten die Schenkung eines Holzschlages am Karantanerberge gemacht, und mit der Folgerung, daß im J. 983 nicht allein eine St. Lambertskirche, sondern auch ein Kloster gleichen Namens schon bestanden habe oder doch wenigstens durch jene Schenkung die ersten vorbereitenden Schritte zum Aufbaue eines solchen Klosters geschehen sind[46]). Diese Ansicht, obwohl für sie keine Beweise beigebracht worden waren, blieb lange Zeit unangefochten; endlich wurde aber nachgewiesen[47]), daß jene von Kaiser Otto II. beschenkte Kirche des h. Lambert mit jener demselben Heiligen geweihten Kirche im Thajagraben gar nicht identisch sei, sondern daß die im J. 983 erwähnte Kirche keine andere wäre, als die heutige Kurazialkirche St. Lambert in Pörtschach. Die zwei hauptsächlichsten Einwendungen, welche hierauf von gegnerischer Seite, von dem Vertheidiger der Identität der St. Lambrechtskirche von 983 mit jener im heutigen Obersteier (von Ankershofen), gemacht wurden, sind erstlich der nachgewiesene Umstand, daß das Kloster St. Lambrecht im 13. Jahrhundert in der Nähe des Karnburger Berges, wo ja auch die Schenkung Kaiser Otto's II. lag, einen Mansen (in Bierbaum) besaß, und der Hinweis auf gewisse Haustraditionen des Stiftes St. Lambrecht. Da übrigens die erste Einwendung nur gemacht worden ist, um nachzuweisen, daß das Stift St. Lambrecht, indem es in Bierbaum wenigstens ein Gut besessen, dazu ganz gut einen Holzschlag auf dem Ulrichsberge brauchen konnte[48]),

---

[46]) Nach Ankershofen in seiner Widerlegung Tangl's S. oben Anm. 33.

[47]) Zuerst von Wallner a. a. O., p. 30, 31. Dann von Tangl im Arch. f. K. österr. G. VI. 376 u. ff.

[48]) Zum besseren Verständnisse bemerke ich hier noch Folgendes. Bei dem Nachweise, daß die St. Lambrechtskirche im Thajagraben nicht die von Kaiser Otto II. beschenkte wäre, behauptete nämlich Tangl außer Anderem, daß das Kloster St. Lambrecht kaum eines Holzschlages, welcher mit der Ottonischen Schenkung verbunden war, am entlegenen Karnerberge bedurfte. Darauf entgegnete aber Ankershofen, daß St. Lambrecht ganz gut das Holz brauchen konnte, denn es besaß in der Nähe Güter, wie eine Urkunde aus dem Jahre 1276 beweise. Daß nun der Schluß: St. Lambrecht hat im J. 1276 einen Mansen in Bierbaum besessen, folglich war die Schenkung vom J. 983 aller-

eine Folgerung die zum Mindesten kühn ist, da die Gegenstände der Beziehungen an 300 Jahre auseinander liegen, so stützen sich die Behauptung, daß die Schenkung Kaisers Otto II. das heutige St. Lambrecht in Obersteier betreffe, und die aus dieser Behauptung entspringenden Folgerungen eigentlich nur auf jene gewissen Traditionen, welche besagen, daß schon lange Zeit vor Errichtung der Abtei St. Lambrecht bei der ebenfalls schon lange Zeit vor dieser Abtei erbauten Kirche eine Mönchsgenossenschaft existirt hätte. Ich werde gleich zeigen, was für ein Bewandtniß es mit dieser Tradition hat und wie gar unstatthaft es wäre, sich auf sie zu berufen.

Eine Tradition, der man eine beweisende Kraft beimessen will, sollte wohl auch die Eigenschaften besitzen, welche diese Kraft geben, und sich namentlich mit einem hohen Alter ausweisen können. Forscht man aber nach dem Alter der erwähnten St. Lambrechter Tradition, so ergibt sich, daß sie im Jahre 1482 noch nicht existirte. In diesem Jahre schrieb nämlich der schon oft genannte Manesdorfer sein „Büchlein über den Ursprung des Klosters St. Lambrecht" nieder und anstatt, wie man doch erwarten könnte, uns zu erzählen, wie schon im 11. oder gar im 10. Jahrhundert Mönche bei der St. Lambertskirche ein „gleichsam eremitisches Priorat" gebildet hätten, überliefert er uns vielmehr, daß bei dem eine Wegstunde von St. Lambrecht entfernten Gotteshause zum h. Blasius ein Kloster bestanden, welches von dem Hunnenkönige Attila zerstört worden sei, und daß er von diesem Kloster sonst weiter nichts als noch ein altes auf dasselbe Bezug habende Dokument kenne[49]). Man könnte meinen, daß die

---

dings sehr nützlich, doch allzu kühn ist, hat der Freiherr in seinem großen Eifer übersehen.

[49]) Die auf die St. Blasiuskirche und die Gründungszeit St. Lambrechts bezüglichen Stellen bei Manesdorfer lauten also: „Non longe a zenobio (s. Lamberti) iuxta fluuium Theodosiam duum milium passuum templum est sancto Blasio dicatum. Id Attile illius Hungarorum regis vel pocius tyranni tempore monasterium fuit, ante quod tilia est, sub qua Attila de monachis ibi prehensis, dum in Italiam proficisceretur Aquilegiam depopulaturus, supplicium sumpsisse dicitur, in huius templi pariete vetustis litteris scriptum habetur. „„Nota! Postquam interfectus est sanctus Siluinus abbas noster, ego frater Didimus monachus monasterij sancti Blasij perexi ego et alij fratres in Lombardiam propter metum paganorum et abscondi reliquias sanctorum in tribus locis, subtus altare, retro altare in muro et in dextro latere altaris in muro; et caput sancti Blasij duximus nobiscum et corpus sancti Candidi martiris, cuius festum agitur Rome ad vrsum pileum quarta die post festum sancti Michaelis; et postquam porreximus in Lombardiam, combustum est hoc monasterium a paganis. Hoc breue et hee reliquie sanctorum subtus altare domino reuelante sunt reperte

Tradition, auf welche sich die Vertheidiger des hohen Alters des Klosters St. Lambrecht berufen, aus dieser Manesdorfer'schen Mittheilung hervorgegangen wäre. Und sie scheint in der That aus ihr entsprungen zu sein, aber erst dann, als man auch von der Urkunde Kaiser Otto II. aus dem J. 983 Kenntniß erlangt hatte, und in der Abänderung, daß die Mönche des h. Blasius in die Eremitage zum h. Lambrecht versetzt wurden. Es muß aber solches im Laufe des 16. Jahrhunderts geschehen sein, denn der oben genannte Schulmeister Ulrich erzählt bereits (1604) von einem durch Kaiser Otto III. (!) in Aussicht genommenen Kloster, worauf dem Chronisten Peter Weixler (um 1650) die Existenz des Klosters St. Lambrecht schon eine zweifellos dastehende Thatsache, ja sogar schon einiges von der inneren Einrichtung dieses Klosters zu jener Zeit bekannt ist. Die Anfänge der viel gerühmten Tradition fallen also in das 16. Jahrhundert, die vollständige Ausbildung aber in das 17. Jahrhundert. Indem sie aber so beschaffen ist und kaum ein Alter von dritthalb Jahrhunderten aufweisen kann, während es doch nahezu neun Jahrhunderte sein sollten, hat sie auch nicht die allergeringste Beweiskraft und es muß demnach die Ansicht, daß Kirche und Kloster St. Lambrecht im J. 983 schon bestanden oder rücksichtlich des Klosters mindestens die Errichtung desselben in jenem Jahre in Aussicht genommen worden wäre, als völlig unstatthaft, weil unerwiesen erklärt und darnach verworfen werden.

Ich will aber hier gleich noch einige Fragen stellen, welche ich an die Adresse derjenigen richte, die durch vorstehende Erörterung nicht zur Gänze überzeugt worden sind. Zugegeben also, daß

---

quinto kalendas Maij."" De huius monasterij fundatoribus reliquisque rebus preter id, quod scriptum inveuimus, habeo nihil. Hoc certo fateri possumus, quemadmodum ex annorum supputacione constat ipsum sancti Blasij monasterium quingentis et quadraginta octo annis (sic) hoc nostrum precessisse. Nam quod Attila in Italiam proficiscendo hoc sancti Blasij monasterium destruxerit, tempore fuit Marciani cesaris a natiuitate Christi quadringentesimo quinquagesimo tercio, vt Otto iste Frisingensis antistes historicus insignis attestatur; nostrum vero sub Heinrico quarto cesare augusto anno domini millesimo centesimo tercio a fundatoribis nostris Marquardo et Heinrico eius filio ceptum et donacionibus multis fundatum est, et deinde hec fundacio et donacio ab Heinrico cesare prefato anno domini millesimo centesimo quarto (sic) est confirmata et approbata, vt ex litteris fundacionis clare constat." — Eine Abschrift der Stelle „Nota" etc. und zwar aus neuerer Zeit ist noch heute unter Glas und Rahmen in dem Blasiuskirchlein zu sehen. Ich muß es den Sagen- und Legendenkundigen überlassen, die Quelle dieser Aufzeichnung zu ermitteln. In den Actis sanctorum, so weit selbe mir zu Gebote standen, habe ich nichts gefunden.

das St. Lambrecht vom J. 983 mit jenem in Obersteier identisch ist und daß es daselbst schon zu angegebener Zeit Mönche (sancto Lamberto servientes oder fratres Christo et sancto Lamberto militaturi) gegeben habe, aber dann frage ich: wie will man denn erklären, daß die späteren St. Lambrechter Mönche, wenn sie nur Nachfolger der Ottonischen wären, nie die Urkunde Kaisers Otto II. besaßen? Warum wird denn bis zum J. 1103 auch nicht die leiseste Erwähnung von einem Abte oder überhaupt einem Vorsteher gemacht? Warum liest man denn in diesem langen Zeitraum nichts von Besitzveränderungen u. dgl.? Warum gedenkt denn endlich Markwart, welcher das unter dem Kaiser Otto in Aussicht genommene Werk nur wieder aufgenommen haben soll, in seiner gleich nachher besprochenen Urkunde auch nicht mit einem Worte jenes Ottonischen Klosters, das doch durch die Tradition so erwiesen dasteht oder eigentlich dastehen soll, während doch in mehreren Lambrechter Urkunden dem frommen Wunsche Markwarts, ein Kloster zu gründen, den nachher sein Sohn vollführte, recht gewissenhaft Zeugniß gegeben wird? Warum wird hier nur dieses gedacht, während doch ein kaiserlicher Schenkbrief für dasselbe Kloster schon seit mehr als 100 Jahren vorhanden gewesen sein soll? Ich glaube nicht, daß man auf diese Fragen mit Thatsachen, nicht mit bloßen Vermuthungen Antwort geben kann. —

Sowie aber die beiden eben verworfenen Behauptungen nur von je einem Schriftsteller (Cäsar, v. Ankershofen) zu begründen versucht worden sind, so auch die dritte Behauptung, wornach die Anfänge des Klosters St. Lambrecht in die sechziger Jahre des 11. Jahrhunderts zu setzen wären (v. Muchar). Als Beleg für diese Behauptung muß nun die drittälteste Originalurkunde, welche das Stift St. Lambrecht besitzt, dienen[50]. Da diese Urkunde mit keinem Datum versehen ist, so ist schon frühe das Jahr 1066 als der annäherungsweise Zeitpunkt ihrer Ausfertigung angenommen worden. Ich schließe mich dem an, da der Inhalt dieses Dokumentes zu wenig Anhaltspunkte liefert, um mit deren Hilfe eine etwa richtigere Zeitangabe herstellen zu können. Aus dem Inhalte lernen wir aber nur die Thatsache kennen, daß um die angegebene Zeit Markwart, der Sohn des Herzogs Adalbero (von Kärnten), seine Gemahlin Liutbirg und der beiden Söhne mit dem Erz-

---

[50]) Gedruckt von Tangl im Arch. f. K. österr. G. VI. 392, Note 121, und Verdeutschung derselben auf S. 349. Auch bei Hormayer: Archiv für Geographie, Historie rc. Jhrgg. 9. oder 1818, S. 385—387; und bei Graf: Nachrichten über Leoben, S. 18—20, — in Verdeutschung bei Muchar: Gesch. d. H. Steierm. IV. 299.

bischofe Gebhart von Salzburg einen bedeutenden Güter- und Zehenttausch gemacht und daß bei dieser Gelegenheit auch für die Kirche St. Lambrecht im Walde ein Zehentdrittel sowie für den bei derselben angestellten Priester das Recht, freie und unfreie Leute taufen und beerdigen zu dürfen, erworben worden sei. Darnach ist also nur gewiß, daß es bereits um das Jahr 1066 im Thajagraben eine Kirche, dem h. Lambert geweiht und mit theilweisen pfarrlichen Rechten ausgestattet, gegeben habe[51]). Sonst bietet die erwähnte Urkunde auch nicht den allergeringsten Anhaltspunkt, um von ihm aus auf die Existenz eines Klosters bei der St. Lambertskirche in damaliger oder in früherer Zeit schließen zu können und ebensowenig auf die vorgebliche Absicht Markwarts beim Abschluße des Vertrages mit Erzbischof Gebhart, daß er, Markwart, den Vertrag nur geschlossen, „um bei der Ausführung eines anderen frommen Werkes (nämlich der Stiftung eines Klosters) freie Hand und die vorläufige Billigung des Metropoliten zu erhalten" [52]). So richtig — ich wiederhole es — daher ist, daß es in den sechziger Jahren des 11. Jahrhunderts in dem heutigen Orte St. Lambrecht in Obersteier eine Kirche mit beschränkten pfarrlichen Rechten gegeben und dieselbe damals zum erstenmale urkundlich erwähnt wird, ebenso unrichtig und verwerflich ist es, die Anfänge oder Gründung des gleichnamigen Klosters ebenfalls in jene Zeit zu versetzen.

Schreiber dieses ist übrigens nicht der erste, welcher solches verwirft, sondern es ist schon früher dieselbe Ansicht mit Gründen bekämpft worden[53]). Aber indem man das Jahr 1066 nicht gelten ließ, glaubte man doch behaupten zu müssen, daß die Gründung des Klosters St. Lambrecht in den Jahren 1072 oder 1073 oder 1074 erfolgt wäre. Denn man schloß ungefähr also: Markwart ist zweifellos der Gründer des Klosters; er starb aber im J. 1076 und muß folglich mindestens ein paar Jahre früher den Bau begonnen haben. Der fatale Umstand, daß man nun

---

[51]) Es ist vielleicht nicht überflüßig zu bemerken, daß obige Thatsachen sich nur aus der echten Urkunde (Nr. 3, c. 1066) ergeben. Und ich habe nur diese Urkunde berücksichtigt. Das restribirte Exemplar derselben dagegen, welches um das J. 1222 fabrizirt worden ist, wie ich zu einer anderen Zeit erweisen werde, schreibt auch der St. Lambrechtskirche die ausgedehntesten pfarrlichen Rechte zu, spricht aber gleichfalls noch nicht von einem Kloster. Noch einige Worte hierüber folgen weiter unten.

[52]) Nach Muchar, dessen Oberflächlichkeit bei der Niederschrift dieser und der anderen in der Anm. 28 bezeichneten Stellen in höchliches Erstaunen setzen muß.

[53]) Von Professor Tangl.

ein Kloster hatte, welches dreißig Jahre lang nicht bloß ohne Abt, sondern sogar auch ohne jegliche Dotation und zwar dieß gleich nach seiner Gründung bestehen konnte, gab hiebei kaum etwas zu bedenken und über sonstige Schwierigkeiten half die Urkunde Kaiser Heinrich IV. vom J. 1096 glücklich hinweg. Und es ist auch keinem der Schriftsteller, um in diesem Punkte ganz klar zu sehen, beigefallen zu fragen: Ist denn Markwart wirklich der Gründer oder Stifter von St. Lambrecht gewesen? Eine solche Frage würde ja nicht nur der herkömmlichen Anschauung zu sehr ins Angesicht geschlagen haben, sondern wäre auch durch den Hinweis auf die Urkunde Kaiser Heinrich's IV. sofort als durchaus unstatthaft erklärt worden. Sie hat aber nichts desto weniger ihre Berechtigung. Denn wer die Einleitungen zu den für die Gründungsgeschichte des Klosters wichtigen und weiter unten auch näher besprochenen Urkunden nur ein wenig aufmerksam liest, wird darin nicht mehr und nicht weniger finden, als daß Markwart[54]) den Bau eines Klosters begonnen, in der Ausführung seines frommen Vorhabens aber durch den dazwischen tretenden Tod verhindert worden wäre. Nun wird man den, welcher die Errichtung eines zu einem Kloster bestimmten Gebäudes begonnen, sonst aber, da er ja eben den Bau erst begonnen, weder etwas für die Einführung von Mönchen noch für die Dotation gethan oder vielmehr wegen des unvollendeten Baues und des dazwischen Todes nichts zu thun vermocht hat, doch nicht als Gründer oder Stifter des Klosters erklären? Oder kann man sich wohl ein Kloster ohne Mönche und im 11. Jahrhunderte auch ohne Dotation denken? Gewiß nicht, und so ist denn nur sicher, daß Markwart die fromme Absicht — piæ devotionis propositum, wie es sein Sohn Heinrich nennt — gehabt hat, ein Kloster zu errichten und zur Realisirung derselben auch bereits Schritte gemacht habe. Dadurch erklärt sich aber, warum wir von der Ausstattung des Klosters St. Lambrecht, von dessen erstem Abte und überhaupt von dem Beginn des „ordo monasticus" dortselbst erst im J. 1103 urkundliche Erwähnung

[54]) Es ist doch merkwürdig, daß alle diese Urkunden Markwart nicht ein einziges Mal „dux" nennen. Die Nothwendigkeit, ihm den Herzogstitel beizulegen, war zwar nicht vorhanden, doch aber die Gelegenheit. Auch der Schreiber, welcher seinen Namen in das Todtenbuch gesetzt hat, verweigert ihm diesen Titel und eine Urkunde Kaiser Fridrich's I. ddo. 1170, 3. März, Frisach (Böhmer 2539) — hat unter anderem die Stelle: quecunque comes Marchwardus et filius eius felicis memorię dux Karinthię Heinricus eidem ęcclesię (s. Lamberti) contulerant." Diese Thatsachen erregen nun allerdings Bedenken gegen mancherlei geltende Ansichten, es liegt mir aber fern, solchem Worte zu leihen. Man sehe übrigens auch die folgende Note.

finden. Dadurch erklärt sich ferner auch ein merkwürdiger Ausdruck des ältesten Todtenbuches des Stiftes, welcher zugleich beweist, daß die ersten Mönche St. Lambrechts selbst den Markwart keineswegs als ihren Gründer oder Stifter (fundator) angesehen haben. Die dießbezügliche Stelle des ältesten Todtenbuches, geschrieben von einer Hand um das Jahr 1164 und schon lange bekannt [55]), obwohl nie beachtet, und zu lesen beim 16. Juni, welches der wirkliche Todestag Markwarts sein dürfte, lautet also: „MARCHWARDVS institutor huius loci“ [56]). Hier ist er also und zwar in Uebereinstimmung mit urkundlich festgestellten Thatsachen, nur als derjenige aufgefaßt, der den Gedanken einer Klosterstiftung schöpfte und den Ort derselben bestimmte. Ist aber Markwart nicht der Gründer des Klosters gewesen, sondern nur derjenige, welcher zuerst die Absicht der Stiftung zu vollführen suchte, so ergibt sich von selbst, daß die Stiftung des Klosters St. Lambrecht auch nicht in eines der ersten siebziger Jahre des 11. Jahrhunderts gesetzt werden kann.

Als Gründungsjahr, noch häufiger als Zeitpunkt, in welchem das von Markwart „begonnene“ Werk durch dessen Sohn Heinrich zur Vollendung gediehen wäre, wurde auch das Jahr 1096 bezeichnet. Den Beweis hiefür muß die schon mehrfach erwähnte Urkunde Kaiser Heinrich IV. ddo. 1096, ... , Verona [57]) liefern. Aber man that Unrecht, sich auf dieselbe zu berufen, denn sie ist ganz entschieden unecht. Schon Manesdorfer hat Anstand genommen, von ihr, die ihm keineswegs unbekannt war, für seine Schrift Gebrauch zu machen; denn er hätte sonst nicht die

---

[55]) Durch Blumberger im Hormayer'schen Archiv, Jahrg. 1819, Nr. 47, S. 186. Blumberger erachtete diese Stelle auch noch für anderweitig wichtig, nämlich in Bezug auf Markwart's Herzogschaft.

[56]) Eine Hand, aber des 14. Jahrhunderts, hat hinzugesetzt „fundator.“ Das zweitälteste Todtenbuch dagegen hat: „Marchwardus institutor huius loci“ von einer Hand des 14., und „fundator primus 1096“ von einer Hand des 16. Jahrhunderts. Ueber die St. Lambrechter Todtenbücher handelt der erste Aufsatz dieses Heftes der „Beiträge.“ Man sieht auch in diesem Falle, was die St. Lambrechter Haustraditionen werth sind. Denn die kirchliche Erinnerung an Markwart wird im Stifte meines Erinnerns gegenwärtig am 16. November begangen, während es nach dem Todtenbuche der 16. Juni sein sollte. Nun heißt es aber in dem zweitältesten Todtenbuche zum 15. November von einer Hand des 14. Jahrhunderts: „Liupirgis ducissa Carinthye mater fundatoris.“ Offenbar ist also die Kommemoration an Markwart mit der an seine Gemahlin Leutbirg verwechselt oder zusammengelegt worden.

[57]) Gedruckt von Tangl im Archiv f. K. österr. G. XII. 190, Note 269, und von ebendemselben ebendaselbst verdeutscht S. 138. Weiter unten folgt ein Abdruck derselben nach ihrer ältesten Ueberlieferung.

Gründung des Stiftes in das Jahr 1103 setzen können. Weiters mußte auch Tangl, welcher ihre Echtheit zu retten suchte, wenigstens das Eine zugeben, daß sie von der gewöhnlichen Form kaiserlicher Urkunden abweiche[58]). In der Datirung, wenn es mit solcher auch nicht sein eigenes Bewandtniß hätte, wäre ihr freilich nicht beizukommen. Aber sie bietet doch sonst eine erkleckliche Anzahl Merkmale, welche ihre Unechtheit zweifellos erscheinen lassen. Ich werde im Nachstehenden diese Merkmale aufzählen; wenn aber solches nicht vollständig geschieht, so möge man das mit der Beschränktheit der mir hier zu Gebothe stehenden Mittel zum Nachweise aller Merkmale entschuldigen.

So könnte man erwarten, daß eine Urkunde von solcher Wichtigkeit sich gleich den anderen ältesten Urkunden des Stiftes im Original und auf das Beste bis auf unsere Tage erhalten hätte[59]). Allein ein Original ist schon lange nicht mehr vorhanden. Dann ist es aber wichtig, die älteste Ueberlieferung derselben kennen zu lernen. Und solche datirt aus dem J. 1222. In diesem Jahre bestätigte nämlich Kaiser Fridrich II. das eingerückte Diplom seines Vorgängers Heinrich IV. in einer im Monate März zu Ferentino ausgefertigten Urkunde[60]) und in der Einleitung zu dieser Bestätigung erfahren wir nun den wenigstens im Jahre 1223 sonderbaren Umstand, daß die von Kaiser Heinrich ausgestellte Urkunde wegen des hohen Alters, sowohl im Pergament, als auch im Siegel bereits zu verderben anfange[61]). Das ist denn doch verdächtig und wird es erst recht, wenn man nicht unberücksichtigt läßt, daß um eben diese Zeit ein anderes wichtiges Dokument des Klosters verfälscht worden ist und der langwierige Hader um die Exemption eben desselben seinen Anfang genommen hat[62]). Aber ich sehe von dem bedenklichen Zeitpunkte ab, in welchem das Diplom Heinrich's IV. zum erstenmale auftritt, obwohl auch dieser recht bezeichnend ist, sondern halte mich lieber an die Form und den Inhalt dieses Diplomes selbst. Da fällt unter Anderm auf, daß dasselbe in seiner ältesten und beglaubigten Ueberlieferung zweier sehr wichtiger Dinge entbehrt, nämlich des „signum recognitionis“ oder „subscriptionis“ des kaiser-

---

[58]) A. a. O. XII. 138.

[59]) Solche Urkunden sind: eine Kaiser Otto's III. vom Jahre 1000 (Böhmer, Nr. 853), eine König Konrad's II. vom J. 1025 (Böhmer, Nr. 1285), die Urkunde Markwart's c. 1066, u. s. w.

[60]) Orig. Perg. im Stiftsarchive, Nr. 55.

[61]) „Quod cum priuilegium ipsum tam in pargameno quam sigillo incipiat pre nimia uetustate consumi, illud“ etc.

[62]) S. das 2. Heft dieser Beiträge, S. 128.

lichen Kanzlers und des Datums; beides lernen wir erst in einer Ueberlieferung des 15. Jahrhunderts kennen[63]). Kann man aber wohl annehmen, daß der Notar Kaiser Fridrich's II. bei der Ausfertigung der Bestätigung beides übersehen oder abzuschreiben vergessen hat? Ich glaube kaum, will aber auf diesen Umstand als einen, der gegen die Echtheit des in Rede stehenden Diplomes spricht, kein besonderes Gewicht legen. Denn es sind ja diese beiden Dinge oder vielmehr deren Abwesenheit nicht allein, welche die Unechtheit erweislich machen. Man werfe jetzt einmal einen Blick auf den Eingang der Urkunde! Da folgt nach dem Chrismon und der Invokation ein Theil des kaiserlichen Titels in monogrammatischer Form[64]) und von solcher Beschaffenheit, daß sich unmöglich „Heinricus dei gratia" oder dem ähnliches herauslesen läßt[65]). Ein solcher Fall dürfte in kaiserlichen Diplomen einzig dastehen. Auf Rechnung einer Freiheit, welche sich etwa der Notar Fridrich's II. hier erlaubte, kann man ihn nicht setzen, weil das Monogramm auch in der Abschrift des einen Lambrechter Kopialbuches, dem noch das angebliche Original vorlag, erscheint. — Aber man lese weiter. Es heißt in dem Titel noch: „quartus Romanorum imperator augustus." Nun ist bekanntlich der deutsche König Heinrich IV. als römischer Kaiser der dritte dieses Namens und pflegt sich auch so in seinen Diplomen zu nennen[66]). Es folgt hierauf der Passus „divina favente clementia" in höchst sonderbarer Stellung. Derselbe scheint in den Diplomen Heinrich's IV. und zwar in deren Titulatur der gewöhnliche zu sein und hat sonst die Bedeutung des „dei gratia." Hier gehört er aber zu „Heinricus Carinthiorum dux" und ließe sich auch da eher hinter „Heinricus" folgend erwarten. Ist aber das „divina

---

[63]) Oder in einer Ueberlieferung des 14. Jahrhunderts, wenn das im letzten Viertel dieses Jahrhunderts angelegte Kopialbuch I. (im Stiftsarchive) auf pag. 9. unter Nr. 11 solche Urkunde vollständig hat, was ich augenblicklich nicht genau angeben kann. Die vollständige Ueberlieferung, welche ich hier im Auge habe, ist im Kopialbuch II. p. 7. zu finden.

[64]) Davon weiter unten die Abbildung in natürlicher Größe.

[65]) Auch die Abschrift des 15. Jahrhunderts hat das Monogramm, jedoch ohne die beiden darüber gesetzten Schnörkel, dafür aber nach diesem Monogramm das Wort „gracia." Nach der jüngeren Ueberlieferung wäre also in der kaiserlichen Titulatur gerade das enthalten, was eher in der Titulatur des Herzogs Heinrich geziemend wäre, und umgekehrt.

[66]) Dagegen spricht freilich z. B. die Urkunde desselben Kaisers ddo. 1104, 27. Februar (Böhmer Nr. 1971), während eine ältere, ddo. 1099, 30. April (Böhmer 1959), wieder „tertius" hat. Diese beiden Urkunden im Urkundenb. d. L. ob d. E. II. 122, 125, Nr. 85 und 88. Das Regelmäßige ist doch das „tertius," wie auch aus dem Chron. Gottwic. I. 283 hervorgeht, auf welches Werk ich zu beliebig weiterer Vergleichung verweise.

favente clementia“ in der Titulatur eines Herzogs bei Urkunden die er selbst ausstellt, für diese Zeit ungewöhnlich, so ist dieselbe seitens des Kaisers für einen seiner Herzoge ganz und gar unthunlich. Ich gehe in meiner Untersuchung weiter und mache jetzt darauf aufmerksam, daß die Urkunde von 1096 auch der Arrenga ermangelt, d. i. jenes Bestandtheiles der großen Kaiserurkunden, welcher in irgend einer moralischen Betrachtung oder aus einem allgemein giltigen Satze besteht und mit dem eigentlichen Inhalte der Urkunde meist gar nichts zu schaffen hat, aber in den echten Diplomen auch nie fehlt. Diese haben dann nach der Arrenga die sogenannte Intimationsformel, welche den Uebergang zu der eigentlichen Darstellung bildet. Bei der vorliegenden Urkunde bemerkt man dagegen, daß sich an den durchaus inkorrekten Eingang die Darstellung ohne Ueberleitung anschließt. Diesen selbst lasse ich einstweilen bei Seite und berühre dafür sofort die noch übrigen Formmängel. Ein solcher ist, daß der Kaiser, wie es doch sonst gewöhnlich ist, nicht selbst redend in dem Diplome auftritt, sondern eine Art geschichtlichen Vorganges, wobei er als eine der dritten Personen mitfigurirt, einfach erzählt. Es wird ferners die Formel vermißt, welche die genaue Beobachtung des durch das Diplom bekannt gegebenen verlangt und Lohn oder Strafe für die, welche der kaiserlichen Anordnung Folge leisten oder wider dieselbe handeln, in nicht gewöhnlicher Weise angekündigt [67]). Endlich fehlt gar die Ankündigung des Sigels, womit doch das dem Kaiser Fridrich II. vorgelegte Original versehen war. Dafür wird eine Reihe von Zeugen mit meist obskuren Namen zitirt, bezüglich deren ich bitte, mir Nachweise und Erörterungen aller Art zu erlassen. Und ebenso bezüglich des Monogrammes; denn um diese zwei Punkte eingehend und mit Erfolg untersuchen zu können, sind mehrere Werke nothwendig, welche mir hier nicht zu Gebote stehen.

Hinsichtlich der äußeren Form kann demnach das vorliegende Diplom allerdings keinen Anspruch auf Echtheit und Glaubwürdigkeit erheben. Aber auch an dem eigentlichen Inhalte gibt es so Manches zu beanständen. Derselbe ist in die Form einer Erzählung gebracht; es wird darin zuerst der geographischen Lage des Klosters gedacht und dasselbe als gelegen „in episcopatu Salzenburc in comitatu Friesach in loco et fundo qui dicitur Carinthi“ bezeichnet. Diese Bezeichnung ist im J. 1096 mindestens sonderbar; denn die Gegend, in welcher St. Lambrecht, liegt, wird in unverdächtigen Urkunden, und zwar in der oben erwähnten aus den sechziger Jahren des 11. Jahrhunderts und

[67]) Die Strafandrohung dieser Urkunde ist überhaupt unverständlich und wäre passender in der Urkunde einer geistlichen Person.

in der großen Schenkungsurkunde vom J. 1103 und auch noch sonst „im Walde“ oder „im Walde drüber der Thaja“ benannt. Weiters erfahren wir, daß der von Markwart, dessen Name jedoch nicht genannt wird, begonnene Bau wegen des dazwischen tretenden Todes von ihm nicht vollendet werden konnte. Diese Vollendung blieb daher — Herzog Leutolt, der ältere Sohn Markwarts wird merkwürdiger Weise ganz übergangen — dem Herzoge Heinrich übrig. War denn dieser aber dazumal (1096) schon Herzog in Kärnten? Denn der Beweis, daß er es schon gewesen ist, stützt sich bisher eben nur auf das in Rede stehende Dokument [68]). Heinrich soll aber das begonnene Werk des Vaters vollendet und hierauf in Gegenwart des Kaisers und des Herzogs Welf die Abtei mit allen ihren Zugehörungen unter den Schutz des Papstes, jedoch durch die Hand des Markgrafen Burkart, gestellt haben. Ich sehe von dem ab, daß das „præsente Henrico Romanorum imperatore augusto“ in einer Urkunde, welche derselbe Kaiser hat ausfertigen lassen, ungemein auffällig ist, sowie daß Herzog Heinrich die Uebergabe nicht selbst vollzogen hat. Aber es ist unerklärlich, daß der Herzog, wie weiterhin gesagt wird, die Bedingung vorschreibt, unter welcher die Schutzstellung seinerseits geschehe. Es versteht sich übrigens von selbst, daß solche Schutzstellung sich nur auf den Afterpapst Clemens III. beziehen könnte, denn mit dem rechtmäßigen Papst Urban II. lag ja der Kaiser in bitterer Fehde; und wenn von „Zugehörungen“ gesprochen wird, so muß darauf hingewiesen werden, daß von solchen erst nach den Schenkungen im J. 1103 die Rede sein kann. Dann scheint es aber auch erwiesen zu sein, daß Herzog Welf damals — es müßte nach dem 17. Juli 1096 gewesen sein — sich gar nicht in Italien aufgehalten hat [69]). — So erregt denn auch der Inhalt der Urkunde verschiedene Bedenken und diese im Vereine mit den anderen namhaft gemachten Mängeln wären wohl bereits hinreichend, diese Urkunde als unecht zu verwerfen. Es sind jedoch die Gründe, welche gegen die Echtheit sprechen, damit noch keineswegs erschöpft und ich habe noch auf zwei gewichtige derselben aufmerksam zu machen. Der erste ist der bezeichnende Umstand, daß in den Urkunden des Stiftes bis zum J. 1223 auch nicht ein einziges Mal auf die Urkunde des Jahres 1096 Bezug genommen wird. Als Herzog Heinrich im J. 1103

[68]) Ankershofen, Gesch. Kärnt. II. 771.

[69]) Ich kann mich hier leider nur auf Stenzel, Gesch. Deutschl. unter den fränk. Kaisern I. 553, 554 und 568 berufen. Daß es nach dem 17. Juli gewesen sein müßte, geht aus der Angabe des 43. Regierungsjahres im Datum hervor.

seine Stiftung dotirte, als Papst Paschal II. im J. 1109 das Kloster mit gewissen Immunitäten ausstattete [70]), als der vorgenannte Herzog im J. 1114 die Dotation erneuerte und vermehrte [71]) und namentlich Kaiser Heinrich V. die Anordnungen des Herzogs bestätigte [72]), geschieht in diesen Dokumenten nie auch nur die leiseste Andeutung dessen, was Kaiser Heinrich IV. für das Kloster St. Lambrecht gethan hat. Und eine Berücksichtigung hätte in diesen Dokumenten doch in irgend einer Weise erfolgen müssen, wenn die Urkunde Heinrich's IV. damals schon vorhanden gewesen wäre. Findet man aber nicht die geringste Bezugnahme auf dieselbe, so bemerkt man dagegen, wie man den Wortlaut der oben genannten Urkunden aus den J. 1109 und 1114 mit dem Wortlaute derer vom J. 1096 vergleicht, eine überraschende Uebereinstimmung in denselben. Es heißt nämlich (und ich gebe die auffällig zusammenstimmenden Stellen mit fetter Schrift gedruckt):

In der Urkunde ddo. 1096 .... Verona:	Und in der Urkunde Heinrich's V. ddo. 1114, 17. Jänner, Mainz:
C. **In nomine sancte et indiuidue trinitatis!** 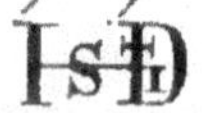 [73])	**In nomine sancte et indiuidue trinitatis!** Heinricus
quartus Romanorum imperator augustus. Diuina fauente clementia	**diuina fauente clementia quartus Romanorum imperator augustus.**
	In der Urkunde Herzog Heinrich's ddo. 1114, 17. Jänner, Mainz:
Henricus Carinthiorum dux ad communem omnium noticiam per scripture seriem committere uoluit, qualiter de abbatia sancti Lanberti,	**Ego Hainricus** diuina cooperante gratia **Karinthię dux per presentia scripta ad communem memoriam transmittere curaui, qualiter ab-**

[70]) Bulle ddo. 1109, 25. März, Lateran, abgedruckt von Tangl im Archiv f. K. österr. G. XII. 195, Note 277.

[71]) Original im Stiftsarchive, ddo. 1114 (im Orig. 1104), 17. Jänner, Mainz. Gedruckt von Tangl am angezeigten Orte S. 197, Note 278, und verdeutscht S. 152. Auch bei Frölich, Dipl. sacra duc. Styr. II. 274, Nr. 23 mit der irrigen Jahreszahl 1104, und bei Lorenz, Deutsche Geschichte im 13. und 14. Jahrhundert I. 457, in Nr. 9 als Insert, nach einer äußerst fehlerhaften Abschrift.

[72]) In einer Urkunde von demselben Tage. Ein Original ist nicht mehr vorhanden, wohl aber ältere Abschriften. Abgedruckt von Tangl a. a. O., S. 114, Note 279, und verdeutscht S. 64. Auch in den „Neuen histor. Abhandlungen der bairischen Akademie" IV. 687.

[73]) Vergl. oben Anmerkung 65. In der Abschrift aus dem 15. Jahrhundert fehlt das Chrismon.

que sita est in episcopatu Salzenburc in comitatu Friesach in loco et fundo, qui dicitur Carinthi, deo annuente **ordinauit.**

Predictam abbatiam pater prefati ducis Henrici **pro remedio anime sue et suorum in solo proprietatis sue, quod iure hereditario poossidebat, edificare cepit.**

Cuius **pium propositum, quia morte interueniente** ab illo perfici **non potuit, diuina misericordia per laborem** filii eius Henrici ducis **uoluit consumari.**

Ibi ergo ad usum fratrum ibidem **deo seruientium,** prout potuit, **eidem ecclesie in perpetuum habenda** quedam **de suis contulit.**

Verum **quia per peccatum** euenire solet, ut loca a religiosis personis ad honorem dei bene instituta, postquam in extraneas potestates deuenerint, **dilabi incipiant** et decrescere, ipse sub tutela Romani principis Petro apostolorum principi predictam abbatiam cum omnibus pertinenciis suis presente Henrico Romanorum imperatore augusto et duce Welfone per manus Burchardi marchionis absque omni contradictione tradidit, eo uidelicet pacto ut **singulis annis** Rome **bisantium** uel ualens ipsum **persoluat,** quo soluto ab omni alia exactione immunis et libera permaneat.

batiam sancti Lamberti, que sita est in episcopatu Salzpurhc in comitatu Friesahc in silua ultra aquam Theodosiam rebus propriis ex hereditate paterna preditam **ordinaui.**

Predictam itaque **abbatiam pater** meus Marhvvardvs **pro remedio animę suę** nec non et dilectę coniugis matris meę videlicet Livtpirgę **et** omnium parentum **suorum** tam preteritę quam futurę generationis **in solo proprietatis suę, quod hereditario iure possidebat, edificare cepit.**

Et **quia** eius in domino **pie deuotionis propositum morte preueniente** consummari **non potuit, diuina** fauente **misericordia** ego Hainricus dux filius eius spe participandę retributionis **consummandum assumsi laborem.**

Ibi ergo ad vsum fratrum deo seruientium eidem ecclesie in perpetuum habenda de meis, sicut subscripta sunt, **contuli.**

Quia peccatis exigentibus temporum successio et etas in deterius **labitur,** ego Hainricus etc. (s. oben).

In der Kaiserurkunde von 1114 heißt es an dieser Stelle, daß Heinrich V. auf die Bitte genannter Personen und „in uniuersali curia nostra apud Maguntiam“ diese Urkunde fertigen ließ, „hac uidelicet conditione, ut“ etc.

In der päpstlichen Bulle ddo. 1109, 25. März, Lateran:

Ad indicium autem percepte a Romana ecclesia libertatis **bisancium** unum **quotannis** Lateranensi palacio **persoluetis.**

Defuncto autem abbate abbatem eligendi secundum regulam suam firmissimam ipsi fratres potestatem habeant, nec ab ullo mortalium contra uoluntatem suam aliquem ad hoc officium suscipiendi ullam omnino molestiam sustineant;

Obeunte te nunc eius loci abbate uel tuorum quolibet successorum nullus ibi qualibet surreptionis astutia seu uiolentia preponatur, nisi quem fratres communi consensu uel fratrum pars consilii sanioris uel de suo uel de alieno, si oportuerit, collegio secundum dei timorem et beati Benedicti regulam elegerint.

et ipsam *abbatiam* **ab apostolico electus suscipiat.**

Eelotus autem **ab apostolice** sedis episcopo *benedictionem* **accipiat.**

In der Kaiserurkunde von 1114:

Aduocatiam in manu sua retinuit, et si filios de vxore sua deus ei dederit: si unus erit, illum habere instituit, si plures, seniorem habere decreuit,

Aduocatum nullum habeant, nisi ipsum ducem Heinricum uel aliquem eius legitimum filium,

et si filios non habuerit, *in abbatis arbitrio* sit, quem sibi meliorem et commodiorem aduocatum eligere uelit.

uel si legitimum filium nullo modo habere poterit, *ad peticionem abatis et fratrum* eiusdem ecclesie aduocatus eis detur.

Ad honorem dei omnipotentis dux Henricus pro anima sua et dilecte coniugis sue seu omnium parentum suorum istam rem ita stabilire et permanere proposuit, cuius boni quicunque cooperator et adiutor ac bone uoluntatis socius fuerit, elemosine etiam particeps fiat. Qui uero constitutionem istam infringere cassare et annullare temptauerit, inter illum et deum sit, cuius sibi iram exacerbare et in capud suum prouocare non extimuit (sic). Vt autem hec omni tempore rata et inconuulsa permaneant, nomina eorum annotari placuit, qui rei geste interfuerunt et testimonium perhibuerunt, que sunt: Rapoto uidelicet palatinus comes, Otto de Omeras, Otto de Schire, Perenhart

Für den Absatz „Ad honorem dei“ bis zum Schluße konnte ich keine Parallele ausfindig machen.

Cundakær, Ernest de Cregelingen, Herrant, Cŏnrat filius Henrici de Honartors, Henricus de Wndestorf, Adelbret, Frisingensis, Almerich, Walcŏn, Mengelhalm nepos eius, Penno, Gerloch, Willehalm, Liŏtolt, Lŏgel, Litpolt, Gundekar de sancto Martino, Harthuinch de Kaltenbrunnen, Adelram, Liŏtolt, et Otto frater eius.
Signum domini Henrici imperatoris inuictissimi.

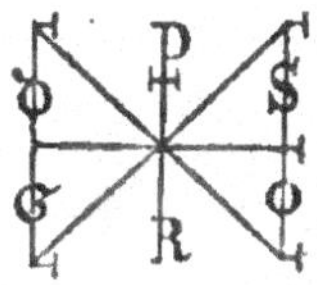

[74])

In der Kaiserurkunde von 1114:

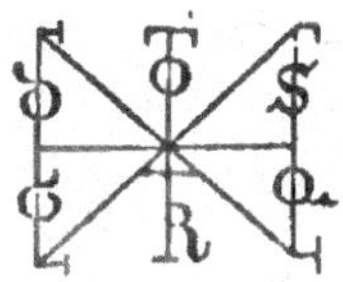

Wie läßt sich denn nun diese merkwürdige Uebereinstimmung im Wortlaute der Urkunden aus den Jahren 1096, 1109 und 1114 erklären? Ich glaube durch die einfache Annahme, daß das Diplom vom J. 1096 aus den Urkunden der Jahre 1109 und 1114 und unter Zuhilfenahme noch einer uns unbekannten Urkunde fabrizirt worden ist. Wo die Fälschung am schwersten ist, d. h. am Anfange, wo der Fälscher absolut an Formen und fremde Gedanken sich binden mußte, da ist sie auch am ehesten zu erkennen; später, wo er so zu sagen „in Zug" kömmt, ist die Vergleichung schwerer, die Fälschung wird freier und selbstständiger, bleibt aber demungeachtet als eine solche noch zu erkennen. Die Annahme dieser Zusammenschweißung ist aber berechtigt erstens durch die Thatsache, daß auf die Urkunde Heinrich's IV., wie schon gesagt worden ist, bis tief hinein in das erste Viertel des 13. Jahrhunderts kein Bezug genommen wird, zweitens durch die

---

[74]) Diese beiden Monogramme in verkleinertem Maßstabe. Der Querstrich unter dem P im Monogramm Heinrich's IV. fehlt in der Abschrift des 15. Jahrhunderts. Mit dem Monogramm Heinrich's V. aber ist jenes im Chron. Gottwic. bei Heinrich IV. mitgetheilte nicht ohne Interesse zu vergleichen. Das aus dem Diplome des fünften Heinrich entnommene nach einer Abschrift des 15. Jahrhunderts. Der Schluß der Urkunde vom J. 1096 aber lautet nach der in Anmerkung 63 erwähnten Abschrift: „Humbertus cancellarius uice archiepiscopi Moguntini et archicapellani recognouit. Anno dominice incarnationis millesimo nonagesimo vi. indictione iiii., Heinrico quadragesimo iii. regnante, imperante uero tercio decimo. Verone feliciter actum est."

Thatsache, daß diese selbe Urkunde im J. 1223 zum erstenmal auftritt, also zu einer Zeit, in welcher, wie ebenfalls schon angedeutet worden, ein anderes wichtiges Dokument des Klosters reskribirt wurde und der Streit um die Exemtion von dem Erzbisthume Salzburg begonnen hatte, und endlich drittens durch die Thatsache, daß in dem Diplome Heinrich's IV. dem Abte von St. Lambrecht Rechte zuerkannt werden, welche demselben nach dem Wortlaut der Urkunden des Papstes Paschal II. und K. Heinrich's V. keineswegs zustanden, daß aber diese Rechte gerade diejenigen sind, welche um das Jahr 1223 zum erstenmal angefochten wurden. Man vergleiche dieserhalb doch noch einmal den Inhalt der Urkunde von 1096 und zwar von dem Passus „eo videlicet pacto, ut" an mit dem, was die Bulle des Papstes und die Kaiserurkunde über die Stellung des Abtes in kirchlicher und politischer Hinsicht bestimmen. Der Abt sollte bloß von Rom allein abhängig sein und sich einen Vogt nach Gutdünken erwählen können! — Erwägt man nun, daß die Urkunde Heinrich's IV. bloß an sich betrachtet durchaus nicht den Formen entspricht, wie sie die kaiserliche Kanzlei bei Ausfertigung von Diplomen beobachtete und namentlich durch das Monogramm in der Titulatur einen vielleicht einzig dastehenden Fall bietet, ferners daß sie, wieder bloß an sich betrachtet, auch in ihrem Inhalte zu gerechten Bedenken Anlaß gibt, endlich aber, daß sie verglichen mit den Urkunden aus den Jahren 1109 und 1114 sich als ein aus diesen zusammengesetztes Flickwerk darstellt, jedoch mit solchen Aenderungen, wie sie für den Streit um das Jahr 1223 zweckmäßig waren: so kann wohl kein Zweifel mehr obwalten, daß das Diplom Kaiser Heinrich's IV. ddo. 1096, ..., Verona — durchaus unecht und eine Fälschung ist, die wenn man auf ihre äußere Form sieht, nicht einmal mit einem besonderen Geschick verfaßt worden ist.

Mit dem Nachweise der Unechtheit dieser Urkunde müssen natürlich alle in derselben erwähnten Verhältnisse als unwahr fallen, sowie auch alle Folgerungen, welche man an den Inhalt derselben Urkunde knüpfte. Was aber den von mir behandelten Gegenstand betrifft, so steht jetzt also fest, daß es auch im J. 1096 noch kein Kloster zum h. Lambrecht gegeben und daß überhaupt in Bezug auf dieses bis zum J. 1103, von dessen Geschehnissen gleich hernach gesprochen werden soll, sich nur die eine Thatsache und zwar nur diese eine, daß spätestens im J. 1076, dem Todesjahre Markwarts, die Absicht seiner Errichtung existirt habe, urkundlich nachweisen läßt.

Auf die Frage, wie denn das fromme Vorhaben Markwarts

durch nahezu dreißig Jahre keine Berücksichtigung gefunden, ließe sich nur mit Vermuthungen antworten; es liegt mir jedoch ferne, die Anzahl derer, welche gedruckt worden sind, noch um einige Stücke zu vermehren. Denn ich will die Gefahr vermeiden, durch solche Vermuthungen, indem ich sie ausspreche, vielleicht unfreiwilliger Weise den Anlaß zu neuen Irrthümern zu geben. Ist ja früher auch einmal vermuthet worden, daß weil bei dem Kloster St. Lambrecht eine Burg bestand, schon Markwart ein Schloß daselbst gehabt haben müsse. Den modernen Anschauungen entsprechend und mit Rücksicht auf die ehemalige Bezeichnung der Gegend „im Walde" hielt man es für ein Jagdschloß; was aber anfänglich bloße Vermuthung war, wurde nach und nach zur Gewißheit und so ist es gekommen, daß in den neuen Gründungsgeschichten des Klosters nie mehr die Märe von jenem Jagdschloß fehlen durfte. Daß in den gleichzeitigen Dokumenten nicht der geringste Anhaltspunkt hiezu geboten war, hat nicht behindert; denn die anfängliche Vermuthung war schon zu einer zweifellosen Thatsache erstarkt. So war das Gelübde des Markwart zuerst bloße Vermuthung, später aber Thatsache, und so verhält es sich mit all' dem anderen romantischen Flitter, mit welchem man die Klostergründung in dichterischer Weise umwoben hat. Daß aber die Dichtung immer an Markwart anknüpfte und seinen Sohn Heinrich, den eigentlichen Gründer des Klosters, gar nicht berücksichtigte, mag aus dem Umstande, daß über jenen nur geringe urkundliche Zeugnisse vorlagen, genügend erklärt sein.

Nachdem ich aber gezeigt habe, daß auch das J. 1096 nicht das Jahr der Gründung des Klosters St. Lambrecht sein könne, habe ich nur noch zu untersuchen, ob denn auch der letzte der angegebenen Zeitpunkte, in welchem dasselbe gegründet worden sein soll, nämlich das J. 1103, ebenso unrichtig ist, wie die vorhergehenden. Diejenigen nun, welche jenes Jahr bezeichnen, haben keine Veranlassung gehabt, dieses auch gründlich zu erweisen; man wird ihnen jedoch gleichwohl Recht geben müssen. Denn steht es fest, daß Markwart nur die Absicht gehabt, ein Kloster zu stiften, so ist es eben so sicher, daß sein Sohn Heinrich erst im J. 1103 diese Absicht des Vaters realisirte. Vier Urkunden, von denen zwei ganz gleichlautend sind, geben hiefür den Beweis und haben sich im Original bis auf den heutigen Tag und auf das Beste erhalten [75]). Sie sind ferner alle am 7. Jänner des J. 1103 aus-

[75]) Die größere ist abgedruckt von Tangl im Arch. f. K. österr. G. XII. 192, Note 270, und von Frölich, Dipl. sac. II. 271, N. 22. Die beiden kleineren dagegen bloß von Tangl a. a. O. XII. 193, Note 274, und 194, Note 275.

gefertigt worden und beziehen sich endlich alle auf den einen Gegenstand, nämlich auf die Ausstattung des Klosters zum h. Lambert, gelegen in der Grafschaft Frisach, in dem Walde an dem Bache Thaja. Da aber die Ausstattung eines Klosters in der Regel mit der Einführung der geistlichen Genossenschaft in dasselbe zusammenfiel, so ergibt sich, daß das von Markwart beabsichtigte Kloster von dessen Sohne Heinrich im J. 1103 ins wirkliche Dasein gerufen worden ist. Natürlich bedurfte dieser Schritt einige Vorbereitungen und so ergibt sich zum andern, daß diese Vorbereitungen spätestens im J. 1102 gemacht worden sind. Das Jahr 1103 ist also der allein richtige Zeitpunkt, in welchem die Gründung des Klosters St. Lambrecht gesetzt werden kann, es hat schon im 15. Jahrhundert als solcher gegolten und wird auch für alle Jene Geltung haben, welche an der Unechtheit der Urkunde vom J. 1096 nicht mehr zweifeln und es unbegreiflich, wie ein Kloster durch fast dreißig Jahre ohne Abt und ohne Dotation habe bestehen können, und sonderbar finden, wie Herzog Heinrich in seinen drei Urkunden vom Jahre 1103 auf das Diplom Heinrich's IV. nicht die leiseste Anspielung macht[76]).

So am Schluße des ersten Theiles meiner Abhandlung angelangt, wird es dem Leser vielleicht nicht unwillkommen sein, wenn ich ihm an diesem Orte und bevor ich zu dem zweiten weit kürzeren Theile übergehe, noch einmal die bisher gewonnenen Resultate in Kürze vorführe und damit auch wiederholt die Gründe namhaft mache, welche entweder bisher gang und gäbe Ansichten verwerflich erscheinen lassen oder zur Festigung der von mir ausgesprochenen Behauptungen dienen sollen. Wir haben somit im Vorstehenden gesehen, daß von der Existenz einer St. Lambertskirche im Jahre 762 noch keine Rede sein könne, weil das Zeugniß, worauf sich die Behauptung Cäsar's stützt, keine Glaub-

[76]) Für das späte Gründungsjahr, wie ich es jetzt festgestellt habe, würde auch die Stelle: „Anno 1129 dedicatum est monasterium S. Lamberti indictione 7., cuius anniuersarius habetur dominica proxima post festum Colmanni," zum 15. Oktober im zweitältesten Todtenbuche sprechen. Aber ich ziehe keine Folgerungen aus derselben, weil sie erst von einer Hand im Ausgange des 16. Jahrhunderts überliefert wird. Ferners heißt es an demselben Orte zum 4. Dezember: Obiit Henricus dux Carinthiæ fundator huius monasterii anno domini 1122." Ich habe mich auf diese Stelle nicht berufen, worin der Sohn im Gegensatze zum Vater „fundator" genannt wird; denn sie ist ebenfalls von einer Hand im Ausgange des 16. Jahrhunderts überliefert worden. „Fundator noster" heißt übrigens Herzog Heinrich auch in einer Urkunde des Abtes Fridrich (Orig. im Reuner Stiftsarchive und etwa um 1300 ausgefertigt), und „eiusdem loci fundator" bei Lorenz, a. a. O. (Anm. 71).

würdigkeit verdient. Weiters ist gezeigt worden, daß die Schenkung Kaiser Otto's II. vom J. 983 keinen Bezug auf das St. Lambrecht in Obersteier haben könne, weil die Haustradition dieses Klosters, auf welche Freiherr von Ankershofen bei Begründung seiner Ansicht so großes Gewicht gelegt hat, erst im 16. Jahrhundert entstanden und im folgenden Jahrhundert ausgebildet worden ist. Es hat sich ferner herausgestellt, daß es in den sechziger Jahren des 11. Jahrhunderts ganz gewiß im Thajagraben eine St. Lambertskirche mit beschränkten pfarrlichen Rechten gegeben hat, nicht aber ebendaselbst schon ein Kloster gleichen Namens, wie Muchar und andere Schriftsteller behaupten, für deren Behauptung die bekannte Zehenttauschurkunde aus der Zeit um das J. 1066 nicht den geringsten Anhaltspunkt gewährt. Dann wurde ermittelt, daß in den siebenziger Jahren desselben Jahrhunderts noch kein Kloster St. Lambrecht existirt habe, wohl aber die Absicht, ein solches zu stiften. Tangl nämlich und die anderen Forscher, welche für die Gründung des Klosters in den siebenziger Jahren jenes Jahrhunderts eine Lanze einlegten, haben hiebei übersehen, daß der Herzog Heinrich selbst nur von einem „frommen Vorhaben" seines Vaters Markwart spricht, sie haben ferners die Unechtheit der Urkunde aus dem J. 1096 nicht erkannt und es ist ihnen auch unbekannt geblieben, daß selbst die ersten St. Lambrechter Mönche den Markwart nicht als ihren „Fundator" ansahen. Hierauf wurde die Unechtheit der Urkunde Kaiser Heinrich's IV. zu erweisen gesucht, welche Unechtheit namentlich aus dem Nachweise hervorgeht, daß diese Urkunde zum Behufe der Erhärtung nicht zugestandener Rechte hauptsächlich aus drei Urkunden des Herzogs Heinrich, des Papstes Paschal II. und Kaisers Heinrich V. gefälscht worden ist. Endlich wurde es ausgesprochen, daß es auch in dem letzten Zehntel des 11. Jahrhunderts noch kein St. Lambertskloster gegeben, und dann konstatirt, daß von einem solchen Kloster erst im Anfange des 12. Jahrhunderts — im J. 1103 — die Rede sein könne, weil jetzt erst durch die von dem Herzoge Heinrich in jenem Jahre gemachten Schenkungen die Bedingungen gegeben waren, daß sich von da ab und mit einer nur kurzen Unterbrechung (1786—1802) bis herauf in unsere Zeiten eine geistliche Genossenschaft nach der Regel des h. Benedikt erhalten konnte.

Die Dotation oder Ausstattung des Klosters St. Lambrecht ist, wie bereits oben angedeutet wurde, am 7. Jänner des J. 1103 vollzogen worden und zwar in Gegenwart des ersten Abtes des neuen Klosters, Namens Hartmann, welcher bei dieser Gelegenheit überhaupt zum erstenmale als Abt von St.

Lambrecht auftritt [77]). Als Zeugen der Uebergabe der Güter, in denen die Dotation bestand, an das neue Kloster werden genannt: ein Graf Udalschalk und sein Sohn Konrad, der Graf Walt von Neun (Riuna), Wilhelm von Heunburg (Huninpurch) Markgraf Starchant an der San (de Soune) und sein Bruder Udalrich, Ruprecht von Dietrichstein (Dietrichesstein), Gerhoch von Trafötz (Treuesse), Poppo von Zeltschach (Sedelsache), Waltkun aus dem Lungau (Lungowi), Pabo von Scheufling (Suphlich), Leutolt von Schönberg (Scōnenperch), Otto von Pustriz (Pustris) und noch sieben andere Männer, welche jedoch nicht mit dem Orte ihrer Herkunft bezeichnet sind. Außer diesen benannten Personen waren noch viele andere, Kleriker und Laien, zugegen. In der Einleitung zu den hierüber ausgefertigten Urkunden werden wir auch über den Beweggrund belehrt, welcher den Herzog Heinrich zu der gewiß reichen Schenkung geführt hat, und es kann derselbe kaum einfacher gedacht werden. Der Herzog gab nämlich alles das, was die Urkunden benanntlich anführen, zum Altare des h. Lambert zu einem Seelgeräthe für sich und seine Gemahlin Leutkart, für seine Eltern Markwart und Leutbirg, für seine Brüder und Vorfahren, welche nicht mit Namen benannt sind, und überhaupt für alle verstorbenen Christgläubigen. Wie man sieht: es ist nichts von einem Gelübde des Markwart und dergleichen anderen Dingen zu merken!

Die Einleitungen zu den drei Dotationsurkunden, welche zugleich die ältesten sind, die sich auf das Kloster St. Lambrecht als solches beziehen, sind gleichlautend und ebenso deren Schlußformeln. Abgesehen von dem eigentlichen Inhalte weichen sie dagegen von einander ab: 1. in der Schrift, so daß diejenige Urkunde, in welcher die Kapelle Baumkirchen (bei Weißkirchen) geschenkt erscheint, von einer gleichzeitigen, jedoch anderen Hand als die beiden anderen Urkunden geschrieben worden ist; 2. in den Sigeln, so daß jede der drei Urkunden mit einem anderen Sigel, wie in den Umschriften zu erkennen ist, gesigelt wurde; 3. in der Aufführung der Zeugen, so zwar, daß die zwei Urkunden mit den geringen Vergabungen jene sieben Zeugen, welche in der großen Schenkungsurkunde bloß mit ihrem Vornamen benannt werden, ganz weglassen; und 4. weichen sie noch ab in einigen anderen minder bedeutenden Dingen [78]). Namentlich die dritte dieser Urkunden, in welcher außer anderem die Kapelle Baumkirchen an

---

[77]) Ueber diesen habe ich anderes schon in dem 2. Hefte dieser Beiträge, S. 116, bekannt gegeben.

[78]) Ich bin auf diese Abweichungen durch Professor Zahn aufmerksam gemacht worden, welcher die Originale der drei Urkunden einer genauen

das neue Kloster geschenkt wird, erscheint darnach in einem ganz eigenthümlichen Lichte. Da aber vorliegende Arbeit einestheils sich zu weit ausdehnen würde, und anderntheils mir gegenwärtig nicht alle Behelfe zu einer eingehenden Untersuchung und Prüfung, welche nach dem Gesagten sogar geboten erscheint, zur Verfügung stehen, so muß ich mich vor der Hand eines schließlichen Urtheils enthalten und einstweilen auch dieser fraglichen Urkunde volle Glaubwürdigkeit beimessen.

Die Ausstattung des neuen Klosters, wie wir sie in den erwähnten drei Urkunden kennen lernen, bestand aber erstlich in den acht Kirchen: zu Mariahof (eccl. s. Mariæ in Grazluppa), Lind bei Knittelfeld (eccl. s. Martini Linthe), Weißkirchen (eccl. s. Viti Wizanchircha), Aflenz (Auelnice), St. Marein im Mürzthal (eccl. s. Mariæ in comitatu Mörztal), Adriach (parochia s. Georgii ad Agriach), Biber (parochia s. Andreæ in Pibertal), und St. Margarethen bei Voitsberg (eccl. s. Margaretæ). In dem Vertrage, welchen der Vater des Stifters, Markwart, in den sechziger Jahren des 11. Jahrhunderts mit dem Erzbischofe Gebhart von Salzburg geschloßen hatte, war jedoch den Kirchen zu Mariahof, Aflenz, Adriach und Piber eine ganz besondere Stellung ausbedungen worden, und es sollten darnach diese vier Kirchen, beziehungsweise die dieselben versehenden Priester, über freie und unfreie Bewohner ihrer Kirchenbezirke den „Bann," das Recht zu taufen und zu beerdigen, und überhaupt das ganze kirchliche Regiment (regimen ecclesiasticum) haben, welches nach dem Bischofe und dessen Sendboten (missus) die Pfarrer (plebesani) üben. Welche besondere Rechte sich an jene Hauptrechte geknüpft haben mögen, vermag ich nicht zu bestimmen, daß sie aber für sehr wichtig angesehen wurden, scheint aus dem Umstande hervorzugehen, daß man es für nöthig hielt, die Greuzen jener vier Pfarrsprengel anzugeben. Diesen Grenzbestimmungen zufolge lag aber die Kirche des h. Lambert innerhalb der Pfarre Mariahof und der sie versehende Priester erhielt nur das Recht, daselbst taufen und beerdigen zu dürfen. St. Lambrecht war demnach nur eine Filiale von Mariahof. Und solches Verhältniß, nämlich in Bezug auf das Pfarrliche, scheint nicht verändert worden zu sein, als bei der St. Lambertskirche ein Kloster erstanden war. Da aber demselben jetzt zugleich die Pfarre Mariahof geschenkt worden war, wurde damit die Veranlassung zum Versuche geboten, der St. Lambertskirche

---

Vergleichung unterzogen und seine Wahrnehmungen bei der Abschrift Nr. 62 des Joanneumsarchives verzeichnet hat.

nach und nach alle Pfarrrechte zu vindiziren, und wie man diesen Versuchen entgegentrat, wurde dann jenes unechte Dokument produzirt [79]), dem zufolge bei jenem großen Güter- und Zehenttausch auch schon der St. Lambertskirche jene wichtigen Rechte verliehen worden sein sollten, welche die Kirchen zu Mariahof, Aflenz, Adriach und Biber erhalten hatten. Der ausführliche Nachweis hierüber bildet füglich den Gegenstand einer anderen Abhandlung; jetzt genügt es darauf hingewiesen zu haben, daß auch zur Zeit der Stiftung des Klosters noch keine Pfarre St. Lambrecht bestanden hat. Ob ferner auch die vier anderen Kirchen, welche im J. 1103 dem Kloster geschenkt worden waren, nämlich zu Lind und Weißkirchen, dann St. Marein im Mürz- und St. Margarethen im Kainachthale, schon zu dieser Zeit alle Pfarrrechte besessen haben, läßt sich nur vermuthen; denn diese Kirchen galten seitdem immer als Pfarrkirchen und scheinen in der Ausübung ihrer Rechte auch nie angefochten worden zu sein. Doch ist hinsichtlich Weißkirchens zu bemerken, daß es in der Urkunde Markwarts (c. 1066) noch eine ähnliche Stellung einnimmt, wie die St. Lambertskirche, nämlich die einer Filiale, — von welcher Kirche aber ist unbekannt.

Die Uebergabe dieser acht Kirchen, wozu auch die Kapelle Baumkirchen bei Weißkirchen (cappella Bömchirchen) wenigstens einstweilen gezählt werden muß, hatte aber den Sinn, daß das Kloster St. Lambrecht die Einkünfte dieser Kirchen beziehen konnte, während die Seelsorge, wenn es damals unstatthaft war, daß sie von Klosterbrüdern versehen wurde, natürlich dann eigenen Vikaren, welche auf Kosten des Klosters unterhalten wurden, überlassen werden mußte.

Außer den Kirchen gab der reiche Stifter dem neuen Kloster zugleich mit den liegenden Gütern, wie wir sie hernach kennen lernen werden, viele Leute zu Eigen. Namentlich werden jedoch nur aufgeführt vier solcher Leute im Thale um Mariahof und diese wieder nur dann, wenn der Herzog mit kinderlosem Tode abginge, ferners die Fischer in dem Dorfe Lind bei Knittelfeld, dann drei Ministerialen im Aflenzthale und die Forstleute im Biberthale.

Die Güter an Grund und Boden bestanden aber erstlich aus dem Aflenzthale (vallis Auelnice) mit allen Wiesen, Waiden und Wäldern, mit Jagden und Fischwaiden und noch anderem Zubehör, welchen ich weiter unten namhaft machen werde. In räumlicher Ausdehnung sehr bedeutend mochte dieser Theil der

[79]) Vergl. oben Anm. 51.

Ausstattung einen größeren Werth erst in Zukunft haben, als man den wohl meist mit Wäldern bedeckten Landstrich nach und nach urbar zu machen anfing. Einen Theil dieser liegenden Güter bildete auch das Dorf Lind bei Knittelfeld (villa Linthe) mit dem Fischteiche und den Mühlen daselbst, dann das Dorf Söding (villa Sedinge) und zwar jenes Söding, „in welchem Dietmar wohnt," wie es in der Urkunde heißt. Nebst diesen beiden Dörfer gehörten zu solchen Gütern ferners die drei Stadelhöfe (curtes stabulariae): jener, „welchen Ozi besitzt" [80]), der Stadelhof Schaldorf (Scalchdorf) bei St. Marein im Mürzthal und dazu mit geringer Ausnahme, was der Herzog im Mürzthal überhaupt besaß, endlich jener zu Otterniz bei Deutschlandsberg (Zederniza), ein Gut, das in mehrerwähnter Zehenttauschurkunde von Markwart an den Erzbischof von Salzburg übergeben erscheint. Größere Grundkomplexe, womit Herzog Heinrich seine Stiftung bedachte, bildeten schließlich die zwei Güter (prædia) im Biberthal mit dem dortigen Forste und den Jagden und in der Gegend genannt Zidlaren [81]).

Abgesehen von den Alpen, welche das neue Kloster zugleich mit dem Aflenzthale erhielt, obwohl sie nicht besonders genannt werden, wurden eben demselben übergeben die Alpen Seethal (Setal) und Schwalbenthal (Swalwental) bei Obdach mit dem dazwischen liegenden Thale bis zum Wurmbache (Wrmbach) [82]); von Flüßen aber insbesondere die Kainach (Cheinach) mit dazu gehörigen Fischwaiden und der Biberjagd.

Um seinen Weinbedarf decken zu können, erhielt das neugegründete Kloster sämmtliche „der oberen und unteren" Weingärten zu Otterniz (Zederniza)

Ein großer Theil des geschenkten Gutes bestand in ausgedehnten Waldungen im Aflenz- und Biberthale. Zu den Hauptertägnissen dieser Waldungen mochte aber gehören, was die Jagd auf Biber und Marder ergab; daher geschieht derselben auch ausdrückliche Erwähnung. Hiezu kam vom Forste bei Biber noch das Erträgniß an Honig, dessen in der großen Schenkungsurkunde ebenfalls ausdrücklich gedacht wird.

Außer den benannten acht Kirchen mit Zubehör, den Eigen-

---

80) Nach dem Wortlaute der Urkunde zu schließen, lag dieser Hof irgendwo unweit von Lind oder Knittelfeld.

81) Wird auch Cidelarn geschrieben. Wie diese Gegend oder Ortschaft heut zu Tage heißt, konnte ich nicht ermitteln. Nach dem Wortlaute der Urkunde hätte man sie im Murthal bei Knittelfeld zu suchen.

82) Der Name Seethal hat sich bis heute erhalten, dagegen scheinen die beiden anderen Namen nicht mehr gebräuchlich zu sein.

leuten, den Thälern, Dörfern, Stadelhöfen und sonstigen Gütern, wie ich sie eben aufgezählt habe, bestimmte der freigebige Stifter zur Dotation des Klosters des h. Lambert noch die Maut sowie das Erträgniß des Durchgangzolles, also wohl den hauptsächlichsten Nutzen, welchen er bisher selbst von dem Handelsplatze Judenburg bezogen hatte[83]; endlich aber, um der letzten Schenkung zu gedenken, welche für die neue Stiftung in der Folgezeit sehr wichtig ward und einen ansehnlichen Gewinn abgeworfen haben muß, fügte er noch hinzu alles Salz und Eisen im Aflenzthale[84]. Aber es scheint damals weder das eine noch das andere schon gewonnen worden zu sein, denn es wurden nicht auch zugleich Leute geschenkt, welche mit der Gewinnung dieser beiden überaus wichtigen Minerale beschäftigt gewesen wären. Es möchte solches auch aus dem Umstande zu erschließen sein, daß man die Gegend um Mariazell, wo dann die Salzquellen und Eisengruben aufgedeckt wurden, überhaupt erst in dem folgenden 13. Jahrhundert urbar zu machen begann und da auch erst zu dieser Zeit ein Augenmerk auf die Gewinnung von Salz und Eisen zu richten angefangen haben mochte.

Mit Ausnahme der Alpen Seethal und Schwalbenthal und des zwischen beiden liegenden Grundes und Bodens, ferners des Prädiums Zidlaren und endlich der Kapelle Baumkirchen[85] hat Herzog Heinrich sämmtliche andere Schenkungen in einer Urkunde, welche am 17. Jänner des Jahres 1114 zu Mainz ausgefertigt, durch Kaiser Heinrich V. an demselben Tage bestätiget worden und sonst durch die Zeugenschaft hervorragender Personen im Reiche ausgezeichnet ist, wiederholt und diese Gelegenheit ergriffen, um seine Schenkungen zu vermehren oder die Grenzen der einen und andern bestimmt anzugeben. So nennt er darin den Umfang dessen, was er im Ingolsthal (vallis Mingorstal, unweit St. Lambrecht) und in der Laßnitz (Laznika, ebenfalls bei St. Lambrecht) seiner Stiftung geschenkt haben wollte, und fügte dazu das Gut Bärendorf (prædium Perendorf) im oberen Murthale nebst der in der Nähe dieses Gutes gelegenen Alpe Cirke[86].

[83]) „Preterea (Heinricus dux tradidit) mercatum Judenpurch cum usu, qui muta dicitur, theloneo et pretereuntium merce,“ heißt es in der größeren Schenkungsurkunde.

[84]) („et tradidit uallem Auelnice cum ....) salino et rudere, quod ariz dicitur,“ ebenfalls in der größeren Schenkungsurkunde.

[85]) Also den Gütern, welche bloß in den beiden kleineren Schenkungsurkunden des Jahres 1103 aufgeführt sind.

[86]) Ob damit Bärendorf bei Unzmarkt gemeint ist und der Name Cirke in dieser oder einer anderen ähnlichen Form noch gebräuchlich ist, kann ich nicht feststellen.

Im Aflenzthale schenkte er dagegen jetzt ausdrücklich hundert Regalmansen (regales mansos) und es sind damit wohl dieselben gemeint, welche schon Kaiser Otto III. im Jahre 1000 dem Markgrafen Adalbero oder nach Otto König Konrad II. der Matrone Beatrix im Jahre 1025 geschenkt hatte[87]). Eine andere Vermehrung der Schenkung bestand in der Uebergabe der Kirche zum heiligen Georg, gelegen auf dem Boden des Gutes Lobming, welche Kirche auch schon unter den in den sechziger Jahren des 11. Jahrhunderts mit beschränkten pfarrlichen Rechten ausgestatteten Kirchen erscheint[88]) Jetzt wurde auch von dem Stifter bestimmt, daß die Kainach bis zum Einfluße der Teigitsch (Tvikwiz) in dieselbe dem Kloster St. Lambrecht gehören sollte, das bei dem Dorfe Söding gelegene Gut aber bis hin zur Biberalpe.

Soviel über die Ausstattung des im J. 1103 gegründeten Stiftes St. Lambrecht. Von allen jenen Gütern aber, welche dieselbe gebildet haben, besitzt das Kloster heut zu Tage nur mehr einen kleinen Theil. Namentlich sind alle jene, welche südlich von der Stubalpe gelegen sind, für das Kloster verloren gegangen, während die im Norden von der Stubalpe und Bruk an der Mur gelegenen Güter im Laufe der Jahrhunderte auch mehr minder ansehnliche Verringerungen erfahren haben.

---

[87]) Böhmer, N. 853 und 1285.

[88]) „Et in eodem confinio“ (es ist vom Aflenzthale „a terminis Wizenbahc et Fuhte“ die Rede) in comitatu, qui Murztal dicitur, ecclesiam sancti Georgii sitam in predio, quod Lomnike uocatur,“ heißt es im Original. In der Urkunde c. 1066 heißt diese Kirche Lonicha. Das heutige Großlobming ist es nun gewiß nicht, ob aber St. Georgen (bei Kindberg) im Mürzthal ist gleichfalls zweifelhaft.

Steierische Excerpte
aus
baierischen Nekrologien.

Vom Archivar Prof. Zahn.

Bei meinem Besuche zu München im J. 1864 machte ich es mir zur Aufgabe, die in der k. Staatsbibliothek bewahrten Nekrologien bairischer Klöster nach ihren Beziehungen zu den steierischen zu untersuchen.

Die Annahme, daß für die letzteren ein reiches statistisches Materiale in den ersteren sich finden sollte, ist durch die gewöhnliche lebhafte Verbindung der Convente gleicher Ordensregel unter einander gerechtfertigt. Sie hat sich indessen im gegebenen Falle nur in geringem Maße bewährt.

Ursache davon ist zum Theile wohl die verhältnißmäßig kleine Anzahl von solchen Todtenbüchern in jener sonst so reichen Fundgrube historischen Materials. Die genannte Bibliothek besitzt ihrer kaum 20 [1]) und darunter sind weitaus die meisten kleinen Conventen entnommen, die ihren geistlichen Verbindungen oder Verbrüderungen eine engere Grenze gezogen zu haben scheinen. Wieder andere sind erst in späterer Zeit angelegt worden, als die Beziehungen bereits zu erkalten begannen.

So waren es eigentlich nur zwei Codices, welchen Daten für die Bevölkerungsstatistik unserer einheimischen Klöster entnommen werden konnten.

Der eine derselben (Cbm. 6) gehörte Tegernsee an, wurde im 12. Jahrhundert angelegt und 15. bereits abgeschlossen. Nachweislich aus den Einzeichnungen stand dieses Stift in Verbindung mit Admont, Obernburg und St. Paul. Auch Aebte und Mönche „de sancto Lamperto" erscheinen ziemlich häufig in ihm, allein ich habe allen Grund anzunehmen, daß damit nicht das steier. Kloster St. Lambrecht gemeint sei, sondern etwa das St. Lambrechtskloster zu Suben in Ober-Oesterreich oder irgendein anderes desselben Patrons, denn mir ist für das 12. Jahrhundert weder

[1]) Weit mehr dürfte das k. Reichsarchiv besitzen, allein daselbst besteht keine übersichtliche Liste der vorhandenen Nekrologien (wie sie in der Staatsbibliothek zum Theile Schmeller, zum Theile Föringer angelegt) und mir mangelte die Zeit, auch sie einzusehen.

ein Abt Haimo, noch Albert, noch Chadalhoch von unserem St. Lambrecht bekannt. Es ist also alle Ursache vorhanden von diesen derartig localisirten Persönlichkeiten abzusehen, so wie es auch mit einem „Arnoldus presbiter et monachus de sancto Blasio" (XII. Jahrhundert, vii. Id. Sept.) geschieht, der eher nach St. Blasien im Schwarzwalde gehören dürfte, als in den Blasienmünster nach Admont, da für Letzteres der Vulgarname sonst immer genannt ist [3]).

Am meisten Stoff dagegen bietet das Nekrolog des Chorherrnklosters zu St. Nicola bei Passau, das im 14. Jahrhundert angelegt und im 16. abgeschlossen ist.

Zur Ergänzung unserer einheimischen Nekrologien, welche ja auch in den Kreis der Quellenausgaben einbezogen werden sollen, biete ich hier jene Notizen der Münchener Handschriften. Obgleich selbe Klöstern verschiedener Ordensregeln angehören und man bei Edition von Todtenbüchern diese gerne trennt, gebe ich sie doch vereint, weil der Tegernseer Notizen verhältnißmäßig wenige sind. Um sie von denen des Nicola-Klosters zu unterscheiden, sind sie mit Cursivschrift gedruckt; die Jahreszahlen in Klammern zeigen die Jahrhunderte der Einzeichnung an.

Jänner.

ii. Non. Conradus presb. et canon. Seccouien. (XIV) [3]).

Non. Rudolfus prepositus de Seccouia frater noster [4]). — Johannes de Obernperg presb. et can. Seccouien. (XIV) [5]).
Margreta monialis in Agmuenden soror nostra obiit (XIV—XV).

vij. Idus. Georius decanus Seccouien. — Vlricus presb. ibidem frater noster (XIV).

---

[3]) In diesem Nekrologe ist durch Ausreißen von vier Blättern Mai und Juli theilweise und Juni ganz ausgefallen und auch August ist durch gleichen Mangel eines Blattes unvollständig.

[3]) Die folgenden Noten, einer flüchtigen Vergleichung mit dem Nekrologe von Seckau in der Handschrift 39/29, 2° der Grazer Universitäts-Bibliothek entnommen, dürften nicht unlieb beigegeben werden. Die Namen für Seckau, welche nicht von solchen Noten begleitet sind, erscheinen entweder im gedachten Nekrologe gar nicht oder an ganz anderen Tagen desselben. Dieses zeigt zum gleichen Tage hier an: „Chunr. de Paemchirchen" (XIV. Ende), der aber ein Laie gewesen zu sein scheint.

[4]) Steht im gedachten Nekrolog zum 10. Jänner.

[5]) Ebendaselbst „Johannes huius loci plebanus in hospitali frater noster."

v. Idus. Dominus Lucas presb. et can. ecclesie Seccouien. (XV) [6]).
iij. „ Fridricus, Perngerus [7]), Wolfkerus presbiteri, Ernestus dyaconus, Chunradus scholasticus, Dietricus conuersus de Seccouia fratres nostri (XV. Anfg.).
ij. „ *Hertnidus abbas obiit de Admund (XV).*
xvij Kal. Dominus Oswaldus presb. et can. Seccouien. (XV).
xvj. „ Nycolaus p(resb. et) can. Seccouien. confrater noster (XIV).
vij. Kal. Vlricus presb. et can. Seccouie confrater noster (XIV).
Sighardus presb. et mon. de Admuend (XIV—XV).
iiij. „ Vlricus episcopus de Seccouia (XIV).
iij. „ Wolfgerus presb. (et) canon. Seccouien. confrater noster (XIV).
Chunradus, Nycolaus, Johannes et Vlricus conuersi in Agmunden fratres nostri (XIV—XV).

Februar.

iiij. Non. De Seccouia vj. presbiteri, j. dyaconus, j. subdiaconus, iij. conuersi. xxxvj. moniales obierunt (XIV).
vij. Idus. Albertus presb. et can. de Seccouia confrater noster (XIV) [8]).
v. „ Hainricus presb. et can. Seccouien. (XIV) [9]).
iiij. „ Dominus Cholomannus prepositus in Vorau. — Dominus Vdalricus presb. ibidem (XVI).
Margareta monial. in Agmund (XIV—XV).
ij. „ Hermannus prepositus ecclesie Sekkouien. (XIV) [10]).
xij. Kal. Wergandus presb. confrater noster de Seccouia (XIV) [11]).

---

[6]) Ebendaselbst „Dominus Lucas Stern(er?) canonicus huius loci obiit anno (14)75."

[7]) Ebendaselbst „Perngerus canonicus frater noster. Fridricus de Algestorf canonicus frater noster."

[8]) Etwa ebendaselbst am 5. Febr.: „Albertus dictus Poelaner presbiter et canonicus fr. noster." (?)

[9]) Ebendaselbst „Hainricus dictus Gleysdoerfer presbiter et canonicus frater noster."

[10]) Ebendaselbst zum 11. Februar; er starb 1339.

[11]) Ebendaselbst „Weriandus presbiter et canonicus frater noster, quondam huius loci prepositus"; er hatte 1302 resignirt.

Johannes dictus Gaeler presb. et can. Seccouien. (XIV. Ende)[12].

viij. „ Hermannus presb. confrater noster de Seccouia (XIV).

vij. „ Vlricus presb. et mon. in Agmunden fr. noster obiit (XV).

vj. „ Wernhardus subdyac. de Sekkouia confr. noster. (XIV).

März.

Kal. Hainricus Reisascher presb. et can. Seccouien. confr. noster (XV).

vj. Non. Vlricus de Wald can. Seccouien. fr. noster (XV).

viij. Idus. Chrafto presb. et can. Seccouien. (XIV).

Dominus Andreas Hueber presb. et professus in Seccouia, dominus Florianus presb. et professus ibidem, dominus Michael presb. et prof. ibid. (XVI. Anfg).

ij. „ Johannes presb. et can. de Seccouia (XIV).

xvij. Kal. Hermannus prepositus ecclesie Seccouien. (XIV)[13].

xvj. „ Martinus presb. et mon. de Obernburg (XIV—XV).

xiiij. Kal. Vlricus prepositus ecclesie et monasterii Seccouien. confr. noster obijt (XV).

xij. „ Balthasar dyac. ecclesie Seccouien., Nicolaus accolitus ibidem, Petrus conuersus, Johannes conuersus, Conradus conuersus ibidem (XV)[14].

x. „ Chunradus presb. confrater noster et can. Seccouien. (XIV).

vij. „ Dominus Gregorius presb. et canon. in Varaw. (XVI).

iij. „ Chunradus presb. confr. noster can. Secc. (XIV)[15].

April.

iiij. Non. Hainricus presb. et. can. Seccouie (XIV)[16].

---

[12] Ebendaselbst „Johannes Galer canonicus huius loci“

[13] Ebendaselbst zum 17. März; er starb 1382.

[14] Ebendaselbst „Balthasar de Feustricz dyaconus frater noster huius loci, obiit anno (14) Lmo. vij°. Petrus conuersus frater noster huius loci anno domini etc. (14) lxi°.“

[15] Ebendaselbst „Chvnradus dictus Eckaer presbiter et canonicus frater noster.“

[16] Ebendaselbst „Hainricus de Judenburga presbiter et canonicus frater noster.“

iij. Non. Wolfgangus Harder presb. et can. ecclesie Seccouien. — Cristanus can. in Secouia (XV)[17].
ij. „ Vlricus dictus Stædlær presb. et can. Secouien. cum tribus monialibus (XV)[18].
viij. Idus. Obierunt dominus Michael Komenczer, d. Andreas Pfaffendarffer senior, Caspar Wasserkrueg presb. et canonici, et fuit (!) Sigismundus subdiaconus, frater Wolfgangus et fr. Andreas et fr. Sebastianus in Seccouia ibidem omnes professi et defuncti (XV—XVI).
vij. „ Dominus Christianus Schlaffer presb. et can. in Secouia, dom. Christianus Spuel, d. Jacobus Gogel presb. et canonici ibidem (XVI.)
iiij. „ Dominus Christofferus Zengerhofer presb. et can. Secouien., dom. Joannes Staudacher presb. et can. ibidem (XVI).
ij. „ Elisabeth monialis in Agmunden soror nostra (XIV—XV).
xvij. Kal. Obijt venerabilis pater dominus Johannes Durenperger prepositus monasterij Secouien. (XVI).
xiiij. „ Wulfingus acolitus confr. noster de Secouia (XIV).
xj. „ Michaehel presb. et mon. Agmunden frater noster obiit (XV).
vij. „ Dyetmarus prepositus ecclesie Seccouien. (XIV).
vj. „ Dominus Georgius Huenervogl presb. et can. Secouien., d. Johannes Engelprecht presb. et canon. ibidem (XVI).

Mai.

vj. Non. Walchuenus presb. confr. noster de Secc. (XIV)[19].
Kristoforus presb. et mon. in Agmuenden obiit. (XIV—XV).
ij. Non. Fridricus subdyac. de Seccouia (XIV).
v. Idus. Vlricus presb. can. ecclesie Seccouia (XIV).
iij. „ Chotendorfer[20]) presb. et can. de Secouia (XV).
xiiij. Kal. Christoforus Haspel presb. et can. de Seccouia (XV—XVI)[21].

---

17) Ebendaselbst „Wolfgangus Hurder canonicus et presbiter frater noster huius loci obiit anno domini etc. (14)91°."
18) Ebendaselbst „Fridricus dictus Stadler" u. s. w.
19) Ebendaselbst allerdings ein Walchunus aber „de Reichersperg."
20) „Chrotendorffer?"
21) Ebendaselbst zum 20. Mai.

vj. Kal. Jacobus presb. et can. de Seccouia (XV).
iiij. „ Bernhardus Khirchperger presb. et canon. in Seccouia (XVI).
iij. „ Otto can. ecclesie Seccouien. (XIV) et Fridricus dictus Galia (! Galer) acolitus et professus Seccouien. (XIV—XV).
Johannes decanus, Sigismundus, Johannes presbiteri et canon. ibidem [22]), Anna monialis ibidem (XV).
ij. „ Sefridus presb. et can. Seccouien. (XIV).

Juni.

Kal. Hainricus de Seccouia presb. et confr. noster (XIV).
Agnes monialis de Seccouia obijt (XV).
ij. Non. Hermannus can. Seccouie presb. et confr. noster (XIV) [23]).
Fridricus dictus Dorner presb. et can. Secouien. (XV).
viij. Idus. Cunradus presb. et can. Seccouien. (XV).
Domini Eberhardus Mairhofer, Georgius Panholczer presb. et canonici ad s. (?!) Seccouie (XVI).
iiij. „ Dytmarus de Seccouia presb. et confr. nost. (XIV) [24]).
Idibus. Dominus Johannes prepositus in Voraw (XVI).
iij. Kal. Otto conuersus de Seccouia confrater noster (XIV).

Juli.

ij. Non. Christannus prepositus Seccouien. confrater noster (XIV) [25]).
vij. Idus. Hermannus decanus Seccouien. confr. nostr. (XIV).
Anna monialis in Agmuenden soror nostra obiit (XIV—XV).
iij. „ Hainricus Seccouien. episcopus (XIV) [26]).
Dominus Johannes Staerl presb. et can. in Seccouia (XV—XVI).
ij. „ Hainricus Sekkouien. ecclesie prepositus (XIV) [27]).
Johannes presb. et can. ibidem (XV).

---

[22]) Ebendaselbst nur dieser Eine erwähnt.
[23]) Ebendaselbst „Hermannus de Hospitali in Semmernich presbiter et canonicus frater noster."
[24]) Ebendaselbst „Ditmarus canonicus frater noster."
[25]) Ebendaselbst zum 9. Juli (1321).
[26]) Ebendaselbst.
[27]) Ebendaselbst „Hainricus de Trafeyach dictus Peuozel prepositus Seccouiensis frater noster" (1337).

xvij. Kal. Vlricus prepositus Seccouien. (XIV) [28].
Katherina monial. et professa ecclesie Seccouien. (XV).
Johannes presb. et mon. de Obernburg obiit (XIV—XV).
xj. „ *Nicolaus abbas de Obernburg obiit (XV).*
x. „ Rudolfus dictus Chrawtscher presb. et can. ecclesie Seccouien. (XV) [29].
v. „ Dominus Clemens presb. et can. in Secouia (XVI).
iiij. „ Paulus de Judenburch presb. et can. Seccouien. obiit (XV) [30].
ij. „ Petrus prepositus et archidiac. Secouien. obiit (XIV).

August.

vj. Idus. Otto .... can. et decanus Secouien. obiit (XV—XVI).
v. „ Agnes et Wilbirgis moniales de Secouia obierunt (XV).
iiij. „ Marchardus presb. et can. Seccouien. (XIV).
iij. „ Dytmarus presb. et can. Seccouien. (XIV) [31].
ij. „ Philippus decanus ecclesie Secouien. (XV) [32].
xvj. Kal. Dominus Andreas prepositus et et archidiac. Secouien. (XV).
viij. „ Chunradus dictus Metschacher presb. et can. Seccouien. (XV).
iiij. „ Dyetherus conuersus de Seccouia (XV).
iij. „ Johannes presb. et can. Seccouien. (XIV—XV) [33].
Reinpertus dictus Windiskrecer presb. et mon. de sancto Paulo (XIV).

September.

Kal. Dominus Welzer decanus in Secouia (XVI).
iiij. Non. Achacius Dorner presb. et can. Seccouien. (XVI).

---

[28]) Ebendaselbst „Vlricus ij. dictus Pranckaer propositus Seccouiensis“ (1333).

[29]) Ebendaselbst doch zum 24. Juli „Rudolffus presbiter et canonicus frater noster huius loci, obiit anno etc. (14)33°.“

[30]) Ebendaselbst doch zum 30. Juli.

[31]) Ebendaselbst „Dietmarus de Dnorrenperch presbiter et canonicus frater noster.“

[32]) Ebendaselbst doch zum 13. August; er starb 1447.

[33]) Ob wohl dort der „Dominus Johannes Welzer cellarius ex cenobis Gerstensi presbiter et canonicus frater noster?“

ij. „ Dominus Cristanus presb. et can. in Voraw (XVI).
vij. Idus. Anna, nec non Katherina, Elisabeth moniales de Seccouia (XIV).
iiij. „ Vlricus presb. et can. Secouien. (XIV) [34]).
xvij. Kal. Dominus Andreas Winckler decanus in Secouia (XVI).
xiiij. „ Nicolaus Polonus presb. et can. Seccouien. (XIV —XV).
Barbara Egkerin monial. in Secouia (XV —XVI).
xiij. „ Dominus Georius presb. et can. Secouien. (XVI).
x. „ Vlfingus can. Seccouien. confr. noster (XIV) [35]).
viij. „ Sifridus presb. et can. Sekkouien. (XIV—XV).
Paulus dictus Freysinger presb. et can. Seccouien. obijt (XIV).
vij. „ Vlricus novicius et professus Secouien. (XV.)
vj. „ Dominus Stephanus Eyser (?) presb. et can. in Secouia (XV—XVI).
v. „ Dyetmarus dyac. canon. Seccouien. (XIV).
Georius Hæmerl conuersus Secouien. (XV) [36]).

October.

v. Non. Appolonia Geberstorfferin mon. in Secouia (XV).
iij. „ Haertwicus presb. et can. Seccouien. (XIV) [37]).
viij. Idus. Otto presb. et. can. Seccouien. (XIV) [38]).
Agnes dicta Darnaerinn mon. Seccouien. (XV) [39]).
Idibus. Otto de Walt.... presb. et can. Secouien. confr. noster (XIV—XV) [40]).
Dominus Simon presb. et can. ecclesie Seccouien. (XV—XVI).
xvj. Kal. Dominus Christofferus de Trautmonstorf episcopus Secouien. (XV).

---

[34]) Ebendaselbst „Vlricus de Raesnicz presbiter et canonicus frater noster."

[35]) Ebendaselbst „Wuolfingus dictus Ainodtaer qui obiit in sancto Floriano presbiter et canonicus frater noster." (?)

[36]) Ebendaselbst „Georius Haemerl nouicius."

[37]) Ebendaselbst „Haertwicus dictus vitulus presbiter et canonicus frater noster."

[38]) Vielleicht der zum 7. Oktober ebend. eingetragene „Otto de Undrym presbiter" u. s. w.

[39]) Ebendaselb „Agnes dicta Dornerin monialis huius loci soror nostra."

[40]) Offenbar der ebend. zum 16. Oktober eingezeichnete „Otto dictus Waltstainer prespiter et canonicus frater noster."

xv. Kal. Bernhardus subdiac. ecclesie Secouien. (XV).
ix. „ Leupoldus presb. et can. de Seccouia (XIV)[41].
vj. „ Maetza monialis Secouien. (XV).
iij. „ Nicolaus domicellus ecclesie Seccouien (XV—XVI).
Johannes conuersus Secouien. (XV)[42].

November.

Kal. Herbordus decanus Seccouien. (XIV)[43].
iiij. Non. Erhardus senior presb. et canon. monasterij in Voraw (XVI)[44].
Nonis. Dietherus decanus fr. noster de Seccouia obijt (XIV).
vij. Idus. Mychahel presb. confr. noster de Seccouia (XIV)[45].
iij. „ Dominus Johannes Rinner presb. et can. Secouien., dom. Andreas Lækcklar presb. laicalis ibidem (XV)[46].
xvj. Kal. Gedrudis mon. soror nost. de Seccouia obiit (XIV)[47].
xiiij. „ Wilhelmus Marolt presb. et can. ecclesie Seccouien. (XV—XVI).
xij. „ Johannes dictus Engelhardus (!) presb. et canon. Secouien. (XV—XVI).
x. Kal. Dominus Bernhardus presb. et can. Secouien. (XV).
ix. „ Nycolaus dictus Muesel can. Secouien. (XIV—XV).
Fridricus Welczer laycus conuersus (XV).
Johannes accolitus ecclesie Secouien., Nicolaus conuersus ecclesie Secouien. (XVI)[48].
v. „ Bernhardus presb. et can. ecclesie Seccouien. (XIV).
iij. „ Nycolaus presb. et can. Seccouien. (XIV).
ij. „ Vlricus presb. et can. de Secouia (XIV).

---

41) Vermuthlich der um einen Tag früher (23. Oktober) angesetzte „Leupoldus de Chrenauwe presbiter et canon." u. s. w.

42) Ebendaselbst „Nycolaus domicellus huius loci dictus Hemerl anno cccc° xxx°. Johannes Ricperger (?) conuersus frater noster (14)xxxvj. anno."

43) Ebendaselbst „Herbordus de Chindenberch presbiter et decanus huius loci."

44) Mit Anderen ebendort.

45) Ebendort ohne besondere Bezeichnung.

46) Steht ebendort zum 27. November; starb 1475.

47) Ebendaselbst „Monialis Gerdrudis Haydtin."

48) Ebendaselbst „Nicolaus conuersus frater noster dictus Moelbach huius loci."

December.

iiij. Non. Leo presb. et can. Seccouien. (XIV)[49].
Nonis. Fridricus presb. et confr. noster canon. Seccouien. (XIV).
viij. Idus. Hiltprandus can. ecclesie Seccouien. (XIV).
vij. „ Johannes presb. et can. Seccouien. confr. noster. (XIV).
vj. „ Vrsula monialis de Seccouia consoror nostra (XIV.—XV)[50].
iij. „ Katherina mon. de Seccouia cons. nostra (XIV)[51].
ij. „ Chunradus decanus Seccouien. confr. noster (XIV).
xv. Kal. Dominus Thomas presb. et can. Secouien. (XV).
xiij. „ Dytmarus presb. et can. Secouien. (XIV).
ix. „ Wolfgangus Forstner presb. et can. Secc. (XVI)[52].
viij. „ Vlricus dictus Trapp prepositus ecclesie Seccouien. (XV)[53].
Chunradus presb. et mon. in Agmunden obijt (XIV—XV).
vij. „ Dyetmarus presb. et can. Seccouien. (XIV).

---

[49]) Ob nicht ebendort der parallel zum 2. Dezember beim 29. November eingezeichnete „Leo presbiter canonicus frater noster plebanus in sancta Maria."

[50]) Zum 11. Dezember ebendort.

[51]) Zum 8. Dezember ebend. eine „Katherina Mosingerinn monialis soror nostra."

[52]) Ebendort.

[53]) Ebend. mit Jahr 1415.

Nachträge und Ergänzungen
zu den Vorarbeiten
zur
Quellenkunde und Geschichte des mittelalterlichen Landtagswesens
der
Steiermark.

(Beiträge zur Kunde steierm. Geschichtsq., II. Jahrg., S. 26—113.)

Von Dr. Fr. Krones.

Zur Erläuterung. Der leichteren Uebersicht wegen wurden die Nachträge neuer Daten und die bloßen Ergänzungen zu bereits Bekanntem durch den Druck unterschieden.

Was aus den Archivalien des Joanneums stammt, bezieht sich, so weit es die Jahre 1200—1299 betrifft, auf jene Urkunden, die im abgelaufenen Jahre erst vom Archive in Abschriften erworben wurden; so weit es jedoch dem XV. Jahrhunderte angehört, bildet es einen Theil der jüngst dort zugewachsenen Seckauer Originalurkunden.

Das Sonstige für das XV. und XVI. Jahrhundert ist aus dem I. Foliobande Ferdinandeischer Landtagshandlungen und aus der Patentensammlung der landschaftlichen Registratur entnommen.

I. Periode.
1160—1246.

1/1181, nach 15. April, Enns.

H. Ottokar VI. erneuert für die Stadt Enns die Freiheitsbriefe seines Vaters. Urkdb. d. L. o. d. E. II., 431, CCXCVI.

2/1192, Mai, Gräz (zu nro. 18). Urkdb. d. L. o. d. E. II., 436, CCXCIX. und 708, CCLIX.

3/1207, o. T., Linz (zu nro. 26). Urkdb. d. L. o. d. E. II., 507, CCCLIV. („in nostra et omnium ministeralium nostrorum presentia").

4/1212, 22. April, Enns (zu nro. 31). Gaupp. Stadtrechte II., 206—24; Meiller Babb. Stadt-R., Arch. f. K. ö. G. X. 96. Urkdb. d. L. o. d. E. II., 537, CCCLXXVII. „(iuxta consilium et ammonitionem fidelium ac ministerialium nostrorum").

5/1214, 16. Juli, Gräz (zu nro. 33). Copie u. Urk. v. St. Lambrecht (Joan.-Arch. nro. 385).

6/1217, 6. (5.) Februar, (zu nro. 34). Urkdb. des L. o. d. E. II., 589.

7/1237, 3. Jänner, Graz (zu nro. 40). Urkdb. des L. o. d. E. III., 47, XLIII.

8/1240 9. August, Marburg (zu nro. 42). Urkdb. des L. o. d. E. III., LXXVI.

II. Periode.

1246—1283.

9/1254, 4. Dezember, Marburg (zu nro. 51). Fontes rer. Austr II., 1., p. 36, XXXII.

10/1259, ..., Gräz.

Urtheilsspruch des Wulfing von Stubenberg „iudex provincialis Styrie" im Taiding („in iudicio provinciali apud Graetz").

„Acta sunt hec apud Gratz anno domini M° CC° Lviiij. in primo domini Stephani iudicio."

Copie im Joann.-Arch. nach dem Orig. des Kl. Rein.

11/c. 1260, (Pettau).

Gerichtstag, abgehalten von Wulfing von Stubenberg (judex provincialis Styrie) ... „coram nobis in iudicio prouinciali apud Petouiam." Copie im Joann.-Arch. nach dem Orig. zu Rein.

12/1261, 15. (18.) Juli, Marburg (zu nro. 56). Copien im Joann.-Arch. nro. 793 b. und c. nach Reiner Orig.

13/1263, 7. Februar, Gräz.

Taiding des Landesverwesers Bruno von Olmütz.

Unter den Zeugen Liechtenstein, Stadek, Marburg s: Meichelbeck II., 2., 39—41; Copie im Joann.-Arch.

14/1265, 21. April, Gräz (zu nro. 58). Urkdb. des L. o. d. E. III., 333, CCCLVIII.

15/1265, 23. Juni, Marburg.

Bischof Bruno von Olmütz entscheidet im gemeinen Landtaidinge zu Marburg (in generali judicio apud Marcburch) über strittige Güteransprüche. „D. et A. apud Marcburc in vigilia beati Johannis Baptiste ..."

Copie im Joann.-Archiv.

16/1269, 20. August, Gräz (zu nro. 64). Copie der Orig. Urkunde im Joann.-Arch. nro. 925. — Bezugnahme auf dieses „placitum generale" in der Urkunde Ottokars von 1270, 29. Jänner, Wien. (Copie im Joann.-Arch).

17/1270, 8. Oktober, Marburg (zu nro. 65). Fontes rer. Austr. II., 1., p. 115, CI.

18/1278, 23. Februar, Kapfenberg (zu nro. 70). Copie einer St. Lambrechter Orig. Urk. im Joann.-Arch.

19/1279, 6. Oktober, Gräz (zu nro. 71). Ludewig Rel. mscrr. IV. 264. Copie im Joann.-Arch.

III. Periode.

1283—1440.

20/1407, 2. Juni, Wien.

Uebereinkunft der österr. Herzoge Leopold IV. und Ernst. Darin wird der Bürger von „Lewben" (Leoben) und „Marchpurg" (Marburg) als derjenigen gedacht, die bei dem Vertragsgeschäfte betheiligt waren. („Vnd wir herzog Ernst haben auch geschafft mit vnsern getrewen lieben Wurczeslawn (? Wenczeslawn) dem Fritzestorffer, vnserm pfleger ze Stuchsenstain, vnd Hannsen dem Swenpeckchen unserm pfleger zu Schwabdorff vnd den burgern in unsern steten zu Lewben und zu Marchburg").

Orig. im Joann.-Archiv.

21/1412, 13. März, Wiener-Neustadt.

Herzog Ernst an Kaspar „den Sawrer, pfleger zu Gesting". „Als wir dir vor geschriben haben, daß du herrn, rittern und knechten solltest entbieten zu dir zu kommen, begern wir ernstlich welch also zu dir gen Graetz komen weren, das du die bey dir daselbs behaltest, wan vnsers lieben vettern rete, hyecz hie bey vns ligend, vnd mainet derselbe (Albrecht V.) vnser vetter zwischen dem kunig (Sigmund) vnd uns ainen frid zu machen."

Original im Joann.-Archiv.

22/1412, 27. März, Gräz.

Herzog Ernst an Kaspar den Saurer: entbietet ihn „auf den nächsten samstag nach Tiburcii und Valeriani schirist kunfftig" zu sich (also auf den 16. April nach Gräz) „wan wir prelaten, herren vnd anderr ritter und knecht und stett, die wir auch dann herbesandt haben, von der vnd andrer unserr merklichen notturfft wegen gnötigs bedürffen."

Orig. im Joann.-Archiv.

23/1412, 28. Mai, Wiener-Neustadt.

Herzog Ernst an Kaspar den Saurer.

„Wir sennden dir hiemit ainen offen brief an all grafen, herrn, ritter, knecht, stet vnd märkt in Steyr den du wol vernemen wirdest.“ Er solle die herzoglichen Angelegenheiten in gute Obsorge nemen und wenn nöthig: „so solt du vnser egenant lantvolk auf vnser vorgenannt schreiben vnd den offen brief vmb rat vnd hilff anruffen.“

Orig. im Joann.-Archiv.

IV. Periode.

1440—1493.

24/1441, 9. Oktober, Gräz.

Schreiben der: „prelaten, herrn, ritter, mercht vnd purger aus stetten, so yecz cze Gräcz gewesen sind“ — an den Probst Andreas von Seckau, sein Kontingent zu dem Aufgebot der 3 Lande: Steier, Kärnten und Krain zur Abwehr gemeinsamer Gefahr, namentlich gegen den Christof Wolfsawer und seine Helfershelfer — zu stellen die da „mainen die land verrer ze beschedigen.“

Orig. im Joann.-Archiv.

25/1443, 22. Juli, Neustadt.

K. Fridrich ladet den Probst von Seckau auf den Montag nach Mariä Himmelfahrt zum Landtage nach Graz, wohin die Landleute von Steiermark, Kärnten nnd Krain behufs Setzung eines Landfriedens entboten sind.

Neue Abschrift im Joann.-Archiv.

26/1445, 9. Jänner, Wien (zu nro. 106). S. Kaltenbäck in den Wiener Jahrbüchern, Bd. 115.

27/1445, 31. Oktober, Wien (Allerheiligen-Abend).

K. Fridrich's Müllerordnung für die Steiermark. Landtags-Handlungen I., f. 147b—148b.

28/1447, 12. Mai, Gräz.

K. Fridrich an den Probst Andreas von Seckau: Aufgebot zum Zuzuge gegen die Ungarn vor Radkersburg und Fürstenfeld (für Montag ... Sand-Veitstag, 12. oder 19. Juni).

Orig. im Joann.-Archiv.

29/1447, 2. Dezember, Wien.

K. Fridrich ertheilt der steierischen Landschaft die Freiheit, daß die Landleute vor dem Judengericht zu erscheinen nicht schuldig seien, sondern daß auf die Klage der Juden nach Landrecht gehandelt werden solle.

L. H. I., f. 21b—22a.

30/1448, 22. Juni, Gräz.

K. Fridrich's Satzung betreff des Vergleiches der steierischen Landschaft mit den Aebten von St. Lambrecht und Neuberg, dem Prälaten von Seckau und anderen Parteien über die Einfuhr österreichischer Weine diesseits des Semmerings.

L. H. I., f. 93 a—95 a, (vgl. die Vorarb. nro. 109/7).

31/1455, 11. Oktober, Gräz.

Kais. Mandat an den Seckauer Probst zum Aufgebote gegen Fürstenfeld, wohin nächstvergangenen Montag (6. Oktober) der Markgraf Albrecht von Brandenburg mit dem Hofgesinde und den Landleuten beordert sei.

Orig. im Joann.-Archiv.

32/1457, 26. September, St. Veit in Kärnten. Schadlosbrief K. Fridrich's zu Gunsten der steierischen Landschaft, anbelangend das Aufgebot auf eigene Kosten für zwei Monate „so yecz am nagsten zu Gräz bewilligt hat.“

L. H. I., f. 131 b—132 a, (vgl. die Vorarb. nro. 118/16).

33/1458, 19. März, Wiener-Neustadt.

Kaiserlicher Rüstbefehl sammt Entbietung auf den Landtag zu Gräz (Montag nach Sonntag nach Quasimodogeniti, 10. April) („Vns ist gewisse warnung komen daß sich ettlich ze rossen vnd ze füssen starckh besammen vmb vns vnd vnser lannd vnd leutt zu beschedigen.“)

Orig. im Joann.-Archiv.

34/1461 6. Juli, Gräz.

K. Fridrich's Schadlosbrief für die Landschaft Steier für ihre Bewilligung eines Anschlages — nämlich von 1 Hof 3 Schilling Pfenn., von 1 Huben 60 Pf., von einer halben Huben 30, von 1 Hofstatt 15 Pf. — desgleichen von einem jeden Bauer, der „in dem perchrecht häuslich sitzt.“ — („als wir zu gemainen landtägen, so yecz hiebey vergangnen tagen auff unser eruordern gehallten worden sein, mit unser gmainen lanndschafft betracht vnd gewegen haben).

Darin wird auch auf die Absage EH. Albrechts VI. und der vorhandenen Kriegsmittel gedacht.

L. H. I., 130—131. (Vgl. die Vorarb. nro. 121/19).

35/1469, 6. Februar, Gräz.

Kaiserliches Aufgebot an den Probst von Seckau gegen den Adelsbund in der Steiermark (der bereits Hartberg, Fürstenfeld, Marburg und Wildon überrumpelt habe). (Anwesend in Gräz auch Erzh. Maximilian).

Orig. im Joann.-Archiv.

36/1469, 17. März, Judenburg.

Neues Mandat; ebendort.

37/1470, 4. Juli, Völkermarkt in Kärnten.

K. Fridrich's Schadlosbrief zu Gunsten der steier. Landschaft betreffs ihrer Anschlagbewilligung zur Abfertigung der Söldner; auf dem damaligen Generallandtage der Steirer, Kärntner und Krainer.

L. H. I., f. 130a. (Vgl. die Vorarb. nro. 137/35).

38/1473 5. Februar, Gräz.

K. Fridrich an Hanns von Saurau: er sei mit etlichen Landleuten aus Steier und Kärnten „so yecz bei vns gewesen sein“, über die nothwendigen Maßregeln zur Ruhe und Sicherheit des Landes übereingekommen; sodann entbietet er ihn zum Landtag „auf sannd Valentin tag negstkommend“, d. i. den 14. Februar).

Orig. im Joann.-Archiv.

39/1478, Nachtrag zu nro. 147 und 148; zugleich Berichtigung zu nro. 120 (1467).

In den „Vorarbeiten zur Quellenkunde und Geschichte des mittelalterlichen Landtagswesens der Steiermark“, Jahrgg. II., wurde auf S. 64—66 unter die Regestnummer **129**/27 — der Auszug eines Aktenstückes eingereiht, das Chmel in den Monum. Habsb. I., 2. Bd., S. 831—838 zum Abdruck brachte. Obschon es hier die Jahreszahl 1478 trägt, glaubte der Verfasser dieses Aufsatzes dasselbe aus innern Gründen dem Jahre 1468 einreihen zu müssen, und zwar als Material der fraglichen Beschlüße des Landtages vom 20. Jänner 1468.

Eine genauere, wiederholte Prüfung dieses Aktenstückes und der Chronik Unrest's, in dieser Richtung, bestimmt jedoch den Verfasser gegenwärtig jenes Aktenstück dem Jahre 1478 zurückzugeben und darin die Erklärung des vereinigten Landtages der Steierer und Kärntner zu Gräz vom 26. Juni (oder 25. September) zu finden. Es schließt sich dieselbe also dem Landtagsdatum an, wie es die Regestenummer **147**/45 (oder **148**/46) in den Vorarbeiten verzeichnet. Denn auf dem Landtage vom 26. Juni (der sich vielleicht in den September hinausschob) sollte nämlich die Schuld der Landschaft an Sigmund von Weißpriach beglichen werden, wie dies das Einberufungsschreiben vom 10. Juni ausdrücklich besagt; und diese Schuld spielt in jenem Aktenstücke bei Chmel die Hauptrolle. Auch die andern Punkte des Letztern namentlich die von der Türkengefahr, von den Juden und Landrechten handeln passen sich dem Jahre 1478 besser als dem 1468er an.

Was den Verfasser früher beirrte und ihn bewog, die bei Chmel verzeichnete Datirung des Aktenstückes (einer Copie) zu verwerfen ist die weitläufige Erörterung von Verhandlungen mit dem „Pembkircher“ und die Angabe daß der „Pamkircher“ — „das lannd angreiffen well mit kriegen“ (s. Vorarb., S. 64/65, Chmel a. a. O. 832, 835, 838). Er wähnte nämlich, darunter könne nur der bekannte Andreas Baumkircher († 1471) gemeint sein, der 1468—1471 mit dem Kaiser in Fehde lag.

Es ist jedoch hier nicht von dem alten Baumkircher, sondern von dem jüngern, von seinem Sohne die Rede, der schon bei seines Vaters Tode „vogtpar“, alsbald mit den Gegnern des Kaisers in Verbindung trat.

Unrest sagt darüber im Chron. Austr. S. 569/570, z. J. 1471/2, nachdem er von der Hinrichtung Baumkirchers und Greisseneckers berichtet:

„Nun hetten sy peyd sun vnd chinder. Des Paumkircher sun wurde mit dem kayser gericht also, was die landlewt von Steir und Kherndten seinem vettern an der vorpenannten richtnus schuldig worden, das soldt in geuallen und petzallt werden.

. . . .

Nu merckt, der Paumkircher lyess einen sun hinter im an seiner gesellschaft und der kayser gewan aber veindt und wurden herr Sigmundt Weyspriacher (Gläubiger der Landschaft vgl. Unrest 569), Vlrich Pesnitzer . . . . . ."

Der einzige Passus, der sich schwer auf den jüngern Baumkircher anwenden läßt und weit natürlicher auf den ältern bezogen werden kann (s. Chmel S. 835: „Es wer auch der Pembkircher vielleicht in seiner geltschuld bezalt worden, aber hab sein kais. gnaden zu Oesterreich bekriegt und aufsleg genomen . . . . .") da wir über solche Thaten des jüngern Baumkirchers auch nicht eine Sylbe anderswo erfahren und nicht er, sondern sein Vater der eigentliche Gläubiger des Kaisers war; — dieser Passus verliert sein Bedenkliches, wenn man annimmt, daß in dem Aktenstücke bei Chmel mit dem Namen „Pæmkirchers" (Pemkircher) Vater und Sohn, abwechselnd gemeint sind.

Ueberdies geht aus Unrest's Chronik S. 569 mit aller Gewißheit hervor, daß die steierische Landschaft nicht vor 1471 Geld vom Weißpriacher zu leihen nahm — und in dem oftерwähnten Aktenstücke ist eben von dieser Schuld die Rede.

Somit berichtigt nochmals der Verfasser seine frühere Annahme und weist das Aktenstück mit der bei Chmel verzeichneten Datirung: 1478 (nicht 1468) der Regestnummer **147**/45 in den Vorarbeiten zu.

40/1480, 15. Mai, Gräz.

Der steierische Landeshauptmann Jörg von Tschernömbl und der steierische Feldhauptmann Jörg Wollframstorffer, fordern die Landstände auf, bis zum 26. Mai mit ihrem bewaffneten Zuzug in Gräz zu sein, um dann zum Entsatze der Stadt Fürstenveld zu eilen.

Orig. im Joann.-Archiv.

41/1487, 3. September, Gräz.

Reinprecht von Reyheenburg (Reichenburg) an den Probst Johann von Seckau, sich mit dem bewaffneten Zuzuge gegen die Ungarn bis zum 17. September nach Gräz einzufinden.

Orig. im Joann.-Archiv.

42/1490, 21. Mai, Linz.

Kaiserlicher Steueranschlag auf die Landsassen von Steiermark („ausserhalb vnserr haubtmanschaft zu Cili") zur Besoldung von 500 Pferden und 600 Mann zu Fuß auf 1 „Quotember" (3 Monate). (Freytag auf den h. Auffartstag).

43/1490, 29. Juni, Linz.

Kaiserliches Mandat den besagten Quotemberanschlag betreffend. Darin die Stelle: „Demnach emphelhen wir ew ernstlich vnd wellen, daß ir vnnser prelaten vnd vom adl ew on lennger vertziehen gen Gretz füget vnd ir von steten, merkhten vnd urbar leut ettlich aus ew gwallt dahin schikhet den berurten anslag on verrer waigrung vnder ew tut, inbringet vnd den dem berürten vnserm lieben sun dem Röm. kunig (Max) oder wem er das on seiner stat benilt, zu solchen vnsern vnd seiner enhofften notturften auf quittung antwurten."

Landsch. Registr., Patente.

V. Periode.

1494—1521.

44/1494, 14. Jänner, Wien.

K. Maximilians Befehl an den Landeshauptmann in Steier die Landschaft mit Aufschlägen in Wien, Ungeld, Robott, Achtzigsten 2c. nicht zu beschweren.

L. H. I., f. 98 b—99 a.

45/1494, 11. Juni, Wien.

K. Maximilian's Befehl an die Landhauptleute in Steier, darob zu sein, damit das Landrecht ungehindert durch alle Mißbräuche gehandhabt werde.

L. H. I., 74 b – 75a.

46/1496, 10. Oktober, Fronleiten.

Patent der Herren: Wolfgang Abt zu Rein, Ott von Stubenberg, Jakob Windischgräzer, Christof von Radmannsdorf, Bernhard von Harrach an die geistlichen und weltlichen Grundherrn der Steiermark wegen der Regulirung der Urbarien und der Zahlung der (durch die Ablösung der Juden erforderten) Anlagen in bestimmten Terminen. Darin wird auf die Streitigkeiten zwischen der Regierung und den Ständen und den bezüglichen Ausgleich „in dem nächstgehaltenen Landtag zu Prug" hingewiesen.

Landsch. Registr., Patente.

(Vgl. das Jahr 1495 in den Auszügen und Regesten, Beiträge, Heft 2, nro. 154, S. 78—80).

47/1500, 17. Jänner, Innsbruck.

K. Maximilian's Schadlosbrief, betreffend die Leistung der steierischen Stände von 16.000 Gulden als Heiratssteuer für die beiden Fürstinnen von Oesterreich.

L. H. I., 135 a—136 a (vgl. die Vorarb. 155/2).

48/1501, 21. April, Nürnberg.

K. Max an die steier. Landschaft über die Ordnung und Aufrichtung des neuen Regimentes.

L. H. I., 151 a—155 a.

49/1501, 21. April, Nürnberg.

Diesfälliges Schreiben an den Landeshauptmann Reinprecht v. Reichenburg.

L. H. I., 155 b.

50/1501, 16. Mai, Gräz.

Antwort der Landschaft darauf im Landtag.

L. H. I., 156—157 a.

51/1502, 25. Februar, Innsbruck.

K. Max an die steier. Landschaft über die Ordnung des Hofrechts in Wiener-Neustadt.

L. H. I., 157 a—161 a.

52/1504, 24. Oktober, Rosenheim (in Baiern).

K. Maximilian's Schadlosbrief für die von der steier. Landschaft zum bairischen Kriege bewilligte Geldhilfe („zu diennst zu dem Payrischen krieg, darinn wir yeczo sein auch für vnsern furgenommenen raubzug ain hilff verwilligt und außgericht“).

Bezugnahme auf den Wiener-Neustädter Generallandtag und den „negstgehaltenen Landtag zu Gräcz.“

L. H. I., f. 134 b—135 a.

53/1505, 22. August.

Vidimirung der Urkunde Maximilians worin die landesrechtliche Prozedur geregelt wird, durch den Abt Wolfgang v. Rain.

L. H. I., 83 b—85 b.

54/1506, 21. April, Wien.

Gedrucktes Mandat K. Maximilians an Wolfgang von Stubenberg.

Erklärt seinen Willen mit den Ungarn Frieden zu machen, den Römerzug auszuführen, anderseits wieder sich gegen die „vntrew der Hungern“ zu verwahren, und über den „Phad“ (Po) in Italien vorzurücken ... „deshalben not ist, das wir vnns mit dir vnd anndern lanndlewten unsers fürstenthumbs Steyr besprechen vnd darauf hanndln was zu der sachen notturftig sein wirdet. Demnach empfelhen wir dir ernstlich vnd wellen, das du auf vnnser lieben frawntag der schiedung schierist kunfftig (15. August) in aigner person in vnser stat zu Gräz bei vnnsern reten, so wir an vnnser stat daselbsthin verordent gewisslich erscheinest, dahin wir anndder unnser lanndleut des bestimbten vnnsers furstenthumbs Steyr zu kumen auch beschriben und ervordert haben.“ (Joann.-Archiv).

55/1506, 12. Mai, Eisenerz.

K. Maximilian's Schadlosbrief zu Gunsten der steierischen Landschaft für ihre Bewilligung auf dem letzten Landtage, wornach sie gesonnen sei 2—3 Monate lang 400 gerüstete Pferde in ihrem Solde zu halten und 6000 Gulden rheinisch auf 800 Fußknechte zu zahlen.

L. H. I, f. 132 b—133 b.

56/1506, 12. Oktober, Gräz.

K. Maximilian's Schadlosbrief zu Gunsten der Steiermark betreffend ihre Verwilligung von 1 gerüstetem Pferde und 4 Fußknechten auf 10 Pfd. Pfen. Herrengült — für 2 Jahre.

Bezugnahme auf den: „landtag zu s. Matthäustag des h. zwelfpoten und evangelistentag negst verschinen zu Grecz gehallten worden" (d. i. den 21. September).

L. H. I. f. 132.

57/1506, 12. Oktober, Gräz.

K. Maximilians Deklaration, daß die „Antworter" dem „Kläger" gegenüber zur Gegenklage berechtigt sei.

L. H. I., 75a—76a.

Vgl. Vorarb. nro. **158**/5.

58/1510, 4. Mai, Gräz.

Erklärung der verordneten Einnehmer der Landschaft Steier: „Auf Röm. khais. majestät vnnsers allergenedigisten herrn vnd begeren vnd ainer lanndschafft bewilligen im zunagstgehallten landtag jubilate (21. April) beschehen sinndt ewch auf ewr gelt inn die 28.000 pfund desselben mals zu unterhaltung etlicher dienstlewt wider die Venediger gewilligt, nemlich 105 phunndt 80 phennig angeschlagen, die woellet auf montag, erchtag oder mittichen in den pfingstfeyertagen (20.—22. Mai) schierist an alls vertziehen vnns alher gen Grecz zu gedachter lanndtschafft hannden gewislich vberantwurten."

Orig. im Joann.-Archiv.

Das bezügliche Patent vom gleichen Datum beziffert die landtäglich bewilligte Hülfe auf 20.000 Gulden und zwar für den Unterhalt des Kriegsvolkes gegen Venedig auf 4 Monate.

Landsch. Registratur, Patente.

59/1511, 6. August, „Persen" (Pergine, in Tirol).

K. Maximilian's Schadlosbrief zu Gunsten der steierischen Landschaft über die von ihr landtäglich bewilligte Summe von 16.000 fl. rheinisch.

L. H. I. 134.

60/1511, 1. Oktober, Linz.

K. Max beruft in Angelegenheiten des Krieges wider die Türken und Venediger einen Landtag auf Montag nach S. Lukas d. h. Evang. das ist der 22. „tag des monadts octobris schirist-kunfftig ...“ und zwar nach Gräz, den er mit seinen Commissären beschicken wolle.

Landschaft. Registr., Patente.

61/1514, 31. Mai, Graz.

K. Maximilians Schadlosbrief zu Gunsten der steierischen Landschaft über die von derselben landtäglich bewilligte Geldhilfe für den Venediger-Krieg im Betrage von 20.000 Pf. Pfen.

L. H. I., 133 b—134 a.

62/1519, 27. März, Bruck. Verhandlungen der 5 n. österr. Lande.

L. H. I., 39 b—45 b (s. die Vorarbeiten nro. 170/17.

63/1520 30. Jänner, Gräz.

Huldigungsrevers der landesfürstlichen Commissäre: Mkgfn. Casimirs von Brandenburg und der a. a. kais. Bevollmächtigten.

L. H. I., 77 b—81 a (s. die Vorarb. nro. 171/18).

64/1520, 25. Oktober, Aachen.

Karl's V. Ratifikation obigen Reverses.

L. H. I., 81 b—83 b.

65/1520, 25. Oktober, Aachen.

Karl V. bestätigt die steier. Landesfreiheiten.

L. H. I., f. 12—19 b (s. d. gedr. steier. Landhandf.).

66/1521, 29. April, Worms.

K. Karl V. entbindet die Steierer der Erbhuldigung und trägt ihnen auf seinen Bruder als Erbherrn anzusehen.

L. H. I., f. 96 b—98 b. (Vgl. den Druck der steier. Erbhuld. v. 1522, nro. 22—26).

67/1521, 22. Oktober (Erchtag nach Vrsule), Gräz.

Patent des Landeshauptmanns Sigmund von Dietrichstein wegen der Steuerausstände. Bezugnahme auf den „jüngst gehaltenen landtag.“

Landsch. Registr., Patente.

Styriaca
im „Pestarchive" zu Innsbruck.

Herr Professor Dr. H. J. Bidermann zu Innsbruck hatte die Güte, gelegentlich seiner eigenen Studien im tirol. Statthaltereiarchive auch Styriaca daselbst für die Zwecke unseres Vereines zu berücksichtigen und theilt darüber Folgendes mit:

„Das „Pestarchiv", eine Abtheilung des großen Statthaltereiarchives zu Innsbruck, hat seinen Namen daher, daß sein Inhalt vor langer Zeit anläßlich einer Pest in ein unterirdisches Gewölbe der sogenannten „Ottoburg" geworfen wurde. Als inficirtes Materiale blieb es hier der Verfaulung überlassen, bis vor etwa 30 Jahren ein Beamter der Gubernialregistratur sich hinabwagt, und dadurch daß derselbe gesund blieb, wurde die ängstliche Scheu behoben, unter deren Banne jene Schätze bisher verborgen blieben. Die regellos übereinander geschichteten Urkunden wurden nun zu Tage gefördert und von dem um das Innsbrucker Archivswesen hochverdienten Registrator Joh. Georg v. Pfaundler mit einem Fleiße geordnet, der noch in später Zeit Anerkennung finden wird. Mit Hilfe der von ihm angelegten Register und unterstützt von dem dermaligen Archivsverwalter Herrn Schenach bin ich in die angenehme Lage versetzt, über einige Styriaca Ihnen Nachricht zu geben.

So findet sich unter Sign. XVI. 66 die bruchstückweise Abschrift einer Urkunde Erzbischofs Adalberts von Salzburg vom J. 1196, worin derselbe dem Stifte Admont für die Maria-Magdalenen-Kirche und das Spital zu Frisach, die Abt Rudolf dem Erzbischof anheim und dieser an die Frisacher Chorherren gegeben hatte, „plebem in Liessinich et plebem in Palta cum omni iure plebesanarum ecclesiarum" überträgt [1]).

Interessant ist eine zweite unter Signatur „außertirolische Pergamente Nr. 76" vorhandene Originalurkunde von 1292 „VI. kal. Augusti, datum per manus fratris Heinrici de Spirea guardiaui in Prukka", worin Pfarrer Nikolaus von St. Dionysen einen von ihm zu Bruck erbauten Thurm an der Mur sammt

---

[1]) Da das Joanneums-Archiv diese Urkunde schon besitzt, wird hier ihres Inhaltes nur andeutungsweise Erwähnung gethan.

Nebengebäuden der Stadt für Kriegsfälle unter gewissen Bedingungen der Selbstbenützung und Steuerfreiheit überläßt[2]).

Weiters erwähne ich einer Urkunde von 1428, 5. Juni, Gräz, worin Herzog Fridrich der ältere von Oesterreich dem Erzbischofe, Eberhart von Salzburg sich als Schuldner für 3000 „guter guldein Vnger vnd ducaten" bekennt und für deren Rückzahlung Abt Heinrich von St. Lambrecht und der Hofmeister und Hauptmann in Kärnten, Konrad von Kreig, sich verbürgen.

Diese übrigens nicht ausgefertigte Urkunde bildet den Umschlag des interessantesten Fundes, den ich für Steiermark hier bis jetzt gemacht, nämlich einer zweiten Handschrift des von Rauch in den Script. rer. Austr. II., 114—208 abgedruckten Otakarischen „Rationarium Styriae."

Dieselbe ist eine Abschrift aus dem Anfange des 15. Jahrhunderts und war, nach den beigesetzten Randbemerkungen zu urtheilen, für den Amtsgebrauch bestimmt.

Sie beginnt mit der Einleitung:

„In nomine domini amen. Anno domini M. cc. lxv°. regnante domino Ottacharo inclito Boemorum rege etc. ex mandato venerabilis presbiteri et domini Brunonis Olomucensis episcopi ejusdem domini regis per Stiriam vicem tunc gerentis ego Helwicus notarius de terra Thuringie nationis trahens originem rimatis diligenter et examinatis omnibus predicte terre Stirie officiis principatui attinentibus, omnes prouentus in hoc volumine studui compilare ...."

Folgen nun, nach Bemerkung über die Verpachtung der Aemter im Jänner 1267 die einzelnen Aufzählungen der Einnahmsquellen mit Ausgaben vermengt. Die letzte Rubrik lautet:

„Parrochia ad sanctum Rudbertum iuxta Rabam."

Mit dem Abdrucke bei Rauch verglichen, weist diese Handschrift namentlich in Bezug auf Interpunction Vorzüge auf, die bei einer neuen Ausgabe des „Rationarium" wohl zu würdigen wären; auch sind hie und da bei Rauch ganze Ueberschriften ausgelassen oder in sinnstörender Weise gekürzt, wie z. B. die letzte Rubrik bei ihm nur „ad sancum Ruppertum" lautet.

Am Ende der Aufschreibungen finden sich zwei durch Initialen von einander getrennte Absätze mit der Aufschrift: „Inquisitiones facte circa Gretz." Es sind dieß Zusätze zur alten Aufzeichnung, die erst unter der vormundschaftlichen Regierung Herzog

---

[2]) Diese Urkunde (Gegenbrief?) gelangte im v. J. in Abschrift durch den hochw. Herrn Pfarrer zu St. Dionysen ins Joanneums-Archiv.

Fridrichs „mit der leeren Tasche" gemacht worden sein können, denn es heißt da: „Notandum quod dux Federicus pro VII. hubis in Algerstorff permutauit cum Wildungo pro bonis ejusdem in Muttendorff, de quibus tamen inueniuntur ibi iiij hube, de aliis inquirendum est. Item dux Federicus hubam unam in Algerstorf contulit Rudgero de Algerstorff qui eandem vendidit Ottoni de Walsdorff et idem Rudiger et fratribus suis (?), ex quorum decessu sine heredibus vacat duci." Diese Aufzeichnungen gestatten in Verbindung mit der Wahrnehmung, daß das in Kleinfolio, auf 56 unpaginirten Blättern geschriebene Buch in den erwähnten unausgefertigten, vermuthlich also skartirten Schuldbrief von 1428 geheftet ist, den Schluß, daß die Abschrift um diese Zeit und zwar zum Behufe des genannten Herzogs angefertigt wurde. Dieser leitete bekanntlich nach dem Tode Herzog Ernst's vom J. 1424 an als Vormund der Söhne desselben die Regierung auch in Steiermark. Mit dieser Annahme stimmt auch die Schrift, und so erklärt sich auch, wie das Manuscript in das Archiv der tirolischen Landesregierung gekommen ist. Seine Signatur ist XXII. 144.

Von nicht minderem Interesse werden auch etliche Landtagsacten des 15. Jahrhunderts sein, welche ich hier verzeichne.

So liegt unter Sign. XXV. 89 eine Correspondenz zwischen Christoph Ungnad und dem Grafen Leonhard von Görz vor, welcher in gleichzeitiger Abschrift von 1474 (8. Febr.) ddo. Wolfsberg ein Schreiben der hier versammelten Ständeglieder von Kärnten und Krain an die Steiermärker beigegeben ist. Dasselbe enthält die Einladung, die Streitkräfte zum Widerstande gegen die Türken zu vereinigen und die weitern Maßnahmen auf Sonntag Lätare (20. März) zu Judenburg zu besprechen; dorthin würden nicht allein die zu Wolfsberg versammelten Herren, sondern auch vermuthlich Abgeordnete aus Oesterreich, der Fürsten von Salzburg und Bamberg und Graf Leonh. von Görz sich einfinden. Die Kärntner fügen noch die Bemerkung bei, es sei des Kaisers ausdrücklicher Wunsch, daß diese Verabredung zu Stande käme. — Weiter liegt dabei die Copie des Beglaubigungsschreibens der zu Marburg versammelten steierm. Ständemitglieder für Hans v. Saurau, ihren Abgeordneten zu Kaiser Fridrich, ddo. 1474, 9. Dezember, Marburg, in Angelegenheit der Türkennoth. Aus ihm und der beigegebenen Werbung ist ersichtlich, daß man beschlossen hatte, 1475 am Sonntage vor Christi Himmelfahrt („auffs sterckist wir künnen vnd mügen") ins Feld zu rücken; das Bauernvolk sei durch die so rasch wiederholten Türkeneinfälle in Verzweiflung getrieben, so daß „jr maynung entlich nit anders stett dann das sy irn herrn vngehorsam sein, sich zu den Türkken slahen oder aus dem landt gen wælschen landten, gen Vngarn oder andern endten ziehen wellen.“ Durch diesen beschlossenen Feldzug gedächten sie die zaghaften Gemüther wieder aufzurichten; der Kaiser möge ihnen dazu die Erlaubniß, dann Büchsen, Streitwägen und anderes Rüstzeug leihen, und bei dem Erzbischof von Salzburg, dem Patriarchen von Aquileja und dem Papste dahin wirken, daß diese mithelfen und Letzterer nicht nur allen Priestern unbeschadet ihres Amtes erlaube, wider die Ungläubigen zu den Waffen zu greifen, sondern auch allen Mitstreitern einen Ablaß ertheile. Den Grafen Wilh. von Tirstain wollten sie als Kundschafter an die „türkkische marich“ senden; Kärntner und Steierer seien zur Mitwirkung eingeladen, nur der Kaiser möge sie namentlich mit Proviant versehen, da sie gänzlich verarmt seien.

Unter Signatur XX. 87 hinterliegt ferner im Orig., ohne Datum, mit 24 stark verletzten Sigeln, eine Instruktion, „so dy sandtbotten der dreyer lanndt Steir, Kerndten vnd Crain auf dem gehalten landtag zw Marchpurg furgenommen der Rom. kun. Mt. fuerbringen sullen.“ Der Inhalt zeigt mit großer Wahrscheinlichkeit, daß dieser Landtag 1495 gehalten wurde. König Maximilian hatte große Forderungen gestellt, damit dem nächstes Jahr abermals zu gewärtigenden Türkeneinfalle begegnet werden könnte; die Ständemitglieder verhielten sich indessen reservirt und bedungen sich für das schließlich doch Gewährte die Abschaffung der Juden, die Gestattung der Steuerumlage auf die königl. Städte und Märkte, ja theilweise auf die königl. Bauern und die „gemayn briesterschafft“ [*]).

Schließlich erwähne ich noch „der landschafft in Steyr confirmation von kayser Fridrich“, welche nichts Neues enthält, und die Abschrift einer Eingabe des „der religion halber“ ausgewanderten Landeshauptmanns Hanns Freih. v. Ungnad an Kaiser Ferdinand I. (ddo. Wittenberg, 31. Mai, 1557) betreffs der Belohnung seiner Verdienste (Sign. XX., 68).

[*]) Merkwürdig, daß die Kenntniß der ältesten steier. Landtage uns von anderwärts kommen muß, von Dresden, woher dem Joann.-Archive eine Anzahl solcher Akten für die Zeit von 1462—69 in einem Formelbuche eingesendet wurde, und nun von Innsbruck. Im landschaftl. Archive soll bisher nichts Aehnliches gefunden worden sein. Diese vorerwähnten Innsbrucker Akten wurden, wie man aus dem zweiten Hefte der „Beiträge“ ersehen kann, bereits in den „Studien“ des Prof. Dr. Krones benützt.

Literatur.

Lehenverzeichnisse des Benediktinerstiftes St. Paul in Kärnten aus dem 15. Jahrhunderte.

Mitgetheilt von **Beda Schroll**, Capitular von St. Paul und Gymnasialprofessor zu Klagenfurt.

Unter diesem Titel bringt der 34. Band des „Archives für österreichische Geschichte," p. 288—343, eine sehr dankenswerthe Gabe, welche sowohl für Ortskunde des Mittelalters in unserem Lande, als auch für Kenntniß eines Theiles des Besitzstandes von St. Paul in Untersteier brauchbare Beiträge liefert.

Der Verzeichnisse, welche hier bald ausführlich, bald (mit Verweisung auf Vorhergehendes) notizweise oder in Regestenform abgedruckt worden, sind fünf:

I. (p. 288—299) entstammt dem Jahre 1408 und sonach der Zeit Abt Ulrichs III.;

II. (p. 299—303), nur im Bruchstücke erhalten, verlegt der Herausgeber in die Jahre 1414—32, also in die Zeit Abt Ulrichs III. oder IV.;

III. (p. 303—309) gehört in die Mitte der 1. Hälfte des 15. Jahrhunderts zu Abt Ulrich IV.;

IV. (p. 309—318) soll in die Jahre 1432—49 unter Abt Johann I. gehören [1]), und

V. (p. 318—343) datirt auf Abt Johann II. und aus den Jahren 1441—83 (greift also noch auf den Vorgänger Johann I. zurück).

Die Verzeichnisse I., III., IV. und V. haben für steir. und kärnt. Lehen je besondere Abtheilungen; obgleich in I., Nr. 48 und 59 unter der Rubrik „Kärnten" auch steir. Lehengüter eingemengt sind; II. ist gemischter Natur und flüchtiger Anlage. Am weitesten in der Abfassung vorgeschritten ist V., welches eigentlich eine chronologische Sammlung der unter Abt Johann II. (für Steiermark bereits unter Johann I. von 1441 an) ertheilten Lehenbriefe ist.

In unserem Lande umfaßte das Lehengebiet St. Pauls eine

[1]) Wir haben alle Ursache anzunehmen, daß dieses Verzeichniß entweder früher zu setzen ist, oder daß wenigstens eine gründliche Erörterung seiner Zusammensetzung am Platze wäre.

große Strecke. Die einfach verlehnten oder verkauflehnten Stücke lagen im Bacher, am Remschnig und Radel, im deutschen Boden bei Schwamberg, im Murboden bei Radkersburg, in den windischen Bücheln und am Draufelde. Hochansehnliche Familien der Steiermark und der Nachbarlande muteten ihre hier belegenen Güter als Lehen von St. Paul: so die Grafen von Cilli und Schaumberg, die Herren von Pettau, Walsee, Bärneck, Wildhaus, Windischgraz, Holeneck, Greiseneck, Tannhausen, Spangstein, die Ungnad, Myndorfer, Rogendorfer, Welzer, Verber, Pesnizer, Wakerzil, Trapp und andere mehr.

Der Werth solcher Aufzeichnungen ist ein unbestreitbarer. Als Auszug der Lehensurkunden supplirt er die rein urkundliche Kenntniß selbst und nur Schade, daß Quellen dieser Art, so praktische Zusammenstellungen nach dem einen Gesichtspunkte, eben so selten über das 15. Jahrhundert zurückgehen, als die mit ihnen gleich rangirenden Urbare über das 14. Jahrhundert.

Wir müssen den Abdruck aus verschiedenen Gründen willkommen heißen, allein wir können nicht umhin, Einiges von frommen Wünschen zu betonen, welche wir gerne hier erfüllt gesehen hätten.

Sehen wir ab von der äußeren Form der Wiedergabe in der Schrift, welche zwar genau nach den Originalen scheint, jedoch nicht den jetzt zur Geltung gelangten Grundsätzen sich anschließt, die auf das Beibehalten der großen Anfangsbuchstaben, wo sie nicht hingehören, und der kleinen, wo große sein sollen, keinen Werth legt, sondern nehmen wir die Form des Abdruckes überhaupt, in der Behandlung der 5 Verzeichnisse unter einander, was ihre gegenseitige Ergänzung und ihre Uebersicht für den Benützer anbelangt.

Man sieht, daß der Herausgeber fühlte, er müsse von dem blanken Abdrucke der Verzeichnisse, eines nach dem anderen, abgehen, daher er denn bei den gleichen Lehensgaben von II. auf I., von III. auf II. und I. u. s. f. in den Noten verwies. Es ist richtig, daß damit die zuweilen zu respectirende Integrität der Einzelquellen gewahrt wird, daß dem Benützer damit die Zusammensetzung der Einzelverzeichnisse, die Folgenreihe ihrer Lehensgaben zu besserer Einsicht in die Natur der einzelnen Sammlungen erhalten bleibt. Allein es scheint nicht nur sehr fraglich, ob dies hier das maßgebende Moment zu sein habe, sondern wir meinen sogar, daß nach einer etwas ausführlicheren Beschreibung der Einzelverzeichnisse in der Vorrede von der Erhaltung dieser Integrität ganz abgesehen werden könne. Man muß einem Herausgeber immer so viel Vertrauen schenken, anzunehmen, was er in den Quellen liest — und das kann man im gegebenen Falle ganz besonders thun, — dann aber wird es nur zweckentsprechend sein, wenn er das Quellenmateriale in möglichst übersichtlich gruppirter Form bietet.

Diesem Zwecke genügen nun in vorliegender Ausgabe die erwähnten Verweisungen nicht; sie sind nur ein halber Schritt, der dem Bedürfnisse zu Guten geschehen ist. Nach unserem — unmaßgeblichen — Dafürhalten hätte entweder die rein vergleichende oder die tabellarische Form gewählt werden sollen; die Erste würde Verzeichniß I. zu Grunde legen und nach Bedürfniß dann zu den Einzelangaben die betreffenden von II.—V. anschließen, die Letztere würde entweder nach den alten St. Pauler „Officien" der stiftischen Urbare des 15. Jahrhunderts oder nach der modernen Bezirkseintheilung haben vorgehen müssen. Sicher ist, daß die zweite manche Schwierigkeiten bieten würde, allein sie scheinen nicht unlösbar, wenn man beachtet, daß zu genauer Richtigstellung einer Oertlichkeit und deren Zuweisung das Materiale im Stiftsarchive vorhanden ist. Für die rein vergleichende Form hätte es dann eines Registers jedenfalls bedurft. Ein solches fehlt übrigens auch hier und das ist ein recht bedauerlicher Mangel. Namentlich Personen, welche in Urkunden (und zwar auch von St. Paul) arbeiten, hätte der Herausgeber damit einen solchen Gefallen geleistet, daß man von manchem anderen Wunsche dann füglich hätte absehen können.

Am meisten einverstanden sind wir mit den örtlichen Reductionen; sie eigentlich bilden den Kern der Arbeit und sind fast ausnahmslos anzunehmen. Gerade aber die Trefflichkeit dieser Seite läßt den Mangel eines Registers noch mehr fühlen. Bezüglich „Schkrilaw" p. 291, Nr. 14, das sehr vermuthlich das Chrilowe von St. Pauler, Gurker und Viktringer Urkunden des 12. und 13. Jahrhunderts ist, meinen wir, daß etwa Skrillenberg, eine Weingebirgsgegend, ehemals zu Fall gehörig, gemeint sei; p. 295, Nr. 36 dürfte „Grada" kaum der Radlbach, sondern eher der Grabenbach bei Schwamberg sein, wohin auch ein Theil des Inhaltes des Absatzes weist; weiters scheint fraglich, ob das „Gribczaw" von p. 289, Nr. 4, hier als Gruschau reducirt, nicht identisch sei mit „Gribcz" von p. 297, Nr. 48 und p. 336, Nr. 84, wo es als Gribitschberg angenommen wird.

Eines hätten wir noch gewünscht, — allein das ist freilich nicht Jedermann leicht möglich, — daß nämlich das Lehengebiet nach diesen Verzeichnissen mit seinem Inhalte kartographisch dargestellt worden wäre. Damit wäre ein bisher noch so seltener Schritt nach vorwärts geschehen, der jedenfalls Anerkennung und Nachahmer fände. Hoffen wir indeß, daß der Herausgeber mit den stiftischen Urbaren, wenn ihm unsere Wünsche gerechtfertigt und ausführbar scheinen, in einer darin betonten Weise vorgehe.

Zahn.

Errata.

Seite	8,	Zeile	12 von unten	lies	Beatrix	statt	Bea rix.
„	11,	„	1 in Note 21	„	Hermannus	„	H rmannus.
„	14,	„	3 u. 4 „ 29	„	istius	„	istus.
„	14,	„	8 in Note 30	„	1492	„	1392.
„	16,	„	10 von unten	„	Oeberndorf	„	Eberndorf.
„	20,	„	6 „	„	angenehm	„	augenehm·
„	45,	„	22 „	„	paruo	„	paruc.
„	66,	„	17 „	„	1223	„	1222.
„	71,	„	8 „ 1. Columne	lies	possidebat	statt	poossidebat.
„	72,	„	10 „ 2. „	„	electus	„	eeletus.

Inhalt.

Register.

Die Zahlen in Klammern zeigen die Jahre, resp. Jahrhunderte der Erwähnung an.

Beiträge

zur Kunde

steiermärkischer Geschichtsquellen.

Herausgegeben

vom

historischen Vereine für Steiermark.

4. Jahrgang.

Inhalt.

Graz 1867.

Beiträge

zur Kunde

steiermärkischer Geschichtsquellen.

Herausgegeben

vom

historischen Vereine für Steiermark.

4. Jahrgang.

Graz 1867.

Vorarbeiten zur Quellenkunde
und
Geschichte des Landtagswesens der Steiermark.

II. Epoche.
1522—1564.

Von
Dr. Franz Krones,
Ausschußmitglied des histor. Vereins.

Vorwort.

Die vorliegenden Auszüge und Regesten der Landtagshandlungen und Landschaftsakten der Steiermark, während der Regierung K. Ferdinands I. in den Jahren 1522—1564, bis zur Erbhuldigung seines dritten Sohnes Erzh. Karl, bilden eine Fortsetzung der „Vorarbeiten zur Geschichte und Quellenkunde des mittelalterlichen Landtagswesens der Steiermark", wie selbe das zweite Heft der Beiträge z. K. st. Geschichtsquellen einer nachsichtigen Beurtheilung sachkundiger Leser darbot.

Dieser weitere Versuch hat wohl aus innern Gründen die äußere Gestalt des frühern beibehalten, nur zeigt sich sein Inhalt verschieden. Denn während dort vorwiegend schon gedrucktes, höchst loses und bruchstückweises Material auszugsweise zu sichten, zu ordnen und mit den andern, handschriftlichen Daten zu verbinden war; während dort so viel Hypothetisches zusammengelesen und nothdürftig zusammengestoppelt werden mußte, ist der hier zu Grunde liegende Quellenstoff fast durchwegs noch nicht gedruckt, andererseits aber auch im Vergleiche zu dem früheren durchaus bestimmt, ausführlich, ja massenhaft zu nennen.

Dort hatte der Verfasser mit der Armuth und Unbestimmtheit der Daten zu kämpfen und er sah sich zu einer langathmigen Vorerörterung gezwungen, um sich und Andere, wie unvollkommen auch, über die Gesammtentwicklung des steierischen Landtags-

und Ständewesens Rechenschaft zu geben; — hier erwächst die Schwierigkeit der Arbeit aus dem Umfange, aus der Vielseitigkeit des Stoffes. — Es bedarf nur weniger einleitender Worte, um über die Quellen und die Behandlung der Materie die nothwendige Auskunft zu bieten.

Denn nicht leicht ist eine Periode der steierischen Geschichte so reich an Thätigkeitsäußerungen des ständischen Lebens, als gerade die der Jahre 1522—1564: die Zeit der innern und äußern Wirren, die Zeit der „Türkennoth und Landesplag", die Epoche der Reformation.

Die Landtagshandlungen und die Akten der ständischen Verwaltung, der Schriftenwechsel zwischen Regierung und Landschaft zeigen deutlich genug die wohl berechneten Schachzüge zwischen der Vertretung der landesfürstlichen und gesammtstaatlichen Interessen auf der einen, und der Sachwaltung zu Gunsten der provinziellen Autonomie und Wohlfahrt auf der andern Seite; sie lassen uns aber eben so oft das Gefühl der gemeinsamen Gefahr erkennen und weisen nach, wie man derselben im Vereine mit den beiden andern innerösterreichischen Erblanden oder mit allen deutschhabsburgischen Stammprovinzen zu begegnen sucht. Den Forscher darf es da allerdings nicht verdrießen, den Wust breit und lang gehaltener Aktenstücke zu durchwühlen, um durch die dicke Schale auf den Kern zu gelangen.

Hand in Hand mit den Staatsactionen gehen die Religionssachen, und hier tritt das solidarische Interesse der gesammtösterreichischen Erblande noch deutlicher in den Vordergrund. [1])

Die Vorlagen der Regierung an die landtägliche Ständeversammlung (Credenz, Instruction und Fürtrag) verbreiten sich oft so umfassend über die politische Sachlage, die Kriegsläufe, das Finanzwesen, über die Staatsbedürfnisse im Allgemeinen und Einzelnen [2]), daß sie nicht selten den Umfang von förmlichen Denkschriften erreichen; die „Antworten", „Beschwär"-Artikel und „Suppliken" einer „Ersamen Landschaft", oder des Landtages, überbieten sie noch an Detail und Ausführlichkeit der

[1]) Man lese nur die Akten des Wiener Ausschuß-Landtages v. J. 1556, um zu sehen, wie fest die Provinzen in ihren Religionsforderungen zusammenhielten. Vergl. Raupach's Evangelisches und erläut. evangel. Oesterreich 1736—1741. Hamburg, 4°, 1. u. 2. Bd.

[2]) So z. B. 1528—32, 1540—53 in den drangvollsten Lagen Ferdinands. Eine belehrende Darstellung liefert mit theilweisem Bezuge auf die Steiermark Oberleitner im XXII. Bande des Arch. f. K. österr. Gesch. u. d. T. „Oesterreichs Finanzen u. Kriegswesen unter Ferdinand I. 1522—1564", S. 1—233, u. im XXX. Bde., unt. d. T. „Finanzlage Niederösterreichs im 16ten Jahrh." (S. 5—91).

Darlegung und haben im Wege beiderseitiger „Repräsentationen“ nicht selten Duplikeu, Triplikeu, Quadruplikeu u. s. w. zur Folge. [3])

Die „Ratslüg“ des Landtags oder Hoftaidings behandeln eine Fülle landschaftlicher Angelegenheiten; von den Verhandlungen über die Geldhilfen und das Aufgebot an herab bis zu der geringfügigsten „Bestallung“ oder „Supplik“.

Dazwischen laufen Aktenstücke der vereinigten Ausschußlandtage oder Berathungen besonderer Natur, landesfürstliche „Generall“-Mandate, Relationen oder Berichte, regelmäßige Zuschriften der Verordneten an die Regierung, ständische Beamte, Ausschüsse, einzelne Körperschaften und Private; Eingaben der einzelnen geistlichen und weltlichen Corporationen, Städte und Märkte an die Regierung oder die Landschaft; Berichte über den Stand der Landesvertheidigung, der „windischen und krabatischen Gräniczen“ von Seiten bestimmter Commissionen oder Bevollmächtigter [4]); Polizei-, Wald-, Erz-, Jagd-Ordnungen u. s. w. [5]), mit einem Worte, das gesammte innere Leben der steirischen Landschaft erschließt sich da den Blicken.

So mannigfachen Inhalts ist die Quelle, welche für das Nachfolgende fast ausschließlich benützt wurde: es ist die Reihenfolge der „Registraturen oder Register der Landtagshandlungen und Akten“, wie selbe jetzt theilweise dem Joanneums-Archiv im Wege der Ueberweisung aus dem landschaftlichen einverleibt ist.

Selbe bietet in den ersten 10 Foliobänden und in einem nebenläufigen Hefte das bezügliche Material für die Zeit von 1522—1564.

Landtagsprotokolle für diese Periode konnten nicht benützt werden [6]) und erscheinen auch angesichts der Aufgabe, die Landtagsakten selbst zu verzeichnen, leichter entbehrlich, da jene

---

[3]) Die Landstände geben nicht selten eine umfassende Kritik der politischen Sachlage in ihren Antworten. So in der Landtags-Antwort von 1528, 1529, 1532 Die Langathmigkeit der Unterhandlungen mit der Regierung ersieht man am besten aus den Landtagsakten von 1530, 1533, 1556, Jänner (Wien), Dezember (Grätz) u. s. w. Viele treffliche Winke bieten auch die Korrespondenzen des Herzogs Albrecht von Preußen mit Hans Ungnad (—1564) und mit S. v. Herberstein im XVII. Bde. (207—273) und XX. Bd. (266—295) des Arch. f. K. österr. Gesch.

[4]) So die Relation des Landeshauptmanns Freih. Ungnad v. Jahre 1554, 5. Februar; die landtäglichen Vorlagen v. 1555 (Juni), 1556 (Mai) u. a.

[5]) So z. B. die Beschwerd-Artikel der steier. Landschaft v. J. 1533 (L. R. IV. Fol. 15—20).

[6]) Die ältesten, die man mir zur Benützung überließ, gehören in die Zeit Eh. Karls (nach 1564). Muchar citirt wohl das ein oder anderemal „Land-

blos die Anträge und Debatten kurz verzeichnen, welche diese zur Folge hatten. Nur zur Ausfüllung der wenigen Lücken in den Registraturen der Landtagshandlungen und Akten wären sie willkommen gewesen.

Es sei in dem Folgenden eine kurze Beschreibung der benützten Quelle geboten, und zwar nach der Reihenfolge der Bände in der gegenwärtigen Aufstellung.

1. Band I. Gemischten Inhalts. Hieher bezüglich:

Fol. 1—12: Verzeichniß der „Anlagen“, von der Landschaft in den Jahren 1522—1567 bewilligt. (Vorangestellt, ohne Foliirung, erscheint die Copie der Eidformel des Landeshauptmannes Freih. Georg v. Herberstein z. J. 1557.)

Fol. 12—161: Unterschiedliche Abschriften von Landtagsakten, landesfürstlichen Mandaten u. s. w. aus dem 14—16. Jahrhunderte (eine aus dem 14ten, mehrere aus dem 15ten, die meisten aus dem 16ten Jahrhundert.)

2. Band II. Umfaßt die Landtagshandlungen in den Jahren 1528—31.

176 Fol. Bl. beschrieben.

3. Band III. Landtagshandlungen von 1529—1530 (ergänzt die Lücken des II. Bandes).

192 Fol. Bl. beschrieben.

4. Band IV. Landtagshandlungen in den Jahren 1532—33.

Fol. 1—90a beschriebn, 90a—132 leer; 132—33 beschrieben, 133—52 leer; sodann von 152 bis Ende beschrieben.

5. Band V. Landtagshandlungen in den Jahren 1537—43.

Voran das Wappen des N. Franz v. Teuffenbach in Farben ausgeführt. Zu Fol. 93a findet es sich wieder mit der Unterschrift „Franzisch von Teuffenpach 1555 jar.“

Fol. Bl. 1—72 beschrieben, 72—75a leer; 75a—251 beschrieben.

Seite 251—254. „Abschrifft des Lanndsbriues der Herrschafft Wolkhennstain.“

Chmel brachte in den Monum. habsb. I. 2, S. 692—4, 695—696, zwei unvollständige Entwürfe dieses werthvollen Banntasdings, den einen datirt von „Sambstag vor Liechtmess 1478“, den zweiten kürzeren ohne Datum.

Die hier angezeigte vollständige Abschrift führt das Datum: Sonntag vor Liechtmessen.

---

tagsprotokolle“ im 8. Bde. seiner Gesch. d. Steierm., aber der Inhalt weist in der Regel nur auf Registraturen der Landtagshandlungen. Ob ihm Protokolle im eigentlichen Sinne vorlagen, bleibt dahingestellt.

Sodann 6½ Fol. Fürstenfelder Musterregister vom 8. September 1543.

6. Band VI. Landtagshandlungen von 1537—1543.

Identisch mit dem Inhalte von Band V. (Erklärt sich daraus, daß Band V und VI aus verschiedenen Sammlungen stammen.)

Fol. 1—282a Landtagshandlungen;

282a—283b Wolkensteiner Landbrief.

7. Fol. Band VII. Landtagshandlungen von 1538—1552.

Fol. 235a—255a unbeschrieben, 287—88 desgleichen.

8. Fol. Band VIII. Landtagshandlungen von 1538—1555.

Fol. 188b. Teuffenbach'sches Wappen, in Farben ausgeführt.

Von Fol. 1—296 mit Band VII identisch, von Fol. 297 an verschieden.

Fol. 149—238 leer, 374—384 und von 421 an desgleichen; dann beginnt eine neue Foliirung mit 922.

9. Fol. Band IX. Landtagshandlungen von 1555—1556 (1561).

324 Folio (73б—74b leer).

10. Fol. Band X. Landtagshandlungen von 1554—1564.

Fol. 32b—36b leer; sodann bis Fol. 347b beschrieben, von da an leer.

(Vom XI. Bande schlägt ein: Fol. 1—3a mit Fol. 347 vom X. Bande identisch)

11. Ein besonderes, 57 Fol. Blätter zählendes Heft mit 5 Bogen Beilagen und der Ueberschrift: „Landtags und andere Hanndlung in Steyer 1522". (Hiemit ist eine Ergänzung zu L. H. II. geboten.)

Als subsidiäre Quellen benützte der Verfasser: ein Register der Landtagsbewilligungen (Papierheft in Fol. mit Nr. 171), dessen Daten mit 1457 beginnen und von Ferdinand I. an ununterbrochen mit ziemlicher Ausführlichkeit fortlaufen; sodann die Sammlung landschaftlicher Patente. Beides findet sich in der landschaftl. Registratur. Endlich bot eine lose Aktenreihe, die ich unter dem Schlagworte „Akten des Joanneums-Archiv" anführe, stellenweise Ergänzungen.

Da überdies der Ausschuß des historischen Vereins dem Verfasser das Manuskript des VIII. Bandes der steierischen Geschichte aus dem Nachlaße Muchar's zur Durchsicht und Druckbereitung überwies, so ließ er es sich angelegen sein, die eigenen Aufzeichnungen mit denen Muchar's zu vergleichen, und es ergab sich, daß Letzterer wohl die gleiche Aktenreihe benutzt habe, aber in sehr ungleicher und fragmentarischer Weise. Da noch der Uebelstand eintritt, daß bei Muchar fast durchwegs ein bestimmtes Citat fehlt, so konnte diese Vergleichung nur beiläufig sein. Ein paar Daten, die Muchar aus anderer Quelle schöpfte, wurden der Vollständigkeit wegen aufgenommen und unter Muchar's Bürgschaft gestellt.

Auf gedruckte Quellensammlungen und Hilfswerke Rücksicht zu nehmen fand sich nur ausnahmsweise Gelegenheit. Eben so wenig konnte es im Plane eines möglichst gedrängten und übersichtlichen Inhaltsverzeichnißes liegen, ausführliche historische Erläuterungen und Reflexionen einzuflechten oder das Material bis ins kleinste Detail zur Sprache zu bringen. Oft mußte ein Schlagwort oder in der Regel der bloße Titel des Aktenstückes Natur und Gehalt desselben andeuten. Nur besonders Wichtiges wurde umständlicher wiedergegeben. [7])

Der Verfasser behielt die Form der Regesten und Auszüge bei, wie er selbe in den Vorarbeiten zur Geschichte und Quellenkunde des steierischen Landtagswesens von 1160—1522 angewandt, indem er die chronologische Folge der Materien jener Anordnung vorzog, die sich an die chaotische Reihe der Aktenstücke selbst hätte schließen müssen.

Er fühlt sich schließlich gedrungen, seinen Dank für die Munifizenz auszusprechen, mit der ihm der hohe Landesausschuß die Benützung der bewußten Aktenstücke freistellte, und der regen Förderung zu gedenken, die auch diesem Versuche sein Freund, der landschaftl. Archivar, Professor Zahn, durch Rath und That, so wie der Vorstand der landschaftl. Registratur Herr Podgorscheg durch unermüdliche Gefälligkeit angedeihen ließen.

Landtagshandlungen und ständische Akten
aus den Jahren 1522—1564.

(L. H. bedeutet die Akten der Landtagshandlungen; die römischen Ziffern die Folgenummer der Bände; L. R. das Register der landschaftl. Bewilligungen von 1457 an; L. P. die landschaftl. Patente.)

1) 1522, 24. April, Gräzer Landtag auf Quasimodogeniti. (Vergl. den Revers Ferdinands I. w. u.)

[7]) Um in das Wesen der Landtagsverhandlungen einzuführen, erscheinen namentlich die Akten von 1527—39 durch die Mannigfaltigkeit der landesfürstlichen Anforderungen geeignet. Daher finden sie sich in diesen Auszügen detaillirter gehalten, wozu auch der Grund bestimmte, daß das Spätere vielfach nur Schablone des Früheren blieb.

— —, 14. Mai.

Schadloshaltungsbrief E. Ferdinands I. zu Gunsten der steierischen Stände in Ansehung ihrer Türkenhilfe von 300 Pferden und 300 Fußknechten sammt Proviantlieferung, auf die Zeit von 5 Monaten. — In Geld 14.000 Gulden (Pfunde) angeschlagen. (L. H. I. f. 136b—7a und f. 1., desgl. L. R.)

— —, 19. Mai.

Patente des Landeshauptmannes Sigmund von Dietrichstein, mit Bezugnahme auf die Beschlüsse des Landtages Quasimodogeniti (24. April).

α) Einberufung des Aufgebotes der obern Steiermark nach Gräz, des der untern nach W. Feistritz.

β) Bedrohung der Säumigen und mit dem Anschlage Aushaftenden durch die Strafe der Gütereinziehung.

γ) Weisungen bezüglich der Kreidfeuer und Glockenschläge im Interesse des allgemeinen Zuzuges.

δ) Vertheilung des Aufgebotes.

αα) Weisungen zur Ueberwachung der „Vmblauffer, Zigeyner, pettler, so nit sonders am leib schadhafft und prechenhafft sein“ und dergleichen „unbekannt Leith“.

ββ) Mandat in Ansehung der Profiantzufuhr.

2) 1523, 31. Okt., W. Neustadt.

EH. Ferdinands Abschied in der Streitangelegenheit der steierischen Landschaft mit den Städten und Märkten, betreffend die im Burgfrieden gelegenen adeligen Güter. (L. H. I. f. 100 steier. Landhandveste, neue A. p. 58.)

3) — —, 6. Dez., Marburger Landtag.

„Im landtag Nicolai zu Marchburg 200 gerüstete Pfärt vnd 800 zu Fueß khnecht 6 Monat lang bewilliget worden.“ (L. R. z. J. 1523.)

(L. H. I. f. 1 findet sich z. J. 1523 die Angabe: „300 Pferd und 800 Fußknecht wider die Türkhen.“)

4) 1524.

„Ain hülff zu Roß und Fueß, wider den Türkhen nämlichen, 300 Pfärt vnd 300 zu Fueß, 6 Monat lang.“ (L. R. z. J. 1524.)

(Im L. H. f. I. findet sich z. J. 1524 die Bewilligung mit „200 Pferd und 800 Fußknecht wider die Turkhen“ beziffert.)

5) 1525, 20. Febr., Bruck a. d. M., Landtag.

„Im Landtag montags vor St. Mathießtag zu Bruckh an d. Mur sein wider die Rebelischen Paurn 100 gerüste vnnd 200 geringe Pfert auf 6 Monat bewilliget vnd ist auf ein Pfundt Gelds 1 Schilling 2 Denare angeschlagen worden.“ (L. R. z. J. 1525.)

(In L. H. f. I. findet sich folgende Angabe: „100 gerüstete und 200 gerichtete Pferd wider die Turkhen. . . . . Pauern-Pund gewest, ½ Gült bewilligt: 35,000 Pfund Denare . . .")

1525, 1. August, Wolfsberg.

Beschluß der Stände von Steier, Kärnten und Krain zu Wolfsberg in Kärnten. Steier soll 300 Pferde, 100 gerüstete und 200 geringere — und 300 Fußknechte stellen . . . . Jedes Land soll dem Grafen Salm zur Berathung über die Kriegserfordernisse Einen Kriegsrath beiordnen. Bei besonderer Gefahr darf Salm mit den Räthen von jedem Lande auf 100 Pfund Gold 1 Pfund und 2 Fußknechte schlagen. Katzianer wird angewiesen dem Salm zu Hilfe zu eilen, und endlich wird die Besetzung von Strechau, Gallenstein und Murau angeordnet. (Notizbl. z. Arch. f. K. österr. Gesch. IX, S. 72.)

——, 8. August, Leoben.

Schreiben der steierischen Landherrn hinsichtlich der Einziehung der salzburgischen Städte und Schlösser in der Steiermark und der Entschädigungsforderung des steir. Landes an das Erzstift Salzburg. (Buchholtz G. Ferd. I. IX. Urkdbd. S. 634—35; vergl. Pritz Gesch. d. L. Oesterr. o. d. Enns II. 232. Vergl. über die bezüglichen Verhandlungen zwischen Regierung und Ständen Buchholtz VIII. 120 ff., und Oberleitner Reg. z. Gesch. des Bauernkrieges in Steiermark und Salzburg. Notizenbl. z. A. f. K. österr. G. IX. 68—72 u. 86—92 (reichen bis 3. Juli 1526.) Endlich den Originalbericht Dietrichsteins von seinem Ueberfalle zu Schladming ddo. 3. Juli 1525, veröff. von Stülz im 17. Bde. des Arch. f. K. österr. G. S. 131—149.)

——, 12. August, Wien.

Erzherzoglicher Bescheid auf die Beschlüsse der ständischen Ausschüsse bei deren Zusammenkunft in Wien auf St. Margarethentag (19. Juli), gerichtet an die Stände der 5 Herzogthümer. (Buchholtz a. a. O. 636—639.)

6) ——, 28. August, Gräzer Landtag.

„Mer ist im bemelten 1525 Jar, Montags nach Bartolomei, (28. Aug.) auf Wart- und Rüst-Geld auf ain Pfundt Gelts 2 Sch. Den. angeschlagen worden." (L. R.)

——, 30. Aug. (Mittwoch nach Augustini), Leoben.

Landschaftliches Aufgebotspatent für die ganze Steiermark, betreffend die Sammlung von Streitmacht bei Leoben (gegen die aus dem Salzburgischen eingefallenen Bauernrebellen) unter der Führung des erzherzoglichen Feldhauptmannes Niklas Grafen von Salm. (L. P.)

Ueber die weiteren landschaftlichen Bewilligungen dieses Jahres findet sich in dem bewußten L. R. Nachstehendes:

„Mer ist in disem Jahr zu betzallung der Gelltschulden, so man zu widerstandt des Angrifs vnd vberfals, welcher dem Fürstenthumb Steyr auß dem Stifft Salzburg beschechen, aufbracht vnd auf das', so noch auf die Dienstleuth vnd andere Außgaben auferlofft, auf ain Pfundt gelts 4 Schilling angeschlagen worden.

Thuen die vier Anschleg, so in disem fünfvndzwainzigisten Jarn vnderschidlichen bewilliget worden von ainem Pfund Gelts 1 fl. 1 Schilling, 22 Denare. Wan nun solcher Anschlag nach dises Landts schäczung der 72000 G. geraitet wird, bringen dise Anschleeg in Gelt 87600 fl. vnnd sein Einnemer gewesen in disem Jar: Herr Lienhart von Ernau und Herr Bernhardt Rindtschädt."

7) 1526, 24. Juni, Gräzer Landtag.

„Im Lanndtag Johannis Baptistae ist zu beczallung der 200 Behaim vnd anderer Dienstleuth wider die Vinczgauerischen Aufrüerer halbe Gült, item Wartgelt, das Jar ain Schilling zehen Pfening, monatgelt 20 Denare vnd sein in disem Jar auch die vorigen Einnemer gewesen." (L. R.)

(In L. H. f. I. findet sich die Totalsumme mit 35.000 Pfd. Den. beziffert.)

1526, 9. Juli, Gräz.

Befehl des Landeshauptmannes Sigmund von Dietrichstein, die ins Pinzgau eingefallenen und hier geschlagenen Knappen und Bauern auf ihrer Flucht weder zu „behausen" oder zu „beherbergen" noch zu „ätzen" oder zu „tränken". (L. P.)

8) Gräzer Martini-Landtag (?).

14. Aug. 1526.

Königliche Verordnung an alle Stifter, Klöster und Gotteshäuser, sämmtliche Kleinodien, Silber, Gold, Edelsteine und Baarschaften durch den Münzmeister, im Beisein landschaftlicher Commissäre verzeichnen, abwägen und abschätzen zu lassen. Verbot aller Widersetzlichkeit gegen die bestellten Commissäre. Außerdem wurde dem Klerus als Türkensteuer ein Drittheil seiner Einkünfte abgefordert. (Cäsar VII. 92; Muchar VIII.; Hammer-Purgstall, L. des Kard. Khleßl I. Beil. S. 38—40. In einer Declaration finden sich bezügliche Maßregeln von 1526—1561 zusammengestellt. – Buchholtz VIII. 145 f., und besonders 149, wo die Gegenvorstellungen der Steierer von 1530 angeführt werden.)

Die Stände remonstrirten gegen diese Maßregeln, aus Furcht vor einem unausbleiblichen Aufruhr der Bauernschaft. Zur Beschreibung der Kleinodien bedürfe es der ständischen Bewilligung. Die inventirten und ausgelieferten Kleinodien sollen auf dem Grazer Schloße unter dreifache Sperre gelegt werden, zu welcher Prälaten, Herren und Ritter die Schlüssel haben; Protest gegen die Maßregel des Erzbischofs von Salzburg, der solche Kleinodien von den steirischen Pfarren seines Besitzthums auf eigene Faust eintreiben wollte. Man solle lieber eine Leibsteuer auf den gemeinen Mann werfen, da derselbe ohnehin noch nie in Mitleidenschaft gezogen. (Muchar VIII.)

1527.

9) Gräzer April-Landtag.

18. März, Schloß Prag.

K. Ferdinands Credenz und Instruction für seine Räthe: Erhard, Herr zu Polhaim, Wolfgang Graßwein, Vizedom in Steier, und Leonhard von Ernau.

Schilderung der allgemeinen Gefahr; Forderung einer Steuer auf die Herrengült, 10 fl. auf 100 Pf. G., einer Leibsteuer und des klassenmäßigen Wochenpfennigs in der Form eines Hilfsgeldes von 1000 fl. 1 Gulden als Erwerbsteuer, 1 Pfennig von jedem

Gulden Jahresbesoldung als Einkommensteuer, Einbeziehung der Geistlichkeit in den gemeinen Pfennig, eine Handwerk- und Schatzungssteuer (6 Kr. und von jedem Pfd. G. über 10 Gulden 1 Pf.). Von jedem, der über 12 J. alt, den Wochenpfennig, besondere Abgaben von Pfand, Zins und Burgrecht (2 fl. von 100), Judensteuer (1 fl.), Bergwerksabgabe (von jedem Gulden Ueberschuß 1 Kr.), den Wochenpfennig von Knappen, Köhlern und ledigen Knechten, von Kaufleuten. — Verzeichnisse sind anzufertigen von dem Einkommen der geistlichen und weltlichen Grundherrn. Die Einhebung hat quatembermäßig zu erfolgen und die 4 Viertel des Landes sollen in 8 getheilt werden. — Zur schleunigeren Herbeischaffung des Verlangten soll die Standschaft die Hälfte der Kirchenkleinode zu Geld machen, die andere Hälfte vorstrecken und sich durch den allgemeinen Pfennig schadlos halten. (L. H. II. f. 55—60.)

Antwort der steierischen Landschaft: Bewilligung der Steuer- und Kleinodienvermünzung, Abänderung des Repartitionsmodus, von 100 Pf. G. 10 Pfd. Pf. bewilligt; Besteuerung des Bauers mit 20 Pf., des Dienstboten mit 8 Kr., der ledigen Lohn-Personen, Bergknappen und Köhler mit 13 Kr., Gewerke mit 5 Pfd. von 1000 Pfd. Pf., Klerus mit 1 Kr. von 1 Pfd. Pf. Einkommen, von „Mendikanten und Petlern" 5 Kr. per Kopf — Maßregeln zur Eintreibung — Grenzvertheidigung — Aufgebot. Verlangen nach Reversales. — Schließlich wird die Hoffnung ausgesprochen: „Sr. Mt wolle mit dieser Bewilligung ihre „Ersettigung" haben." (L. H. II. 60—62.)

In dem L. R. findet sich folgende übersichtliche Darlegung der landschaftlichen Bewilligungen:

„Im Landtag den 1. Aprilis sein zu Vnderhaltung 300 gerüsteter Pfärt vnd 600 Fueßkhnecht, welche zu eroberung der Cron Hungern bewilliget gewesen, von ainem Pfundt Gelts angeschlagen worden 24 Pfennig (6 Kr.). (L. H. f. I. 7000 Pfd. Den.) — Mer ist bewilliget halben Tail der Kirchen Clainodien, welcher bracht 31725 Gulden 6 Schill. 4 Den. 1 ½ haller vnd ain halben fierer.

Mer ist auf die Vndterthonen, Jre Weib und Kinder, von ainer Person fünff Khreuzer angeschlagen worden. — Item auf die Diener, so vber 6 fl. Besoldung gehabt, von ainem Gulden ain Khreuzer. Item von Tag vnd Handwerkern von ainer Person 8 Khreuzer. — In disem Jar ist Einnemer gewesen Herr Seyfried von Windischgräz, Freyherr."

In den Landtagsverhandlungen erscheint auch der Protest der Stände gegen widerrechtliche Mauten — die Anordnung des Verrufs der schlechten welschen und kroatischen Münze — Cementirungsvorschriften u. dgl.

1528.

10) Gräzer Landtag zu A. Jänner. (Erichtag nach der h. 3 Königtag.) L. H. I. f. 138a. L. H. II. Vorderblatt.

Auf einen solchen, als am 7. Jänner („jüngstgehalten") bezieht sich das Patent v. 6. Februar (Pfinstag Dorotheentag Gräz), worin der Landeshauptmann Sigismund von Dietrichstein des eventuellen Ausgleichstages gedenkt, der wegen landschädlicher Grenzeinfälle Montag nach Sonntag Oculi in Oedenburg stattfinden soll. (L. P.)

Dies bestätigt das L. R., in welchem sich nachstehendes verzeichnet findet:

„1528 im Landtag den 7. Januarii sein wider die Vnglaubigen bewilliget worden 22,000 fl. darein die von Stett und Märkht mit den vierten Thail auch einkhumen vnnd ist angeschlagen auf ain Pfund gelts 2 Sch. D. — Der Anzug ist bestimbt: Im Viertl Judenburg vnd Enstal auf Bruckh, im Viertl Vorau auf Fürstenveldt, im Viertl zwischen Mur vnd Traa auf Rakhrspurg vnd enhalb der Traa auf Pettau."

1. Februar, Schloß Ofen.

Schadloshaltungsbrief K. Ferdinands für die steierischen Stände in Betreff der landtäglichen Bewilligung von 22,000 fl. rh. (L. H. I. f. 138a.)

11) Gräzer Landtag um Luciä. (10.—13. Dez.)

Ueber denselben äußert sich K. Ferdinand im Reverse vom 15. Dez. (s. w. u.) mit den Worten: „so wir in aygener Person in vnser stat Gräcz jezo den 10. Tag Decembris diz Jars gehalten."

„Fürtrag auf dem Lanndtag in Steyr Lucie anno 1528." (L. H. II. f. 20—30.)

Darlegung der politischen und Kriegsangelegenheiten (Ungarn, Neapel — Türkengefahr); Nothwendigkeit der Geldforderung erörtert und deren Umlage im Einzelnen entwickelt. [Forderung ½ Herrngült, ½ Jahreszinses von den Unterthanen, des 10. Pf. von Städten und Märkten, des Leibwochenpfenniges von dem übrigen „gemeinen" Volke, 20 % vom Gewerb und Kaufwerth, 6 Kr. vom Gulden des geistlichen Einkommens ......]

„Lanndschaft Steyr und Crain anntburt auf K. M. Begeren Inn Landtag Lucie anno 1528." (L. H. II. f. 30—39.)

Bewilligung der halben Gült, des Leibpfennigs von Lehen, Personen, Handwerkern und Tagwerkern, von 1 Person 13 Kreuzer des halben Bauernzinses, des 20. Denars vom Bergwerk, des Zinses vom geistlichen Einkommen .....; von 200 Pfunden Gült ein gerüstet Pferd und 2 Fußknechte. Auf 1 Pfd. Gült wurden

6 Sch. Den. angeschlagen. Das Ganze betrug 52,000 Pfd. Den.. Einnemer Herr Lucas Graswein (s. L. R. z. J. 1528 und L. H. I. f. 1—12.)

„Wo kein Zug nit bescher, soll das Gelt nit still liegen.“

Das allgemeine Aufgebot erschien den Ständen des gemeinen Mannes wegen nicht räthlich. Man werde die Gränzen verwahren und der Landesherr möge für erfahrene Kriegsleute, Kundschafter und Profiant sorgen, auswärtige Hilfe bei Potentaten, selbst beim „Sophi“ (pers. Schah), „Tartaren“ und „Moskowiter“ suchen und die Grenzen gut versehen lassen.

——, 15. Dez., Gräz.

Schadloshaltungsbrief Ferdinands „für ein tapfer und ansehnliche Hilff von Gellt, Rüstung und Aufpotten in einer Lanndschafft, Solldt vnd Lifferung.„ (L. H. I. f. 137.)

K. Ferdinands Declaration bezüglich des Lehenseides der steier. Stände. (L. H. I. f. 76a—77a.)

1529.

12) Gräzer Jänner-Landtag.

1528, 29. Dez., Schloß Gran.

Credenz K. Ferdinands für seine Bevollmächtigten an die steierische Landschaft, Georg Graf von Montfort, Christof von Racknitz, Seyfried von Windischgrätz.

Instruction für den Landtag am 12. Jänner (L. H. II. f. 1—10.)

Erörterung der ungarischen Sachlage; Nothwendigkeit ausgiebiger Hilfe gegen Johann, Grafen von Zips, und die raublustigen Türken; 26,000 Gulden und die Auswahl erfahrener Männer für den Kriegsrath von der steierischen Landschaft gefordert; Anzeige von der Geburt eines Sohnes; wolle die Landschaft auf das Geld nicht eingehn, so solle sie Kriegshilfe leisten, in der Art, wie sie einst weiland K. Max I. nach Friaul geboten, auf 6 Monate, oder auf den gemeinen Pfennig unterhandeln und wenigstens eine solche Rüstung wie das Jahr zuvor unterhalten; das Winterlager habe er des Zapolya wegen in den n. ö. Landen nicht nehmen können. Endlich wird der Nachweis von der Unausweichlichkeit strenger Maßregeln „wider die Lutherisch und viel andere new erschrockenlich und aufrüerisch leren vnd vnerhört poss furnemen“ geliefert.

„K. Mt. Antwortt von einer Landschafft von Steyer auf yetztermellt begeren.“ (L. H. II. f. 11—17.)

Klagen über die große Erschöpfung der Landschaft; Bewilligung von 22,000 G. in zwei Terminen, Georgi und Jakobi, mit Einbezug der Städte und Märkte; kategorische Forderung, daß mit Leonhart von Crumau die Rechnung geordnet werde; Nachweis der Gefährlichkeit des Aufgebotes beim gemeinen Manne, im Hinblick auf die Lage Max I. und die jüngsten Bauernempörungen. Der Kaiser möge für alles Kriegszeug Sorge tragen und die Vertheidigung der Grenzen nicht mehr kroat. Reitern, sondern Einheimischen überlassen; Nothwendigkeit aus- und erbländischer Hilfe; Vorschlag der HH. Hans von Auersberg, Hans Ungnad und Georg v. Reichenburg zum Kriegsrathe. Gegen die Strafmandate in Religionssachen verwahrten sich jedoch die Stände mit Hinweis auf die bezüglichen Landesfreiheiten und auf den Umstand daß sie selbst alle Strenge gegen die „lutherisch" Lehre, „Ketzerei, Meuterei, Widertauff" u. s. w. aufwenden.

Indem sie die einzig mögliche Abhilfe in einem allgemeinen Konzil oder zum mindesten in einer Versammlung „teutscher Nation" erblicken, legen sie schließlich zu Gunsten der Landesfreiheiten Verwahrung ein.

13) Gräzer Landtag auf Johanni B.

17. 18. Juni, Linz.

Credenz K. Ferdinands für seine Bevollmächtigten an die steirische Landschaft, Wenzel von Hofkirchen, Freiherrn zu Kolmünz, Erhard von Pollheim und Seyfried von Windischgraz, Vizedom in Steyer.

Forderung ausgiebiger Geldhilfe von 200 Pf. G. 1 Pfd. und 2 Knechte, sodann, da 40,000 M. z. F. und 10,000 z. Pf. für den Feldzug nothwendig — rasches und ausgiebiges Aufgebot. Begründet wird dies durch die ungarisch-türkischen Kriege und die seit K. Maxens Tode aufgelaufenen Schulden. (L. H. II. f 42—45.)

21. Juni, Wien.

K. Ferdinand an Sigmund Dietrichstein, Freih. zu Holenburg, Finkenstein und Thalberg, Landeshauptmann von Steier: gibt ihm Nachricht von der glücklichen Entbindung seiner Frau, der Königin Anna, von einem zweiten Sohne, welche 14. Juni zwischen 3—4 Uhr Nachmittags in Linz stattgefunden habe. (f. 45.)

Kön. Werbung in Angelegenheit der Luxuspolizei und der Kriegserfordernisse. In Bezug des Luxus „mit Gold, Silber, Seiden, Tuch, gefüllt pirett, vberiger Speiß, hochen Malzeitten, wolle er mit Rath der Landtleut vorgehn". Als Geldhilfe begehrt er ein unverzinsliches, auf die Kammergüter verschriebenes Anlehen von 10 fl. auf 1000 Gulden.

In dem Verzeichniß der Geldbewilligungen von Seiten der österreichischen Länder findet sich Böhmen mit 100,000 fl. rh., Mähren mit 48,000, Oesterreich mit 80,000, Steier und Kärnten mit 56,000, Tirol mit 65,000 angesetzt, Summa: 249,000 fl. rh.

und Specification der Kriegsauslagen im Belange von 645,000 fl. rh., so daß also nur 249,000 fl. durch die Hilfsgelder gedeckt und 296,400 Gulden im „Abgang" seien. Hiebei sei dann auch nicht einmal die Auslage für Hofgesinde, Profiant und Besoldung hoher Aemter in Rechnung gebracht. (f. 45—47.)

„Landschafft in Steyr Antwort auf K. Mt. Begeren im Landtag Joh. B. anno 1529."

Allgemeine Anerkennung der Nothwendigkeit neuer Zahlung und neuen Aufgebotes mit Hinweis auf den nächsten Ausschußlandtag, Aufrichtung „einer Policei" durch die Landesausschüsse; der König möge auf Munition und Verwahrung des Landes Krain Bedacht haben.

Bürgschaft der Stände für die Geldhilfe von 20,000 Gulden, wofür sie die Gefälle des Erzberges als Pfand verlangen, sobald die bezüglichen Rechte der Fugger außer Wirksamkeit getreten seien. Glückwünsch zur neuen Geburt eines kön. Prinzen. (f. 47—51.)

27. Juni.

Kön. Credenz in Ansehung der Nothwendigkeit eines Anschlages auf die Klöster, Gotteshäuser, Bruderschaften und geistlichen Pfründen: „daß die Prelaten und Inhaber derselben diser Zeit vor anndern auch ain mereres thuen und darstreckhen sollen".

Ständische Antwort.

Die Bruderschaften und geistlichen Pfründen seien „als J. Mt Camerguet zu betrachten". (f. 52—53.)

Im L. R. heißt es: „Im Landtag Johannis Baptistä sein wider die Türkhen von ainem Pfundt Gelts ain Schilling, zechen Pfenning anczuschlagen bewilligt vnnd bringet diser Anschlag vngefär in Gelt 12,000 fl." (Im L. H. I. findet sich diese Geldleistung mit 52,000 Pfd. Den. beziffert.) Als Einnehmer der Landschaft erscheint Herr Lukas Graßwein.

14) Dezember-Landtag in Bruck a. d. M. („aws Graz Sterbs halber vmbgelegt auff Bruck a. d. M.")

4. Dez., Linz.

Königliche Credenz und Vollmacht für Seyfried von Windischgräz, Bernhard von Teuffenbach und Georg von Thurn, sammt Instruction und Werbung. (L. H. II. f. 68—71.)

Aufforderung zur Hilfe und Beschickung eines General-Landtages der fünf n. ö. Provinzen zu Linz.

13. Dez., Bruck a. d. Mur.

Antwort der Stände. (L. H. II. 71—75.)

Gewährung neuer Türkenhilfe. (Bekanntlich war die Belagerung Wiens durch Sulejman vor sich gegangen und die Steiermark durch den Rückzug der Osmanen bedroht gewesen.) Man ist entschlossen, den Ausschußlandtag in Linz, am 13. Jänner 1530, zu beschicken. Als Ausschüsse für die Steiermark bevollmächtigt: Seifried von Windischgräz, Leonhard von Teuffenpach, Georg von Thurn, Sigmund von Dietrichstein, Adam von Holleneck, Landesverweser, Lasla von Ratmannsdorff, Andrä Hofman, Christof, Fürstbischof von Laibach, Christof Mindorfer und Abgeordnete der Städte.

(1529—1530.)

15) General-Ausschußtage der österr. Stammprovinzen zu Linz, a) vom 2. Juni (vergl. o. Nr. 13: Hilfsgelder), b) für Dezember, 1529, ausgeschrieben und A. 1530 abgehalten.

1529, 9. Nov., Krems.

K. Ferdinands Berufungsschreiben in Ansehung des für den 13. Dez. zu Linz angesetzten General-Landtages, wobei Prälaten, Adel und Ritterschaft in Person, Städte durch Bevollmächtigte vertreten sein sollten, mit vorlaufender Mahnung zur Türkenhilfe und nachdrücklichem Hinweise auf der „Camer erschöpfung". (L. H. III. f. 1—4.

27. Nov., Linz.

„Instruction für die k. Commissarien." (Ebend. f. 4—8.)

Verzeichniß der Namen derselben. (f. 8—9.)

(Für die Steiermark nach Gräz abgeordnet Seyfrid von Windischgräz, Vizthum in Steier, Bernhart von Teuffenpach, Görg von Thurn..)

„Folgen die Antworten von den Lanndtschafften zu obbemelten Landtagen gegeben." (f. 9—27.)

Darunter die von Steier ddo.

26. Dez., Bruck a. d. M. (f. 11—13):

f. 26b. „Vnnd nachdem K. M. im Kunigreich Behem unnd desselben zuegehörigen Lannden auch solch Lanndtag gehallten vnnd aber die Lanndschafften derselben Lanndt nit wollten bewilligen gen Lyncz zu den österreichischen Ausschußen ze khumen, hat Ir M. demselben Kunigreich vnnd Lannden ein sunder Malstatt nemlich gen Wudweis (Budweis) in Behem auf trium regum (6. Jänner) des XXX. Jars angeseczt, Sich selb in aigner Person dahin gefuegt" ......

(„Der k. Fürtrag" ebend. f. 27—34. Hinweis auf die ungarisch-türkischen Wirren.)

(f. 34a) Um aber den seit 13. Jänner 1530 nach Linz einberufenen Ausschüssen der fünf niederösterreichischen Lande die „Unkosten" eines längeren „Ligen" zu ersparen, sandte K. Ferdinand seine Gattin Anna und die Schwester Maria, die beiden Königinen, dahin als Bevollmächtigte.

11. Jänner, Budweis.

K. Ferdinands Credenz für die beiden Königinen. (f. 34b—35a.)

K. Ferdinands Credenz für die nach Linz „Zugeordneten“: Graf Rudolf von Sulz, Statthalter der niederösterr. Lande, Niklas Rabenhaupt von Suchen, niederösterr. Kanzler und Beat Widman, Doctor, Vogt zu Horb in Wirtemberg.

„Vnnd zu denen annder drey, die vor zu Lynncz gewesen, geordent, nemlich: Ciriac Freiherr zu Polheim vnd Wartemburg, Landeshauptmann ob d. E., Hans von Lamberg, Herr zu Sanstein, K. M. Gemalin Hofmeister und Josef von Lamberg, Ritter.“

Daran schließt sich die Instruction für beide Königinen und die zugeordneten Räthe. (f. 35—37b.)

K. Credenz an die Ausschüsse der Lande, die zu Linz versammelt. (f. 37b— 38.)

Regierungsvorlage. (f. 39—50.)

14. Jänner 1530, Linz.

Anzeige der k. Commissäre, gerichtet an Christof, Bischof zu Sekkau und Laibach, Christof Myndorfer „vnd die von Stettn“, daß, gemäß der Abrede vom letzten Brucker Tage (E. Dez. 1529, s. o.), einige Herrn sich zu dem Linzer Ausschußlandtage begeben hätten; von Dietrichstein wolle aber zunächst des Königs Genehmigung einholen; verordnet seien nach Linz: C. v. Polheim, A. v. Holleneck und Lasla v. Radmannsdorf. (f. 55.)

14. Jänner, Budweis.

K. Ferdinands Antwort: des Dietrichsteiners könne er nicht entbehren, sie mögen nach Kräften das gemeine Wohl berathen. (f. 55—56.)

Schriftenwechsel zwischen den zu Linz versammelten Ausschüssen und dem K. Ferdinand zu Budweis (über die Geldhilfe und das Aufgebot).

(Linz: 15., 20., 21., 23., 24., 28. Jänner, 5., 6. Februar. (Die Landschaften bewilligten eine halbe Herrengült.)

Budweis: 19., 20., 22., 28. Jänner, 13. Februar.)

Ferdinands Zuschriften an die beiden Königinen ddo. Budweis 18. Jänner und Berichte der kön. Comm. ddo, Linz 25. Jänner und A. Febr. (f. 57a—91.)

Eine neue Versammlung der Länderausschüsse und Verständigung derselben mit den Kommissarien des deutschen Reiches erscheint als nothwendig.

13. Febr., Prag.

Das letzte kön. Reskript. (f. 91.)

24. Febr., Prag.

K. Ferdinands Schadloshaltungsbrief für die bewilligte Hilfe. (L. H. II. f. 96.)

2. März, Prag.

Schreiben in Kriegs- und Landtagssachen. (L. H. II. f. 95.)

Ueber diese Ausschußtage im Allg. Buchholtz III. 256; IV. 573; 594 f.; IX. 158.

16) Gräzer Landtag vom 14.– 18. März 1530.

4. März, Prag.

Königliche Credenz und Instruction für die Commissäre Seyfrid von Windischgräz, Bernhard von Teuffenbach und Andreas Hofmann zu Neuhaus.

Die gänzliche „Kammererschöpfung" wird durch Nachstehendes begründet: Türkenkrieg, Unkosten zufolge der Ländertheilung, (von 1522—1525), Zug mit dem schwäbischen Bunde in das durch Strassenräuberei bedrängte Frankenland, Statthalteramt des heiligen Reiches, ungarische Friedenshandlung, Franzosenkrieg (schon habe er „Kleinater und Silber in Angriff genohmen"), Kosten der Vertheidigung der „krainerisch-krabatischen" Confinien, Zahlung von Provisionen und Pensionen, übernommene Regierungsschulden, Unterhaltung der Schwatzer Werke, Unterhaltung der verwitweten Kön. Maria, Hilfeleistung an K. Ludwig von Ungarn, Kronschulden-Erwerbung von Böhmen und Ungarn ...

Zur Wiedereroberung der festen Plätze an der Donau in Ungarn sei rasche und ausgiebige Hilfe nothwendig; eben so in der Steiermark. (L. H. II. f. 75—87. — Die Handlung der Verordneten findet sich auch unter den L. P.)

18. März, Gräz.

Antwort der steierischen Landschaft auf das königliche Begehren.

Bewilligung wie 1527: Der 20ste Theil des Gutswerthes, Ausschluß der Bauern und Brotdiener, Einschluß des Klerus eine halbe Gült. Außerdem Maßregeln zur Befestigung von Hartberg, Fürstenfeld, Radkersburg, Feldbach, Gleisdorf, Marburg, Pettau, Friedau, Cilli, Rohitsch und besonders Gräz; Robotausmaß für die Befestigungsarbeiten und Ernennung von Commissarien für die Ausführung der Aufgebotsordnung. Die Beschickung des nächsten Reichstages ward beschlossen. („Item Leibsteuer vnnd der zwainzigste Theil des gewerbß auf die vnangesessenen. Item von 100 Pfd. Gült ain gerüstes Pfärt vnnd 8 Fußknecht." — L. R.) (L. H. II. f. 88—94.)

Hier wurde auch der Windischgrätzer Ausschußtag der innerösterreichischen Lande vorberathen, und, zum Schluße, zur Verlesung der beiden königlichen Sendschreiben vom

24. Februar und 2. März (s. o.) geschritten. Die Regierung hatte die bisherigen Ständebewilligungen, von einer halben Herrngült, für unzulänglich befunden. Die Landschaft blieb dabei.

17) Windischgräzer Ausschußtag der innerösterreichischen Lande; 27. März, 1530.

I. „Hanndlung."

„Ratschlag" über die Abwehr der Türkengefahr von den Landen Steier, Kärnten, Krain, Görz.

„Verraichung der artickl, durch der Ersamen Lanndschafftn Steir, Kharndten und Crain ausschuß, den 27. Tag Martii 30. Jars zu Windischgraz, die 1000 Man vnd gemainen Zuezug betreffennd (l. kön. Reskr. v. 15. März), beratslagt." (L. H. II. f. 97—101.)

(Unterzeichnet erscheinen: Hanns von Helfenberg, Abel von Holleneck, Moritz Rienthoff, Franz Leyminger, Erasm von Thurn, Comenthur zu Laybach, Christof von Purgstall.)

II. „Hanndlung."

Vortrag des kön. Bevollmächtigten laut Instruction (vom 15. März, Schloß Prag) für Hannsen Katzianer, Landeshauptmann in Krain. (L. H. II. 101—102a.)

„Der Laund Hanndlung auf vorberuerten Kö. May. Fürtrag." (L. H. II. 102b—103a.)

Man bewilligte durchwegs die Forderungen der Regierung. Hanns Katzianer wurde zum obersten Feldhauptmanne der drei Lande angenommen. „Umb F ü r s t e n f e l d und derselben Ennd, wo es not ist, sollen die 200 gerüsteten Pferd und 300 Fußknechte, so die von Steier aufgenommen, beleiben." Außer den 300 Fußknechten soll man noch 700 aufnehmen, für Geschütz sorgen, die „krabat. Ortfleckh schützen". Von 25 Pf. Herrengült soll ein Fußknecht gestellt werden.

4. Juli, Augsburg.

K. Ferdinands Erlaß an die steierische Landschaft, betreffend die Verschreibung der Werthsumme des halben Theils der Kirchenkleinodien. (L. H. I. f. 99 u. 100.)

18) Gräzer Landtag, E. August, A. Sept., 1530.

2. Aug., Augsburg.

Instruction K. Ferdinands für Hanns Ungnad, Freiherrn zu Sonneck, obersten Vorschneider, Hauptmann und Vizedom in Cilli und Landeshauptmann, Seifried von Windischgrätz, Vizedom in Steier, und Erasm von Saurau, k. Rath. (L. H. II. f. 105—106.)

3. Sept., Gräz.

Ständische Antwort auf das kön. Begehren. (L. H. II. f. 107—108.)

Die Landschaft ist erbötig, das Aeußerste zu thun. Nachrichten vom Kriegsschauplatze: Eroberung von Clissa durch die Türken.

19) Brucker Landtag im September 1530.

30. August (1. Sept.), Augsburg.

Königliche Credenz und Instruction für Achaz Schratt von Kindberg, Seyfried von Windischgräz und Andrä Hofmann.

Vortrag der kön. Bevollmächtigten, gehalten am 14. Sept. (L. H. II. f. 109—113b.)

16. Sept., Bruck a. d. M.

Ständische Antwort auf das kön. Begehren. Zur Erhaltung von 1000 Fußknechten 8000 Pfd. Pf. bewilligt auf 2 Monate. Wunsch nach neuen Ausschußberathungen der niederösterr. Lande; Verwahrung gegen häufige außerordentliche Versammlungen; Bitte, zum Hauptmann möge ein „Landsmann" bestellt werden. (L. H. II. f. 114b—118a.)

Hier finden sich auch, f. 164b—192b, Aktenstücke über die gleichzeitigen Landtagsbeschlüsse in Oesterreich, Kärnten und Krain. (Vergl. L. H. III. f. 175b—180b.)

1531.

20) Gräzer Landtag um heil. 3 Könige (6. Jänner), 1531.

1530, 13. Dez., Mainz.

K. Ferdinands Credenz und Instruction für Christof, Bischof von Laibach, Administrator des Stiftes Seckau, Hanns Ungnad, Landeshauptmann, Andreas Hofmann und Ulrich Meichsner, Vizedom. Der König habe zum gemeinen Nutzen aus Eigenem schon 300,000 fl. verausgabt. (L. H. II. f. 119—123b.)

1531, 6. Jänner.

Vortrag derselben im Landtage. Ebend. von der Steiermark 60,000 G. gefordert. — Beigegeben ist eine „Declaration" der Reichs- und ausländischen Hilfen; vom Reiche seien 40,000 M. z. F. und 8000 z. R. versprochen. (L. H. II. f. 124—128.)

—— 11. Jänner, Gräz.

Antwort der Landschaft. (L. R. II. f. 128a—132a.)

Glückwunsch zur römischen Königswürde; Verwahrung zu Gunsten der Landesfreiheiten, gegenüber den Zugeständnissen Ferdinands; bedingte Bewilligung von 40,000 Gulden; Bezugnahme auf das jüngste Marburger Hoftaiding.

21) Gräzer Landtag, am 8. März 1531 eröffnet.

2. März, Linz. (24. 26. Februar.)

K. Instruction für die Commissäre: Windischgrätz, Hofmann und Meichsner. (L. H. II. f. 140b.)

8. März.

Vortrag der Commissäre; königlicher Tadel des letzten Ständebeschlußes; Bezugnahme auf den Ausschußtag der drei Lande zu Drauburg (Traaburg). (L. H. II. f. 135a—140a.)

10. März.

Antwort der steierischen Landschaft. Sie beharrt auf dem Bescheide vom Jännerlandtag.

22) Unter-Drauburger Ausschußtag der drei Lande Steier, Kärnten, Krain.

24. März 1531. Vergleich der Ausschüsse (17 an der Zahl, darunter der oberste Feldhauptmann Hanns Katzianer) über die Geldhilfen: Steiermark übernahm 1333 Pfd. 60 Pf., Kärnten 666 Pfd. 6 Schill. Pfenn. und Krain 500 Pfd. Pf., zusammen 2500 fl. rh. — Außerdem einigte man sich über eine beständige Grenzwehr zu Fuß und Roß, genaues Kundschaftswesen, das ständige Aufgebot von 8000 Krainer Bauern und das allgemeine Aufgebot sämmtlicher Lande bei schwerer Strafe der Säumigen. (L. H. II. f. 145a—147b.)

23) Gräzer Aprillandtag.

13. April, Budweis.

K. Ferdinands Instruction für die Commissäre: Bischof Christof, Ungnad, Hofmann, Meichsner. — Die Hälfte der 40,000 fl. (vergl. o. Nr. 20) sogleich verlangt. (L. H. II. f. 151b—153b.)

24. April. (Gräz.)

Antwort der steier. Landschaft auf die kön. Werbung; auf 100 Pfund Gült 1 gerüstet Pferd und 5 Schützen angeschlagen. (L. H. II. f. 154—157b.)

Man beschloß ferner die Verwirklichung der U. Drauburger Beschlüsse, sprach die Befürchtung vor der Nothlage des hart gedrückten Landmannes aus, forderte die ausschließliche Landesgerichtsgewalt über die Aufgebotssäumigen, eine Beschränkung des Aufgebotsrayons (bis Preßburg), die billigere Bemessung des Hilfsgeldes, wegen der größeren Höhe des Zinses im Oberlande, und endlich die Aufrichtung einer neuen Polizeiordnung.

24) Gräzer Julilandtag.

7. Juli. Budweis.

Kön. Instruction und Credenz für die Commissäre Hofmann, Windischgräz und Meichsner.

Vortrag derselben am 17. Juli. (L. H. II. f. 161—164; auch unter den L. P.)

19. Juli, Gräz.

Landtagsantwort. (L. H. II. f. 164b—167b.)

Man erklärt sich einverstanden mit der sofortigen Einberufung eines Ausschußlandtages der fünf niederösterr. Provinzen und ernennt dazu die steier. Bevollmächtigten (s. 1532). — Außerdem verwahrte man sich gegen den überhandnehmenden Viehaustrieb nach Tirol, besonders zu Nutz der dortigen Bergwerke. An Katzianer wurden 2000 fl. bewilligt; im November Seifried von Windischgräz an den kön. Hof abgeordnet.

Im Joann. Archiv findet sich ein Concept mit vielen Verbesserungen u. d. T. „Copey Landtagsanntburt Margarethe" in 6 Bl., gleichen Inhalts.

10. Okt. 1531. Speier.

K. Ferdinands Schreiben, worin er auf den letzten Wiener A. Landtag und auf den nächsten ddo. 30. Okt. 1531 hinweist. (Notizbl. 5, S, 318.)

11. Nov. 1531. Wien.

K. Ferdinands Schreiben, den nächsten A. Landtag in Linz betreffend. (Notizbl. 5, S. 318.)

1532.

25) Gräzer Landtag auf Letare.

Instruction der steierischen Landschaft für ihre nach Innsbruck abgeordneten Ausschüsse, „darinn der Landschafft gemein beschwär Artickl verleibt sein".

Ueber die Innsbruck-Budweiser A. Landtage s. Buchholz IV. 597.

Als Ausschüsse angeführt: Christof, Bischof zu Laibach, Administrator des Stiftes Seckau, k. Rath; Valentin, Abt zu St. Lamprecht; Hanns Ungnad, Freih. zu Sonneck; Sigmund von Dietrichstein, Landeshauptmann in Steier, Vicedom in Cilli, Freiherr zu Finkenstein, Hollenburg und Thalberg, Erbschenk in Kärnten; Erhard von Pollheim, k. Kämmerer; Adam von Holleneck, Landesverweser in Steier; Herr Lasla von Rattmansdorff, beide Ritter, alle sechs k Räthe; Herr Christof von Minndorf, Ritter.

Instruction: Berathschlagung wegen des „cristenlichen Erbfeinds"; Anbringen an den König zur Verhütung türkischer Einfälle; Hinweis auf die Ueberbürdung Inneröſterreichs in Hinsicht der allgemeinen Kriegslast; es sollen die andern Erblande ins Mitleid gezogen, Papst, Kaiser, Reich und alle christlichen Fürsten um ausgiebige Hilfe angesucht werden. Mindestens solle von den nieder- und oberösterr. Landen Hilfe geleistet werden. Der König solle Nachstehendes bewilligen: Reform der Landrechtsordnung, des Bergrechts; Behebung des Steuerausstandes der Städte und Märkte; Rückerstattung der wegen des Salzburger Hochstiftes im ungarischen so wie im Bauernkriege erlittenen Schäden; Reform des Lehenrechtes; Sorge für Getreideprovant, Polizeiordnung, Kriegssold. Beschwerden über die Eingriffe des Wolfgang Keutschach in das Windischgräzer Gebiet; Zeughäuserversehung; Bedürfniß kriegserfahrner Männer für das Aufgebot; Kundschafterwesen; Verbesserung des Bergwesens; Beiziehung eines Steierers zur „Regierung“; Beschwerden: über die Appellation des Bamberger Vizthums von Streitberg an das Reichskammergericht in Speier, über die „Muerschlacht“ bei Radkersburg (s. 1533), Appellation, Salzkauf, Schwatzer Viehaufkauf. Getreidemaß und Münze sollen gleichartig sein. (L. H. Registratur 1. f. 1—12.)

20. Februar, Innsbruck.

Kön. Werbung: „Den Ständen gemainer Landschaft, „so auf Montag nach Letare (11. März) in Unserer Statt Gretz beyainander sein werden.“

Instruction für die Commissarien Seifried von Windischgräz, Michael Meichsner und Lukas Graßwein vom:

21. Febr., Innsbruck.

Ortsbefestigung; Zuzug gegen Siebenbürgen; 80,000 fl. Hilfe. (L. H. Registr. 1. f. 12—20.)

26. Febr., Regensburg.

Kön. Nebenbefehl, anbelangend die Behebung der Irrungen mit Baiern und Salzburg; aus Anlaß der Getreidsperre und Salzfuhr. (f. 20—21.)

Postskriptum in Angelegenheit des Viehkaufes der Metzger in Schwatz und Rattenberg. (f. 22—23.)

26. Febr., Innsbruck.

Schreiben der oberösterr. Regiernng an die steier. Landschaft in der gleichen Angelegenheit. (Ebend.)

7. März, Wien.

K. Ferdinands „Nebenbefehl“ an die Commissäre, das „Eisenperkhwerch“ in Steier betreffend. (L. H. Reg. 1. f. 24.)

17. März, Gräz.

Antwort der steier. Landschaft auf die kön. Werbung; Bewilligung einer ganzen Gült, „vnnd auß aigenem seckhl von 100 Pfd. G. ain gerüstes Pfärdt“, außerdem solle es bei der Bewilligung der Innsbrucker Ausschüsse bleiben. In den Anschlag sollen auch die ausländischen Prälaten aufgenommen werden; Hinweis auf den Freiherrn Hanns Ungnad als eventuellen Ersatz für Katzianer; Ablehnung der Unterhaltung des steierischen Kriegsrathes; Flotillenbemannung; Befestigung von Wien u. a. Orte abgelehnt; über die 80.000 fl. solle ein andermal gehandelt werden. Den Schluß bildet eine „weitere Erledigung des Anbringens“ der Commissäre.

Ablehnung der Proviantbesorgung und der geforderten 80.000 fl.; Bestellung einer landschaftlichen Commission für die Reform des Eisenbergbaues aus 5 Herren, denen auch etliche Personen aus Leoben, Bruck und Judenburg beigezogen werden sollen; Rücksicht auf

Steiermark in den eventuellen Verträgen mit Salzburg und Baiern; die Summe der 5 Viertel des Anschlages, Rüst- und Wartgeld betrugen zusammen 74.718 Pfund 5 Schillinge und 17 Pfenn.; Bestellung neuer Verordneten; Registrirung der Landesfreiheiten; Verständigung der Oberösterreicher und Krainer bezüglich eines Tages zu Bruck a. d. M. und Wiener Neustadt; Viertelmeister und Musterherren. (24b—35a)

„Gemain Ratsleg im Landtag Letare." Hauptpunkte: Besoldung des Landesfeldhauptmannes; Landesvertheidigung; Kriegsrath Sigmund Geißrucker; Besoldung der Viertelmeister; Weinbeschlagnahme; Schlachtviehverkauf, an die Strasse über Judenburg, Murau und den Lungau nach Tirol gebunden; Bewaffnung des gemeinen Mannes; Zuzug nach Krain; über einen eventuellen Ständetag in W. Neustadt oder Bruck. Jedem Viertelmeister soll ein „Musterherr" beigeordnet werden. (Ebend. f. 35—39 — und Beilage 1 in zwei Bogen.)

„Ratsleg im Landtag Letare auf Supplication."

Hauptpunkte: Beschwerden des Stubenbergers über die Gewaltakte des Lajusch Pekri; Fleischverkauf; Fürkauf; ungarische und fremde Weine; Schottwiens Begehren dem Lande Steier einverleibt zu werden. (f. 39—43a. — Befehl an die „Weinhüter" f. 43b.)

3. Mai, Gräz.

„Ain Schreiben von Herrn Erasamb von Trautmannsdorf an den Herrn Lanndshauptmann, was massen er sambt etlicher Herrn vnd Lanndtleuten am dritten Tag Maji zwei kuniglich und ander Schreiben berathschlagt." — Handelt vom Kriegsrath und Hilfsgeld zu 200.000 fl. . . . (f. 43—45.)

15. Juli, Gräz.

Rathschläge. Neue Vorladung der in der Musterung Säumigen auf eigene Kosten; Entschuldigungs-Anzeigen; Rathschlag über die Musterung. (L. H. Reg. 1. Beil. 2. in drei Bogen.)

Oktober.

Ständische Zuschriften:

8. an Leonhard Neuhofer, Bürgermeister zu Bruck a. d. M., wegen Geschützübernahme;
„ an die Viertelmeister in gleicher Angelegenheit;
23. an Waldhauser von Altenhaus in Betreff der Getreidsperre;
26. an denselben wegen Silberkauf;
30. an Seifried von Windischgräz, Aufforderung zur Reise an den Hof. (L. H. IV. f. 6—7.)

1. Nov., Innsbruck.

Königliche Credenz und Instruction an einer ehrsamen Landschaft in Steier Verordnete, von wegen Erlegung des ausständigen Restes von dem jüngst bewilligten Hilfsgelde. Königl. Commissäre: Ungnad und Meichsner. (L. H. IV. f. 2—5.)

26) A. Nov. „Ratschleg im Hoftaiding nach aller H. H. Tag.“ Hauptpunkte: Antwort auf das Anbringen des Herrn Wolfgang Graswein in Hinsicht der Zahlungsausstände; Beschluß, einen Gesandten mit „Beschwärartikeln“ an den König abzuordnen; die Lasten des gemeinen Mannes zu erleichtern und dem Könige von den „beschwärlich Reden“ des gemeinen Mannes Meldung zu thun. (Wege, Mautheit, ungarischer Wein, Viehausfuhr, Getreide.) — A. Gräz am Freitag vor Martini (8. Nov.) (L. H. Reg. 1. f. 45—53.)

8. Nov., Gräz.

Antwort der Herren Verordneten auf das Anbringen Wolfgang Graswein's. (L. H. Reg. 1. f 54—55.)

14. Nov., Gräz.

„Der Gesanndten von den Herrn und Landleuten im Hoftaiding nach aller H. H. Tag an den kuniglichen Hof abgefertigt Instruction.“ (f. 55—Ende.)

15. Nov. Herr Seifried von Windischgräz mit Instruction und Credenz an den König abgefertigt.

19. Nov. Antwort des steier. Landesverwesers und der Verordneten an die Krainer in Ansehung der Grenzen nnd Ortschaften.

Bericht an den König. (L. H. IV. f. 7—13.)

„Gleichermaß auch der niederösterr. Regierung, Herrn Hannsen Katzianer als obristen Feldhauptmann solches angeczaigt.“ — „Denen von Khärndten ist auch zugeschrieben, ob Sy yemand neben ainer Lanndschafft Gesandten an khü. Mt. Hof verordnen wollen.“ Daran schließen sich Diversa. (f. 13 f.)

6. Dez., Gräz.

Antwort der steier. Verordneten auf das Anbringen der kön. Bevollmächtigten Ungnad und Meichsner. (f. 5—6.)

1533.

27) Gräzer Hoftaiding, 1. Jänner.

8. Jänner, Innsbruck.

Königliche Zuschrift: „Den Landleitten vnnser Fürstenthumbs Steir, so czu nagstem Hoftaiding czu Gräcz bey einannder versamblet werden.“

a) „Erledigung vber ainer Ersamen Lanndtschafft Beswär Artigklen.“ — Landesschäden; Nothwendigkeit neuer ständ. Zusammenkunft; Nachlassung der Marchfutter; Hilfe der Unterthanen; Landleute mit Dienst oder Dienstgeld zu versehen; Landschaft um Hilfe und Rettung anzusuchen. (L. H. IV, f. 15—16.

b) „Auff die werbung und artiggl, welche ain Ersame Lanndtschafft in Steyer verganngenes 31. Jars an die Roem. kun. Mt. vnnsern allergenedigisten Herrn durch etlich lanndtlewt gelanngen vnnd bringen lassen, gibt kö. Mt. dise vollgennd gnedig anntwortt vnd beschaid.“ (f. 16—20.)

Inhalt: Kürzung des Landrechtes; Landgerichts- und Bergrechtsordnung; Berkbüchel; Pfandschaften; Lehen; Getraidkästen; Polizei; Kriegsbesoldung; Zeughaus; „Provisaner“; „Kundschafft“; Viertelmeister-Besoldung; Eisenbergwerk; Beschwerartikel: über den Dreissigsten; Bamberg; „Muerschlacht“; Schub; Ausfuhr von Vieh, Wein, Getreide, Münze ...

c) „Alls der Rö. ku. Mt. vnnsern allergenedigisten Herrn derselben 5 niederösterr. Erblanndt Ausschuß verganngeß Jar (1532) etlich gemain artiggl Irer beswer vnd obligen furgebracht vnnd derselben Erledigung vnnderthenigclichen gebetten, ist darauff seiner k. Mt. nachuolgende antwortt.“ (f. 20—25.)

Inhalt: Verweisung auf ein gemeines deutsches Concilium: Bezugnahme auf den Augsburger und Regensburger Reichstag. Es sollen „gelert Prediger zur Entschlahung und Verhüettung der vnchristlichen entstannden Secten verordnet werden.“ Münze; Besoldung der Kriegspersonen; Proviant- und Zeughäuser; „Schiffung zu Obrewacz“; „Versehung der Greniczen in Krabaten“; Versehung dieses Landes mit einem Hauptmanne und Oberern; „Abstellung der zindenden und anndern Puchsen“; geistliche Exempte; Schub; Landrechtbuch; Bergrechtbüchel; „landtreymig Güetter“; Besteuerung der landesfürstlichen Kammer- und Pfandgüter; Universität zu Wien; Dreißigst; Lehen; Bestrafung der Rädelsführer der jüngsten Empörung zu Schladming; König Mathias (Angelegenheiten der vormaligen ungarischen Occupation); Heiratszwang; Besteuerung der Städte und Märkte; Fürkauf ...

d) „Ratslagung auff Herrn Seyfrieds von Windischgrätz außrichtung bei Rö. ku. Mt.“

Inhalt dem von b conform. (f. 25—29.)

10. Jänner. Zuschrift an den Landesverweser und die Verordneten von Krain. (f. 34.)

17. Jänner, Innsbruck.

Kön. Befehl an Joh. Katzianer. (f. 60.)

21. Jänner. „Die angeregt Vermeldung“ in Angelegenheit des Vertrages zwischen dem E. v. Salzburg und der steierischen Landschaft „der persondlichen Erscheinung halber“ vor der Landschranne und dem Hofgerichte. — Der bezügliche Vertrag f. 35. (f. 36.)

22. Jänner, Wien.

K. Patent, betreffend die auf den 7. Februar nach Altenburg verordnete Friedensunterhandlung mit Ungarn (gedruckt). (L. P.)

23. Jänner, Gräz.

Schreiben der steier. Landschaft an den König. — Es lag ihr besonders am Herzen, daß durch Bestellung gelehrter und geschickter Prediger rasche Abhilfe gegen die „sektirerischen Umtriebe“ getroffen werde. (L. H. IV. f. 29—30.)

Diverse Schreiben (f. 30—33) vom 26. Jänner. Desgleichen in Angelegenheit der Eisenbergwerke an Stubenberg, Poegl, Hofmann, Trautmannsdorf. (f. 33—34.) — Gleichzeitige Schr. an die Krainer. (Ebend.)

30. Jänner. Antwortschreiben an H. Andree v. Lamberg, Verwalter der Landeshauptmannschaft. (f. 37—38.)

31. Jänner. Zuschrift an den Herrn v. Dietrichstein in Bezug des Vertrages mit Salzburg. (f. 36—37.)

4. Februar. Antwort der Landschaft auf die Werbung der kön. Commissäre in Betreff der 4000 Gulden zur Unterhaltung der „Gräniczen“; Darlegung des Unvermögens. (f. 38—40.

Instruction für die landschaftlichen Weinhüter in den Distrikten Friedau, Luttenberg, Wernsee, Radkersburg, Feldbach, Fürstenfeld und Hartberg. (f. 40—41.)

8. u. 22. Februar. Zuschriften in Bezug der Wildoner Brückenmauth. (f. 41—43.)

16. Febr. Erklärung der Verordneten in Hinsicht des Anbringens der Weinhüter der unteren Steiermark. (f. 43.)

17. Febr. Zuschrift des Verwesers und der Verordneten an die Krainer „von wegen Viechs und Getraids.“ (f. 43—44.)

20. Febr. Desgleichen an die Krainer „von wegen Fürsehung der Gränitzen.“ (f. 44.)

25. Febr. Antwort auf das Schreiben „Herrn Hannsen Pachler, Verwallter der Landshaubtmannschafft in Crain.“ (f. 44—45.)

An die Herren von Dietrichstein und Herberstein „von wegen „Muerschlacht“ (Murwehre) des „Zetschi““. — 1511 begann nämlich Thomas von „Zetschy“ (Ziesi) am linken Murufer oberhalb Radkersburg eine Wehre zu bauen, die den steierischen Orten am rechten Stromufer durch wiederholte Wasserstauungen verderblich wurde, so namentlich den Herrschaftsgründen von Luttenberg, Graben, Weissenek, Pernek, Stadl, Gleinz, Kienberg, Rohr. (Darüber 1533, Juli.) (f. 45—46.)

Schreiben an K. Ferdinand „auff der von Crain anlanngen“. (f. 46.)

Zuschrift an den steier. Landeshauptmann. (f. 46—47.)

28) Gräzer Hoftaiding v. A. März.

17. Febr., Linz (vergl. die Zuschrift vom 29. Jänner).

Kön. Befehl an Hanns Ungnad, Landeshauptmann in Steier, und die Verordneten. (f. 47—48.)

Die Nachzahlung von 4000 fl. Türkenhilfe gefordert.

4. März, Gräz.

Antwort darauf seitens der Verordneten „mitsambt den eruorderte Herrn und Lanndleut". (f. 49—50.)

Man bewilligte nur von 20 Pf. G. 1 gerüstet Pferd und 2 Fußknechte und überdies wurde denen, welche die Rüstung nicht eingehalten, auf 1 Pfd. G. 26 Heller angeschlagen.

4. März, Linz.

Ein neues, in dringlichen Ausdrücken abgefaßtes Mandat an den Verweser. (f. 50—51.)

9. März. Viehkauf. (f. 55—56.)

„Aber die Herrn und Landleut, souill der pey dem Hoftaiding des Montag Invocavit (3. März) versamlet gewesen, haben es hierauff bei erst gethauer der Verordneten vnnd eruorderten Lanndleut Antwort beleiben lassen, darauff auch der khu. Mt. Anntwortt gegeben." — 11. März. Antwort der Landstände. (f. 51—52.)

Diverse Schreiben (f. 52—53) vom 4. u. 3. März, darunter an den König Ferdinand von letzterem Datum. (f. 52b—53a.)

26. März, Gräz.

Bericht der Verordneten in Betreff der Streitsache zwischen den von Bruck a. d. M. und dem Herrn v. Stubenberg. (f. 53—54.)

Zweiter Bericht der Verordneten an den König in Angelegenheit Weikhards von Polheim. (f. 54—55, vergl. 52.)

27. März. Zuschrift der Verordneten an den Landeshauptmann in Ansehung des Getreidausfuhrverbotes, wogegen sich die Landleut „enhalb der Traa" beschwerten, „mit anczaigen, das Inen an des Getraids Versilberung die meiste narung lige." (f. 56—57.)

1. April, Wien.

Kön. Mandat, den Herrn Sebold Poegl betreffend. (Vom 2. u. 8. Mai Wien. f. 70b—71b.)

„21. April sein auf etliche Herrn von wegen Irer Vnderthanen, so sich vber die auffgegangen Generall das getraid vnd viech mit Gwallt ausser Lannds zu treiben vnderstannden, bevelch auffgangen, dieselben auf Erchtag in nagstkunfftigen Lanndtag hieher zu verschaffen, für den Herrn Lanndshauptmann." (f. 57.)

29) Gräzer Mai-Landtag.

4. Mai. Königliches Mandat in Bezug der Verlegung des auf den 12. Mai angesetzten Landtages bis zum Zeitpunkte der Rück-

kehr des aus Konstantinopel erwarteten Orators Seiner K. Majestät. (L. P.)

8. Mai. „Den 8. Tag dises Monats hat der Landshauptmann, alls sein khü. M. Hoff hieher ankhomen, die Herrn Verordneten zu sich eruordet, Inen seiner Ausrichtung vnnd hanndlung, ain Ersame Landtschafft betreffend, vber vorbeschehen beratt schlagung ettlicher vnerledigter anstenndigen Artigkl . . . gethan."

Inhalt der Berathschlagung: Gerichts-, Berg-, Polizei-, Kriegswesen; exempte Personen; „Muerschlacht"; Schub; Lehen; „Salczburger Radlsfüerer"; Schladmingerisch Schaden . . . (f. 60a—61b.)

„Nachuolgundt hat der Herr Lanndshauptmann Rö. Kh. Mt. Confirmation vnnd bestättigung des Lanndsrechten in Steyer furgpracht, die Wort gegen dem erst verfassten Exemplar ordennlich verlesen vnnd sich denselben in allen und yeden Puncten vnnd artigglu geunczlichen vergleicht." (f. 62a.)

Antwort der Verordneten an Hanns Katzianer. (f. 60b—61a, vergl. 60a—b.)

8. Mai, Wien.
Kön. Mandat. } (f. 63b—64b u. 72a.)
8. Mai, Innsbruck.

9. Mai, Gräz.

Schreiben an Herrn v. Preiner. (f. 67b—68a.)

12. Mai. Mandat der Verordneten an alle Weinhüter, „und sonderlich den Weinhütern zu Mürzzuschlag" („Weinzettel"). (f. 132—133.)

16. Mai. Bericht an den König. (f. 69—70a.)

Zwei Schreiben an die Regierung. (f. 66b—67a u. 68a—69a.)

Credenz für Herrn Seifried von Windischgräz. (f. 66a—66b.)

17. Mai. Memorial für Herrn Seifried von Windischgräz an den König. (f. 64b—66a.)

18. Mai. Befehl der Verordneten wegen unerlaubter Weinfuhr. (f. 57b—58a.)

Antwort der Verordneten (auf das Innsbr. Mandat vom 8. Mai, den Schwatzer Viehkauf betreffend). (f. 72a—73a.)

10. Juni, Gräz.

Verschiedene Generalmandate, betreffend das Verbot des Verkaufs von Vieh und Getreide außer Land. (f. 75—76a u. f. 152—155.)

30) Gräzer Hoftaiding, 30. Juni (Montag nach Peter und Paul).

Rathschlag über Kriegsgefahr; innere Landesangelegenheiten, als Besteuerung der Städte und Märkte, Grenzbaue, Marchfutter, Nachlaß des Marchfutters und der Zinse, Steuer und Rüstung, Verbot der Einfuhr welscher Weine, Viehaustrieb, Kriegsleute; Personalien; „Bereittung der Weg und Märkht"; „Hanndlung zu Bononia" (Bologna) . . . (f. 76b—79.)

3. Juli, Gräz.

Ständisches Schreiben an den König. (f. 79—80b.)

8. Juli. A. Schreiben an die Krainer. (f. 80b.)

11. Juli. Sendschreiben an die Landschaft von U. Oesterreich und deren Verordnete. (f. 81.)

Sendschreiben an M. Peter Koglowitsch (Keglevich). (f. 89a.)

31) 10.—30. Juli. Radkersburger Taiding in Betreff der von Herrn Antal Bamphi (Bánfi) unerlaubterweise errichteten „Muerschlacht" unterhalb Radkersburg oder des „Wasserseus" bei Wernsee.

Gewaltbrief der steier. Stände vom 10. Juli.

Klagschriften der steier. Stände.

Bericht der kön. Räthe und Commissarien „von wegen der hungerischen vngehorsam erscheinung halben" (vom 20. Juli, Radkersburg). Namen der Commissäre: Niklas Rauber, Freiherr zu Plankenstein; Franzisch v. Tanhausen, Hauptmann zu Friesach; Christof Wellczer v. Eberstain „der Ellter"; Andreä v. Lamberg, Landesverweser in Krain; Michel Meichsner, Vizthum in Steier. (f. 82—88b.)

30. Juli, Radkersburg.

Die Verordneten an den Landeshauptmann und Vizthum. — Hinweis auf den nächsten „gemainen Landtag." (f. 89a.)

5. August, Gräz.

Schreiben der Landschaft an ihre Commissäre. (f. 89b—90a.)

9. August. „Supplik der Landschaft an den König „von wegen Erledigung vnnd bestättung" des Perkrechtspüechls." (f. 90a—90b.)

32) „Mer sein bemeltes Jar in Landtag den 22. Octobris bewilliget zu dem furgenomenen Zug in Hungarn 15.000 fl. Item von 200 Pfd. G. 1 gerüst. Pfert 2 Schützen vnnd ist angeschlagen auf 1 Pfundt Gelt 13 Kr., Wartgeld 5 Kr.; sonst ist von ainer E. Landschaft Wartgeld ain ganzes Jar auf ain Pfärt geben worden 16 fl. 40 Kr." (L. R.)

1534.

3. März, Gräz.

„Entschid zwischen dem von Teuffnpach und dem Landeshauptmann", was dem Landeshauptmann zu handeln gebührt oder aber vor das Landrecht gehört. (L. H. VII. f. 291.)

33) „Im Lanndtag den 7. Aprilis ist bewilliget worden von 100 Pfd. G. ain gerüstes Pfärt, wartgeldt fünf Creutzer vnnd sonst khain gelt. — 15.000 Pf. D." (L. R.)

1535.

34) „Im Landtag den 8. Mai ist bewilliget worden halbe Gült vnnd dauon 300 Pfärt, 3 Monat, wider den Künig in Frankhreich zu halten. Item im lanndt, wider die Ungläubigen, von 100 Pfd. G. ain gerüstes Pfärt." (L. R. [L. H. I. f. 1—11 z. J. 1536.])

5. Juli, Gräz.

„Beschwär-Artiggl" einer ersamen Landschaft und Instruction für die Abgeordneten derselben."

Hauptpunkte: Beschwerung durch die Ungarn; Bergrechtsordnung; Landgericht; Polizei; Büchsen; Schwarzwälder; Salzniederlage; Personalfreiheiten; Städte und Märkte; „Fürkhauff auff dem Gey". (L. H. I. 117a—126a.)

4. Aug., Wien.

K. Ferdinands Mandat in Hinsicht des persönlichen Erscheinens der Salzburger Erzbischöfe vor dem Landrecht. (L. H. I. 102a—104b.)

„Fürschlag" in dieser Angelegenheit. (L. H. I. 104b—105a.)

18. August, Gräz.

„Ainer Landschaft Verfassung darüber." (L. H. I. 105b—107b.)

Instruction in dieser Sache für die Abgeordneten der Steiermark. (L. H. I. 108a—110b.)

25. Okt. Rezeß zwischen K. Ferdinand und dem Erzbischof von Salzburg. (L. H I. 111—117a; vergl. Lünigs Reichsarchiv Cont. Part. sp. II. XXXII.)

14. Okt., Wien.

Kön. Erledigung der ständischen Beschwerden vom 5. Juli. (L. H. I. 127—129b.)

„Den 18. Octobris sein zu der Kö. Mt. Hofs Vndterhaltung auf 6 Jar vnd indes 14.000 fl. bewilliget." (L. R.)

1536.

35) „Im Landtag Invocauit (3. März) ist bewilliget ganze Gült, von 100 Pf. G. ain gerüstes Pfärt, wartgelt 10 Creuzer, Rüstgelt 12 Kr. (L. R. — L. H. I. 1—11 findet sich dies z. J. 1537. Dort wie hier wird der Zug „für Esseckh" angemerkt.)

36) Gräzer Landtag (Montag nach Jubilate, 8. Mai.)

Kön. Bevollmächtigte: Abt Valentin von St. Lambrecht, Achaz Schratt und Michel Meichsner.

Landtagsbeschluß: Statt der bisherigen Verordneten wird ein Ausschuß von Prälaten, Herren, Ritterschaft und Adel zur Landesverwaltung bevollmächtigt. Bewilligung einer halben Gült und 300 gerüsteter Pferde. (Muchar VIII. Bd.)

37) Unter-Drauburger Ausschußberathung der drei innerösterr. Lande vom 1. Juli.

Zweck: Maßregeln zur Gesammtvertheidigung der Grenzen. (Muchar VIII. Bd.)

38) Gräzer Oktober-Landtag, von K. Ferdinand persönlich eröffnet.

15. Okt. Ueberreichung der ständischen Beschwerden namentlich über die ewigen Anfeindungen von ungarischer Seite, über die Verzögerung einer Reform des Bergrechts, des Gerichtswesens und der Polizeiordnung, des Wald- und Jagdrechts.

19. Okt. Uebergabe der landesfürstlichen Forderungen.

28. Okt. Landtagsantwort. Bewilligung von 12000 Gulden rh. als Geldhilfe für sechs nacheinanderfolgende Jahre. Unter andern wird auch um Abstellung des unordentlichen Klosterlebens und Anstellung „gut gelehrter und schriftkundiger Prädikanten im Lande“ gebeten. (Muchar VIII. Bd.)

29. Okt., Gräz.

Vertrag zwischen dem E. von Salzburg und der steierm. Landschaft über des ersteren persönliches Verhalten zum Landrechte. (L. H. I. f. 86a—87b; vergl. Kleinmayern's Juvavia oder Abh. vom Staate d. Erzb. Salzburg, S. 394.)

Auf den Ausschußlandtag vom 24. Nov. 1536 verweist ein kön. Schr. v. 9. Febr. 1538, s. w. u. z. J. 1538. Vergl. 1537, Nr. 39.

1537.

39) Gräzer Februar- und März-Landtag.

4. Febr., Wien.

Kön. Credenzschreiben für Abt Valentin von St. Lambrecht und Trojan von Auersberg. (Dringende Forderungen um ausgiebige Hilfe Angesichts des neuen türkischen Heereszuges.)

27. Febr., Gräz.

Landtagsbewilligung. Die ganze Gült, wovon den vierten Theil die Grundherren aus eigenem Säckel berichten. (Muchar VIII. Bd.)

„Den 25. Martii ist wider den Türken bewilliget von 100 Pfd. G. ain gerüstes Pfärdt auf fünf Monat zu halten vnd zu aufrichtung der schiffung und erhaltung des profiant 6000 fl. (L. R.)

7. April, Schl. Prag.

K. Ferdinands Schadlosbrief zu Gunsten der steierm. Landschaft betreffs der von ihr bewilligten Türkenhilfe. — Darin kommt die Stelle vor: „in jungster Handlung, die wir mit den Außschüßen der fünf niederösterr. Lanndt sambt vnserer fürstlichen Grafschaft Goerz zu Wienn gethan haben.“ (L. H. I., f. 138b.)

Dieser Wiener Ausschußlandtag wurde von E. Nov. 1536 bis März 1537 abgehalten und von der Steiermark mit 8 Ausschüßen beschickt.

Vergl. Preuenhuber Annales Styrie 256; Cäsar VII., 47, 48.

40) Gräzer September-Landtag.

2. Sept., Prag.

Kön. Landtagswerbung. Instruction für die Commissarien: Valentin, Abt von St. Lambrecht; Achaz Schratt von Kindberg und Michel Meichsner.

Vortrag am 13 Sept. — Bezugnahme auf den Wiener Außschußlandtag; neue Geldforderung: 30.000 fl. (L. H. V. f. 1—3b, VI. 1—5a; die Credenz auch unter den L. P.)

16. Sept., Gräz.

Antwort der Landschaft (Darlegung ihres Unvermögens zu neuer Geldhilfe; Beharrung auf den früheren Zugeständnissen). (L. H. V. 4—7b, VI. 5a—10b.)

Rathschläge im Landtage vom 13. Sept. Inhalt: Einbringung von Ausständen; Schuldenzahlung; sechsjähriges Hilfgeld von 4000 Gulden; Einfuhr wälscher Weine; Tagsatzung wegen der „Muerschlacht"; örtliche Supplilen; „Fürsehung des Lanndes". (L. H. V. 7b—10a, VI. 11—14b; vergl. Buchholtz V. 108.)

41) Gräzer November-Landtag (bei Anwesenheit Ferdinands).

12. Nov. Kön. Werbung (Darlegung der Kriegsangelegenheiten; Begehren: 30.000 fl.; Mahnungen gegen Glaubensneuerung). (L. H. V. 10—16, VI. 16a—24a.)

„Einer Landschaft Antwort darauf." (V. 16—21, VI. 24a—16a.)

„Rö. kö. Mt. anderer Fürtrag vnnd Begeren." (V. 21a—28a, VI. 30b—38a.)

23. Nov. „Einer ersamen Landschaft Antwort darauf." (V. 28a—31a, VI. 38b—42a.)

„Kö. Mt. dritter Fürtrag." (V. 31b—34b, VI. 42a—45b.)

26. Nov. „Einer ersamen Landschaft Antwort darauf." (V. 34b—37b, VI. 45b—48b.)

Entschuldigung des Unvermögens durch die Nothlage des Landes.

Rathschläge auf diesem Landtag: Bestellung neuer Verordneten, 5 an der Zahl, mit 200 Gulden Jahresbesoldung und 50 Pfd. Zulage (den Pöllauer Probst ausgenommen); Maßregeln, bezüglich derer, die mit ihrer Rüstung „in jetzigem Zuzug vngehorsam erschienen"; sechsjährige Hilfe (von 200 Pf. G. ain gerüsst Pferd und von 1 Pfd. G. 6 Pfenn.); Landgerichtsreform; Münze; Beschickung des Landtages von Böhmen; „den Unterthanen soll nicht mehr, als bewilligt, angeschlagen werden"; „Muerschlacht"; Fleischhandel an die Metzger von Schwatz; viele Personalangelegenheiten ... (L. H. V. 37b—44a, VI. 49b—55a.)

„Gewalt der neuen Verordneten." (L. H. V. 44a—46a, VI. 56a—56a; vgl. über diesen Landtag die Stelle bei Buchholz V. 108.)

1538.

42) 14. Jänner. Rathschlag im Gräzer Hoftaiding (Montag nach Erhardi).

Innere Landesangelegenheiten. (L. H. V. 176a—168b, VI. 200a—203b.)

„Einer ersamen Lanndschafft in Steier beswär Artiggl vnnd khü. Mt. Erledigung darauff." Inhalt: Reform der Bergrechtsordnung des Hofrechtes und der Polizei, Salzniederlage zu Bruck a. d. M., über die Güter im Burgfrieden, Viehkauf der Schwatzer, Mauth zu Wildon, Waldwirthschaft, Lehenverleihung.

9. Febr., Prag. Kön. Schreiben, worin auf den Wiener Generallandtag vom 24. Nov. 1536 hingewiesen wird. (Notizbl. 5. Bd., S. 318.)

10. Febr. „ex consilio regis." Erledigung dieser Beschwerdeartikel. (L. H. V. 209a—214b, VI. 240a—246a.)

43) Gräzer Landtag, E. März.

7. März, Prag.

K. Instruction für Wolfgang Pranntuer, „Zechmaister Sand Georgen Ordens, vnserm Hofcamer Rats-Superintendenten", Achaz Schratt von Kindberg und Adam von Holleneck, „für den nächstkünftigen Landtag am 25. März." (L. H. V. 46a—51b; VI. 59a—65b.)

Postscripta, worin, laut Meldung des venet. Orators, von der gewaltigen Rüstung des Türken gegen Ungarn oder Friaul Nachricht gegeben wird.

Antwort der Landschaft auf die königliche Werbung. (Geldbewilligung s. w. u.) (L. H. V. 52a—57b, VI. 66b—72a.)

17. April, Prag.

K. Schreiben, worin die Bewilligung der steierischen Landschaft angenommen wird. (L. H. V. 58—59a, VI. 72b—74a.)

Rathschläge auf diesem Landtag. „A. Gräz 30. März umb 11 Ur zu Mittag." Inhalt: Commission bezüglich der „Muerschlacht"; Proviantbesorgung; Personalien; kön. Anlehen; „Harnasch bestellen lassen"; Begleichung der Schladminger Schäden; Malefizrecht; (bezüglich des letzteren heißt es unter Anderm: .. „daß auch der Panrichter, Züchtiger und die Person, so für Recht gestellt aneinander der teutschen und windischen Sprach halben nit versteen, daraus abzunemen, was zu Zeiten Fruchtpers in solchen Sachen gehandelt wirdet." Und zum Schluße: „Auf die Edlinger in der Grafschaft Cili (als bevorrechtete Freibauern) wie vorzuweisen, oder in annder zimblich Weis von der kh. M. verweist werden; dieweill es gegen einem solchen hochen Werth ain Clainen Cossten gepert."

Ueber die Geldhilfe wurde insbesondere Folgendes beschlossen:

1. Von 100 Pfd. G. auf 5 Monat 1 gerüstet Pferd, „falls Ir Mt. selbst ins Feld zieht". 2. Im andern Falle von der Landschaft 300 gerüstete und 200 geringere Pferde 5 Monate lang an der Grenze. Im ersten Falle erklären sich Städte und Märkte bereit, auf 5 Monate 500 Landsknechte zu besolden; im zweiten, „wo aber der groß Anzug nit angienng", verpflichten sie sich, die im letzten Landtage bewilligten 8000 Gulden zur Unterhaltung der 500 Pferde zu geben. — Im L. R. erscheinen verzeichnet: als 6jährige Hilfe 6000 G., von 1 Pf. G. 6 Schilling, als Wartgeld 10 kr. und als Rüstgeld 12 kr. (L. H. V. 59b—62a, VI. 75a—78b.)

44) 29. April. Gräzer Hoftaiding (Montag nach Quasimodogeniti).

Rathschlag. Bestimmung von Abgeordneten an den König (Graf v. Montfort, Pollheim, zwei Holleneck, Windischgräz, Radmannsdorf); Reform des Landrechtes; Anzeige E. v. Trautmannsdorf über das neue Unwesen der „Wiedertauffer". Von diesen heißt es: „Wer derselbign wider Tauff erindert werd, daß er gegen Inen verfar, vermug der kh. Mt. derhalben außganngen Generall, auff daß soliches schrecklichs Laster ausgereit vnd nit gestatt werde. Des sich dann die Herrn Ir vleissig auffsechen darauff zu habenn erpotenn haben." (L. H. V. 178b—180a, VI. 204—206.)

45) 25. Mai. Rathschlag (abgehalten von 19 Herrn und den Verordneten).

Vorsehung des Landes; Verständigung mit denen von Kärnten und Krain; Gesandte, zur Pettauer Ausschußberathung, bestimmt; 300 Rüstpferde und 200 geringe Pferde; Anlehen, in Abschlag von der 6jährigen Hilfe; „Verslahen" des Mürz- und Aflenzthales; im Nothfalle Bewehrung der Bauern; Schwatzer Viehkauf; Landsknecht-Werbung. (L. H. V. 180a—184a, VI. 206a—208b.)

20. Juli, Linz.

K. Befehl wegen der 200 gerüst. Pferde zur „Verwahrung der Gränzen", und Schreiben an die steierm. Landschaft v. 1. Aug. Linz.

10. August, Gräz.

Antwort der Landschaft auf das kön. Begehren. (L. H. VII. f. 1—8b, VIII. 1—8a.)

Bezugnahme auf den „Kriegsrath" zu Pettau.

46) Gräzer September-Landtag.

10. Sept., Linz.

Kön. Credenz und Instruction für Valentin, Abt von St. Lambrecht, Seyfried von Windischgräz und Michel Meichsner, zu ihrer Werbung an die Landschaft. (L. H. V. 62b—65a, VI. 80a—82b.)

11. Sept. K. Ferdinands Revers zu Gunsten der Steiermark in Hinsicht der landtäglichen Bewilligungen von 1537 und 1538 (25. März): 6jährige Hilfe zu 14.000 Gulden; außerdem von 100 Pfd. G. 1 gerüstet Pferd auf 5 Monate; 6000 Gulden zur Aufrichtung der Schiffung ... (L. H. I. f. 139.)

17. Sept. Gräz. Antwort der Landschaft auf die k. Werbung. — Bewilligung von 300 gerüsteten, 200 geringeren Pferden auf 6 Monate; Wunsch, es möge künftig jeder Landstand durch besondere Berufung zum Landtag entboten werden.

Rathschlag auf diesem Landtag. Inhalt: Bestimmung der Gesandten auf die „khunfftig gemain Zusammenkhunft" (Ungnad, der Bischof von Sekkau, Graf Georg v. Montfort, Polheim, Trautmannsdorf, zwei Holleneck, Windischgräz, Radmannsdorf, drei von Städten und Märkten.)

Zur Reform der Landesgerichtsordnung bestimmt die Herren Windischgräz, Triebeneck, Racknitz, Stainach v. Mosheim, Weltzer, Stubich, Liechtenberg. Aufgebot von 200 „geringe Pferdt".

Personalien: Chr. Adler, landsch. Caplan; Bartlme Schrackh (landsch. Präceptor), supplizirt um eine Provision, damit er einen Gehilfen zum Unterrichte halten könne. Wird bewilligt „in bedacht, daß an auferziehung der Jugendt viel gelegen. (V. 65b—75, VI. 82b—90b.)

1539.

47) Gräzer Jänner-Landtag.

5. Jänner, Wien.

Kön. Credenz und Instruction für die Commissäre Hanns Hofmann Freih. zu Grünbühl, Strechau und Kammern, Hauptmann zu Neustadt und Burghauptmann auf Steyer, und Joachim v. Talheim, Oberststallmeister der Königin und der königlichen Söhne, für den Landtag am 15. Jänner. (L. H. V. f. 75—79b, VI. 91a—96a.)

Langwierige Unterhandlungen über die Postulate.

20. Jänner, Gräz.

Einer Landschaft Antwort darauf. (L. H. V. 80—86b, VI. 96a—102b.)

Bedingungsweise Türkenhilfe in natura oder Geld. Würde nämlich die kh. M. „in aigner Person" ins Feld ziehen, so sollte solche Rüstung, und zwar von 100 Pfd. G. 1 gerüstet Pferd geleistet werden; wenn dies aber nicht der Fall, so solle dem (spanischen Kriegsvolke, „so an der Gränicz liget", durch 6 Monat jedes Monat 5000 fl. bewilliget werden. Man schlug darum auf 1 Pfd. G. 6 Sch. und 10 kr. Wartgeld. (Vergl. f. 87a—90b und L. R. z. J. 1539.)

Rathschlag auf diesem Landtag. Inhalt: Bezugnahme auf den Abschied des Wiener Ausschußlandtages; Bestellung neuer

Sendboten an den König; Kriegserfordernisse; Wein; Anschläge; Landgericht; Musterung; Hauptleute; Pulver; Besoldung für die gerüsteten Pferde; Proviant; Mahnung der Rüstungssäumigen; Visirung der Weine; Anschlag u d alte Ausstände; Kundschafter; Landesgerichtsordnung; „Muerschlacht; ... Wergellt“ ... (L. H. V. 87a—90b, VI. 103a—106a.)

Ratschlag „auf sonderer Parteien Furbringen“. Unter diesen Personalien findet sich auch: „Herr von Stubenberg pro Ungehorsam, die Pferd betreffend, ist vor's nächste Hoftaiding zu laden.“ (L H. V. 91—93b, VI. 106a—109a.)

48) 1. Febr., Wien.

K. Schreiben an den Landeshauptmann und die Verordneten in Angelegenheit der Grenzmiliz gegen die Türken und Anwerbung spanischen Kriegsvolkes. (L. H. V. 94—98a, VI. 109a—113.)

3. März, Gräz. Hoftaiding (Montag nach Reminiscere).

Ständische Antwort darauf. (L. H. V. 98a--101a, VI. 113a—116b.)

Ratschlag im Hoftaiding (Landesvertheidigung). (L. H. V. 181b – 182a, VI. 208a—208b.)

28. März, Wien.

Königliche Replik. (L. H. V. 101b—104a, VI. 117a—119b.)

6. April, Gräz.

Ständische Duplik. (L. H. V. 104b—106b, VI. 119b—121b.)

18. April, Brünn.

K. Schreiben in der gleichen Angelegenheit an die Verordneten. (L. H. V. 106b –107b, VI. 121b—122b.)

49) 28. April (Montag nach Jubilate). Gräzer Hoftaiding („in der puerkh ergangen“).

Ratschlag: Einnemeramt; Beisitzer; „Muerschlacht“; Rüstpferde; Salz; Bezahlung auf die „Panier“. (L. H. V. f. 182a—184a, VI. 209a—210b.)

5. Mai, Gräz.

Antwort der Landschaft. „Die Herrn und Lanndleut des Fürstenthum Steyr yetzo bei gegenwärtigen Hoftäding versamblt.“ (L. H. V. 107b – 108b, VI. 122b—123b.)

50) 9. Juni (Montag nach Corp. Chr.). Hoftaiding.

Ratschlag. Kriegsrüstung. (L. H. V. 183b—184a, VI. 211a—211b.)

24. Juli, Gräz.

Berathschlagung über die Türkengefahr. Beschluß: aus jedem Viertel auf den St. Oswaldtag (5. Aug.) Jemanden zum Hoftaiding zu verordnen, und zwar 1. für's Ennsthal: Abt zu

Admont, Jakob Mosheim, Wolfgang v. Stubenberg; 2. Judenburg: Stefan Graswein, Polycarp v. Teufenbach; 3. Vorau: Bernh. v. Herberstein und Franz v. Herberstorf; 4. „Enhalb der Traa": Sigmund Graisrucker, Franz v. Liechtenberg, Georg v. Trübeneck; 5. „zwischen Muer und Traa": Adam v. Holleneck, Gall v. Racknitz. (L. H. V. 184a—187a, V. 212—215.)

51) Gräzer September-Landtag (20. Sept. eröffnet).

18. Sept. 1539, Wien.

K. Vollmacht für: Hans Ungnad und Colman Prunner, und Werbung an die steier. Landschaft um Türkenhilfe. (L. H. V. 109, VI. 124a—125a.)

2. Okt., Gräz.

Einer Landschaft Antwort darauf (im Ganzen günstig). (L. H. V. 110a—111b, VI. 125a—127a.)

Ratschlag auf diesem Landtag. Neue Tagsatzung wegen der „Muerschlacht" angeordnet (9 Herrn als Bevollmächtigte, außerdem noch 5 andere). Neue Botschafter zur nächsten „Zusammenkunft" und an den König erkoren. Als solche angeführt: der Bischof zu Seckau, Ungnad, Herberstein, Otto v. Liechtenstein, Windischgräz. Holleneck (Adam u. Abel), Welzer, Sigmund Aroniter, Bürgermeister zu Gräz; Leonh. Neuhofer, Bürgerm. zu Bruck a. d. M.; Heinrich Khienstocker, Stadtschreiber zu Radkersburg; Sewald Pächter von Trofaiach. „Dise Gesanndte sollen auf den 28. Oct. an k. Maj. Hof erscheinen. — Hans Straus, Prediger zu Gräz, soll die erledigte landschaftliche Kaplanei erhalten. — Personalien.

10. Nov., Wien.

K. Befehl, „wasmassen ain Vizedom zwischen Pfandschafften, Vnderthanen vnnd Lanndleuthen procediern soll." (L. H. V. 215b—216b, VI. 247a—248b.)

1540.

52) Gräzer Landtag (Jänner, Februar).

7. Jänner, Wien.

Kön. Werbung und Instruction für seine Bevollmächtigten: Abt Valentin zu St. Lambrecht, Colman Prunner, Vizedom und Kellermeister in Steier, und Stefan Graswein. (L. H. V. 114b—115b, VI. 130a—131a.)

31. Jänner, Gräz.

Gewaltbrief der steierischen Stände für die nach Radkersburg beschiedenen Vertrauensmänner zur Unterhandlung mit Alexius Thurzó, Herrn von Limpach, wegen des Murflußes und der Malstatt zu Radkersburg. (20 Siegeln.) (L. P.)

3. Febr. Antwort der Landschaft. (6jährige Kriegshilfe bewilligt:

von 200 Pfd. G. 1 gerüstet Pferd, Wartgeld 5 Kr., Rüstgeld 6 Kr. Von 1 Pfd. G. wurden 6 Sch. zur Unterhaltung des Kriegsvolkes und 6 Sch. zur Bezahlung der 6jährigen Hilfe veranschlagt. (L. H. V. 116—120a, VI. 131b—135b.)

Rathschlag. Inhalt: Anschlag; „Muerschlacht"; Doctor Prassecan (Brassican?) von Wien auf den 20. Februar nach Gräz beschieden („nachdem ein hoche notturfft vmb ainen Doctor zu suchen, so der Rechten vnd der lateinischen Sprach erfaren"); desgleichen Doctor Chunrad Hochenburger hieher beschieden; ein Schreiber aufzunehmen, der „ungerisch, lateinisch und teutsch künde"; Wahl der Gesandten auf den nächsten Tag der Zusammenkunft (kommenden Michaeli oder Martini); Kriegssachen; Botschaft an den König; Gerhabschaft; Kriegsräthe; Personalien ... Münze von Schladming und Münzmeister (Silberlieferung von Schladming an die Münze) ... Gesandte nach Tirol und den vordern Landen ... (L. H. V. 120a—128a, VI. 136a—145b.)

am ... tag des Monats Aprilis. Gent in Flandern.

K. Mandat an die Stände der Steiermark, bezüglich ihrer durch Engelbrecht von Auersperg, Seifried von Windischgräz und andere Verordnete überbrachte Botschaft. Der nöthige Bescheid sei diesen bereits gegeben. (L. P.)

53) 17. Juli, Gräz.

Berathschlagung etlicher erforderter Herrn und Landleute. Inhalt: „Der von Crain hitzig Schreiben belangend"; Angriff der Ungarn; Pulvervorrath; Personalien. (L. H. V. f. 186b—187a, VI. 215a—216a.)

54) Gräzer Oktober-Landtag.

4. Okt., W. Neustadt.

K. Werbung und Instruction für Ungnad („obr. Feldhauptm. der windischen und innerösterr. Lande"), Valentin, Abt zu St. Lambrecht, und Caspar Prunner. — Eine Geldhilfe von 20,000 fl. begehrt. (L. H. V. 130b—135a, VI. 145b—150a. — Marb. A.)

Diese Instruction findet sich auch im Joann. Arch. in einer Copie, 10 Bl.

10. Okt. K. „Nebenschreyben" an die Commissarien „von wegen Gerechtmachung des Zuezugs". (L. H. V. 135, VI. 150b—151a. Gleichartiges Mandat v. 16. Okt. Neustadt. L. P.)

16. Okt. Wien.

K. „Generall", die Lehen betreffend. (L. H. V. 215a—215b, VI. 246b—247a.)

18. Okt., Gräz.

Antwort der steierischen Landschaft auf obige kön. Werbung: 10.000 fl. bewilligt; Beschwerde über die neue Waldordnung, welche dem Eisenbergwerk dienen solle, aber den Holzstand der geistlichen und weltlichen Grundherrn schädige. (L. H. V. 137b—141a, VI. 152a—156b.)

Auch eines zweiten kön. Nebenschreibens wird gedacht, „darinen ainer Landschaft Herr Hanns Hofmann für Erblanndshofmaister angezaigt wierdet, welches Schreiben aber ain Landschafft mit Stilschweygen vmbganngen vnnd aus beweglichen Vrsachen nit verantwortt hatt“. (L. H. V. 136, VI. 151a—152a.)

Rathschlag im Landtage. „Der Gesandtn aus den Niderlanndt Relation und Raittung“; landschaftliche Münze, Wein, Personalien. (L. H. V. 141—144b, VI. 157a—161b.)

1541.

55) Gräzer März-Landtag.

11. Jänner, Prag.

K. Mandat, den Zuzug gegen die Türken betreffend. (L. P.)

26. Febr., Wien.

K. Werbung; Instruction für die Commissarien Ungnad, Amand, Abt zu Admont, Philipp Preiner; Geldhilfe und Aufgebot gefordert; öffentliche Prozessionen verordnet. (L. H. V. 145—152a, VI. 162a—170b.)

4. März, Gräz, „im Landtag“.

Nebenartikel, „den Aufschlag der Salz zu Aussee belangent“. (L. H. V. 157a, VI. 176a.)

10. März, Gräz.

Antwort der Landschaft auf die k. Werbung. Supplik in Glaubenssachen. Von 200 Pfd. G. 1 gerüstet Pferd, auf 1 Pfd. G. 6 Sch., Wartgeld 10 Kr.; dagegen lehnte man das allgemeine Aufgebot ab. (L. H. V. 152b—156b, VI. 171a—176a und L. R.)

Rathschlag im Landtag. „Daß die Herren und Landleut in ainer Landschaft sich sollen gebrauchen lassen; Irrung mit den Städten; Anschlag (6 Sch. von 200 fl. G. oder 2 gerüstete Pferde); „Erung“ an H. Hansen Hofman als Erblandhofmeister; Aufrichtung einer landschaftlichen Schule; Stadt-„Trummeter“; Anschlag-Einbringung; Kriegswesen (Hauptleute); Landgerichtsordnung; Abfertigung von Gesandten nach Regensburg; Personalien; Kundschaft. (L. H. V. 157b—161a, VI. 177a—182a.)

Auf dem hierortigen Reichstage im Juni erschienen 5 steierische Herren, die nebst den andern 19 niederösterr. Ausschüssen die Vernachlässigung der neuen reinen Religion als Hauptursache des allgemeinen Elends bezeichneten. Man vertröstete sie auf ein allgemeines Konzil. (Vergl. Raupach Evang. Oesterr. I., Beil. IX.)

56) 8. April, Wien.

„K. Instruction auff Hannsen Wellczer auff das Fürstenthumb Steyer.“ (Aufgebot.) (L. H. V. 169—171, VI. 191b—194a.)

20. April. Antwort der Verordneten darauf. (L. H. V. 171a—172a, VI. 194a—195a.)

20. April, 20. u. 26. Juni, 11. Juli und 15. August, Gräz. Ständische Berathungen zu Zwecken der Landesvertheidigung. — Ein kön. Mandat in dieser Richtung vom 7. Juni, Prag. L. P. (L. H. V. 196b—198b, VI. 227b—130b.)

57) 20. Juni.

„Beratslachung etlicher Herrn vnd Landtleut den andern Zuezug vnnd gerechtmachung des 10. Mans belangent a. 20. J. ao. 41." Aufgebot; Hilfgesuch an die Krainer und Kärntner; Schiffung auf der Sau; Marthelosen-Pferde vor Ofen; Kundschaft nach der Raab. (V. 197, VI. 228—9.)

26. Juni. Beschluß „auf die furgefallenen Khundschafften, daß der Turkisch Khaiser im Anzug sein soll"; das landtäglich beschlossene Aufgebot zu erlassen und den Musterplatz nach Radkersburg auf den 18. Juli zu verlegen; A. v. Weissenek, Vizedom von Leibnitz, und fünf andere Herren als Bevollmächtigte. (V. 197—8, VI. 239—40.)

11. Juli. Berathungen in Kriegssachen. (V. 198, VI. 230.)

58) Gräzer September-Landtag.

27. August, W. Neustadt.

K. Werbung und Instruction für die Commissarien Ungnad, Amand, Abt von Admont, Christof Resch. — (Speirer Reichstag; Aufgebot.) (L. H. V. 161—162b, VI. 182a—183b.)

Eine Abschrift im Joann. Arch., 3 Bl.

Zwei kön. Nebenschriften von gleichem Datum. (L. H. V. 162b—163b, VI. 183b—184b.)

10. Sept., Gräz.

Antwort der Landschaft auf die kön. Werbung. Religions- und Kriegssachen. (L. H. V. 163b—166a, VI. 185a—188a.)

Rathschlag auf diesem Landtag (den 5. Sept.). Landesvertheidigung; hieher gehören die eindringlichen Kreidfeuer-Mandate, wie sie in den diesjährigen L. P. vorkommen; „Posstierpferd"; Gerechtmachung des gemeinen Mannes; Hilfe aus Kärnten und Krain; Hauptmann über die 200 Rüstpferde; Pulver und Blei; Reiterbesoldung; Personalien. (L. H. V. 166a—169a, VI. 188a—191b.)

K. Ferdinand berief alsdann die Ausschüsse der fünf niederösterr. Lande auf einen Berathungstag nach Linz für den 16. Oktober. (L. P.) Zu der begehrten Summe von 50.000 Gulden auf Proviantanschaffung bewilligten die Steierer 7500 Gulden.

1542.

59) Prager Ausschuß- und Gräzer Februar-Landtag.

11. Jänner, Prag.

Steuer oder Anschlagsvergleich zwischen den Ausschüssen der fünf niederösterr. Lande und der Grafschaft Görz, desgleichen der böhmischen Kronländer und der Regierung (Bezugnahme auf einen ähnlichen Compromiß von 1539) sammt bezüglichen Berichte der Verordneten ddo. Gräz. (S. die Notiz in den Beitr. z. K. steier. Gesch. I., S. 11—12.

15. Jänner, Prag.

K. Instruction und Credenz für die Commissarien Christof v. Resch (Vizthum in Steier), Adam v. Holleneck und Veit Zeller, „Ambtmann des Vordernpergs". (L. H. V. 172b—175b, VI. 195a —199a, und L. P. — Eine Abschr. im Joann. Arch., 11 Bl., mit einem eingelegten Schreiben an die Marburger, ddo. 20. Juni.)

9. Februar, Gräz.

Landtagsantwort. Gewöhnliche Hilfe: von 100 Pfd. G. 1 gerüstet Pferd. (L. H. V. 187a—190a, VI. 217a—220b.)

Rathschlag in diesem Landtag (5. Febr.). Inhalt: Landesvertheidigung; Aufgebot aller Gültenbesitzer; Gesandte gegen Bruck; Zurückbehaltung etlicher Personen zu weiterer Berathung; Diversa; Hilfe gegen Warasdin; Bewilligung der Städte: 10. u. 5. Mann ... (L. H. V. f. 190—194, VI. 220b—225a.)

13. Februar. „Beratslachung der Herrn und Landleut, was die Fursechung des Lanndts und ander anhangig articl petrifft, so Inen von Sr. k. Gn. zu uolcziechen auferlegt worden. Actum in der Burckh." — Landesvertheidigung und Personalien. (L. H. V. 194 —196, VI. 225b—227b.)

Im Zusammenhange mit dem Speirer Reichstag (Februar, April; Häberlin D. Reichsgesch. XII., 335—349), stand offenbar der Prager General-Ausschußlandtag (s. o.), von welchem es im L. R. heißt: „Ist von dem N. Oe. Landesausschuß zu Prag neben der Cron Behaim ain neue Anlag aller Güllt und Gütter in des Landts, also auch die Schäczsteuer bewilliget vnnd ist von den anligennden Güetterm der sechczigiste Pfenning gegeben worden. Mer ist auf ain Pf. G. angeschlagen ain Gulden von 100 Pf. G. ain gerüstet Pfärt. Wartgelt ... 10 Kr. Totalsumme 75.000 fl.; L. H. I. 35.000 fl.

60) Gräzer Juli-Landtag.

9. Juli, Wien.

K. Instruction für die Commissarien Achaz Schratt von Kindberg, Hanns Welzer, Christof Resch. — Nebenschrift, die 37,000

Gulden betreffend. (L. H. V. 198b—203b [vergl. 249], VI. 231a —237b. — Abschr. im Joann. Arch., 21 Bl.)

21. Juli, Gräz.

Einer Landschaft Antwort. — Darstellung des guten Willens nach bestem Vermögen. (L. H. V. 217—220b, VI. 249a—252b. — Zwei Abschr. im Joann. Arch., 9 Bl.)

„Anni ejusdem den 18. Juli ist zu erstattung der Anlag des Werts, nachdem sich derselb zu underhaltung des Khriegswesens voriger Bewilligung noch so weit nit erstreckht ferer auf 1 Pf. G. 4 Sch. zu schlagen bewilligt worden. In disem Jar ist ein Anzug beschehen." (L. R.)

Rathschläge dieses Landtags (am 18. Juli). Rüstung: von 100 Pfd. G. 1 gerüstet Pferd; „Freiheit oder Schadlosbrief, ob ein E. L. schuldig zu verheiratung der kunigl. Kinder Hilff zu geben"; Gesandte zur künftigen Ausschußversammlung; Bergbüchel .. Diversa. (L. H. V. 220b—222b, VI. 252—255.)

61) 9. Oktober. Wiener Zusammenkunft der Ausschüsse der fünf niederösterr. Lande.

Beschluß, eine ganze Gült zu geben und dazu von je 100 Pfd. Gelds ein gerüstetes Pferd. (Vergl. die kön. Landtagswerbung und die ständische Antwort vom Jänner 1543, Nr. 62.)

„In der N. O. Lannde Zusammenkhunfft in Wien den 9. Octobris verschinenen 42isten Jars ist auf dis 43 Jar ganncze Gült bewilliget; von 100 Pf. G. ain gerüstet Pfert. wartgelt 10 Kr., Rüstgeld 12 Kr. — 75.000 fl.; L. H. I. 72.000 fl. — Mer haben die 5 Lande sambt der Gr. Goerz, also auch die Cron Behaimb wider den Erbfeindt bewilliget, inhalt Schadloßbriefes 300.000 fl., vnnd ist in disem Jar ein Anzug beschechen — 89.000 fl. (L. R.)

1543.

62) Gräzer Jänner-Landtag.

31. Dez., Wien, 1542.

K. Instruction für die Commissarien Freih. v. Ungnad, Achaz Schratt, Philipp Gundel, Doctor, Christ. Resch. — Auf den Landtag in Steier am 23. Jänner 1543: Bedeutende Geldforderung. (L. H. V. 223—229, VI. 255—261a, und L. P.)

6. Jänner, Enns.

Zwei kön. Nebenschriften, das Dringliche der Rüstungen erörternd. (L. H. V. 233/235—234b/236b, VI. 265a/267a—266b/268a)

26. Jänner, Gräz.

Antwort der Landschaft auf die kön. Werbung. — Hinweis auf die allgemeine Erschöpfung des Landes. (L. H. V. 229b—233, VI. 261b—265a.)

31. Jänner und 1. Februar, Gräz.

Antwort der Landschaft auf die kön. Nebenschriften. (L. H. V. 234b—235 u. 236a, VI. 266b—267a u. 268.)

Rathschläge auf diesem Landtag (23. Jänner 1543, nicht 1542).

Rüstungsangelegenheiten: Von 100 Pfd. G. 1 gerüstet Pferd ein Jahr hindurch; Gesandte an den kön. Hof bestimmt; Geldaufbringen; Plattner-„Spieswar"; landsch. Kaplan; „Schuelmeisters Begeren: Ime ein prouision erfolgen zu lassen", abgelehnt, jedoch 10 Pfd. Pf. zugestanden „pro tolmatschung der prieff, als lanng Ime die Herrn Verordneten darinnen geprauchen"; ..... Bereitung der Wälder-Musterplätze. (L. H. V. 237—239b, VI. 269a—272.)

2. Februar. „Was durch ain Ersame landschafft von Fursechung des Lannds wegen vnnd wie man sich in Zeit der Veintsnot vor Schaden verhüetten muge, beratschlagt worden ist." — Inhalt: „Verschlachung des Müerztall; General pro Warnung (Kreudschuß, Kreudfeuer)"; Befestigung der Kirchen, Post, Proviant; „Martolosen gen Warasdin." (L. H. V. 239b—240a, VI. 271b—272a.)

9. Februar, Wien.

K. Ferdinand bekräftigt das steierische „Bergbüchel" in 52 Punkten. Landhandvest der Steiermark. (Vergl. Buchholtz VIII. 243.)

11. April. Nürnberg.

Vergleich des Königs mit den Erzbischöfen, Bischöfen und Prälaten über ihre Mitleidenschaft bei den Kriegsanlagen. (L. H. VIII. f. 42a—42b.)

63) 18. Juni. Gräzer Hoftaiding (Montag nach Viti).

Rathschlag: Landesvertheidigung, persönliches Aufgebot, Befestigung von Gräz und Pettau; Persoualien; „Muerschlacht"; Robott zur Befestigung von Stadt und Schloß (Gräz). (L. H. V. 240a—243a, VI. 272a—274a.)

64) 10. Juli, Gräz.

„Ratsleg, durch etlich erfordert Herrn und Landleut verfasst." — Zuzug; Geld; Kundschaft; Rüstung. „Ain bewahrlich Fleckh, darain man ziechen und rückhen mocht". (L. H. V. 243—244, VI. 274a—275a.)

65) 27. Juli. Grätzer Ratschlag über die Landesvertheidigung („Verfachung"), Verhau des Enns- und Mürzthales; Musterung ꝛc. (L. H. VII. f. 256b—257.)

„Nachdem der turkhisch Khaiser mit aller seiner Macht eigner Person In Hunngern und winndischen Lannden ditz 1543 Jar Ist gewest derhalben von der kö. M. ꝛc. das Aufpot ergannngen, daß die Herrn und Landleut sollen erscheinen, item aus dissem Launb

Steier die hernach benennten Herrn mit Irer Rüstigung erschienen und bei einander belieben, biß der Khrieg sich Im Herbst verändert."

66) A. Fürstenfeld.

8. Sept. „Musterregister der steier. Pherdt sambt dem, was ain Jeder Landtmann für sich selbs auff die kö. auffmanung gethan ausserhalb der Gult vnnd ist die Annder muster. A. Fürstenveldt 8. Sept. ao. 1543" (wichtiger Inhalt). — „Summa Summarum aller gerüsteten Pherdt": 846. — Feldhauptmann Jörg v. Herberstein summa 10 Pf., Wolf v. Stubenberg 31 Pf., Herren und Prälaten: Bischof von Laibach 9 Pf., Abt v. St. Lamprecht 29 Pf., Abt von Admont 35 Pf. — Ritterschafft vnd Adl und derselben Rustmaister. — Viertlhaubtman vber die Pherdt in Viertl Judenwurg. — Russtmaister." (L. H. V. Schluß 6½ fol.)

67) Gräzer November-Landtag.

26. Okt., Wien.

K. Werbung; Vollmacht für die Landtags-Commissäre Hanns Welzer und Christof Resch. — „Abschrifft der khu. Gwallt." Forderung von 34.000 fl. (L. H. V. 245/250—250a/251, VI. 276/282a—282a/283a.)

Landtagshandlungen Montag vor Martini (5. Nov.)

11. Nov, Gräz.

Ständische Erklärung. (Darlegung des Unvermögens, ein Mehrers zu thun.) (L. H. VII. 9a—13a, VIII. 8b—12b.)

Nebenschrift der Landschaft, die Waldordnung in Eisenerz, die von Radkersburg und Fürstenfeld betreffend. (L. H. VII. 13a—16a, VIII. 13a—15b.)

K. Nebenschrift, die 34.000 fl. betreffend. (Ebend. VII. 16a—16b, VIII. 15b—16a.)

Rathschläge des Landtags: Beschwerdartikel; Pfändung; Strafe gegen die Zuzugsäumigen; Schulmeister; Aufgebot; Hilfsgeld und „Pau" der Stadt Gräz; ... Ungleichheit in dem Aufgebot erörtert; Prediger zu Gräz: Hanns Plumbhofer.... (L. H. VII. 16b—21a, VIII 16b—20a.)

68) 10 Dez.

Auszug der Landtagshandlung am Ausschußlandtage: Bewilligung von den 14 steierm. Städten: 10.248 fl. 5 Schill. und 15 Den. (Joann. Arch., 7 Bl.)

Damals wurde auch der Prager Ausschußtag einberufen, auf den sich die Landtagsantwort vom 7. März 1544, s. u. Nr. 69, bezieht. Hieher gehört auch die Stelle in L. R. z. J. 1543: „Mer haben die 5 N. O. Lande sambt der fürstlichen Grafschaft Goerz, als auch die Cron Behaimb wider den Erbfeindt bewilliget; inhalt Schadlosbriefes 300.000 fl." ..., wovon auf Steiermark

89.000 fl. entfielen. Vergl. v. z. J. 1542 9 Okt. (Nr. 61) und 1544 7. März (Nr. 69.)

1544.

69) Gräzer März-Landtag.

20. Febr., Prager Schloß.

K. Instruction für die Landtags-Commissäre Amand, Abt von Admont, Christof Resch und Christof v. Radmannsdorf. (L. H. VII. f. 21a—25a, VIII. 25a—26a)

23. Febr. K. Nebenschrift, die Münze und Zinsen betreffend. (L. H. VII. 25b—26b, VIII.)

7. März, Gräz.

Antwort der Landschaft: Wegen der Gefahr vor dem „grossen und mechtigen auch unersettlichen Veind, dem tierannischen Turken" waren die fünf niederösterr. Landesausschüsse Nov. 1543 nach Prag zusammengekommen und desgleichen in Preßburg, „wasmassen auch die Ständt der Cron Behaimb die Sachen auffgezogen vnnd aus ainem Landtag zween gemacht". In Erwägung der „geuerlichen obligenden hochen Nott und weillen sich auf der Cron Behaim zuezueg nit zu verlassen", werden von den 5 Landen 300.000 fl. sammt dem Zuzug (von 100 Pfd. G. 1 gerüstet Pferd) bewilligt. . . . (L. H. VII. 28b—32a, VIII. 26a—29b.) Vergl. Beitr. z. K. steier. Gesch. I., S. 13.

Rathschlag des Landtags (am Mittich nach Invocauit) 5. März. Inhalt: Anschlag; Musterung; Vorsehung des Landes; Pfandschaften-Besteuerung; Gültenanschlag; Wartgeld, auf 1 gerüstet Pferd ein Jahr 22 fl.; Gesandte nach Wien, Abrechnung mit ihnen; Pferde; „Haramia"; Gerichtswesen; Personalien, z. B. Wampffi's (Bánfy's) Eingriff in die grundherrlichen Rechte der Gräfin Pründl. [Im Joann. Arch. findet sich ein Akt mit der Aufschrift: 1543—44, „Annschlag auff die Khnecht, deren Stett und Merkht auch zum bewilligten Zuezug". . . . „Jetzo Im gehalten Landtag des 44. Jars, so gehalten worden zu Graz den 5. Tag Martij Ist einer Jeden Statt vnd Markht Jerer Gepur diß nachvolgunder Auschlag gemacht."] . . . Zuzug; Rüstung; Einnehmer. . . (L. H. VII. 32b—38b, VIII. 29b—35b.)

70) April. Gräzer Hoftaiding (Montag nach Georgi).

„Allerlay Beratschlagung." Warnung des gemeinen Mannes vor dem Türken; Bestellung von Hauptleuten und „Leitinnants" zum Zuzug; Musterung; Schule (Präceptor Seb. Leitner); Zusammenkunft in Bruck a. d. M. . . . (L. H. VII. 255—256a.)

71) Gräzer September-Landtag.

12. August, Wien.

K. Ferdinand beruft den Landtag nach Gräz auf den 8. Sept.

ein. Das Mandat ist ddo. 16. Aug., Gräz, durch den Verwalter des Vizedomamtes in Steier, Georg Claindienst, einbegleitet. (L. P.)

31. Aug. K. Instruction für die Landtags-Commissäre Abt Amand, Ungnad und Resch (L. H. VII. 38b—45a.)

K. Mt. Vergleichung mit dem Erzbischof von Salzburg über dessen Mitleidenschaft am Anschlage. (45a—46a.)

K. Mt. „Ueberslahung, was auff das gànntz Khriegswesen vnd allenthalben den Antzug des 44. Jars betreffent, gesteen wirdet.“ (46a—57b, VIII. 43a—45b.)

Rathschlag des Landtags vom 8. September. Bau des Gräzer Schlosses; Zehrung der Gesandten; Pfändung und Verkauf der Güter ... (L. H. VII. 48a—49b, VIII. 46a—47b.)

17. Dez. K. Ferdinands Schadlosbrief zu Gunsten der Steiermark für ihre 1541—1544 zu Wien, im General-Ausschußlandtage bewilligte, Türkenhilfe (100.000 fl. für die Steiermark). (L. H. I. f. 139b—140a.)

1545.

72) Gräzer Jänner-Landtag.

1544, 28. Dez., Wien.

Kön. Landtags-Werbung. Instruction für Amand, Abt von Admont, Ungnad und Resch auf den Landtag vom 16. Jänner 1545. (L. H. VII. 49b—52b, VIII. 47b—50b.) — Befestigung von Gräz; Landspitäler; Wiederaufbau der zerstörten Ortschaften.

1545, 20. Jänner, Gräz.

Landtagsantwort. Von Seiten der fünf niederösterr. Lande und der Grafschaft Görz wurden 400.000 fl. wider den Erbfeind bewilligt, wovon auf die Steiermark 118.666 fl. entfielen. Dem Wiener Beschluße trat die Steiermark bei. Außerdem Religionsbeschwerden. — Unter den L. P. findet sich ein gedruckter Steueranschlag ddo. 1545 3. Febr. Gräz, der sich auf den Beschluß oder die Bewilligung der fünf niederösterr. Lande in dem Ausschuß-Landtage zu Wien, ddo. 16. Jänner, bezieht. (L. H. VII. 55a—62a, VIII. 53a—60a.)

Rathschlag dieses Landtags (vom 16. Jänner). Rüstung; Anschlag, auf 1 Pfd. G. 11 Sch., und zwar aus eigenem Säckel der Grundherren 2 Sch. und aus dem der Unterthanen 9 Sch.; ferner von 100 Pf. 1 gerüstet Pferd; Wartgeld 54 Kr., Rüstgeld 48 Kr. auf zwei Monate. Vergl. L. R. — Auf die Städte der vierte Theil umgelegt; Geldaufbringen; „Münz geen lassen (Es sei für guecz, was es welle geschlagen)“; Einnehmer; Kriegsräthe; Generalzahlmeister; Musterung; Proviant; „Fürsehung bei der Tuenaw (Donau); Robat zum Schloß Gräz; persönliche Aufmanung“. (L. H. VII. 62a—66b, VIII. 60a—65b.)

73) 2. März. Gräzer Hoftaiding (Montag nach Reminiscere). Spitäler; „Kh. May. Beuelch pro auslenndisch Fürsten absonnderung"; Kriegsfinanzen. (L. H. VII. 66b—67b, VIII. 65b—66b.)

74) 13. April.

„Ratschlag, durch den Herrn Landshaubtmann, Landsverweser, Verordnete und andere Herren und Landleut beratschlagt. Actum den 13. Tag Aprilis" Gleichartigen Inhalts mit Nr. 72. (L. H. VII. 67b—68b, VIII. 67a—68a.)

75) 4. Mai. Gräzer Hoftaiding (Montags nach Jacobi).

Beschluß: nach Warasdin den von Crain zu Hülfe zu ziehen „mit dem Viertl enhalb der Traa"; Bestellung von Viertelhauptleuten; Proviant; „Schiffung auf der Traa" (Drau); „Raitung mit der Einnehmerin" („Mit Ir von stundan ze raiten"); Brückenbau. (L. H. VII. 69a—70a; VIII. 68b—70a.)

76) Gräzer November-Landtag.

31. Okt., Wien.

K. Instruction für die Landtags-Commissäre Valentin, Abt von Admont, Hanns Ungnad und Christof Resch. — Man forderte von den niederösterr. fünf Landen jährlich 500.000 fl. Eine diesfällige Ausschußversammlung wird nach Wien für den 7. Dez. anberaumt. (L. H. VII. 70a—75b, VIII. 70b—77a.)

16. Nov., Gräz.

Landtagsantwort. (L. H. VII. 76b—80a, VIII. 77a—81a.)

16. Nov. Rathschlag im Landtage. Oesterr. Wein ungesetzlich ins Ennsthal geführt; Mühlhandwerk; „Muerschlacht"; Wege- und Strassen-Ueberwachung; Wirth in „Toblpadt"; Belobung des „Preceptors im Lanndthauß" und Mahnung: „die Herrn und Lanndleuth sollen zahlen oder ihre Söhne wieder heimnehmen". (L. H. VII. 80a—82a, VIII. 81a—84a.)

1546.

77) März-Landtag in Gräz.

22. Jänner, Wien.

K. Instruction für die Landtags-Commissäre Valentin, Abt von Admont, Ungnad und Resch zum „Fürtrag" am 15. März. Die Bewilligung des Wiener Ausschußlandtags, 134.000 G. anbelangend. (L. H. VII. 82b—84a, VIII. 84a—85b.)

15. März, Gräz.

Antwort der Landschaft: 134.000 fl. bewilligt. (L. H. VII, 84a—88a, VIII. 85b—89b.)

Das gedruckte Patent der ständischen Verordneten von gleichem Datum bezüglich der landtäglichen Bewilligung unter den L. P.

Rathschläge im Landtag. Anschlag (von 100 Pf. G.

1 gerüstet Pferd); Gesandte nach Bruck a. d. M.; Kriegsrath; Polizei; Städte-Beschwerden; Steuerrückstand des Bischofs von Laibach; Pfändung und Verkauf der Güter; Rüstgeld; Wartgeld wie 1546; Regimentsplätze. (L. H. VII. 88a—91b, VIII. 89a —93b.)

78) 19. oder 26. Juli. Gräzer Hoftaiding (Montag nach Margarethen).

Rathschläge: Gesandte nach Pettau zum Feldobristen; Aufgebot im Nothfall; Gräzer Schloßgebäude; goldenes Trinkgeschirr als Ehrung für K. Maximilian (II.); Weinhandel; Städte; Ausstände. ... (L. H. VII. 257b—259a.)

79) Gräzer Dezember-Landtag.

25. Nov., Schloß Prag.

K. Instruction für die Landtags-Commissäre Abt von Admont, Ungnad und Resch zum „Fürtrag" am 9. Dez. (L. H. VII. 92a —98a, VIII. 94—102b.)

[Eine neue Ausschußversammlung zu Wien für den 3. Jänner 1547 anberaumt.]

12. Dez., Gräz.

Landtagsantwort, der Vorlage zustimmend. (L. H. VII. 98b —100a, VIII. 103a—105a.)

Rathschläge im Landtag: Verkauf der Pfandgüter; ... „Doctor Lacz (Lacius) zu Wienn. Jme ein Vererung zu thuen, So well Er des Lannds Steir Geschlechter und Herkhomen derselben auch Ander Jre Cronica beschreiben; Jme dazue mit ainer Hilff zu erscheinen. Ist durch ain E. Landschaft beratschlagt, das Jme 60 Pfd. Pf verert werden sollen vnnd, so das Werch verbracht, befindt man dar Jenen gueten Vleiß, Alßdann steet es bey Einer E. Landschafft, Jme weiter Etwas zu vereren oder nit." ... (L. H. VII. 100a—102b, VIII. 105b—109b.)

1547.

80) Gräzer Landtag (März — April; Montag nach Sonntag Judica).

8. März, Dresden.

K. Instruction für die Werbung der Landtags-Commissäre Valentin, Abt von Admont, Resch und Galler v. Raknitz. — Einschluß der Abschrift der Supplication des Bischofs von Agram. (L. H. VII. 103a—107b, VIII. 112a—118a.)

Geld und Hilfe für die „windischen Lande" gefordert.

1. April, Gräz.

Antwort der Landschaft (Pfinztag nach dem Sonntag Judica in der Fasten). (L. H. VII. 107b—112b, VIII. 118a—123b.)

Bewilligung der Geldhilfe von 72.000 fl. und Beschluß, mit dem obersten Feldhauptmanne Grafen Nik. v. Salm zusammenzuwirken. — Unter den L. P. findet sich das gedruckte landschaftliche Steuerpatent.

1. April. Zuschrift der Landschaft an den Landeshauptmann und Vizedom. (L. H. VII. 112b—113a, VIII. 124.)

Rathschläge im Landtag: Kriegsbereitschaft; Proviant; „Trummeter" und Heerpauker; „Generall pro Warnung"; „Kreidschuß"; Gesandte nach Bruck; Aufrichtung der Schriften in den Reichstag*); „Toblpad"; Warasdin; Polizei; Landrecht; „dem Prediger in der Pfarr die Stifft verliehen". (L. H. VII. 113b—116b, VIII. 124b—127b.)

22. Juni, Leitmeritz.

K. Schreiben an den Landeshauptmann und die Verordneten der Steiermark, worin ein größeres Hilfsgeld als anno 1542 begehrt und die Befestigung der Grenzen anberaumt wird. (L. H. VII. 116b—123b, VIII. 128—136a.)

30. Juni, Gräz.

Antwort der Landschaft. (L. H. VII. 124—126b, VIII. 136b—139b.)

12. Juli, Schloß Prag.

K. Reskript auf das jüngste Schreiben und die Bewilligung der Landschaft. (L. H. VII. 127a—129a, VIII. 140a—142b.)

81) 1547 im September, Stadt Steier

Ausschußlandtag der fünf niederösterr. Lande zur Wahrung der Religionsfreiheiten und dießfälligen Beschickung des Augsburger Reichstages. Abgeordnete der Steiermark: Landeshauptmann Freiherr von Ungnad, Franz v. Saurau, Moritz v. Rakhnitz, Johann Hofmann und Kaspar Böheim, ein Bürger aus Gräz. (A. Cäsar's Staatsg. v. St. 7. Bd., S. 64.)

1548.

82) Gräzer Mai-Landtag.

22. April, Augsburg.

K. Landtagswerbung für die Commissäre Valentin, Abt von Admont, Freiherr v. Herberstein und Christof Resch, auf den Gräzer Landtag vom 7. Mai. (Zuzug, Ortsbefestigung.) (L. H. VII. 129b—132a, VIII 143—145b.)

9. Mai, Gräz.

Antwort der Landschaft (ganz zustimmend). (L. H. VII. 132b—134b, VIII. 145—148.)

---

*) Am Augsburger Reichstage forderte man freie Religionsübung. Als Gesandte fungirten Hanns v. Ungnad, Franz v. Saurau, Moriz v. Racknitz, Johann Hofmann von Grünpüchl und Strechau, Kaspar Böheim, Bürger aus Graz. (Vergl. Nr. 81.)

4*

Rathschlag im Landtage vom 7. Mai. Grenzvertheidigung; Veränderung des Kriegsvolks (Verabschiedung des Franz Tahy und Pataschitz mit seinen „Martelossen"); Malen der Wappen der Prälaten und Herrn im Landhause („und daneben der abgestorbenen Geschlechter auch nit vergessen wurde"). Auch eines eigenen Koches für die stark besuchte landschaftliche Schule wird gedacht. (L. H. VII. 135a—136a.)

83) Gräzer August-Landtag.

10. August, Wien.

K. Landtagswerbung für die Commissäre Valentin, Abt von Admont, Ungnad, Preiner und Resch. Landtagsvortrag vom 27. August. (L. H. VII. 142b—148b.)

Rathschläge am Landtag vom 27. Aug. (Montag nach Barth.): Anschlag (wie 1547; das gedruckte Steuermandat vom 25. Sept. unter den L. P.); Rüstung; Musterplätze; Hauptleute und Viertelmeister; Ausstände; Generale für den allgemeinen Anschlag; Geschützkugeln; Versehung (Regulirung?) der „Traa" (Drau). ... (L. H. VII. 151—153b.)

Landtagsantwort auf die kön. Werbung. (L. H. 142b—148b.)

5. Sept. Replik der kön. Commissäre. (L. H. VII. 148b—149b.)

1. Okt., Wien.

K. Antwort auf die Landtagsbewilligung. (L. H. VII. 150a—150b.)

Einverstanden damit, daß statt der bewilligten 84.000 fl., vier Jahre hintereinander je 72.000 fl. entrichtet würden, wovon einzelne Beträge auf die Befestigung von Gräz, Pettau, Radkersburg und Rann zu verwenden.

1549.

84) Gräzer April-Landtag.

1. April, Schloß Prag.

K. Werbung für den Gräzer Landtag vom 1. April (Montag nach Lätare). (L. H. VII. 153b—154b.)

Antwort der steierischen Landschaft auf die kön. Werbung. (Bewilligung von gleicher Art wie 1548.) (L. H. VII. 155a—157b.)

Rathschlag des Landtags vom 1. April: Termin der Anschläge; Rüstung und Musterung; Baugeld auf die oben angeführten Städte; Tobelbad; Weisboten; Apotheker. (L. H. VII. 159a—161b.)

10. Mai. K. Antwort auf den Landtagsbeschluß. (L. H. VII. 158b—159a.)

Mit der Bewilligung von 72.000 fl. (L. R. hat 75.000 fl.) und der Repartirung auf Baulichkeiten einverstanden.

1550.

85) Gräzer März-Landtag.

13. März, Wien.

K. Werbung auf den Landtag vom 24. März für die Commissäre Valentin, Abt von Admont, Ungnad und Christof Resch. (L. H. VII. 161b—167a.)

24. März, Gräz.

Antwort der Landschaft auf die kön. Werbung (72.000 fl. bewilligt) (L. H. VII. 167b—174.)

Rathschläge in dem Landtage vom 24. März (Montag nach Judica): Anschlag von 54.000 fl.; Rüstung (wie gewöhnlich. Wart- und Rüstgeld zu 54 und 48 Pf. à 100 Pf. G); Termin bis auf Joh. Bapt. und St. Martinstag; Musterung; Landgerichtsordnung; fremde Weine; Gesandte gegen Warasdin; Abforderung der Baurechnung von den einzelnen Flecken, die zu befestigen. (Die Festungsarbeiten zu Rann leitete der Architekt Belisona.) (L. H. VII. 165b—179a.)

31. März. K. Replik auf die Landtagsantwort. (L. H. VII. 174a—175b.)

Neue Geldforderungen als unvermeidlich bezeichnet.

86) Grazer Mai-Landtag.

16. April, Wien.

K. Landtagsinstruction für die Commissäre Abt Valentin, Ungnad und Resch. (L. H. VII. 179—186b.)

14. Mai, Gräz.

Landtagsantwort auf die kön. Werbung. (L. H. VII. 181a—186b.)

Rathschläge in dem Landtage vom 12. Mai: Bewilligung des Anschlages wie im März (das gedruckte Steuermandat vom 26. Juli 1550 unter den L. P.); Termin auf Colomani; 200 Pferde. . . . (L. H. VII. 187—188.)

(Hiebei werden auch die besondern und ordentlichen Ausgaben der Landschaft spezifizirt.)

1551.

87) Gräzer Landtag, April — Mai.

13. April, Wien.

K. Werbung und Instruction für die Commissäre Abt Valentin, Ungnad und Resch für den Gräzer Landtag vom Montag nach Jubilate (28. April.)

(„Auszug, was Irer M. järlichen auf daß Khriegsvolkh und andern Sachen aufgeet. Summa 442.000 Gulden. Zu Gute kommen summa 201.415 fl.; auf das neue Kriegsvolk 46.000 fl.“ . . .) (L. H. VII. 188—196b. — Die Credenz auch unter L. P.)

2. Mai. Antwort der Landschaft. (Freitag nach Jubilate) 72.000 Gulden bewilligt. (L. H. VII. 196b—204.)

Rathschläge in dem Landtage vom 28. April: Anschlag; Rüstung; Musterung; Steuertermin; Doctor der „Erzenei"; Polizei; Gesandte an den kön. Hof, um dem Könige Maximilian 4000 Dukaten in Gold zu verehren. (Landeshauptmann: Graf v. Montfort; Landesverweser: Ulrich v. Scherfenberg, Christof v. Radtmannsdorf, Franz v. Saurau, Sigmund Galler, Franz v. Herberstorff, Bürgermeister zu Gräz, und Christof Lampl, Rathsbürger aus Bruck. ...) (L. H. VII. 204—206b.)

29. Mai. K. Ferdinands Mandat bezüglich der Wildoner Mauth. (Ein gleiches vom 19. Aug., Wien.) In beiden wird auf die ständische Gegenvorstellung Rücksicht genommen. (L. H. VII. f. 153b—145a.)

88) 3. August. Gräzer Hoftaiding.

Rathschläge: Musterung; Polizei; Kugelbedarf; „Gepeu und Schloß der Stadt Gräz; Kriegsräthe; „Weinhüter-General"; Präceptor; Procurator; Kreidschuß; Gegenschreiber; Ehrung des Königs von Böhmen (Max.) mit Silbergeschirr im Werthe von 7000 fl. Abgeordnet an ihn die Herren v. Montfort, Scherffenberg, Radtmannsdorf, Racknitz, Galler, Herberstorf, Saurau, zwei von Städten. (L. H. VII. 206b—208b.)

89) Gräzer Landtag im November bei persönlicher Anwesenheit Ferdinands I.

16. Nov. K. Landtagsvortrag. (Umständliche Darlegung der Kriegsbedrängniß.) (L. H. VII. 209—218a, VIII. 238—248b.)

20. Nov. Landtagsantwort: Auf drei Jahre die dreifache Gült bewilligt, und zwar 159.000 Gulden (153.750 fl. nach L. R.) (Vergl. Ferdinands gnädiges Schreiben vom 20. Nov. — Ueber die Bruckerische „Beansagung" und diese Bewilligungen s. Buchholtz VII. 247—280.) (L. H. VII. 218a—225b, VIII. 248b—259b.)

Rathschläge in dem Landtage. Mehranschlag (aufs Pfd. G. 2 G. 2 Kr.) Auf den Unterthan sollte jedoch nur 100 Kr. zugeschlagen und das Uebrige aus grundherrlichem Säckel gegeben werden; Wartgeld 54 Kr., Rüstgeld 24 Kr. (vergl. L. R.); Rüstung. Unter Andern wurde auch beschlossen, drei Jahre hindurch 20.000 G. von dem allgemeinen Anschlag auf Befestigungen zu verwenden. 4000 „Purnschützen"; Ehrung für Erzh. Karl, der mit Maximilian damals auch in Gräz verweilte, mit 400 Dukaten in Gold; Weinpaßbriefe; Müllerordnung. (L. H. VII. 234a—235a.)

Schriftenwechsel der steier. Landschaft mit der kön. Kanzlei über die Werbung und Landtagsantwort. (L. H. VII. 226a—234a.)

29. Nov. Schreiben der steier. Landschaft an den Erzbischof von Salzburg bezüglich der Lehenschaften (mit Einschluß des k. Generals ddo. Prag 18. Juni.) (L. H. VII. 288b--289a.)

(2. Jänner 1552, Salzburg. Antwort des Erzbischof Ernst; und 24. Jänner: Zuschrift der steier. Landschaft in Ansehung des Gegenstandes. „Berueff, so der hochw. Herr Ernst, Erzbischof von Salzburg, hie zu Gräz in dem Hofthäding hat thun lassen." (L. H. VII. 289b—290b. Vergl. auch die erzbischöfl. Repräsentation vom 29. April 1553. L. H. I. 149a—150a.)

10. Dez., Gräz.

K. Ferdinands Schadlosbrief zu Gunsten der steier. Landschaft über ihre landtägliche Bewilligung für die Jahre 1552—1554, von jedesmaligen 174.620 Gulden und von je 100 Pfd. Geldes 1 gerüstet Pferd auf 3 Monate lang auf eigene Kosten. (L. H. I. f. 141.)

1552.

90) Jänner-Hoftaiding. (Vergl. die Zuschrift der steier. Landschaft an den Salzburger vom 24. Jänner 1552. L. H. VII. 289b—290.)

[Die landtägliche (?) Geldbewilligung von 174.620 Pfd. Pf. s. in der allg. Uebersicht der Geldhilfen. L. H I. f. 1—12.]

1553.

91) Gräzer Landtag (Februar — März) bei Anwesenheit K. Ferdinands.

21. Febr. Landtagsvortrag der kön. Commissäre: Rüstungs- und namentlich Grenzbefestigungsangelegenheiten. (L. H. VII. 259a—264b, VIII. 271a—274b.)

3. März. Antwort der Landschaft. (L. H. VII. 264b—272a, VIII. 274b—284e.)

Schriftenwechsel der Landschaft und der kön. Kanzlei (loco Gräz). (L. H. VII. 272a—286b, VIII. 271a—296b.)

Rathschläge des Landtags vom 21. Febr.: Kriegssachen. (L. H. VIII. 297—300b.)

Insbesondere: „Einer e. Landschaft Beschwerartikl über die durch J. Maj. aufsgegangene und publicirte Polizeiordnung, so Irer R. K. M. im Landtag, Erchtag nach Invocavit den 21. Febr. 1553, durch eine ehrsame Landschaft fürbracht worden. ddo. Gräz letzten Februar 1553."

Es werden die einzelnen Punkte der Polizeiordnung durchgenommen. Als solche erscheinen: „Unterschied der Personen bezüglich der Gerichtsbarkeit; Kriminaljustiz; Zutrinken, Böllerei; Doctores sollen der Ritterschaft nachstehen; Hochzeiten; Wollentuch-Verkauf; Fürkauf; Marktrecht; wucherliche Contracte; Gerhabschaften; Kirchen- und Zechpröbste; Belohnung der Aerzte; Petler, Juden, Zigeiner, Störer, Pollizei, Beschworn Meister, Gesellen; das Sattler und Khumatter sein mugen und für ain handberch sollen verstanden werden; Verpotten pact; der Arbeit zimblichen Wert setczen; gegen den Feind zu dienen; Schennkhung; Aufsteen der Gesellen; Vnee-siczen; wie viel ain Meister khnecht haben mag; von Lerjungen; Ledrer vnd Ire Khnecht anbelangend." (L. H. VIII. 300b —311.)

Schriftenwechsel darüber zwischen dem Landesfürsten und den Ständen, vom 8., 10.—16. März (loco Gräz). — In Ansehung der ständischen Religionsbeschwerden, worin unter Andern über die Besetzung der Pfründen mit untauglichen Leuten und den durchgängigen Mangel an gelehrten und geschickten Prädikanten und Pfarrern geklagt und die scharfe Ermahnung des Königs „mit nicht geringem Entsetzen" entgegengenommen wird, als aus falschen Berichten hervorgegangen. (L. H. VIII. 311—325a.)

21. Februar, 13. Juli. Schriftstücke in dem Streithandel zwischen der Landschaft und den Städten und Märkten. (L. H. VIII. 344a—370a.)

16. Juni. Landschaftliches Patent, wonach ein jeder Herr und Landtmann von Steier seine Unterthanen „für sich ervordern, solche bewöhrter beschreiben" und davon eine Liste der Landschaft einzuschicken habe. (L. P.)

16. August, Wien.

K. Ferdinands Einbegleitung der Beschwerdeschrift der steier. Städte und Märkte. — Als Städte und Märkte, die sich darin über einseitige Auflagenbelastung beklagen, erscheinen folgende Städte: Gräz, Fürstenfeld, Leoben, Rottenmann, Radkersburg, Voitsberg, Kuittelfeld, Schladming, Marburg, Bruck, Judenburg. In der Grafschaft Cilli: Cilli, W. Feistritz, Windischgräz. Märkte: Vordernberg, Obdach, Aussee, Frohnleiten, Innerberg, Weißkirchen, Trofaiach, Feldbach, Sailhofen, Neumarkt, Zeiring, Mürzzuschlag, Wildon. In der Grafschaft Cilli: Rohitsch, Tüffer, Sachsenfeld.

„Die Stet und Markt in disem Land Steier, so in khainem Mitleiden neben den anndern Stetten und Markten stehn und doch alle der mitleidigen Stetten Handtierung treiben." — Stett: Pettau, Hartberg, Murau, O. Wels (Oberwölz). Märkte: Semriach, Waiz, St. Leonhard, Anger, Vorau, Gröbming, Fehring, Ligist, Rast, Landsberg, Hoheneck, Rain, Kindberg, Uebelbach, Prediz, Peilstein, Drachenburg, St. Lambrecht, Wernsee, Fridau, Eibiswald, Leibnitz, Schwamberg, Fraßlau, Zell, Aflenz, Passail, Polsterau, Ernhausen, Purkfeld, Gleistorf, Gnaß, Mureck, Pöllau, Stainz,

Arnfels, Lamberg, Scheifling, St. Gallen, Mooskirchen, Neustift, Reichenburg, Hundsmarkt, Luttenberg, „Köfla ob Voitsberg ist kain Markt", Leutschach, St. Florian, Schönstein, Praßberg, Kapfenberg. (L. H. VIII. 325a—327b.)

1554.

92) 5. Februar, Cilli.

Hannsen v. Ungnads Relation über die krabatischen und windischen Gränzen, geschehen zu Folge der „Beraittung" in den Monaten Oktober und November 1553. (Sehr reichhaltige Verzeichnisse.) (L. H. X. f. 1—32a.)

93) 20. Februar, Wien.

K. Generale in Religionssachen. (L. H. IX. S. 15b—16a. Vergl. Raupach Evang. Oesterreich II., 96—98.)

94) Landtagsbewilligung gemäß der Bewilligung vom Martini-Landtag 1551.

1555.

95) Grätzer März-Landtag.

6. Februar, Augsburg.

Instruction K. Ferdinands für seinen Sohn K. Maximilian und die Commissäre Hanns Ungnad, Valentin, Abt von Admont, Christof Freiherr v. Eizing, Philipp Breuner zu Stübing, Fladnitz und Rabenstein.

23. Febr. K. Botschaft und Credenz, von den Commissären vorgebracht und überantwortet. (L. H. VIII. 384b—389, IX. 1—5a.)

8. März. Religionsschrift der steier. Stände. (Die steirischen Prälaten weigern die Unterzeichnung dieser Repräsentation an den Landesfürsten.)

11. März. Landtagsantwort auf die kön. Werbung: Bewilligung von anderthalb Gülten nach dem Brucker Ausmaß, anderseits die Bewilligung zur Befestigung von Kopreinitz, St. Georgen, Warasdin, Marburg und Radkersburg. Im Ganzen betrug die Bewilligung 108.362 fl. 2 Sch. 9½ Pf. (L. H. VIII. 396b—401a und 390—396, IX. 10b—15a und 5a—10b.)

Schriftenwechsel in dieser Angelegenheit vom 13.—31. März und 6. Mai. (L. H. VIII. 401—413b, IX. 15b—28a.)

Rathschläge in dem Landtag. Anschlag: Auf 1 Pfd. G. 82 Kr., 1 gerüstet Pferd, Wartgeld 54 Kr., Rüstgeld auf 2 Monate 48 Kr. Bewilligung (1½ Gült); Rüstung; Unterzeichnung der Religionsschrift; Nothwendigkeit einer Zusammenkunft der drei Lande; auch an Kärnten zu schreiben; Bestimmung von Personen zur Berathung des Kriegswesens; Feldobristen; Kriegsräthe an der Grenze zu halten; junge Adelspersonen an den Grenzen zu verwenden; Geld; Befestigung von Kopreinitz und St. Georgen; Pferdezuweisung an

Herrn v. Ungnad; Berathschlagung der Instruction für die Gesandten auf den Reichstag; Wahrung der Freiheiten; Landhaus; Mauth; Städte und Märkte; Doctor Fabian Corradura. (L. H. VIII. 414a—420b, IX. 28a—34a.)

96) 29. April. Gräzer Hoftaiding (Montag nach Misericordia domini).

Rathschlag über Steuer, Kriegswesen ...... Seifried von Eggenberg, Bürgermeister in Gräz; Doctores Corradura und Bilinus. (L. H. IX. 34b—35b.)

27. April. Freiherrn v. Ungnads Schreiben im Auszuge. (L. H. IX. 41a—42a.)

97) Cillier Ausschußtag, 16. Juni.

26. Mai, Augsburg.

K. Instruction für seine Commissäre Ungnad, Hanns Hoyos Freiherrn zu Stixenstein, Hauptmann zu Triest; Ehrnreich v. Königsberg und Christof Resch. (L. H. IX. 37a—40a.)

30. Mai. K. Mandat an die Commissäre für den Ausschußtag der Steirer, Kärntner und Krainer in Cilli am 16. Juni. (L. H. IX. f. 43.)

6. u. 7. Juni. K. Mandat an seine Commissäre: Hans Ungnad, Hans Freiherrn v. Hoyos zu Stüchsenstein, Hauptmann in Triest, Ernreich v. Königsberg, Christof Resch, Vizedom in Gräz. (L. H. IX. 40a und 42. — Ungnads Antwort ebend. f. 43.)

„Rö. kö. Maj. Rätt vnnd Verordnete Herrn Commissarien auch der drei Lande Steier, Kärnten und Krain Gesandtn auf die kön. Instruction unterthänige und gehorsame Bedenken, Anordnung des Kriegswesens betreffend.“ — An die Spitze der Grenzvertheidigung Georg v. Wildenstein und Hans Lankowitsch gestellt; neben ihnen 7 Unterbefehlshaber. (L. H. IX. 45a—49b.)

Verzeichniß des Kriegsvolks an der krain. kroat. Grenze und die bezüglichen Auslagen; die im Einzelnen veranschlagt und summa summarum auf 206.507 fl. 6 Sch. und 28 Den. beziffert werden. (L. H. IX. 49b—55a.)

Die drei Lande bewilligen: Steiermark 108.372 fl. 2 Sch. 9 Den., Kärnten 400.000 fl., Krain 22.000 fl., Summa 170.372 fl. 2 Sch. 9 Den. — Abgang auf die Kriegskosten 36.135 fl. 4 Sch. 18 Den.

27. Juli. K Antwort auf diese Eingabe. (L. H. IX. 56a—58b.)

„K. Maiestät hat auf den 26. Okt. 1555 paar etliche Rät vnd Landleutt aus den fünf niederösterr. Landen und der fürstl. Grafschaft Görz gen Wien beschrieben und Inen Proposition und Fürtrag nachvolgender Massen thuen lassen (betrifft das Land Siebenbürgen). (L. H. IX. 59—63b.)

Verzeichniß der „rätlich Bedenken auf der rö. k. Majestät mündlich Vorbringen“ seitens der Landleute und der Namen der Abgeordneten. (L. H. IX. 63b—72a)

Von der Steiermark abgeordnet: Sigmund Freiherr von Herberstein, niederösterr. Kammerpräsident, Helferich v. Kainach, Hieronymus v. Attems, Freiherr Georg v. Herberstein, Landverweser, Moriz v. Raknitz, Georg Stadler, Sigmund Galler. (Eine kurze Andeutung vom Wiener Tage bei Cäsar St. G. von Steierm. 7, S. 76—77.)

98) Gräzer Dezember-Landtag.

28. Nov. und 1. Dez., Wien.

Kaiserliches Mandat und Instruction für Valentin, Abt von Admont, Georg v. Herberstein, Landesverweser in Steier, und Christof Resch. (L. H. IX. 72b—82b.)

Landtagsvortrag am 9. Dez., worin K. Ferdinand die steier. Stände in Bezug ihrer Religionsforderungen auf den nächsten Regensburger Reichstag vertröstet.

20. Dez. Antwort der Landschaft: sie erklärt sich zur möglichsten Kriegshilfe bereit und beharrt auf der Berechtigung ihres Verlangens, die Kommunion unter beiden Gestalten genehmigt zu sehen, indem sie auf die ähnlichen Zugeständnisse in Deutschland, Böhmen und Ungarn hinweist. Außerdem erkennt sie es nicht für statthaft an, die ärmeren Pfarrer und solche, die nicht Unterthanen haben, von den Steuern zu befreien, da ohnehin der gemeine Mann von den unerschwinglichen Steuern aufs härteste bedrückt werde, und solche Ausnahmen nur störende Ungleichheiten hervorriefen. (L. H. IX. 83a—88b.)

9. Dez., Gräz.

Vollmacht der Gesandten auf den Wiener Ausschuß-Landtag vom 15. Jänner 1556 (Ungnad, Herberstein, Lukas Zäckl, Herr zu Fridau, Moriz Freiherr v. Raknitz, Sigmund Galler, Jakob v. Windischgräz, Freiherr zu Waldstein und im Thal, Georg Stadler zu Lichtenegg, Franz Teuffenbach, Ritter Hans Marchart, derzeit Bürgermeister zu Gräz, Sebastian Pauchinger, Bürger zu Bruck a. d. M., Kolman Holzmann, Bürger zu Marburg). Darin erscheint verzeichnet vor Allem: Die Sicherung der Grenzen; Türkenhilfe; gnädige Behandlung des ständischen Präceptors Barth. Pika, damit er mindestens im Lande seßhaft bleiben könne; Einbeziehung der Steiermark in den gemeindeutschen Religionsfrieden; Begehren um Schutz für die „frommen und christlichen“ Pfarrer und Prädikanten, die das Sakrament „nach der Einsetzung Christi“ reichen, desgleichen für die Präceptores und Schulmeister. (L. H. IX. 90b—93b.)

Rathschlag im Landtag vom 9. Dez. (nicht von 1557, wie es verschrieben ist). (L. H. IX. 94a—101b.)

Inhalt: Marschallamt; Ordnung für die Steuerrückstände; Hakenbüchsen; Rüstgeld; Landrecht; Landschaftsschule (kein ausländischer Knabe soll ohne Wissen und Willen der Landschaft in dieselbe aufgenommen werden); Unterthanen, „so in Oesterreich lauffen", davon abzuhalten; Städte und Märkte 4000 fl. schuldig.

1556.

99) Wiener Ausschuß-Landtag der fünf niederösterr. Provinzen.

6. Jänner, Wittemberg.

Hanus Ungnads Rathschlag auf Aufforderung der Ausschüsse der fünf niederösterr. Lande. (Joan. Arch. 9 Bl., Religionssachen.)

27. Jänner, Wien.

Kaiserlicher „Fürtrag" an die Stände; Ausschüsse der fünf niederösterr. Lande und der Grafschaft Görz. (L. H. IX. 102a—105a.

a) In Religionssachen.

31. Jänner. Ständische Schrift in Religionssachen, von den Ausschußgesandten der fünf niederösterr. Lande übergeben. Darin wird des Breiteren um freie Religionsübung angesucht, die kirchliche Verderbniß gerügt, das abschreckende Beispiel der Gefangenschaft der Juden wegen Abfalles vom wahren Gottesdienste angeführt, der Türkensieg vom wahrhaft christlichen Lebenswandel abhängig gemacht, Se. Majestät „mit gebogenen Knieen" gebeten, die Stände bis zu einem freien, gemeinen General-Concilium im Genuße der Glaubensfreiheit zu belassen, da sie sich bisher keiner „Abgötterei, Irrthum, Schwärmerei, Sekten, Ketzerei, als der Wiedertäufer, Sakramentirer, Zwinglianer, Schwenkfeldianer" u. s. w. schuldig gemacht, und endlich um Aufhebung der Strafmandate in Glaubenssachen angesprochen. (L. H. IX. 179b—183a.)

5. Febr. Kais. Bescheid darauf. Ablehnend. (L. H. IX. 179b—183a.)

Ständische Replik.

16. Febr. Kais. Antwort darauf.

Neue Supplik der fünf niederösterr. Lande in Religionssachen.

24. Febr. Königliche „gnädige" Antwort, die jedoch bei den früher ausgesprochenen Grundsätzen beharrt und nur die Glaubens- und Gewissensfreiheit wie bisher achten zu wollen verspricht. (L. H. IX. 183b—192b.)

Schlußschriften in Religionssachen. (L. H. IX. 193a—195a.)

Namentlich die Religionsfrage betont Stülz in seiner Abh. unter dem Titel: „Ausschußtag der fünf niederösterr. Lande in Wien 1556". — Arch. f. K. österr. Gesch., 8., 157—173, worin Raupach's Darstellung in seinem Evangel. Oesterreich ihre Berichtigung finden soll. Die Supplication der Stände ist abgedruckt bei Raupach I., S. 12—120, Beil. III.

b) In politischen Sachen.

24. Jänner — 28. Febr. Wien.

Eingabe der ungarischen Stände betreffs der Befestigung und Erbauung von Grenzwehren (in latein. Sprache). (L. H. IX. 106a —108a.)

Schriftwechsel der Ausschüsse der fünf Länder mit den kais. Bevollmächtigten. Die Ausschüsse beharren bei der Bewilligung von 170.000 Gulden. — Zu Kriegsräthen wurden 1.—4. März von steierischen Herren Georg Pögl, Sigmund Galler, Georg Stadler, Sigmund Schratt, Franz Teuffenbach in Vorschlag gebracht. Vergl. auch die Kopien im Joan. Arch. vom 21.—28. Febr. in 29 Bl. (IX. 107a—126a.)

Schreiben der Krainer Ausschüsse. (IX. 126a—129b.)

Ausweis über die Kriegsauslagen von 73.630 fl. Die kroat. Grenzfestungen, welche derzeit noch nicht in königlicher oder erbländischer Regie standen.

„Hernach folgen nun die andern krabatischen Ortfleckhen von Brekhowitz aus nach dem Wasserfluß Unna bis auf Nowigrad und Costanowitza, welche der Zeit in des R. Kh. Maj. noch derselben Landen Underhaltung und Fürsehung nicht stehen.“ (129b—130b.)

Ausweis über die Kriegskosten für die steier. windische Grenzvertheidigung (141.356 fl. 6 Sch. 28 Pf.). (IX. 130—135a.)

Triplik der kais. Kanzlei.

27. Febr. Antwort der Ausschüsse darauf und fernerer Schriftenwechsel bis in den Mai. (L. H. IX. 136a—167a.)

„Der Gesandten aus Steier gehorsam Bedenken, die Rüstung und Austheilung des Kriegsvolkes belangend.“ (L. H. IX. 167a —168a.)

K. Beschluß und letzter Bescheid. Beschwer-Artikel der fünf österr. Lande. (L. H. IX. 168a—174a.)

Verzeichniß der Namen der Ausschußgesandten der fünf Lande. (L. H. IX. 194—5. S. die steier. Ges. o. z. J. 1555, Nr. 98.)

2. März. Verzeichniß des Grenzkriegsvolkes und der bezüglichen Auslagen (detaillirt). (L. H. IX. 203b—221b.)

100) Gräzer Landtag (März, April).

16. März, Wien.

Mandat und Instruction K. Ferdinands für seine Commissarien Freiherrn Georg v. Herberstein, Christof Resch und Valentin, Abt von Admont. (L. H. IX. 195b—203a.)

„K. Fürtrag wegen neuer Anlagen und Tacz.“ (L. H. IX. 222a—222b.)

„Aufczaichnung, wie ain gemaine Anlag in allen Erblanden durchaus vom höchsten biß auf den Nidrigsten geistlichen und weltlichen Standts auf dem Lannd, in Stetten aufzurichten were; dardurch wahrlich ein merkhliche summa gelts zu Rettung und Befridung der Lanndt an sonders Beschwerung einpracht werden möchte." (Am Rande von gleichzeitiger Hand: „ist aber nit practicirt worden.") — Es sollten durch eine neue Besteuerungsart 50.000 fl. aufgebracht werden. Der Klerus müsse sich nämlich mit allen seinen Gütern für die dem Könige dargeliehene Summe verschreiben. Außerdem begehrte man eine neue gemeine Auflage. (L. H. IX. 223—224b.)

(Weiteres darüber 225a—228b.)

2. April, Gräz.

Antwort der Landschaft; bewilligt 170.000 fl., von 100 Pf. G. 1 gerüstet Pferd, aber gegen landesfürstliche Besoldung, endlich 2000 Büchsenschützen. (L. H. IX. 236a—245b.)

Rathschläge im Landtag vom 23. März (Montag nach Judica): Anschlag (die doppelte Gült auf die Unterthan, aus eigenem Säckel 23 Kr.); Rüstung; Wartgeld 13 Kr. 2 Pf. (IX. 246a—250a.)

9. April, Wien.

K. Antwort. (IX. 250b—253a.)

101) Cillier Ausschuß-Landtag, 4. Mai.

11. April, Wien.

K. Werbung und Instruction für seine Commissäre Hanns Lankowitsch zum Freien Thurn an der Kulp, obersten Hauptmann an der windischen Grenze, Freiherrn Hoyos, Hauptmann in Triest, Emerich v. Königsberg und Georg v. Wildenstain auf die Cillier „Zusammenkhunfftshandlung" am 4. Mai. (L. H. IX. 254b—258a.)

4. Mai, Cilli.

Antwort der Abgeordneten der drei Lande Steier, Kärnten und Krain. Aufzählung der Kriegskosten für die Grenze in den Jahren 1556—1557. (L. H. IX. 258b—270b.)

4. Juni, Wien.

K. Antwort auf diese Resolution. (IX. 271a—276a.)

8. Juni, Gräz.

Hoftaiding. (IX. 279b—280b.)

19. Juni. Replik der steier. Herren und Landleute. (IX. 276a —279a.)

102) Gräzer Dezember-Landtag.

17. Nov. und 1. Dez., Wien.

K. Instruction und Werbung an den Gräzer Landtag. (IX. 281a—289b.)

5. Dez. Antwort der Landschaft auf die kön. Forderung einer außerordentlichen Hilfe, und der weitere Schriftenwechsel in dieser

Angelegenheit vom 8. Dez. 1556, 21. Jänner 1557 (8 Stücke). (IX. 289b—313a.)

Rathschlag des Landtags. (Inhalt großentheils die Kriegsrüstung betreffend.) Bewilligt wurde die ganze Gült und eine außerordentliche Beisteuer (Taz), im Ganzen 72.000 fl. von 100 Pf. G. 1 gerüstet Pferd, auf 3 Monate, aus eigenem Säckel. (IX. 314a—320a.)

(Die nächste Ständeversammlung wurde auf den 31. Jänner 1557 anberaumt.)

Im Anhange Aktenstücke über den Amtseid des Landeshauptmannes vom 16., 27. Nov. 1556. (L. H. IX. f. 323.)

23. Dez. Schadlosbrief K. Ferdinands in Bezug der Bewilligung für 1557: eine ganze Gült und eine neue Hilfe in der „Taz". (L. H. I. f. 142.)

1557.

103) Ende Jänner. Ständeversammlung zu Gräz.

Das gedruckte Patent über die jüngst bewilligte Hilfe von Ende Jänner. (L. P.)

104) 25. März. Gräzer Hoftaiding, statt des Landtages aus allen fünf Vierteln des Landes beschickt. Einsetzung des neuen Landeshauptmannes Herberstein. (Muchar VIII.)

105) Pettauer Ausschuß-Landtag (vom 20. April.)

1. April, Prag.

K. Instruction für die Commissäre Lankowitsch, Hoios, Galler und Resch auf den Tag der drei Lande zu Pettau am 20. April, anbelangend die Förderung des Kriegswesens und die Grenzbefestigung. (L. H. X. 36a—40a.)

1. Mai, Pettau.

Antwort der ständischen Gesandten. (L. H. X. 40b—48a.)

18. Juni, Preßburger Schloß.

K. Resolution. (X. 48b—51a.)

106) 1. Juli. Gräzer Hoftaiding.

Ständische Replik auf die k. Resolution. (X. 51a—52b.)

26. Juli, Wien.

Generalpatent wegen der Türkenhilfe. (L. P.)

107) Gräzer September-Landtag.

31. Aug. und 1. Sept., Wien.

Kaiserliche Instruktion für K. Maximilian und Werbung auf den Gräzer Landtag am 9. Sept. (L. H. X. 59—62b.)

12. Sept., Gräz.

Ständische Antwort und weiterer Schriftenwechsel bis zum 21. Sept. (5 Stücke). (L. H. X. 63a—84b.)

Man bewilligte 1½ Gült, Wartgeld 13 Kr. 2 Pf., Rüstgeld.

18 Kr., zusammen 108.372 Pf. Pf. (L. H. I. — Nach L. R. 1 Gült und 4 Sch.)

Rathschläge im Landtag vom 8. Sept.: Gült; Pfändung der alten Ausständler; Rüstung; Werbung von 2000 Büchsenschützen statt des 30sten Mannes; außerdem von 100 Pf. 1 gerüstet Pferd (im dritten Monat sollen sie aber vom Landesfürsten besoldet werden); Procuratoren; Dr. Matera; deutsche Pferde; Beschwerdeartikel; Gesandte zur nächsten Landtagszusammenkunft; Zapfenmaß (eine neue Anlage auf Wein, Getreide und Fleisch für 1 Jahr als Türkenhilfe); Bestellung eines Feldhauptmannes. (L. H. X. 84b – 92a.)

1558.

108) Pettauer Ausschuß-Landtag vom 1. Februar.

23. Jänner, Wien.

K. Maximilians Instruction für die Commissarien Lankowitsch, Hoyos, Galler und Resch auf den Pettauer Tag vom 1. Febr. (L. H. X. f. 92a—97a.)

Landtagsantwort. (f. 97b—105a.)

Nichtannahme der kön. Vorschläge, weil die Abgeordneten nicht bevollmächtigt wären, die Beschlüsse des letzten Landtages zu überschreiten. (Vergl. Buchholtz VIII., 297—298. — Hier finden sich auch die Klagen des Oberbefehlshabers Lankowitsch über den mißlichen Ausgang, den diese Berathungen so gut wie die drei früheren gehabt.)

„Beiläufige Aufzählung des Kriegsstaats an den windisch-krabatisch-krainerischen Gränzen vom 1. März 1558.“ (f. 105—109a.)

109) Gräzer April-Landtag.

19. März, Frankfurt a. M.

K. Ferdinands Instruction für seine Commissäre Freiherrn Georg v. Herberstein, Abt Valentin von Admont und Christof Resch zum „Fürtrag“ auf den Landtag zu Gräz vom 18. April. (L. H. X. 110—112a.)

23. April, Gräz.

Landtagsantwort: Bewilligung der doppelten Gült; außerdem von 100 Pf. G. 1 gerüstet Pferd und statt des 30sten Mannes auf 3 Monate 2000 Büchsenschützen. (112a—118b.)

3. Mai, Wien.

K. Resolution. (118b—119a.)

Rathschläge im Landtag vom 18. April: Beisitzer des Landrechtes; Gesandte nach Wien; „Fürsehung des Profiants“.... (X. 119b—122a)

110) Wiener Ausschuß-Landtag.

18. Mai, Wien.

„Fürtrag“ an die ständischen Ausschüsse der drei Lande Steier, Kärnten und Krain. (X. 122—114.)

23. Mai. Antwort der Ausschüsse und weitere diesfalls gewechselte Schriften vom 25. Mai, Juni (4 Stücke). (X. 124—140a.)

15. Juni. K. Ferdinands Revers über die steierische Bewilligung eines Hilfsgeldes, für 1558—1559, von 2 Gülten nach dem Brucker Ansatz und als Ersatz für 1557 ½ Gült und von 100 Pf. G. 1 gerüstet Pferd auf 2 Monate. (L. H. I. f. 143)

111) Gräzer September-Landtag.

1. Sept. K. Werbung an den Gräzer Landtag. (L. H. X. 141—147b.) Durch K. Maximilian eingebracht.

„Bedenkhen, wie khunfftig im Khriegswesen ain Richtigkait anzuordnen." (L. H. X. 147—157a.)

4. Sept. Landtagsantwort. Vom 1. März 1559, bis letzten Februar 1563, bewilligen die Stände alle Jahre die doppelte Gült, 2000 Büchsenschützen, Wartgeld 54 Pf., Rüstgeld 18 Pf., in summa 150,000 G., außerdem zu J. Mt. „aigener Notturft" alle Jahre aus der einfachen Zapfenmaß zu vier Fristen 30,000 fl., in summa 120,000 Gulden. Voran stellen die Stände ihre Religionsbeschwerden und die Forderung um die Freiheit der Confession (im Hinblick auf den Augsburger Religionsfrieden), wie auch um Einstellung der wiederstreitenden Generalien. (L. H. 157b—166a.)

Weitere darüber gewechselte Schriften (4 Stück). (L. H. X. 166a—182b.)

Antwort auf K. Maximilians mündliches Begehren. (182b—185a.)

K. Maximilians Schriften die Polizei betreffend (185b—186a.)

17. Sept. Antwort der Landschaft. (186a—188b.)

Rathschlag des Landtages vom 1. Sept.: Hilfsgeldbewilligung; Rüstung; der Streit des Landeshauptmannes und des Bischofes von Seckau über den Stimmenrang; Kriegsräthe und Zahlmeister, Zapfenmaß, Landrechtsbesitzer . . ; Leonhard Adlprecht Prädikant; Landleut und deren Unterthanen „durch Wassergüß verderbt;" Einnehmer, Landboten, Proviantmeister, Regalien, Verkauf der geistlichen Güter, Städte und Märkte, Vizedom zu Leibnitz, Musterung, Strafgeld, Zeugwart, Städte und Märkte, Steuer-Ausstände. (X. 189a—199b.)

28. Okt. Wien.

K. Antwort auf die Bewilligung der Landschaft. (X. 199b—200.)

31. Okt. K. Ferdinands Erledigung bezüglich eines von der Landschaft angekauften und ans Landhaus stossenden Gebäudes. (L. H. I. 150a—151a.)

1559.

112) Wien-Preßburger Verhandlungen.

1. Jänner. Wien-Preßburger Verhandlungen seitens der ständischen Ausschüsse der 3 Lande, über deren Bewilligungen i. J. 1557—1558 (Steirer: 46,653 fl. 6 Sch. 24 Den., Kärntner: 46,778 fl. 5 Sch. 10 Den., Krainer: 41,700 fl.) aufs Kriegswesen. (L. H. X. 200b—206a.)

„Was in der Zusammenkunft in Preßburg Monat Jänner gehandelt und dem König von Böhmen überantwortet." (L. H 207a.)

„Einer ehrsamen Landschaft in Steier Empfanng, was dieselbe auf das Kriegswesen des J. 1558 zu verwenden bewilligt hat." (L. H. X. 205a—206a.)

Verzeichniß derselben. (Steiermark: 13,465 fl. 1 S. 14 Den. 1 Pf.) (X. 206b—209a.)

28. Jänner. K. Maximilians Antwort. (X. 209b—211b.)

Summarischer Ausweis der Empfänge und Ausgaben der 3 Lande: Steier, Kärnten und Krain in den JJ. 1522—55., u. z. Ausgaben 583,117 fl.; Empfänge 604,223 fl. für die Steiermark. (212a—214a.

30. Jänner Preßburg.

„Auf der khu. Würde zu Behaim (Maximilian) ausgestellte Mängel und Irrung der 3 Landschaften Steier, Kärnten und Krain abgesendeten Ausschuß unterthenigster Bericht. (X. 214b—217b.)

Verzeichniß, was von dem 1552. Jar — „1559 an allen und jeden Landt und Grenicz Gepew in Steierland und Windischland zu erpauen bewilligt worden." (X. 218a—219b.)

5. Febr. Replik des bö. Königes

7. Febr. Antwort der stä. Ausschüsse (X. 220—226b.)

Zustand des Kriegswesens an den kroat-windischen Gränzen v. J. 1559. (X. 227a—247a.)

18. Febr. Preßburger Schloß.

K. Maximilians Instruction für Herrn Sigmund Galler an die steirischen Herrn und Landleute. (X. 247a—248a.)

113) 12. April, Gräzer Hoftaiding.

Antwort der Stände auf die königl. Werbung. (X. 248b—251a.)

23. April, Wien.

K. Maximilians Resolution. (X. 252b—253.)

1560.

114) 9. März, Gräz.

Schreiben der steirischen Landschaft an den König betreffs der „Eysenärczt und Waldbereitung." (X. 253—255.)

115) Gräzer Dezember-Landtag.

8. Dez., Wien,

1. K. Ferdinands Mandat an den Landeshauptmann Hans v. Scherffenberg.

2. K. Mandat an die steirischen Stände.

3. K. Instruction für den Landesverweser Freiherrn Andreas v. Teuffenbach und Freiherrn Sigmund Galler. (L. H. X. f. 255b—257b.)

Landständ. Bewilligung wie 1559 (s. o.)

„Beiläufige Austaillung des Paugelts" an den steir. und windischen Gränzen für 1561. (L. H. X. 257b—258a.)

1561.

116) 9. März, Gräzer Hoftaiding.

Antwort der Landschaft auf diesen Entwurf. (X. 258b—260a.)

13. Sept., Wien.

K. Ferdinands Schreiben „belangend, daß Ir. Rö. Kai. Maj. den Pfandschilling in keineß Ungern" oder einer fremden Nation Hand kommen lassen wolle. (L. H. IX. 324.)

1562.

117) Landschaftliche Bewilligung wie für die unmittelbar vorhergehenden Jahre. (L. H. I. f. 12 und L. R.)

1563.

118) Gräzer Februar-Landtag.

Instruction für Erzherzog Karl auf den Landtag vom 15. Februar. (X. f. 261a—263b.)

27. Febr., Gräz.

Landtagsantwort und weiterer Schriftenwechsel bis 10. März (5 Stücke). (X. 263b—277.)

Bewilligt wurde die doppelte Gült, von 100 Pf. G. 1 gerüstet Pferd; anstatt des 30. M. 2000 Schützen; ($13\frac{1}{2}$ Kr. Wart, 18 Kr. Rüstgeld) im Ganzen 150,000 G., wie 1559—63.

Rathschlag vom Landtag am 15. Febr.: Bestimmung von Ausschüssen zu der nächsten Zusammenkunft der 3 Lande (Freiherr Georg v. Herberstein, Jakob v. Windischgraz, Sigmund Galler, Serv. v. Teuffenbach), Musterung, Landsknechte, Diener, so ohne „Passeporten" abziehen, Unterthanen, „so in Oesterreich lauffen," Ausschuß, Verordnete, Beisitzer des Hofrechts ... Verschiebung des Landrechtes ... „Welche für Landleut erkhand werden sollen," ... Landesverweser, Ausstände, Besserung der Wege und Strassen, Abwesenheit der Städte und Märkte. (X. 277—285a.)

Ausgaben auf Schloß und Stadt Gräz. (X. 289b—290b.)

Ausgaben auf die Befestigung von Fürstenfeld. (X. 290b—295a.)

15. Mai, Wien.

Auszug der 4jährigen „Abraittung" zu Wien. (X. 288a—289a.)

Summarischer Auszug der 3 Lande: Steier, Kärnten und Krain von den aufs Kriegswesen für die 4 Jahre 1559—1562 verwilligten Geldern. (X. 295a—307b.)

7. Juni. Zustellung des Königs Maximilians. (X. 307b—309.)

Ständische Antwort. Bedenken. (X. 309b—313b.)

Bericht über das Kriegswesen der „krabatischen" Gränzen. (Unterz. v. Hans Lankowitsch.)

„Außtheillung" der 200 gerüsteten, 600 gerüsteten und 50 Schützen-Pferd an der windischen Grenze.

„Außtaillung" der 1200 Haramia.

„ „ 600 gerüsteten und sonderlich 50 Schützen-Pferd an den „krabatischen" Gränzen.

„Austaillung" der 600 „Uscohken" zu Fuß an der selben „krabatischen Granitzen." (X. 331a—347b.)"

1564.

119) Erbhuldigungs-Landtag.

1. März, Wien.

Kaiser Ferdinands Mandat au die steir. Stände in Angelegenheit der Erbhuldigung für seinen drittgebornen Sohn Carl (sammt Instruktion für denselben).

Landtagsproposition und Vollmacht für den Freiherrn von Herberstein, Caspar Fels, Georg Teufel und Wilhem Gradner. (X. 286—87. XI. f. 1—3a.)

(Auf S. 287 findet sich auch die abgebrochene Bemerkung: „der durchleuchtigist Fürst und Herr Carl, Erzherzog zu Oesterreich und unser guedigister Herr nimbt an Statt uns im Namen der rö. kais. Majestät unsers auch allergenedigsten Herrn der Stände einer Ersamen Landtschafft dises Irer K. M... Fürstenthums Steyer gehorsamst Erscheinen auf diesem außgeschriebenen Landtag zu ganz genedigistem ... (Gefallen)" ....

Das
Innsbrucker Statthalterei-Archiv
und
dessen Inhalt an Styriacis.

Von

Prof. Dr. H. J. Bidermann,
Universitätsprofessor zu Innsbruck.

Schon im dritten Jahrgange der „Beiträge zur K. steierm. Geschichtsquellen" wurde Einiges aus dem reichen Inhalte des in der Aufschrift genannten Archives angeführt. Diese Mittheilungen sollen nun fortgesetzt werden, wobei es passend erscheint, einige Bemerkungen über die Organisation jenes Archivs vorauszusenden, damit der Forscher, dem es um Ergründung des hier meist nur angedeuteten Materiales zu thun ist, sich daselbst leichter zurecht finde und keine der verschiedenen Abtheilungen, in die das Archiv zerfällt, übersehe.

Das Archiv ist in zwei von einander getrennten Räumen aufgestellt. Ein Theil befindet sich in dem sogenannten Bibliothekssaale des Neugebäudes, das bis zum Jahre 1776 die Universität beherbergte, sodann aber zur Aufnahme von Kanzleien hergerichtet wurde. Der andere Theil ist in dem gewölbten Erdgeschoße dieses Gebäudes längs der dem Innstrome zugekehrten Front untergebracht. Diese unter der Statthalterschaft Sr. kais. Hoheit des Herrn Erzherzogs Karl Ludwig dem in Rede stehenden Zwecke adaptirten Lokalitäten machen das eigentliche Archiv aus. In dem Vorzimmer werden in verschlossenen Schränken die noch vorhandenen Reste des Schatzarchivs, dann die Urkunden des Brixner und Trienter Archivs verwahrt. Auch stehen daselbst, in Faszikel gebunden, die sogenannten Ambraser Memorabilien, nämlich die vom Archivar Pfaundler aus den von ihm geordneten Ambraser, d. h.

auf dem Schloße Ambras hinterlegt gewesenen Akten, als besonders merkwürdig ausgeschiedenen Stücke, während die übrige Masse unter der Signatur # A. IX. in vielen mit blauen Umschlägen versehenen Faszikeln im inneren Raume des Archives aufgestellt ist. Außerdem sind noch sogenannte Ambraser Akten in weißen Umschlägen ebenda aufgereiht. Dieselben sind näher als Currentakten bezeichnet und reichen von 1520 bis 1650. Weiters stehen im Archivssaale die Brixner Akten, die landschaftl. Akten von 1528—1806, die Lehenakten, die sogenannten Miscellaneen, die Schlögl'sche, die Zimmermann'sche und die Lachemayr'sche Registratur (Abtheilungen, welche nach den sie ordnenden Registratursbeamten so benannt wurden, die aber größtentheils seither in anderen Abtheilungen aufgegangen sind); ferner alte Urbarien, die Veltliner Stiftungsakten von 1518—1800, alte Repertorien und Kopialbücher (unter letzteren eine fortlaufende Serie von 1404—1519), Kammerrechnungen von 1460—1757, Prozeßbücher von 1498—1523, Current-Repertorien zu den Akten von 1565—1737, die deutschen Reichsverhandlungen (in Spezialberichten vollständig gesammelt von 1640—1791 mit einzelnen Fragmenten aus älterer Zeit), Zollrechnungen von 1670—1757, endlich die sogenannte Maximiliana, die sogenannte Ferdinandea und die sogenannte Leopoldina, welche drei letztgenannten Abtheilungen vornehmlich Akten aus der Zeit des deutschen Kaisers Maximilian I. so wie der tirolischen Erzherzoge Ferdinand und Leopold in sich begreifen. Diese drei Abtheilungen liefern, so weit ich bisher es zu ermessen vermag, die reichste Ausbeute für steiermärkische Geschichte. Es existiren ziemlich brauchbare Nachschlagebücher dazu so wie auch zu den Ambraser Memorabilien, zur Schlögl'schen und Zimmermann'schen Registratur.

Im Bibliotheksaale und in den damit zusammenhängenden Nebenlokalitäten stehen die alten Currentakten über politische und Kameralgeschäfte von den Zeiten Maximilians I. an bis in die Josefinische Zeit herauf mit den einschlägigen Kopialbüchern, Protokollen und Repertorien; ferner das sogenannte Pest-Archiv, die Urkunden des Haller Damenstiftes (in Schubläden), die sogenannte Hofregistratur und die nach dem Registrator Cattani sogenannten Cattani'schen Akten, die wieder in politische und Kameralakten zerfallen. Alle diese Abtheilungen sind durch Nachschlagebücher zugänglich gemacht, welche gleich denjenigen über die im eigentlichen Archive aufgestellten Abtheilungen im Lokale der Statthalterei-Registratur hinterlegt sind und von dem dermaligen Archivs- und Registraturs-Vorstande Herrn E. Schenach Jedem, der zur Benutzung der Archivalien hohen Orts ermächtiget ist, mit der liebenswürdigsten Zuvorkommenheit dargereicht und nutzbar gemacht werden. Schreiber dieser Zeilen fühlt sich speziell verpflichtet, dem genannten Herrn Kanzleivorstande seinen Dank für die unermüdliche Gefälligkeit auszudrücken, womit derselbe, wie seine Forschungen überhaupt, so auch seine Nachforschungen nach Styriacis unterstützte.

Ich schreite nunmehr zu meiner eigentlichen Aufgabe, indem ich nachstehende Styriaca verzeichne und die wichtigeren auszugsweise zur näheren Kenntniß der geehrten Leser bringe. Die Archivsabtheilungen, deren Bestandtheile die einzelnen Stücke sind, unterscheide ich mittelst der Aufschriften.

I. Maximiliana.

1. Nummer II. a. 24 betrifft die Belehnung der Frau Agnes, gebornen von Pettau, Gemalin Leopolds v. Stubenberg, mit der Stift Brixner'schen Lehensherrschaft Schwamberg, welche zuvor deren Bruder, Friedrich von Pettau, zu Lehen trug. Die Belehnung erfolgt seitens des Brixner Bischofs Georg „am montag nach unser lieben frauen tag conceptionis 1448" zu Handen Leopolds von Stubenberg und auf den Namen des minorennen Sohnes der Lehenswerberin, Hanns v. Stubenberg. — Bischof Nikolaus (Cusanus) erneuert den Lehenbrief am „Montag vor dem h. auffarttag" 1452. (Abschrift.)

2. Nummer II. a. 29 betrifft die Belehnung Wilhelm Ennzestorffers mit den von seiner Mutter Barbara innegehabten landesfürstl. Lehen, nämlich 11 Huben und 2 Hofstätten zu Seybersdorf, 3 Huben und 2 Hofstätten zu Tschewendorf, 5 Huben zu Hartmansdorf, 10 Huben und dem Bergrechte zu Stein, dem Bergrechte zu Pranggaw und dem Dorfe dieses Namens, dem Dorfe Stundretze sammt dem dortigen Bergrechte u. s. w., 5 Huben und dem Bergrechte zu Kuttendorf, dem Dorfe Grobanasch sammt Bergrecht und zwei Theilen Zehent, ferner zwei Theilen Zehent „im Gruetlin", dem Dorfe Stragaritsch mit aller Zugehör, den Dörfern Slawatintzn, Zelitsch, Zwetochawtze, Wildenhag, Puresdorf, Pridtga mit aller Zugehör, 4 Huben zu Cappeln sammt Bergrecht, endlich einem Hofe im Mürzthale zu Grünwald, wovon jährlich am St. Jörgentag 5 Schillinge und 9 Pfennige und gleichviel am St. Michaelstage gezinst werden. — Der Lehenbrief ist im Namen Kaiser Friedrichs zu Steier „am eritag nach s. Michelstag", 1459, ausgestellt durch die Comiss. „Domini Imperatoris per D. Johannem Ungnad consiliarium". (Abschrift.)

3. Unter IV. b. 13 liegt ein unausgefertigtes Schreiben des Erzbischofs Friedrich von Salzburg ddo. Salzburg, Freitag nach s. Ulrichstag, 1494, an die Freiherren Veit und Michael von Wolkenstein mit der Bitte, sie möchten Maximilian den Ersten über die wahre Natur des zwischen ihm und dem Bischofe Matthäus von Seckau obschwebenden Streites in Betreff der Burgen und Aemter Landsberg und Leibnitz und des Vizedomamtes an letzterem Orte unterrichten. Diese Einkommensquellen seien eigentlich Eigenthum des Erzbisthumes Salzburg, „in vergangen kriegsleuffen aber in Sr. kgl. Majestät gewaltsam kumen" und dieser habe sie für 14.600 rh. Gulden dem Andr. von Weispriach verpfändet, später allerdings wieder sie dem Salzburger Erzbisthume zur Rücklösung angeboten, worauf dasselbe auch einging, und die genannten Aemter dem Seckauer Bischofe, der den Andr. v. Weispriach abzufertigen übernahm, pfandweise überlassen. Indessen hätte der Seckauer Bischof sein diesfälliges Versprechen nicht gehalten und das Salzburger Erzbisthum ziehe nunmehr die Aemter an sich, ungeachtet der Seckauer über Vertragsbruch klage. Letzterem sei ein Kompromiß auf Papst und König angeboten worden, er aber habe „vns vnd vnnsre rete darauf mit etwevil verdrießlichen schimpflichen vnd hitzigen worten angerürt vnd etlich aus vnnsern reten mit groben vnziemlichen scheltworten seiner scheltigkeit vnd vngestümkeit nach merklich überfaren vnnd wo wir der kal. mjstt., des rat er ist, nicht verschonet, so hieten wir", schließt die Deduction — „mit im als vnnserem suffraganien vnd vnndertanen wol annders wissen ze handeln."

4. Unter Signatur V. 5 liegt ein eigenhändiges Berichtschreiben des Reinprecht von Reichenburg an Maximilian I. ddo. „Sunnegh am mittichen vor sunntag Judica, 1492,", worin derselbe den Erfolg seiner im Auftrage des röm. Königs unternommenen Rundreise zu den Landtagen in Kärnten, Krain und Steiermark schildert. Die auf Steiermark bezügliche Stelle lautet: „In der Steiermark hat vnser herr kaiser (Friedrich III.) dergleichen sein botschaft mit bevelch vnd instruktion gehabt vnd als von den Karnern 24/m. ß pf. zu abvertigung begert der dienstlewt, dabej auch ererben lassen, wo sy ainnicherlai mängel hetten oder beswerens, die wollt sein gnaden miltern vnd ettlich anthun. Auff solch sein gnaden erbietten schichhen sy hrn. Fridrichen von Stubenberg, Andre Spanngenstainer vnd Caspar von der Mawr zu sein kais. gnaden, ob in sein gnad die mangel vnd beswarung abthun, wollen sy sein gnaden der obgenannt anzall 24/m. ß pf. geben vnd entrichten

vnd sein das die mangel, auffleg, vngellt, achzigist vnd die Juden mit irem falsch." — Die Stände aller drei Lande baten Maximilian flehentlich, er möge bei dem drohenden Türkeneinfalle sich ihrer annehmen, „nachdem sy khainer hilff von vnserm hrn. kaiser gewartund sein". R. v. Reichenburg sicherte ihnen auch alles Gute zu und beschwört den König in dem vorliegenden Berichtschreiben, diese seine Versprechungen nicht zu Schanden zu machen. Es scheint, daß die Landtage, von welchen da die Rede ist, unmittelbar vor dem Abgange des Schreibens gehalten worden waren.

5. Die Nummer V. 13 enthält in gleichzeitiger Abschrift Berichte über die Verhandlungen der steierm. Stände von 1513, und zwar:

I. Antwort (Abschied) der Stände auf die landesfürstl. Vorlagen.

II. Relation der landesfürstl. Landtagscommissäre an Max I. über den Verlauf und das Ergebniß der Verhandlungen.

III. Relation des Landesverwesers und Vizedoms von Steiermark an den gurker Bischof und Geheimraths-Präsidenten Mathias Lang und an den Hofkanzler Cyprian von Sarnthein über das Ergebniß des Landtags in finanzieller Beziehung.

IV. Antwort des Mathias Lang auf die vorerwähnte Relation.

Die unter I erwähnte Antwort der Stände ist undatirt, bezieht sich aber ausdrücklich auf die am „phintztag nach Udalrici" 1513 von den landesfürstl. Commissären Christoph, Bischof zu Seckau und Laibach, Sigmund v. Dietrichstein, Leonhard v. Ernaw, Heinrich v. Trawpitz und Hanns Hawg gemachten Vorlagen.

Auf die übliche Loyalitätsversicherung folgt die Klage: „Der Röm. kais. mjstt. begern" sei ihnen „etwas schwär vnnd gantz erschreckhlich" vorgekommen; die Steuerkraft des Landes sei durch vergängige Opfer und Mißjahre nahezu erschöpft; das Land Steyer sei auch durch alte Privilegien der österr. Fürsten von jedem Steuerzwange ausgenommen. Dennoch bewilligen sie angesichts der von den Türken und Venetianern her drohenden Kriegsgefahr 16.000 Pfund Pfennige, die bis zum nächsten Martinitermin entweder bar erlegt oder in liquiden Ausstandsforderungen Sr. Majestät zur beliebigen Eintreibung überantwortet werden sollen; nur wolle sich der Kaiser zur Eintreibung vor Anderen der eingebornen Landleute bedienen und inzwischen das Land mit jeder anderen Auflage und sonstigen Finanzmaßregel thunlichst verschonen.

Die Stände beschweren sich darüber, daß Landleute vom Kammerprokurator „vmb penfäll vnd annder dergl. sachen hinaus

(d. h. gegen Wien) für irer mjstt. obristen hauptmann vnd regiment geladen werden". Das sei wider des Landes Herkommen und Freiheit, wornach die erste Instanz für Jedermann in allen Dingen innerhalb der Landesgrenzen sein soll, was der Kaiser auch im letzten Augsburger Libell zugesichert habe.

Die Stände beschweren sich ferner darüber, daß einigen „auswenndigen bürgern zu Villach vnd anndern, die des gar nicht fueg haben", das Monopol des Viehhandels in Steiermark auf mehrere Jahre eingeräumt wurde, und daß eben diese Monopolisten das Land auch mit Tüchern, Pfeffer, Nürnberger „phennbert" (d. h. Kleinwaare) und anderen Artikeln überschwemmen, so daß die einheimischen Bürger allen Erwerb verlieren. Daure das noch länger fort, so werde der Kaiser darauf verzichten müssen, aus den steierm. Städten und Märkten irgend eine Geldhilfe zu erhalten.

Die Stände rügen es, daß die Stadt Pettau, „do dann ditsmals der maist gewerb vnd handtierung ist", mit andern Orten im Viertel jenseits der Drau sich von den übrigen Städten und Märkten separire und nicht mehr, wie von Alters her, in Steuersachen mit diesen Mitleidenschaft tragen wolle. Sie bitten um Abstellung dessen, dann um ausnahmslose Besteuerung aller Gültenbesitzer im Lande, „sy sein hoch oder niedern standes" (d. h. und der Kaiser möge Niemanden von der durch die Stände ihm adrepartirten Steuerbürde lossagen) und um Veranstaltung eines gemeinen Ausschußtages „dieser lande" (womit wohl zunächst die innerösterr. Lande gemeint sind), nachdem doch nur vereinte Kräfte jetzt mehr gegen die Türken etwas Erkleckliches auszurichten vermögen.

Endlich bitten sie den Kaiser, er möge ihnen die Vorladung an seinen Hof, um dort ihr Recht wider den Salzburger Erzbischof zu suchen, erlassen und das diesem gewährte Privilegium, „das er vor denen lanndtsrechten in aigner person zu erscheinen nicht schuldig", wieder annulliren, weil solches wider des Landes Rechte und Freiheiten und weil es große Beschwerlichkeiten für die Landschaft des Hin- und Herreisens halber nach sich ziehe.

Die unter II erwähnte Relation ist von den oben erwähnten Landtags-Commissären unterzeichnet und trägt das Datum Grätz am 7. Tag des Monats Juli, 1513.

Darin melden die Commissäre, wie großen Fleiß und wie viele „schöne" und „fruchtbare" Worte sie hätten aufwenden müssen, um die Stände, welche Anfangs nur 12.000 Gulden rh. oder statt dessen 200 gerüstete Pferde und 500 Fußknechte auf die Dauer von 3 Monaten angeboten hätten, zu bestimmen, schließlich doch

16.000 fl. rh. (oder, wie die Stände sich ausdrücken, 16.000 „pfund pfennige") zuzugestehen, und zwar dergestalt, daß es bei dem Kaiser stehen sollte, entweder diese Geldsumme oder die Stellung von 300 „geraisigen" und 600 Fußknechten in Anspruch zu nehmen. Die Commissäre versichern auch, darauf bestanden zu haben, daß die eine Hälfte jener Geldbewilligung mittelst eines Anlehens schon binnen Monatsfrist, die andere Hälfte aber binnen zwei Monaten aufgebracht werde; doch hätten die Stände hievon nichts hören wollen, sondern den Martinitermin als Zahlungstermin beibehalten. Die Commissäre eröffnen dem Kaiser zum Schluße, sie hätten gegen jede Einrechnung von Ausständen in die Steuersumme protestirt und die Stände eine solche auch bei den mündlichen Verhandlungen nicht zur Sprache gebracht, sondern den bezüglichen Passus erst nachträglich in die beigeschlossene Resolution aufgenommen.

Die unter III erwähnte Relation ist aus Grätz vom 13. Juli, 1513, datirt und von Andrä von Spangenstain („verweser der hawbtmanschafft in Steyr") und Leonhard von Ernau („vitzthumb daselbst") unterzeichnet. Sie hebt nur hervor, daß die Bewilligung von 300 gerüsteten Pferden und 600 Fußknechten sich auf 3 Monate verstehe. Im Uebrigen reproduzirt sie nur ganz kurz das finanzielle Ergebniß des Landtages und enthält die Bitte an die Adressaten, ihrerseits wieder den Kaiser hievon mittelst Post verständigen zu wollen, nachdem, wenn auch direkt an ihn „ain reitender pott" damit abgefertiget würde, er doch wahrscheinlich die Nachricht nicht früher als auf dem vorbezeichneten Umwege empfinge. Dies beweist, daß damals zwischen Gratz und dem Aufenthaltsorte des Kaisers keine direkte Postverbindung bestand.

Das unter IV erwähnte Antwortschreiben ist aus Legnano vom 24. Juli, 1513, datirt. Mathias Lang äußert sich darin sehr ungehalten über das schlechte Ergebniß des Landtags und meint: auch der Kaiser werde „wenig gefallen darob haben". Denn der venetianische Krieg, der sich jetzt so gut anlasse, müßte übel enden, wenn der Vizekönig von Neapel wieder mit seinem Volke heimzöge und den Kaiser im Stiche ließe. Der Vizekönig mache jedoch sein Verbleiben im Lager des Kaisers davon abhängig, daß ihm 5000 Mann Fußvolk und 600 deutsche Reiter nebst der entsprechenden Artillerie und anderer Extrazugehör auf 3 Monate beigeordnet werden. Die Kosten dieser Beihilfe würden sich auf 90.000 fl. rh. belaufen. Um selbe aufzubringen, müsse aller Fleiß angewendet werden, bares Geld beizuschaffen, und deshalb sei auch nöthig, daß der Landesverweser und Vizedom bei den steiermärkischen Ständen auf pünktliche Hereinbringung des bewilligten Geldes dringen, ohne sich lange mit der Beitreibung von Ausständen aufzuhalten. Im schlimmsten Falle müßten sie Vorschüsse darauf zu bekommen („fürzuvinantzen“) suchen. Sonst drohe die verhängnißvolle Schmach, daß der Vizekönig Kehrtum mache und alles bisher Eroberte wieder an die Venetianer zurückfalle. Und doch seien diese Eroberungen nicht unbedeutend. Schon sei der Vizekönig im Begriffe, auf Padua und Treviso loszugehen und der Papst unterstütze ihn dabei wacker.

In einer Nachschrift heißt es: „Morgen werd ich mich hie entheben vnd den negsten zu dem vicerè gen Halabathenia in das hör zuziehen, das da zwo oder drey welsch meyl ligt von Mantralis.“

6. Unter V. 23 liegen Zuschriften der Landtage von Kärnten, Steiermark, Oesterreich ob und unter der Enns an den Kardinal von Gurk (Matthäus Lang) über die an sie ergangene Aufforderung des Kaisers zu einer Zusammenkunft aller inner- und niederösterr., und dann zu einer Zusammenkunft aller inner-, ober- und niederösterr. Lande Ausschüsse „ohne hintersichbringen“ zu wählen. Die Zuschrift der steierm. Stände ist aus Grätz, „am freytag nach Erhardi, 1515“, datirt. Sie enthält zuförderst eine Entschuldigung darüber, daß die für erstere Zusammenkunft gewählten Ausschüsse schwerlich auch nach Innsbruck (wo die zweite stattfinden sollte) würden ziehen mögen, weßhalb der Kaiser selbst sie hiezu zu bewegen suchen und einen mehr in der Mitte der Länder gelegenen Zusammenkunftsort bestimmen wolle. Als gewählte Ausschüsse werden bezeichnet: Christof, Bischof von Seckau, Andreas von Spangenstein (Verweser der Hauptmannschaft im Lande Steyr), Leonhard v. Harrach, Georg Winkler, Sigmund von Eibiswald und Wilhelm Schrotter seitens der Herren und Ritter; seitens der Städte aber ein (ungenannter) Bürger von Grätz, Jakob Pramer aus Bruck, Hanns Fleckh aus Leoben und Königsfelder aus Radkersburg.

7. Unter XII. 35 liegen Akten über den Bergbau in Kärnten und Steiermark. Auf letzteres Land beziehen sich:

a) Anbringen des Bergrichters in der unteren Steiermark, Hanns Ruelandt, über die Mängel der Bergwerke seines Verwaltungsbezirkes, insbesondere des Baues am „Zugkenhutt“ (in der Breitenau), wo „huttreich“, d. h. Arsenik gewonnen wurde, der nach Venedig ging; dann der Bergwerke bei Frohnleitten — „in den Schrembs“, „am Plassenperg“ u. s. w., ferner des Bergwerks am „Semanyng“ (Semering), jenes „in der Freyen bei Zell“ (wo unlängst reiche Gewerken aus Wien einen neuen Versuchsbau eröffnet hätten) und jenes zu „Kheychlwanng“. Das „anbringen“ ist an die „regenten“ des Innsbrucker Regiments gerichtet und datirt aus dem Jahre 1505. Es schließt mit den Worten: „Gnadig herrn, die pergkwerch meiner verbaltung lygen bej xx meyll von ain ander vnd mueß alle jar bei vc oder vjc meyllen reyttenn."

b) Bericht des „wechslers" Lamprecht Zech an die Regenten zu Innsbruck über die von ihm im Vorjahre (wahrscheinlich 1505) unternommene Berufung der Bergwerke „der vier lanndt" (Kärnten, Krain, Steiermark und Herzogthum Oesterreich).

c) „Männgl vnd notturft der pergwerch zu Sledming (Schladming)" von 1506.

d) Conzept mehrerer Aufträge des Innsbrucker Regiments in Bergwerkssachen an den Pfleger Trawpitz zu Pfannberg, Pfleger Harrach zu Sebenstein, an den Windischgrätzer zu Übelbach u. s. w., von 1506.

e) „Supplication der gewerkhen gesellschaft vnd bürger an der oberen Zeyring, zu Sand Lamprecht, am Waxenstain, zu S. Pauls vnd zu Khreigg" von 1506 (an König Maximilian selbst gerichtet).

f) Anbringen der „gewerghen am Zugkehuet" von 1506. (Klage, daß im Khattgraben, zu St. Lambrecht und im Lungau zu viel „hüttrüch" gewonnen werde und dem zufolge ihr Produkt unverkäuflich sei.)

g) Anbringen der „knappen vnd gemaynen geselschafft zw Fronnleyttenn", von 1506.

h) Bericht des Bergrichters H. Ruelandt über die Bergwerke seines Verwaltungsbezirkes, von 1506.

i) Bericht des Bergrichters Leonhard Babst aus Obersteiermark über Mängel des hiesigen Bergwesens, von 1506. Von den Zeyringern heißt es da: „Item die von der Zeiring zaigen an ain alte freiheit des gerichts halbn vnd sind vnkundig lewt (die Marktbewohner nämlich) vnd ir gericht get all jar vmb auf sneider, schuster, weber, pekn vnd solich lewt, fueget sich nit vnd pues vnd pen wirt nit verrait ꝛc."

k) Gesuch des vorgenannten Bergrichters an König Maximilian um Entschädigung eines Knappen zu St. Lambrecht für den „leibschaden", den ihm vier Leute des Policarp Teuffenbacher zugefügt hätten (undatirt, circa von 1506).

l) Schreiben des Achatz von Liechtenstein, Herrn zu Murau, an den Wechsler Lambrecht Zech um Verwendung bei Maximilian, damit dieser ihm und seinen Baugenossen am Waxenstein die Bergfrohne und die Wechselgebühr nachsehe. d. d. Murau am Sand Elspeta Tag 1505.

Alle hier unter 7 aufgeführten Dokumente sind Originalien.

8. Unter XIII. 144 liegt ein unausgefertigtes Mandat Kaiser Friedrichs III. d. d. Gretz Eritag vor St. Anthonitag 1478 an „richter, rat vnd die maister des fleischackherhanntwerch zu Radkerspurg“, betreffend die Aufnahme des Bürgers Niklas Huß unter die Zahl der Meister des genannten Handwerks.

9. Unter XIII. 483 liegt ein Verleihbrief, betreffend das Erbtruchseßenamt im Fürstenthume Steyr für die Gebrüder Prueschinkh (Sigmund, Hofmarschall und Kämmerer, und Heinrich, Pfleger auf Frunigstein?) und für deren männliche Erben. Das vorliegende collationirte Conzept trägt das Datum „Gretz am suntag nach sannd Erasmtag 1483“ und ist im Namen Kaiser Friedrichs III. entworfen. Es erhellt darans, daß kurz zuvor Reinprecht von Walsee, welcher das Amt vorher inne hatte, ohne männliche Erben gestorben war und daß dieser es mit des Kaisers Genehmigung für diesen Fall den genannten Brüdern vermacht hatte.

II. Ambraser Memorabilien.

Unter I. 151 liegt ein Convolut von Berichten über tumultuarische Vorgänge, welche im Jahre 1590 durch die Strenge der Gegenreformation in Steiermark hervorgerufen wurden. Herzog Wilhelm von Baiern überschickte diese ihm von der Witwe des steierm. Erzherzogs Karl in Abschrift zugesendeten Berichte unterm 10. August 1590 aus Landshut an den tirol. Erzherzog Ferdinand, damit er die Gefahr erkenne, in welcher die steiermärkische Linie des Hauses ob ihres Eifers für den Katholizismus schwebe. Ein Bericht schildert die Widersetzlichkeit, auf welche die vom Erzh. Karl unterm 17. April 1590 angeordnete und am 15. Mai desselben Jahres versuchte Zerstörung der protestantischen Kirche zu Ylz bei Kalsdorf, einem Gute des Othmar von Herbersdorf, bei diesem und dessen Unterthanen stieß. Der dazu mit wälschen Maurern, einem Büchsenmeister und mehreren Soldaten der Gratzer Schloß-„Guardi“ abgeschickte Hofprofoß fand die Kirche verschanzt und mit kampfesmuthigen Bauern besetzt, so daß er unverrichteter Dinge abziehen mußte. — Zwei andere Berichte beleuchten eine Rumorszene, welche sich am 5. Juni 1590 zu Grätz zutrug. Der Stadtrichter Andreas Spiegel ging damals darauf aus, einen beim Paulusthore wohnhaften protestantischen Bindermeister Namens Ruep zu verhaften, weil derselbe wiederholten Vorladungen zum Magistrate, wo ihm die Ungebührlichkeit seines Vorhabens, seinen Sohn an der protestantischen Landschaftsschule studiren zu lassen, vorgehalten werden sollte, keine Folge leistete. Diese Arretirung mißlang jedoch vollständig. Auf dem Rathhausplatze sammelten sich aus Anlaß derselben über 400 Handwerksgesellen, die, vom Schlosser Benedikt Rotter und vom landschaftlichen Schreiber Deckhendorffer, einem Eidam des protest. Predigers Zimmermann, aufgehetzt, den Stadtrichter vielleicht erschlagen hätten, wenn nicht der Bürgermeister Wolf Miteperger dazu gekommen und vermittelnd eingeschritten wäre. Inzwischen war es aber doch gelungen, den Sohn des Bindermeisters zu verhaften, was am folgenden Tage oder vielmehr Abends zu neuen Volksaufläufen Anlaß gab. Das Volk drohte: „es müesse selbige nacht ain andere Parisianische pluetige hochzeit ervolgen.“ Auf dieses hin ward der Arrestant wieder losgelassen. — Bei den Berichten liegt eine Abschrift des vom Erzherzog Karl unterm 1. Jäuner 1587 erlassenen Verbotes, auswärtige Hochschulen zu besuchen, nachdem jetzt zu Gratz eine neu errichtete stattliche Universität bestehe.

III. Ferdinandea.

1. Die Nummer 111 enthält Auszüge aus den Rechnungen des „vicedomamtes in Steyr“ und der diesem incorporirten Aemter, umfassend die Einnahmen und Ausgaben vom 1. August 1561 bis letzten Juli 1564. Diese Auszüge wurden in Gemäßheit eines Befehles der niederösterr. Kammer zu Wien ddo. 29. Juli 1564 gemacht, offenbar zum Behufe der Vermögenstheilung, welche nach dem Tode Kaiser Ferdinands I. unter dessen Söhnen vorzunehmen war. Sie haben das Vicedomamt in Steyr hinsichtlich dessen eigener Gebarung, dann das Vicedomamt zu Cilli, das Halamt zu Außee, endlich die Aemter im Innern- und Vordernberg zum Gegenstande.

Das steier. Vicedomamt nahm von den ihm unmittelbar zur Verwaltung zugewiesenen Gefällen im Durchschnitte jener drei Jahre jährlich 12.527 fl. 4 Sch. 13½ dl. ein und gab aus durchschnittlich 17.897 fl. 12 dl., hatte also ein jährliches Defizit von 5369 fl. 3 Sch. 28½ dl., welches durch die ihm überwiesene Urbarsteuer der landesfürstl. Unterthanen auf den Pfandgütern im beiläufigen Jahresertrage von 5638 fl. 1 Sch. 28 dl. gedeckt war.

Die Einnahmen und Ausgaben der übrigen landesfürstl. Rentämter in Steiermark waren folgende:

Amt	Einnahme	Ausgabe
Cillier Vicedomamt	1.024 fl. 20 kr.	3.008 fl. 5 kr.
Außeer Halamt ..	55.000 „ —	48.971 „ 3 Sch. 5 dl.

Amt	Einnahme	Ausgabe
Innerberg	35.787 fl. —	25.432 fl. 4 Sch. 12 dl.
Vordernberg . . .	18.581 „ —	19.404 „ 7 „ 28 „

In den Ausgabsrubriken nehmen die Zinsen für aufgeliehene oder sonst verschriebene Kapitalien großen Raum ein. Insgemein wurden diese Gelder mit 10—20 Perzent verzinst. Unter den betreffenden Staatsgläubigern sind spanische Höflinge (wie der Stabelmeister Don Diego de Mendoza, Don Franzisk Lasso de Castillia, der Hofapotheker Pedro Atzeilla, Donna de Lara, Donna Catarina de Robleß, Frau Beatrix Marquez), einheimische Bürger (wie die Wölffischen Erben und Hanns Rueß aus Gratz, Jakob Grießer zu Radkersburg mit 5000 fl., Gregor Streußnigg zu Leoben mit 2500 fl.), auswärtige Handelsleute (wie die Fugger mit 38.000 fl., Hanns Rott zu Ulm mit 25.000 fl., Georg Pesserer zu Ulm mit 23.000 fl.) und einzelne um das Gemeinwohl verdiente Pensionäre (Provisioner), wie z. B. der Hydrotechniker Hanns Gasteiger und ein gewisser Leopold Hilleprant, dem Kaiser Ferdinand für die Auffindung des „süeß wasser in Samlingperg“ eine Gnadengabe von jährlichen 10 Gulden auf die Dauer von 10 Jahren bewilliget und damit auf das Außeer Halamt gewiesen hatte. Die Gemalin des Erzh. Maximilian war mit einer Jahresrente von 10/m. fl. auf Vordernberg verwiesen. Nächst den Kapitalzinsen und Provisionen (zu welchen auch der dem „Medicus beider Eisenertz“ Franz Thurnberger bewilligte Jahresgehalt per 50 fl. gerechnet erscheint) machen die Besoldungen ein Beträchtliches aus.

Aus dem steierm. Vicedomamte empfingen der Landeshauptmann 1000 fl., der Landesverweser 200 fl., der Landes-Vicedom 412 fl., dessen Gegenschreiber 90 fl., der „marchfuetterer“ zu Gratz (Vorstand des Schüttkastens, wohin das Marchfutter einzuliefern war) 126 fl., der Kellermeister 80 fl., der Kastner 52 fl., der Bauschreiber 126 fl., der Lehen-Secretär 40 fl., der Hofzimmermann zu Gratz 8 fl., der Brunnenwärter daselbst 4 fl.; ferner der „Leitenant“ (Michael Rindsmaul) 250, der Zeugwart (Valentin Lebenegger) 152, ein „püxenmacher“ 120, ein zweiter 36, ein dritter 32, ein Diener 10, der Forstmeister in der obern Steiermark 100, jeder der vier Landräthe (Pangratz v. Windischgrätz, Freih., Math. v. Kainach, Freih., Hanns Haimer und Joachim v. Trautmannsdorf) 100 fl. Dem Hauptmanne des Grätzer Schloßes wurden für sich und zum Unterhalt von 24 Knechten jährlich 1712 fl. ausbezahlt. — Schützenmeister und „schießgesellen“ zu Grätz erhielten ein jährliches „Gnadengeld“

von 26 fl., jene zu Bruck und zu Leoben je 20 fl. Außerdem lasteten noch auf dem steierm. Vicedomamte die Gehalte des untergeordneten Forstpersonals (nämlich der Forstknechte zu Grätz, Radkersburg, Weinburg, Tobl, Rein, in der Au, zwischen der Sulm und Drau, eines Fischmeisters und Otternjägers, des Teichmeisters zu Grätz, des Fischhüters bei den neuen Teichen, des Thiergärtners und des Gärtners zu Grätz) und die der Mauthbeamten zu Rottenmann, als des Mauthners, des Gegenschreibers und einiger Mauthoffiziere, welche zusammen 231 fl. 3 Sch. 14 dl. bezogen.

Das Cillier Vicedomamt bestritt den Gehalt des Hauptmanns und Vicedoms zu Cilli mit 700 fl., die Besoldung des dortigen Forstmeisters und Forstknechtes mit 186 fl., die Burghut auf „Furchtenegh" mit 80 fl., dann einige Provisionen und Stiftungsgaben von keiner Bedeutung.

Die Aemter im Innern- und Vordernberg hatten, was Besoldungen anbelangt, blos die der Beamten des eigenen Wirkungskreises zu tragen. Im Vordernberg betrugen diese 1090 fl. 2 dl. Der Stand der im Solde bestehenden Bediensteten war daselbst folgender: 1 Amtmann (Georg Serenitz), 1 Waldmeister, 1 Gegenschreiber, 1 Bergrichter, 2 Schinner, 4 Geschworene, 2 Einfahrer, 1 Wäger für Rauheisen, 1 Wäger für geschlagenes Eisen, 1 Knecht, 1 Stangenknecht, 1 „Blahausübergeher" (Visitator der Schmelzöfen) und 1 Eisenaufgeber zu Leoben. — Der Stand der Bediensteten im Innernberg ist nicht näher angegeben. Ihre Gehalte machten zusammen 988 fl. 13 kr. aus.

Von den Einnahmsrubriken ist vornehmlich das Erträgniß der Mäuthe beachtenswerth. Die Rottenmanner Mauth ertrug durchschnittlich 3978 fl. 5 Sch. 29 dl., die Leobner 2516 fl. 7 Sch. 24 dl. Diese Erträgnisse floßen gleich dem „Bestandtgelde vom Speickhhandel" per 80 fl. direkt in die Kassa des steierm. Vicedomamtes. Die eben dahin fließenden „Gericht- und Remanenz-Gelder" machten bei der Stadt Grätz durchschnittlich 247 fl. 1 Sch. 10 dl., bei Judenburg 177 fl. 5 Sch. 7½ dl., bei Marburg 399 fl., bei Feldbach 106 fl. aus.

2. Unter der Signatur 112 liegen Berichte über die Reise, welche Erzh. Karl von Steiermark im Herbste 1568 nach Spanien unternahm, darunter viele Originalbriefe des den Erzherzog begleitenden Hof-Vice-Kanzlers v. Kobenzl, ein Verzeichniß seines Gefolges, eine unterm 7. Juni 1569 von Kaiser Maximilian II. an den Erzh. Ferdinand von Tirol überschickte spanische Druckschrift und eine Reiserelation des Erzh. Karl selber aus Porto Ligato (alias Cadeques), welche von der Schnelligkeit Zeugniß gibt, mit welcher die Reise von Statten ging. Der Erzherzog verließ

Judenburg am 26. Oktober und war schon am 3. November in Mailand. Er übernachtete zu St. Veit, Spital, Sillian, Kolmann (unter Brixen), Trient, Ala, Peschiera und Martinengo. Das waren also tüchtige Tagmärsche. Nur die Strecke von Branzoll (unter Botzen) bis Trient wurde auf dem Wege nach Mailand auf der Etsch zu Schiff zurückgelegt.

3. Die Nummer 114 enthält Verhandlungen zwischen der steiermärkischen und tirolischen Linie über die Zustimmung Letzterer zum Verkaufe der Herrschaften Arnfels, Königsberg, Glanegg, Sanegg, Burg Feistritz, Laukowitz, Hasperg, Billichgrätz, Mahrenberg, Schönstein und Wetzenstein, Lueg und Mossau, dann des Marchfutteramtes zu Leoben, des sogenannten Traunkirchner Amtes zu Trofaiach, des Zehents zu Wersowitz, Ortenegg, Grafenstein, Forchtenstein, St. Georgen ober Cilli und zu Sachsenfeld. Die Verhandlungen enthalten aber außer den Ortsnamen gar wenig von Belang, kaum daß hie und da der eventuelle Käufer genannt ist.

4. Die Nummer 389 besteht in einer Sammlung verschiedener Aktenstücke, die sich auf den Vormundschaftsstreit beziehen, welcher nach dem Tode des Erzh. Karl ausbrach und an dem sich die steierm. Stände lebhaft betheiligten. Das ganze Konvolut übersendete Erzh. Ernst unterm 3. April 1591 dem Erzh. Ferdinand. Es sind darunter viele Beschwerdeschriften der Stände aus der Zeit vom 7. Febr. bis 3. April, voll mit Ausfällen wider den Kanzler Schranz, die vielen Doctoren bei der Grätzer Regierung und den Religionszwang. Da der mit der Landesverwaltung provisorisch betraute Erzh. Ernst in Wien residirte, so verlangten die Stände unterm 28. Febr. 1591, es möge mindestens ein deputirtes Geheimraths-Collegium im Lande seinen Sitz aufschlagen, wie es zu Zeiten Kaiser Ferdinands I. (aber wohl nur 1520 bis 1523) der Fall gewesen.

IV. Leopoldina.

1. Unter A. 364 liegen Verhandlungen des Erzh. Ferdinand von Steiermark (nachmaligen Kaisers) über den Beistand wider die protestantischen Rebellen seiner Lande, um welchen er beim Erzh. Maximilian, dem Deutschmeister, und bei den tirolischen Ständen in den Jahren 1605—1611 warb. Die tirolische Landschaft zeigte sich hiezu wenig geneigt. Sigmund Freih. v. Wolkenstein, Besitzer des Schloßes Bruck bei Lienz und Viertlhauptmann im unteren Pusterthal, mahnte geradezu hievon ab. Sein vom 6. Sept. 1609 datirtes Schreiben lehrt, daß auf das Landvolk im unteren Pusterthale und in den Seitenthälern

damals kein rechter Verlaß war, daß ein Vormarsch wider Kärnten auf großen Widerwillen gestossen wäre und daß der nachmals zu trauriger Berühmtheit gelangte Graf Heinrich Matthäus v. Thurn im Pusterthale über 300 Lehensleute besaß, die ihrem protestantischen Oberherrn mehr gehorchten, als dem katholischen Landesfürsten. Auch hatte kürzlich nicht ohne Absicht der Graf Ernst Wilh. v. Ortenburg, ein eifriger Protestant (während dessen Vettern zu Spital gut katholisch waren), seinen Wohnsitz von Wien nach Oberdrauburg verlegt, wo er die Bauern bei großen „frei- vnd gesöllschießen", die er ihnen gab, haranguirte. Es war daher an einen Succurs aus Tirol, der dem Erzh. Ferdinand die Unterdrückung des Protestantismus in seinen Landen erleichtern sollte, damals wohl nicht zu denken, ungeachtet Kaiser Rudolf und der Trienter Bischof, Karl v. Madrutsch, sich dafür verwendeten und Erzh. Ferdinand, um selben zu betreiben, im August 1609 sogar seinen Hof-Vicekanzler Balthasar Laymann zu Liebenau mit einem ganz eigenhändig geschriebenen, den Verhandlungsakten beiliegenden Creditiv ddo. Mitterndorf, 17. August, 1609, eigens nach Innsbruck schickte.

2. Unter G. 4 liegen Verhandlungen über die Sperre der Semmeringstrasse durch die Wiener Kaufmannschaft aus den Jahren 1639—1641. Die Wiener Kaufmannschaft berief sich dabei auf einen Bescheid Kaiser Maximilians II. vom 3. August 1573, der ihr indirekt allerdings das Recht zusprach, alle anderen Kaufleute von der Benützung der Semmeringstrasse zum Waarentransporte auszuschließen. Die Wiener Hofkammer wünschte dieses Vorrecht zu beseitigen, und die tirolischen Behörden, welche Anfangs dafür sprachen, erklärten hintendrein, Tirol sei bei der Frage, ob es aufrecht zu erhalten oder zu kassiren wäre, wenig betheiligt.

3. Nach einem unter J. 1—4 erliegenden Akte erfolgte die Vereinigung der Grätzer Hofkammer mit der dortigen Kammer unterm 1. August 1616.

V. Schatz-Archiv.

In den zu Anfang des 16ten Jahrhunderts angelegten Registern dieser Archivs-Abtheilung sind folgende, Steiermark betreffende Urkunden verzeichnet:

Bd. VI, S. 1015, über Admont:

„Ain freyhait von hertzog Leupolden von Österreich, das der abbt zu Admund nit schuldig sei, persondlichen an der lanndtschrannen zu Grätz zuerscheinen, sonnder er mag durch seinen volmechtigen anwald daran clagen oder sich verantwurten lassen, de Anno 1405."

„Zusamen gepunden schrifften, betreffent die spänn der pymerckh halben des abbts zu Admund ains vnd Österreich ob der Enns annderßtails, de Anno 1430.“

Bd. VI, S. 1021, über Rein:

„Ain caplonat- vnd schütz- und schirmbrief von ertzherzog Ernnsten auf abbt Angele von Reun mit meldung, das die fürsten von Österreich dasselb closter gestifft vnd zum tail ir begrebnus da haben, de Anno 1415.“

Bd. VI, S. 1023, über St. Lambrecht:

„Ain pergamentner sixtern, darinn sein registriert die freyhaiden vnd stifftbrief des closters sand Lamprecht vnd hertzog Mainhart, sein gemahl fraw Leupurg vnd sein sun hertzog Hainrich von Kärndten sein stifftherrn Anno 1104.“

„Hertzog Fridrich bestät seines brueders ertzherzog Ernsten gab der lehenschafft der kirchen zu Byber, diesem closter beschehen, Anno 1414.“

„Ain compromiß von denselben closter zwischen im vnd closter Admund von wegen fünthaus, hüttenabprechung, holtzschlagens, vischens, jagens rc. auf hertzog Fridrich von Österreich, de Anno 1426.“

„Zusamen gepunden schrifften, der spänn zwischen sandt Lamprecht vnd Admund, der wäld vnd vorst halben, darinn wirdet gemelt, das Marggraf Mainhart von Steir vnd sein sun hertzog Hainrich von Khärndten sandt Lamprecht gestifft haben, mit bewilligung kaiser Hainrichs des vierten, darinn werden auch vermelt die grenutzen zwischen Österreich vnd Steir, da sandt Lamprecht vnnd Gämnickh der clöster obrigkhait zusammenstossen, de Anno 1430.“

Thatsächlich vorhanden ist jedoch von allen diesen Urkunden keine einzige mehr. Dafür entdeckte ich in der Urkunden-Lade 112 oder vielmehr in der die Stelle der Lade jetzt vertretenden Papierhülle ein Schreiben der Stadt Marburg ddo. Mittich in der h. Osterfeier, 1504, an König Maximilian, worin Richter und Rath melden, in der letzten Nacht zwischen 11 und 12 Uhr sei die Stadt zu zwei Drittheilen, einschließlich des königl. Amtshofes, der „weren auf der mauer“ und der „auswendigen zeune“ durch eine Feuersbrunst zerstört worden. Die Stadt bittet um eine Beisteuer zum Wiederaufbau, sonst werde der Ort veröden.

Wohin die fehlenden Urkunden des Schatz-Archives, welche Steiermark angehen, gerathen sind, konnte ich bis jetzt nicht mit Bestimmtheit eruiren. Wahrscheinlich kamen sie ins geheime Haus-, Hof- und Staats-Archiv nach Wien.

Innsbruck, im Sommer 1866.

Die Handschriftensammlung des Chorherrenstiftes Voran.

Von dem Vereinsmitgliede
Mathias Pangerl.

Im Gegensatze zu dem Stiftsarchive, welches insbesondere durch Ungunst einiger Menschen stark gelitten hat und daher nur geringe Ueberbleibsel birgt, die gleichwohl einer eifrigeren Sorge für ihre Bewahrung zu empfehlen sind [1]), hat sich in diesem Stifte eine Sammlung von Handschriften erhalten, welche, sowohl was ihre Zahl als auch ihren Inhalt betrifft, eine ansehnliche und werthvolle genannt zu werden verdient. Sie zählt 333, beziehungsweise 338 Nummern und ist seit den Zeiten des Propstes Franz Sebastian Grafen v. Webersperg († 1736), des Gründers der gegenwärtigen Bibliothek, an ihrem nunmehrigen Platze aufgestellt. Wie aus den in den verschiedenen Codices vorfindigen Jahrzahlen, dann den Aufschriften auf den Vorderdeckeln hervorgeht, war die große Mehrzahl der Handschriften schon am Schluße des 15ten Jahrhundertes vorhanden und ist also bereits in den drei ersten Jahrhunderten nach der Errichtung des Stiftes auf die Vermehrung der „Bücherei“ eifriger Bedacht genommen worden. Mannigfache Notizen, hie und da in den Handschriften zerstreut, geben dann Aufschluß, auf welche Weise das Stift

[1]) So gingen erst in jüngster Zeit vier der ältesten Urkunden des Stiftes, darunter der Stiftungsbrief selbst, verloren und dürften, wie die Dinge augenblicklich stehen, kaum wieder zum Vorschein kommen Ein Brief, welcher sich in Verwahrung des gegenwärtigen Stiftshofmeisters befindet, beweist, daß der ehemalige steir. Landesarchäolog Herr K. Haas jene Urkunden zuletzt in Händen hatte. Derselbe will sie auch rückerstattet haben; weßhalb sind sie aber gleichwohl nicht vorhanden und weßhalb säumt man, der Spur, welche dieser Brief gibt, zu folgen?

in den Besitz dieses oder jenes Codex gelangt ist. So ward ein Theil derselben durch Kauf erworben. Als Käufer erscheinen die Pröpste Bernhart († 1282), Andreas Pranpekh († 1453) und Leonhart († 1493), ferner ein gewisser Eberwein (um 1200) und der Pfarrer zu St. Jakob im Walde, Jakob Plusch in Premeck (Ausgang des 15ten Jahrhunderts). [1]) Ein anderer Theil dagegen ward im Wege der Schenkung erworben. Als Geschenkgeber werden aber genannt im 12ten Jahrhundert: der Erzpriester Dietrich von Trafößz, Albero von Dunkelstein (Tunchenstein), ein Rupert von Gröbming (Grebnic), ein Priester Wernher, ein gewisser Elbuin und endlich der Stifter (?) Markgraf Otakar selbst [2]); im 13ten Jahrhundert: Pfarrer Udalrich von Hartberg, Pfarrer Heinrich von Zell, dann die Pröpste Wernhart († 1282) und Konrad († 1300) [3]); im 14ten Jahrhundert: der Chorherr Gotfrid [4]); im 15ten Jahrhundert: der Archidiakon und Pfarrer Johann Duster in Gradwein, später Propst in Breslau, der Pfarrer Pranpeckh von Böhmkirchen, der Wiener Bürger Peter Chirchslager durch den Chorherrn Wolfgang Voytlander, Bruder Andreas Nepel. [5]) Ferner kam das Stift in den Besitz mehrerer Handschriften durch letztwillige Verfügung. M. Georg von Eggenburg, Leonhart Frisching von Leoben, Pfarrer Johann Nepel in Fridberg, Johann Freymuet von Murau, Priester in Graz, der „Gesellpriester" Johann in Birkfeld, der Pfarrer Peter Pranpek zu Böhmkirchen, Erhart Grutsch, Beichtiger zu St. Jacob (im Walde?) und vordem Caplan an der St. Georgscapelle in Hainburg, diese im Laufe des 15ten Jahrhunderts [6]); Johann von Hartberg, der Priester Martin Respiczer und der Pfarrer Laurenz in Kaindorf, diese in den ersten zwei Jahrzehenten des 16ten Jahrhunderts [7]), haben, wie man sieht, die Vorauer Chorherren in den Besitz einer ansehnlichen Reihe von Handschriften gesetzt. Endlich bereicherte man die Büchersammlung, indem mehrere Mitglieder

---

[1]) Die erkauften Handschriften sind: Nr. 3; 66 (um den Preis von 12 Pfd. Pfenn.), 196 (um 6 Pfd. Pfenn.), 250, 310, 311 (um 10 Schill. Pfenn.); 251, 255; 125 (um 60 „Frischer" Pfenn.); 226 (um 6 Pfd. Pfenn.). Noch zwei Preisangaben finden sich bei Handschrift Nr. 7 (kostete 24 flor.) und Nr. 46 (galt für ein Vadium von 4 Pfd. Pfenn.).

[2]) Von diesen wurde geschenkt: Nr. 13, 37, 78, 237, 284 und I.

[3]) Von diesen: Nr. 23, 80; 304; 54, 91; 61, 81.

[4]) Von diesem: Nr. II.

[5]) Von diesen: Nr. 71, 117, 155, 236.

[6]) Von diesen wurden legirt: Nr. 308; 43, 44, 126, 154, 208, 223, 288, 293, 328; 145, 215; 194, 197, 235; 217; 234, 247; 249.

[7]) Von diesen: Nr. 26, 32, 142, 170, 177, 191, 210, 211, 232, 258, 260, 289; 263; 152.

des Stiftes Bücher schreiben ließen. So die Pröpste Bernhart († 1202), Wernhart († 1282), Konrad († 1293), der Dechant Rudolf (um 1200), der Custos Dietrich (14. Jahrh.) und der Chorherr Hermann von Görtschach (Gortsach, 14. Jahrh.). [1]) Noch andere Codices endlich mögen durch Leihen und Verpfänden oder auf andere Weise in die Vorauer Handschriftensammlung gerathen sein. [2])

Die auf angegebene Art entstandene Sammlung war, wie aus Aufschriften auf vielen Codices sich schließen läßt, bereits in den zwei ersten Jahrzehenten des 16ten Jahrhundert katalogisirt worden. Der Katalog hat sich aber nicht erhalten. Als nun der schon Eingangs genannte Propst Franz Sebastian Graf v. Webersberg die jetzige Stiftsbibliothek errichten ließ, war wohl dies der Anlaß, die Handschriften des Stiftes neuerdings zu beschreiben, zu numeriren und dann an ihren gegenwärtigen Standort zu bringen. Der Chorherr Julius Franz Gusmann (ein geborner Wiener) und damals Bibliothecar des Stiftes, hatte es auf sich genommen, die Handschriften durchzusehen und neuerdings zu katalogisiren. Er ward damit am 4. Sept. 1733 fertig. [3]) Seine Arbeit ist eine recht verdienstliche, wenngleich sie des einen und andern ermangelt, das anzugeben wünschenswerth ist. So z. B.

---

[1]) B Nr. 12; 209; 24; 15, 16; 200; 274; 333. Von Schreibern der Codices sind bekannt aus dem 13ten Jahrhundert: ein gewisser Wolfgang, welcher auf Befehl des Propstes Bernhart († 1202) die „Gesta Friderici imp. I.“ niedergeschrieben hat (Nr. 11), der Frisacher Scholar Engelin (Nr. 61) und der Propst Konrad von Voran († 1300), Nr. 1 und 2); aus dem 14ten Jahrhundert: der Priester Seifrid Stainhaim von Dillingen (Nr. 312) und ein gewisser Heinrich (Nr. 272); aus dem 15ten Jahrhundert endlich: der Vorauer Kanoniker Martin (Nr. 15, 16, 17, 178), ein ungenannter Profeß desselben Stiftes (Nr. 63), ein gewisser Stefan aus Baiern (Nr. 42), Johann von „Friedflaech“ (Nr. 64), Wolfgang Pasman von Schwechat (Swechandt, Nr. 72), der Pfarrer Burkart in Stinkenbrunn (Nr. 86), der Baccalaur und Laibacher Bürger Heinrich Rauch (Nr. 183), ein Bruder Jakob (Nr. 193), Thomas Mäschel (Nr. 194), Bruder Wolfgang zu St. Dorothea in Wien (Nr. 222), Johannes Ankhenplocher (Nr. 243, 264), Erhart Grutsch, Kaplan an der St. Georgskapelle in Hainburg (Nr. 248, 249) und der Pfarrer Andrä zu St. Georgen an der Stiffing (Nr. 289). Die Schreiber haben die Schrift manchmal mit einem kleinen Spruch geschlossen; so z. B. Nr. 64, 75, 78, 196, 248, 285, 312. Die Zeit der Niederschrift wird häufig angegeben, so z. B. Nr. 8, 15, 16 u. s. w.

[2]) So Nr. 254; 84 u. 284. Frühere Eigenthümer der Handschriften werden erwähnt in Nr. 46, 48, 60, 76, 102, 124, 191, 224, 242, 250, 254, 263, 284, 286, 313 und f.

[3]) Siehe Einleitung und Schluß in dem von Gusman selbst geschriebenen Katalog, bei dessen Beendigung er auch schrieb: „Finito libro sit laus et gloria Christo! Detur scriptori pro penna unum „Ave Maria“!“

fehlen durchgängig die Bestimmungen des beiläufigen Alters der Codices. Es muß auch hervorgehoben werden, daß dem Schreiber dieser Zeilen ohne den Gusman'schen Katalog es nicht möglich gewesen wäre, in der ihm gegönnten kurzen Frist nachstehende Beschreibung zu liefern. Im Drucke scheint über die Vorauer Handschriften wenigstens Einiges zuerst durch A. J. Cäsar bekannt geworden zu sein. Der Vorauer Custos Dietrich (lebte um 1300), welcher in einer der von Cäsar abgedruckten Urkunden als Zeuge erscheint, bot hiezu dem berühmten Annalenschreiber den Anlaß. [1]) In neuerer Zeit hat dann W. Wattenbach ebenfalls Einiges über die Vorauer Handschriften im Pertz'schen „Archive" veröffentlicht. [2])

Mit Rücksicht auf den Raum und den Zweck der „Beiträge" konnten in die nachstehende Beschreibung nur diejenigen Handschriften aufgenommen werden, welche überhaupt ein größeres Interesse, und zwar nicht bloß für den Geschichtsforscher besitzen, und dann diejenigen, welche mit mannigfaltigen historischen Notizen, theils auf den Deckeln, theils auf den Vorsteck- und Textblättern versehen sind. Alles Uebrige — und mit sehr geringer Ausnahme sind es durchgängig Theologica — wurde in eine Handschrift vereinigt, welche unter Nr. 3063 im Joanneumsarchive, als einem mehr zugänglichen Orte, wie Vorau es ist, aufbewahrt wird. Mehreres, welches abgeschrieben zu werden verdient hätte, konnte in dieser Beschreibung nur angedeutet werden [3]), indem es mir an der nöthigen Zeit gebrach, und dann, weil ich der Hoffnung leben konnte, daß solches nach und nach durch das vorgenannte Archiv abschriftlich erworben werden würde.

Denjenigen, welche in der nachstehenden Beschreibung die Bezeichnung oder Zählung der Blätter vermissen, diene zur Kenntniß, daß nur bei einigen wenigen Handschriften die Blätter gezählt sind und ich eine Zählung wegen Zeitmangel nicht erst vornehmen konnte.

Namen- und Sachregister zu dieser Beschreibung gibt das Register am Schluße dieses Heftes.

---

1. Fol. Perg. Altes Testament bis zu dem Propheten Isaias, sehr sauber (hübsche Initialen) von dem Propste Konrad († 1300)

---

[1]) Vergl. Annal. duc. Styr. II. 865—869, Noten zur Urkunde Nr. 181 v. J. 1280.

[2]) Archiv d. Ges. für ält. deutsche Geschichtskunde X, 626—631. „Handschriften des Chorherrenstiftes zu Vorau in Steiermark. Nach dem Katalog des Julius Franz Gusman von Wien, vom Jahre 1733 und eigener Untersuchung."

[3]) Wie z. B. die in den Handschriften vorfindigen Urkunden.

geschrieben, wie aus einer auf f. 1b stehenden Notiz (geschrieben um 1300) hervorgeht: „Iste liber scriptus est per venerabilem dominum Ch. quondam prepositum et traditus ecclesie Vorowensi et beate Marie et sancto Thome, quisquis abstulerit, anathema sit.“

2. Fol. Perg. Fortsetzung von Nr. 1 nebst einem reichen Katalog von Interpretationen hebräischer Namen und gleichfalls von dem Propste Konrad geschrieben.

3. Fol. Perg. Theile des alten und neuen Testamentes (die fünf Bücher Mosis, die Apostelgeschichte u. s. w.) im 12ten Jahrhundert fleißig und sauber geschrieben (einige hübsche Inizialen) und durch den Propst Bernhart († 1282) erkauft. „... c. librum s. Marie et s. Thome, quisquis abstulerit, anathema sit, Bernha.... prep .... tonibus comparauit“ heißt es auf fol. 1a. Auf der zweiten Seite des letzten Blattes der Name „Ekkart lederer“ von einer Hand des 14ten Jahrhunderts.

7. Fol. Perg. Missale aus dem 15ten Jahrhundert mit einigen hübschen Initialen. Auf der inneren Seite des Vorderdeckels von einer Hand um 1500: „Dedicacio prima sacti (sic) Georgii ecclesie in Waldpach omni anno et semper peragitur domica (sic) die post festum Egidii“, und: „Dedicacio aput sanctum Jacobum in Siluis peragitur omni anno dominica die post festum Michahelis.“ Von einer gleichzeitigen Hand dagegen auf der inneren Seite des Hinterdeckels: „Liber iste constat xxiiij^or fl. emptus anno domini 1482 et pertinet ad sanctum Jacobum in Siluis. Ludowicus temporis erat plebanus tunc.“ Zu Anfang und auch zu Ende dieses Codex fehlen einige Blätter.

8. Fol. Pap., im 15ten Jahrhundert geschrieben und mit vielen kolorirten Bildern geschmückt. Enthält auf 463 Blättern eine freie Bearbeitung (mit Glossen) des alten und neuen Testamentes so wie eine werthvolle Chronik der Kaiser und Päpste bis zu Karl d. G. in deutscher Sprache. In den erwähnten Bildern spricht sich eine merkwürdige Naivität aus. — Fol. 448a, zweite Col. unten: „Also was in Criechen lant kain kaiser mer vnd der erst kaiser in teüschen landen nach Constantino was kunig Karel. Also hat ein ende dy wibel, dy alt ee vnd ein tail der newen ee.“ Fol. 448b: „Vnd ist geendet waren in vigilia omnium sanctorum anno domini M° CCCC° 67.“ (31. Okt. 1467.) Fol. 449a: „Hy so hebt sich an ein epistel, dy ein maister in der Judischait gemacht hat, vnd hat sy gesant nach ainem maister vnd

rabi in der Judischait, vnd dye ist genant dy epystel Samuels.“ Reicht bis fol. 463a.

9. Fol. Perg., 13tes Jahrhundert, sauber geschrieben, viele Blätter fehlen, viele andere sind vielfach verstümmelt. Sammlung von Dekretalen Gregor IX. Auf fol. 40a unten: „Iste liber est monasterii etc. in Voraw etc. anno 1462°.“

11. Fol. Perg. Der Inhalt zum Theile durch J. Diemer den Freunden unserer älteren Literatur bereits bekannt gegeben. S. „Die Kaiserchronik nach der ältesten Handschrift des Stiftes Vorau aufgefunden“ u. s. w., und „Deutsche Gedichte des 11ten und 12ten Jahrhunderts.“ Da Diemer in diesem letzteren Werke (Einleitung S. I u. ff.) eine ausführliche Beschreibung der unvergleichlichen Handschrift schon gegeben hat, so kann ich füglich auf selbe verweisen. Besonders aufmerksam zu machen ist auch auf die in demselben Codex enthaltenen „gesta Friderici imperatoris“ von Otto v. Freising, welche ein gewisser Wolfgang auf Befehl des Propstes Bernhart († 1202) niedergeschrieben.

12. Fol. Perg., im 12ten Jahrhundert von zwei (?) Händen geschrieben und theilweise mit schönen Initialen geziert. — S. Hieronymi libri questionum Hebraicorum. Chronicon de regno Hebraeorum. Dissertatio, qui libri bibliorum sint canonici. Eusebii Caesariensis interpretatio nominum Hebraicorum. Epistola Eucherii Lugdunensis episcopi ad Veranum episcopum et liber ejusdem de significationibus quorundam Latinorum nominum. Vitae vel obitus sanctorum patrum in scriptura laudatorum. Epistola Isidori episcopi ad Horosium et ejus defloratio in nominatissimis nominibus legis et evangeliorum. Tullius de differentiis. Liber gestorum Barlaam et Josaphat servorum dei. Passio s. Quirini martyris viii. kalendas Aprilis (25. März), cujus translatio est xvi. kalendas Julii (16. Juni), ab Heinrico monacho dictata. Passio s. Tiemonis Juvavensis archiepiscopi. Expositio super parabolas Salamonis. Dicta priscorum philosophorum. Carmina de mulieribus, et aliorum generum satis acuminosa. Seneca de beneficiis. Liber Tullii de exornatione verborum et sententiarum et liber ejusdem de ornatu sententiarum. Liber Senecae de remediis fortuitorum bonorum ad Calionem. Liber Julii Solini de situ orbis terrarum. — Vor Beginn des Buches Seneca's „de beneficiis“ oben, eine unlesbare Zeile und dann „qui hos sanctae Mariae s. Thomae et Vorowensi ecclesie abstulerit, anathema sit. Hunc Bernhardus prepositus

(† 1202) dato precio conscribi fecit.“ (Hand des 13ten Jahrhunderts.) Vergl. Diemer: Deutsche Gedichte des 11ten u. 12ten Jahrh. p. VII u. XI. Auf der Innenseite des Vorderdeckels eine Urkunde ddo. 1479, 20. Mai, Graz. Abschriftlich im Joanneumsarchiv.

13. Fol. Perg., von zwei Händen aus dem 12ten und 13ten Jahrhundert geschrieben. — Homilien und Sermone, die Apokalypse, alle kanonischen Briefe, die Apostelgeschichte und die Briefe St. Pauls. Auf dem Vorsteckblatte: „Jacobus 1474“ gleichzeitig. Auf der zweiten Seite des letzten Blattes von einer Hand des 12ten Jahrh.: „Hunc librvm sancte Marie .... canonicorum, quisquis uiolenter furtim abstulerit, anathema sit. Hunc dominus Dietricus archipresbyter de Treuesse beatae memoriae nobis tradidit.“ Zu Anfang des Codex fehlen Blätter.

15 Fol. Perg., 15tes Jahrh., sehr sauber geschrieben. — Die ersten dreizehn Bücher von St. Augustinus „de civitate dei“. Auf f. 15b eine schöne Inziale und unten mit Goldschrift: „Anno domini etc. lxxij° (1472) finitus est liber iste.“ Auf der ersten Seite des letzten Blattes aber: „Iste liber est monasterii beate virginis Marie sanctique Thome apostoli in Voraw canonicorum regularium, qui finitus est in octaua assumpcionis virginis gloriose anno domini etc. lxxij° (22. Aug. 1472) procurante impensas reuerendo in Christo patre ac domino Leonardo huius loci preposito prelacionis sue anno xx° et scriptus per me fratrem Martinum canonicum et professum monasterii prefati.“

16. Fol. Perg., Fortsetzung und Schluß des Werkes „de civitate dei“ und auch von demselben Schreiber, wie Nr. 15. Auf f. 1b: „Scriptum feliter (sic) anno etc. lxxij°“ (1472). Und auf der ersten Seite des neunten Blattes von rückwärts gezählt: „Explicit liber vicesimus secundus beati Augustini Aurelii de ciuitate dei finitus feria sexta post assumpcionem virginis Marie (16. Aug.) anno domini millesimo CCCC° septuagesimo primo.“ Auf dem letzten Blatte die Notiz: „Iste liber est“ etc. S. oben Nr. 15. Nur fehlt hier die Jahrzahl und ist „prelacionis sue anno xviiij°“ zu lesen.

23. Fol. Perg., 13tes Jahrh. — Tertia et quarta pars (1. und 2. in der Handschrift Nr. 22) moralium beati Gregorii pape a libro xi. usque ad xxii. — Von einer Hand des 13ten Jahrh. auf der ersten Seite des ersten Blattes: „Hunc librum s. Marie sanctique Thome apostoli et Vorowensium fratrum quisquis

abstulerit, anathema sit; quem dominus V̊dalricus pie memorie plebanus in Hartperch nobis contulit.

Septeno fidus Augusti uir ruit idus
Vlricus dictus, mortis quem perculit ictus.
Qui sane mentis es, fle, spes marcet egentis,
Concidit ut uentus, pertransit grata iuuentus,
Et uelut eiectus fumus perit alba senectus.
Qui legit, attendat et mente per ethera tendat,
Vota precum fundat et supplex pectora tundat,
Uim metuens mortis lacrimis testetur obortis.
Iste chaos triste ne tangat, da peto Christe:
Quicquid blanda Uenus influit, id ordo nouenus
Angelicus tergat, ut liber ad ethera pergat."

24. Fol. Perg., im 13ten Jahrh. sehr sauber geschrieben, mit hübschen Initialen, zu Anfang fehlen Blätter, deren im Ganzen noch 271. — Eusebii Caesariensis historia ecclesiastica (unvollständig, endet mit dem Tode Theodosius d. G., dann fortgesetzt). Epistolae quaedam S. Isidori Hispalensis ad Braulionem et hujus ad illum, ejusdem libri viginti etymologiarum et ejusdem quaestiones aenigmatum rhetoricae artis. Ferners findet man in dieser Handschrift, und zwar auf den Blättern 87b, 88, 89 u. 271 eine Chronik oder eigentlich Reihe der Pröpste des Stiftes Vorau mit mehr minder ausführlichen Angaben über die Thaten jedes einzelnen, von sechs verschiedenen Händen geschrieben und bis zur Erwählung des Propstes Michael aus Pöllau (1493) reichend. — Auf fol. 87b: „Hic liber est ecclesie Vorawensis et fratrum ibidem existencium, quem venerabilis prepositus Chunradus vndecimus numero prelatorum precio conscribi fecit (et hic nomine secundus) anno domini M° CC° lxxxx° iii°, quiqui abstulerit, anathemati subiaceat" (gleichzeitig). Erwähnte Pröpstereihe knüpft an diese Notiz an.

26. Fol. Perg. Pap., 15tes Jahrh., 513 Blätter. — Biblia latina. — Auf fol. c von einer Hand des 16ten Jahrh.: „Hic liber est monasterii beate Marie virginis sanctique Thome apostoli canonicorum regularium in Voraw, quem dominus Johannes de Harperg testatus est." Dieselbe Notiz auf fol. 513b, nur „quem dominus Johannes Harperger moriendo reliquit." Fol. 508b: „Et sic est finis anno domini etc. lxxvj° feria 3a post Bartholomei sancti apostoli" (27. Aug. 1476).

32. Fol. Perg., 16tes Jahrh., über 262 Blätter. — Missale mit einem Calendarium. — Fol. 262b: „M.CCCCC.V. finitus est liber iste sabbato post Floriani“ (10. Mai, 1505. „Johannes Harperger.“

33. Fol. Perg., 14tes Jahrh. — Brevier, und zwar der Sommertheil. — Viele Blätter fehlen. Auf der inneren Seite des Hintertheiles das Bruchstück eines Notariatsinstrumentes (Orig. Perg.) vom Jahre 1417, ausgefertigt von den Notaren Gumbertus Fabri de Wildungen clericus Maguntine dioc. und Jacobus Herbort clericus Traiecten., betreffend einen Prozeß, und wird darin auch Bischof Georg von Trient genannt.

34. Fol. Perg., 14tes Jahrh. — Brevier vom Advent bis Pfingsten, mit einem Calendarium. — Auf der inneren Seite des Hinterdeckels die gleichzeitigen Aufzeichnungen: „Natus est puer Johannes nomine filius Sigismundi Metzner in Newelesia (sic! Neunkirchen) anno domini mmo quadringentesimo tricesimo tercio in die translacionis sancti Ruperti“ (24. Sept. 1433). — „Nota anno domini M° CCCCmo xlmo natus est rex Ladislaus Vngarie et Bohemie illustrissimi principis et regis Romanorum filius dominica proxima ante festum Mathie“ (21. Febr. 1440).

36. Fol. Perg., Anfang des 16ten Jahrh. — Missale. — Fol. 1a oben: „In 78. jar (1578) den 15. Aprilis ein shne gshneibtt ain spau thieff, 14 tag nach ostern (Ostern am 30. März), nunquam audiui in hoc tempore.“

37. Fol. Perg., 12tes—15tes Jahrh., von verschiedenen Händen geschrieben. — Missale mit einem Calendarium. — Auf der ersten Seite des ersten Blattes oben von einer Hand im Ausgange des 12ten Jahrh.: „Hic liber est s. Marie s. Thome et Uorowensis ecclesie, quiqui abstulerit anathema sit. Hunc dominus Albero de Tuncheustein contulit.“

42. Fol. Pap., 15tes Jahrh. — Summa s. Thomae de Aquino; zu Ende desselben: „Explicit summa magistri Thome de Aquino sub anno domini M° CCCC° xxiij. feria quarta in quadragesima ante oculi (3. März) a me domino Stepfano nacione Bauarie in hunc modum reportata atque rescripta. Hoc quicunque legis, pro me, precor, ora, vt dominus legis me saluet mortis in hora.“ Hierauf ein verdeutschter Psalter. Erstes Blatt, erste Seite: „Beatus vir — ein salig man — qui — welcher — non abiit — vnd nicht seinen willen gibt — in consilio — in rat — impiorum — der snoden (?) — et non stetit — vnd nicht

stet — in uia — in dem weg — peccatorum — der sünder — et non sedit — vnd nicht siczt — in kathedra — auf dem stål — pestilencie — dez sſchtumbs" u. ſ. w.

43. Fol. Perg., 15tes Jahrh., 239 Blätter. — Tractat des Nikolaus v. Dinkelspühel über die zehn Gebote (ſ. Aſchbach: Geſch. d. Wiener Univerſität, S. 438), u. a. m. — Erſtes Blatt, erſte Seite: „Iste liber est monasterii beate Marie virginis sanctique Thome apostoli in Voräw, quem eidem monasterio legauit dominus Leonardus rasoris de Lewben, qui discessit ab humanis 12a die mensis Aprilis anno Christi 1476°, cuius anima exultet in celesti patria feliciter." Auf der zweiten Seite des vorletzten Blattes dasſelbe, nur „Leonardus Frisching." Der Hinterdeckel mit dem Bruchſtück einer hebräiſchen Handſchrift beklebt.

44. Fol. Pap., 15. Jahrh. — Postilla Johannis episcopi de tempore et de sanctis, etc. — Iſt ein Legat eben desſelben Leonhard Friſching. Auf dem Vorderdeckel in deutſcher Sprache: Mittel gegen die Gelbſucht, den Wurm, gegen Verſtopfung und die „pluetrunzz".

46. Fol. Perg., 13tes und 14tes Jahrh., 167 Blätter. — Secundus liber fratris Thomae de Aquino super sententias. — Auf dem Vorderdeckel: „Iste liber est M. Joh. Hymel et dabantur (?) iiii lib. den. anno domini MCCCCxxxix. 8ua die mensis Maii pro vadio" etc. gleichzeitig. Und auf dem erſten und letzten Blatte: „Iste liber est etc. anno 1462°" gleichzeitig.

48. Fol. Perg., 13tes Jahrh., ſchön geſchrieben, mit hübſchen Initialen; merkwürdiger Einband. — Plurimi libri bibliorum carminice propositi. — Auf fol. 2a unten: „Aurora. Est monasterii sancti Johannis in Seyts ordinis Cartusiensis" von einer Hand des 14ten Jahrh. Dieſelbe Notiz ohne „Aurora" auf der zweiten Seite des letzten Blattes.

49. Fol. Pap., 15tes Jahrh. — Expositio Humberti ord. praed. super regulam s. Augustini. — Als Vorſteckblatt iſt benützt ein Notariatsinſtrument (Orig. Perg.) ddo. 1384, 25. Juni, Vorau. Abſchriftlich im Joanneumsarchiv.

50. Fol. Pap., 15tes Jahrh. — Expositio regulae s. Augustini. — Auf dem Hinterdeckel: „Edmundus Campianus societatis Jesv theolog. sacerdos occicus tuto sanguine triumphat, kai α, β, γ, δ, ε, ω̃, π."

52. Fol. Perg., 15tes Jahrh., — Außer anderem auch eine Vita s. Thomae apostoli.

53. Fol. Pap., 15tes Jahrh., von verſchiedenen Händen geſchrieben.

— „Dy ewangeli zw dewsch mit der auslegung." Ferners: Vita s. Thomae apostoli, und am Schluße derselben: „Explicit historia sancti Thome apostoli, quam rescribi fecit frater Wolfgangus ad sanctum Florianum tunc ibidem decanus, et correcta per eundem ad honorem sancti Thome et monasterij in Voraw." Hierauf: Excerpta ex historia trium regum breviori de gestis beati Thomae apostoli. Gesta et passio sancti Thomae apostoli, qui passus est in Yndia sub Migdeo rege xii. kal. Januarii. Translatio corporis s. Thomae ap. in Edissam civitatem, zu deren Schluße: „Hec de sancto Thoma excerpta sunt de legenda sanctorum dicta aurea anno domini MCCCCliiij°." Weiter folgt: Epistola Johannis presbyteri Indorum de magnificentia potestatis gloriae ac divitiarum suarum et Indicae regionis ad quendam Graecorum regem. Endlich: Liber „stimulus amoris."

54. Fol. Perg., 13tes Jahrh., sauber geschrieben, die Lederpressungen am Einbande von einigem Interesse. — Proph. Isaias mit Glossen. — Auf der zweiten Seite des letzten Blattes: „Hunc librum sancte Marie sanctique Thome et Voroensium canonicorum quisquis abstulerit, anathema sit; quem venerabilis prepositus Wernhardus († 1282 ?) dedit."

56. Fol. Pap., 15tes Jahrh. — Sermones de instituenda poenitentia m. Nicolai de Dinkelspühel (s. Aschbach: Gesch. der Wiener Universität, S. 439) u. a. m. — Auf den letzten Blättern abschriftlich die Verkündigung des Kreuzzuges gegen die Hussiten durch den päpstlichen Legaten Bischof Laurenz von Ferrara, ddo. 1468, 9. Juli, Graz „In monasterio fratrum ordinis S. Francisci." Zum Einbande innen ist benützt das Original (? auf Perg.) einer Urkunde des K. Fridrich III. ddo. 1455, 30. Okt. (Donnerstag vor Allerheiligen), zu ? —, womit derselbe Rechte und Privilegien des Propstes und Kapitels zu Gurk bestätigt.

60. Fol. Pap., 15tes Jahrh. — Scholastica historia. Sermo de assumptione b. virginis. — Von einer Hand des 15ten Jahrh. auf dem ersten Blatte erste Seite: „Iste liber est Johannis Neff cappellani de Sopronio s. Anne."

61. Fol. Perg., 13tes Jahrh., sauber geschrieben. Darin außer anderem: „Glosarius (!) fratris Moysi de ordine minorum super uetus et nouum testamentum", und am Schluße desselben: „Explicit hic glosarius super nouum et vetus testamentum scriptus ab Engelino scolare Frisacensi." Erstes Blatt zweite Seite von gleichzeitiger Hand: „Anno do-

mini M° CCCmo XCVij. fuit g littera dominicalis II aureus numerus etc.“ Und auf der zweiten Seite des zweiten Blattes von einer Hand im Ausgange des 13ten Jahrh.: „Iste liber est sancte Marie sanctique Thome apostoli in Vorawe, quem Chunradus venerabills prepositus († 1300) nobis dedit, quiqui abstulerit, anathema sit.“

63. Fol. Pap., 15tes Jahrh., über 211 Blätter. — „Holkhott super librum sapientie.“ Commentare. — Fol. 211a: „Explicit liber iste per manus cuiusdam fratris professi huius monasterii (Vorau) anno domini etc. 1474.“

64. Fol. Pap., 15tes Jahrh., von verschiedenen Händen geschrieben. — Apocalypsis, zu deren Schluß: „Explicit liber apokalipsis Johannis apostoli etc., finitus est textus iste anno domini milesimo CCCCmo deinde 18mo in die vndecim milium virginum“ (21. Okt. 1418) etc Ferner: Postilla super apocalypsim, tabula ejusdem postillae, bei deren Schluß: „Et sic est finis tabule libri prescripti sine capitulorum in libro autem contentorum anno domini Mmo CCCCmo ut supra (i. e. 1418) finita in vigilia beatorum apostolorum Symonis et Jude (27. Okt.) per manus Johannis de Frîdflâch. Amen Amen Ameu! Explicit hoc totum, infunde et da michi potum etc. etc.“ Endlich ein Speculum militare.

66. Fol. Perg., Anfang des 14ten Jahrh., sehr sauber geschrieben. — Summa confessorum fratris Johannis ord. praed. — Auf dem ersten Blatte erste Seite: „Iste liber est etc, quem reverendus pater dominus Andreas prepositus emit pro xii libris denariorum anno domini M° CCCC° quinquagesimo.“ Und auf der zweiten Seite des letzten Blattes: „Iste liber est etc. anno domini etc. 1450.“

67. Fol. Perg., 13tes Jahrh., sehr sauber geschrieben. — Libri quinque decretalium cum glossa. — Auf der Innenseite des Vorderdeckels Urkunde ddo. ...., 8. Juni, Gradwein. Abschriftlich im Joanneumsarchiv (15tes Jahrh.)

69. Fol. Pap., 15tes Jahrh., von verschiedenen Händen geschrieben. — „Johannes de Lignono super tercio et quarto libris decretalium.“

70. Fol. Pap., 15tes Jahrh., 370 Blätter. — „Bonopangus (! Boncompagnus): Processus iudiciarius. Quedam bone epistole in fine“, nach der alten Deckelaufschrift. Wattenbach beschreibt: „Iste liber rhetorica iudiciarii processus, seu eloquencie candelabrum iure appellatur.“ In 6 Büchern, von Boncompagnus, mit eigenen Briefen als Muster. Viele Briefe

finden sich auch in dem letzten Theile von König Albrechts Formelbuch in Wien, so die scherzhaft erfundenen der Königin von Ungarn und Herzogin von Oesterreich; andere können echt sein. Recitatus" etc. „Eine Handschrift dieses Werkes befindet sich in Bern (Arch. V. 499), eine andere, wie Herr Dr. Merkel mir mittheilte, in Montecassino. Vergl. Tiraboschi. Dann von anderer Hand ein Rechtsbuch: Rex pacificus cunctorum u. s. w. Processus iudiciarius cum formis ..... a. D. 1453. Darauf folgt noch ein Briefsteller, anfangend: Quoniam in ante expositis. Die Sammlung selbst ist vollkommen übereinstimmend mit der Wiener Philol. 61, fol. 25—83. Zuletzt kommen 164 angeblich altrömische Briefe." — Fol. 223a: „Explicit processus judiciarius cum formis suis singulis etc. anno domini M° CCCC° liii° etc." Fol. 224a—370a: Briefe und Urkunden, an der Zahl 164, und zwar von Päpsten, Kaisern, böhmischen Königen, deutschen Fürsten u. s. w., wobei Namen und Daten nur selten angegeben. Aus dem dazu gehörigen alphabetischen Inhaltsverzeichniße auf fol. 338b—343b hebe ich beispielsweise hervor: „Auxilium Lambardorum procurat papa Parmensibus, ne post victoriam contra imperatorem Frid(ericum) habitam reuincantur. Bellum Rud(olfi) regis cum durege Boh(emie) scribitur pape. Consolatur papa ducissam Austrie super morte mariti. Constanciam ciuitatem laudat imperator. Plangit rex Boh(emie) se subcubuisse in conflicta contra barbaros. Tartarorum seuicia in Polonia, Vngaria et Bohemia scribit imperator regi Francie" etc.

71. Fol. Pap., Ausgang des 14ten Jahrh., von verschiedenen Händen geschrieben. — Summa Pisani. Apparatus Joannis Andreae in arborem consanguinitatis et affinitatis. — Zum Einband ist eine Originalbulle des Papstes Innocenz VII. (wofern ich nicht irre), gegeben zu Rom bei St. Peter und gerichtet an den Bischof von Adria (Adrien.) nebst anderen geistlichen Personen der Breslauer (Wratislauien.) Kirche, benützt und dabei verstümmelt worden. Der (Kleriker?), welchem von dem genannten Papste eine Provision auf ein unter dem Präsentationsrechte des Erzbischofes von Gnesen (Gneznen.) oder des Bischofes von Posen (Poznanien.) und der dortigen Kapitel stehendes Benefiz verliehen wird, scheint (Johann?) Crol zu heißen und gehört der Posener Diöcese an. Von der päpstl. Kanzlei sind unterzeichnet: Jo. de Lyns, A. de Camporegali. Auf dem ersten Blatte erste Seite: „Iste liber etc. 1441." Und auf der zweiten Seite des letzten

Blattes: „Hanc summam (Pisani) dedit monasterio in Varaw reverendus et honorabilis dominus Johannes Duster archidiaconus et licenciatus in iure, plebanus in Grēdweyn“ von einer Hand des 15ten Jahrh., wozu eine andere gleichzeitige Hand hinzugefügt: „postea prepositus in Bratislauia“.

72. Fol. Pap., 15tes Jahrh. — Summa Pisani, zu deren Schluße: „Explicit summa da casibus consciencie Pysani etc. etc., scripta per Wolfgang Pasman de Swechandt etc., anno domini 1465. feria 2a post palmarum (8. April) finita.“ Am Schluße des Index zu diesem Werke heißt es aber: „Nota consummatum fuit hoc opus in ciuitate Pysana per fratrem Bartholomeum de sancto Concordio ordinis fratrum praedicatorum anno domini 1338. die 7. mensis Decembris tempore sanctissimi patris ac domini Benedicti pape 12. Predictus autem frater Bartholomeus compositor huius summe obijt anno 1347. secunda die Julij etc.“ — Zum Einband ist benützt ein von „Gerhardus Spade clericus Verdensis publicus sacra imperiali auctoritate notarius ac venerabilis patris domini Johannis Aichelperger decretorum doctoris officialis curie Patauiensis coram eo scriba“ gefertigtes Instrument (Orig. Perg.), betreffend den Streit des Theologie-Professors Johannes de Tiettmaning mit dem Kleriker Georgius Mochtel um die Pfarrkirche in Engelsperg (Salzburger Diözese), ddo. 1453, 15. Nov., Wien. Auf der Rückseite dieses Instrumentes ein Bücherverzeichniß aus dem Jahre 1468.

73. Fol. Pap., Ausgang des 14ten Jahrh. — Summa Pisani — Auf dem pergamentenen Vorsteckblatte: „omnium haereticorum et quidam errores, quorum haeretici in Chremsa (N. Ö.) anno M° CCCXV. fuerant convicti.“ Gedruckt bei Petz, SS. IX. 825—827, vergl. auch Pez, Scriptt.

74. Fol. Perg., 13tes Jahrh., sehr sauber geschrieben, mit einigen hübschen Miniaturen. — Libri quinque decretalium.

75. Fol. Pap., 15tes Jahrh. — Außer anderem: Summa casuum conscientiae, zu deren Schluß es heißt: „Deo gratias alleluia anno domini etc. sexagesimo sabbato ante Reminiscere (1460, 8. März) etc.“, und von anderer gleichzeitiger Hand: „Dicta sunt hec in leccione m. Judoci de Hailprunna.“ (Vergl. Aschbach: Gesch. d. Wiener Universität, S. 475 u. ff.) Erstes Blatt erste Seite: „Iste liber etc. anno 1462,“

76. Fol. Pap., Ende des 14ten Jahrh. — Johannes de Lignano

super Clementinas (Kommentarien) et super constitutiones Joannis papae xxii., quae dicuntur evagantes. — Von einer Hand des 15ten Jahrh. auf der ersten Seite des zweiten Blattes: „monasterij s. Marie et s. Thome in Voraw canonicorum regularium“, und dazu von einer andern Hand derselben Zeit: „Iste liber est domini Vlrici episcopi Verdensis“, worauf Jemand „fuit“ verändert hat. Zum Einbande ein Blatt einer hebräischen Handschrift verwendet.

77. Fol. Perg., 12tes Jahrh., sauber geschrieben. — Deflorationes decretalium. — Erstes Blatt erste Seite oben: „....... Bernh(ardus) prepositus († 1202) contulit S. Mariæ sanctoque Thomæ apostolo et .... monasterio que quisquis abstulerit, anathema sit.“

78. Fol. Perg., 12tes Jahrh., sehr sauber geschrieben. — Homiliae s. Gregorii in evangelia. — Von einer Hand im Ausgange des 12ten Jahrh. auf dem ersten Blatte erste Seite: „Hic liber est s. Marie sancti Thomæ et Uorowensis ecclesie, quiqui abstulerit, anathema sit, quem, ut estimo, Rŭdbertus de Grebnic dedit“, und von derselben Hand auf dem letzten Blatte zweite Seite: „Qui scripsit librum, uiuat per secula centum.“

80. Fol. Perg., Ausgang des 12ten Jahrh., sauber geschrieben, 128 Blätter, scheint unvollständig. — Quinta pars moralium beati Gregorii papae, incipiens a 23. libro usque ad 26. incl. terminans. — Von einer Hand Anfangs des 13ten Jahrh. auf dem ersten Blatte erste Seite: „Hunc librum s. Mariæ sanctique Thome apostoli et Vorowensium fratrum, quisquis abstulerit, anathema sit, quem domnus V̊dalricus piæ memoriæ plebanus in Hartperch nobis contulit.“ Dessen „Epitaphivm“ lautet:

„Mense sub Augusto nimis orbe calore perusto
Flos cleri marcet, artus mors illivs arcet,
More fluentis aquæ uir doctus transit ah ue!
Quisquis ades, pro me pia, queso, precamina prome,
Sum, quod eris, uermis, uir eram, modo truncus inermis,
Transeo more niuis, cinis es, perpendito quiuis!
Consors, oro, mei uere memor esto fidei,
Qui sentis recta, lacrimis perfundito recta,
Ossa quiescentis, quæ sobria sunt facientis
Vates bisseni seu legati duodeni
Judicis et regis uatem defendite legis,
Pax ut ei detur, pia contio uestra precetur!“

81. Fol. Perg., 13tes Jahrh., sauber geschrieben, mit einigen hübschen Initialen. — Concordantiae mysticae et morales Alberti Magni. — Erstes Blatt erste Seite: „Iste liber est sancte Marie sanctique Thome apostoli in Vorawe, quem Chůnradus venerabilis prepositus († 1300) nobis dedit", etc.

82. Fol. Perg., 13tes Jahrh., sauber geschrieben. — Exhortationes Hugonis aut Rich. vel alius Sermones s. Bernhardi abbatis Claravallens's. — Der rückwärtige Deckel ist innen mit dem Bruchstücke einer Handschrift des 12ten Jahrh. bedeckt, worin von den Wundern erzählt wird, welche bei dem Grabe des heil. Vitalis, Nachfolgers des heil. Ruperts, Bischofs von Salzburg, geschahen.

83. Fol. Perg., 12tes Jahrh., sauber geschrieben, 181 Blätter, zu Anfang unvollständig. — Libri confessionum s. Augustini et de bono conjugali virginali et viduali. — Die Innenseite der beiden Deckel ist mit zwei Vorauer Noteln aus den Jahren 1463 u. 1467 bedeckt, von denen ich Auszüge für das Joanneumsarchiv gefertigt habe. Erstes Blatt erste Seite oben: „1477". Interessant ist das Bücherverzeichniß auf dem letzten Blatte zweite Seite, welches von einer Hand Anfangs des 13ten Jahrh. herrührt. „Hii libri sunt, quos habent Forŏwenses fratres: Tria uidelicet spalteria. Officiale. Regulam et consuetndinem in uno uolumine. Duo missalia. Lectionarium. Epistolarium. Plenarium in quo Matheus ...... Quadraginta omelias Gg. (Gregorii ?) et omelias de sanctis in uno uolumine. Sermones Bernardi. Continuas glosas super spalterium Augustinum confessionum. Johannes Chrisostomus super euangelia. Apostolum glosatum. Matutinalem librum. Apoka(lypsim). Actus apostolorum. Penitential(i)a duo. Antifonarium. Duo gradualia. Duo uolumina regularum. Prudentium et sedulium cursarium. Elucidarium. Aratorem. Quidium epistolarum (!) et ůs (uersus?) alios. Catonem. Libellos de inuentione sancte crucis; passio sancte Afre." Und eine andere, wenn nicht gleichzeitige, so doch auch nicht viel spätere Hand hat hinzugefügt: „Duas bibliotecas. Pentateucus. Vita sancti Nicolai Egidii in uno volumine. Pastoralis cura. Matutinale. Magnus. Spalterium. Missalis lectionarium in uno volumine. Dialogus. Parabole Salem(onis). Can. epistole. Paulvs (?) in uno uolumine. Passionarium apostolorum. Liber euticius (!) lectionarius. Boetius consol. liber compoti."

84. Fol. Pap., 14tes Jahrh., von verschiedenen Händen geschrieben, 193 Blätter. — Das neue Testament und ein paar unbedeutende Sachen. — Fol. 193a: „Explicit liber pastoralis

beati Gregorii (in Verbindung mit dem neuen Testament) finitus anno domini M° CCC° lxxvij. feria iiª ante festum sancti Michahelis archangeli" (28. Sept.). Auf der Innenseite des Vorderdeckels: „Inpignoratus est iste liber a plebano in Pirchueld pro (folgt ein freier Raum) lib." von einer Hand Anfangs des 15ten Jahrh.

85. Gr. 8°, Pap., 15tes Jahrh., von verschiedenen Händen geschrieben. — Epistolae et evangelia, quae per annum in divinis officiis occurrunt, Latine cum glossa, et sine ea Germanice.

86. Gr. 8°, Pap., 15tes Jahrh. — Brevier. — Auf den letzten Blättern: „Historia de sancta Barbara." Erste Seite des letzten Blattes: „Iste lieber (!) esto Domino Purkchardo plebano in Stinckenprun et ibi per ipsum scriptum et completum anno 69. (1469) in vigilia concepcionis Marie" (7. Dez.).

89. Gr. 8°, Perg., 14tes Jahrh. — Brevier. — Vorgeht ein Calendarium, darin von einer Hand des 15ten Jahrh., zweite Hälfte zum 11. Jänner: „Eadem die scilicet feria secunda obijt Dorothea Gmaynerin", und von gleichzeitiger Hand zum 25. Sept.: „Obijt dominus Andreas Gmayner in Grëtz 1481°."

91. Fol. Perg., 13tes Jahrh. — Brevier. — Vorangeht ein Kalender. Erste Seite des letzten Blattes: „Hic liber etc., quem Wernhardus eiusdem ecclesie prepositus († 1282) ecclesie reliquit."

94. Fol. Perg., 14tes Jahrh. — Außer anderem „Liber" „cur deus homo" „s. Anselmi Cantuariensis", auf welches Buch ein Blatt mit einer Art Tagebuch (gleichzeitig) über das Konstanzer Konzil folgt.

96. Fol. Perg., 13tes Jahrh., sauber geschrieben. — Außer anderem „Honorius super cantica canticorum", vor welcher Abhandlung eine urkundliche Aufschreibung ddo. 1479, 18. Juni, Graz, des Inhalts: Bischof Alexander von Forli (Forlivien.) als apostolischer Legat gestattet den Kanonikern (mit den höheren Weihen) zu Vorau, daß sie die Bußpsalmen wöchentlich nur einmal recitiren dürfen. Als anwesend bei Verleihung dieser Indulgenz werden genannt: „Religiosus vir dominus Erhardus Macher presbyter et canonicus Voraviensis, m. Paulus de Mantellis decretorum doctor" und Sekretär des Legaten, „Johannes Pawmgarttner decretorum baccalaureus" und zugleich Ueberreicher der Bitte um genannte Indulgenz.

99. Fol. Perg., 14tes Jahrh. — Brevier. — Vorgeht ein Kalender, worin von Händen des 14ten und 15ten Jahrh. folgende Anniversarien, welche wohl der Mehrzahl nach auch als Sterbetage angesehen werden dürfen, verzeichnet sind. Zum 1. Feber (das erste Blatt ist verstümmelt) der dies anniversarius des Bernhardi prepositi, zum 4. Hainrici prepositi. Zum 5. März Neyperg (dominica Innocauit), zum 10. Johannis Rinderschink, zum 26. Schorn (dominica letare). Zum 18. April Ekcherlini, zum 26. Scheurwech, zum 28. Ratgeben. Zum 2. Mai Chunr. conuersus (15tes Jahrh.), zum 10. Othacheri ducis, zum 14. Off in Chepelperg, zum 17. Ortolfi prepositi, zum 23. Fůchs, zum 27. Hertnidi prepositi. Zum 1. Juni Swab, zum 16. de Flednizz, zum 17. Gemellis, zum 21. Ewerhardi archiepiscopi, zum 25. magistri de Maurperg in octava sancti Johannis. Zum 7. Juli plebani in Zẽwer, zum 15. Conradi quondam prepositi (15tes Jahrh.), zum 20. Leupoldi prepositi, zum 30. Chunr. antiqui de Potendorf. Zum 2. August Chunradus (de Meisna?), zum 5. Oswaldi cruciferi, zum 8. Owerndorfferin, zum 9. Vlrici prepositi, zum 19. Wůlfingerin, zum 26. Potendorf junioris, zum 31. plebani de S. Laurentio. Zum 6. September Alberti de S. Jacobo, zum 22. Johannis de S. Jacobo, zum 27. Heinrici de Chrumpach. Zum 2. Oktober Johannis Rinder, zum 28. Randoltin. Zum 3. November Jacobi Ratgeb, zum 5. Nycolay plebani de F(ridberg?), zum 14. Scheůrbeck, zum 15. Laurencii prepositi, zum 29. Agnetis de Chraulchperchg. Zum 1. Dezember Johannis Rinder, zum 8. Hainrici prepositi, zum 11. Schreiberin, zum 19. Listerin, zum 20. Marquardi prepositi, zum 30. oder 31. Othachari fundatoris.

102. Fol. Perg., 13tes Jahrh., sehr sauber geschrieben, mit einigen recht hübschen Initialen. — Bibel bis zu den Büchern Paralipomenon. — Auf der Innenseite des ersten Deckels: „Liber Hannssn Czurowiczer" (15tes Jahrh.).

104. Diese Handschrift war eben außer der Bibliothek und konnte daher von mir nicht eingesehen werden. Wattenbach: s. XV. „Historia do quodam rege Franciae, ist ein Roman." Gusman gibt als Inhalt an: „Explicationes copiosae evangeliorum, quarum tamen alique ab initio desunt. Item historia de quodam rege Franciae." (Ersteres aus dem 14ten, das andere aus dem 15ten Jahrh.) Erwähnte „historia" ist nur ein Bruchstück.

106. Fol. Perg., 15tes Jahrh., von zwei verschiedenen Händen

geschrieben. — Von dem Inhalt vornehmlich hervorzuheben ein Kalender. Demselben geht voran die Verordnung des Erzbischofes Konrad von Salzburg, gerichtet an den Archidiacon Dietrich in Obersteier, ddo. 1300, 4. Jänner (ix. Kl. Febr.), Salzburg: daß in dem bezeichneten Jahre 1300 die Vigilie zum Mathiasfest am Aschtage und das Fest selbst am folgenden Tage (24. und 25. Feber) stattfinden soll. Ferner heißt es: „Anno domini M° CCCC° xlviii° fuit bisextus et ex mandato archidiaconi domini Joh(annis) Duster celebratum est festum Mathie in prima littera bisexti s. sabbato scilicet Math. tercia die post kathedram sancti Petri (24. Feber) et non quarta" (25. Feber). Der Kalender ist sonst nicht zu übersehen und heißt es am Schluße desselben: „Explicit kalendarium compilatum per venerabilem nec non multum subtilem virum magistrum Johannem de Gmünd (über denselben s. Aschbach: Gesch. d. Wiener Universität S. 455 u. ff., insbesondere S. 465) sacreque pagine baccalaureum formatum canonicum opidi Wiennensis in ecclesia sancti Stephani anno domini 1439. etc." Und auf der ersten Seite des vorletzten Blattes oben: „Notandum quod ex institucione domini Johannis Reysperger Salczburgensis archiepiscopi festum transfiguracionis domini omni anno in dio Sixti (6. Aug.) celebramus; at binos facimus propriamque historiam cantamus, et festum sancti Sixti vsque in proximam feriam post Tiburcii (11. Aug.) differimus" (d. h. wohl wir Vorauer).

110. Fol. Pap., 15tes Jahrh. — Nach Gusman außer anderm auch eine „epistola cujusdam Martini praedicatoris de Dubrawa inquisitoris haereticae pravitatis data ad Sigismundum regem Hungariae."

111. Fol. Perg., 12tes (Ausgang), 13tes und 14tes Jahrh. — S. Bernhardus de consideratione ad Eugenium papam. Epistola Petri Cellensis ad abbatissam Fontis Ebraldi. Liber Bernhardi Clarevall. de gratia et libero arbitrio. Tractatus de arte compotorum. Aliquot epistolae s. Ivonis. Epistola regis Angliae ad imperatorem. Epistola Eugenii papae ad quosdam Germaniae episcopos. Metra certamen papae et regis canentia. Carduensis cujusdam ad episcopum Babenbergensem epistola. (Wattenbach: „Die Briefe, welche in den Gestis Friderici III, 7. II, 8. IV, 19. mitgetheilt sind.) Confessio Imbriconis Wirzburgensis episcopi stylo ligato. Tullius de amicitia. Seneca de beneficiis, u. a. m. Hilarius contra haereses. Tractatus de praeparatione cordis.

Endlich außer anderem die Chronik, welche in den Mon. Germ. SS. IX. benutzt worden. — Zum Einband ist ein mit hebräischer Schrift beschriebenes Blatt verwendet.

112. Fol. Pap., 15tes Jahrh., von verschiedenen Händen geschrieben. — Summa S. Thomae de Aquino (Innocentii papae IV. ?) de poenitentia. — Der Vorderdeckel ist innen mit einer Urkunde (Orig. Perg.) beklebt, ddo. 1385 (Tag unbestimmbar), ... Hainreich der Luchs Bürger zu Newnstat und seine Hausfrau Anna geben dem Juden Mayrlein Slüembleins Sohne eine Verschreibung über 12 Pfd. Pfenn Genannt wird darin auch der Richter Leupolt der Maurer zu Newnstat.

115. Fol. Pap., 15tes Jahrh., von verschiedenen Händen geschrieben. — Caesarii historiae in decem partes divisae et liber de contemptu sublimitatis. — Zum Einbande sind Blätter mit hebräischer Schrift benützt.

116. Fol. Pap., 12tes Jahrh. — Auctoritates Hieronymi et aliorum doctorum. Epistolae Senecae ad s. Paulum et hujus ad illum. — Auf dem Vorderdeckel: „Hunc librum a Bernhardo preposito († 1202, darüber „viii quatern. et dimid.“) sanctæ Mariæ sanctoque Thomæ et Uorowensi ecclesie collatvm qui abstulerit, anathema sit.“

117. Fol. Perg., 14tes Jahrh., sehr sauber geschrieben, mit hübschen Initialen. — Hugo in quatuor libros sententiarum. — Auf dem ersten Deckel innen: „Hunc librum obtulit monasterio nostro dominus Pranpekch plebanus in Pehamkirchen anno domini millesimo quadringentesimo quadragesimo sexto. Orate dominum deum pro ipsius salute fideliter!“ gleichzeitig. Auf dem letzten Blatte: „Iste liber est etc. 1446.“

124. 8°, Perg., 13tes Jahrh., von mehreren Händen geschrieben, über 291 Blätter. — Das alte Testament. — Auf dem ersten der ungezählten Blätter: „Martinus de Czepregh canonicus Jauriensis“ (Raab), der wahrscheinliche Besitzer der Handschrift im 15ten Jahrh. vor dem Kloster Vorau. Und auf dem vierten derselben von einer Hand des 15ten Jahrh.: „Nota exposicio quinque librorum Moysi. Primus liber est Genesis das puech der geseph“ etc. „Ecclesiastes das puech l. der vppickayt der welt“ etc.

125. 8°, Perg., Ausgang des 12ten Jahrh. — Verschiedene Bücher des alten und neuen Testamentes. — Am Schluße von einer Hand c. 1200: „Hic liber est sanctæ Mariæ sanctique“ (darüber „xxx quatern.“) Thomæ apostoli et Uorowensis

ecclesiæ, quisquis abstulerit, anathema sit. Hunc Eberwinus pro LXª Friesacensibus emit."

126. 8°, Pap., 14tes und 15tes Jahrh. — Enthält Theologisches und ist ein Legat des „dominus Leonardus Frisching de Lewben" im J. 1476. S. Vorderdeckel und letztes Blatt.

130. Gr. 8°, Pap., 15tes Jahrh. — Außer anderem ein „tractatus M. Heinrici de Hassia super missam" (vergl. Aschbach: Gesch. d. Wiener Universität S. 366 u. ff.) und eine „legenda de s. Rudberto episcopo."

132. Fol. Perg., 14tes Jahrh. — Verschiedenes von und über Decretalien. — Auf der zweiten Seite des letzten Blattes der Entwurf einer Urkunde ddo. 1419, 27. (7.) Jänner, Melk, worin der Abt Nikolaus, Prior Peter und der Konvent zu Melk dem Magister und Baccalaur Peter Reicher von Puchenbarth (? s. Aschbach: Gesch. d. Wien. Univers. S. 443, oder dem Johannes Himel, s. ebendas. S. 471) behufs deren Ordination den Tischtitel verleihen. Auf dem rückwärtigen Deckel von einer Hand des 15ten Jahrh.: „De inpignoracione castrorum et reddituum .... ordinaui. — Von der saczung wegen nach geistleichen gottleichen vnd cristleichen rechten schol man wider geben alles das, das man von der saczung wegen inne genommen hat, ausgenommen czerung, my" etc.

135. Gr. 8°, Pap., 15tes Jahrh. — Sallustius de bello cum Jugurtha. Notata historica. Carmina super tumbam s. Gregorii M. Duae epistolae. Aliquae ex Ovidio et Seneca. Epistolae Casparinae. — Zu Anfang und Schluß des Codex sind Blätter herausgeschnitten.

136. Gr. 8°, Perg., Anfang des 13ten Jahrh. — Tractatus de compositionibus sacrilegii et immunitatis. Corpus decreti Gratiani. Versus in vitia clericorum. Diese Verse auf den beiden letzten Blättern:

„Viri uenerabiles uiri litterati,
Hostes iniusticie legibus armati,
Uestri non sufficio sarcine mandati
Hec adire grandia licet nouitati"
etc. etc. etc.

138. Gr. 8°, Pap., 15tes Jahrh. — Lateinisch-deutsches Wörterbuch.

Probe: Dapifer, speystrager.
Dapsilis, speysleycher uel milt, inde dapsilitas.
. . . . .
Herbosus, chrautiger.
Herbipularius, ein chrautiger garten.

. . . . . .

Pellicia, petriegung.
Pellicatus, pübrey.
etc. etc. etc.

Zu Anfang des Codex fehlen einige Blätter.

139. Gr. 8°, Perg., 14tes Jahrh. — Liber medicus, qui dicitur practica Geraldi.

140. Gr. 8°, Perg., 13tes Jahrh., von zwei verschiedenen Händen sehr sauber geschrieben. — Ordo judiciarius m. Tan. Bononiensis archidiaconi. Flores decretalium excerpti de summa Bernhardi super titulos decretalium", an deren Schluße es heißt: „Congestus est autem libellus iste anno gratie millesimo CC. l. primo indictione ix^a ab Vlrico sacerdote licet indigno Karinthie archidiacono et preposito in Volchenmarchet." Ferner: Aliquot versus in libros decretalium. Summa Tancredi in librum quartum decretalium.

141. Gr. 8°, Perg., 14tes Jahrh., von mehreren Händen geschrieben. — Summa de virtutibus et vitiis. Sermones in varia festa. Vitae sanctorum plurimorum. Voces synonimae. Vita et martyrium s. virginis (Christinae?) et s. Christophori.

142. Gr. 8°, Perg., 14tes Jahrh. — Summa vitiorum u. s. w — Erstes Blatt, erste Seite: „Hic liber est" u. s. w. „quem dominus Johannes de Harperg moriendo testatus est" von einer Hand Anfang des 16ten Jahrh. Dasselbe auch auf dem drittletzten Blatte.

143. Gr. 8°, Perg., c. 1300. — Außer anderem ein medizinisches Buch, genannt „thesaurus pauperum." Medicinale m. Petri Hispani de regimine sanitatis.

144. 8°, Perg., 12tes Jahrh. — Libri decem Lucani poëtae.

145. 8°, Perg. & Pap., 13tes, 14tes und 15tes Jahrh. — Außer anderem auf den letzten Blättern von einer Hand des 15ten Jahrh.: „de predicatione." Ueber die zehn Gebote; darin heißt es unter anderem (erstes Blatt zweite Spalte): „Contra primum (praeceptum) peccant specialiter octo genera hominum. Primi sunt, qui credunt coniuraciones demonum, sicut Symon Magus et apostata etc., et sunt adhuc multe mulieres, die den teufel pannent vnd an rueffent an den wegschaiden vnd anderswo, da vnd da, dic vbi. Secundi sunt piromantici" u. s. w. Zweites Blatt erste Seite unten: „Iste liber est etc., testatus ipsi monasterio (in Voraw) per Johan-

nem Nepel tunc plebanum in Fridberg" von einer Hand des 15ten Jahrh.

147. 8°, Perg., 14tes Jahrh, von mehreren Händen geschrieben, 193 Blätter. — Passionale sanctorum. Nach W. werthlos.

148. 8°, Perg., 14tes Jahrh. — Außer anderem: Quaedam de legibus Constantini imperatoris.

150. Gr. 8°, Perg, 14tes Jahrh. — Liber „rota in medio rotae." Albertus Magnus de naturis et proprietatibus rerum.

151. Gr. 8°, Perg., 13tes und 14tes Jahrh., von verschiedenen Händen geschrieben. — Carmina quaedam ascetica et aliquot medicinalia. Seneca de remediis fortuitorum bonorum ad Calionem. Aliquot epistolae s. Bernhardi. Summa fratris Simeonis de Busco ducis carminice. Carmina juvenem erudientia vel novissimus Cato. Tractatus de sectis haereticorum. Plura historica puta de excidio Trojano et Hierosolymitano, de persecutioue Diocletiana, de electoribus imperii et de amplitudine urbis Romanae. Von der hierauf folgenden Chronik bemerkt Wattenbach: „Chronica mundi bis 1277, d. i. Annales Salzburgenses, zuletzt von verschiedenen Händen geschrieben, ohne jedoch darum Original zu sein; dann noch ein übriggebliebenes Blatt des dazu gehörigen Katalogs der Erzbischöfe." — Auf dem Vorderdeckel von einer Hand des 15ten Jahrh.: „Mayster Thealertus der groß sternsecher aus Enngelandt vnd zw Padaw geprachtigzirt, Anno lxxmo (1470) so werden gemuschte jar vnd dye zeyt vnd das wetter genůgsam kaldt vnd der summer kaldt, Anno lxxj° so werden auffhörenn dye pestylenntz" u. s. w.

152. Gr. 8°, Pap., 15tes Jahrh., von verschiedenen Händen geschrieben. — Discipulus de sanctis (sermones). Martyrologium. Aliquot historiae de gratiis per B. Mariam V. impetratis. Auf der Innenseite des zweiten Deckels von einer Hand Anfangs des 16ten Jahrh.: „Hunc libellum legauit monasterio beate Marie virginis sanctique Thomæ apostoli in Voraw honorabilis vir dominus Laurentius olim in Chainndorff plebanus, cuius anima viuat in celesti patria."

154. Fol. Perg., 14tes Jahrh. — Außer anderem: Summa vitiorum m. Thomae de Aquino. — Legat von „dominus Leonardus rasoris de Lewben 1476"; s. erstes Blatt und den Hinterdeckel.

155. Fol. Pap., 15tes Jahrh., von zwei Händen geschrieben, 190 Blätter. — Tractatus Alberti Magni de veris virtutibus et de passione domini. — Von einer Hand des 15ten Jahrh. auf der ersten Seite des ersten Blattes: „Hunc tractatum

dedit Petrus Chirchslager ciuis Wyennensis prefingno (!) suo domino Wolffgango Voytlander canonico et professo monasterij sancti Thome apostoli in Voraw cum alijs libris etc., quibus deus requiem eternam donare dignetur amen."

156. Diese Handschrift war nicht auf ihrem Platze und konnte von mir daher nicht eingesehen werden. Ihr Inhalt besteht nach Gusman in Folgendem: Soliloquia s. Augustini. Confessio boni Christiani. Tractatus de virginitate, amore dei et aliis Germanice. Liber primus de imitatione Christi. Epistola Bonaventurae, quae dicitur „thermae aureae", ad juniores suos. Quaedam utilia ad resistendum tentationibus. Pauca ex quodam sermone s. Bernhardi. Tractatus ascetici. Epistola Eusebii ad Damasum papam et Theodoricum imperatorem (!) de morte s. Hieronymi. Praemisso prologo Joannis episcopi Olomucensis epistola s. Augustini ad s. Cyrillum Jerosolymitanum de sanctitate s. Hieronymi. Praemisso ejusdem episcopi Olomucensis prologo epistola ejusdem s. Cyrilli ad s. Augustinum de miraculis s. Hieronymi. Sequitur additamentum ab eodem episcopo Olomucensi confectum. Omnia in hoc MS. germanica sunt, pleraque ex versione toties dicti episcopi Olomucensis. Bemerkungen Gusman's über Stoff, Alter u. s. w. des Codex fehlen wie bei allen Handschriften, so auch bei der in Rede stehenden.

159. Kl. 8°, Pap., 15tes Jahrh. — Außer anderem: Oratio ad beatissimam virginem reperta in Cellis Mariae. — Auf den zwei letzten Blättern: „Verdragzeddel zwischen Christoffen (Mayrhoffer) gewester ambtman vndt mesner zu Wenigzell vndt seinen sohn Blasio." Verstümmelt, Ende des 16ten Jahrh.

160. Kl. 8°, Perg., 15tes Jahrh. — Brevier. — Vorgeht ein Kalender. Auf dem Hinterdeckel: „Anno incarnationis domini m° quadringentesimo nono dedicatum est altare in honore s. Erhardi confessoris atque pontificis a reuerendissimo in Christo patre ac domino domino Fridrico Pernekker episcopo Seccouiensi etc." gleichzeitig.

161. Kl. 8°, Pap. Perg., 15tes Jahrh., 374 Blätter. — Brevier. — Vorgeht das Bruchstück eines Kalenders. Fol. 374b: „Anno domini milesimo quadringentesimo 73. flores produxerunt arbores multe in parrochia Voraw festo Gregorii (12. März, Freitag) videlicet Inuoca (! 7. März) in xl^a feria sexta; eodem anno erant bona vina. Anno

domini 1479 in festo Ambrosii (4. April) flores aperuerunt arborum ibidem."

162. Kl. 8°, Perg., 13tes und 15tes Jahrh. — Brevier. — Vorgeht ein Kalender aus dem 15ten Jahrh. Darin zum 18. Februar von einer Hand des 16ten Jahrh.: „khainch schneider ain milch mack" und die Zahl xii.

164. Kl. 8°, Perg., 15tes Jahrh. — Brevier. — Auf der Innenseite des Vorderdeckels: „Anno domini 1487. Vermerkcht das geding des Michel: ij rokch, iij phayten, j vichgürtl vnd messer, ainen huet, j lib. den, ain pesrung", und von einer etwas älteren Hand: „Vermerkcht dy lewt lewt (!) ze Haynfeld: Michel auf der Nydernn od i tal. minus x (den. ?); Vincencz auf dem Duerlos i tal. den.; Michel Herczog im Phenichpach xv sol.; Veytel Leytnär i tal. minus x den.; Glins in Wilhalmspurg i tal. minus x (den. ?); auf dem Stain lx den."

165. Kl. 8°, Perg., 15tes Jahrh. — Brevier. — Vorgeht ein unvollständiger Kalender. Auf dem drittletzten Blatte: „1451. feria tercia in profesto Chunegundis (2. März) Franciscus Engelhardi socius diuinorum in Ylcz prope Fürstenueld."

170. 8°, Perg., 14tes Jahrh. — Compendium theologicae veritatis. — Legat von Johannes Harperger; s. erstes Blatt erste Seite, Anfangs des 16ten Jahrh.

172. 8°, Perg., 13tes und 14tes Jahrh. — Außer anderem: Avaritia et inordinata vita clericorum. Tractatus de partibus et membris humani corporis, de mundo et coelo, meteoris, sideribus etc.

173. 8°, Perg., 13tes Jahrh. — Außer anderem: Epistola s. Gregorii papae ad quendam Visigothorum regem. Gesta salvatoris domini nostri Jesu Christi, quae invenit Theodosius M. imperator in Jerusalem in praetorio Pontii Pilati in codicibus suis (alias evangelium Nicodemi). Historia Barlaam et Josaphat. Itinerarium s. Bonaventurae.

176. Kl. 8°, Pap., 15tes Jahrh., von verschiedenen Händen geschrieben, 196 Blätter, viele derselben hernach herausgeschnitten. — Collectura de sanctis (Predigten). — Fol. 1a. Fons ascendebat irrigans vniversam superficiem terre.; Genesis primo. Der frid und die gnad gots vatter die weisbait seins etc. Ir ausderwelten vnser lieben herrn, als ir wol wist" u. s. w., also eine deutsche Predigt und zwar auf das Fest Mariä Himmelfahrt. Eine andere deutsche Predigt auf das Fest Mariä

Geburt und über den Antichrist auf fol. 160a. Auf fol. 176a aber heißt es:

Ain vater seinem sun riet:
Dien got vor allen dingen,
Er gibt dir såldenreiche miet,
Dir kan nit mysselingen;
Der frumen solt du haben acht,
etc. etc. etc.

177. Kl. 8°, Pap., 15tes Jahrh. — Brevier. — Vorgeht ein Kalender. Auf dem ersten Blatte erste Seite und auf dem letzten Blatte von einer Hand Anfangs des 16ten Jahrh.: „Hic liber est" etc. „quem dominus Johannes de Hartperg moriendo testatus est."

178. Kl. 8°, Pap., 15tes Jahrh. — Außer anderem: Quaedam ex tractatu Johannis Nider de lepra morali (vergl. Aschbach: Gesch. d. Wiener Univers. S. 446 u. ff.). Duae quaestiones: an clericus possit absolvere concubinam suam, et an simplex sacerdos concubinarium. — Auf der ersten Seite des Vorsteckblattes von einer Hand des 15ten Jahrh.: „Iste liber est monasterii Varaensis et est scriptum per fratrem Martinum." Es ist aber doch nur ein Theil von diesem geschrieben worden. Auf der zweiten Seite desselben Blattes: „Jacobus 1475."

179. Kl. 8°, Pap., 15tes Jahrh. — Expositio regulae s. Augustini. Epistola Humberti de tribus essentialibus religionis votis. Historia de dampnato Vdone Partinopolitanae urbis quondam archiepiscopo. Quae inc.: „Anno domini millesimo CC° l. Ottone tercio imperante (! !) apud Partinopolim id est Magdeburgam in Saxonia contigit factum terribile" etc.

181. Kl. 8°, Perg., 13tes und 14tes Jahrh. — Außer verschiedenen Traktaten auch Briefauszüge (exordia et formulae) aus dem 13ten Jahrh. Es werden darin nur wenig Namen genannt. Ein Schreiben ist an „Ph. regi Francorum" von den „fideles sui burgenses talis loci" gerichtet, in einem anderen geschieht des „electus Salzpurgensis", Erwähnung u. s. w.

183. Kl. 8°, Perg., 14tes und 15tes Jahrh. — Commentarius in jus canonicum et in extravagantes Joannis xxii. (Gusman: Commentarius in jus canonicum seu V libros decretalium et vi. Bonifacii viii. atque in extravagantes Joannis xxii.) Geschrieben „per Hainricum Rauch baccalaium (!) in decretis ciuem Laybaci anno domini M. CCCC. vicesimo nono feria sexta ante Galli (14. Okt.; „in die Luciae",

13. Dez., ward die Niederschrift des ersteren Theiles beendet) in Valle jocosa alias Frewnicz ordinis Karthusiensis Aquilegensis diocesis"

184. Kl. 8°, Perg., 15tes Jahrh., 412 Blätter. — Brevier. — Vorangeht ein Kalender. Die Deckel innen mit schönen alten Holzschnitten (St. Christof und St. Katharina) beklebt.

189. Kl. 8°, Pap., 15tes Jahrh. — Brevier. — Vorangeht ein Kalender. Auf dem ersten Deckel von gleichzeitigen Händen: „Item Stephauus Daucher obiit anno domini 1448. in vigilia Mathie apostoli (24. Februar) et eodem die sepultus circa hora (!) vesperarum, in anno bisextili aureus numerus 5 littera dominicalis g, usque ad festum Mathie (25. Februar). — Obijt Margaretha soror mea anno domini 1445. in die Walpurgis (25. Februar) et sepulta est proxima feria sexta post (! 26. Februar) et fuit littera dominicalis hoc anno c et aureus numerus 2. — Anno domini 1450. in anno jubileo obijt Dyemud mater mea in octaua epyphanie domini (13. Jänuer) et fuit littera dominicalis d aureus numerus 7." Und auf dem zweiten Deckel: „Item cantaui primam missam dominica proxima post octauam Epiphanie (17. Jänner) domini anno etc. 1425° in Hartperg."

191. Fol. Pap., 15tes Jahrh. — Verschiedene Traktate. — Auf der Innenseite des Vorderdeckels von einer Hand c. 1450: „Iste liber est Johannis Hengsperger de Wildon clericus Seccouiensis dyocesis Saltzburgensisque." Auf dem ersten Blatte erste Seite und dem letzten Blatte von einer Hand Anfangs des 16ten Jahrh.: „Iste liber est" etc.: „quem Johannes (de Hartperg) moriendo reliquid (!)."

192. Fol. Pap., 15tes Jahrh. — Außer anderem: Franciscus Petrarca de contemptu mundi et vita solitaria.

193. Fol. Pap., 15tes Jahrh., 72 und 49 Blätter. — „Von den zehen gepoten vnsers herren vnd waz yetleichs bedewtet besunder, vnd dicz ist der anfankch der vorrede, daz da haist prologus. — Der jünger: ich beger, daz du mich beweysest von den zehen gepoten" etc. Fol. 72a: „Daz puech hat geschriben brueder Jacob, do man zallt nach Christi gepurd vierczehen hundert jar vnd darnach in dem ains vnd funfczigistem jare an sand Benedicten tage (21. März) in der vasten." Auf fol. 1a der zweiten Abtheilung: „Hernach hebt an daz puech des hochgelerten lerer maister der schuel cze Wienn maister Heinreichen von Hezzen, daz er geschriben hat herczogen Albrechten cze Osterreich

vnd ist genant von der kchanntnuss der süntt (s. Aschbach: Gesch. d. Wiener Univers. S. 395), vnd sagt die erst trachtung von puezz von der rew vnd peycht, dy ander von den süben totsunden mit iren töchtern mit ercznev dawider. Fol. 48b: „Daz puech" etc., wie oben, von Bruder Jacob, nur „am freitag nach sand Marie Magdalenatag" (23. Juli). Der Codex war bereits 1458 im Besitze des Stiftes. Ferner findet man ebendarin: De passione et resurrectione domini (1447 beendet) et sententiae invectivae in varios mundi status sub tit.: Versus mundi.

194. Fol. Pap., 15tes Jahrh., 253 Blätter. — Außer anderem: Tractatus m. Heinrici de Hassia de ordine presbyterorum (s. Aschbach a. a. O. S. 390), durch einen gewissen Thomas Mäschel im Jahre 1471 niedergeschrieben; s. fol. 216b unten. Fol. 273a: „Iste liber est monasterij beate Marie" etc. (Vorau), „quem Joannes Freymuet ex Mueraw quondam in Grätz diuinorum administrator eidem monasterio testatus est anno etc. 1491."

195. Fol. Perg., 13tes Jahrh., sauber geschrieben. — Außer anderem: Seneca de remedio fortuitorum ad Calionem. Epistola s. Bernhardi, inc.: Multi multa sciunt. Honorius de imagine mundi et de tempore

196. Fol. Pap., 15tes Jahrh., von verschiedenen Händen geschrieben. — Summa Pisani seu Bartholomaei a s. Concordio. — Erstes Blatt erste Seite: „Iste liber est" etc., „quem reuerendus pater dominus Andreas Pranpekch huius loci prepositus emit pro vi libris denaciorum anno domini 1450." Auf der ersten Seite des letzten Blattes: „Fiat misericordia tua super nos, oder das spil ist verlaren 1439." von dem Schreiber des letzten Theiles. Zum Einbande ist eine Urkunde (Orig. Perg.), wahrscheinlich aus dem Jahre 1392 und die Pfarrkirche in „Paden" betreffend, verwendet.

197. Fol. Pap., 15tes Jahrh., 302 Blätter. — Außer anderem: Tractatus J. Gersonis canc. Paris. de pollutionibus nocturnis. — Erworben durch Testament des Johann Freymuet aus Murau im Jahre 1491; s. fol. 1a unten.

198. Fol. Pap., 15tes Jahrh. — Außer anderem die den letzten Theil der Handschrift füllenden Briefe (der Index zählt 149 Stücke) des „Petrus Blesensis Bathoniensis (Bath) archidiaconus" (auch Lond. archid.).

199. Fol. Perg., 13tes und 14tes Jahrh., von verschiedenen Händen geschrieben. — Von der in diesem Codex enthaltenen Chronik bemerkt Wattenbach: „Chron. Reicherspergense

bis 1191, von allen andern Handschriften abweichend; statt der Nachrichten von Reichersberg ist die Gründungsgeschichte von Seckau eingeschoben. Es' u. s. w. Außerdem noch zwei unbedeutende theologische Bücher. Zum Einbande und zwar beim Vorderdeckel ist verwendet die Originalbulle, worin, wie es scheint, Papst Innocenz VI. neben anderen auch dem Abte Johann zu St. Lambrecht Vollmacht ertheilt, die Ehe zwischen dem Markgrafen Ludwig von Brandenburg und der Herzogin Margaretha zu trennen, u. s. w. Vergl. Huber: Gesch. d. Verein. Tirols mit Oesterreich, S. 66 u. ff. und S. 188 Nr. 209, ddo. Avignon, 9. April, 1358. Eben bei Verwendung zum Einbande ist diese Bulle stark verstümmelt worden.

200. Fol. Perg., 12tes—13tes Jahrh., sehr sauber geschrieben, 83 Blätter. Fol. 1b, Urkunde ddo. 1249, 31. Aug., „Gvntarn"; abschriftlich im Joanneumsarchiv. Am unteren Rande von einer Hand c. 1200: „Hunc librum" etc. „quem Rudolfus decanus (Vorau) scribi fecit." Fol. 1b—5b, Aufzeichnungen, welche sich meist auf die Dedicationen der verschiedenen Altäre in dem Kloster Vorau beziehen, den Jahren 1228—1338 angehören und durchgängig gleichzeitig sind. Fol. 5b, Urkunde ddo. 1372, 23. Mai, Vorau; abschriftlich im Joanneumsarchiv. Dann ddo. 1387 ..... (Diese eigentlich nur eine Aufzeichnung über die Stiftung eines Jahrtages in Vorau durch den Pfarrer Heinrich von Reichenau in der Gurker Diöcese); abschriftlich im Joanneumsarchiv. Fol. 6a—12b, ein Kalender aus dem 14ten Jahrh. mit Angaben über Anniversarien u. a. m. Fol. 13a—83b, Ordo antiphonarum per circulum anni, worin der Hauptinhalt dieser Handschrift besteht.

201. Fol. (Perg.?), 15tes Jahrh. — Vitae patrum (s. Mauri abb., s. Mariae Aegypt., s. Antonii mon., s. Paulae, s. Pachomii abb. — nach Gusman). — Die Handschrift ist verstümmelt.

204. Fol. Perg., 14tes Jahrh., sehr sauber geschrieben, mit hübschen Initialen. — Opus in quo leguntur significationes derivationes et conjugationes vocum Latinarum, per modum dictionarii compositum. — Das Buch hing einst an einer Kette.

206. Fol. Perg. Pap., 15tes Jahrh. — De orthographia, prosodia, significatione, origine, etymologia quarundam dictionum in biblia etc. — Zum Einbande sind zwei Urkunden (Orig. Perg.) verwendet: 1. 1375, 19. Nov. (Elsbet), Wien. —

Hanns vom Hof verschreibt seiner Hausfrau Elsbet Fridreichs Tochter des Stözzleins von Pêst.... zur Morgengabe seine halbe Veste zu Hof, gelegen in dem Marichort (Markt Ort, im Marchfelde), u. s. w. Mitsigler: sein Oheim Pernolt, sein Vetter Pernolt vom Hof, sein Oheim Fridreich der Wayduer von ..... — 2. 1417, 29. Juni (Peter und Paul), ... — Unbekannte Personen, darunter eine Elyzabet, verkaufen dem edlen Hansen dem Herttenfelder benannte Güter zu Niderslag u. s. w. Mitsigler: Seyfrid der Staynpeis.

207. Fol. Perg. & Pap., 15tes Jahrh. — Fortsetzung von Nr. 206. — Im Jahre 1445 ward die Niederschrift dieses Werkes beendet und das Stift seitdem in dessen Besitze; s. das erste und letzte Blatt.

208. Fol. Pap., 15tes Jahrh. — Manipulus curatorum, etc. — Legat von „Leonardus rasoris de Lewben" im Jahre 1476.

209. Fol. Perg., 13tes und 14tes Jahrh., von verschiedenen Händen geschrieben. — Legendae sanctorum. — Nach Gusman ist dieser Codex auf Veranlassung des Propstes Wernhart († 1282?) geschrieben werden.

210. Fol. Perg. & Pap., 14tes und 15tes Jahrh., von verschiedenen Händen geschrieben, 218 Blätter. — Passionale novum compilatum a fratre Jacobo ord. praed. (Vitae sanctorum), etc. — Von einer Hand Anfangs des 16ten Jahrh.: „Hic liber est" etc. „quem dominus Johannes de Hartperg moriendo testatus est."

211. Fol. Pap., 15tes Jahrh. — Mancherlei Theologisches. — Ebenfalls Legat von Johannes de Hartperg.

212. Fol. Pap., 15tes Jahrh. — Summa de contractibus et ultimis voluntatibus. Seneca de remediis fortuitorum, de quatuor virtutibus cardinalibus, et ejus pro verbia. Contra invidiam metrica.

213. Fol. Perg., 15tes Jahrh. (erste Hälfte). — Großes medizinisches Werk, betitelt: Antidotarius Nicolai et synonima (medicinalia). Unter den alphabetisch geordneten Synonimen auch die „Nomina infirmitatum." Es heißt da:

Anatrophia, dy worsturczunge des magen.
Apostema, eyn swe̊r.
Apoplexia, der slag.
Apraximeran, ist wonne eyme der czagil stet ane gelust.
etc, etc. etc.

Unter den medizinischen Mitteln finden wir:

Allun,	Aslonch Asclok
Atrament,	Akelye Acley Alhon
Aget Agitstein,	Amedung
Ansnik Alsnik,	etc. etc. etc.

Auf der Innenseite des Hinterdeckels: „Anno domini 1443. ipso die sancti Bonifacij (5. Juni) fuit motus terre per totam ciuitatem Craconiensem ante horam xiiii. mane.“

215. Fol. Pap., 14tes und 15tes Jahrh. — Sermones, etc. — Es war in der Mitte des Codex eine Verdeutschung der 10 Gebote, der 9 fremden Sünden, der 7 Gaben des heil. Geistes, der 8 Seligkeiten, der 7 Sakramente, u. s. w., als:

De vijtem sacramentis.

j°	fons,	tauff.
ij°	sacerdos,	prysterschafft.
iij°	ordo,	ordnung.
iiij°	thorus,	chanschafft.
v°	panis,	goczleichnam.
vj°	cinis,	pusbertichait
vij°	vuccio,	dy heylig ölung.

etc. etc. etc.

Auf der zweiten Seite des letzten Blattes von einer Hand aus der ersten Hälfte des 15ten Jahrh.: „Iste liber est“, etc., „testatus ipsi monasterio (in Voraw) per Johannem Nepel tunc plebanum in Fridberg.“

216. Fol. Pap., 15tes Jahrh. — Sermone, denen ein Augsburger Druck (Historia tripartita) vom Jahre 1472 beigebunden ist.

217. Fol. Pap., 15tes Jahrh., von verschiedenen Händen geschrieben. — Verschiedene Bücher des alten und neuen Testamentes. — Auf dem Vorsteck- und auch dem letzten Blatte: „Testatus est hunc librum monasterio beate Marie virginis sanctique Thome apostoli in Voraw honorandus vir dominus Johannes..... quondam socius diuinorum in Pirchfeld, cuius spiritus inter agmina letetur supernorum ciuium anno Christi 1477.“

218. Fol. Perg., 14tes Jahrh., sehr sauber geschrieben. — Außer anderem: Compendium decretalium; Constitutiones Innocentii IIII. lib. vi. (diese auf den 8 letzten Blättern des Codex).

219. Fol. Pap., 15tes Jahrh. — Epistolae Ciceronis. — Zu Ende stark verstümmelt und bereits 1462 im Besitze des Stiftes.

220. Fol. Pap., 15tes Jahrh. — Brevier. — Vorangeht ein Kalender mit einer nicht unbedeutenden Menge

von Angaben über Sterbetage und Geschehnisse, vornehmlich aus der Zeit K. Fridrich IV., welche theils gleichzeitig, theils nicht gleichzeitig aufgezeichnet wurden. Dem Kalender folgt ein Verzeichniß der Bischöfe und Erzbischöfe von Salzburg und zwar vom heil. Rupert bis zu Sigismund Holenecker. Chronistische Aufzeichnungen auch auf der Innenseite des Hinterdeckels.

222. Fol. Pap., 15tes Jahrh., von verschiedenen Händen geschrieben, zu Anfang eine große Menge Blätter ausgeschnitten. — Sermones de beata virgine. Sermones dominicales de tempore. Am Schluße derselben: „Expliciunt sermones dominicales per totum annum scripti per fratrem Wolfgangum de sancta Dorothea (in Wien, nachher Chorherr zu Rottenmann) professum anno domini MCCCC. liiij. in profesto sancti Vrbani martyris (24. Mai) sub Nicolao papa V. et Friderico imperatore duce Styrie domino Leonhardo in Varaw preposito anno ejus ij°." Ferner: Fabulae Ovidii et tractatus institutionum (figurae veteris et novi test.).

223. Fol. Pap., 15tes Jahrh. — Außer anderem: Sermo reverendi m. Johannis Gews de audiendo et implendo verbo dei factus coram duce Austriae (vergl. Aschbach: Gesch. d. Wien. Univers. S. 452). Diesen Codex besitzt das Stift schon seit 1445; s. das erste Blatt.

224. Fol. Pap., 15tes Jahrh., 333 Blätter. — Außer anderem: Tractatus de detractione (de peccatis linguae) m. Johannis Geusz doctoris sacrae theologiae (s. Aschbach a. a. O.) Auf der Innenseite des ersten Deckels: „Hunc librum legauit dominus Fridericus Weytenawer dignus pastor in Seegg pro egregio et venerabili viro domino licenciato in decretis domino Johanne Küchlin rectore in Nessellwaug; oret fideliter pro anima testatoris, qui obijt ipsa die Epiphanye (6. Jänner) anno 1473."

225. Fol. Perg., 14tes und 15tes Jahrh., von mehreren Händen geschrieben. — Brevier, darin auch viele Heiligengeschichten. — Vorangeht ein Kalender aus dem 14ten Jahrh. mit den folgenden Sterbetagen: 15 Jänner. Obiit Adelhaidis soror mea anno etc. lxj° (1361, die Schrift aber des 15ten Jahrh.). — 20. Februar. Obiit Chunradus de Wilgoltnig et dominus cancellarius (wohl im 14ten Jahrh., obgleich die Schrift vom 15ten Jahrh.). — 6. März. Obiit Mahthildis de Wilgoltnig mater mea anno etc. CCC^{mo} xlj. (1341,

Schrift vom 15ten Jahrh.). — 13. März. Obiit anno domini M° CCCC° liij° reuerendus in Christo pater dominus Andreas Pranpekch huius loci prepositus prelacionis sue anno xx°; hic primus cepit obseruanciam regularem multaque alia bona monasterio contulit spiritualia et temporalia (gleichzeitig). — 5. April. Obiit dominus Pilgrimus archiepiscopus Salczburgensis anno M° CCCXCVI° (gleichzeitig). — 7. April. Anno domini M. CCCC° iij° dominus Gregorius Schenkch archiepiscopus Salczburgensis (gleichzeitig). — 1. Juni. Obiit Agnes monialis (Se)cconensis anno etc. CCCC° iij. (1403, gleichzeitig). — 26. Juli. Obiit Johannes de Wigoltnig olym vicedominus Leybniсensis CCCC. V° (1405, gleichzeitig). — 1. August. (O)biit Elizabet Lobni(ge)rin anno etc. CCCCij° (1402, gleichzeitig). — 12. Aug. Obiit dominus Ortolfus archiepiscopus Salczburgensis lxv° (1365, Schrift des 15ten Jahrh.). — 29. Aug. (Fr)idricus Wolfsperger obiit anno CCCCiij° (1403, gleichzeitig). — 19. September. Obiit Anna mater mea lxxv (1375, Schrift 15tes Jahrh.). — 28. Sept. Obiit dominus Rudmarus episcopus Seccouiensis lx° (1360, Schrift 15tes Jahrh.). — 4. October. Obiit Symon Wolfstaler anno v° (1405, gleichzeitig). — 27. Oct. Obiit Anna Dietrichin amica mea 36. (1536, gleichzeitig). — 13 Nov. Obiit Englinus de Hartperg lxv° (1365, Schrift 15tes Jahrh.) — 25. Dezember. Obiit dominus Vlricus (T)rapp prepositus Seccouiensis (an)no M° CCCCXV. (gleichzeitig). — 25. Dez. Obiit Johannes pater meus lxxv° (1375, Schrift 15tes Jahrh.).

226. Fol. Perg., 15tes Jahrh., über 132 Blätter. — Missale. — Auf den ersten Blättern ein Kalender. Von einer Hand Ausgangs des 15ten Jahrh. auf fol. 131a: „Librum istum comparauit quidam honestus vir nomine Jacobus Plusch in Premeck parrochianus ecclesie sancti Jacobi in Siluis pro vi lib. den., et calicem argenteum meliorem pro xi lib. den., et quatuor corporalia munda vna cum preciosa pera de Damasco pro floreno Vngaricali. Et hec omnia suprascripta largitus est de sua probitate ecclesie prefate, pro quibus donis deus det sibi et omnibus suis heredibus gratiam in presenti seculo et post vitam transitoriam gloriam sempiternam. Et quicunque vnum illorum aufferre presumpserit seu alatus (!) fuerit temerarie, anathema sit."

227. Fol. Pap., 15tes Jahrh., von mehreren Händen geschrieben. -- In 52 Kap. „das pûchel genant dy hymelströss von dem glawben vnd von der hoffnung.“ Dann „vonn ettleichen dingenn, die alain die geistlichen perüren.“ Weiters: Epistola fratris Bonaventurae de balneo regio. Auch diese Epistel in deutscher Sprache. Hierauf: „Speculum humane saluacionis translatum de Latino in Theutunicum per monachum Cisterciensis ordinis.

(H)ie hebt sich an dez menschen hayl,
Ein spiegel zwar an alles mail,
Daran man wol gesehen mag
Dew not vnd auch dew grossen chlag,
u. s. w.

In dem unvollständigen Prolog nennt sich der Verfasser „Prueder Andre Chürezzer man“ und eben so am Schluße des Werkes. Außer einigen unbedeutenden kleineren Sachen endlich noch: „Formula domini Petri abbatis Aule regie (Königssaal) composita in edificacionem fratris et monachi deuoti.“ Lateinisch in leoninischen Versen auf den letzten drei Blättern.

228. Fol. Pap., 15tes Jahrh. -- Außer anderem: Responsiones ad questiones, cur contra malas tempestates campanae pulsentur et accendantur candelae. Legat von „dominus Leonardus rasoris de Lewben“ im Jahre 1476; s. erstes und letztes Blatt.

231. Fol. Pap., 15tes Jahrh. — Außer anderem: De translatione corporis s. Hieronymi Romam et de tempore, quo mortuus est. Es war dieser Codex schon 1448 im Besitze des Stiftes Vorau und ist 1446 zum Theil ebendaselbst geschrieben worden.

232. Fol. Pap., 15tes Jahrh., über 295 Blätter. — Außer anderem: Tractatus de decimis. Und auf den letzten vier Blättern: „Sermo bonus de natiuitate virginis predicatus per dominum Andream Metschacher plebanum in Trafeiach et Göss. Sermo de dedicacione predicatus per Andream Metschacher plebanum in Goss.“ Der Codex ist ein Legat von Johannes von Hartberg; s. erstes und letztes Blatt.

233. Fol. Pap., 15tes Jahrh. — Außer anderem: Tractatus de v sensibus, bei dessen Schluße (nach Gusman) folgendes:

„Anno milleno centeno atque treceno
His sexuaginta commisces et hinc disces:
Austria tunc tota flet principibus viduata,
Post hoc cornuto discet servire tributo.“

234. Fol. Pap., 15tes Jahrh., von zwei Händen geschrieben. — Sermones von Nikolaus von Dinkelspühel (vergl. Aschbach a. a. O. S. 437). — Auf der zweiten Seite des Vorsteckblattes von einer Hand aus der zweiten Hälfte des 15ten Jahrh.: „Iste liber pertinet ad monasterium in Voraw ex testamento domini Petri Pranpek plebani olym in Pehamchirchen."

235. Fol. Pap., 15tes Jahrh. — Außer anderem: Fragmentum ex Seneca ad Lucillum. Vitae sanctorum. Nach diesen Lebensbeschreibungen folgen Predigten und bei deren Schluße: „Deo gratias! Finitus est liber iste sermonum collectorum de tempore per dominum Michaelem de Villach, de quo laus sit Christo resurgenti, anno domini millesimo quadringentesimo sexagesimo sabbato ante Quasimodogeniti" (19. April). Auch dieser Codex ist Legat von Johann Freymuet aus Mueraw im Jahre 1491; s. drittes und letztes Blatt.

236. Fol. Pap., 15tes Jahrh. — Verschiedene Theologica. Nach Wattenbach auch: „Decretum Gratiani nach Jul. Caesar Ann. Styr. II. 866." Zum Einband sind verwendet Blätter (Perg.) eines steirischen Urbars im Ausgange des 14ten und Anfange des 15ten Jahrh. Auf dem ersten Blatte erste Seite von einer Hand c. 1500: „Iste liber est" etc. „in Voraw, quem frater Andreas Nepel attulit."

237. Fol. Perg., 12tes Jahrh., 178 Blätter. — Missale. — Von einer Hand aus der zweiten Hälfte des 12ten Jahrh. auf fol. 1a oben: „Hunc librum s. Mariæ, s. Thomæ (darüber: xxi quatern. et i fol.) et Uorowensis ecclesiæ qui abstulerit, anathema sit, quem Wernherus sacerdos .... te dedit."

239. Fol. Pap., Anfang 15tes Jahrh. — Sermones de sanctis (Socus de sanctis, nach alter Aufschrift). — Auf der Innenseite des Vorderdeckels: „Item anno domini M° CCCC° xliij° circa festum sancte Margarethe (12. Juli) portauit huic monasterio religiosus ac discretus vir dominus Wolffgangus Voytlender filius ciuitatis Wiennensis xxviii particulas sanctarum reliquiarum, que sunt nobis date in monasteriis ad sanctum Augustinum et ad Carmelitas Wienne et ad sanctum Stephanum. Item frontem capitis sancti Thome tamque (?!) capud reperies ad sanctum Michahelem. Tunc temporis fuit ecclesiasticus N. Greuenperger. Item tunc temporis sunt domino preposito videlicet domino Andree Pranpechk date in walino (?) naturali a dominis et fratribus in monasterio quedam reliquie videlicet s. Achacij

et aliquorum aliorum sanctorum etc." Und auf der Innenseite des Hinterdeckels: „Anno domini M°CCCC°xliiij° in die Ambrosij (4. April) dedit nobis ad sacrarium J a c o b u s p i s t o r in f o r o (Vorau) cum vxore sua, tunc temporis iudex, calicem nouum habentem xxviij lotones de argento purissimo. Hic calix habet signum c l i p e u m p i s t o r u m. Item eodem anno circa xlam (1. März) dedit nobis discretus vir S t e p h a n u s C h y s l i n g cum vxore sua A n n a, c i u i s W i e n n e n s i s cistam deauratam, in qua pro nunc corpus dominicum obseruatur (!), habentem i n s i g n i a duo etc."

241. Fol. Pap., 15tes Jahrh., von zwei Händen geschrieben. — „Sermones m. N. (de) Dinkelspühel de x preceptis et vij peccatis mortalibus cum aliis." (Vergl. Aschbach a. a. O. S. 438.) D u r c h a u s i n d e u t s c h e r S p r a c h e.

242. Fol. Pap., 15tes Jahrh. — Außer anderem: Manuale confessorum m. Johannis Nyder (s. Aschbach a. a. O. S. 449). Auf dem ersten Blatte erste Seite, und zwar von einer Hand des 15ten Jahrh., durchgestrichen: „Iste liber fuit domini C a s p a r i s F l e w g e r pye recordacionis, pronunc est J o h a n n i s N e f (?) d e S o p r o n i o c a p e l l a n i s. A n n e." Aber noch in demselben Jahrhundert war der Codex auch schon im Besitze des Stiftes.

243. Fol. Pap., 15tes Jahrh. — Außer anderem: Sermones m. Johannis Gews, und unter diesen „Sermo de audiendo et implendo verbo dei factus coram d u c e A u s t r i e" (vergl. Aschbach a. a. O. S. 452 und oben Nr. 223). Am Schluße einer andern dieser Predigten: „Anno domini etc. J o h a n n e s A n k c h e n p l o c h e r 1449°", welcher wahrscheinlich der Schreiber derselben gewesen. Und am Schluße wiederum eines anderen Sermons: „Explicit sermo d e l u d o magistri Johannis Gews finitus ad beatam virginem prope P i k c h e l p a c h feria quinta ante festum Katherine (20. Nov.) anno domini 1449°."

244. Fol. Pap., 15tes Jahrh. — Traktate und Sermone. — Die Deckel sind auf der Innenseite mit den Resten eines U r b a r s bedeckt: „Vermercht was ich p r u d e r J a c o b K e l l n e r hab in d e z R a s s t e r a m b t ingenomen von weysaten, von erst zw weinachten, czu ostern, czu phingsten anno domini etc. lvi." (1456).

246. Fol. Pap., 15tes Jahrh. — Sermones. — Auf der Innenseite des ersten Deckels: „Das puch ist E r h a r t e n d e m H a n t a l e r 44 jar (1444) ausgelichen."

247. Fol. Pap., 15tes Jahrh. — Sermones m. Nicolai de Din-

kelspühel de tempore. — Auf der Innenseite des ersten Deckels: „Iste liber pertinet ad monasterium in Varaw ex testamento domini Petri Pranpecher olym plebani in Behamchirchen anno etc. 52“ (1452). Dasselbe anders stylisirt auf Blatt 1 S. 1, abweichend auch: Pranpekch, Behamkirchen.

248. Fol. Perg., 15tes Jahrh. — Sermones m. N. de Dinkelspühel de sanctis (vergl. Aschbach a. a. O.). Am Schluße: „Explicit liber de sanctis egregii domini doctoris m. Nycolay de Dinkelspuehel finitus anno domini M° CCCC° XXV° per manus Erhardi Grutsch protunc capellani capelle sancti Georii in vrbe Hainburg. Oretis pro eo!“ Die Innenseite der Deckel mit Pergament, beschrieben mit hebräischer Schrift, bedeckt. Als Vorsteckblatt ist verwendet ein Notariatsinstrument (Orig.) ddo. 1382, 30. Sept., „Smöy.“ — Der Pfarrer Sdislaus von Taswicz in der Olmützer Diözese ernennt den Johann gen. Ratay von „Suöy“ und den M. Peter Pragensis studii zu seinen Vollmachtträgern in seiner Sache mit „Vlricus sartoris de Snöy“ mit dem M. Borscho, Archidiakon von Bechin und Offizial der Prager Curie. — Notar (kais.): Michael Jacobi de Trssicz subdiaconus Olomucensis dioc.

249. Fol., Perg. Pap., 15tes Jahrh. — Sermones m. N. de Dinkelspühel de peccatis mortalibus, de octo beatitudinibus et de poenitentia (s. Aschbach a. a. O. S. 438 u. 439). Am Schluße: „finitus est iste liber anno domini M° CCCC° XXV°“, und von derselben Hand etwas höher: „capellani (?) sancti Georii in vrbe Haimburkch de Marihekch.“ — Unter dem „finitus“: „Forma absolucionis secundum m. Thomam de Haselpach data anno domini M° CCCC° xxix°“. Auf der Innenseite des Vorderdeckels von einer Hand des 15ten Jahrh., stark verwischt: „Hunc librum testatus est monasterio sancte Marie (in Vorau) dominus Erhardus Grätsch de Marichegk confessor ad sanctum Jacobum“ (in Silvis?). Die beiden Deckel sind ferners auf der Innenseite von zwei Urkunden (Orig. Perg.) bedeckt: 1. ddo. 1419, 21. Juli (Freitag vor Maria Magdalena), Wien. — Unbekannte compromittiren in ihrem nicht näher bekannten Streite mit unbekannten Personen auf den Spruch gleichfalls nicht näher bekannter Personen mit Herrn Leupolten von Eckhartsaw, „ihrem lieben Oheim“, als Obmanne. Mitsigler: Herr Michel von Wolkestain. — 2. c. 1430? — Schreiben des

Bischofes Johann von Olmütz an seinen Offizial Smilo von Wicaw.

250. Fol., Perg. Pap., 15tes Jahrh. — Sermones m. N. de Dinkelspühel de tempore (s. Aschbach a. a. O. S. 437). Am Schluße: „Hic uero (liber) scriptus et finitus anno domini M° CCCC° XXV." — Auf der zweiten Seite des Vorsteckblattes: „Hunc librum testatus est monasterio sancte (Dorothee Wienne — diese Worte ausgelöscht) honorabilis presbyter dominus Erhardus Grůtsch de Marhekga, cuius anima requiescat in sancta pace amen." Und eine andere gleichzeitige Hand setzt fort: „Et dominus Andreas de Voraw prepositus emit a predicto monasterio s. Dorothee hunc librum et alios etiam tres de sermonibus eius doctoris in consimilibus voluminibus anno domini 1446." Zum Einbande ist verwendet ein Notariatsinstrument (Orig. Perg.) ddo. 1412, 28. Jänner, Stadlau. — Der Notar Bartholomeus quondam Egidii de Erdpurk clericus Olomucen. dioc. fertigt ein Instrument über die Präsentation einer Urkunde Herzog Albrechts von Oesterreich ddo. 1412, 8. Jänner, Wien — durch Steffanus quondam Vlrici Muratoris de Recz clericus Patav. dioc. dem Thomas rector parrochialis ecclesie sancti Georgii in Stadlaw, welche Urkunde des Herzogs, nur unvollständig eingerückt, eine Provision auf ein dem genannten Pfarrer zur Collation zustehendes Benefiz enthält. Zeugen: Petrus Liebharter de Alanczsteig et Vlricus rector scola(rum) in Stadlaw.

251. Fol. Pap., 15tes Jahrh. — Sermones m. Thomae de Haselbach super epistolas dominicales (pars hiemalis — vergl. Aschbach: Gesch. d. Wiener Univers. S. 520). Am Schluße dieser Predigten:

„De Haselpach Thomas, quem Austria dedit ad ortum,
  Hoc conscripsit opus rusticis eloquiis,
Exponens mores virtutum premia dixit,
  Quo docens paruos, carmina flere reos.
Anno milleno quadringent et trige nono
  Lectorisque pii sic petit is veniam."

Auf der ersten Seite des Vorsteckblattes: „In hoc libro, quem reuerendus in Christo pater et d. d. Leonhardus prepositus monasterij sancte Marie et sancti Thome apostoli in Voraw († 1493) comparauit eidem monasterio vna cum tribus aliis voluminibus sermonum eius magistri scilicet m. Thome de Haselpach, continetur" etc.

252. Fol. Pap., 15tes Jahrh. — Fortsetzung von Nr. 251 (pars aestivalis).

253. Fol. Pap., 15tes Jahrh. — Sermones m. Thomae de Haselbach de tempore (pars hiemalis — s. Aschbach a. a. O.)

254. Fol. Pap., 15tes Jahrh. — Sermones m. Thomae de Haselbach de tempore et exemplarium decem praeceptorum (s. Aschbach a. a. O. S. 521). Am Schluße:

„De Haselpach Thomas, dei legisque magister,
Ast sic plebanus fabricat illud opus
Anno milleno quadringent trigeque nono,
Optat et ipse preces gratas amore dei."
„Deo gratias!"

Auf der Innenseite des Vorderdeckels von einer Hand des 15ten Jahrh.: „Liber iste est domini Thome cuiusdam presbyteri nobis concessus vsque ad reuocacionem de Cheyhelwang."

255. Fol. Pap., 15tes Jahrh. — Sermones super evangelia de sanctis m. Thomae de Haselbach et tractatus de symbolo (s. Aschbach a. a. O.). — Auf der zweiten Seite des sechsten Blattes: „Iste liber est" etc. „emptus per Leonhardum prepositum anno domini etc. lxxj°" (1471).

258. Fol. Pap., 15tes Jahrh. — Collectura sermonum. — Legat von Joh. Harperger im Jahre 1506 (1. 5. 6.); s. erstes und letztes Blatt.

260. Fol. Pap., 15tes Jahrh. — Sermones de sanctis etc. — Ebenfalls Legat von Johannes von Hartperg.

262. Kl. Fol., Pap., 15. Jahrh. — „Exp(o)sicio ympnorum et quarundam epistolarum Pauli (etc.) in Theutonico." In zwei Kolumnen geschrieben, als:

„Dominica prima in aduentu deo (!) ad Romanos.

Fratres scientes quia ora est; nunc enim propior est nostra salus, quam cum credidimus.	Wisst das die zeit ist; wenn nu ist vnser hail nachner, denn wir gelaubt haben."
etc.	u. s. w.

263. Kl. Fol., Pap., 15tes Jahrh. — Tractatus partim asceticus partim moralis. — Auf der Innenseite des Vorderdeckels: „Hic liber est domini Georgii Pacher 1484." Und auf der Innenseite des zweiten Deckels von einer Hand aus der ersten Hälfte des 15ten Jahrh.: „Iste liber est (fuit) Michaelis episcopi Petinensis" (Biben oder Pedena). Ferner: „Iste liber est (fuit) Andree Laher sacerdotis cappellani altaris s. Antonii et Sigmundi, quem dedit mihi Augustinus magister ecclesie beate Marie virginis

pro quadam peccunia mihi debita“ von einer Hand c. 1450?). Endlich von gleichzeitigen Händen: „Iste liber est Martini Respiczer sacerdotis, quem dedit michi dominus Nicolaus altarista in Noua ciuitate 1492. — quem testatus est (der Respiczer) monasterij(!) in Voraw, vbi sepultus est 1516.“

264. Kl. Fol., Pap., 15tes Jahrh. — Gusman bemerkt über den Inhalt dieser Handschrift außer anderem Folgendes: „Item tractatus de spirituali reformatione mentis. In fine legitur: finivi librum sine manibus, scripsi illum anno domini etc., Johannes Anckhenplochar, quinquagesimo primo“ (wohl 1451).

265. Kl. Fol., Pap., 15tes Jahrh. — Außer anderem: ein Traktat über die Beicht „per me Henricum Lang decretorum doctorem minimum(?) archydiaconum Stirie marchie superioris, subiciens me et huiusmodi scripta correccioni melius sciencium ad laudem omnipotentis dei etc. (nach 1425). Ferner: Tractatus — qui ex constitutionibus provincialibus (Salzburg?) et synodalibus excommunicationem majorem incurrat — referens. Folgends: „Hic annotantur summarie auisata et conclusa per reuerendissimum in Christo patrem domimum cardinalem Anglie wlgariter nuncupatum sedis apostolice legatum, dominos electores imperii et alios ecclesiasticos et seculares principes, nec non principum et dominorum oratores, prelatos, comites et barones, milites et militares, qui diete aput Franckfordiam in causa fidei (gegen die Hussiten) proximum celebrate interfuerunt, quantum ad illa precipue capitula, que ciuitatem diocesim et prouinciam Salczeburgensem videntur concernere.“ Hierauf: Excerpte aus der gegen die Türken erlassenen päpstlichen Bulle vom 20. Juni 1456. Weiters: Tractatus — quod testes synodales debeant cum omni diligentia de et super omnibus et singulis excessibus clericorum et laycorum et praesertim infrascriptis se informare et excessus hujus modi ad aures domini decani et superiorum suorum, prout juraverunt, poterunt deducere. Dann folgen: Excerpta Basiliensis concilii decreta. Hierauf eine Urkunde des Erzbischofes Wladislaw (Wodislaus) von Salzburg, betreffend die Reformation des Klosters Seckau, ddo. 1267, „pridie mensis Augusti“ (! 12. Aug., Joanneumsarchiv Nr. 879), Seckau. Inc.: Cum beatus apostolus Petrus dicat. Auf das Datum folgt: „Ego Chunō prepositus Salczburgensis“ etc. Der-

selbe realisirt die Reformation. Sonst noch: „Incipit epistola Pii secundi pontificis maximi ad illustrem Mahumetem Turcorum imperatorem“, ddo. 1460, 1. Juli, Siena. Und endlich eine Bulle eben desselben gegen die Türken, ddo. 1463, 22. Oct., Rom. — Zum Einband Pergamentblätter, beschrieben mit deutscher Dichtung (Schrift 13tes Jahrh.), verwendet. Ich lese auf der ersten Seite des ersten Blattes:

„Do dem herren Kawein.
der vrowen Larien schone erschein.
vnde ir lip rehte ersach.
wider si er gutlichen sprah.
o wol dir minnechlicher lip.
gebar dein schone ie dehein wip.“
u. s. w.

266. Kl. Fol., Pap., 15tes Jahrh. — Außer anderem: „Kalendarium bonum editum a magistro Johanne (de) Gmund anno domini 1439. et finitum anno domini etc. 41. in octaua apostolorum Petri et Pauli“ (1441. 6. Juli).

267. Kl. Fol., Perg., 13tes Jahrh. — Chronik, von welcher Wattenbach berichtet: „s. XIV. Incipiunt cronica ab inicio mundi“, wozu dann Jemand geschrieben hat Honorii. Ganz ähnlich den Wiener Handschriften Rec. 713. und Hist. prof. 10. Bei 1283 fängt eine neue Hand an, und bei 1284 wieder; doch ist es nicht Original, obwohl nicht lange nachher geschrieben. Eigenthümlich ist nur ein kleiner Zusatz am Ende.“

270. Kl. Fol., Perg., 13tes Jahrh. — Exceptiones decretorum Gratiani. — Auf der zweiten Seite des letzten Blattes drei Urkunden vom Jahre 1267 (Abschrift gleichzeitig): 1. Das Wahldecret für den Kanoniker und Kellner der Salzburger Kirche Wernhart als Propst von Vorau. 2. Das Schreiben des Vorauer Capitels an denselben mit der Wahlnotification und der Bitte um Annahme der Wahl. 3. Die Wahlerklärungen der einzelnen Kanoniker.

271. Kl. Fol., Perg., 13tes Jahrh., von verschiedenen Händen geschrieben. — „Martyrologium Vsuardi sacerdotis et monachi. Regula beati Augustini. Constitutiones Lugdunensis concilii a papa Gregorio x° edite super reformatione Terre sancte. Constitutiones F. dei gratia sancte Salzpurgensis ecclesie archiepiscopi et apostolice sedis legati in Salzpurga edite (anno domini [M.] CC lxxviij. uel circa — von späterer Hand). Hec sunt constitutiones in Wienna a domino Gwidone edite pro necessitatibus ecclesie sancte, ddo. 1267, Mai .... Constituciones pro-

uincialis concilii a venerabili archiepiscopo Salzburgensi domino Friderico (ij° huius nominis — von späterer Hand) edite in ecclesia Salzburgensi anno domini M° C° C° lxxx° j°. Constitutiones prouincialis concilii a domino Rudolfo venerabili archiepiscopo Salzpurgensi edite in ecclesia Salzpurgensi anno domini millesimo CC° lxxxviij°. Synodus prima Kchunradi Salzburgensis archiepiscopi habita anno domini M. CC. XC. viij. (Diese Ueberschrift von einer Hand des 15ten Jahrh., der Text gleichzeitig, jedoch unvollständig.) Instituta domini Pilgrimi archiepiscopi Salezburgensis sedis apostolice legati publicata in prouinciali concilio anno domini M° CCC. lxxxvj° (gleichzeitig). Litera quam dominus papa Gregorius decimus a concilio Lugdunensi transmisit imperatori Grecorum, ddo. 1274, 28. Juli, Lyon (gleichzeitig). — Nach Uswart die Jahrzahl 1447, zu welcher Zeit also der Codex schon im Besitze des Stiftes war.

272. Kl. Fol., Perg., 14tes Jahrh., sehr sauber geschrieben. — Summa vitiorum Guilielmi. Am Schluße: „Finis adest operis, mercedem posco laboris. Anno domini M° CCC° lxiij° per manus Heinrici“ (wohl der Name des Schreibers) und eine radirte Stelle.

273. Kl. Fol., Perg., 14tes Jahrh., von verschiedenen Händen geschrieben. — Liber fratris Uberti de nomine et amore Jesu. — Auf der zweiten Seite des Vorsteckblattes wird diese Handschrift als ein „liber preciosus“ (Schrift 15tes Jahrh.) bezeichnet.

274. Kl. Fol., Perg., 14tes Jahrh., von verschiedenen Händen geschrieben. — Liber m. Johannis Beleth de ecclesiasticis institutionibus. Honorii tractatus de divino officio, qui dicitur „Gemma animae.“ — Auf der zweiten Seite des letzten Blattes von einer Hand des 14ten Jahrh.: „Hunc librum s. Marie (et) s. Thome Ditricus custos scribi fecit, quem qui abstulerit, anathema sit.“ Auf der ersten Seite des Vorsteckblattes von einer Hand Anfangs des 14ten Jahrh.: „Ego Ditricus ecclesie Vorowensis canonicus et custos tenore presentium presentibus et futuris duxi memoriter inprimendum, me subnotatum ornatum calices libros et alia in resignacione mei officii facta domino Chunrado preposito († 1300) reliquisse.“ Folgt nun die Specification dieser Hinterlassenschaft. Auf der zweiten Seite das ansehnliche Verzeichniß der hinterlassenen Bücher, worunter vier Chroniken gezählt werden; s. Caesar: Annal. duc. Styriae II. 861—868.

276. Fol. Perg., 15tes Jahrh. — Liber reformationis monasterii Vorawensis. Vorangeht die „confirmacio super kartham reformacionis nostri monasterii Vorawensis etc." Durch den Erzbischof Johann von Salzburg, ddo. 1433, 26. Mai, Salzburg. Hierauf: Epistola Humberti de tribus essentialibus religionis votis. Regula s. Augustini. Libelli consuetudinum, caerimoniarum et ordinationum juxta regulam s. Augustini can. reg. secundum observantiam nonnullorum monasteriorum in Austria constitutorum. Quaerenda a novitio volenti ingredi religionem. Endlich noch: „Ego Leonardus prepositus monasterii in Voraw († 1493, zu dessen Zeit ward wohl dieser ganze Codex geschrieben) reseruo michi subscriptos casus ad omnes canonicos tam in sacerdocio quam infra constitutos nec non ad conuersos professos."

277. Fol. Perg., 14tes Jahrh., von verschiedenen Händen geschrieben, 196 Blätter. — Sermones de festis principalioribus et de sanctis cum aliis. Fol. 193b eine Predigt über den zwölffachen Nutzen des heil. Altarsakraments in deutscher Sprache: „In gotes lichnam sint zwelf nutze, die ein iegleich mensch sol gern merchen. Der erste nutze ist, daz sein hailiger lichnam ist ein hailunge vnd ain rainunge der sele" u. s. w. — Auf dem Vorsteckblatte die Jahrzahl 1476.

282. Kl. Fol., Pap., 15tes Jahrh., von verschiedenen Händen geschrieben. — Außer einigen ganz unbedeutenden Sachen: Quaedam historiae scripturisticae. Quaedam interrogationes et responsiones circa simoniam. Sermo s. Bernhardi de triplici modo orationis. Revelatio s. Anselmo facta de passione domini. Sermo m. Nic. de Dinkelspühel de resurrectione domini. Hierauf: „Hy ist ze merken ain gůte materi von der vasten vnd dy hat predigt hy zu Wienn maister Nichlos von Dinkchelspuehel. — Es ist ze merken, wer dy virczig teg der heyligen vasten hat aufgesetzt" u. s. w. Sermones s. Augustini ad fratres eremitas. Sermo ejusdem ad Christinam sororem suam germanam de vita Monicae matris suae. Bulla concilii Basiliensis de conceptione b. v. Mariae. Legenda de s. Barbara. Aliquot indulgentiae concessae presbyteris Salisburg. dioec. a Nicolao pp. V. per Joannem diac. card. anno 1454. Weiters: „Vermerckht der anttlass der, dye vmb dye glaubigen seel pittent." (Für das „Salezburger gepiet" giltig.) Bulla Martini papae (IV. ?) de indulgentiis festi corporis Christi, unvollständig. Liber Hugonis de arca animae. Sermo Thomae

de Haselbach de passione domini; unvollständig. Commendatio magistralis sacrae theologiae. Sermo m. Nicolai de Grecz (de scientia theologica); „hic post eundem (?) doctor sacre theologie factus“, (vergl. Aschbach: Gesch. d. Wiener Universität S. 467). Bulla indulgentiarum concessa ordini Johannitarum ob defensionem Christianitatis — wohl von Sixtus IV., unvollständig, incl.: Pastoris eterni. Dann: „Hic consequenter (?) sunt annotate indulgencie, que date sunt a pluribus pontificibus monasterio beate virginis Marie et sancti Thome in Voraw, prout ego frater Wolfgangus protunc decanus potui colligere ex litteris desuper confectis, quas diligenter inspexi anno domini MCCCCxlvj° etc.“ „Vermerkt der autlas, damit pegabt ist das gegenburtig gotshaws sand Thoman zw Voraw, von erstea“ u. s. w. Schließt mit einer chronistischen Notiz aus dem Jahre 1504. Manuale confessorum m. Johannis Nider. Endlich: Schreiben des Dekans und der Magister der theologischen Facultät in Wien an den Archidiacon in Obersteier, ddo. 1421, 17. Okt., Wien. (Geschrieben 1446; Gusman bemerkt hiervon Folgendes: „Refellitur hic stupidus quidam error, qui in Stiria superiori praesertim circa Judenburgum invaluit.“) Ein Vidimus der Bulle Sixtus IV. gegen die Türken; unvollständig, inc.: Domini saluatoris nostri Jesu Christi.

283. Kl. Fol., Pap., 15tes Jahrh., sehr leserlich geschrieben. — Verschiedene Briefe, vorzüglich von und an Aeneas Silvius. Der erste Brief von dem Kardinal Julian s. Angeli a. s. l. an Aeneas, damals Sekretär des römischen Königs. Im Ganzen sind der Briefe 190 Stücke. — Auf der ersten Seite des ersten Blattes: „Iste liber est“ etc. „anno 1462°.“

284. Kl. Fol., Perg., 12tes und 13tes Jahrh. — Sermones etc. — Auf der ersten Seite des ersten Blattes von einer Hand c. 1200: „Hunc librum“ etc. „hunc (E)lbuinus nobis tradidit.“ Von derselben Hand auf der zweiten Seite des letzten Blattes: „Hii libri (die nämlich in dieser Handschrift enthalten) Ymnarius glosatus (l darüber: iii fol.), Synonima Ysidori (iii quatern.), Regulæ de primis sillabis (iiii quatern. viiii [xiiii ?] fol.), Speculum æcclesiæ (xi quatern.), Glosæ (!) super epistolas Pauli (xi quatern. et vii fol.), Fabularius (dt. ii quatern.) — hii vi libri pro dimidia marca sunt in pignus positi a Johanne de Heinrichst(orf).“ Zum Einbande ist rückwärts eine Vorauer Urkunde (Orig. Perg., Schrift c. 1200) verwendet. Es wird darin von dem Propste

Bernhardus als einem Verstorbenen gesprochen und scheint sich der Inhalt auf eine Reformation zu beziehen.

285. Kl. Fol., Perg. & Pap., 14tes und 15tes Jahrh. — Außer anderem: Speculum beatae virginis (super „Ave Maria"), an dessen Schluße: „Newperg. Explicit per fratrem Johannem Newpekch, memento" (15tes Jahrh.). Ferner: Sermones de passione domini, an deren Schluße: „Expliciunt sermones isti per manus fratris Johannis Pechswent de Trofeya et eisdem frater professus est in monasterio Nouimontis regulariter, et cetera.

Explicit hoc totum,
Infunde, da michi potum!
Et si melius scripsissem,
Nomen meum non apposuissem.
Et sic est finis per totum
Deo gracias!"

Auch dieser Theil von einer Hand des 15ten Jahrh. Auf den letzten zwei Blättern: „(E)s mag ein kind seines vater vnd seiner måter erbe verburchen mit virczehen dingen. Das ist aines, ob der sun" u. s. w. (erste Hälfte des 15ten Jahrh.). Auf der zweiten Seite des letzten Blattes heißt es von einer Hand c. 1400: „Kaspar Weichsser purger in allen lanten."

286. Kl. Fol., Perg., 14tes Jahrh., von verschiedenen Händen geschrieben. — Sermones Jacobi de Voragine de tempore. — Auf der Innenseite des Hinterdeckels: „Iste liber fuit domini Nicolay de Kirchslag im feld (seld?), et testauit suis karis anno lxxxvi° et anno millesimo et CCC^mo etc. ut supra" (1386). Ferner ebendaselbst: „Ez fragt ein iunger sand Augustin also: Sagt mir måster, warvmb hab wir als grózz arbåt vnd mů der sel willen, vnd ich doch chåne sach" u. s. w. (Ausgang des 14ten Jahrh.).

288. Kl. Fol., Pap., 15tes Jahrh., von mehreren Händen geschrieben. — Sermones de sanctis. Tractatus „stella clericorum." Tractatus de vita et moribus philosophorum, und an dessen Schluß: „Expliciunt gesta philozophorum per manus Johannis de Lůthomissll (Leitomischl) finita feria quinta post festum sancti spiritus (27. Mai) sub anno domini M° CCCC° vicesimo octauo hora septima uel quasi et cetera." Hierauf ein längerer Traktat in deutscher Sprache: Von dem baume der tugend. „(D)iser pawm der tugent weyset vns, wie wir zu dem obristen guet, daz ist got selber, schullen steigen" u. s. w. — Der Codex ward für

das Stift im Jahre 1476 auf testamentarischem Wege erworben von „Leonardus Frisching de Lewben“; s. letztes Blatt.

289. Kl. Fol., Pap., 15tes Jahrh., 287 Blätter (das erste fehlt). — Multae et diversissimae historiae. De diversitate jurium et multa ex decreto Gratiani. — Auf der zweiten Seite des letzten Blattes: „Per manus Andree plebani ad sanctum Georium prope Stinen 1479.“ Hierauf von einer Hand c. 1500: „Hic liber est monastery sancte Marie virginis sanctique Thome apostoli, quem dominus Johannes de Hartperg moriendo testatus est.“

293. Gr. 8°, Pap., 15tes Jahrh., Blätter nur bis 18 gezählt. — „Tractatus contra communicantes sub vtraque specie, editus ab egregio viro magistro Johanne Hofman de Smidnicz (!) sacre theologie professori (!) pronuntiatus in studio Lipczensi anno domini 1421.“ Die vorliegende Abschrift fällt etwas später. — Fol. 1a: „Iste liber est monasterii“ (Vorau) etc. „quem eidem monasterio legauit dominus Leonardus rasoris de Lewben, qui discessit ab humanis 12a die mensis Aprilis anno Christi 1476°, cuius anima exultet in celesti patria feliciter.“ Auf der ersten Seite des letzten Blattes dasselbe, nur „Frisching“ statt „rasoris“. Auf der Innenseite des Hinterdeckels von einer Hand des 13ten Jahrh. der Anfang eines Vidimus des Bischofs Bruno von Olmütz für die Scal (?) eccl. in der Prager Diözese.

294. Gr. 8°, Pap., 15tes Jahrh. — Außer anderem: Dialogus inter duos fratres scilicet clericum et militem de contemptu regalis curiae; inc.: „Temporibus Berengarii huius nominis primi“ etc. Sermo m. Johannis Gews de superstitiosa bibitione super ligno crucis contra febres. Im Auftrage des Propstes Wilhelm zu St. Stephan in Wien (Bilh. eccle. sci. S.) gehalten und zum Theile deutsch.

296. Gr. 8°, Pap., 15tes Jahrh. — Außer anderem: Die Augustinerregel in deutscher Sprache. Sermo m. Nicolai de Gräz sac. theol. prof. (vergl Aschbach: Gesch. d. Wien. Univers. S. 467). Epistola Ezechielis prophetae supra (!) causam moderni schismatis scilicet Hussitarum. Auf dem letzten Blatte: „Sequitur copia vniuersitatis Wyennensis ad vniuersitatem Parisiensem; inc.: Venerabiles domini.

298. Gr. 8°, Pap., 15tes Jahrh. — Außer einigen unbedeutenden kleinen Sachen: Publii Terentii Afri libri comici. Auf der zweiten Seite des letzten Blattes: „Terencii Publii Afri comici liber explicit vndecima Octobris anno domini 1460.“

299. Gr. 8°, Perg., 14tes Jahrh., von zwei Händen geschrieben. — „Constitutiones (für die Salzburger Diöcese) domini Gwidonis (tt. s. Laurentii in Lucina pbr. card.). Acta sunt hec Wienne anno domini M° CC° lx° viii° pontificatus domini Clementis pape iiijti anno iij. mense Maio. — Constitutiones domini Johannis Tusculani episcopi a. s. l. (für das nördliche Europa). Actum Herbipoli anno domini M° CC° lxxxvij° mense Marcii feria iija post „letare Jerusalem" (18. März) pontificatus domini Honorii pape quarti anno (sic). — Constitutio de non impedienda iurisdictione ordinariorum, datum ut supra. — Constitutiones concilii prouincialis archiepiscopi Friderici; inc.: „Cum instancia nostra, expl.: fuerint contemptrices. — Item constituciones domini Ch. archiepiscopi" (Salzburg, aus den Jahren 1304, 1310, u. s. w.). Am Schluße: „Explicit liber constitucionum prouincialium anno domini M° CCC° xxxij° xij° kalendas Marcii (19. Febr.) per Nicolaum de Meysna scriptus, qui sit benedictus amen." Fernerer Inhalt: Sermones. Tractatus de x praeceptis. Decem tentationes, quibus Judaei deum tentaverunt. — Auf der ersten Seite des ersten Blattes: „Exhibite fuerunt (wohl die Constitutionen) die Mercurii xvij. Julii anno etc. xliij° (1443) pro parte domini Petri plebani in Thechankirchen."

301. Gr. 8°, Pap., 15tes Jahrh., von zwei Händen geschrieben. — Außer anderem: „Incipit prologus in matutinale beate virginis, quod dicitur „„laus Marie"". Ad laudem matris virginis eiusque sanctissime prolis, ad satisfaciendum quoque desiderio venerabilis in Christo patris domini Meinhardi Noua domo (Neuhaus in Böhmen) electi Tridentini hoc deuocius requirentis ille Cartusiensis, qui iam pridem ad iussum imperatoris et archiepiscopi Pragensis legendam de sex leccionibus cum omeliis de sancta Maria virgine pro mansionariis comportauerat, in isto rursus volumine, ut virgo a pluribus veneretur, eleganciora dicta de leccionibus illis excerpta, pro singulis anni diebus per tres in virginis vero festiuitatibus et natiuitatis Christi per sex lecciones et omelias distinguens, anno domini M° CCC° quinquagesimo sexto studiose collegit, quatenus" etc. Ferner: Tractatus m. Johannis Gersonis de pollutionibus. — Zweimal: „Iste liber est" etc. „1447." Auf dem letzten Blatte das Jahr 1453.

302. Gr. 8°, Pap., 15tes Jahrh. — Außer anderem eine kurze Anweisung zum Briefschreiben. Hierauf: „(R)eueren-

dissimo in Christo et colendissimo patri domino Johanni de Caruaiali sacrosancte Romane ecclesie sancti Angeli dyacono cardinali domino suo precipuo Eneas episcopus Senensis salutem plurimam dicit. Quamuis aput Bohemos“ etc. Dieses Schreiben füllet 12 Blätter, scheint aber gleichwohl noch unvollständig zu sein.

303. Kl. Fol., Pap., 15tes Jahrh., von mehreren Händen geschrieben, am Schluße einige Blätter herausgerissen. — „Von den dreyn besenleichen dingen des klostersleben.“ Außerdem noch ein Tractat über die zehn Gebote und von der Liebe zu Gott, ebenfalls in deutscher Sprache.

304. Kl. Fol., Perg., 13tes Jahrh. (erstes Viertel). — Tractatus de ecclesia et virtutibus ejus cum sermonibus quidusdam. — Auf dem Vorderdeckel von einer Hand des 13ten Jahrh.: „Iste liber est Vorowensis ecclesie, quem nobis dominus Hæinricus plebanus de Cella dedit, quem qui auffert, anathema sit.“

308. Kl. Fol., Perg., 13tes Jahrh., von drei Händen geschrieben. — Außer anderem: Epistola alicujus legati ad pontificem summum. Epistola electi ad summum pontificatum. — Von einer Hand des 15ten Jahrh. auf der ersten Seite des ersten Blattes: „Hic liber est“ etc. „quem magister Georgius de Egenburga eidem monasterio (Vorau) testamento reliquit.“ Auf einem Blatte, etwa nach dem ersten Drittel des Codex, unten: „Anno recuperationis nostræ salutis millesimo quingentesimo octuagesimo nono confrater noster Balthasarus Boemus ex hac uita discessit, cuius animam deo commendamus. F. G. R.“

309. Kl. Fol., Perg., 13tes Jahrh., von mehreren Händen geschrieben, Blätter bis 125 gezählt. — Sermones Odonis de tempore. Item alii sermones. — Innen sind beide Deckel mit einem Bruchstück (März) des wahrscheinlich ersten Todtenbuches von Vorau überdeckt. Die Zerstörung dieses Todtenbuches erfolgte, da der Einband wohl dem 14ten Jahrh. angehört, im Laufe dieses Jahrh., womit auch die Beschaffenheit der Aufzeichnungen übereinstimmt.

310. Gr. 8°, Pap., 15tes Jahrh. — Außer anderem: Tractatus Wilhelmi Parisiensis de arte moriendi, und am Schluße desselben eine von P. Urban VI. „Tybere, viii. Kalendas Augusti, pontif. nostri anno sexto“ (25. Juli, 1383) dem Cisterzienserorden verliehene Indulgenz „a pena et a culpa in extremis“; ferners eine eben solche Indulgenz von P. Martin V. „Constancie, viii. kalend. Februarii, pontif.

nostri anno primo" (25. Jänner 1418), für den Abt Peter und den Convent der Cistercienser zu „Pölplin Wladislauiensis (Camin) dyoc." Hierauf: „Collacio ad conuentum de aduentu domini M° CCCC° 33°." „Collaciones edificatorie ad conuentum religiosorum", und an deren Schluß: „Hec collacio habita est ad conuentum anno domini 1470." Weiter: „Dyetarius ad canonicas regulares et nouicios", und am Schluße: „Explicit dietarius editus per venerabilem virum dominum Petrum priorem monasterii Rudnicensis (Raudnitz in Böhmen) dictum Clarificator." Endlich: Collatio anno 1451. habita ad conventum. — Auf der zweiten Seite eines der letzten Blätter: „Iste liber est beate virginis et sancti Thome in Voraw comparatum (!) per venerabilem patrem Andream Prampekch prepositum, qui obijt anno domini M° CCCC° lmo 5°."

311. Kl. Fol., Pap., 15tes Jahrh. — Excerpta m. Thomae de Haselpach super epistolas dominicales (vergl. Aschbach a. a. O. S. 520). — Auf der ersten Seite des Vorsteckblattes: „Collecta domini Thome Johannis de Czwetel protunc cooperatoris dominorum in Stain, et posthac factus est octernarius in Wienna sub anno domini etc. xxxvj° (1436) uel quasi." Und auf der zweiten Seite: „Iste liber est" etc., quem venerabilis pater et dominus Andreas prepositus comparauit pro x solidis denariorum anno domini millesimo quadringentesimo quinquagesimo in die sancti Martini" (11. Nov.).

312. Gr. 8°, Pap., 14tes und 15tes Jahrh. — Außer anderem: Tractatus in medicinis. Speculum ecclesiae. Speculum clericorum. Tractatus de confessione. — Fol. 222b: „Anno domini M° CCC° xlviiij. completus est liber iste (de confessione) proxima feria secunda post festum Francisci pii confessoris ac doctoris (5. Oct.) per manus Sifridi Stainhaimij (?) sacerdotis protunc existentis Dilngen in hospitali. Dentur pro premia (!) scriptori celica regna! Qui me scribebat, Sifridus nomen habebat." Ferners die Notiz: „Anno CCCC° xij° cursus ingrauis aque et convencio (?) regum principumque ...."

313. Gr. 8°, Perg., 13tes und 14tes Jahrh. — Sermones, etc. — Am Schluße des Sermons „de passione domini", etwas verwischt: „Item anno domini M° C° C° C° C° tricesimo octauo ..... Petrus Mocrasser (?) fuit premissarius in Voytsperg." Und von anderer gleichzeitiger Hand: „Et iste liber est sibi propinatus a domino Friderico plebano

in Grecz ad sanctum Andream extra ciuitatem.“ Sonst noch von einer Hand des 15ten Jahrh.: „Et ego Stephanus recognosco me recepisse.“

323. Kl. 8°, Perg. Pap., 15tes Jahrh. — Psalmi, orationes, etc. — Auf der Innenseite des Vorderdeckels: „1439. in vigilia Symonis et Jude (27. Oct.) obiit serenissimus princeps Albertus quintus Romanorum Vngarie et Boemie rex gloriosissimus, dux Austrie Stirie etc., ffidelissimus marchio Morauie; obiit in Langendorff et sepultus in Alba regali, cuius anima requiescat in pace amen; qui tantum altero et dimidio anno regnauit.“ Auf der zweiten Seite des zweiten der vorderen ungezählten Blätter: „Anno domini 1445. fuit aureus numerus 2, et eodem anno intraui monasterium s. Dorothee Wienne sub forma hospitis feria 6a post Lucie“ (17. Dez.).

327. Kl. 8°, Pap., 15tes Jahrh. — Sermones, etc. — Auf dem ersten Deckel innen: „Hic libellus est“ etc. „per fratrem Jeronimum Pranytenweyder de Grecz ad sanctum Jacobum in Siluis cooperatorem collectus feliciter anno domini 149 viij° anno 1498. (sic), de sanctis, et predicatvm (!) in Walpach aput sanctum Georivm (St. Georgen in Waldbach) feliciter.“

328. Kl. 8°, Pap., 15tes Jahrh. — Soliloquium s. Augustini, etc. — Zum Einbande ist verwendet ein von dem kais. Notar Wolfgangus Chapf de Trafeyach clericus Salczeburg. dioc. (c. 1450) gefertigtes Instrument. (Notariatszeichen sichtbar). Von Zeugen dieses Instrumentes sind lesbar: Cristannus Orel superioris Stiriensis mar(chie) archidiaconus beate Marie virginis in Base prope Lewben (rector), ...nhardus sancti Andree in Göss rector. Unter der notariellen Fertigung von einer Hand des 15ten Jahrh.: „Haincz Kurssner zu Gos de Beissenfels ist ein fram. man.“ Auf der ersten Seite des ersten Blattes: „Iste liber est“ etc. „quem eidem monasterio (Vorau) legauit dominus Leonardus rasoris de Lewben, qui discessit“ etc. „1476.“ etc.

330. Kl. 8°, Perg., 12tes, 13tes und 14tes Jahrh. — Außer anderem: „Legenda et uita sancte Elizabeth“ (14tes Jahrh.). Inc.: Cvm multi discant; expl.: Item cum post multum paupertatem, ist also unvollständig. Ferners: Tractatus m. Lanfranci contra errores Berngarii de corpore Christi, und am Schluße desselben: „A. seruus seruorum dei dilectissimo filio suo Andegauensium (Angers) comiti“, den „dominum

Beringerium“ fürderhin nicht mehr zu molestiren (Anfang des 13ten Jahrh.). Dann: „Domino O. Baioacensivm (Bayeux) episcopo . . . B.“ etc. (Anfang des 13ten Jahrh.).

331. Kl. 8°, Perg., 14tes Jahrh. — Brevier. — Vorangeht ein unvollständiger Kalender. Auf einem der letzten Blätter ein Bruchstück des Lebens des heil. Wenzel.

333. 8°, Perg., 14tes Jahrh., von mehreren Händen geschrieben. — Summa vitiorum et virtutum. — Auf der ersten Seite des letzten Blattes von einer Hand des 14ten Jahrh.: „Hic liber dicitur fides Christi, quem Hermannus de Gortsach canonicus Voroensis conscribi fecit. Si quis legerit vel predicauerit, oret pro anima eius.“

Außer diesen mit Nummern bezeichneten Handschriften besitzt das Stift Vorau noch einige andere, welche in der großen Sammlung von den 333 Stücken nicht aufgenommen erscheinen. Fünf derselben werden gegenwärtig im Stiftsarchive, die übrigen aber in der Stiftsbibliothek (Abtheilung der Handschriften) aufbewahrt.

Jene im Archive befindlichen Handschriften sind zwei Copial- und drei Zinsbücher. Die ersteren (Fol. Pap.) sind um das Jahr 1650 geschrieben worden und enthalten bis zum Jahre 1500 117 noch ungedruckte Urkunden. Aber die Abschriften hiervon, besonders die von den deutschen Urkunden, sind wenig sorgfältig gemacht. Ablaß- und Verbrüderungsbriefe spielen in dieser Sammlung die Hauptrolle. Cäsar hat beide Copialbücher bereits benützt, citirt sie auch manchmal, z. B. Annal. II. 480, Nr. 33, oder benützte sie ohne Citation, z. B. Annal. II. 488, Nr. 44 (s. hierzu Copialbuch II., fol. 79 u. 80). Ich habe dieselben für die Zwecke des Joanneumsarchivs bereits durchgearbeitet und bei jenen Abschriften, deren Inhalt entweder schon durch den Druck (natürlich bei Cäsar in dessen steirischen Annalen) bekannt ist oder wo noch die Originale vorhanden sind, solches angemerkt. Außer den Abschriften von Urkunden findet man in denselben ein Urbar von Festenburg vom Jahre 1616 (Copialbuch II. 249—255) und ein solches über die Fridberger Unterthanen vom Jahre 1635 (Copialb. II. 182—215). — Die drei Zinsbücher dagegen (Fol. Pap., jedoch sehr schmal) sind bedeutend älter als die Copialbücher, da sie ihrem Entstehen nach den Jahren 1445, 1450 und 1479 angehören. Sie dürften übrigens die ältesten sein, welche sich von dieser Gattung Quellen aus dem „Vorauer Viertel“ bis auf unsere Tage erhalten haben. Ihr Werth wird daher durch diesen Umstand wesentlich erhöht.

Die nicht numerirten und in der Stiftsbibliothek aufbewahrten Handschriften sind folgende:

I. Fol. Perg., 12tes Jahrh., sehr sauber geschrieben, am Schluße fehlen einige Blätter. — Expositio psalmorum. — Auf fol. 1a oben, von einer Hand des 12ten Jahrh.: „Hic liber est s. Mariæ sanctique Thomæ apostoli Uorowensium canonicorum, quem Otakarius archidiaconus marchioni Otachario et ille nostræ ecclesiæ contulit; hunc ergo nemo auferat, ne anathemati subiaceat."

II. Fol. Perg., 14tes Jahrh. — Tractatus philosophico-asceticus, qui lumen animae dicitur. Tractatus de septem vitiis et virtutibus (Laster und Tugenden abgebildet in Reitergestalten). Manipulus florum (Aszetisches) secundum alphabetum (die Kapitel überschrieben: de abbate, de abstinentia, de amicitia, de amaritudine, etc.). — Auf der ersten Seite des ersten Blattes (von einer Hand des 14ten Jahrh.?): „Iste liber uocatur lumen anime, quem dominus Götfr(idus) canonicus et confrater noster ecclesie Vorowensis diligentissime ordinauit, quiqui abstulerit, periculo anathematis crinietur" (sic). Und auf der ersten Seite des letzten Blattes: „Iste liber (manipulus florum) est scriptus et consummatus anno domini M° CCC° xxxij°, qui est rarissimus naturalis scienciosus et super omnes liberos dulcissimus, ut patet in eo legentibus."

III. Fol., Perg. Pap., 15tes Jahrh., von mehreren Händen geschrieben. — 1. Hie hebt sich an dy regel des heiligen pischolf sand Augustin gegeben den chlosterfrawn der geregeltten korherrn. 2. Hye hebennt sich an dy statut der klosterfrawn zw kirchperig (am Wechsel). 3. Hernach ist verschriben, wie ein mensch an dem veiertegen got dem herren sull lieb haben vber alle ding. 4. Hye hebt sich an dy cartten der chlosterfrawn zu Kirchperig. — Zum Vorsteckblatte ist eine Urkunde (Orig. Perg.) ddo. 1454, 9. Dez., Vorau, verwendet. Inhalt: Propst Leonhart, Dechant Christan und der Convent zu Vorau melden den mit ihnen Verbrüderten das am 4. Sept. (1454) erfolgte Hinscheiden ihres gewesenen Dechants Nicolaus, und empfehlen auch die verstorbenen „confratres laicales", nämlich den edlen Herrn Otto von Stubenberg, den Baccalaur Stefan von Holabrunn, ihren Scholastiker (wohl Schulmeister) Ernest Herczenkrafft und den Johannes Chramhöffer dem Gebete der Conföderirten.

IV. Fol. Pap., 16tes Jahrh. (geschrieben im 17ten Jahrh.). — Die Cillierische Cronica. — Dürfte die eine und andere werthvolle Nachricht enthalten.

V. Fol. Pap., 17tes Jahrh., 284 Seiten. — Steirische Chronik. — Es ist nur das erste Buch, welches diesen Band füllt, vorhanden. Welchen Werth diese Chronik hat, kann man leicht ermessen; es werden darin „gezeigt" alle Herren und Landesfürsten in Steier vom Jahre der Welt 3584 bis zum Jahre 1272 n. Chr. G.! Der 14te römische Landeshauptmann in Norico hat Rutilianus geheißen (S. 80)! u. s. w.

Bericht
über
den Besuch einiger untersteirischer Archive.

Von Archivar Prof. Jahn.

Seitens des Joanneumsarchives wurden 1866 einige untersteirische Privatarchive bezüglich ihres historischen Materiales in Untersuchung gezogen, deren Ergebnisse hier den Freunden der vaterländischen Geschichtspflege mitgetheilt werden.

Bisher wurden ähnliche Einsichtnahmen nur gelegentlich gepflogen. Auch die erwähnte macht auf einen anderen Charakter keinen Anspruch, wenngleich sie dort, wo man ihr freien Weg gestattete, erschöpfend zu werden strebte. Die Nothwendigkeit einer systematischen Erforschung des Landes in archivistischer Richtung ist vom hohen Landes-Ausschuße für Steiermark anerkannt worden; es läßt sich wohl annehmen, daß mit seiner Unterstützung auch sie allmälig wird ins Leben treten können. War es doch nur seine Beihilfe, welche die bisherigen Untersuchungen ermöglichte! Dann wird aber jeder Bericht eben in die Lage kommen, für seine jeweiligen Forschungsgebiete abzuschließen, während dermalen jeder mehr das Ansehen einer Stichprobe in den Privatarchiven des Landes hat.

Für dießmal war es die Aufgabe, über die Archive zu Seckau ob Leibnitz (fürstbischöfl. Seckauisch), Pettau (Stadt, Pfarre und Minoritenkloster), Studenitz (ehemals Dominicanerinenkloster), Seitz (ehemals Karthäuserkloster), Gonowitz (fürstl. Windischgrätzisch), Windischgrätz (Stadt, Pfarre), Altenmarkt bei Windischgrätz (Pfarre) und Marburg (fürstbischöfl. Lavanter) durch persönliche Einsichtnahme sich Auskunft zu verschaffen.

Im Schloße Seckau ob Leibnitz wurden noch vor etwa 20 Jahren die Urkunden des nach dem obersteirischen Chorherrenstifte genannten Bisthumes aufbewahrt. Dieß bezeugen die Archivssignaturen vieler im Joanneum aufbewahrter und dort genommener Abschriften. Heute befinden sich mit Ausnahme von etlichen Lehensurkunden des 17ten und 18ten Jahrhunderts keine mehr daselbst; dagegen sind etliche sehr interessante Handschriften zurückgeblieben. Dieselben gehören, mit einigen Ausnahmen, durchgängig der Verwaltung der Mensalgüter an und sind Rechenbücher und Urbare.

Die älteste ist ein Zehentbuch des 14ten Jahrh. (1380—97), Pap., schmal 2°, und betrifft die Wein-, Korn- und andere Zehente. Die Anlage ist nicht vollkommen gleichmäßig und trägt erst in den späteren Blättern den Charakter höherer Ordnung nach Aemtern, während vorne die Einzeichnungen etwas regellos erscheinen.

An dasselbe schließt sich in der Zeit der „liber decimarum bladi et vini“ von 1406, Pap., 4°, das mit großer Ordnung angelegt und geführt ist. Hier tritt der Reichthum an Namen von Oertlichkeiten ganz besonders hervor und damit auch der Nutzen solcher Bücher für die Landestopographie. Es ist nicht möglich je an die Ausführung eines historisch-topographischen Atlaßes für Steiermark zu denken, ohne daß die Urbare wenigstens bis in das 15te Jahrhundert zusammengestellt sind. Ihre Bearbeitung aber gibt für den genannten Zweck weit mehr Stoff, als die erhaltenen Urkunden zu liefern im Stande sind.

Wie das Urbar (und Rechenbuch) des Spitales zu Judenburg hierher kam, ist nicht ganz klar. Dasselbe datirt von c. 1470 — c. 1522, ist von Pap. in schmal 2° und fehlen seine ersten Blätter.

Weiters ist vorhanden das Urbar der 208 Pfd. Herrengült, welche die Gebrüder Andreas und Ulrich von Weispriach 1492 an Bischof Mathias verkauften, Perg., schmal 2°, das Siegel abgerissen. Die Liegenschaften der Gülten sind durchaus im salzburgischen Lungau gelegen (zu Czederhaufs, Veell, Ober- und Nider-Weyspriach, Lattendorf, Muer, Eging, sand Gilgen, sand Michæl, sand Merten, Stayg, Mautterdorff, Lumytz, sand Margreten, Tamautall, Ragmangstain, Lassach ob Tämsbeg, Chlawsegk, Schönalm).

Von 1504 (bis 1509) ist eine „Amts-Raittung“, Pap., gr. 4°, mit beiläufig 450 Blättern, deren erste 84 fehlen. Sie enthält die Rechnungen des Rentamtes im Allgemeinen und setzt dann in Weingartrechnungen fort.

Das Schloß und die Herrschaft Polheim nächst Seckau betrifft ein von Graf Hans von Montfort und Freiherrn Sigmund zu Herberstein vidimirtes Urbar von 1547, Pap., 2°, 250 Blätter. Demselben liegt jene Abfassung zu Grunde, welche die Gebrüder Weikhart, Hans und Gaudenz, Herren zu Polheim, gelegentlich ihrer Erbstheilung veranstalteten.

An dieses schließt sich das Urbar der Güter, welche Albero von Kuenring als Vormund Hans Laßlas von Kuenring aus der Polheimischen Verlassenschaft anfielen. Es betrifft wie obiges Ortschaften um Leibniz und ist c. 1580 angelegt, Pap., 2°.

Den salzburgischen Besitz, respective die Herrschaft Leibniz, umfaßt ein Urbar, welches Erzbischof Wolf Dietrich 1595, Pap., 2°, hatte anlegen lassen.

Für die Herrschaft Seckau ist ein Zins- und Steuerbuch von 1608, Pap., 2° — für die Herrschaft Wasserberg bei Knittelfeld (bis c. 1845 im Besitze der Bischöfe von Seckau) ein Grundurbar der vierfachen Steuer von 1628—30, Pap., 2°, vorhanden.

Andere Gegenstände betreffen folgende zwei Handschriften:

Constitution und Regeln der Dominicanerinen (mit Brevier), Perg., 8°, Sammtband, aus dem 17ten Jahrh., und

„Relatio visitationis archidiaconatus super statu parrochialium (et) vicarialium ecclesiarum monasterio Rhunensi incorporatarum anno 1740", Pap., 2°. Die darin behandelten Kirchen sind jene zu Gradwein, die Annencapelle im Schloße GöSting (denegata fuit visitatio oratorii privati in inferiori arce Gössensi), die Kirche zu Thal (cum ecclesia s. Sebastiani et oratoriis in arce Hardt, in Windhoff, in Oberthall et in vinea Salles [sub possessione collegii societatis Jesu]), zu Feistriz (cum ecclesia s. Margaretae trans Muram et oratoriis in Waldstein et Oberpeggau), zu Uebelbach (cum ecclesia s. Michaelis in ipso oppido et s. Mariæ ad nives in apice montis Klein-Alm), zu Bartholomä (cum ecclesia filiali ad s. Oswaldum et oratoriis in Plankenwart, in Althoffen et in Reiteregg) und zu St. Pancraz (cum ecclesia ss. Philippi & Jacobi in Stiboll). Die Visitationen geschahen am 10. Febr. und am 3. u. 9. Sept. 1739.

In Pettau hinderten mannigfache Umstände das Pfarr- und Minoritenarchiv einzusehen, doch ist die Einsichtnahme für ein anderesmal in Aussicht gestellt. Das städtische Archiv weist nur höchst kümmerliche Reste seines ehemaligen Reichthumes auf. Hier soll das Feuer nahezu Alles vertilgt haben, ein Schade, der bei der Stellung Pettaus zu den Herren gleichen Namens, zu den Erzbischöfen von Salzburg und zu den Landesfürsten, endlich als Vormauer deutschen Wesens „in partibus Sclauiniensibus" nicht hoch genug anzuschlagen ist. Das Archiv enthält außer einer kais. Bestätigung, ddo. 1681, betreffend den Vergleich der Städte Radkersburg, Marburg und Pettau mit der steir. Landschaft über den zehnten Pfennig in Bergrechtsverlassenschaften von 1679 (Orig., Perg.), dem Marktprivilege von 1808 (Orig., Perg.), einer ganz neuen Abschrift Pettauer Privilegien von 1342, 77, 78, 83, 99, 1548 (2 St.), 1681 u. 1808, dann einem Fascikel Akten meist dem 18ten Jahrh. angehörig und Spitalsachen betreffend (von Raisp in seiner Geschichte Pettau's ausführlich benützt) nur 3 Stücke, welche über das Jahr 1800 zurückgehen.

So ein „Chronicon seu commentarius historicus Pettouiensis, waß sich vmb vnd in Pettau zuegetragen vor 10 saeculis oder ain tausent Jaren", 45 Seiten, Pap., 2°, 17tes Jahrh., ziemlich phrasenhaft; auf S. 42 „Apologus carminicus de horrenda contagione Pettouiensi"; — dann eine Satzordnung der Niederlagsgebühren für „zum Consumo oder Handel und Wandel" nach Pettau gebrachten Waaren, 1756, 2°, und „Prothocol in Sachen Versammlung der Deputirten der Landesfürstl. Städt und Märkte Steyermarks in Absicht des mit 5. dieses Monaths July eintrettenden Landtages", 1790, Pap., 2°.

Von Stabsarzt Dr. Hönisch und von E. Damisch sind drei neue Abhandlungen von örtlichem Werthe daselbst hinterlegt. Ersterer stellte in sehr fleißiger Weise der Säcular- und Regularklerus, die adeligen Geschlechter, die Commandanten, Stadtrichter, Bürger- und Spitalmeister, Bürger- und Stadtschreiber zusammen, untersuchte die Genealogien der Familien Morenzon und Regal, dem Pettauer Bürgerstande entstammend, und behandelte die Grabsteine der Pettauer Schloßhauptleute Georg von Opprosnitz und Georg von Calaus, genannt Wazler, in der Stadtpfarrkirche. Damisch dagegen bearbeitete in erschöpfender Weise vornehmlich aus den Materialien des Minoritenarchives die Verheerungen der Pest in Pettau im Jahre 1680. Ich kenne dermalen keine steirische Stadt, wo Einheimische und Zugewanderte so viel Pietät für die Geschichte ihres Wohnortes in schriftstellerischer Behandlung geäußert hätten, wie eben hier — und gerade hier ist an dem Materiale ein Mangel wie nirgends sonst.

Das ehemalige Dominikanerinenkloster Studeniz, auch Gnadenbrunn (fons gratie) genannt, liegt eine halbe Stunde von der Eisenbahnstation Pöltschach, am Fuße der Seitenberge des waldigen Wotsch, am rechten Ufer der Drau. Heute weisen nur geringe Spuren mehr auf das ehemalige Kloster. Alles sieht einem modernen Herrenhause angepaßt aus und die Kirche im Hintergrunde des Hofes mahnt allein noch an frühere Zeiten. Nur der „Gnadenbrunn", eine in Bassin gefaßte Warmquelle, fließt noch so rein wie ehedem, und wird wohl den zahlreichen Enten und Gänsen der Hofwirthschaft so wohl bekommen, wie ehemals den Menschen, die ihm seinen nunmehr verklungenen Namen gaben. Hier ist im Presbyterium das Grab der Stifterin „Sofey salig

Rohatserin“ und ihrer Schwester „Reiz“ (Richinza, Gattin Otto's von Königsberg). Auch einige andere Aebtissinen-Gräber mit Steindenkmalen des 16ten und 17ten Jahrh. sind noch vorhanden. Die Archivalien wanderten zur Zeit der Aufhebung (1782) bestentheils nach Wien; der Rest an Acten und anderem etwa noch Vorhandenen war dermalen unbenützbar.

Von Pöltschach führt der Weg über Heiligengeist und Seizdorf in die „Vallis s. Johannis“, dessen Hintergrund die ehemalige Karthause Seitz umschließt. Die Mündung des Thales ist eng und unwirthlich; in der Mitte erweitert es sich und rückt seine waldigen Abhänge gegen Ende wieder so zusammen, daß eben nur noch das Kloster mit dem Bache und der Strasse zwischen ihnen Platz hat. Hier kam die archivalische Untersuchung um viele Jahre zu spät. Das ehemalige Kloster, dessen Regierung von ihrem stillen Winkel aus ein großes Gebiet und stattliche Herrschaften leitete, war, nachdem es aus der Hand des Staates gekommen, nur ein Nutzboden, dem man so viel möglich abgewann und thunlichst wenig Sorge für seine Baulichkeiten widmete. Das Archiv lag viele Jahre in der „alten Kanzlei“, ohne Fensterschluß und Thüren; wer an den alten Schriften Gefallen hatte, konnte sich nehmen und nahm auch. Heute ist die „alte Kanzlei“ eingestürzt und vom Gebälke ragen die Sparren gen Himmel. Der ganze malerische Bau ist ein Gewinde von nothdürftig sich fristenden bewohnten und unbewohnten Bauten, von Ruinen und mit Erde und Gras bedecktem Schutt. Nicht das Zerfallene, sondern das Zerfallende, das Bestehende in seinem Uebergange zum Nichts, das Hinsiechen widert an, beschleicht unheimlich und rasch kehrt man dem gräulichen Werke rein utilitarischer Wirthschaft den Rücken.

Einige Actenreste des Seitzer Archives hatte der dermalige Güterdirector des Fürsten Windischgrätz nach dem benachbarten Herrschaftssitze Gonowitz bringen lassen. Sie sind als letzte Zeugen an das Joanneumsarchiv gekommen.

Da Gonowitz selbst früher nach Seitz gehörte und sein Archiv dort sich befand, ging dasselbe in Gemeinschaft unter. Die Pfarre besitzt keine Urkunden.

Von hier wurde die Fahrt nach Windischgraz fortgesetzt. Sie ging über Weitenstein, die alte Gurker Besitzung, deren Ursprung aus der kaiserl. Schenkung Otto's II. an den Grafen Wilhelm von Zeltschach von 980 fußt, und über die Pack in das Thal von W. Graz. Die Geschichte dieser Stadt gibt wohl Nachweise, daß die meisten Documente für dieselbe zu Udine, Görz und Laibach zu suchen sein werden, da sie seit dem Beginne des 13ten Jahrh. aquilejer Eigen war. Einiges war aber doch bei der ursprünglichen Stadtpfarre, der Mutterkirche der heutigen, zu Altenmarkt, in der Stadtpfarrei selbst und im städt. Archive zu erwarten.

Das letztere besitzt eine Reihe von c. 6 Raths- und Gerichtsprotokollen von c. 1609—50 und etwa ein Dutzend Pergamenturkunden vom 14ten—17ten Jahrh. Von letzteren wurden theilweise Abschriften genommen.

Das Pfarrarchiv hält etwa 27 St. Urkunden vom Jahre 1358 bis in das 18te Jahrh., welche in das Joanneum zur Abschriftnahme geliehen wurden; dagegen konnte das Pfarrarchiv von Altenmarkt nicht besichtiget werden.

In Marburg gestattete Se. fürstbischöfl. Gnaden von Lavant mit großer Zuvorkommenheit den Einblick in das Bisthumsarchiv, vor wenigen Jahren noch an dem ursprünglichen Sitze des Bisthumes zu St. Andrä im Lavantthale verwahrt. Dermalen konnte nur Ein Codex benützt werden, der Materialien mannigfacher Art enthält. Ich gebe hier sein Verzeichniß.

Er führt die Signatur „Codex Heinrici episcopi“, ist in 2° etwa 250 Blätter stark und gibt Zeit und Ursache seiner Abfassung auf Bl. 1 in Folgendem: „Nota quod anno domini millesimo ccc. octogesimo quarto in die s. Viti fecit reuerendus in Christo pater dominus Heinricus dictus Chrapf nacione de Babaria episcopus Lavensis scribi et annotari vt sequitur omnia sua priuilegia, litteras et instrumenta bonorum et immobilium tam earum, que ipse ecclesie sue cum non paruis expensis, sumptibus et laboribus conquisivit, quam que ab antiquo habuit et inuenit.“

Die Anlage ist übrigens, wie wir sehen werden, im 15ten und 16ten Jahrh. fortgesetzt worden und enthält:

Bl. 1—14, Urkunden und Acten betreffend die Incorporation der Pfarre St. Florian an der Lasniz in die mensa episcopalis, 36 St. Urkunden von 1371—83.

„ 15—17, Urbar der Pfarre St. Florian a. d. Lasniz, 1384.

„ 18, Urbar der Güter, welche B. Heinrich von Dietmar von Weyzzenekk erwarb.

„ 19, Urkunden, diese Erwerbungen betreffend, 1363—68.

„ 20—69, Urkunden für das Bisth..m Lavant, meist Kärnten betreffend, 13tes—15tes Jahrh.

„ 70—73, „Registrum omnium reddituum episcopatus Lauensis“, 14tes Jahrh.

„ 80—81, „Reformacio archiepiscopi Coloniensis super iudicio Westualiensi secreto producta in iudicio camere imperialis de quo magnum festum faciunt et dolent ut res patescat.

Wie man das ordenlich (gericht) nach dem alten gesetzte halten soll, vnd nach dem alten herkommen der haimlichen acht freyscheffen machen soll etc.", 16 Capitel.

Bl. 90, „Commissio visitacionis facta per dominum Heinricum episcopum Lauensem", sammt Instruction, 1386.

„ 91—98, „Constitutiones edite per dominum Heinricum dei gracia episcopum Lauensem dictum Chrapf date in sua diocesi vbilibet et constitute", 1383 (mit Erneuerungen des 15ten Jahrh.).

„ 99, Vertrag des B. von Lavant mit dem Abte von St. Paul, betreffend die Jurisdiction über einige incorporirte Pfarren, 1421.

„ 100—101, „Constitutiones quedam domini Heinrici quoad populum et suos fratres facte", 1394.

„ 128, Urkunden des 14ten—15ten Jahrh., darunter auch kaiserl. Schreiben in kärntnerischen Landessachen.

„ 148, „Von aynem geleuff des volks zu ayner capell zu sand Lamprecht bey Lauenmund aus des teufels gespennst zu vnnsern zeytten beschehen", 1492.

„Ayn annder valsch ist erstanden vnd solher auffsacz in Hollnekker pfarr der sich also hat angefangen in dem (14) lxxxxiiij" u. s. w., betreffend die Wolfgangscapelle bei Holeneck (s. den Abdruck im Anhang).

„ 151—152, Vertrag des B. Leonhard von Lavant mit seinem Capitel, betreffend Jurisdiction, 1529.

„ 157, Lehenverzeichniß, 1491.

„ 159, Lehenbriefe und Lehenverzeichniß, Anfang d. 16ten Jahrh.

„ 162—173, „Waz zu Ynspruck durich dy ausschufs aller Osterlichen landen mit kayser Maximi(li)anen beslossen vnd gehandelt ist worden", 1518.

„ 207, Landhandfeste von Kärnten, 1449.

„ 211—216, Urkunden, 15tes Jahrh.

„ 218, Lehenverzeichniß, 1420.

„ 219—221, Urkunden, 14tes—15tes Jahrh.

„ 233, beigelegte Blätter mit Urkunden und politischen Schreiben.

„ 234—236, Urkundenverzeichniß von Czwingberchk (Twimberg im Lavantthal), 14tes Jahrh.

„ 337—238, Landhandfeste von Kärnten, 1414.

„ 239, beigelegtes Blatt mit zwei Urkunden (1398, 1414), davon eine St. Florian betreffend.

„ 241, Verzeichniß der Caritativen für das kärntnerische Archidiaconat, 1406 (für die Gliederung der geistlichen Sprengel sehr werthvoll).

Aufzeichnung
betreffs des Baues und der Wallfart von St. Wolfgang bei Holeneck.

„Ain ander valsch [1]) ist erstanden einer ſolhen auf ſatz in Hollnekker pfarr der sich alſo hat angefangen. In dem (14) lxxxxiiij jar vmb Pfingsten der pfarrer zu Hollnekk kam zu vns in der vasten vor vnd pracht vns an, wie er pfarrvolk het das möcht nicht fueglich zu der pfarrkirche komen vnd wolten ain zue kirch pawen vnd pat er mit sambt dem Fridrich Hollnekker, der ditzmal pfleger auf Lansperg was, vnd an stat der pharrlewt da mit man in solhs vergunnet. Sagt wir dem pfarrer, wie daz vil öder kirchen vnd kapellen in vnserm bistumb wären, dy mit nicht versehen weren noch gestift, ſo wurd man nicht weyhen, nur es wär verſorget da mit der pfarrer vnd der prieſter a(i)us auskomen(s) hett. Da sagt der pfarrer, der Hollnekker vnd dy pfarrmenig, auch er wolten ſolhs genuegsamlich versehen. Auf sein zue ſagen erlaubt wir in dy weyl ain hultzenig kappellel, darin er seinem pfarrvölkel möcht zu zeitten mess lesen vnd gaben doch kain antlas vnd kain andern gwalt bis wir hin vber kämen vnd dy sach recht ergrundten, vnd so wir funden das dy nott erfordert vnd gestift wurd vnd vergeunegt, als dann wolt wir den ersten stain legen vnd verrer handeln. Auf solhs iſt von stund ain cappell von holtz auf pawt worden in eren sand Wolfgaug, vnd wie lug aus gangen waren von grossen zaichen vnd straichen, das oft bey tausent oder mer leut da hin komen sein vnd verliessen ir aigen pfarr, priester vnd das volk vnd liefen da hyn, vnnd da solhs vns verkundt ward vnd durch vnser commisari enhalb geoffent, wie dy sag wär, das da ein stain wäre, der hett stäcz wasser vnd wess nyemantz wo es sich näm vnd das volk das oft aus läret, vnd da ſelbſt wär ain pirken, da pey ſolt vil wunders geschehen vnd wer dar ein hakker, dem wurden dy hendt erlamen vnn(d) da selbst umb auch was ſand Wolfgang pildel geseczet zu ainem crucifix bey dem weg, wo man das hin trueg, ſo fand man das altzeyt widerumb da, vnd wer wider solhs geredt

[1]) Es ist früher die Rede von dem „geleuff des volks zu ayner kappell zu s. Lamprecht bey Lauemund“, welches wir deßhalb nicht abdrucken, weil es specifisch steirischen Boden nicht berührt. Auch darin ist die Rede von dem „valsch“ einer Wallfahrt, dazu ein Hirtenknabe auf fremde Anregung die Veranlassung gegeben und welche der Bischof mit Strenge abstellte. Von Bischof Erhart von Lavant scheinen diese Stücke so wie eine gute Zahl anderer dieses Codex eigenhändig geschrieben.

hat vnd widerſprochen, an dem sein grosse zaichen beſcheheu, also das der pfarrer zu Gämbs darumb geredt het daſs das volk verlieſſs ir pfarr vnd lieff an vngeweicht ſtet vnd end vnd verſundten ſich, darumb ſolt er krank worden ſein vnd halbs ſein guet verschaffen zu dem bemelten ſand Wolfgang, vnd wie im das angesicht hindersich ſtuend Auch der probst zu Stancz het etwan auch wider solh kirchfart geruembt, was in (!) krank worden vnd gelegen als lang, bis sein kaplan zu dem sand Wolfgang meſs het gelesen. Auch ain persoñ solt ſein gächling krank warden in der kirch zu Stantz vnd do sy sich da hyn gelobet, ward (ſy) von stund gesund vnd vil ander vnwarfter ding ſolten da beſchehen sein. Vnd da ſolhs erschall ge(n) ſand Florian hueb ſich ain priester da ſelbst auf vnd gieng ge(n) Gämbs vnd wolt erfarn, ob dem also wäre, vnd da er fänd das alles ain lug was vnd der benant pfarrer das vernam, hueb (er) ſich von stund auf vnd gieng mit dem priester ge(n) s. Florian vnd fand da ein pettler, der hett ſolhs bey ſeinem ayd den leuten gesagt vnd wolt das volk bewegen zu der newen stift, vnd da der pfarrer zu Gämbs in strenglich an hielt vmb ſolh lug vnd ſtraffet, da veriach er, (er) hett ſolhs gehört von zwayen alten weibern zu Lansperg, ſust wär im vmb nichte gewissend. Vnd da vns ſolh onend zu geschriben ward, ſchikt wir von stund an vnsern probst vnd ertzpriester mit sambt dem bemelten pfarrer auf dy bemelt ſtat vnd lieſſen ſolhs beſichten vnd das pild her vber pringen, auch dy pirken ab hawen vnd den ſtain zer ſchlahen vnd verpatten dy meſs vnd erforderten dy pfaffen al fur vnns ge(n) ſand Andre ze komen vnd do ze antwurten vmb ſolh auf ruer vnd geleuff, das durch pfaffen iſt am maiſten, durch ir meſs lesen vnd kirchfart in das volk einpild worden, durch antlas vnd ander lug, ſo doch kain antlas noch verrer (gwalt) erlaubt was, dan wie oben gemelt iſt fur das pfarrvolk allain zu Hollnekk. Am montag nach Vlrici [1]) erschayn vor vnser vnd dem ertzbriester vnd pfarrern zu Wolsperg vnd Gamb(s) der bemelt pfarrer zu Hollnekk, ſein geſell vnd der pfarrer zu Swamberg, vnd fragten (wir) von erst den pfarrer zu Hollnekk auf ſein ayd auf etzlich artikel dy wir im von des glawbens wegen fur hielden, ſo das volk liecht prennet hat vnd anpett bey dem ſtain pirchen vnd das pild, wie ſolhs von erst auf kumen was, bekannt er auf ſolhen ſeynen aid, das er kain wiſſen

[1]) 7. Juli.

darumb hat gehabt vnd angeuär hat vber vnser verpot lassen mess lesen, predigen vnd antlass verkundt. Da er hat gesehen ain solhen zue lauf vnd aus ay(n)fald mer dann tragus solhs beschehen, vnd sust geswaren solhs alles widerrueffen vnd all obgeschriben getieht vnd ertaeht gesehieht also von dem gemaynen volk hat hören sagen, doeh hat er als er gesagt hat dar an kain gelawben gehabt vnd well furpass an obrer erlaubnus kain mess dann seinem volkel des feyertags da halden vnd halden lassen vnd als oft verkunden, das im auf kain frembd volk erlaubnus geben sey. Des bemelten pfarrer gesell vnd priester hat auch der geleich bey seinem ayd gesagt vnd der pfarrer zu Swamberg hat bekannt bey seinem aid, das er des pfarrer halben zu Gämbs angefar geschriben hab, wie er solhs gehoret het von im, das zaichen an im geschehen wären, also hab wir dy sachen an gestellet bis auf verrer erforschung, haben auch solh geticht lassen verkunden bey andern kirchen da mit nyemant verfueret wurd, das pild s. Wolfgang behalten, da mit das gmayn volk von seinem pösen abgelauben stuend, das alltzeit nur new ding sehen vnd hören begeret. Das hab (wir) darumb hyerein schreyben wellen, das man kunfftigklichen fleyssllich auff seeh, wo indert in dem bistumb ain solher lauf erstuend, das dem aigentlich nach gangen werd, vnd haben dy artikel obgemelt, auch den ayd des pfarrers zu latein hernach geschriben."

Folgt nun fol. 149:

„Articuli ex officio per modum inquisitionis per reuerendum patrem dominum Erhardum dei gracia episeopum Lauentinum presbitero Georio plebano in Hollnekk super noua structura super nomine sancti Wolfgangi nuper in sua parrochia Lauentine diocesis erecta propositi, quibus idem plebanus medio juramento respondit.

Imprimis ponitur, quod de anno domini Mccccl xxxx quarto in quadragesima nuper transacta presbiter Georius plebanus in Hollnekk Lauentine diocesis venit personaliter ad reuerendum in Christo patrem et dominum dominum Erhardum dei gracia episeopum Lauentinum ac sibi proposuit nomine suo et Friderici Hollnekker patroni sui, qualiter parrochialis ecclesia sua plures haberet parrochianos qui propter distanciam vie diebus festiuis et (dominieis?) non possent comode venire ad ecelesiam suam parroehialem."

Den Rest schrieb Bischof Erhard nicht mehr ein.

Berichtigung

zu meinem Aufsatze:

„Ueber die Reihe der Aebte des Klosters St. Lambrecht im 12ten und 13ten Jahrhundert.“ [1])

In jenem Aufsatze sah ich mich veranlaßt anzunehmen, daß in der Seckauer Urkunde ddo. Kapfenberg, 25. Juni, 1216 [2]), und zwar in der Zeugenreihe derselben Waltfrid statt Wolfker (Name des Abtes zu St. Lambrecht) zu lesen wäre. [3]) Aber eine, erst nach Verfassung jener Aebtereihe zu meiner Kenntniß gelangte Urkunde ddo. Salzburg, 25. Sept., 1218 [4]), beweist, daß der „Wlfkerus abbas de sancto Lamberto“ in der Urkunde vom Jahre 1216 gleichwohl richtig wäre und seine Existenz zu dieser Zeit keineswegs einem Schreibfehler zu verdanken hätte. Denn als in dem Jahre 1218 Erzbischof Eberhart von Salzburg seine Zustimmung ertheilte, daß Graf Albert von Tirol den Hof zu La:zendorf, welchen er von dem Erzstifte Salzburg zu Lehen besaß, dem Kloster Viktring zu seinem (des Grafen) Seelenheile schenken dürfte, bestätigte mit den Bischöfen Ulschalk von Gurk, Rüdiger von Chiemsee und Karl von Seckau, mit dem Abte Gotfrid von Admont, dem Archidiacon Heinrich von Greischern und noch anderen geistlichen und weltlichen Personen solche Handlung auch „Wolfkerus abbas s. Lamberti“ durch seine Zeugenschaft. Es gab demnach einen Abt Wolfker zu St. Lambrecht, welcher nach dem Abte Peringer (starb am 12. Jänner, wahrscheinlich

---

[1]) 2. Heft, S. 114 u. ff.

[2]) Joanneumsarchiv Nr. 392, Copie. Frölich: Dipl. sac. duc. Stir. I. 192, Nr. 36.

[3]) A. a. O., S. 127, 128.

[4]) Orig. im Archiv d. histor. Vereins f. Kärnten. S. Archiv f. Kunde österr. Geschichtsquellen XXII. 350, Nr. 759, und v. Meiller: Regg. archiepp. Salzburg. p. 217, Nr. 207.

des Jahres 1216) und vor dem Abte Waltfrid (tritt urkundlich zum erstenmale [?] am 4. Mai 1221 auf) in seinem Kloster die erste Würde inne hatte. Außer jenen beiden Zeugenschaften ist mir über diesen Abt bisher nichts bekannt geworden. Indem wie gesagt Abt Peringer am 12. Jänner vielleicht des Jahres 1216 verstorben ist und Abt Wolfker am darauffolgenden 25. Juni zum erstenmale urkundlich auftritt, so muß die Erwählung dieses bald nach dem 12. Jänner 1216 gesetzt werden. Vom Abte Waltfrid aber ist urkundlich überliefert, daß er entweder am 4. Mai des Jahres 1221 oder doch kurz vorher zu Rom von dem Papste Honorius III. selbst benedicirt wurde.[1]) Da nun dieser Act voraussetzen läßt, daß nicht lange vorher Waltfrid zum Abte gewählt worden, so ist die Annahme statthaft, daß Abt Wolfker spätestens im Ausgange des Jahres 1220 seine Würde niedergelegt oder in derselben verstorben ist. Das letztere jedoch ist mit Rücksicht auf den Umstand, daß sein Name in die Todtenbücher des Stiftes nicht eingetragen erscheint, unwahrscheinlich. Die Todtenbücher kennen nur einen Abt mit Namen Wolfker, und das kann bloß derjenige sein, welcher auf den Abt Waltfrid folgte und am 20. Mai 1233 gestorben ist.[2]) Demnach ist in der Tafel, welche ich am Schluße meines Aufsatzes über die Reihe der Aebte zu St. Lambrecht demselben beigefügt habe [3]), folgende Aenderung anzubringen:

	(1181 ?)	10. Peringer	....	....	12. Jänner	(1216 ?)
	(1216)	11. Wolfker	....	(1220 ?)	....	(1220 ?)
....	(1221)	12. Waltfrid	....	(1228 ?)	(25. Febr. ?)	....
	(1228 ?)	13. Wolfker	....	....	20. Mai	(1233)
			u. s. w.			

Da es aus dem angedeuteten Grunde unwahrscheinlich ist, daß dieser Abt Wolfker seiner Würde durch den Tod entrissen worden, so ist dann die Annahme berechtigt, daß er auf dieselbe freiwillig oder gezwungen verzichtet hat. Es folgte hierauf Abt Waltfrid, von dem aber bekannt ist, daß er im Widerspruche mit seinem Namen ein Freund von Prozessen war und schließlich selbst wahrscheinlich resigniren mußte, nicht ohne zuvor an seine Abtschaft die Erinnerung an gewisse nichtsweniger als rechtliche Vorgänge geknüpft zu haben.[4]) Ist nun die Annahme statthaft, daß Abt

[1]) Joanneumsarchiv Nr. 424a, Copie. „4. Non. Mai pont. nostri anno 5°."
[2]) A. a. O., S. 129, 130.
[3]) A. a. O., S. 136, 137.
[4]) A. a. O., S. 128, 129.

Wolfker spätestens im Ausgange des Jahres 1220 resignirte, so ist auch die Möglichkeit nicht ausgeschlossen, daß er nach Abtretung des Abtes Waltfrid die äbtliche Würde in seinem Stifte neuerdings überkam. Dann wäre der Abt Wolfker in der Zeit von 1216—1220 mit dem Abte Wolfker, welcher zwischen 1228—1233 gelebt hat, eine und dieselbe Person. Daß diese Vermuthung wenigstens nicht ganz verwerflich ist, wird man mir zugeben, besonders wenn man festhält, daß die Todtenbücher nur einen Abt Namens Wolfker überliefern. Die Wahrscheinlichkeit, oder Gewißheit oder Unstichhältigkeit meiner Vermuthung darzuthun muß aber füglich einem anderen Forscher überlassen werden, da selbst es zu thun meine gegenwärtigen Verhältnisse nicht mehr gestatten.

Sobald jedoch die Unstichhältigkeit meiner Vermuthung, daß der Abt Wolfker, Vorgänger des Abtes Waltfrid, mit dem Nachfolger dieses identisch ist, nachgewiesen wird, mehrt sich die Anzahl der Aebte zu St. Lambrecht im 12ten und 13ten Jahrhunderte um einen (von 16 auf 17) und es hätte dann einen Abt Wolfker I. und Wolfker II. gegeben.

Wien, am 18. Jänner 1867.

Mathias Pangerl.

Das
ehemalige Archiv des Klosters Admont.

Ueber den unglücklichen Brand des Klosters Admont vom April 1865 sind (etwas verspätet) Nachrichten betreffs des dabei vernichteten Archives eingelangt, welche wir — leider als negativen Beleg für den Stand heimischer Archive — hier wiedergeben.

Der bezügliche Brief lautet in seinen Hauptstellen wie folgt:

„Das eigentliche Hauptarchiv, worin sich die wichtigsten Schriften und Urkunden befanden, ist leider, ungeachtet es gewölbt und mit eisernen Thüren versehen war, gänzlich ausgebrannt. Darin befanden sich beim Ausbruch des Brandes folgende Schriften, die der Vernichtung anheimfielen: die Salbücher, 4 an der

Zahl, sammt theilweisen Copien; die zwei ältesten Nekrologien und Urbarien, die acta fundationis et confirmationis oder Stiftungsurkunden sowohl geistlicher als weltlicher Wohlthäter, von Papst und Kaiser herab bis zum Bürgerstande, wie auch die dießfälligen Bestätigungsbriefe, privilegia in spiritualibus et temporalibus; Lehenbriefe, Landgerichtsüberkommung, Vogtei; acta conventus et monasterii in spiritualibus et temporalibus, z. B. Conföderationen mit anderen Stiften, Käufe und Verkäufe, Aebtewahlen &c. &c.; acta abbatum, acta fratrum singulorum; über Kirchen, Stiftsgebäude, Pfarreien; Archidiaconatssachen, Religionswesen überhaupt, Wälderbesitz und Bewirthschaftung, Montan-Entitäten, Jagd und Fischerei, Landschaftssachen, Steuerwesen, Militärwesen, Taxwesen, überhaupt eine wuchtige Masse von Archivalien aus dem Gebiete der politischen und Justiz-Bezirksverwaltung durch die ehemaligen Dominien, so z. B. an Schirmbriefen und Kaufbriefen über Unterthanen-Güter allein circa 25.000 Stück, eine Masse von Urbarien, Stift- und Zehentregistern u. s. w.; ferner alle alten und neueren Repertorien und Verzeichnisse über das Archiv, alle verschiedenen Auszüge und Zusammenstellungen zu geschäftlichen und Geschichtsforschungszwecken, geschriebene Chroniken, Abschriften der Urkunden u. s. w. Eine erschöpfende Angabe alles Verlorenen aus dem bloßen Gedächtniße ist gar nicht möglich.

Das sogenannte Prälatur-Archiv, ein ganz kleines Lokale, wurde vom Feuer verschont. In diesem befinden sich: Urkunden und Archivalien über vom Stifte weggekommene Güter in Steiermark, Kärnten, Oesterreich, Salzburg und Baiern; über die ehemaligen Herrschaften Gallenstein, Strechau und Thalhof, Gstatt, Zeiring, Admontbüchel, St. Martin, Brucker Gült; über Weingärten in Radkersburg, Luttenberg, Jahringhof, Razerhof; über das Amt Paltenthal; ein schönes Pergament-Urbar von 1434 nebst noch einigen anderen älterer Gattung; ein Wust werthloser alter Rechnungen und Correspondenzen — Hauptinhalt bilden Ueberkommung, Besitz, Bewirthschaftung, laufende Angelegenheiten, Unterthanensachen, Landgerichts-, Streit- und Zehentsachen, eine Anzahl Schirmbriefe &c., endlich eine Stiftschronik von Amand Pachler."

Errata.

Seite 6, Zeile 4 von unten, lies Banntaiding statt Banntasding.
„ 14, „ 3 „ oben, „ beschee „ bescher.
„ 15, „ 4 „ „ „ Kriegszeug „ Kriegszeng.
„ 58, „ 9 „ unten „ 40.000 „ 400.000.
„ 72, „ 7 „ „ „ erwerben „ ererben.
„ 77, „ 1 „ „ „ Elspeta „ Ekspeta.
„ 82, „ 10 „ oben „ Hasberg „ Hasperg.
„ 89, „ 11 „ unten „ werthlose „ werthvolle.
„ 95, „ 12 „ oben „ MCCCCLIIII „ MCCOCLIIII.
„ 98, „ 8 „ „ „ de „ da.
„ „ „ 12 „ unten „ Pertz SS. „ Petz SS.
„ 100, „ „ „ „ „ Ouidium „ Quidium.
„ 103, „ 4 „ oben „ 24. Jänner „ 4. Jänner.
„ 112, „ 17 „ unten „ denariornm „ denaciorum.
„ 114, „ 4 „ oben, das Eingeklammerte ist zu streichen; „an dem Marichort" heißt an der Spitze (dem Ausfluße) der March.
„ 121, „ 17 von oben lies Snöy statt Snöy.
„ 123, „ 1 „ unten lies virginis statt virglnis.
„ 143, „ 1 „ „ „ de quo scabini magnum u. s. w.

Inhalt.

Register.

(Die Zahlen in Klammern zeigen die Jahre, resp. die Jahrhunderte der Erwähnung an.)

CPSIA information can be obtained
at www.ICGtesting.com
Printed in the USA
LVHW101922170422
716440LV00004BA/255

9 783752 596168